Jacqueline Susann verließ mit sechzehn Jahren Philadelphia, um Schauspielerin zu werden. Dreizehn Jahre lang spielte sie am Broadway, in Fernsehdramen und Werbefilmen. Und dann schrieb sie eines Tages auf, was sie gesehen und erlebt hatte. Die 1974 verstorbene Autorin kannte ihr Thema als Insider. Ihre Bücher decken schonungslos und sozialkritisch die Schwächen der Welt des Showgeschäfts auf. *Life* urteilte: »Diese Frau hat auf Anhieb den großen Bestseller geschrieben. Sie ist die meistgelesene amerikanische Schriftstellerin unserer Tage und schreibt die rasantesten Dialoge von allen Autoren, deren Erfolge nach internationalen Bestsellerlisten gemessen werden…«

Von Jacqueline Susann sind außerdem
als Knaur-Taschenbücher erschienen:

»Das Tal der Puppen« (Band 238)
»Geliebte Josephine!« (Band 457)
»Diese eine Liebe« (Band 575)

Vollständige Taschenbuchausgabe
Droemersche Verlagsanstalt Th. Knaur Nachf.
München/Zürich
Lizenzausgabe mit freundlicher Genehmigung des
Scherz Verlages, Bern und München

Titel der Originalausgabe »The Love Machine«
Aus dem Amerikanischen von Gerhard Vockamp
Umschlaggestaltung Bine Cordes, München
Umschlagfoto Photomedia/Bavaria, Gauting
Druck und Bindung Ebner Ulm
Printed in Germany · 2 · 20 · 682
ISBN 3-426-00815-7

2. Auflage

Jacqueline Susann:
Die Liebesmaschine

Roman

Knaur

Prolog

Der Mensch schuf die Maschine.
Eine Maschine empfindet keine Liebe, keinen Haß, keine Furcht; sie leidet weder an Magengeschwüren noch an Herzanfällen oder seelischen Störungen.
Vielleicht besteht die einzige Überlebenschance des Menschen darin, zur Maschine zu werden.
Einigen Menschen ist das gelungen.
Oft werden Gesellschaften von einer Maschine, die sich als Mensch ausgibt, regiert – ein Diktator zum Beispiel ist in seinem Land eine Machtmaschine. Ein begabter Künstler kann sich in eine Talentmaschine verwandeln.
Manchmal merkt der Mensch gar nicht, daß er zur Maschine wird. Vielleicht beginnt es damit, wenn er zum erstenmal sagt: «Ich bin verletzt» und sein Unterbewußtsein erwidert:
«Wenn ich alles Gefühl aus meinem Leben verbanne, kann ich nicht verletzt werden!»
Hätte man Amanda gesagt, daß es sich bei Robin Stone so verhalte, hätte sie gelacht – denn Amanda liebte ihn.
Robin Stone war ein gutaussehender Mann.
Er konnte nur mit den Lippen lächeln.
Er konnte beim Denken die Gefühle ausschalten.
Er konnte sie nur mit dem Körper lieben.

Robin Stone war die Liebesmaschine.

AMANDA

1

Um neun Uhr morgens stand sie auf den Eingangsstufen zum Hotel Plaza. Sie zitterte vor Kälte in dem leichten Leinenkleid. Eine der Sicherheitsnadeln, die das Kleid im Rücken zusammenhielten, fiel mit leisem Klirren zu Boden. Sie wurde eilends von einer Garderobiere ersetzt. Inzwischen legte der Fotograf einen neuen Film ein, besprühte der Friseur ein paar Haarsträhnen mit Spray. Dann ging es weiter. Die neugierige Menge, die sich ringsum versammelt hatte, war begeistert, daß sie eine der sagenumwobenen Schönheiten zu Gesicht bekam – ein Topmodell, das dort oben im dünnen Sommerkleid dem scharfen, kalten Märzwind trotzte. Die Schneewehen im Central Park, deren kühler Anblick an den kürzlichen Schneesturm erinnerte, verstärkten noch den seltsamen Eindruck dieser Szene. Die behaglich in ihre Wintermäntel gehüllten Menschen waren plötzlich nicht mehr neidisch auf das schimmernde Geschöpf vor ihnen, das an einem Vormittag mehr verdiente als sie selbst in einer ganzen Woche.

Amanda fror. Sie achtete nicht auf die Menge. Sie dachte an Robin Stone. Manchmal half es, an Robin Stone zu denken, besonders, wenn sie eine wundervolle Nacht zusammen verbracht hatten.

An diesem Morgen waren ihre Gedanken aber nicht tröstlich. Amanda hatte keine wundervolle Nacht mit Robin verbracht. Er hatte überhaupt nichts von sich hören lassen. Zwei Vorträge hatte er halten müssen, den einen Samstag in Baltimore, den anderen am Sonntag bei irgendeinem Essen in Philadelphia. »Um sieben pfeffere ich denen meine Rede hin und bin gegen zehn wieder in New York«, hatte er versprochen. »Dann gehen wir in die Lancer Bar eine Kleinigkeit essen.« Bis zwei Uhr morgens hatte sie ausgehfertig herumgesessen. Nicht einmal ein Anruf.

Der Fotograf war fertig. Der Moderedakteur eilte mit einem Mantel und heißem Kaffee zu Amanda. Sie ging ins Hotel, sank in einen der wuchtigen Lehnsessel, die in der Halle standen, und schlürfte ihren Kaffee. Allmählich tauten die Eiskristalle in ihren Adern auf. Gott sei Dank kamen jetzt Innenaufnahmen.

Amanda trank den Kaffee aus und ging hinauf in das für die Dauer der Aufnahmen gemietete Apartment. Sauber aufgereiht hingen dort die Modellkleider. Sie ließ sich von der Garderobiere aus dem Leinenkleid helfen, zog ein Paar Sommerhosen »fürs Haus« an, achtete darauf, daß die Schaumgummieinlagen ihres Büstenhalters richtig saßen, und überprüfte ihr Make-up. Als sie mit dem Kamm durch das volle, leicht honigfarben getönte Haar fuhr, knisterte es. Sie hatte es sich gestern selbst gewaschen und so frisiert, wie Robin es gern mochte; lang und lose fallend. Am Nachmittag standen ihr noch drei Stunden Aufnahmen für die Alwayso Cosmetics bevor, da würde man ihr wahrscheinlich eine andere Frisur machen. Jerry Moss mochte es lieber, wenn sie das Haar aufgesteckt trug; er behauptete, das gebe dem Artikel mehr Klasse.

Um elf schloß Amanda sich ins Bad ein und zog ihre eigenen Sachen an. Aus einer großen Tasche holte sie Zahnbürste und Zahnpasta und putzte sich die Zähne von oben nach unten. Bei Alwayso waren heute nachmittag die Lippenstiftfarben für den Sommer dran. Dem Himmel sei Dank für ihre Zähne, dem Himmel sei Dank für ihr Haar. Und ihr Gesicht. Die Beine waren gut, die Hüften schmal, sie war groß. Der Himmel hatte es sehr gut mir ihr gemeint. Nur eins hatte er vergessen. Betrübt starrte Amanda auf ihren falschen Busen. Sie dachte an all die Frauen, die ihr bei den Aufnahmen zugesehen hatten: Arbeiterinnen, Sekretärinnen, Hausfrauen mit schlechten Figuren und plumpen Fesseln – aber sie alle hatten Busen, den sie als etwas Selbstverständliches ansahen. Amanda war flach wie ein Knabe.

Seltsam, daß gerade das für ein Fotomodell die ideale Voraussetzung war. Für ihr Privatleben allerdings weniger. Sie erinnerte sich noch, wie enttäuscht sie mit zwölf Jahren gewesen war, als den anderen Mädchen in der Klasse da oben so zwei »Höcker« wuchsen. Sie war zu Tante Rose gerannt. Tante Rose hatte gelacht. »Die kommen schon noch, mein Herz; wollen wir hoffen, daß sie nicht so groß werden wie bei deiner Tante Rose!«

Aber sie waren nicht gekommen. Als Amanda vierzehn wurde, meinte Tante Rose: »Sieh mal, der liebe Gott hat dir ein hübsches Gesicht gegeben und einen gesunden Verstand. Außerdem kommt es darauf an, daß ein Mann dich um deiner selbst willen liebt.«

Solange Amanda zu Hause in der Küche saß und Tante Rose zuhörte, war gegen diese schlichte Logik nichts einzuwenden; damals ahnte ja niemand, daß sie einmal nach New York gehen und mit all den Menschen zusammenkommen würde, die sie heute kannte.

Zum Beispiel mit dem Sänger – in Gedanken nannte sie Billy nie anders. Als sie sich kennenlernten, war Amanda achtzehn und hatte gerade als Fotomodell angefangen. Schon auf der Schule hatte sie Billys Platten gespielt und mit zwölf Jahren einmal zwei Stunden nach einer Karte für ein Gastspiel angestanden. Ihm dann später in New York auf einer Party persönlich zu begegnen, war wie ein Traum gewesen, war »Liebe auf den ersten Blick«, wie Billy einem Klatschkolumnisten verriet. Vom selben Abend an gehörte Amanda zu seinem Kreis – ein für sie völlig neuer Lebensstil: Wagen mit Chauffeur, Nachtklubpremieren und überall ein ganzer Schwarm von Textern, Agenten, Arrangeuren, Journalisten. Obgleich Amanda niemanden kannte, wurde sie sofort als Mitglied in die Familie aufgenommen. Sie staunte über die Rasanz, mit der Billy ihr den Hof machte, und über die damit verbundene Publicity; vor den Kameras hielt er ihre Hand und küßte sie auf die Wange. Am fünften Abend waren sie endlich allein – in seiner Hotelsuite.

Bis dahin hatte Amanda noch nie ein Apartment im Waldorf betreten. Sie wohnte damals noch im Babizon-Hotel für Frauen. Bewundernd blieb sie mitten im Zimmer stehen und starrte auf die vielen Blumen und Flaschen. Billy küßte sie, band seine Krawatte ab und deutete mit einer Kopfbewegung zum Schlafzimmer. Brav folgte sie ihm. Er zog sich das Hemd aus und streifte lässig die Hose ab. »Was ist, mein Engel? – Mach dich frei!«

Amanda schlug das Herz im Halse. Langsam zog sie sich aus, bis auf Höschen und Büstenhalter. Billy küßte ihr Mund, Nacken und Schultern und nestelte dabei an ihrem Büstenhalter, der schließlich zu Boden fiel. Sichtlich enttäuscht trat der Sänger einen Schritt zurück. »Herrgott, Baby, zieh den BH wieder an.« Er sah an sich herunter und lachte. »Mein Charlie ist vor Schreck zusammengebrochen.«

Amanda zog den Büstenhalter wieder an, alles andere gleich dazu, und rannte aus dem Hotel. Am nächsten Tag schickte Billy ihr Blumen, belagerte sie mit Telefonanrufen, verfolgte sie. Amanda ließ sich erweichen, sie verlebten drei wundervolle Wochen zusammen, und wenn sie mit ihm ins Bett ging, behielt sie den Büstenhalter an.

Nach drei Wochen kehrte der Sänger an die kalifornische Küste zurück. Er rief nie wieder an. Um sein Gewissen zu beruhigen, schenkte er ihr zum Abschied einen Nerzmantel. – Amanda würde nie Billys verblüfftes Gesicht vergessen, als er feststellte, daß sie noch Jungfrau war.

Die Fotos und Gesellschaftsnotizen in der Presse trugen ihr einen Anruf der Agentur Nick Longworth ein. Amanda schloß einen Vertrag, und ihre Karriere als Fotomodell begann. Anfangs verdiente sie fünfundzwanzig Dollar die Stunde; heute, fünf Jahre später, gehörte sie zu den zehn amerikanischen Topmodellen und wurde mit runden sechzig Dollar die Stunde notiert. Nick Longworth fütterte sie mit Modeheften und ließ sie zum Mannequin ausbilden. Vom Babizon zog sie in ein hübsches Apartment auf der East Side, wo sie die meisten Abende allein verbrachte. Sie kaufte sich ein Fernsehgerät und eine Siamkatze, las aufmerksam die Zeitschriften und konzentrierte sich auf ihre Arbeit ...

Robin Stone platzte auf einem Wohltätigkeitsball in ihr Leben. Zusammen mit fünf Kolleginnen war Amanda ausersehen worden, bei einem Wohltätigkeitsfest im Waldorf Kleider vorzuführen. Die Plätze kosteten hundert Dollar. Tanz und Unterhaltungseinlagen fanden wie üblich im großen Saal statt, und wie üblich kamen die Spitzen der Gesellschaft. Eines allerdings unterschied diesen Ball von all den anderen glanzvollen Wohltätigkeitsveranstaltungen: Mrs. Gregory Austin stand dem Festausschuß vor. Mrs. Gregory Austins Ball fand nicht nur in der gesamten Presse Beachtung, sondern wurde im Regionalprogramm des Senders IBC übertragen. – Warum auch nicht? Mr. Austin gehörte ja schließlich die Sendeanstalt.

Der große Saal des Waldorf war brechend voll. Die Mannequins wurden, da sie immerhin ihre Zeit zur Verfügung stellten, wie »zahlende Gäste« behandelt. Amanda saß mit den fünf anderen an einem Tisch und stocherte in ihrem Essen herum. Die IBC hatte den Mädchen sechs mittlere Angestellte als Begleiter zugeteilt, sympathische, höfliche Männer. Zunächst machten sie brav Konversation, gerieten aber bald untereinander in ein Gespräch über Testzahlen und Programmänderungen. Amanda hörte kaum zu. Verstohlen beobachtete sie den Tisch, an dem Mrs. Gregory Austin mit ihren Bekannten saß. Amanda kannte Judith Austin von Zeitungsfotos und freute sich, daß die prominente Dame der Gesellschaft ihr Haar genau in dem gleichen Ton gefärbt hatte wie sie. Amanda schätzte sie auf über vierzig – eine blendende Erscheinung, klein und von vollendet unauffälliger Eleganz. Frauen wie Judith Austin hatte Amanda im Anfangsstadium ihrer Ausbildung nachzuahmen versucht. Natürlich konnte sie sich auch heute noch nicht die Kleider leisten, die Mrs. Austin trug, wohl aber deren Kopien.

Nach dem Essen ging sie in den Ankleideraum, um sich für den Laufsteg fertigzumachen. Die IBC-Kameras waren schon aufgebaut. Die Modeschau sollte live in den Elf-Uhr-Abendnachrichten kommen. Amanda saß wartend mit ihren Kolleginnen in der Garderobe. Es klopfte leise. Robin Stone kam herein, um die Namen aufzuschreiben. Sie sagte »Amanda«. Er schrieb es auf und wartete. Lächelnd belehrte sie ihn: »Nur Amanda – das ist alles.« Ihre Augen trafen sich, auch er lächelte. Als er durch den Raum ging und die übrigen Namen aufschrieb, ließ sie keinen Blick von ihm. Er war sehr groß; die Art, wie er sich bewegte, gefiel ihr. Ein paarmal hatte sie ihn im Nachrichtenprogramm gesehen, bevor sie auf den Spätfilm bei CBS umschaltete, und ganz dunkel erinnerte sie sich, daß Robin Stone einmal den Pulitzer-Preis für Zeitungsreporter bekommen hatte. Das Fernsehen war bestimmt nicht das Richtige für ihn. Er hatte dichtes, dunkles Haar mit einem Anflug von Grau. Aber das wirklich Aufregende an ihm waren seine Augen, die sie plötzlich ansahen und ihren Blick festhielten – beinahe abschätzend. Dann grinste er leicht und ging.

Amanda sagte sich, daß er wahrscheinlich mit einer Frau verheiratet war, die so aussah wie Mrs. Austin. Bis zum Ende der Modeschau hatte sie sich dazu noch zwei Kinder vorgestellt, die ihrem Vater aufs Haar glichen.

Als er klopfte, war sie schon umgezogen. »Hallo, Miss Vorname«, sagte er grinsend. »Gibt es einen Mr. Vorname, der zu Hause auf Sie wartet, oder haben Sie Zeit, mit mir ein Bier zu trinken?«

Sie ging mit Robin ins P. J., drehte ein Glas Coca-Cola in der Hand und sah staunend, wie er fünf Wodkas trank und dabei völlig nüchtern blieb. Dann ging sie, ohne daß ein Wort darüber gewechselt wurde, mit ihm in seine Wohnung. Nur der Druck seiner Hand verriet, was er wünschte.

Fast wie in Hypnose betrat sie das Apartment. Ohne jede Furcht stand sie vor ihm, zog sich aus, dachte nicht an ihren Busen. Als sie zögerte, den Büstenhalter abzunehmen, trat Robin zu ihr und streifte ihn ab.

»Bist du enttäuscht?« fragte sie. Er schleuderte den ausgestopften Büstenhalter durchs Zimmer. »Nur Kühe brauchen Zitzen!« dann schloß er sie in die Arme, beugte sacht den Kopf und küßte ihre Brust. Noch nie hatte ein Mann das getan. Zitternd umfaßte sie seinen Kopf.

In jener ersten Nacht nahm er sie wortlos und behutsam, bis ihre erschöpften Körper voneinander ließen. Robin zog sie an sich.

»Willst du mein Mädchen sein?« fragte er. Statt einer Antwort klammerte sie sich nur noch fester an ihn. Er löste sich aus der Umarmung, seine klaren blauen Augen suchten ihr Gesicht. Die Lippen lächelten. Aber die Augen blieben ernst. »Kein Gängelband, keine Versprechungen, keine Fragen – auf beiden Seiten nicht, okay?«

Sie nickte stumm. Wieder griff er nach ihr und drang in sie mit einer seltsamen Mischung von Gewalttätigkeit und Zärtlichkeit. Schließlich sanken sie erschöpft und befriedigt zurück. Amanda warf einen Blick auf die Nachttischuhr. Es war drei. Sie schlüpfte aus dem Bett, aber Robin packte blitzschnell ihr Handgelenk. »Wohin willst du?«

»Nach Hause.«

Er verdrehte ihr das Handgelenk, daß sie vor Schmerzen aufschrie. »Wenn du mit mir schläfst, dann bleibst du! Dann gehst du nicht!«

»Aber ich muß. Ich bin im Abendkleid!«

Er ließ sie los, stand auf und zog sich an. »Dann komme ich mit zu dir.«

Sie lächelte. »Angst, allein zu schlafen?«

Seine Augen wurden dunkel. »Sag so etwas nicht noch einmal! Ich schlafe allein. Aber wenn ich mit einem Mädchen ins Bett gehe, schlafe ich mit ihr!«

Sie fuhren zu ihrer Wohnung. Dort gab sie sich ihm zum drittenmal hin. Als sie in seinen Armen einschlief, war sie von einem so brennenden Glücksgefühl erfüllt, daß ihr alle anderen Frauen auf der Welt leid taten, weil sie Robin Stone nicht kennenlernen würden.

Heute, drei Monate später, hatte sich sogar ihr Siamkater Slugger an Robin gewöhnt und kuschelte sich nachts an seine Füße.

Robin verdiente nicht viel Geld. An den Wochenenden ging er häufig auf Vortragsreisen, um sein Einkommen aufzubessern. Es machte Amanda nichts aus, auf die eleganteren Restaurants zu verzichten; ihr gefiel es im P. J., in der Lancer Bar, dem Piccolo Italia oder im Klub 21 – Robins Stammlokalen. Sie teilte auch seine Vorliebe für doppelte Kinovorstellungen und bemühte sich verzweifelt, den Unterschied zwischen Demokraten und Republikanern zu kapieren. Manchmal saß sie stundenlang in der Lancer Bar und hörte zu, wenn Robin und Jerry Moss politisierten. Jerry wohnte in Greenwich. Seine Agentur verwaltete den Werbeetat der

Alwayso Cosmetics, und aus Freundschaft zu Robin hatte er Amanda die Lippenstiftaufnahmen verschafft.

Sie stand vorm Badezimmerspiegel des Plaza-Hotels, zog ihr Wollkleid an und ging in den Salon. Den Behelfstisch hatte man schon wieder weggebracht. Der Fotograf packte seine Sachen zusammen; er hieß Iwan Greenberg und war ein guter Freund von ihr. Amanda winkte ihm und den Leuten, die die Kleider einpackten, zu und ging. Wie ein goldener Traum, mit lang wehenden Haaren, lief sie die Treppen hinab; der braune Nerz des Sängers warf seidige Wellen.

Aus der Hotelhalle rief sie den Auftragsdienst an. Kein Wort von Robin. Darauf wählte sie seine Nummer; hohl schrillte das Rufzeichen, so, wie es nur klingt, wenn niemand zu Hause ist. Sie hängte ein. Es war fast Mittag. Wo, um alles in der Welt, mochte er sein?

2

Er war im Hotel Bellevue Stratford in Philadelphia.

Beim Aufwachen dämmerte es ihm, daß er den Vormittag so gut wie verschlafen hatte. Auf dem Fenstersims gurrten Tauben. Er schlug die Augen auf und wußte genau, wo er sich befand. Wenn er in einem Motel übernachtete, wußte er es manchmal nicht, weil alle Motelzimmer gleich aussahen; dann mußte er sich jedesmal erst auf die Stadt besinnen, in der er war, oder auf den Namen des Mädchens neben ihm im Bett. An diesem Morgen war er allein, und es war auch kein Motelzimmer, in dem er lag. Das liebe alte Philadelphia mit seinem Bankett für den »Mann des Jahres« hatte ihm ein ganzes Apartment spendiert.

Er tastete nach seinen Zigaretten. Die Packung war leer. Nicht mal eine anständige Kippe lag im Aschenbecher.

Telefonisch bestellte er ein großes Glas Orangensaft, Kaffee und zwei Schachteln Zigaretten. Dann fischte er sich die am besten erhaltene Kippe heraus, zupfte das verkohlte Ende ab und zündete sie an. In dem Aschenbecher auf der anderen Seite des Betts lagen längere Kippen, mit orangefarbenem Lippenstift am Mundstück; aber er nahm keine davon, vielmehr stand er auf, schüttete sie in die Toilette und sah zu, wie sie weggespült wurden. Dabei hatte er das Gefühl, auch das Mädchen aus seinen Gedanken zu verbannen. Mann, er hätte schwören können, daß sie noch ledig war. Verheiratete Frauen, die auf ein Abenteuer aus waren, erkannte er meistens auf den ersten Blick. Die hier hatte ihn glatt getäuscht; vielleicht, weil sie ein gutes Stück über dem Durchschnitt stand. Na ja, sie waren alle nur etwas für eine Nacht. Was interessierten ihn die Ehemänner! Grinsend sah er auf die Uhr. Gleich zwölf. Er mußte um zwei den Zug nach New York erreichen.

Heute abend würde er mit Amanda feiern und auf Gregory Austin anstoßen, den Mann, der ihn aus diesem Dasein erlöste. Immer noch kam es ihm unwirklich vor; so wenig glaubwürdig wie Austins Anruf am Samstag morgen um neun. Erst hatte Robin gedacht, es sei ein Schwindel – der Aufsichtsratsvorsitzende des Senders IBC rief persönlich einen Nachrichtenkommentator an? Austin hatte gelacht und ihm empfohlen, zurückzurufen und sich zu vergewissern. Genau das tat Robin; schon beim ersten Rufzeichen hob Austin ab. Ob Mr. Stone sofort in sein Büro kommen könne? Zehn Minuten später stand er vor Gregory Austins Schreibtisch – mit Koffer, denn er mußte mit dem Mittagszug nach Baltimore.

Austin saß allein in seinem prächtigen Büro; er kam sofort zur Sache: Was Robin davon halte, Chef der Abteilung Nachrichten zu werden? Außerdem würde er es begrüßen, wenn Robin Pläne für eine Erweiterung der Abteilung entwickeln und anläßlich der Parteikonvente im Sommer ein eigenes Team aufstellen könne. Robin hielt sehr viel davon. Allerdings war »Chef der Abteilung Nachrichten« ein rätselhafter Titel. Morgan White war Präsident der Abteilung Nachrichten und Randolph Lester Vizepräsident. Was »Chef der Abteilung Nachrichten« bedeute, erkundigte er sich. Es bedeutete fünfzigtausend im Jahr, doppelt soviel, wie er jetzt verdiente, und zur Titelfrage meinte Austin: »Wir wollen es vorläufig mal dabei lassen, einverstanden?«

Eine phantastische Ausgangsposition! Als Austin erfuhr, daß Robin noch ein Jahr an seinen Rednervertrag gebunden war, erledigte er das mit zwei Anrufen. Der eine galt der Agentur, die die Verträge vermittelte, der andere seinem Rechtsanwalt, den er beauftragte, Robins Vertrag abzulösen. So einfach ging das – so einfach und so unauffällig. Robin sollte der IBC eine Woche lang fernbleiben und über die getroffene Vereinbarung Stillschweigen bewahren. Nächsten Montag sollte er den neuen Job übernehmen. Gregory Austin wollte seine Anstellung selbst bekanntgeben.

Robin schenkte sich Kaffee ein und zündete sich eine Zigarette an. Die schwache Wintersonne schien durch die Hotelfenster. Heute in einer Woche also würde er die neue Stelle bei der IBC antreten.

Nach einem tiefen Zug an der Zigarette verflüchtigte sich mit dem Rauch auch etwas von seiner guten Laune. Er drückte die Zigarette aus und hatte, ausgelöst durch diese Geste, plötzlich das Mädchen mit dem orangefarbenen Lippenstift vor Augen. Wie hieß sie nur? Peggy? Betsy? Beide Namen sagten ihm nichts. Aber so ähnlich war er gewesen. Billie, Mollie, Lillie? Was soll's? So wichtig war es nicht. Er lehnte sich zurück und schob den Kaffee zur Seite. Als er noch an der Harvard-Universität studierte, war er einmal übers Wochenende nach New York gefahren und hatte sich eine Show angesehen: »Lady in the Dark.« Darin kam ein Mädchen vor, das sich nur an bestimmte Takte einer Melodie erinnern konnte. Das gleiche passierte ihm gelegentlich, nur war es bei ihm keine Melodie, sondern ein visueller Eindruck, ein Bild ... das er nie ganz deutlich sah, er erahnte es nur. Es war ihm dann, als stände er dicht vor einer wichtigen Erinnerung, die das Gefühl süßer Wärme bei ihm auslöste, ein Glücksgefühl, das zum Schluß in schreckliche Angst umschlug. Es kam selten vor, aber letzte Nacht war es passiert; einmal ein flüchtiger Erinnerungsblitz – nein, zweimal! Das erstemal schon, als das Mädchen zu ihm ins Bett schlüpfte und er ihren weichen, bebenden Körper spürte – sie hatte einen wundervollen Busen. Gewöhnlich achtete er nicht sonderlich auf Busen. Robin flog auf schlanke, sehnige Frauen – möglichst blond.

Doch das Mädchen von heute nacht war dunkelhaarig gewesen und hatte einen wunderbaren, vollen Busen. Merkwürdig, daß sie ihn gereizt hatte. Jetzt fiel es ihm wieder ein. Im Orgasmus hatte er etwas gerufen. Aber was? Im allgemeinen tat er das nie, weder bei Amanda noch bei irgendeinem andern Mädchen, mit dem er schlief. Aber daß er diesmal etwas gerufen hatte, wußte er genau, und er wußte auch, daß es früher schon vorgekommen war und er sich hinterher nie an die Worte erinnern konnte.

Robin zündete sich eine neue Zigarette an und zwang sich, an die Zukunft zu denken. Er hatte allen Grund zum Feiern. Eine ganze freie Woche lag vor ihm. Mit dem Frühstück war auch eine Lokalzeitung gekommen. Auf Seite drei war er neben dem kahlköpfigen, dicken Richter abgebildet, der »Mann des Jahres« geworden war und auf den er die Laudatio gehalten hatte.

In der glücklichen Gewißheit, nie mehr eine Rede halten zu müssen, schlürfte er seinen Kaffee. Anfangs hatte alles so einfach ausgesehen. Nachdem er etwa ein Jahr als Redakteur für Lokalnachrichten bei der IBC tätig war, trat Clyde Watson, der Direktor der Universal Lecture Agency, die im ganzen Land Redner vermittelte, an ihn heran. »Meine Agentur könnte für Sie Wochenendvorträge abschließen. Ich bin überzeugt, daß wir fünfhundert, vielleicht sogar siebenhundertfünfzig verlangen können.«

»Wofür?«

»Suchen Sie sich die Themen aus. Ich habe Ihre Kolumnen gelesen.« Er deutete auf einen Ordner. »Erzählen Sie etwas Lustiges aus Ihrer Journalistenzeit, und verbinden Sie das mit irgendeinem passenden Thema. Sie werden viel Arbeit haben.«

»Weshalb sollten sich die Leute meine Vorträge anhören?«

»Schauen Sie in den Spiegel, Mr. Stone. Künstler und Redner werden bei mir hauptsächlich von Frauenvereinen angefordert, und die haben die Nase voll von Professoren mit Glatze oder Komikern ohne Sex-Appeal. Sie, Stone, würden einigen Glanz in ihre Hütten bringen. Ein Kriegsberichterstatter, ein Pulitzer-Preisträger – Sie wären an Vortragspulten und Ehrentafeln sehr gefragt.«

»Und wo bleibt die Zeit für mein Buch?«

»Ein Buch wollen Sie auch noch schreiben? Legen Sie es fürs erste beiseite. Sie würden Jahre brauchen. Aber mit den Verträgen können Sie in zwei Jahren genug sparen, um ein ganzes Jahr auszusetzen. Ziehen Sie sich an einen stillen Ort zurück. Wer weiß, vielleicht kommt ein zweiter Pulitzer-Preis dabei heraus. Sie wollen doch nicht Ihr Leben lang Fernsehkommentator bleiben, oder?«

Es klang höchst verlockend, trotz der fünfunddreißig Prozent, die die Agentur bekam. Robin unterschrieb bereitwillig. Seinen ersten Vortrag hielt er in Houston, dreihundertfünfundzwanzig für ihn. Dann las er das Kleingedruckte: Tagesspesen und Hotelzimmer gingen zu seinen Lasten. Von seinem ersten Honorar blieben ihm ganze dreiundreißig Dollar. Als er versuchte, aus dem Vertrag auszusteigen, hatte Watson höflich gelächelt. Das stehe ihm selbstverständlich frei – wenn er die Ablösesumme zahle.

Seither war Robin ein Jahr lang mit dem Flugzeug durch die Lande gereist, hatte seine ein Meter neunzig in die engen Sitze gezwängt und war oftmals die Nacht durchgeflogen, neben sich fette Weiber und schreiende Babys und vor sich die Aussicht auf diese schrecklichen Motels. Daß man ihm ein Hotelapartment zur Verfügung stellte wie in Philadelphia, war eine große Ausnahme.

Gott sei Dank, das war aus und vorbei. Jetzt war er »Chef der Abteilung Nachrichten«!

Von dem ersten Geld, das er mit seinen Vorträgen verdiente, hatte er sich eine Wohnung gemietet; nichts Aufregendes, aber immerhin besser als ein Hotelzimmer. Er legte sich einen neuen Schreibtisch zu, ersetzte seine winzige Reiseschreibmaschine durch eine neue elektrische und besorgte sich einen großen Stapel Schreib- und Durchschlagpapier. Leider hatte er fast nie Zeit, sich in der Wohnung aufzuhalten, denn tagsüber war er im Studio beschäftigt, die Nächte gehörten den Mädchen und dem Alkohol, und an Wochenenden reiste er. Das hörte jetzt auf. Er würde sich mit Bravour auf den neuen Job stürzen, jeden Cent, den er übrig hatte, sparen und sein Buch schreiben.

Manchmal zweifelte Robin an seiner schriftstellerischen Begabung. Konnte er wirklich schreiben? Der Pulitzer-Preis bewies gar nichts. Journalist sein bedeutete nicht, daß man auch ein Buch in der Feder hatte. Und er wollte ein Buch schreiben, unbedingt.

Materielle Dinge bedeuteten ihm wenig. Das lag vielleicht daran, daß er bis zum Tode seines Vaters, der Kitty, seiner Mutter, ein Vermögen in Höhe von vier Millionen Dollar hinterließ, immer alles gehabt hatte. Wenn Kitty einmal starb, würde das Grundkapitel zwischen Robin und seiner Schwester Lisa geteilt; bis dahin machte sich die glorreiche Kitty mit 12 000 Dollar Zinsen monatlich einen schönen Tag. Komisch, daß er seine Mutter in Gedanken immer die »glorreiche Kitty« nannte. Sie sah blendend aus – klein und blond –, das heißt, der Himmel mochte wissen, ob sie nicht inzwischen rot war. Als sie vor zwei Jahren nach Rom zog, war sie das, was er eine »scheckige« Blondine nannte. Kitty hatte behauptet, es sei Rauhreif. Robin grinste. Für ein neunundfünfzigjähriges Frauenzimmer sah sie wirklich nicht übel aus.

Er hatte eine schöne Kindheit gehabt, selbst während der Schulzeit. Sein alter Herr hatte lange genug gelebt, um für Lisa die größte Hochzeit in der Geschichte Bostons auszurichten. Heute lebte Lisa in San Francisco, ihr Mann war ein Trottel mit Bürstenhaarschnitt und einer der reichsten Grundbesitzer der Westküste. Sie hatten zwei entzückende Kinder – Gott, er hatte sie schon fünf Jahre nicht mehr gesehen. Lisa war . . . mal überlegen . . . als sie geboren wurde, war er sieben – also mußte sie heute dreißig sein. Dreißig Jahre, Mutter und in besten Verhältnissen. Er dagegen streunte immer noch herum. Was ihm nur lieb war. Vermutlich trug sein Vater die Schuld daran. Als Robin ungefähr zwölf Jahre alt war, hatte sein Vater ihn eines Tages zu seinem ersten Golfspiel mitgenommen.

»Du mußt an das Golfspiel herangehen, als wäre es ein Schulfach, wie Algebra – etwas, das man beherrschen muß. Du mußt ein guter Golfspieler werden, mein Junge, denn so manches Geschäft wird auf dem Golfplatz abgewickelt.«

»Hat alles, was man lernt, nur den Zweck, damit Geld zu verdienen?« hatte Robin gefragt.

»Wenn man eine Familie gründen möchte, ja«, erwiderte sein Vater. »Als ich klein war, träumte ich davon, ein berühmter Strafverteidiger zu werden. Doch dann verliebte ich mich in deine Mutter und begnügte mich mit Zivilrecht. Ich kann mich nicht beklagen, ich bin ein sehr reicher Mann geworden.«

»Aber hättest du nicht viel lieber Strafrecht gemacht, Dad?«

»Wenn man erst mal Familie hat, kann man nicht einfach mehr tun, was man möchte. Die Familie geht vor.«

Robin lernte Golf spielen. Als er zur Harvard-Universität ging, hatte er eigentlich geistesgeschichtliche Fächer belegen und im Hauptfach Zeitungswissenschaft studieren wollen. Sein Vater war dagegen gewesen; wie er ja auch wütend geworden war, als er Robin über Tolstoi und Nitzsche erwischte.

»Das nützt dir gar nichts für Jura«, sagte er.

»Ich will kein Jurist werden.«

Sein Vater starrte ihn wütend an und ging hinaus. Am nächsten Tag setzte Kitty ihm liebevoll auseinander, daß er seinen Vater stolz machen müsse, das sei er ihm schuldig, Herrgott noch mal, es schien Robin manchmal, als ob er nur das Wort »schuldig sein« zu hören bekäme. Er war es seinem Vater *schuldig*, Football zu spielen, weil das zu der Vorstellung paßte, die man sich von einem guten Rechtsanwalt machte. Also ließ er sich sämtliche Knochen im Leibe brechen, nur um der beste Verteidiger zu werden, den Harvard damals besaß. Als er 1944 sein Examen ablegte, hätte er Zivilrecht machen können, aber er war damals einundzwanzig, und es war Krieg. Darum meldete er sich zur Luftwaffe, versprach aber, nach seiner Rückkehr die juristische Ausbildung abzuschließen. Es sollte anders kommen. Er flog eine Menge Einsätze, wurde Hauptmann und, durch Schulterschuß verwundet, eines Tages auf Seite zwei der Bostoner Zeitung erwähnt – das zumindest machte seinen alten Herrn stolz auf ihn! Die Verwundung war nicht schwer, wurde aber durch eine alte Sportverletzung kompliziert. Robin mußte in Europa im Lazarett bleiben. Um die Langeweile zu vertreiben, schrieb er über das Leben im Lazarett und die Erlebnisse seiner Kameraden. Den Durchschlag schickte er einem Freund, der der

Northern Press Association angehörte. Der Bericht wurde gedruckt, und Robins Laufbahn als Journalist begann.

Als der Krieg vorbei war, wurde er Korrespondent der NPA. Natürlich mit den gewohnten Vorwürfen seines Vaters und Kittys. Er sei es seinem Vater *schuldig,* sein Jurastudium fortzusetzen. Zum Glück hatte Lisa inzwischen ihren Bürstenhaarschnitt kennengelernt, und der ganze Haushalt drehte sich um die Vorbereitungen zu ihrer Hochzeit. Fünf Tage nach der Hochzeit fiel der alte Herr beim Squash-Spiel tot um – ein Tod, wie Dad ihn sich gewünscht hätte, fand Robin. Im Vollbesitz seiner Kräfte und nach Erfüllung aller familiärer Pflichten.

Robin stand auf und schob den Frühstückswagen beiseite. Er war sein eigener Herr und keinem Menschen auf der Welt etwas schuldig. Und er war entschlossen, es künftig so zu halten.

3

Es begann wie ein normaler Montagmorgen. Die auf Grund der wöchentlichen Einschaltziffern ermittelten Bewertungen lagen auf den Schreibtischen der Abteilungsleiter. Um zehn gab es das erste Anzeichen einer Verwicklung in Gestalt einer einfachen Notiz: »Gregory Austin bittet Danton Miller um halb elf in sein Büro.«

Diese Nachricht wurde von Mr. Austins Privatsekretärin an Danton Millers Privatsekretärin Susie Morgan durchgegeben. Susie kritzelte sie auf ein Blatt Papier, legte sie auf Mr. Millers Schreibtisch neben die Wertungsnoten und ging in den Waschraum.

Dort herrschte schon lebhafter Betrieb. Später – sie war gerade dabei, sich die Wimpern zu tuschen – leistete sie ihren Beitrag zum hausinternen Klatsch: Austin hatte Miller zu sich bestellt! Die erste, die den Waschraum verließ, gab Susies Leckerbissen an eine Freundin in der Rechtsabteilung weiter, und in weniger als fünf Minuten hatte sich die Neuigkeit durchs ganze Haus verbreitet.

Als die Presseabteilung davon erfuhr, tippte Ethel Evans gerade ihren ersten Brief. Ethel war so gespannt, von Susie Näheres zu erfahren, daß sie nicht erst lange auf den Fahrstuhl wartete, sondern die vier Treppen hinunterrannte und atemlos im Waschraum des sechzehnten Stocks ankam. Susie war allein und im Begriff, ihren Lippen den letzten Glanz zu geben.

»Ich habe gehört, dein Boß kriegt seine Papiere«, sagte Ethel. »Wenn Austin Miller an einem Montagmorgen zu sich zitiert, weiß jeder, was das zu bedeuten hat; dein Chef fliegt. Hast du die letzten

Testergebnisse gesehen?«

Susie toupierte ihr Haar, obwohl es gar nicht nötig war; sie haßte Ethel Evans. Aber sie mußte vor allem ihre Sicherheit wiedergewinnen. Ethel Evans saß schließlich nur als eine unter vielen in der Presseabteilung, während sie, Susie, Danton Millers Privatsekretärin war. Ruhig antwortete sie: »Ja, Ethel, ich habe sie gesehen. Aber am schlimmsten ist die Abteilung Nachrichten betroffen, und deren Präsident ist Morgan White. *Er* hätte Grund zum Zittern. Nicht Danton Miller.«

Ethel lachte. »Morgan White ist mit Austins verwandt. Dem kann gar nichts passieren. Dein Boß sitzt in der Klemme.«

Jetzt fuhr Susie doch der Schrecken in die Glieder. Denn wenn Miller entlassen wurde, mußte auch sie gehen. Aber sie ließ sich nichts anmerken und musterte konzentriert ihre Frisur.

Ethel gab es auf. »Na schön, tu nur so, als könne dich das nicht erschüttern, aber ich wette mit dir um ein Steak, daß Dan gehen muß. Sein Stuhl wackelt mächtig.«

Susie blieb allein im Waschraum. Sie machte sich Sorgen um Dan, aber noch mehr Sorgen machte sie sich um ihre eigene Stellung. Wenn ein neuer Mann kam, würde er seine Sekretärin mitbringen . . .

Dan Miller war wirklich nervös. Schon beim Anblick der Testergebnisse hatte er Unheil geahnt, und als Susie ihm die Nachricht auf den Schreibtisch legte, befiel ihn lähmendes Unbehagen.

Um zehn Uhr siebenundzwanzig verließ er sein Büro und ging zum Aufzug. Er warf einen Blick über den Flur. MORGAN WHITE stand in goldenen Lettern drüben auf der gewichtigen Nußbaumtür, hinter der anscheinend nichts die Stimmung trübte. Klar, White konnte nichts passieren. Gregory Austin hatte sich Danton Miller jr. zum Opferlamm erkoren.

Er nickte dem Liftboy flüchtig zu und fuhr ins Dachgeschoß hinauf. Mit einem beherrschten Lächeln ließ er sich von der Sekretärin anmelden; sie erwiderte sein Lächeln und deutete mit einer Handbewegung an, er möchte hineingehen. Beneidenswert, wie sicher und friedlich sie da in ihrem getäfelten und mit einem nahtlosen Spannteppich ausgelegten Wohnzimmer saß.

Dan betrat den geräumigen Empfangsraum, in dem Austin gewöhnlich seine wichtigen Besucher begrüßte – große Konzernherren und Direktoren von Werbeagenturen, die von der IBC für viele Millionen Dollar Sendezeit kauften. Hinter dem Empfangsraum lag noch ein großes Konferenzzimmer und Austins luxuriöses

Privatbüro.

Dan setzte sich auf eins der Ledersofas und starrte verdrossen auf die hübschen altamerikanischen Möbel. Noch war er, Danton Miller jr., Präsident in einer Fernsehanstalt; in fünf Minuten konnte er schon stellungslos sein. Er nahm sich eine Zigarette aus dem Etui. Schwarzes Babykroko, die Fassung aus achtzehnkarätigem Gold. Seine Hände waren schweißfeucht. Er wollte diesen Job nicht verlieren! Die Stellung bedeutete Macht! Wohin konnte er danach noch gehen außer in die Walhalla der Ex-Fernsehpräsidenten, den Klub 21, mit dem täglichen martinifeuchten Vierstundenlunch?

Er starrte aus dem Fenster. Draußen schien eine wässerige Sonne. Es würde bald Frühling werden. Das Sofa, auf dem er saß, würde im Frühling noch hier sein. Er aber nicht mehr. Plötzlich wußte er, wie einem Verurteilten auf dem Weg zum elektrischen Stuhl zumute ist, wenn er die Zeugen seiner Hinrichtung vor sich sieht. Tief sog er die Luft ein, als wolle er jede Sekunde seines Lebens auskosten; als könne es ihm in wenigen Sekunden genommen werden: das große Büro, die Reisen an die Westküste, der Bungalow beim Beverly-Hills-Hotel, die Frauen . . . Dan war kein ausgesprochen religiöser Mensch, trotzdem sandte er jetzt ein Stoßgebet zum Himmel – ein Gelöbnis. Wenn er heute nicht flog, würde alles anders werden. Er würde dafür sorgen, daß die Zuschauerbeteiligung stieg – und wenn er der Konkurrenz die Zugnummer klauen mußte! Vierundzwanzig Stunden am Tag würde er arbeiten. Schluß mit dem Saufen, Schluß mit den Weibern. Das war ein Gelübde, er würde es halten. Hatte er nicht auch seinen Vorsatz gehalten, zum Mittagessen nichts mehr zu trinken?!

Nach Dans Überzeugung war der Mittagsmartini eins der größten Berufsrisiken beim Fernsehen. Darum hatte er sich tagsüber strenge Abstinenz auferlegt. Was er indessen nach Büroschluß tat, hielt er seit eh und je für seine eigene Angelegenheit. Im letzten Jahr hatte er es allerdings übertrieben. Wenn er seinen Job behielt, würde er auch mit der Hurerei aufhören. Er wollte mehrmals in der Woche zu Hause bleiben und sich auf der verdammten Mattscheibe die Konkurrenz ansehen, um herauszufinden, warum die IBC nicht mitkam. Was wollte das Publikum eigentlich sehen, zum Teufel? Nicht mal das Publikum wußte das.

Die mächtige Tür ging auf, und Gregory Austin kam heraus. Dan sprang auf. Sein Chef drückte ihm die Statistik in die Hand und winkte ihm, sich wieder hinzusetzen. Dan studierte die Zahlen, als sähe er sie heute zum erstenmal. Aus dem Augenwinkel beobachtete er, wie Gregory auf und ab ging. Woher nahm der Mann nur seine Energie? Dan war zehn Jahre jünger, aber er hatte nicht diesen federnden Gang; dabei überragte er Austin um etliche Zentimeter. Sogar seine Frau Judith wirkte neben Gregory größer, wenn sie hochhackige Schuhe anhatte. Trotzdem strahlte er Männlichkeit und Kraft aus. Seine ganze Erscheinung sprühte vor Temperament: das rote Haar, die Sommersprossen auf den kräftigen, braungebrannten Händen, die schlanke Figur, die lebhaften Bewegungen und das plötzliche, entwaffnende Lächeln. Es hieß, bevor er seine Frau kennenlernte, habe Austin sich intensiv mit Hollywoodstarlets beschäftigt. Danach hatte für Gregory anscheinend keine andere Frau mehr existiert.

»Was sagen Sie dazu?« fragte er plötzlich.

Dan verzog das Gesicht.

»Fällt Ihnen nichts auf?«

»Wir sind im Keller«, sagte Dan, als sei das eine plötzliche Entdeckung von ihm.

»Fällt Ihnen noch etwas auf?«

Dans Magengeschwür meldete sich mit heftigen Stichen. Er starrte auf zwei Bunte Abende, die unter den letzten zehn eingestuft waren. Sendungen, die er empfohlen hatte. Doch er zwang sich, Austin mit unschuldigen Augen anzublicken. Der klopfte ungeduldig mit dem Finger auf die Liste. »Schauen Sie sich das regionale Nachrichtenprogramm an. Es hat nicht nur seine Werte gehalten, sondern an manchen Abenden sogar die von CBS, ABC und NBC übertroffen. Der Grund dafür ist ein Mann namens Robin Stone.«

»Ich habe ihn verschiedentlich gesehen, er ist ausgezeichnet«, log Dan. Er hatte sich weder den Mann noch die Elfuhrnachrichten jemals angesehen, denn entweder lag er um diese Zeit schon besoffen im Bett, oder er hatte NBC eingeschaltet und wartete auf die »Abendschau«.

»Ich habe ihn mir seit einem Monat jeden Abend angesehen«, stellte Austin fest. »Meine Frau findet ihn glänzend. Und im allgemeinen bestimmen ja die Ehefrauen, auf welchem Kanal ihr Mann die Nachrichten empfängt. Bei allen anderen Sendungen haben vielleicht die Männer das letzte Wort, nur nicht bei den Nachrichten. Die Nachrichten sind nämlich auf allen Sendern gleich. Die Wahl richtet sich einfach danach, welcher Sprecher einem am besten gefällt. Das ist der Grund, weshalb ich Robin Stone aus dem

Regionalprogramm herausgenommen habe. Ich will ihm gemeinsam mit Jim Bold die Siebenuhrnachrichten geben. Ich habe einiges mit ihm vor. In dem Mann steckt eine Menge drin. Wir bauen ihn auf, während er umgekehrt die Siebenuhrsendung aufbaut. Ende dieses Sommers kennt ihn das ganze Land. Stone wird unser As für die Parteikonvente. Wir müssen aus unserer Nachrichtenabteilung etwas machen. Dazu brauchen wir eine Persönlichkeit, und Robin Stone ist unser Mann.«

»Könnte sein«, meinte Dan bedächtig. Er war gespannt, was nun kam. Das war im Grunde Morgan Whites Domäne.

Als könne er Gedanken lesen, fuhr Austin fort: »White muß gehen.« Er sagte es ruhig und sachlich. »Leider kann ich ihn nicht feuern. Er muß kündigen.«

Dan nickte. Er hatte Hemmungen, irgendeinen Kommentar abzugeben, Herrgott, was war er erleichtert, daß seine eigene Hinrichtung aufgeschoben war!

»White ist ein Vetter meiner Frau. Unbegabt, aber stolz. Das liegt in der Verwandtschaft: erstklassige Familie – keine Ahnung vom Geschäft –, aber stolz! Und darauf baue ich. Ich möchte, daß Sie White in einer Aktennotiz mitteilen, Sie hätten Robin Stone als Chef der Abteilung Nachrichten eingestellt.«

Dan nickte langsam. »Morgan wird behaupten, daß ich mir Übergriffe anmaße.«

»Was heißt Übergriffe? Als Präsident haben Sie das Recht, in jeder Abteilung Änderungen vorzuschlagen.«

Dan lächelte. »Vorzuschlagen ja, aber nicht durchzuführen.«

»Wir wollen uns nicht bei Wortklaubereien aufhalten. Jedenfalls wird White zu mir kommen. Ich tue so, als sei ich überrascht, erkläre ihm aber, daß Sie als Präsident berechtigt sind, neue Leute einzustellen.«

»Angenommen, White kündigt nicht.«

»Er wird kündigen«, sagte Austin. »Darauf gehe ich jede Wette ein.« Dan stand auf. Die Unterredung war zu Ende. Er war mit dem Leben davongekommen.

4

Am Tag nach der großen Ankündigung lief der Betrieb bei der IBC wieder normal. Robin Stones Bild erschien mit einem kurzen Hinweis auf seine Ernennung zum Präsidenten der Nachrichtenabteilung in der *New York Times*. Seine Untergebenen sahen seinem

Antritt mit einer Mischung aus Furcht und Spannung entgegen. Robin war immer ein Einzelgänger gewesen, darum beherrschte eine einzige Frage die Gemüter: Was für ein Kerl war Robin Stone eigentlich? Nur der Kameramann Bill Kettner kannte ihn – aber auch nur flüchtig. Zweimal waren sie nach den Elfuhrnachrichten gemeinsam in eine Kneipe gegangen und hatten sich ein Baseballspiel angesehen. Robin Stone war Baseballfan. Außerdem konnte er drei Wodka-Martini wegputzen, als wäre es Orangensaft. Das war aber auch wirklich alles, was man über Robin Stone herauskriegen konnte.

Ein paar Sekretärinnen hatten ihn, immer in Gesellschaft eines hübschen Mädchen, im P. J. gesehen. Manchmal war auch Jerry Moss dabei. Moss schien sein einziger Freund zu sein. Sie trafen sich täglich in der Lancer Bar.

»Wo, zum Teufel, ist denn die Lancer Bar?«

Sie sahen im Telefonbuch nach.

Es war die East Fifty-fourth Street.

Keiner war jemals dort vorbeigekommen.

Mittwoch nachmittag pilgerte die halbe Nachrichtenabteilung in die Lancer Bar.

Von Robin Stone keine Spur.

Am Donnerstag ging ein Mann aus der Dokumentation wieder hin, weil es ihm dort gefallen hatte.

Robin Stone war da.

Mit Jerry Moss und dem schönsten Mädchen der Welt.

Es blieb ihnen nichts anderes übrig, als zu warten, bis Robin Stone sich rührte. Das geschah am späten Freitagnachmittag. In der Nachrichtenabteilung lief eine Aktennotiz um:

»Am Montag morgen um zehn Uhr dreißig findet im Konferenzzimmer achtzehnter Stock eine Besprechung statt.

Robin Stone.«

Um zwanzig nach zehn kamen die ersten. Um fünf vor halb tauchte Ethel Evans auf. Sie hatte hier eigentlich gar nichts verloren, und sie war auch gar nicht so selbstsicher, wie sie sich gab. Sie bemerkte, daß die meisten zielstrebig auf einen Stuhl lossteuerten, als wäre das ihr angestammter Platz. Ethel zögerte, holte sich dann einen Stuhl von der Wand und zwängte sich zwischen einen Kameramann und einen Sportredakteur. Um halb elf ging die Tür auf, und Robin Stone kam herein.

Einige klatschten, aber irgend etwas in seinen Augen erstickte den Applaus, bevor er noch begonnen hatte. Dann grinste Robin, und sie kamen sich alle wie alberne Kinder vor, denen man eine Torheit verziehen hatte.

Nach einem flüchtigen Blick in die Runde, der auf niemandem haftenblieb, sondern gewissermaßen den Raum, die Szene und die Zahl der Anwesenden aufnahm, setzte Robin Stone noch einmal sein kurzes, unbekümmertes Grinsen auf. Ethel stellte fest, daß allenthalben der Widerstand zu schmelzen schien. Für Ethel war Robin plötzlich begehrenswerter als jeder Filmstar. Gott, was gäbe sie, wenn sie diese stählerne Fassade durchbrechen, diesen Mann in ihren Armen zum Erschauern bringen ... ihn beherrschen könnte ... und sei es nur für einen Augenblick! Sie saß weit genug weg, um ihn unbemerkt beobachten zu können, und erkannte plötzlich, daß er nur mit den Lippen lächelte. Seine Augen blieben kalt.

»Ich habe mich mit der Arbeitsweise der Nachrichtenabteilung vertraut gemacht«, begann er ruhig. »Jeder von Ihnen macht seine Sache gut. Aber die IBC krebst mit ihren Zahlen herum. Darum müssen wir mit etwas mehr Musik an die Sache herangehen. Ich bin an erster Stelle Nachrichtenmann, vergessen Sie das nicht. Ich führe zwar jetzt die Abteilung, arbeite aber weiterhin als Kommentator. Bei der Luftwaffe bekam ich zum Schluß ein paar Streifen, aber ich bin trotzdem noch als Jagdflieger meine Einsätze geflogen.«

Ethel beobachtete ihn gebannt. Er sah gut aus, unnahbar, aber gut. Er dürfte etwa sechsunddreißig sein; und kein Gramm Fett zuviel. Sie mußte unbedingt Diät halten. Wieder grinste er. Allein mit seinem Lächeln konnte er den Krieg gewinnen.

»Ich habe nicht die Absicht, den Betrieb hier umzukrempeln«, fuhr Robin fort. »Im Sommer möchte ich ein Spitzenteam aufstellen und zu den Parteikonventen schicken. Bis dahin dürfte Andy Parino von unserem Sender in Miami so fest im Sattel sitzen, daß er mit dabeisein kann. Ich möchte unsere Abteilung *ausbauen* – und nicht irgendwelche Leute auswechseln.« Er wandte sich an Randolph Lester, der schon unter White Vizepräsident gewesen war. »Doch zunächst sollten Sie mich vielleicht einmal um den Tisch herumführen und mir die Kollegen vorstellen.«

Die beiden gingen von einem zum andern. Robin schüttelte jedem die Hand. Das freundliche Grinsen verschwand nicht, aber der Blick war kühl und die Begrüßung unpersönlich. Man hätte meinen können, er sähe sie alle zum erstenmal.

Als sie zu Ethel kamen, schien Lester überrascht, er zögerte einen Augenblick und überging sie. Das Ganze geschah so rasch, daß

Ethel die bewußte Nichtbeachtung gar nicht merkte. Nachdem die beiden Männer an ihren Platz zurückgekehrt waren, blieb Robin stehen. Sein Blick wanderte den Tisch entlang und suchte Ethel.

»Ich glaube, wir wurden einander noch nicht vorgestellt«, sagte er.

Sie stand auf. »Ich bin Ethel Evans.«

»Was machen Sie Schönes?«

Ethel fühlte, wie ihr die Wärme ins Gesicht stieg. »Ich bin von der Presseabteilung.«

»Und was führt Sie hierher?« Er lächelte immer noch, und die Stimme klang freundlich, aber sein Blick war eisig.

»Ich ... ich dachte ... na ja, es wäre vielleicht ganz gut, wenn von der Presse auch jemand hier wäre. Wegen der Pressearbeit für die Nachrichten. Ich dachte, Sie brauchen jemanden.« Sie setzte sich rasch wieder hin.

»Wenn ich jemanden brauche, sage ich in der Presseabteilung Bescheid«, erwiderte Robin mit dem gleichen angedeuteten Lächeln. »Einstweilen schlage ich vor, daß Sie dorthin zurückkehren, woher Sie gekommen sind.« Jeder sah ihr nach, als sie hinausging.

Draußen auf dem Flur lehnte Ethel sich gegen die Tür. Ihr war ganz schlecht. Am liebsten wäre sie weggerannt, doch sie stand wie festgenagelt. War das ein Schlag! Sogar durch die Tür konnte sie noch seine Stimme hören. Jetzt fragte Lester, ob jeden Montag eine Besprechung stattfinden solle. »Nein«, erwiderte Robin, »keine wöchentlichen Besprechungen, nur von Fall zu Fall. Übrigens möchte ich eins geändert haben. . .«

Einen Augenblick lang war es mäuschenstill. Ethel sah förmlich, wie sich alle gespannt vorbeugten. »Schafft mir diesen Tisch hier 'raus, ich möchte einen runden.«

»Einen runden?« – Das war wieder Lester.

»Ja. Einen großen runden Tisch. Es gefällt mir nicht, am Kopfende zu sitzen beziehungsweise zu stehen. Ich will auch keine Sitzordnung. Wenn wir als ein Team arbeiten, wollen wir auch wie ein Team sitzen. Besorgt mir also einen großen runden Tisch.« Wieder blieb es einen Augenblick still, dann fingen alle auf einmal zu reden an. Ethel wußte, daß Robin den Raum verlassen hatte. Man hörte dem Stimmengemurmel die nervöse Erleichterung an. Jeden Moment mußten die ersten herauskommen. Sie wollte ihnen auf keinen Fall begegnen. Darum wartete sie nicht auf den Fahrstuhl, sondern rannte den Flur entlang, dann ein paar Treppen hinunter und veschwand in einer Toilette. Gott sei Dank, sie war leer. Ethel umklammerte den Rand des Waschbeckens, bis ihre Knöchel weiß wurden. Tränen der Demütigung liefen ihr übers Gesicht. »Du Dreckskerl, ich hasse dich!« Schluchzend wischte sie sich die Augen. »Ich hasse dich!« Sie starrte in den Spiegel, die Tränen strömten erneut. »O mein Gott«, klagte sie, »warum hast du mich nicht hübsch gemacht?«

5

Nach der entsetzlichen Vertreibung aus Robin Stones Besprechung verkroch Ethel sich für den Rest des Tages in ihrem Büro. Sie wollte keinen Menschen sehen. Man würde sich ja doch nur über ihren unfeierlichen Abgang lustig machen.

Die strenge Klausur kam ihrem Arbeitspensum zugute. Ethel schrieb die ganze Post weg, die sich auf ihrem Schreibtisch gestapelt hatte. Abends um halb sieben waren die Büros im gesamten Stock leer. Durch die angestrengte Arbeit waren Kummer und Zorn zum größten Teil verraucht. Ethel fühlte sich jetzt nur noch ausgelaugt – erschossen.

Sie holte ihren Spiegel hervor und versuchte, ihr Make-up aufzufrischen. Verzweifelt starrte sie ihr Gesicht an. Sie sah verheerend aus. Als sie fertig war und aufstand, warf ihr Rock tausend Falten. Er saß zu eng. Alles, was sie aß, setzte sich an ihren Hüften fest. Sie mußte jetzt wirklich strenge Diät halten.

Mit dem Aufzug fuhr sie in die Empfangshalle hinab, die so gut wie leer war. Aber die Kaffeestube war noch geöffnet. Um zu Louis und zu Armand zu gehen – unter dem Vorwand, jemanden zu suchen – und dort vielleicht in vergnügter Runde etwas zu trinken, war es jetzt zu spät. Ihre Bekannten waren längst gegangen, und bald kamen schon die ersten Gäste zum Abendessen. So setzte sie sich in die Kaffeestube und bestellte einen schwarzen Kaffee. Gewöhnlich nahm sie Milch und Zucker. Die Diät hatte offiziell begonnen.

Ethel holte die Puderdose hervor und erneuerte ihren Lippenstift. Schön war sie nicht, aber ganz passabel. Durchaus passabel. Der eine oder andere attraktive Zug hätte ihr freilich noch ganz gut getan. Mist, diese Zahnlücke da vorne! Und Mist, daß dieser niederträchtige Zahnarzt dreihundert Dollar für ein paar Jacketkronen verlangte! Sie hatte ihm angeboten, mit ihm ins Bett zu gehen, wenn er ihr die Kronen umsonst machte. Das hatte er für einen Witz gehalten. Als sie ihm erklärte, daß sie es ernst meine, hatte er so getan, als glaube er ihr nicht. Schließlich ging ihr auf, daß er sie nicht wollte! Dr. Irving Stein, ein mickeriger kleiner Zahnarzt, wollte sie nicht! Sie, Ethel Evans, die nur mit großen Leuten schlief und bei der ganzen IBC als »Starmatratze« bekannt war!

Um halb acht tauchte Danton Miller auf – allein. Er übersah sie geflissentlich, ging an ihr vorbei und setzte sich auf der anderen Seite der Bar zu ein paar Herren an den Tisch. Ethel hatte plötzlich Hunger und bestellte sich ein Hacksteak. Obgleich sie vor Hunger fast umkam, ließ sie das halbe Brötchen liegen. Himmel, sie wog jetzt hundertvierzig! Immerhin hatte sie eine schlanke Taille, und ihr Busen war sensationell. Oberweite achtundneunzig – hoch und straff. Problematisch waren Hinterteil und Oberschenkel. Wenn sie's jetzt nicht loswurde, würde sie's nie mehr loswerden, und nächsten Monat wurde sie dreißig. Und noch immer nicht verheiratet!

Fast hätte sie laut herausgelacht. Wenn sie mit einer gutbürgerlichen Partie zufrieden gewesen wäre, hätte sie längst den Kameramann von der CBS oder den Barmann in Greenwich Village heiraten können. Aber unter einem weltberühmten Namen tat es Ethel Evans nicht. Lieber ging sie eine Nacht mit einem prominenten Mann ins Bett, als daß sie mit irgendeiner Null eine Durchschnittsehe führte. Denn wenn sie einen Filmstar in ihren Armen hielt und er auf dem Höhepunkt »Baby . . . Baby« stöhnte, dann entschädigte sie dieser Augenblick für alles auf der Welt. In einem solchen Augenblick war sie schön – war sie jemand. Konnte sie vergessen, wer sie im Grunde war . . .

Schon als Kind hatte sie sich gewünscht, schön zu sein, die pummelige kleine Ethel Evanski aus Detroit-Hamtramack, die mit Kartoffelmus und Zwiebelsauce gefüttert wurde; die alle Leute in ihrer Straße Polnisch sprechen hörte; die Filmillustrierte las und sich von Hedy Lamarr, Joan Crawford und Clark Gable Autogramme schicken ließ; die mit Helga Selanski auf der Treppe saß und »Das Spiel« spielte: nämlich sich gegenseitig wilde Träume zu erzählen. Helga war ein gleichaltriges Polenmädchen mit strähnigem langem Haar. Der ganze Block in Hamtramack war polnisch. Und die zweite Generation der Polen schien keine andere Wahl zu haben, als untereinander zu heiraten. Man ging zwar ins Kino und sah, daß es noch eine andere Welt gab, doch niemand kam auf den

Gedanken, diese Welt zu betreten. Nicht so Ethel Evans. Für sie waren die Filme und alles, was sie darin sah, mehr als ein schöner Wahn, der nach zwei Stunden zu Ende ging. Hollywood war ein Ort, den es wirklich gab. New York und der Broadway existierten tatsächlich.

Ethel hatte immer gewußt, daß sie Hamtramack verlassen würde. Das Ziel ihrer Träume hieß New York. Eines Abends, als sie mit der kleinen Helga Tanzmusik im Radio hörte, die aus dem Paradise Restaurant in New York übertragen wurde, fing Ethel wieder »Das Spiel« an. Sie stellte sich vor, was sie anziehen würde, wenn sie groß wäre und in so ein Lokal ginge, und welcher Filmstar sie begleiten würde. Gewöhnlich spielte Helga mit, doch an diesem Abend reckte sie plötzlich ihr knochiges Kinn vor und erklärte: »Ich spiele das nicht mehr, dazu bin ich jetzt zu groß.« Ethel war überrascht. Sonst tat Helga alles, was Ethel wollte, aber diesmal blieb sie bockig. »Meine Mutter hat gesagt, wir sollten so was nicht mehr spielen; es wäre Zeit, daß wir vernünftig würden und aufhörten, herumzuphantasieren.«

Ethel hatte erwidert: »Ich phantasiere nicht. Eines Tages gehe ich dorthin, dann lerne ich Filmstars kennen, die gehen mit mir aus und küssen mich.« Helga hatte gelacht. »So siehst du aus! Dich und küssen! Erzähl das mal einem in unserer Straße. Du wirst nirgends hingehen, du wirst genauso hierbleiben wie wir alle, einen netten Polen heiraten und Kinder kriegen.« Ethel hatte die Augen zusammengekniffen: »Ich werde doch Stars kennenlernen ... und mit ihnen ausgehen ... vielleicht sogar einen heiraten.« Wieder lachte Helga. »Meine Mutter hat ganz recht: Man kann ruhig von Hollywood schwärmen, solange man an den Unsinn nicht selber glaubt. Verrückt bist du! Du wirst mit keinem Filmstar ausgehen. Du bist Ethel Evanski, du bist dick und häßlich und wohnst in Hamtramack. Welcher Star sollte wohl mit dir ausgehen?«

Ethel hatte Helga verhauen – tüchtig. Doch insgeheim hatte sie Angst, Helga könnte vielleicht recht haben. Aber sie würde nicht hierbleiben und einen netten Polen heiraten, Kinder großziehen und Kartoffelmus mit Zwiebeln kochen! Ach, warum waren ihre Eltern von Polen nach Detroit gekommen, wenn sie hier wieder nur in einem kleinen Polen lebten?

Als sie sechzehn war, trat ein Ereignis ein, das aus »Dem Spiel« entschlossenes Handeln machte. Peter Cinocek, ein Junge mit abstehenden Ohren und großen roten Händen, kam »zu Besuch«. Peter war der Sohn einer Freundin Tante Lottes und ein »guter

Fang«, halb Pole, halb Tscheche. Bei der Aussicht auf seinen Besuch hatten ihre Eltern vor Entzücken die Augen verdreht. Ethel erinnerte sich, wie ihre Mutter das Haus gewienert hatte. Noch heute sah sie ihre Eltern vor sich: ihre Mutter in einem frisch gestärkten Hauskleid, voll nervöser Erwartung; ihr Vater abgemagert und kahlköpfig, alt. Gott, er war erst achtunddreißig! Ethel war er immer verbraucht und blutlos vorgekommen. Aber ihre Mutter hatte einen starken, kräftigen Eindruck gemacht.

Sie würde nie den Abend vergessen, an dem Peter Cinocek ankam. Zuerst sah sie seine großen Ohren, dann die Pickel rings um einen großen Furunkel am Hals, der noch nicht aufgegangen war. Ihre Mutter hatte gestrahlt, als wäre er Clark Gable persönlich. Sie brachte ihnen einen Krug Limonade auf die Veranda und zog sich dann diskret abwartend in die Küche zurück.

Die ganze Straße wartete. Jeder in der kleinen Häuserzeile wußte, daß ein »Verehrer« zu Besuch gekommen war. Ethel saß mit Peter auf der Schaukel. Er hielt ihre Hand und erzählte von seiner Stellung in einem Kaufhaus. Seine Hand fühlte sich feucht und schlaff an. Er sagte, er hoffe auch einmal ein Heim und viele, viele Kinder zu haben. Das war der Augenblick, in dem Ethel von der Schaukel sprang und weglief. Als sie sicher sein konnte, daß Peter gegangen war, kehrte sie natürlich zurück. Zu Hause lachten sie. »Klein-Ethel hat Angst vor einem Jungen«, spotteten sie. Ach, sie sei doch dazu geboren, Kinder in die Welt zu setzen. Mit ihren schönen breiten Hüften werde sie es einmal leicht haben.

Ethel sagte gar nichts, sondern strengte sich in der Schule mächtig an. Im Sommer darauf bekam sie eine Anstellung in Detroit; es wurde eine recht tüchtige Sekretärin aus ihr. Nie ging sie mit einem Jungen aus, war aber deswegen nicht unglücklich. Sie sparte ihr ganzes Geld – und wartete.

Als sie zwanzig war, hatte sie fünfhundert Dollar gespart und fuhr nach New York. Zuletzt hatte sie in Detroit in einer kleinen Werbeagentur gearbeitet. In New York landete sie als Stenotypistin bei einer großen Werbeagentur, die auch verschiedene Fernsehsendungen laufen hatte. Eines Tages erschien dort Ethels große Chance in Gestalt eines angetrunkenen Filmstars, der in einer dieser Sendungen auftrat. Aufgeregt folgte sie ihm ins Hotel. Als sich herausstellte, daß er eine Jungfrau umarmt hatte, wurde er auf der Stelle wieder nüchtern, besann sich jedoch nicht mehr darauf, daß diese Jungfrau ihn praktisch vergewaltigt hatte. Er fürchtete, die Sache könne ein Nachspiel haben, und bot Ethel Geld an. Stolz lehnte sie ab. Sie habe es aus Liebe getan, versicherte sie. Das versetzte ihn erst recht in Panik; er war verheiratet und liebte seine Frau. Ob er irgend etwas für Ethel tun könne. Sie erklärte ihm, daß sie nicht gerade begeistert sei von ihrer Stellung als Stenotypistin . . . Der Schauspieler schaltete sofort und sorgte mit Hilfe seines Managers schnell und geschickt dafür, daß Ethel vom New Yorker Pressebüro seiner Filmgesellschaft eingestellt wurde.

Das war für Ethel ein gefundenes Fressen. Sie lernte viele betrunkene und auch ein paar nüchterne Schauspieler kennen. Und sie tat es stets aus Liebe. Rasch verbreitete sich die Kunde; ihre Karriere hatte begonnen. Als die Presseabteilung der IBC jemanden suchte, griff Ethel zu. Das Talentaufgebot der Filmgesellschaft hatte sie ohnehin abgegrast. Die IBC bot mehr Geld und mit ihren ständig wechselnden Shows ein ganz neues Betätigungsfeld. In ihrer Arbeit war Ethel gut, in ihrem Hobby glänzend. Die Stellung bei der IBC war gesichert.

Daß sich ihr Ruf von Küste zu Küste verbreitet hatte, war ihr wohl bewußt. Sie genoß die Berühmtheit, sogar ihren Spitznamen genoß sie. Mit einer Freundin in Los Angeles tauschte sie umfangreiche Briefe aus. Ethel beschrieb jede ihrer Affären bis ins einzelne und bewertete den jeweiligen Partner, einschließlich seiner männlichen Proportionen, nach Verdienst beziehungsweise Größe. Da sie einen amüsanten Stil schrieb, ließ ihre Briefpartnerin Yvonne die Briefe vervielfältigen und verteilte sie großzügig im Büro. Als Ethel davon erfuhr, gab sie sich mit ihren Beschreibungen noch mehr Mühe. Sie hatten fast die Wirkung einer Anzeige. Viele Größen des Showgeschäfts riefen Ethel an, wenn sie nach New York kamen. Berühmte Männer . . . schöne Männer.

Oft wünschte sie, Helga könnte sie sehen, wenn sie mit so einem gutaussehenden Filmstar ein Rendezvous hatte. Helga dürfte inzwischen verblüht sein und einen Stall voll Kinder haben. Sie hatte Peter Cinocek geheiratet.

Plötzlich schreckte Ethel aus ihren Gedanken auf. Danton Miller stand vor ihr. Stockbetrunken.

»Hallo, Baby«, sagte er mit seinem englischen Lächeln.

Sie lächelte knapp zurück. »Sieh an, sieh an, die Lichter der Großstadt!«

»Was meinen Sie damit?«

»Ich meine den gleichnamigen Film. Sie kennen einen auch nur, wenn Sie betrunken sind.«

Lachend zog er sich einen Stuhl heran. »Sie sind ein Mädchen mit Humor.« Er bestellte etwas zu trinken und sah Ethel grinsend an. »Man erzählt sich, Sie könnten es am besten. Wie wär's, wenn ich es mal ausprobierte?«

»*Ich* bestimme, mit wem ich ins Bett gehe, Mr. President. Aber keine Angst, Sie stehen längst auf meiner Liste, für den Fall, daß ich mich mal einen Abend langweile.«

»Langweilst du dich heute?«

»Es sah zunächst so aus . . .«

Er warf den Arm um sie. »Du bist ein häßliches Weibsbild. Genaugenommen bist du eine Kuh, aber es heißt ja, im Bett wärst du toll. Kommst du mit zu mir?«

»Das klingt wahnsinnig romantisch.«

Dan kniff die Augen zusammen. »Außerdem heißt es, daß du ein großes Maul hast, über deine Kerle herziehst und jedem, der dich fertigmacht, 'ne Zensur gibst.«

Sie zuckte die Achseln. »Warum nicht? Meine Zensuren haben einige meiner Freundinnen davor bewahrt, ihre Zeit mit einem Versager zu verplempern.«

Dans Lächeln war gemein. »Was glaubst du eigentlich, wer du bist, daß du dir anmaßt, Noten zu verteilen?«

»Sagen wir: Ich habe eine ausgezeichnete Vergleichsbasis.«

»Willst du was trinken?« fragte er, als der Kellner ihm seinen Scotch brachte.

Sie schüttelte den Kopf und sah zu, wie er sein Glas hinunterkippte. Dan starrte sie an. »Du wirst jede Minute hübscher, mein kleiner See-Elefant. Und ich werde immer neugieriger.«

»Und immer betrunkener.«

»Ja. Höchste Zeit, nach Hause zu fahren. Vielleicht nehm' ich dich mit.«

»Sie vergessen, Mr. President, daß *ich* die Entscheidung treffe.«

Fast demütig starrte er sie an. »Also schön, möchtest du?«

Frohlockend spürte sie das Gefühl ihrer Macht. Er bettelte jetzt. »Wenn ich mitkomme, müssen Sie mich hinterher im Taxi nach Hause bringen lassen.«

»Ich lasse dich im Rolls-Royce nach Hause bringen, wenn du nur halb so gut bist, wie man sagt.« Er stand schwerfällig auf und ließ die Rechnung kommen. Erleichtert stellte Ethel fest, daß er ihre anstandslos übernahm.

»Sind Sie denn auch nüchtern genug, um Spaß an der Sache zu haben?« fragte sie.

»Für den Spaß wirst du sorgen«, erwiderte er herausfordernd. »Ich glaube, es wird Zeit, daß *dir* jemand eine Zensur erteilt.«

Auf der Straße blieb sie stehen und sah ihn eindringlich an. »Wir machen das lieber ein andermal. Ich sehe nicht ein, daß ich meine Kunst an einen Betrunkenen verschwenden soll.«

Er packte sie am Arm. »Angst? Vielleicht ist dein Ruf ein Schwindel. Wird schon so sein. Was sollte dich wohl von anderen Dämchen unterscheiden?«

»Ich werde es dir beweisen, mein Kleiner.« Sie hielt ein Taxi an und half ihm hinein.

Er hatte eine hübsche Wohnung in den East Seventies. Typisch Junggeselle und typisch leitender Angestellter. Ohne Umschweife führte er sie ins Schlafzimmer und zog sich ungeschickt aus. Als er ihren prächtigen Busen sah, machte er ein überraschtes Gesicht.

»He, Baby, du bist gut bestückt.« Er streckte die Arme aus und warf sie aufs Bett. Sein Kuß war lasch, und bei dem Versuch, sie zu nehmen, versagte er. Ethel entwand sich seiner Umklammerung und wälzte ihn auf den Rücken.

»Nicht nervös werden, Sonnyboy«, sagte sie. »Wenn du auch Präsident beim Fernsehen bist, für mich bist du ein Mann wie alle anderen. Nun lieg still, Ethel wird dir zeigen, was Liebe ist.«

Er überließ sich ihrer erfahrenen Technik, und als sein Körper mit steigender Erregung reagierte, flüsterte er: »Baby, Baby . . . du bist toll.« Da vergaß sie, daß er morgen auf dem Flur grußlos an ihr vorbeigehen würde. In diesem Augenblick war sie diejenige, die dem IBC-Präsidenten Genuß verschaffte. Und in diesem Augenblick fühlte sie sich großartig.

6

Danton Miller schob die Fachzeitungen zur Seite. Er konnte sich auf nichts konzentrieren; er wirbelte auf seinem Stuhl herum und sah aus dem Fenster. In einer Stunde sollte er mit Gregory Austin zu Mittag essen. Aus welchem Grunde, war ihm rätselhaft. Keinerlei Hinweise, bloß der telefonische Bescheid durch die unpersönliche Stimme der Sekretärin.

Die Noten hatten sich bis jetzt nicht geändert. Die Nachrichten saßen immer noch im Keller. Na ja, das war nicht Dans Bier. Er hatte sein eigenes. Der Bunte Abend war durch einen Western ersetzt worden; Dan hielt ihn für eine sichere Pleite und war entschlossen, die Sache mitten in der Saison noch mit einem Knüller aus dem Feuer zu reißen. Das war der Grund, weshalb er letzte Woche jeden Abend mit zwei Autoren und einem halbgaren Sänger namens Christie Lane verbracht hatte.

Zufällig war er letzte Woche in die Copa geraten, um sich einen bekannten Humoristen anzusehen – Christie Lane füllte nur das Programm. Anfangs hatte Dan diesen etwa vierzigjährigen, zweitklassigen Sänger, der aussah wie ein singender Kellner in Coney Island von anno dazumal, gar nicht beachtet. Doch plötzlich kam ihm ein Gedanke. Er wandte sich an Sig Hyman und Howie Harris, die beiden Autoren in seiner Begleitung, und meinte: »Der ist genau das Richtige für mich!« Er merkte, daß sie dachten, aus ihm spräche der Whisky. Doch am nächsten Morgen ließ er sie zu sich kommen und erklärte ihnen, er wolle mit Christie Lane einen Versuch machen. Sie starrten ihn ungläubig an.

»Christie Lane! Der ist doch auf dem absteigenden Ast und nur noch Lückenbüßer«, stellte Hyman fest.

Howie sprang ihm bei: »Nicht mal in der Sauregurkenzeit kriegt der im Concord oder bei Grossinger ein Samstagabendengagement. Haben Sie die Copa-Kritiken in *Variety* gelesen? Lane wurde gar nicht erwähnt. Die Kostüme der Girls kamen besser weg als er. In New York tritt er nur noch als Staffage für eine große Zugnummer auf. Na, und diese irischen Balladen –« Howie verdrehte die Augen.

Sig setzte das Tüpfelchen aufs I. »Außerdem sieht er aus wie mein Onkel Charlie aus Astoria.«

»Das ist genau das, was ich will«, beharrte Dan. »Jeder Mensch hat irgendwo einen Onkel Charlie, den er liebt.«

Sig schüttelte den Kopf. »Ich hasse meinen Onkel Charlie.«

»Sparen Sie sich Ihre Witze für das Manuskript auf«, erwiderte Dan. Was Sig über Christie Lanes Aussehen gesagt hatte, traf zu. Er sah aus wie Mr. Jedermann und war der Idealtyp für eine Unterhaltungs-Show fürs traute Heim. Allmählich ging Sig und Howie ein Licht auf. Sie waren Starautoren, die ausschließlich für bekannte Größen schrieben. Dan hatte ihnen vor drei Jahren einen Jahresvertrag gegeben, um sie für neue Projekte zur Verfügung zu haben.

»Wir machen aus Christie den Gastgeber«, erklärte Dan. »Bilden einen Standardrahmen um ihn herum – Sängerinnen, Conferenciers, Sketchs – und setzen auch seine eigene Stimme in der richtigen Weise ein; wenn man nämlich die Augen zumacht, hört er sich an wie Perry Como. Außerdem nehmen wir jede Woche einen großen Star als Gast mit in die Sendung, damit wir hohe Zuschauerquoten kriegen. So könnte es gehen!«

Wie viele Show-Künstler hatte Lane beim Tingeltangel angefangen. Er konnte tanzen, singen, Witze erzählen, Sketchs spielen. Dan schätzte ihn auf über vierzig. Er hatte spärliches blondes Haar, ein breites Durchschnittsgesicht und eine mittelmäßige Figur mit der Andeutung eines Bäuchleins. Seine Krawatten waren zu grell, seine Rockaufschläge zu breit, der Diamantring am kleinen Finger zu wuchtig und die Manschettenknöpfe so groß wie ein Halbdollarstück. Trotzdem hatte Dan das Gefühl, er könne aus dieser seltsamen, aber nicht unbegabten Mischung einen populären Typ machen. Christie war unermüdlich und mit geradezu hysterischem Eifer bei der Arbeit. Wo immer er aufgetreten war, hatte er sich auf die Jagd nach kleinen Nebenengagements gemacht und in diesem oder jenem Klub noch eine zusätzliche Gastrolle gegeben. Er lebte aus zwei Schrankkoffern, und wenn er in New York war, wohnte er im Hotel Astor.

Nach der ersten Woche nahm Dans Vorstellung langsam Gestalt an. Selbst die beiden Texter zogen mit. Sie ließen Christie, der sich allen Ernstes für gut angezogen hielt, seine schrecklichen Krawatten und die ausladenden Rockaufschläge. Das sei, so erklärte Dan, ein Schlüssel zu seinem Charakter. Und sie suchten ihm ein paar gute Songs aus. Gleichzeitig erlaubten sie ihm jedoch, ein paar schmalzige nach eigenem Geschmack zu singen.

Dan hatte Austin schon in der vergangenen Woche ein kurzes Exposé hinaufgeschickt. Vielleicht wollte er sich beim Essen mit ihm über die Show unterhalten. Nein, Gregory würde nicht seine Mittagszeit opfern, um ihm grünes Licht für einen Versuchsballon zu geben; das wurde er mit einer Notiz abmachen. So oder so. Hoffentlich bekam er sein Okay. Zu ärgerlich, wenn der ganze Arbeits- und Zeitaufwand umsonst gewesen wäre. Der bloße Gedanke an die endlosen Nächte in der verräucherten Hotelsuite im Astor verursachte Dan schon Kopfschmerzen. Dieser Christie mit seinen billigen Zigarren! Und die kleine Tänzerin aus der Copa-Bar oder dem Latin Quarter, die geduldig und stumm dabeisaß, Morgenzeitungen las und wartete, bis Christie fertig war. Dann Eddie Flynn und Kenny Ditto – zwei sogenannte »Texter«, die Chrstie mit sich herumschleppte und die ihn angeblich mit Pointen versorgen sollten. Nach Dans Ansicht waren es zwei »Kümmerlinge«.

»He, Eddie, kümmere dich um Kaffee!« – »Kenny, hast du dich um die Sachen für die Reinigung gekümmert?« Christie kam aus einer Welt, wo man seine Bedeutung mit bezahlten Stichwortgebern bewies. Manchmal zahlte er Eddie und Kenny nicht mehr als fünfzig Dollar die Woche. Standen die Aktien gut, bekamen sie mehr. Jedenfalls gehörten sie zu ihm. Er nahm sie mit zu Nachtklubpremieren, auf die Rennbahn, auf Tourneen. Und Dan hatte er erklärt: »Meine Jungens müssen als Texter in der Show beschäftigt werden, und jeder muß zwei Hunderter die Woche kriegen.«

Dan hatte sich nicht anmerken lassen, wie erleichtert und amüsiert er war. Vierhundert Dollar die Woche fielen bei einer großen Fernsehproduktion gar nicht ins Gewicht.

Für einen kurzen Augenblick war er guter Dinge. Dann dachte er an das Mittagessen und spürte, wie sein Magengeschwür sich meldete. Was, zum Teufel, kam da auf ihn zu?

Um fünf vor halb eins betrat er den Fahrstuhl und fuhr ins Dachgeschoß. Er war auf alles gefaßt und gut vorbereitet. Gleich nach dem Anruf hatte er zwei Beruhigungspillen genommen.

Er ging in das zum Privatbüro gehörende Speisezimmer und sah, daß für drei gedeckt war. Er wollte sich eben eine Zigarette anstecken, als Robin Stone eintrat und gleich darauf Austin, der sie zu Tisch bat.

Zunächst drehte sich die Unterhaltung um Sport und Wetter. Welche Mannschaft eine Chance gegen die Yankees habe und wie sehr das Golfspiel unter dem schrecklichen Aprilwetter leide, einen Tag brütend heiß und schwupp, am nächsten nur wenige Grad über Null.

Beim Kaffee erzählte Gregory aus seinem Leben. Er schilderte Robin, wie er die IBC aufgebaut hatte, welche schweren Kämpfe es zu Anfang gab. Robin hörte aufmerksam zu und stellte hin und wieder eine kluge Frage. Als Gregory ihm ein Kompliment über den Pulitzer-Preis machte und sogar einige seiner älteren Artikel zitierte, war Dan mächtig beeindruckt. Der alte Herr mußte eine Menge von Robin Stone halten, wenn er sich so eingehend mit ihm bschäftigt hatte.

Schließlich schob Gregory sich eine kalte Zigarette zwischen die Lippen, und Dan ahnte, daß man nun auf das eigentliche Thema dieses gemeinsamen Mittagessens kommen würde.

»Robin hat ein paar glänzende Ideen«, eröffnete Gregory munter. »Es betrifft unsere Programmplanung, deshalb habe ich Sie dazugebeten, Dan.« Beinahe väterlich sah er Robin an.

Der beugte sich über den Tisch zu Danton Miller, ihre Blicke trafen sich. »Ich möchte eine Sendung machen unter dem Titel ›Schlagzeilen‹«, sagte er ohne Umschweife.

Dan griff nach seinem Zigarettenetui. In Robins Ton hatte keine Bitte gelegen. Es war eine Ankündigung. Er klopfte die Zigarette gegen das Etui. So also stand die Sache. Gregory hatte bereits seinen Segen gegeben, man tat nur noch so, als läge die Entscheidung bei Dan – eine Geste. Er sollte nicken und »Oh, wie wundervoll!« sagen! Einen Scheißdreck würde er! Er zündete sich die Zigarette an und machte einen tiefen Zug. »Was stellen Sie sich vor? Eine viertelstündige Nachrichtensendung?«

»Halbstündig. Vorgesehen für Montag abends um zehn«, erwiderte Robin.

(Diese Brüder hatten sogar schon die Zeit festgesetzt!) Mit ruhiger Stimme sagte er: »Ich dachte, da wollten wir den neuen Western bringen?« Er sah Gregory an.

Robins Stimme kam wie ein Messer. »Mr. Austin ist der Ansicht, daß die ›Schlagzeilen‹ um diese Zeit genau richtig liegen. Wenn wir eine ganz neue Art Nachrichtenschau machen und sie noch dazu in die Hauptsendezeit legen, steht die IBC einmalig da. Den Western können wir anderswo unterbringen.«

»Ist Ihnen klar, wieviel Geld wir damit verlieren? Eine halbstündige Nachrichtensendung können wir zum Beispiel nicht weiterverkaufen.« (Warum saß Gregory eigentlich stumm dabei und ließ ihn den Strauß mit diesem blödsinnigen Eierkopf ausfechten?)

Robin machte ein gelangweiltes Gesicht. »Ich habe wenig Ahnung von den finanziellen Dingen. Das können Sie mit den zuständigen Leuten aushandeln. Meine Aufgabe ist es, das Nachrichtenprogramm der IBC zu erweitern und Pfiff hineinzubringen, und ich glaube, das hier wird eine aufregende Sache. Ich möchte herumreisen und zu aktuellen Ereignissen von weltweitem Interesse ›Schlagzeilen‹-Interviews machen. Aus New York oder Los Angeles könnte ich live senden. Eines kann ich Ihnen jedenfalls versprechen: Ich werde Ihnen eine erstklassige und spannende Nachrichtenschau liefern.«

Dan traute seinen Ohren nicht. Er warf Gregory einen hilfesuchenden Blick zu; der lächelte ausweichend.

»Wann wollen Sie starten?« fragte er; es durfte einfach nicht wahr sein.

»Im Oktober.«

Jetzt schaltete sich Gregory Austin ein. »Dan, ich bin dafür, daß wir ihm mit seinen ›Schlagzeilen‹ eine Chance geben. Mag sein, daß unsere Seherbeteiligung dadurch kaum verbessert wird, aber wir müssen dringend etwas für unser Prestige tun. Wenn Robin sich bei den Parteikonventen einen Namen macht, könnte die ›Schlagzeilen‹-Sendung auch kommerziell ein Volltreffer werden.«

Dan blieb starrköpfig. »Ich glaube, das Publikum nimmt uns den hochgestochenen Quatsch einfach nicht ab.«

Robin grinste, aber Dan konnte seinen kalten Blick nicht übersehen. »Und ich glaube, Sie unterschätzen das Publikum.«

Dan schluckte seinen Ärger hinunter und nahm sich noch eine Zigarette. Als er sie anzündete, hatte er den gewünschten herablassenden Ton gefunden. »Ich halte Ihre Vorschläge für außergewöhnlich kühn und wohltönend. Aber während Sie gegen Windmühlen kämpfen, muß ich mich mit Lizenzen, Schnulzenprogrammen und Testziffern herumschlagen. Darum bin ich der Meinung, wir sollten, bevor Sie zu Ihrer Safari aufbrechen, uns ein paar interessierte Geldleute sichern – letztlich ist Fernseharbeit Teamarbeit. Sie können nicht einfach den Ball schnappen, wie eine Lokomotive davonpreschen und von mir erwarten, daß ich Sie decke, ohne überhaupt zu wissen, was gespielt wird. Nichts gegen Ihren Schwung, nichts gegen Ihre Begeisterung, aber haben Sie sich auch einmal die Programme von NBC, CBS und ABC angesehen: Wir brauchen Unterhaltungssendungen, mit denen wir konkurrieren können.«

Robins Stimme war eisig: »Ich werde Ihnen keinen Puderzucker in den Hintern blasen, Mr. Miller. Ich bin hier, um für die IBC ein spannendes Nachrichtenprogramm zu machen. Vielleicht besteht Ihr Job darin, herumzusitzen, sich anzugucken, was die anderen Fernsehanstalten ausstrahlen, und dann mit einem Abklatsch ihrer Erfolgssendungen herauszukommen. Meinetwegen, das ist Ihr Stil. Meiner nicht!«

Gregory Austin strahlte. Er sprang auf und schlug Robin auf die Schulter. »Als ich so alt war wie Sie, habe ich auch so geredet und mit der gleichen Begeisterung mein Viertes Programm gestartet, habe Regeln gebrochen, mich energisch durchgesetzt und nicht auf die Zweifler gehört. Fangen Sie an, Robin! Ich werde veranlassen, daß sämtliche Spesen übernommen werden. Bringen Sie mir dafür Material für Ihre Sendungen herein. Mr. Miller und ich kümmern uns um die geschäftliche Seite.«

Robin grinste und ging zur Tür. »Ich fange auf der Stelle an und halte Sie über alles auf dem laufenden, Mr. Austin.« Damit verließ er den Raum.

Dan saß immer noch am Tisch. Mühsam rappelte er sich auf. Gregory Austin starrte mit unverhohlener Bewunderung auf die Tür, die sich hinter Robin geschlossen hatte. »Ein toller Bursche!« sagte er.

»Wenn alles gutgeht«, erwiderte Dan.

»Es wird! Und selbst wenn nicht, er ist wenigstens drin im Laden und tummelt sich. Soll ich Ihnen was sagen, Dan? Ich glaube, ich habe das größte Arbeitstier der Branche eingekauft.«

Dan kehrte an seinen Schreibtisch zurück, auf dem er den Entwurf für die Christie-Lane-Show vorfand. Plötzlich kam ihm die ganze Idee schwach vor. Robin Stones knallharte Arroganz ließ ihn, Danton Miller, klein und häßlich erscheinen. Doch er nahm den Entwurf zur Hand und verabredete mit Sig und Howie für vier Uhr eine Zusammenkunft.

Als er die beiden um sieben Uhr aus seinem Büro entließ, geschah es mit dem Auftrag, ihm innerhalb von zehn Tagen eine erste Textfassung vorzulegen.

Nachdem die beiden gegangen waren, beschloß Dan plötzlich, sich zu betrinken. Das hatte er sich, weiß Gott, verdient. Er ging in den Klub 21, stellte sich an die Bar, nickte den üblichen Leuten zu und ließ sich einen doppelten Scotch geben. Irgend etwas ärgerte ihn plötzlich, etwas, das mit dem Wortstreit heute mittag nicht unbedingt zusammenhing. Es war auch nicht Gregorys Bewunderung für den Mann; Gregory stieß immer kräftig ins Horn, ob er nun lobte oder tadelte. Ein paar Wochen lang schlechte Testnoten, und er würde Robin Stone mit sehr viel nüchterneren Augen betrachten ... nein, irgend etwas in dem Speisezimmer hatte ihn beunruhigt, aber er kam nicht darauf, so deutlich er sich auch die Gespräche vergegenwärtigte. Nach einem zweiten doppelten Scotch ging er die Unterhaltung noch einmal Wort für Wort durch – sogar Gregorys Lebensgeschichte. Er wußte, wenn es ihm einfiel, würde er den Schlüssel für sein künftiges Verhalten haben, würde wissen, an welcher Front er kämpfen mußte. Der Krieg zwischen ihm und Stone war erklärt, ein Krieg, aus dem Dan als Sieger und stärker denn je hervorgehen mußte. Aber er wurde das Gefühl nicht los, einen gefährlichen Punkt zu übersehen.

Ethel fiel ihm ein. Eigentlich könnte er sich heute abend richtig vollaufen lassen, sie zu sich in die Wohnung bestellen und ihre Nummer abziehen lassen. Bei Ethel brauchte man sich nicht mit Befriedigungsversuchen abzugeben. Dan hatte das Gefühl, es war ihr überhaupt lieber, wenn sie sich gar nicht erst ausziehen mußte. Fast kehrte seine gute Laune zurück, aber das nagende Gefühl, daß irgend etwas in seiner Welt nicht stimme, etwas, das mit Robin Stone zusammenhing, wollte nicht weichen. Zum drittenmal wiederholte er sich von Anfang bis Ende die Gespräche am Mittagstisch. Was hatte Robin zum Schluß gesagt? »Ich fange auf der Stelle an.« Dan setzte sein Glas mit solcher Wucht nieder, daß es zerbrach. Ein höflicher Kellner wischte rasch alles auf, und der Barmann schenkte ihm ein neues Glas ein. Dan nahm es in die Hand. Himmel noch mal, das war es! Robins Abgangsvers: »Ich halte Sie über alles auf dem laufenden, Mr. Austin.«

Normalerweise hatte Robin Stone ihn, Danton Miller, zu unterrichten, und er würde dann Austin informieren. Das Arschloch überging ihn und wandte sich direkt an Gregory! Und Gregory hatte es zugelassen. Na ja, damit war alles klar. Er mußte einfach aus der Christie-Lane-Show einen Schlager machen. Sie mußte wie eine Bombe einschlagen!

Dan ging hinaus in die Telefonzelle und rief Ethel Evans an.

»Hast du Lust, zu mir zu kommen?« fragte er.

»Ich bin kein Call-Girl.«

»Was soll das heißen?«

»Ich habe noch nicht gegessen.«

»Schön, dann treffen wir uns im P. J.«

»Ist das das einzige Restaurant in New York?«

»Herzchen«, er senkte die Stimme, »es ist halb neun, und es darf nicht allzu spät werden. Nächste Woche führe ich dich aus, wohin du willst.«

»Ist das abgemacht?«

»Ich schwöre es.«

Ethel lachte. »Okay, ich ziehe mir nur noch Hosen an.«

»Warum das?«

»Wenn ein Mädchen abends um neun mit voller Takelage ins P. J. kommt, sieht es aus, als sei sie enttäuscht, verstehst du? Als hätte sie sich aufs Voisin oder aufs Colony gespitzt. Kommt sie aber in Hosen, denkt jeder, sie hätte nichts Besseres vorgehabt.«

»Du überlegst dir wohl jeden Schritt im voraus, was?«

»Ja. – Sogar bei dir, großer Boss.«

Dan lachte. Was sollte er lange hin und her reden. »Also gut, dann in einer halben Stunde.«

Er ging in die Bar zurück, trank sein Glas aus und sah auf die Uhr. Schlimm genug, mit Ethel gesehen zu werden; keinesfalls wollte er in aller Öffentlichkeit auf sie warten. Er bestellte einen neuen doppelten Scotch, und dann noch einen. Ja – die Christie-Lane-Show! Er würde sie zu einem Erfolg machen, und wenn es das letzte war, was er auf Erden tat. Bis dahin war Robin Stone mit seinen »Schlagzeilen« längst auf den Hintern gefallen, und die Nachrichtenabteilung würde einen neuen Präsidenten haben.

Als er das nächstemal auf die Uhr sah, war es schon zehn. Er zeichnete seine Rechnung ab und stellte plötzlich fest, daß er ziemlich betrunken war. Und Ethel wartete. Na, wenn schon! Heute abend wünschte er sich nur noch, ins Bett zu fallen. Sollte sie eben warten! Er hatte es schließlich nicht nötig, diesem Weibsstück irgendwelche Erklärungen zu geben. Sie war ein Flittchen, und er ein großer Boss.

7

Ethel wartete. Um halb elf rief sie Dan an. Nachdem es einigemal bei ihm geklingelt hatte, meldete er sich. »Ja, wer 's da?«

»Ich, du versoffenes Stück! Ich sitze im P. J. und warte auf dich.«

Der Hörer klickte in ihrem Ohr. Einen Augenblick starrte sie ihn an, dann schleuderte sie ihn wütend auf die Gabel. Wie hatte sie sich nur mit so was wie Danton Miller einlassen können! Er war kein Filmstar, der für eine Nacht ein Gastspiel gab. Und selbst von Stars ließ sie sich keine Frechheiten gefallen. Sie ging an ihren Tisch zurück und zahlte, als sie plötzlich merkte, daß sich alle Blicke im Lokal auf ein wunderschönes Mädchen richteten, das eben in Begleitung zweier Männer hereinkam. Gott, sie war atemberaubend schön! Sie kam Ethel bekannt vor – richtig, das Titelbild der letzten *Vogue*. Die drei nahmen an einem Tisch gleich neben der Tür Platz. Jetzt erst sah Ethel, wer die beiden Männer waren: Robin Stone und Jerry Moss, den sie von verschiedenen Partys kannte.

Sie trat zu ihnen an den Tisch. »Hallo, Jerry«, sagte sie lächelnd.

Jerry sah auf, blieb aber sitzen. »Oh, hallo!« erwiderte er nur ganz beiläufig.

Ethel lächelte Robin an. »Ich bin Ethel ... wir kennen uns schon, ich arbeite bei IBC in der Presse.«

Robin sah sie an. Auch er lächelte. »Setzen Sie sich, Ethel, wir brauchen noch ein Mädchen. Das ist Amanda.«

Das Mädchen reagierte nicht auf Ethels freundliches Nicken. Ihr Gesicht war eine Maske, aber Ethel fühlte eine Welle der Abneigung auf sich zukommen. Wie kann sie nur auf mich eifersüchtig sein, dachte sie. Wenn ich so aussähe, wäre die Welt mein.

Ethel nahm sich eine Zigarette, und Robin gab ihr über den Tisch hinweg Feuer. Durch die Rauchwolken, die auf sein Gesicht zuwanderten, starrte sie ihn an, er war aber schon wieder mit seinem Glas beschäftigt.

Das Schweigen machte Ethel nervös. Amanda blieb abweisend. Jerry war die ganze Sache sichtlich unangenehm, und Robin trank vor sich hin.

»Ich habe bis eben gearbeitet«, sagte Ethel; es klang gezwungen, und nach kurzer Pause setzte sie fast flüsternd hinzu: »Und bin nur rasch hergekommen, um einen Happen zu essen.«

»Keine Erklärungen«, erwiderte Robin mit seinem gewohnten Grinsen. »Jetzt sind Sie hier. Genießen Sie die Entspannung.« Er winkte dem Ober. »Was möchten Sie trinken?«

Sie sah auf sein leeres Glas. Ethel achtete immer darauf, das gleiche zu trinken wie ihr Begleiter; man hatte dann von Anfang an etwas Gemeinsames. »Ich nehme ein Bier«, sagte sie.

»Bringen Sie der Dame ein Bier und mir ein Eiswasser.«

Als der Ober mit Bier und Wasser kam, trank Robin einen großen Schluck. Amanda nahm ihm das Glas aus der Hand und nippte daran. Angeekelt und mit einem heftigen Ruck schob sie es ihm wieder zu. »Robin!« – Ihre Augen blitzten wütend.

Er grinste. »Magst du kein Eiswasser, Baby?«

»Das ist purer Wodka!«

Aufgeregt und neugierig verfolgte Ethel die Szene. Robin nahm einen zweiten kräftigen Schluck. »Tatsächlich. Dann hat Mike sich wohl geirrt.«

»Du hast Mike so erzogen«, erklärte sie kühl. »Robin . . .«, sie rückte näher an ihn heran, »du hast gesagt,wir blieben heute abend zusammen.«

Er legte ihr den Arm um die Schulter. »Aber wir sind doch zusammen, Baby!«

»Ich meine . . .« Ihre Stimme war leise und flehend. »Nur du und ich. Nicht mit Jerry und noch einem Mädchen.«

Er spielte mit ihrem Haar. »Ethel ist für Jerry bestimmt. Jetzt sind wir ein Viergespann.«

Amanda verzog keine Miene. »Robin, ich habe morgen früh

Farbaufnahmen. Ich hätte eigentlich zu Hause bleiben, meine Haare waschen und früh ins Bett gehen sollen. Aber ich bin mitgekommen. Und jetzt sitzt du da und trinkst.«

»Findest du es nicht gemütlich?«

»Wenn ich dir nur beim Trinken zuschauen soll, hätte ich genausogut zu Hause bleiben können.«

Einen Augenblick starrte Robin sie an, dann erschien wieder das langsame Grinsen. Er wandte sich an Ethel. »Wann müssen Sie morgen aufstehen?«

»Ich brauche keinen Schönheitsschlaf; es würde sowieso nichts nützen.«

Robin lachte. »Jerry, wir tauschen unsere Mädchen.«

Amanda nahm ihre Handtasche und stand auf. »Ich möchte nach Hause, Robin.«

»Aber ja doch, Baby.«

»Also?« Ihre Augen glitzerten verdächtig.

»Setz dich wieder hin«, sagte er freundlich. »Mir gefällt es hier, ich möchte noch etwas bleiben.«

Jerry Moss rutschte unbehaglich auf seinem Stuhl hin und her. »Wie wär's, Ethel, wenn wir beide uns absentierten? Ein Freund von mir gibt eine schicke Party, es ist ganz in der Nähe . . .«

»Ich möchte, daß ihr beide bleibt«, sagte Robin ruhig. Es war ein Befehl. Er trank seinen Wodka aus und bestellte einen neuen. Dann, mit einem zärtlichen Blick auf Amanda: »Schön ist sie, nicht? Und schlafen sollte sie. Ich bin ein rücksichtsloser Bursche. Möchtest du wirklich Schluß für heute machen, Baby?«

Sie nickte, als mißtraue sie ihrer Stimme.

Er beugte sich zu ihr und küßte sie auf das Haar. Dann wandte er sich an Jerry. »Setz Amanda in ein Taxi, Jerry, und komm wieder her. Schließlich dürfen wir mit unserem Saufgelage nicht das Topmodell von New York um seinen Schlaf bringen.«

Amanda stand auf und ging, Jerry folgte ihr ratlos. Das ganze Lokal gaffte hinterher. Als sie draußen waren, verlor Amanda die Beherrschung. »Jerry, was habe ich falsch gemacht? Ich liebe ihn, ich liebe ihn so sehr. Was habe ich falsch gemacht?«

»Nichts, Amanda. Er hat einfach abgeschaltet heute abend. Wenn er abschaltet, kommt niemand an ihn heran. Bis morgen hat er das vergessen.« Jerry pfiff und winkte ein Taxi herbei.

»Mach ihm klar, daß ich ihn liebe, Jerry. Halt ihm diese häßliche Kuh vom Leib. Die versucht es doch bei ihm, oder?«

»Engelchen, Ethel Evans zieht mit jedem los. Robin kennt seine

Pappenheimer. Komm, schlaf dich erst mal richtig aus.«

Das Taxi fuhr vor. Er öffnete die Tür.

»Jerry, ich gehe zurück, ich kann ihn doch nicht so . . .«

Er schob sie in das Taxi. »Du kennst Robin erst seit ein paar Monaten, Amanda. Ich kenne ihn seit Jahren. Robin läßt sich von keinem Menschen vorschreiben, was er zu tun und zu lassen hat. Soll ich dir sagen, was du falsch gemacht hast? Meiner Ansicht nach hast du dich zu sehr wie eine Ehefrau aufgeführt. Mit dem Trinken, zum Beispiel. Rück ihm nicht zu sehr auf die Pelle. Robin braucht Bewegungsfreiheit. So war es immer schon, auch auf der Uni. Und nun fahr nach Hause. Geh ins Bett. Morgen ist bestimmt alles vorbei.«

»Jerry, ruf mich an, wenn du von ihm weggehst. Egal, wie spät es ist. Wie kann ich denn schlafen, nachdem wir so auseinandergegangen sind! Bitte, ich muß wissen, wie ich mit ihm dran bin, auch wenn er zu dir sagt, er sei fertig mit mir . . . oder wenn er dieses Mädchen mitnimmt . . .«

»Er wird mir gar nichts sagen. Das solltest du doch wissen.«

Plötzlich merkte er, daß der Taxifahrer interessiert zuhörte, während der Zähler munter weitertickte. Jerry nannte Amandas Adresse.

Sie drehte die Scheibe herunter und umklammerte seinen Arm. »Ruf mich an, Jerry. Bitte!«

Er versprach es und sah dem davonfahrenden Taxi nach. Amanda tat ihm leid. Dabei war Robin heute abend gar nicht absichtlich schroff gewesen. Er hatte einfach abgeschaltet. Jerry kannte diesen Zug an ihm. Vielleicht war das ein Teil seines Charmes. Bei Robin mußte man immer auf Unerwartetes gefaßt sein. Zum Beispiel, daß er Ethel Evans aufgefordert hatte, sich an ihren Tisch zu setzen.

»Wie wär's mit einem Würstchen?« fragte Jerry, als er zurückkehrte.

»Du könntest es dir mal leisten, eine Mahlzeit zu überspringen«, erwiderte Robin leichthin. »Letzte Woche hast du zweimal die Gymnastik geschwänzt.«

»Ich wohne nicht weit von hier«, sagte Ethel. »Wir könnten auch zu mir gehen. Mein Rührei ist berühmt.« Mit einem Blick auf Jerry fügte sie hinzu: »Und ich habe eine reizende blonde Mitbewohnerin. Möglicherweise rennt sie gerade mit einem Handtuch um den Kopf herum, aber wenn wir sie fünf Minuten vorher warnen, kocht sie inzwischen Kaffee.«

Robin stand auf. »Ich habe keinen Hunger. Jerry und ich bringen Sie nach Haus. Dann bringt Jerry mich nach Haus.« Er nahm die Rechnung und gab sie Jerry. »Du bist an der Reihe, Junior. Kannst du als Spesen absetzen.«

Ethel wohnte Ecke Fifty-seventh/First Avenue. Eifrig bemüht, mit Robin Schritt zu halten, fragte sie: »Wohnen Sie auch in der Nähe?«

»Ich wohne am Fluß«, erwiderte er.

»Dann sind wir vielleicht sogar Nachbarn.«

»Der Fluß ist lang.«

Schweigend gingen sie weiter. Zum erstenmal fiel es Ethel schwer, den Faden weiterzuspinnen. Robin hatte eine Art zu antworten, die jede Unterhaltung erstickte. Vor dem Haus, in dem Ethel wohnte, blieben sie stehen. »Möchten Sie wirklich keinen Schlaftrunk mehr?« fragte sie. »Ich habe hochprozentigen Wodka.«

»Nein, ich mache Schluß für heute.«

»Na, wir sehen uns dann ja. Sie werden sich sicher bei der IBC sehr wohl fühlen, und wenn ich irgend etwas für Sie tun kann . . .«

Robin lächelte träge und erwiderte: »Ich fühle mich überall wohl, Baby. Also dann . . .« Er drehte sich um und ging davon, Jerry stolperte hinterdrein.

Ethel starrte ihnen nach, bis sie um die Ecke verschwunden waren. Sie war so verrückt nach Robin, daß es fast weh tat.

»O Gott«, sagte sie laut, »ich möchte jemand sein! Ich möchte, daß ein Mann, der jemand ist, mich gern hat! Ist das wirklich zuviel verlangt?« Plötzlich fühlte sie sich unerträglich einsam. All ihre Träume, die Männer für eine Nacht – im Grunde hatte sie nichts. Ja, eine nette Wohnung, eine herrliche Wohnung im Vergleich zu Hamtramack, aber schließlich war es auch nur ein modernes Dreizimmerapartment, das sie mit einem anderen Mädchen teilte, ein Mädchen, das genauso einsam war wie sie und auch nur flüchtige Abenteuer suchte. Sicher, es war ein großartiges Gefühl, einen Star in den Armen zu halten. Aber am nächsten Abend war er nicht mehr da . . .

Robin und Jerry gingen schweigend durch die nächtlichen Straßen. Als sie an einer Bar vorbeikamen, meinte Robin: »Laß uns noch einen trinken; für den Heimweg.«

Jerry folgte ihm wortlos.

Als sie vor ihren Gläsern saßen, fragte Jerry: »Wo läßt du das?«

Anstatt wie üblich stumm zu grinsen, starrte Robin ernst auf sein

Glas. »Ich habe erst so spät angefangen zu trinken, daß ich eine Menge nachholen muß. Meine Familie hielt sehr auf Gesundheit. Vater hat Alkohol nicht angerührt.«

Jerry lachte. »Und ich hielt dich an der Uni für einen weißen Raben.«

Robin starrte ihn an, als sähe er ihn zum erstenmal. »Warst du denn zu meiner Zeit auch an der Harvard?«

»Ein Semester unter dir«, sagte Jerry kleinlaut. Er war froh, daß niemand ihr Gespräch hörte. Alle Welt wußte, daß Robin und er zusammen studiert hatten, und man nahm an, aus der Zeit stamme ihre Freundschaft. Das war wieder so ein störender Zug an Robin. Man wußte nie, ob er das, was man ihm erzählte, tatsächlich aufnahm, obwohl er scheinbar aufmerksam zuhörte. Plötzlich ärgerte Jerry sich über seine Unterwürfigkeit, und in einer seltenen Anwandlung von Trotz knurrte er: »Wo glaubst du, haben wir uns kennengelernt?«

Robin rieb sich nachdenklich das Kinn. »Ich habe nie darüber nachgedacht, Jerry. Ich lerne so viele Leute kennen. Mir kommt es vor, als hättest du eines Tages in der Lancer Bar vor mir gestanden, und das war's dann.« Robin zahlte. Schweigend gingen sie hinaus. Jerry brachte Robin zu dem großen Apartmenthaus am Fluß. Ihm wurde plötzlich bewußt, daß er noch nie in Robins Wohnung gewesen war. Entweder trafen sie sich in einer Bar oder bei der blöden Gymnastik.

Als Robin dann gleichgültig vorschlug: »Komm mit 'rauf, wir trinken noch was«, war Jerry verlegen; als hätten die klaren blauen Augen des anderen seine Gedanken gelesen.

»Es ist schon ziemlich spät«, murmelte er.

Robins Lächeln war beinah höhnisch. »Wartet deine Frau auf dich, um dir eine Szene zu machen?«

»Nein, aber ich habe noch eine lange Fahrt vor mir und muß morgen früh sehr zeitig zu einer Verabredung.«

»Ganz wie du meinst.«

»Also gut, ein Bier, auf die Schnelle.« Er ging mit Robin zum Fahrstuhl und nahm sich vor, ein gutes Wort für Amanda einzulegen.

Es war eine schöne Wohnung. Erstaunlich ordentlich und gut möbliert.

Robin deutete mit einer Armbewegung auf die Einrichtung. »Ein Mädchen, das ich vor Amanda kannte.«

»Warum hast du Amanda heute abend so schlecht behandelt?

Sie liebt dich. Hast du denn gar nichts für sie übrig?«

»Nein.«

Jerry starrte ihn an. »Sag mir eins, Robin: Empfindest du überhaupt irgend etwas?«

»Möglicherweise empfinde ich eine ganze Menge, ich kann es nur nicht zeigen.« Robin lächelte. »Ich glaube, wenn ich das könnte, wäre das Leben viel leichter für mich. Ich bin wie ein Indianer. Sobald ich krank werde, drehe ich mich mit dem Gesicht zur Wand und bleibe so lange in dieser Stellung, bis mir besser wird.«

Jerry stand auf. »Offenbar brauchst du niemanden, aber ich bin nun mal dein Freund, was immer du darunter verstehen willst. Warum, weiß ich nicht, aber ich bin's.«

»Kokolores! Du bist mit mir zusammen, weil es dich freut. Im übrigen hast du völlig recht: Ich brauche niemanden.«

»Hast du dich niemals einem Menschen gegenüber verpflichtet gefühlt?« Jerry konnte es nicht lassen, weiter zu bohren.

»Doch. Im Krieg. Da hat mir einer das Leben gerettet, der mich nicht mal kannte. Er saß in einer anderen Maschine und zeigte plötzlich auf meine rechte Seite. Von dort brauste eine Messerschmitt heran. Ich stellte meine Kiste auf den Kopf und kam davon. Zwei Minuten später erwischte es ihn. Diesem Mann verdanke ich verdammt viel. Ich verdanke ihm mein Leben. An dem Tag hatten wir sieben Abstürze; ich konnte nicht feststellen, wer er war. Ich hätte alles für ihn getan – sogar seine Witwe geheiratet, wenn sie mich gewollt hätte. Aber ich habe nie etwas über ihn erfahren.«

»Würdest du gegenüber einem Chirurgen, der dir das Leben rettet, genauso empfinden?«

»Nein. Denn es ist sein Beruf. Er wird dafür bezahlt. Der Mann aus dem Flugzeug kannte mich nicht, er brauchte mein Leben nicht zu retten.«

Jerry schwieg. »Bis zu welchem Grad sollte deiner Meinung nach ein Freund für den andern einstehen?«

Robins Lächeln war knapp. »Ich weiß es nicht. Ich hatte nie einen.«

Jerry ging zur Tür. »Ich will dir nicht mein Pfadfindermesser geben oder darauf warten, daß du bei Rot über die Kreuzung gehst und ich dein Leben retten kann. Trotzdem bin ich dein Freund, und ich gebe dir einen guten Rat: Laß Amanda nicht fallen wie irgendein beliebiges Mädchen. Ich kenne sie zwar nicht besonders gut, aber sie hat etwas an sich, ich kann nicht sagen, was es ist. Ich spüre es nur. Sie ist großartig.«

Robin stellte sein Glas hin und kam quer durchs Zimmer. »Großer Gott, ich habe den Vogel vergessen.« Er ging in die Küche und knipste das Licht an. Jerry folgte ihm. Auf dem Fußboden stand ein großer, reichverzierter Vogelkäfig, in dem ein jämmerlicher kleiner Spatz saß und sie anblickte.

»Das ist ein Spatz, nicht?« fragte Jerry.

Robin kam mit etwas Brot, einer Tasse Wasser und einer Glaspipette. Er langte in den Käfig und nahm den Vogel behutsam heraus. Der Spatz schmiegte sich vertrauensvoll in seine Hand. »Hat zu früh das Fliegen versucht, der dumme Kerl. Dabei ist er aus dem Nest auf meinen Balkon gefallen und hat sich irgend was gebrochen. Amanda kann ihn nicht mitnehmen wegen ihrer Siamkatze; das verdammte Viech klettert alle Wände hoch.«

Liebevoll hielt er den kleinen Vogel, der jetzt erwartungsvoll den Schnabel aufsperrte, in der Hand. Robin fütterte ihn mit Brotkrumen. Dann nahm er die Pipette und träufelte ein paar Wassertropfen in den winzigen Schnabel. Er lächelte verlegen. »Anders kann er nicht trinken.« Als er fertig war, setzte er den Vogel wieder in den Käfig und sperrte ihn zu. Der Spatz saß da und schaute Robin dankbar an, die glänzenden Äuglein fest auf den großen Mann gerichtet.

»Und jetzt wird geschlafen, Sam«, sagte Robin. Er machte das Licht aus und ging ins Wohnzimmer zurück. »Ich glaube nicht, daß ihm was weh tut«, meinte er. »Er frißt wie ein Scheunendrescher. Wenn ihm was weh täte, würde er doch nicht so fressen, oder?«

»Da bin ich überfragt«, erwiderte Jerry. »Ich weiß nur, daß frei lebende Vögel in der Gefangenschaft eingehen.«

»Sowie er gesund ist, lasse ich ihn fliegen. Er ist ein pfiffiger kleiner Kerl, der genau weiß, was er will. Hast du bemerkt, wie er den Schnabel zusperrte, als er die Brotkrumen gefressen hatte und Wasser haben wollte?«

Jerry war müde. Es erschien ihm widersinnig, daß ein Mann wie Robin so zärtlich zu einem kleinen Vogel und so gefühllos zu einem Mädchen sein konnte. »Du könntest eigentlich Amanda anrufen und ihr sagen, daß es dem Vogel gutgeht«, schlug er vor.

»Wahrscheinlich schläft sie schon zwei Stunden«, erwiderte Robin. »Ihre Karriere geht vor. Komm – mach dir keine Sorgen um Amanda. Sie ist kein hilfloses armes Hascherl, das die Spielregeln nicht kennt.«

Es war spät, als Jerry ging. Trotzdem beschloß er, zu Fuß zu seiner Garage zu gehen. Die frische Luft würde ihm guttun. Einer plötzlichen Eingebung folgend, trat er in einen Drugstore und rief Amanda an.

»Jerry, ich bin so froh, daß du anrufst. O Jerry, er war mit dieser Ziege zusammen, nicht? Sei ehrlich.«

»Zu deiner Beruhigung: Zwanzig Minuten, nachdem du gegangen warst, haben wir diese Ziege an ihrer Haustür verabschiedet.«

»Aber es ist doch so spät jetzt. Was habt ihr denn gemacht? Warum hast du mich nicht früher angerufen? Dann hätte ich wenigstens schlafen können!«

»Wir haben einen Spaziergang gemacht, sind noch in eine Kneipe gegangen und anschließend zu Robin. Da haben wir getrunken und geredet. Und den verdammten Vogel gefüttert. Als ich ging, pries Robin gerade seine Tugenden: wie intelligent er sei, und stell dir vor, er weiß sogar, wann er Wasser will.«

Sie lachte erleichtert auf. »O Jerry! Soll ich ihn anrufen?«

»Nein, halt dich zurück, Amanda. Laß ein wenig Zeit verstreichen.«

»Ich werde mein möglichstes tun. Wenn das Herz nicht dranhängt, macht man automatisch alles richtig und hält sich von allein zurück. Aber wenn man jemanden mag, ist es anders. Ich habe noch nie jemanden so gemocht. Ich liebe ihn, Jerry.«

»Zeig es ihm nicht.«

Amanda lachte gezwungen. »Ist das nicht verrückt? Jemanden lieben und es ihn nicht merken lassen ... Du bist doch ein Mann, Jerry. Hat deine Frau sich auch zurückgehalten und dich dadurch bekommen?«

Er lachte. »Mary war kein Topmodell, und ich bin nicht Robin Stone. Und wenn ich jetzt nicht mache, daß ich nach Hause komme, bin ich meine Frau womöglich los. Gute Nacht, mein Schatz.«

8

Am nächsten Morgen wachte Robin um sieben auf. Er fühlte sich wohl. Gleichgültig wieviel Wodka er trank – seinen ersten Kater hatte er noch vor sich. Was auch immer dieses Phänomen bewirken mochte – er war dafür außerordentlich dankbar und entschlossen, es so lange wie möglich auszukosten. Es war ihm klar, daß es ihm eines Tages beim Aufwachen wie jedem anderen gehen würde, der zuviel getrunken hat. Er ging zum Kühlschrank und schenkte sich ein großes Glas Orangensaft ein. Dann holte er eine Brotkruste und nahm das Tuch vom Vogelbauer. Der Spatz lag steif mit weitgeöffneten Augen auf der Seite; er war tot. Robin nahm ihn in die Hand. Der kleine Bursche hatte daran glauben müssen. »Du hast dich auch nie beklagt, du kleiner Spatz«, sagte er. »Dein Stil gefällt mir.«

Er zog Jeans und ein Sporthemd an. Dann wickelte er den toten Sam in einen Plastikbeutel und ging hinunter ans Flußufer. »Ein Seemannsgrab, Sammy, was Besseres kann ich dir nicht bieten.« Träge kroch ein klappriger grauer Schleppkahn dahin. Robin warf den Beutel in das schwarze Wasser und sah zu, wie ihn die Bugwellen des Kahns fortspülten. »Tut mir leid, daß du's nicht geschafft hast«, sagte er. »Aber du hast wenigstens einen, der ehrlich um dich trauert, und das ist mehr, als die meisten Leute von sich behaupten können.« Er wartete, bis der Beutel verschwunden war, und ging dann zurück in seine Wohnung.

Zu Hause stellte er sich unter die kalte Dusche. Er hatte gerade das Wasser abgedreht, als das Telefon klingelte. Hastig schlang er sich ein Handtuch um die Hüften und rannte triefend durch die Wohnung, um abzuheben.

»Habe ich dich geweckt, Robin?« Es war Amanda. »Ich habe heute in aller Herrgottsfrühe Aufnahmen und wollte dich vorher noch erreichen.«

Er angelte nach einer Zigarette.

»Robin – bist du da?«

»Ja.« Er suchte nach Streichhölzern. Sie lagen am Boden.

»Es tut mir leid wegen gestern abend.«

»Was war denn gestern abend?«

»Na, daß ich einfach weggerannt bin. Aber ich konnte dieses Mädchen nicht ertragen, außerdem war ich wohl müde und . . .«

»Das war gestern abend. Vergiß es.«

»Sehen wir uns heute abend?«

»Gern. Kochst du mir was?«

»Mit Vergnügen.«

»Dann bleiben wir dabei. Mach Steaks und diesen irrsinnig guten Salat.«

»Robin, wie geht's dem Vogel?«

»Er ist tot.«

»Aber gestern abend lebte er doch noch.«

»So?«

»Na ja«, sie überlegte fieberhaft, »sonst hättest du mir doch wohl was gesagt!«

»Ach so, ja. Irgendwann zwischen zwei und fünf heute nacht muß er seinen letzten Seufzer getan haben. Als ich ihn fand, war er schon steif.«

»Was hast du mit ihm gemacht?«

»In den Fluß geworfen.«

»Robin!«

»Was hast du erwartet? Daß ich ihn aufbahren lasse?«

»Nein. Es klang nur so herzlos. Ach Robin, hast du denn überhaupt kein Gefühl?«

»Doch, jetzt zum Beispiel habe ich das Gefühl, naß zu sein.«

»Weißt du, was du bist? Du bist ein eiskalter Kerl.« Es klang nicht einmal verärgert, sondern wie eine sachliche Feststellung.

Robin lachte. Sie hörte, wie er an seiner Zigarette zog. Nach einer Pause fragte Amanda: »Robin, was wünschst du dir eigentlich vom Leben?«

»Oh, im Augenblick wünsche ich mir ein paar Spiegeleier.«

»Du bist unmöglich!« Sie lachte, um die beklommene Stimmung zu verscheuchen. »Also dann bis heute abend. Steaks und Salat. Möchtest du sonst noch etwas?«

»Dich.«

Wieder lachte sie, und etwas von ihrer Zuversicht kehrte zurück. »Ach Robin, das habe ich dir noch gar nicht erzählt. Nächste Woche bin ich zu dem großen Frühlingsball eingeladen. Ich habe zwei Freikarten. Eigentlich kostet jede hundert Dollar. Kommst du mit?«

»Um Gottes willen!«

»Aber ich müßte eigentlich hin ...«

»Baby, ich weiß nicht mal, ob ich nächste Woche hier bin.«

»Fährst du weg?«

»Ja, nach Miami. Ich möchte langsam anfangen, ein Team für die Parteikonvente im Sommer aufzubauen, und zwar gemeinsam mit Andy Parino. Er gehört zu unserem AS in Miami.«

»Was ist ein AS?«

»Ein Außenstudio. Jede Fernsehgesellschaft hat Anrecht auf fünf Außenstudios. Möchtest du mitkommen? Warst du schon mal in Miami?«

»Ich habe keinen Urlaub, Robin. Ich arbeite ununterbrochen.«

»Gut, daß du mich erinnerst, ich muß auch arbeiten. Also bis heute abend, Baby. Und sperr, um Himmels willen, dieses Katzenvieh ins Bad. Das letztemal hat Slugger dauernd auf meinem Schoß gesessen.«

Amanda lachte. »Er betet dich an, Robin. – Und ich liebe dich.« Aber er hatte schon aufgelegt.

Amanda sprang in ein Taxi und hetzte zur Lancer Bar. Die letzten Aufnahmen hatten fünfunddreißig Minuten länger gedauert als vorgesehen. Das bedeutete eine Menge Geld, aber es bedeutete leider auch, daß sie nicht mehr nach Hause konnte, um sich umzuziehen, und sie hätte doch so gerne das neue blaßblaue Rohseidene angezogen. Robin war aus Miami zurück. Es war ihr letzter gemeinsamer Abend, bevor er zum demokratischen Parteikonvent nach Los Angeles flog.

Dieser gemeine Nick Longworth! Sie wäre so gerne für zehn Tage mit Robin nach Los Angeles gegangen. Herrlich wäre das gewesen! Natürlich hätte sie während des Konvents nicht viel von ihm gehabt, aber er und Andy Parino wollten hinterher ein paar Tage Urlaub nehmen und in Palm Springs Golf spielen. Robin hatte seine Einladung ganz nebenbei ausgesprochen, aber jedenfalls hatte er sie eingeladen!

Nick blieb unerbittlich. Sie sei dabei, eins der begehrtesten Fotomodelle zu werden. Im Herbst werde er ihr abermals das Honorar erhöhen, und für Juli seien ein paar wichtige Termine gebucht. Als sie Robin das erklärte, hätte sie am liebsten von ihm gehört: »Pfeif auf deine Termine – ich bin deine Zukunft!« Aber er hatte nur gesagt: »Ich versteh' dich, Baby. Man vergißt immer, wieviel Geld in der Modebranche steckt . . .« Und das hatte er ernst gemeint.

Sie sah auf die Uhr. Schon zehn Minuten über die Zeit, und das Taxi kroch förmlich. Sie lehnte sich zurück und rauchte eine Zigarette. Wozu die Aufregung? Wahrscheinlich war Robin sowieso mit Andy Parino zusammen. Seit Andy hier war, hatten sie jeden Abend zu dritt verbracht. Sie mochte Andy. Er sah gut aus – fast noch besser als Robin. Doch sein Äußeres ließ sie genauso unbeteiligt wie das der hübschen Dressmen, mit denen sie hin und wieder posieren mußte. Schöne Männer – na und? Wenn sie dagegen nur an Robin *dachte,* wurde ihr schon ganz warm ums Herz. Am liebsten wäre sie ausgestiegen und gerannt – zu ihm. Doch es war heiß, und die Luft war feucht. Bis sie ankam, wäre ihre Frisur ruiniert.

Ihr letzter gemeinsamer Abend. Nein, so etwas durfte sie nicht einmal denken. Robin blieb ja nur zehn Tage fort. Aber seit er Präsident der Nachrichtenabteilung war, reiste er dauernd irgendwohin. Er war schon zweimal in Europa gewesen. Ob Andy wohl den ganzen Abend dabeisein würde? Gestern und vorgestern hatten sie sich in der Lancer Bar getroffen, waren dann in ein italienisches Restaurant gegangen, und erst gegen Mitternacht hatte sie Robin für sich gehabt. Und jedesmal hatte er entsetzlich getrunken. Allerdings schien seine Liebesfähigkeit darunter nie zu leiden. Trotzdem war es ihr lieber, wenn er nüchtern blieb, denn dann wußte sie, daß es der Mann war, der die zärtlichen Worte flüsterte, und nicht der Wodka.

Blinzelnd trat Amanda in die trübe erleuchtete Bar. »Hier sind wir, Baby!« Sie hörte Robins Stimme und ging zu der Nische im hinteren Zimmer, wo sie saßen. Beide Männer erhoben sich, Andy mit seinem offenen, freundlichen Lächeln. Doch Robins Grinsen und die flüchtige Sekunde, in der sich ihre Blicke trafen und festhielten, löschte Andy aus, löschte die Bar mit ihrem Lärm aus – selbst Amandas Herzschlag schien in jenem wundervollen Augenblick der Intimität, an dem niemand sonst teilnehmen konnte, auszusetzen. Als sie dann neben ihm saß, unterhielt er sich schon wieder mit Andy über Politik. Die Bar und der Lärm kehrten in Amandas Bewußtsein zurück. Sie beobachtete Robin und hätte ihn gern berührt, doch sie lehnte sich zurück und setzte ein Nick-Longworth-Gesicht auf: angedeutetes Lächeln, entspannte Züge – keine Falten.

Der Kellner brachte ihr einen Martini.

»Den hab' ich für dich bestellt«, erklärte Robin. »Ich denke, du kannst ihn gebrauchen. An einem Tag wie heute unter den Scheinwerfern zu stehen, muß keine Freude sein.«

Sie mochte den Alkoholgeschmack nicht. Früher (vor Robin) hätte sie sich ein Coca bestellt und glatt gesagt: »Ich trinke keinen Alkohol.« Doch irgendwie hatte ihr Instinkt sie gewarnt, daß Robin es mit einer Frau, die nicht trank, nicht lange aushalten würde. Meistens nippte sie den ganzen Abend an einem Glas herum; manchmal goß sie noch die Hälfte in seines. Aber heute schmeckte der Martini kühl und angenehm. Vielleicht kam sie am Ende doch noch auf den Geschmack.

Robin und Andy kamen erneut auf die bevorstehende Nominierungen zu sprechen. Im Laufe des Gesprächs ergriff Robin unbewußt Amandas Hand und hielt sie fest. Das war seine Art, Amanda in eine Diskussion einzubeziehen, die über ihren Horizont ging. Sie nippte an ihrem Martini und musterte Robins Profil.

Um neun gingen sie in das italienische Restaurant. Als sie gegessen hatten und Andy vorschlug, im P. J. noch einen Nachttrunk zu nehmen, schüttelte Robin zu Amandas größter Freude den Kopf. »Du bleibst mir noch zehn Tage erhalten, Junior. Dies ist der letzte Abend mit meinem Mädchen.«

In jener Nacht war Robin ungewöhnlich zärtlich. Er fuhr ihr mit der Hand durch das helle Haar und sah sie liebevoll an. »Mein Liebstes – was bist du so sanft, so glatt und schön.« Er hielt sie eng an sich gepreßt, streichelte ihren Nacken und liebte sie, bis beide erfüllt und erschöpft zurücksanken. Dann sprang er aus dem Bett und zog Amanda mit sich. »Komm, laß uns zusammen duschen.«

Sie standen unter dem warmen Wasser. Es machte Amanda nichts aus, daß ihr Haar naß wurde, obgleich sie morgen früh um zehn schon die ersten Aufnahmen hatte; denn nur das Jetzt, dieser Augenblick, zählte. Als Robin das kalte Wasser andrehte, schrie sie auf. Lachend hielt er sie fest. Nach kurzer Zeit hatte ihr Körper sich daran gewöhnt; es war wundervoll. Robin küßte sie, während das Wasser über ihr Gesicht strömte. Dann drehte er die Dusche ab, nahm ein Handtuch und hüllte sich und Amanda darin ein. Sie sah ihm in die Augen. »Ich liebe dich, Robin.«

Er küßte sie, ihren Nacken, ihren flachen Busen. Dann sah er zu ihr auf. »Ich liebe deinen Körper, Amanda. Er ist wundervoll.«

Er trug sie ins Schlafzimmer zurück, und sie liebten sich noch einmal leidenschaftlich, bis sie, fest umarmt, in Schlaf fielen.

Amanda wurde wach, weil Robin auf ihrem Arm lag; sie hatte schon kein Gefühl mehr darin. Es war dunkel. Vorsichtig zog sie ihren Arm unter ihm hervor. Plötzlich sah sie die funkelnden Augen des Siamkaters vor sich. Großer Gott, er hatte es fertiggebracht, die Tür aufzustoßen! Jetzt schlich er heran und sprang aufs Bett. Amanda zog ihn zu sich und kraulte ihm das Fell; der Kater schnurrte vor Behagen. »Ich muß dich wieder ins Wohnzimmer bringen, Slugs«, flüsterte sie. »Robin mag es nicht, wenn er dich beim Aufwachen in seinem Bett findet.«

Mit dem Kater im Arm schlüpfte sie aus dem Bett. Robin bewegte sich, und seine Hand tastete über Amandas Kopfkissen. »Geh nicht weg!« schrie er. »Bitte, geh nicht weg!«

Amanda setzte Slugger ab und stürzte an Robins Seite. »Ich bin ja da, Robin.« Sie hielt ihn in ihren Armen. Er zitterte und starrte ins Dunkel. »Robin!« – Ihre Finger berührten seine feuchte Stirn. »Ich bin hier! Ich liebe dich!«

Er schüttelte den Kopf wie jemand, der aus dem Wasser kommt, blinzelte sie an, als sei er in diesem Augenblick erst erwacht, und zog sie grinsend an sich. »Was ist los?«

Amanda starrte ihn an.

»Ich meine, warum, zum Teufel, sitzen wir mitten in der Nacht aufrecht im Bett?«

»Ich wollte nur den Kater hinüberbringen und was trinken, da hast du geschrien.«

»Geschrien?«

»Ja. Du hast geschrien: ›Geh nicht weg!‹«

Einen Augenblick lang war in Robins Augen etwas wie Furcht zu lesen. Plötzlich lächelte er wieder. »Dann schleich dich bitte nicht noch mal davon.«

Amanda umklammerte ihn. Zum erstenmal hatte sie erlebt, daß er verwundbar war. »Ich werde dich nie verlassen, Robin, nie. Ich liebe dich.«

Er löste sich aus der Umarmung und lachte. »Du kannst mich verlassen, wann immer du willst, Baby. Nur nicht mitten in der Nacht.«

Verwundert sah sie ihn an. »Und warum nicht?«

Er starrte ins Dunkel. »Ich weiß nicht, wirklich nicht.« Dann blitzte sein unbekümmertes Grinsen auf. »Du hast mich auf einen guten Gedanken gebracht. Ich habe auch Durst.« Er gab ihr einen Klaps auf den Popo. »Komm, laß uns in der Küche ein Bier trinken!«

Sie tranken ein Bier, und dann liebte Robin sie zum drittenmal.

Für Amanda flossen die Jahreszeiten ineinander. Im Vorfrühling war Robin in ihr Leben getreten, und bis zum Sommer war aus ihrer Beziehung glühende Leidenschaft geworden. Robin war zu den Parteitagen nach Los Angeles und Chicago geflogen; jedesmal, wenn er zurückkam, schien ihr Verlangen größer geworden zu sein. Ihre Liebe war ohne Maßstäbe; sie flog himmelan in einer fieberhaften Grenzenlosigkeit. Und davor hatte Amanda Angst. Denn Robin war nicht fähig, auch nur annähernd Ähnliches zu empfinden. Der Erfolg, den er mit seinen politischen Sendungen hatte, trug erst recht nicht zu ihrer inneren Sicherheit bei. Vielmehr ragte sein neues Image wie eine Drohung vor ihr auf – alles, was ihn ihr wegnahm, war eine Drohung. Wenn sie ihn jemals verlieren sollte, würde alles für sie aufhören. Sie wünschte sich brennend, er wäre wieder ein unbekannter Nachrichtenkommentator in der Lokalredaktion.

Im Oktober sahen sie sich gemeinsam in seiner Wohnung seine erste »Schlagzeilen«-Sendung an. Gregory Austin gratulierte telefonisch, desgleichen Andy Parino. Andy rief aus Miami an. Er hatte gerade eine junge geschiedene Frau kennengelernt und war verliebt.

Robin lachte. »So ist's richtig! Miami wimmelt von hübschen Mädchen, und ein unbescholtener Katholik wie du gerät an eine geschiedene Frau.«

»Maggie Stewart ist ein Sonderfall!« behauptete Andy. Natürlich gebe es konfessionelle Schwierigkeiten, aber das Haupthindernis sei offenbar die Dame selber. Sie wolle ihn nicht heiraten. Andy habe sie für einen Fünf-Minuten-Sport in den Regionalnachrichten engagiert, und auf diese Weise, so meinte er, arbeiteten sie wenigstens zusammen.

Amanda hörte gelassen zu. Möglicherweise begann ihr Plan in jenem Augenblick Gestalt anzunehmen. Einige Abende später, als sie über ein Mädchen lachen mußte, das in der »Spätschau« mit dämlichem Gesicht ihren Werbespot ablieferte, entschloß sie sich zu handeln.

»Sei nicht überheblich«, sagte Robin. »Es ist nicht leicht, sich natürlich zu geben, wenn man das rote Auge der Kamera vor sich hat.«

»Was glaubst du, was ich tue?«

Robin zog sie an sich. »Du, mein Geliebtes, posierst für eine Aufnahme fünfzigmal, bis der Fotograf dich schließlich so engelhaft erwischt, wie du bist. Und wenn es nicht klappt, kann er immer noch retuschieren.«

Amanda ließ sich die Sache durch den Kopf gehen. Wenn sie eine Fernsehreklame gut brachte, würde Robin sie vielleicht wirklich anerkennen. Sie sprach Nick Longworth darauf an. Er lachte. »Mein liebes Kind, das ist eine glänzende Idee, aber erstens kannst du nicht sprechen; das ist eine Begabung für sich. Und zweitens können wir dich nicht in einer Gruppenszene einsetzen, denn dafür nehmen wir nur Anfänger. Ich habe gerade drei für eine Bierreklame eingeplant. Das einzige, was du tun könntest, wäre, ein Spitzenprodukt zu präsentieren. Und so was fällt einem nicht in den Schoß. Meistens werden dafür Hollywoodschönheiten genommen, die ausgebildete Sprecherinnen sind und einen Artikel verkaufen können.«

Weihnachten schmückten sie in Amandas Wohnung einen Baum. Robin schenkte ihr eine Armbanduhr – ein sehr schönes, überschmales Stück, freilich ohne auch nur die Andeutung eines Diamanten. Amanda ließ sich ihre Enttäuschung nicht anmerken. Sie hatte Robin ein flaches goldenes Zigarettenetui mit eingraviertem Namenszug geschenkt.

Als sie an diesem Abend zu Bett gingen, schlich sich Slugger mit ins Schlafzimmer. Amanda wollte ihn ins Wohnzimmer hinübertragen. »Laß ihn, heute ist Heiligabend«, meinte Robin. »Ach, ich habe was vergessen.« Er holte aus seiner Jackentasche ein flaches Päckchen. »Fröhliche Weihnachten, Slugger.« Er warf das Päckchen aufs Bett, und Amanda öffnete es. Als sie das weiche schwarze Lederhalsband sah, kamen ihr die Tränen. An dem Halsband hingen Silberglöckchen und ein kleines silbernes Schild, auf dem Sluggers Name stand.

Amanda umarmte Robin stürmisch. »Du hast ihn ja doch gern.«

»Klar hab' ich ihn gern«, lachte er. »Ich mag nur nicht, wenn er um meine Beine streicht. Jetzt geben mir die blödsinnigen Glöckchen wenigstens eine Vorwarnung.« Dann nahm Robin Amanda in die Arme und küßte sie. Die beiden hörten die Silberglöckchen nicht mehr, als Slugger voller Verachtung vom Bett sprang und das Zimmer verließ.

9

Im Januar wurden auf der Fernsehseite der *New York Times* die Programmänderungen für Februar angekündigt. Dan lächelte selbstgefällig, als er sah, daß die Christie-Lane-Show den Löwenanteil davontrug. Er hatte den Sommer über schwer geschuftet und Christie einen guten Pilotfilm förmlich abgerungen. Austin hatte sich's angesehen und Dan grünes Licht gegeben, und danach warf Dan als erstes seine Beruhigungspillen fort.

Heute abend würde er feiern. Unwillkürlich dachte er an Ethel. Vielleicht war es falsch gewesen, sie für die Christie-Lane-Show einzusetzen. Aber, liebe Zeit, irgendwie mußte er sich ihr ja erkenntlich zeigen. Keine, nicht eine, konnte mit dieser Person im Bett konkurrieren. Ethel hatte ihr neues Betätigungsfeld mit Feuereifer übernommen, und zwar nicht wegen der fünfundzwanzig Dollar, die sie mehr verdiente. Hauptanziehungspunkt waren die Hollywoodstars, die sie jede Woche kennenlernen würde. Nun gut, sie war nymphoman, aber kein schlechter Kerl – Dan konnte sie beim besten Willen nicht mehr als zweimal pro Woche beschlafen. Wenn sie in ihrer Freizeit eine Hollywoodberühmtheit einschieben wollte – bitte sehr, das war das wenigste, was er für den Flitzer tun konnte. Vielleicht würde sie dann aufhören, ihm dauernd mit ihrem »Geh mit mir in den Klub 21« in den Ohren zu liegen. Merkwürdigerweise hatte Ethel keine amourösen Absichten mit

Christie Lane. Sie behauptete, sie finde ihn grauenvoll. »Seine Haut ist so pappig weiß wie Hühnerbauch.« Seitdem nannte sie ihn nur HB.

Dan lehnte sich zufrieden lächelnd zurück. Im Februar würde er seinen großen Erfolg einheimsen. Die Alwayso Cosmetics wollte sich an den Kosten beteiligen, und er hatte Christie, dem »Mr. Durchschnittsmann«, eine Sängerin mit Dutzendgesicht und einen hausgemachten Conferencier an die Seite gestellt. Dazu würde jede Woche ein großer Star der Sendung als Gast einigen Glanz verleihen. Die Alwayso würde ihre Werbespots live bringen. Dan schwelgte geradezu: ein schönes Mädchen in den Werbe-Einblendungen bot den vollendeten Kontrast zum trauten Familienzuschnitt der Christie-Lane-Show.

Gerade jetzt dürften sich in Jerrys Agentur die schönsten Modelle New Yorks versammeln. Dan lächelte. Solche Probleme hätte er auch gern mal gehabt.

Jerry stand aber wirklich vor einem Problem. Es hieß Amanda. Amanda mit ihren kühlen nordischen Gesichtszügen, den hohen Wangenknochen und dem langen, vollen blonden Haar wäre der ideale Typ für den Alwayso-Artikel. Jerry hätte sie gern eingesetzt – aber wie würde Robin das aufnehmen?

Würde er sagen: »Was, zum Teufel, fällt dir denn ein? Willst du dich bei mir anbiedern?« Oder würde er sagen: »Das war verdammt nett von dir, Jerry. Ich rechne's dir hoch an!«

Plötzlich haßte er sich. Entscheidend war doch wohl, wer sich am besten für den Job eignete, und nicht, was Robin davon hielt! Jerry starrte auf das Foto von Mary und den Kindern vor sich auf dem Schreibtisch. Waren seine Gefühle für Robin anomal? Lächerlich! Er spürte kein sexuelles Verlangen nach ihm! Er mochte ihn einfach gern, war gern mit ihm zusammen. Aber *warum* war er gern mit ihm zusammen? Manchmal behandelte Robin ihn mit dem gleichen unpersönlichen Charme wie etwa den Barmixer in der Lancer Bar. Es gab Tage, an denen er fast überhaupt nicht mit ihm sprach. Dann wieder konnte er gesellig sein, als wenn er sich freue, ihn zu sehen. Insgeheim hatte Jerry den Verdacht, Robin würde ihn keine Sekunde vermissen, wenn er plötzlich die Beziehung zu ihm abbräche.

Er drückte auf die Sprechtaste und bat seine Sekretärin, Amanda zu holen. Wenige Augenblicke später kam sie herein. Gott, sie hatte auch noch den gleichen Gang wie ihr dämlicher Kater! Amanda trug einen Leopardenmantel, das blonde Haar hing lose auf die Schultern. Leopard! Außerdem hatte sie noch einen Nerz. Seine Frau trug bloß Otter.

Amanda setzte sich ihm gegenüber, ohne das Tageslicht zu fürchten, das voll auf sie fiel. Jerry hatte festgestellt, daß ältere Modelle das direkte Licht tunlichst vermieden. Aber Amandas Gesicht war makellos, und sie wußte es.

»Möchtest du die Sache wirklich machen?« fragte er.

»Wahnsinnig gern.«

Er sah, daß sie einen schnellen Blick auf ihre Armbanduhr warf; ihre Zeit war kostbar. Dann bemerkte er die Uhr. Allmächtiger, eine Vacheron! Die winzigste Uhr, die er je gesehen hatte. Mary hatte sie im Schaufenster bei Cartier bewundert; sie kostete über zweitausend Dollar.

»Was für eine schöne Uhr du hast!« sagte er.

Sie lächelte. »Vielen Dank . . . ein Weihnachtsgeschenk von Robin.« Jerry schwieg. Er hatte Robin eine Kiste Wodka geschickt. Robin hatte ihm nicht einmal eine Weihnachtskarte geschrieben.

Plötzlich beugte Amanda sich über den Schreibtisch. Sie sah Jerry eindringlich an. »Ich möchte diese Spots machen, Jerry. Ich möchte, daß Robin stolz auf mich ist. O Jerry, ich liebe ihn! Ich kann ohne ihn nicht leben! Du bist sein bester Freund. Sag mir, welche Chancen ich habe. Wir sind jetzt fast ein Jahr zusammen, und manchmal glaube ich, ich bin ihm keinen Schritt näher gekommen als am ersten Tag. Man weiß nie, wie man bei ihm dran ist . . . was ist dein Eindruck, Jerry? Ihr habt doch sicher über mich gesprochen.«

Jerrys Stimmung schlug um. Merkwürdigerweise konnte er sich in Amandas Lage versetzen. Es mußte schwer sein für ein Mädchen, in einen Mann wie Robin verliebt zu sein. Gott sei Dank, daß er selbst ein Mann und nur Robins Freund war!

»Jerry, ich möchte ihn heiraten«, sprach sie weiter. »Ich möchte Kinder mit ihm haben.« Ihre Züge spannten sich. »Weißt du, was ich in den Wochen, in denen er weg war, abends gemacht habe? Ich habe Sprechkurse belegt, ich habe in den Zeitungen die Politik verfolgt, und jetzt fange ich an, frühenglische Klassiker zu lesen. Als ich mit Robin darüber diskutieren wollte, hat er gelacht und gesagt, er habe keine Lust, ein zweiter Professor Higgins zu werden. Aber ich gebe es nicht auf. O Jerry, manchmal wünschte ich, daß ich ihn weniger liebte! Wenn er nachts bei mir war, nehme ich am nächsten Morgen das Handtuch, das er benützt hat, und drücke mein Gesicht hinein. Manchmal falte ich es zusammen, stecke es in meine große Tasche und trage es den ganzen Tag mit mir herum. Sooft ich es berühre, meine ich noch einen Hauch von Robin zu spüren ... Ich weiß, es klingt albern. Ich nehme das Handtuch sogar mit, wenn ich Robin abends in der Lancer Bar treffe. Und jedesmal, wenn ich die Bar betrete, sterbe ich vor Angst, er könnte nicht da sein. Aber er ist immer da. Oft, wenn ich neben ihm sitze und er mich angrinst, denke ich: O Gott, könnte ich doch diesen Augenblick festhalten! Wenn er doch nie vorüberginge! Und dann erschrecke ich, denn es könnte doch bedeuten, daß ich damit rechne, Robin eines Tages zu verlieren.« Amanda schlug die Hände vors Gesicht, als wollte sie sich gegen diesen Gedanken wehren.

Jerry war gerührt; sie tat ihm leid. »Du wirst ihn nicht verlieren, Amanda. Robin ist jetzt fast ein Jahr mit dir zusammen. Das allein ist schon ein Rekord!« Er reichte ihr den Vertrag. »Ich glaube, du wirst in den Werbespots großartig ankommen, und wir tun uns nur selbst einen Gefallen, wenn wir dich in die Show hineinnehmen.«

Amanda war den Tränen nahe. Sie kritzelte rasch ihren Namen unter den Vertrag. Als sie Jerry die Hand gab, hatte sie ihre Beherrschung wiedergewonnen.

Zwei Wochen später suchte Jerry zum erstenmal einen Psychiater auf. Es war erschreckend, wie selten er neuerdings mit Mary schlief. Als sie das Thema von sich aus anschnitt, hatte sie versucht, es auf die leichte Schulter zu nehmen. »Sag mal, du vielgeplagter Mann mit deinem ewigen Golf am Wochenende, hast du die Frau vergessen, die du liebst?«

Er hatte sie ehrlich verdutzt angesehen.

»Keinmal in diesem Sommer«, sagte sie gutmütig, »und jetzt haben wir Mitte September. Muß ich warten, bis es fürs Golfspielen zu kalt ist?«

Er hatte Ausflüchte gesucht und etwas davon gemurmelt, wie hektisch der Beginn einer neuen Saison immer sei. Im September herrsche Hochbetrieb.

Im November machte er die schlechten Straßenverhältnisse verantwortlich. Das Wetter sei zu unbeständig, um mit dem Wagen zu fahren, und morgens und abends zu den Zügen zu hetzen, sei eine Belastung. Nein, er sitze nicht mit Robin Stone in der Lancer Bar. Er *arbeitete* bis spät in die Nacht hinein!

Um weitere Auseinandersetzungen zu vermeiden, schwieg er beharrlich. Die häusliche Atmosphäre wurde immer gereizter. Und eines Abends kam es zur Explosion.

Es geschah an einem Dienstag, eine Woche nachdem er Amanda engagiert hatte. Jerry hatte tagsüber an den Werbetexten gearbeitet. Es war einer jener seltenen Tage gewesen, die ohne Pannen verlaufen, und er hatte sogar schon den Fünfuhrzug erreicht. Doch als er daheim eintraf, blickte Mary ihn argwöhnisch an.

»Du kommst ja so früh. Hat Robin Stone dich heute versetzt?«

Er wurde so wütend, daß er sich an seinem Martini verschluckte. Mary warf ihm vor, er habe ein schlechtes Gewissen, worauf er wütend aus dem Zimmer stürmte. In seiner Kehle bildete sich ein harter Knoten. Robin hatte ihn tatsächlich versetzt. Das heißt, ganz so konnte man es nicht nennen. Als Amanda sich um halb fünf verabschiedete, weil sie um fünf einen Termin für Aufnahmen hatte, war Jerry insgeheim froh gewesen: Robin würde allein in der Lancer Bar sein. Er rief ihn auf der Stelle an. »Lancer Bar um fünf?« fragte er.

Robin lachte. »Mensch, Jerry, ich bin erst einen Tag zurück. Amanda kocht für mich. Heute abend schenke ich mir die Bar, wir sehen uns dann morgen.«

Jerrys Gesicht hatte vor Wut gebrannt, aber er hatte sich rasch wieder beruhigt. Na, wenn schon! Dann würde er Robin eben morgen sehen. Und es war höchste Zeit, daß er Mary überraschte und endlich einmal früh nach Hause kam.

Natürlich hatte er sich mit Mary wieder versöhnt. Sie war ihm mit einem frischen Martini ins Schlafzimmer gefolgt, um Frieden zu schließen, doch als sie Jerry im Bett umarmte, regte sich bei ihm nichts. Das war ihm noch nie passiert. So sporadisch ihr Liebesleben im letzten Jahr auch gewesen war, so hatten sie es doch beide jedesmal voll genossen. Schluchzend wandte Mary sich von ihm ab. Er verdrängte seine Befürchtungen und entschuldigte sich bei ihr, schob es auf den vielen Alkohol und die berufliche Anspannung. Am nächsten Tag ging er zum Arzt und bat um eine Vitaminspritze. Dr. Anderson erklärte, er leide nicht an Vitaminmangel. Schließlich stotterte Jerry sein eigentliches Problem heraus. Anderson empfahl ihm Dr. Archie Gold.

Empört rannte Jerry aus dem Sprechzimmer. Er brauchte keinen Psychiater! Mein Gott, wenn Robin auch nur ahnte, daß er dergleichen in Erwägung zog, würde er ihn todsicher fallenlassen. Angewidert würde er auf einen solchen Schwächling herabsehen.

Es war ihm egal, was Dr. Anderson sagte, und es war ihm auch egal, daß viele normale, gesunde Männer einen Psychiater aufsuchten, wenn bei ihnen irgend etwas »blockiert« war. Nie würde er zu einem Tiefenheini gehen!

Mary brach seinen Widerstand. Abend für Abend empfing sie ihn lächelnd, nie mehr trug sie ihre rosa Lockenwickler. Jerry bemerkte auch, daß sie ein neues Augen-Make-up verwandte. Im Bett kuschelte sie sich zärtlich an ihn – zweimal hatte er einen Versuch gemacht, aber es hatte nicht geklappt, und nun fürchtete er sich vor weiteren Fehlschlägen. Sobald er im Bett lag, täuschte er mit regelmäßigen Atemzügen Schlaf vor. Dann lag er wach und starrte ins Dunkel und hörte, wie Mary schluchzend ins Bad schlich und ihr Pessar entfernte. So entschloß er sich endlich, doch zum Psychiater zu gehen.

Dr. Archie Gold war erstaunlich jung. Die erste Sitzung brachte ihn noch nicht sehr weit. Jerry kam sofort auf den Kern der Sache: »Ich kann mit meiner Frau nicht mehr schlafen. Dabei liebe ich sie, und es gibt auch kein anderes Mädchen. Was kann man da machen?« Ehe er sich's versah, waren die fünfzig Minuten um. Zu seinem Erstaunen schlug Dr. Gold ihm drei Besuche wöchentlich vor. Jerry hatte fest geglaubt, daß seine Schwierigkeiten in einer Stunde ausgeräumt werden könnten. Drei Sitzungen! Lächerlich! Doch dann dachte er an Mary, an ihr unterdrücktes Schluchzen im Badezimmer, und willigte ein: montags, mittwochs, freitags.

Nach zwei Wochen fühlte Jerry sich besser. Nach intensiver Seelenerforschung und Rückerinnerung bis in die Kindheit war er zu einigen beruhigenden Schlußfolgerungen gekommen. Er hatte Persönlichkeitsprobleme, war aber nicht homosexuell. Diese Befürchtung wenigstens hatte sich nicht bewahrheitet. Sie sprachen über seinen Vater, einen stattlichen, männlich aussehenden Mann, für den Jerry als kleines Kind kaum vorhanden war. Dann begann er ihn auf einmal zu Footballspielen mitzunehmen, und wenn Robin Stone mitspielte, hatte sein Vater sich heiser gebrüllt. »Der Junge ist großartig! Das nenne ich einen ganzen Kerl!« Einmal war Robin wie der Blitz durch die gegnerische Mauer gebrochen und hatte den Ball über die Torlinie geschossen. Jerrys Vater war auf die Füße gesprungen. »Toll, wie der Junge das macht – daran nimm dir ein Beispiel!«

Behutsam holte Dr. Gold andere persönlichkeitsschädigende Elemente ans Licht. Als sich zum Beispiel herausgestellt hatte, daß Jerry nicht größer als ein Meter sechzig würde, spottete sein Vater: »Wie habe ich nur einen solchen Knirps in die Welt setzen können? Ich bin einsfünfundachtzig. Jesses, du schlägst nach deiner

Mutter. Die Baldwins sind alle schwächlich.«

Nun gut. Zumindest verstand Jerry jetzt einige Dinge besser. Sein Bemühen, Robins Freundschaft zu gewinnen, bedeutete im Grunde genommen, daß er immer noch die Anerkennung seines Vaters suchte. Dann beschäftigten sie sich eine ganze Stunde lang mit Robin Stone, und allmählich kam die Sprache auch auf Amanda.

»Warum kann ich nicht wie Robin sein? Ohne Gewissen, frei«, fragte Jerry.

»Nach dem, was Sie mir von Robin Stone erzählen, würde ich kaum sagen, daß er frei ist.«

»Immerhin ist er sein eigener Herr. Selbst Amanda spürt, daß sie ihn nicht wirklich an sich fesseln kann.«

Als Jerry Dr. Gold von Amandas Geständnis über ihren Kult mit Robins Handtuch erzählte, verlor der Arzt seinen üblichen sanften Gesichtsausdruck. »Sie hat wirklich Hilfe nötig«, meinte er.

»Unsinn! Sie ist nur ein übertrieben sentimentales, verliebtes Mädchen!«

Dr. Gold schüttelte den Kopf. »Das ist nicht Liebe, das ist schon Besessenheit. Wenn das Mädchen all die Eigenschaften hat, die Sie ihr zuschreiben, dann sollte ihr die Beziehung von Robin Stone ein Gefühl der Erfüllung geben. Aber nicht solche wirren Phantastereien. Wenn er sie sich jemals zum Feind machen sollte . . .«

»Sie können Menschen nicht einfach so pauschal beurteilen. Sie kennen sie nicht.«

»Wann kommt Robin Stone zurück?« fragte Dr. Gold.

»Morgen. Warum?«

»Wie wäre es, wenn ich Sie in der Lancer Bar träfe? Dann könnten Sie mich Robin und Amanda vorstellen.«

Jerry starrte die Decke an. »Aber wie soll ich Ihre Anwesenheit erklären? Ich kann doch wohl kaum sagen: He, Robin, mein Seelendoktor möchte dich verarzten?«

Dr. Gold lachte. »Wir könnten doch ohne weiteres Schulfreunde sein. Wir sind etwa gleichaltrig.«

»Könnte ich einfach sagen, Sie seien Arzt, nicht Seelendoktor?«

»Einige meiner besten Freunde sind ganz normale Menschen«, antwortete Dr. Gold. »Könnten Sie nicht *einen* Freund haben, der Psychiater ist?«

Jerry war nervös, als er Dr. Gold die Lancer Bar betreten sah. Robin war beim dritten Martini angelangt, und Amanda mußte ausgerechnet heute arbeiten. Sie traf Robin später zum Abendessen im italienischen Restaurant.

»Ach, ich hab's ganz vergessen, dir zu sagen«, meinte Jerry, als Dr. Gold auf sie zukam. »Ein alter Schulfreund von mir kommt auf einen Drink vorbei.«

Jerry legte den Arm um Dr. Gold. »Archie –« Der ungewohnte Name blieb ihm fast im Hals stecken. »Das ist Robin Stone. Robin, Dr. Archie Gold.«

Robin sah den Mann mit geringem Interesse an. Er war in einer seiner schweigsamen Stimmungen und konzentrierte sich auf sein Glas. Auch Dr. Gold war nicht gerade gesprächig. Seine kühlen grauen Augen musterten Robin gelassen. Jerry begann nervös zu plaudern. Einer mußte ja sprechen!

Plötzlich beugte sich Robin herüber und sagte: »Sind Sie Chirurg, Archie?«

»In gewissem Sinn«, antwortete Dr. Gold.

»Er operiert Komplexe heraus.« Jerry versuchte seine Stimme ungezwungen klingen zu lassen. »Ob du's glaubst oder nicht, Robin, Archie ist ein Seelendoktor. Wir haben uns zufällig auf einer Party getroffen und unsere alte Freundschaft erneuert, und er erzählte mir –«

»Waren Sie schon immer an diesem Mumpitz interessiert?« warf Robin dazwischen, ohne Jerry zu beachten.

»Ursprünglich wollte ich Neurochirurg werden. Aber ein Neurologe sieht sich oft unheilbaren Krankheiten gegenüber. Er kann dann nur Medikamente verschreiben, um die Symptome zu mildern. Aber mit der Psychoanalyse kann er den Kranken heilen.« Dr. Golds Augen wurden plötzlich lebhaft. »In der Analyse liegt immer die Hoffnung auf ein besseres Morgen.«

Robin grinste. »Ich kenne Ihre Crux.«

»Meine Crux?«

Robin nickte. »Sie lieben die Menschen.« Er warf einen Schein auf die Theke. »He, Carmen.« Das Barmädchen kam sofort zu ihm. »Das reicht wohl für meine Rechnung. Gib meinen Freunden noch eine Runde und behalt den Rest für dich.« Dann streckte er Dr. Gold die Hand hin. »Tut mir leid, daß ich abschwirren muß. Ich hab' 'ne Verabredung mit meinem Mädchen.« Er verließ die Bar.

Jerry starrte ihm nach. Dann wandte er sich zu Dr. Gold um. »Na? Was habe ich Ihnen gesagt? Er hat Sie auch beeindruckt, nicht wahr?«

»Natürlich. Das wollte ich ja. Ich war mehr als aufnahmebereit.«

»Glauben Sie, daß er irgendwelche Verklemmungen hat?«

»Ich kann's nicht sagen. Oberflächlich gesehen, ist er völlig beherrscht, und er scheint Amanda wirklich gern zu haben.«

»Wie kommen Sie denn darauf? Er hat doch kein einziges Mal von ihr gesprochen.«

»Als er ging, sagte er: Ich habe eine Verabredung mit *meinem* Mädchen – besitzanzeigend. Er sagte nicht: Ich habe eine Verabredung mit einem Mädchen, womit ihre Bedeutung verneint und sie zu einer von vielen gestempelt würde.«

»Glauben Sie, daß er mich mag?« fragte Jerry.

»Nein.«

»Nein?« Panik schwang in Jerrys Stimme mit. »Sie meinen, er mag mich nicht?«

Dr. Gold schüttelte den Kopf. »Er weiß gar nicht, daß Sie existieren!«

Die Regiebox war überfüllt. Jerry fand noch einen Platz in der Ecke. In fünfzehn Minuten wurde die Christie-Lane-Show ausgestrahlt – live! Der ganze Tag war ein einziges Durcheinander gewesen. Die allgemeine Nervosität war sogar auf Amanda übergesprungen. Bei der letzten Probe hatte sie das Haarspray falsch gehalten und das Alwayso-Etikett verdeckt.

Laut Amanda wollte Robin sich die Show zu Hause ansehen. Komisch, Robin hatte nie ein Wort darüber verloren, daß Amanda die Werbespots machte. Verschiedentlich war Jerry drauf und dran gewesen, sie nach seiner Reaktion zu fragen, aber dann hatte er es doch nicht gewagt, sich die Blöße zu geben.

Plötzlich fragte er sich, ob die Show wohl ein Erfolg würde. Die Reaktion des Publikums hatte kaum etwas zu sagen. Studiopublikum war immer begeistert. Warum auch nicht – sie hatten den Spaß umsonst. Morgen würden dann die Kritiken erscheinen, aber Kritiken zählten beim Fernsehen auch nicht. Nichts zählte außer den verdammten Testergebnissen. Zwei Wochen lang hing man in der Luft. Natürlich bekam er schon morgen erste Zahlen über die Sehbeteiligung an die Hand, aber die zweite Woche war ausschlaggebend.

Jerry beschloß, hinter die Bühne zu gehen. Hier konnte er sich doch nicht nützlich machen. Sein Platz war an der Seite Amandas ... für den Fall, daß in letzter Minute noch das große Lampenfieber kam.

Sie saß in einer winzigen Garderobe und zupfte nervös an ihrem

Haar, aber ihr gelassenes Lächeln machte ihn wieder zuversichtlich. »Keine Angst, Jerry, ich werde das Haarspray so halten, daß die Aufschrift zu erkennen ist. Setz dich hin und beruhige dich.«

»Ich sorge mich nicht um dich, Liebes, ich sorge mich um die Show. Vergiß nicht, daß ich sie empfohlen habe. Hast du was von den Proben gesehen?«

Amanda rümpfte die Nase. »Vielleicht zehn Minuten ... bis Christie Lane mit seinem Gebalze anfing.« Sie schüttelte sich. Als sie Jerrys Sorgenfalten sah, fügte sie rasch hinzu: »Mein Urteil zählt eigentlich nicht. Als Mann ist er abstoßend, aber das Publikum wird ihn vermutlich lieben.«

Dann ging die Tür auf, und Ethel platzte herein. Amanda sah sie an, wußte sie aber offensichtlich nicht recht unterzubringen. Blitzschnell schaute Ethel sich um. Sie schien überrascht, nur Amanda und Jerry vorzufinden. Mit einem impulsiven Lächeln streckte sie die Hand aus. »Hals- und Beinbruch, Amanda!«

Amandas Gesichtsausdruck blieb höflich, aber leicht verwundert. Sie wußte, daß sie das Mädchen schon mal irgendwo gesehen hatte.

»Ich bin Ethel Evans ... wir haben uns letztes Jahr im P. J. kennengelernt, Sie waren mit Jerry und Robin Stone zusammen.«

»Ach ja.« Amanda wandte sich ab und fing an, ihr Haar zu besprühen.

Ethel setzte sich halb auf den Schminktisch. Ihre breiten Hüften nahmen ziemlich viel Platz ein. »Das Schicksal will es wohl, daß wir uns immer wieder über den Weg laufen.«

Amanda rückte ein Stück von ihr ab, und Jerry tippte Ethel auf die Schulter. »Komm, Ethel, du sitzt Amanda im Licht. Außerdem ist jetzt nicht der richtige Augenblick, um alte Bekanntschaften zu erneuern.«

Ethel stand mit einem freundlichen Lächeln auf. »Sie sind großartig, Amanda! Die Leute werden ein Pfeifkonzert veranstalten, wenn Sie herauskommen.« Sie zog ihren Mantel aus und hängte ihn, ohne zu fragen, an einen Haken an der Wand. »Irgendwo muß ich ihn schließlich lassen. Aber deswegen bin ich eigentlich gar nicht gekommen. Erstens wollte ich Ihnen Hals- und Beinbruch wünschen, und zweitens möchte ich von Ihnen und Christie nach der Show ein paar Fotos machen lassen.«

Amanda sah Jerry an, der unmerklich nickte, und erwiderte: »In Ordnung. Aber hoffentlich nicht zu lange.«

»Nur drei, vier Blitze.« Ethel ging zur Tür. »Ich sitze vorne und seh' mir die Show an. Und keine Sorge, Amanda. Sie werden eine

Sensation! Gott, wenn ich so aussähe wie Sie – mir gehörte die Welt.«

Amanda taute ein wenig auf. Ethels Worte klangen ehrlich, und sie sah echten Neid in ihren Augen. Sie erwiderte: »Meine Tante hat mir immer gepredigt, es gehöre mehr zum Glück als ein hübsches Gesicht.«

»Genau wie meine Mutter«, meinte Ethel. »Aber das ist großer Quatsch. Ich habe einen Intelligenzquotienten von hundertsechsunddreißig. Den tauschte ich aber mit Kußhand für halb soviel Grips und ein hübsches Gesicht ein. Und ich möchte wetten, daß Ihr Freund derselben Ansicht ist. Mit *dem* gescheiten Kopf! – Kommt er übrigens her und sieht sich die Show an?«

»Robin? Hierher?« Die Vorstellung, Robin könne sich ins Studio unter die Zuschauer mischen, war so grotesk, daß Amanda lachen mußte. »Nein, er sieht sie sich zu Hause an.«

Als Ethel den Raum verlassen hatte, verflog Amandas heitere Stimmung. Sie ergriff Jerrys Hand. »Hoffentlich kann er stolz auf mich sein. Hat er irgend etwas gesagt?«

»Was hat er denn zu dir gesagt?« fragte Jerry dagegen.

»Er hat nur gelacht und gemeint, wenn ich mich unbedingt in diesen Hexenkessel stürzen wolle, dann sei das mein eigenes Vergnügen.« Amandas Blick wanderte zu der großen Uhr an der Wand. »Ich gehe lieber auf meinen Platz. Die Show läuft schon seit fünfzehn Minuten.«

»Du hast noch über zehn Minuten Zeit.«

»Ich weiß, aber ich möchte Robin noch anrufen. Du kennst ihn ja; es kann gut sein, daß er sich's mit ein paar Martinis bequem gemacht hat und eingeschlafen ist.«

Das Telefon hing neben dem Bühneneingang. Während Amanda auf dem zugigen Gang stand und wählte, trat Jerry ungeduldig von einem Bein auf das andere. Die Musik tönte laut herüber, der Beifall war stark, anscheinend ging alles gut. Amanda hängte ein, die Münze kam zurück. »Besetzt, Jerry. Und ich muß in fünf Minuten 'raus.«

»Geh jetzt lieber an deinen Platz.«

»Laß mich noch einmal versuchen!«

»Nun hör' schon auf«, sagte er fast barsch. »Sowie die Kamera schwenkt, mußt du an deinem Platz stehen. Kümmere dich um deine Requisiten. Robin kann ich ja anrufen.«

Er wartete, bis sie hinter dem Prospekt verschwunden war und vor der kleinen Kulisse auftauchte, die für die Alwayso-Reklame aufgebaut worden war. Dann wählte er Robins Nummer. Eintönig summte das Besetztzeichen. Er wählte bis unmittelbar vor Beginn des Werbespots weiter. »Verdammter Kerl!« fluchte er. »Er weiß doch, daß das Mädchen heute zum erstenmal auf dem Bildschirm ist. Warum muß er ihr das antun?«

Jerry stellte sich in die Kulissen, um Amanda noch einmal beruhigend zuzulächeln. Ihre strahlenden Augen verrieten, daß sie annahm, er habe Robin erreicht. Als sich die Kamera auf sie richtete, war Amanda gelöst und sicher.

Jerry beobachtete sie auf dem Monitor. Sie war fabelhaft telegen. Kein Wunder, daß sie so viel Geld verdiente. Hinterher konnte sie vor Aufregung kaum Luft holen. »War ich gut?«

»Mehr als das. Du warst großartig. Jetzt kannst du dich zehn Minuten entspannen – dann ziehst du dich um, machst den Lippenstift-Spot und bist fertig.«

»Was hat Robin gesagt?«

»Ich habe ihn nicht erreicht. Die Leitung war ständig besetzt.«

Ihre Augen bekamen einen verdächtigen Schimmer.

Er faßte sie an den Schultern und steuerte sie zum Treppenhaus. »Geh hinauf und zieh dich um. Und daß du mir nicht weinst und dein Make-up ruinierst!«

»Aber Jerry . . .«

»Aber was? Zu Hause ist er, das wissen wir wenigstens; und wahrscheinlich hat er sogar auf dem Bildschirm geguckt, während er an der blöden Strippe hing. Es kann doch etwas Dringendes gewesen sein – ein Anruf aus Übersee, irgendwo ist ein Krieg ausgebrochen; wer weiß was. Oder eine Atombombe ist explodiert. Ob du es glaubst oder nicht, die Christie-Lane-Show ist nicht das größte Ereignis von der Welt. Wir tun nur so, als entdeckten wir hier ein Krebsheilmittel.«

Christie Lane stolzierte an ihnen vorbei. »Habt ihr den Applaus gehört? Und alles für mich. *I'm the greatest!* . . . Ich bin der neue König!« Er legte Amanda die Hand auf den Arm. »Und du bist die Schönste. Wenn du es richtig anfängst, wäre es durchaus möglich, daß Onkel Christie dich nach der Show zu einem Butterbrot einlädt.«

»Nicht so stürmisch«, meinte Jerry und befreite Amandas Arm aus Christies Griff. »Immerhin macht die Konkurrenz auch ein paar hübsche Sachen, und was heißt schon Onkel?«

»Habt ihr nicht gehört, was der große Dan gesagt hat? Ich bin das Familien-Image. Ich erinnere die Leute an ihre Onkels oder

Ehemänner.« Er richtete seine wasserblauen Augen auf Amanda. »Erinnere ich dich auch an einen Verwandten? Hoffentlich nicht, denn bei den Gedanken, die ich habe, wäre das Inzest.« Bevor Amanda irgend etwas erwidern konnte, fuhr er fort: »Der Filmstar ist mit seiner Einlage fertig. Jetzt paßt mal auf, wie ein echter Profi die Leute von den Stühlen reißt.« Er stürmte auf die Bühne. Amanda blieb regungslos zurück, als könne sie nicht glauben, was sich abgespielt hatte. Dann drehte sie sich um und wollte zum Telefon gehen.

Jerry hielt sie zurück. »O nein, das kommt nicht in Frage. Du hast genau sechs Minuten Zeit, um dich umzuziehen und dein Make-up aufzufrischen. Nach der Show kannst du ihn anrufen. Und ich wette mit dir um ein Abendessen im Klub 21, daß er die Sendung gesehen hat. Im übrigen lade ich euch beide zur Feier des Tages sowieso dorthin ein.«

»Nein, Jerry, heute möchte ich mit Robin allein sein. Ich bringe ihm ein paar Würstchen mit.« Sie beobachtete Christie Lane auf der Bühne und zuckte die Achseln. »Vielleicht bin ich verrückt, aber die Leute scheinen ihn zu mögen.« Dann rannte sie die Treppe hinauf in ihre Garderobe.

Ihren zweiten Werbespot servierte Amanda mit der gleichen Gelassenheit. Als die Sendung vorüber war, verwandelte sich die kleine Hinterbühne zum Schauplatz einer Massenszene. Jeder puffte jeden in die Seite. Danton Miller, die Sponsoren und die Autoren bildeten eine dichte, händeschüttelnde Traube um Christie Lane. Ein Fotoreporter schoß Blitzlichtaufnahmen. Ethel drängte sich zu Amanda durch. »Ich brauche ein Bild von Ihnen und Christie.«

Amanda machte sich frei und rannte zum Telefon. Ethel folgte ihr. »Hat das nicht Zeit? Die Fotos sind wichtig.«

Amanda überhörte den Vorwurf und wählte; hinter sich spürte sie Ethels ungeduldige Blicke. Dann kam Jerry und stellte sich beschützend in ihre Nähe. Diesmal war nicht besetzt. Es läutete einmal, zweimal, dreimal. Nach dem zehnten Rufzeichen hängte sie ein. Die Münze kullerte unten heraus. Amanda wählte von neuem. Das gleiche monotone Läuten. Jerry und Ethel sahen zu. Ethels Mund verzog sich verdächtig. Amanda hängte ein und nahm, als wenn weiter nichts wäre, ihr Zehncentstück wieder an sich. Lächelnd sah sie Ethel und Jerry an. »Ich bin verrückt. Ich muß so nervös gewesen sein, daß ich völlig vergessen habe ...« Sie suchte krampfhaft nach einer Ausrede.

»War immer noch besetzt?« fragte Jerry mitfühlend.

»Ja! Und weißt du, warum? Er hat mir gesagt, er würde den Hörer abnehmen, damit ihn niemand stört. Und ich Schaf hab's vergessen!« Sie wandte sich zu Ethel. »Jetzt machen wir die Fotos, und dann brause ich zu ihm. So war's nämlich verabredet. Ach Jerry, sei ein Engel und bestell mir ein Taxi, damit ich nachher nicht ewig warten muß.«

Damit setzte sie ihr schönstes Lächeln auf, ging zu Christie Lane und ließ sich Arm in Arm mit ihm fotografieren. Zum Glück war er so von Agenturleuten umringt, daß er gar nicht merkte, wie schnell sie sich nach den Aufnahmen wieder von ihm löste.

Jerry bestellte das Taxi. Er dachte noch über die Geschichte mit dem Telefon nach. Irgend etwas hatte da nicht gestimmt. Aber Amandas Lächeln war echt gewesen; sie hatte förmlich gestrahlt ...

Auch Ethel war Amandas Sicherheit aufgefallen. Kein Wunder, wenn ein Robin Stone zu Hause wartete.

Als Amanda jedoch im schützenden Dunkel des Wagens saß, verging ihr das Lächeln. Sie nannte dem Chauffeur ihre Adresse. So hatte sie sich den Abend nicht vorgestellt. Trotzdem hatte sie das einzig Richtige getan: Hocherhobenen Hauptes war sie davongegangen ... genau, wie es sich Robin gewünscht hätte.

Robin rief sie am nächsten Morgen in aller Herrgottsfrühe an. »Hallo, Star!« sagte er munter. Er war blendend gelaunt.

Sie hatte die halbe Nacht wach gelegen. Mal hatte sie ihn gehaßt und zum Teufel gewünscht, mal ihn entschuldigt; und bei allem hatte sie große Sehnsucht nach ihm gehabt. Sie war fest entschlossen gewesen, kühl zu reagieren, wenn er anrief. Doch der Anruf zu so früher Stunde überrumpelte sie.

»Wo warst du gestern abend?« fragte sie. (O Gott, das war genau das, was sie nicht hätte sagen sollen!)

»Ich habe dir zugeschaut«, gab er im gleichen Ton zurück.

»Davon ist kein Wort wahr!« Sie brach alle Vorsätze, aber sie konnte nicht dagegen an. »Robin, ich habe dich unmittelbar vor dem Spot angerufen, da war bei dir besetzt. Dann habe ich sofort danach noch mal probiert, aber da hast du nicht abgenommen.«

»Stimmt genau. Der blöde Apparat klingelte gerade, als die Show anfing. Das hat mich noch nicht einmal gestört – denn es war Andy Parino, und den höre ich immer noch lieber als Christie Lane. Aber gleich nach ihm rief jemand anders an, und da ich deinen großen Auftritt nicht verpassen wollte, habe ich den Apparat ausgehängt.«

»Aber du wußtest doch, daß ich dich anrufen würde.«

»Ich muß gestehen, daß ich völlig vergessen habe, den dämlichen Apparat wieder einzustellen.«

»Ja ... aber ...«, stotterte sie, »warum hast du denn nicht versucht, mich zu erreichen? Selbst wenn du nicht daran gedacht hast, dein Telefon anzustellen, hättest du mich doch anrufen können? Ist dir nicht eingefallen, daß ich gern mit dir zusammen gewesen wäre?«

»Ach, ich weiß doch, wie's an so einem Abend zugeht. Das Studio ist das reinste Tollhaus. Ich war überzeugt, die großen Geldgeber würden sich um dich reißen, und ich dachte, du würdest wahrscheinlich mit ihnen ausgehen und feiern.«

»Robin!« jammerte sie, jetzt völlig hilflos. »Ich wollte mit *dir* zusammen sein! Du hast mich doch gern, oder?«

»Klar hab' ich dich gern.« Seine Stimme hatte noch immer den leichten Ton. »Aber das bedeutet nicht, daß wir einander völlig ausgeliefert sind. Ich habe schließlich keinen Anspruch auf dich oder deine Zeit.«

»Möchtest du das nicht haben?« fragte Amanda. Es war ein falscher Zug, aber sie mußte es darauf ankommen lassen.

»Nein. Denn ich könnte von mir aus niemals dasselbe bieten.«

»Robin, ich möchte dir gehören ... ganz und gar. Ich möchte dir jede Minute meines Lebens schenken. Du bedeutest mir alles. Ich liebe dich. Ich weiß, daß du nicht heiraten willst« – ihre Worte überstürzten sich –, »aber deswegen kann ich dir doch gehören. In jedem Sinne des Wortes.«

»Ich möchte, daß du meine Geliebte bist – nicht mein Eigentum.«

»Wenn ich deine Geliebte bin, will ich alles mit dir teilen können. Und wenn du nicht bei mir sein kannst, möchte ich zu Hause auf dich warten, bis du kommst. Ich *möchte* dir gehören.«

»Amanda.« Seine Stimme klang immer noch unbeschwert, aber sie wußte, daß er es ernst meinte. »Schenk mir deine Liebe, Baby, aber mach mich nicht zum Inhalt deines Lebens. Es hat keinen Sinn, sich an Menschen anzuklammern. Selbst wenn sie sich lieben, gehen sie doch eines Tages davon.«

»Was willst du damit sagen?« Sie war den Tränen gefährlich nahe.

»Ich versuche dir nur meine Gedanken zu erklären. Es gibt ein paar Tatsachen, die wir alle kennen: erstens, daß man einen Menschen nicht festhalten kann, zweitens, daß wir eines Tages sterben müssen, jeder von uns ... das wissen wir, aber wir denken nicht daran. Vielleicht glauben wir, wenn wir nicht an den Tod denken, tritt er nicht ein. Tief innen wissen wir aber, daß er kommt. So geht es mir übrigens auch mit dem eisernen Panzer um mich, von dem du einmal gesprochen hast. Solange er da ist, kann ich nicht verletzt werden.«

»Hast du jemals versucht, diesen Panzer abzulegen?«

»Gerade eben versuche ich es.« Seine Stimme war ruhig. »Ich habe den Panzer ein Stück angehoben, weil ich mich dir verständlich machen möchte; ich habe dich nämlich sehr gern. Aber ich werde ihn auf der Stelle wieder anziehen.«

Amanda schwieg. Noch nie hatte Robin so offen zu ihr gesprochen. Sie wußte, er wollte noch etwas sagen.

»Amanda, ich habe dich wirklich gern. Und ich bewundere dich, denn ich glaube, du hast einen eigenen Panzer. Du bist schön, ehrgeizig und selbständig. Ein Mädchen, dessen einziger Lebenssinn ich wäre, könnte ich nicht lieben und achten. Ich glaube, die Felsbrocken in deinem Schädel füllen die Hohlräume in meinem aus. Ist nun alles klar zwischen uns?«

Sie zwang sich zu einem kleinen Lachen. »Alles ist wundervoll, es sei denn, du läßt mich heute abend zum Essen im Stich. Dann werde ich dir mit besagten Felsbrocken den Schädel einschlagen.«

Er stimmte in ihr Lachen ein. »Das kann ich nicht riskieren. Man sagt doch, daß die Schönen aus dem Süden sehr schlagfertig sind ...«

»Ich habe nie gesagt, daß ich aus dem Süden stamme.«

»Du erzählst mir überhaupt nie etwas, meine schöne Amanda. Vielleicht macht das einen Teil deines Charmes aus. Aber beim Sprechen klingt ab und zu ein wenig Georgia oder Alabama bei dir durch.«

»Beides falsch.« Nach einer Weile fuhr sie fort: »Ich habe dir deshalb nie etwas von mir erzählt, weil du mich nie gefragt hast. Dabei möchte ich gern, daß du etwas über mich weißt. Ich möchte, daß du alles über mich weißt.«

»Baby, nichts ist so langweilig wie eine Frau ohne Vergangenheit; und wenn man erst mal jede Einzelheit kennt, ist die Vergangenheit futsch – ersetzt durch ein langes, ödes Geständnis.«

»Aber du weißt buchstäblich nichts von mir ... bist du gar nicht neugierig?«

»Jedenfalls weiß ich, daß du nicht gänzlich unerfahren warst, als wir uns kennenlernten.«

»Robin!«

»Das ist gar nicht abfällig gemeint. Um mir eine Jungfrau heranzuziehen, bin ich zu alt.«

»So viele Männer waren es nun auch wieder nicht.«

»Vorsicht! Zerstör mir nicht die Illusion. Ich hatte immer eine Schwäche für Vollblutweiber wie Marie-Antoinette, Madame Pompadour oder gar Lucrezia Borgia. Wenn du mir jetzt erzählst, es hätte in deinem Leben nur den unbedarften kleinen Schulfreund gegeben, verdirbst du mir die ganze Chose.«

»Gut, dann werde ich dir also weder etwas von dem südamerikanischen Diktator erzählen, der sich für mich umbringen, noch von dem König, der mir zuliebe auf seinen Thron verzichten wollte. Ich könnte statt dessen Steak und Salat für heute abend machen, soll ich?«

Er lachte. Das Eis war gebrochen. Amanda wußte, daß er seine gute Laune wiedergefunden hatte.

»Okay, Baby. Steak und Salat. Ich bringe Wein mit. Dann bis sieben.«

Sie legte auf und ließ sich in die Kissen fallen. O Gott, so konnte es einfach nicht weitergehen. Und doch wußte sie, daß sie weiter mitspielen würde, spielen mußte, bis sie sein völliges Vertrauen gewonnen hatte. Dann erst würde seine Wachsamkeit nachlassen und . . .

Sie sprang aus dem Bett und ließ das Badewasser einlaufen. Ihre Stimmung war plötzlich umgeschlagen. Was für ein wunderbarer Tag – wenn ihr auch anstrengende Aufnahmen bevorstanden! Der schönste Tag ihres Lebens! Denn sie wußte nun, daß sie den Schlüssel zu Robin Stone in der Hand hatte. Halte dich zurück, verlange nichts. Je weniger sie verlangte, desto mehr würde er geben. Und bald wurde er feststellen, daß er doch zu ihr gehörte . . . unmerklich würde das geschehen.

Zum erstenmal war sie zuversichtlich. Sie wußte, daß alles gut werden würde.

10

Amandas zuversichtliche, glückliche Stimmung hielt den ganzen Tag über an. Wenn eine Pose vor der Kamera sie ermüdete, rief sie sich das Telefongespräch mit Robin in Erinnerung, und sofort vergaß sie die Scheinwerfer, den Krampf im Nacken und den schmerzenden Rücken. Undeutlich hörte sie den Fotografen sagen: »Ja, Baby, so stimmt's; behalt diesen Ausdruck.«

Um vier war sie fertig und rief das Büro von Nick Longworth an, um sich die Termine für den nächsten Tag geben zu lassen.

»Du wirst dich freuen«, posaunte Nick. »Morgen früh um elf *Vogue*. Dein alter Freund Iwan Greenberg macht das Layout.« Amanda war selig. Der Nachmittag würde zwar anstrengend werden, aber dafür brauchte sie morgen erst um elf anzufangen. Das bedeutete, sie konnte bis neun schlafen und Robin Frühstück machen . . .

Sie fuhr nach Hause, fütterte Slugger, deckte den Tisch, machte den Salat und bereitete die Steaks vor. Wenn sie mit Robin zusammen war, brachte sie nie einen Bissen herunter; sie stocherte nur im Essen herum. Im letzten Jahr hatte sie zehn Pfund abgenommen. Bei einssechzig Größe wog sie nur hundertacht Pfund. Aber zum Fotografieren war es ideal, und bis jetzt hatte ihr Gesicht noch nicht unter der Magerkeit gelitten.

Sie schaltete im Fernsehen das Programm der IBC ein. Robin sah sich gerne Andy in den Siebenuhrnachrichten an. Gewöhnlich saß Amanda an ihn gekuschelt dabei, oder sie setzte sich in eine andere Ecke und beobachtete sein Profil. Heute abend würde sie die Sendung verfolgen; sie wollte sich für alles interessieren, das ihn anging.

Gregory Austin wartete gleichfalls auf die Siebenuhrnachrichten. Wieder einmal mußte er Robin Stone Anerkennung zollen. Es war richtig gewesen, Andy Parino heranzuziehen. Komisch, im Grunde hatte er Robin als Nachrichtenmann eingesetzt, und nun stellte sich heraus, daß er ein glänzendes Organisationstalent besaß – ein guter Mann, aber ein Phantom; man sah ihn so gut wie nie. Man sollte doch annehmen, daß jemand, der so viel auf IBC-Kosten herumreiste, zumindest gelegentlich hereinschaute und »hallo« sagte, wenn er zurückkam. Seine »Schlagzeilen« bekamen ausgezeichnete Kritiken, und die Noten kletterten beachtlich. Jeder andere hätte dafür gern Komplimente eingeheimst.

Danton Miller zum Beispiel bettelte geradezu um ein Lob. Er hing doch schon an der Strippe, kaum daß die Christie-Lane-Show vorüber war. Im übrigen bewies diese Sendung, daß man die Intelligenz des Fernsehpublikums nicht tief genug einschätzen konnte. Ein Haufen Banausen! Die Christie-Lane-Show war das Allerletzte. Judith hatte es nicht ausgehalten, sie bis zum Schluß anzusehen.

Und die Kritiken in der Morgenpresse waren grausam. Dafür war allerdings die Zuschauerbeteiligung sensationell hoch. Endgültiges ließ sich freilich erst erkennen, wenn in zwei Wochen die überregionalen Zahlen vorlagen.

Gregory saß in dem getäfelten Arbeitszimmer seiner Stadtwohnung und schaltete den eingebauten Farbempfänger ein. Für ihn waren die alten Technicolorfilme im Nachtprogramm das Schönste am ganzen Fernsehen. Stars wie Rita Hayworth, Alice Fay oder Betty Grable, die gab es heute nicht mehr. Manchmal, wenn er nicht schlafen konnte, plünderte er den Kühlschrank, setzte sich vors Fernsehgerät und schaute sich die Glamourgirls an, in die er früher einmal heimlich verliebt gewesen war. Den Farbfernseher verdankte er Judith. Das ganze Zimmer war übrigens eine Überraschung von ihr gewesen. Sie hatte es einrichten lassen, als sie letztes Jahr in Palm Beach waren. Gregory waren ihre verstohlenen Telefongespräche und die überraschenden Reisen zu ihrem Zahnarzt nach New York freilich nicht geheuer vorgekommen. Als sie dann aus Palm Beach zurückkehrten, hatte sie ihm den neu eingerichteten Arbeitsraum fix und fertig vorgeführt; sogar ein Willkommensspruch hing über der Tür. Gregory war gerührt gewesen. Judith hatte ausgesprochenen Geschmack. Das Zimmer war typisch männlich eingerichtet. Er wußte, daß jedes Möbelstück eine Geschichte hatte und sorgfältig ausgesucht worden war.

Nachdem er nun sein eigenes Zimmer hatte, übernahm sie allmählich die große Bibliothek, die sie ihrem Geschmack entsprechend modernisierte; neue Farben, neue Vorhänge und das eine oder andere neue Möbelstück. Gregory haßte den Raum, so wie er jetzt war. Er glich einer jener supervornehmen Hotelsuiten im Waldorf. Das handsignierte Eisenhower-Foto war in sein Arbeitszimmer gewandert. Dafür hatte Judith sich Verwandtenbilder im Silberrahmen auf den zierlichen Damenschreibtisch gestellt. Nun ja, warum, zum Teufel, sollte sie ihre Verwandtschaft nicht vorzeigen? Sie hatte ohnehin die bessere. Sollte sie doch in Gottes Namen ihre Zwillingsschwester – eine Prinzessin durch Heirat – in einem Silberrahmen zeigen; und die beiden kleinen Prinzessinnen, die ihre Schwester zur Welt gebracht hatte, dazu. Es war auch ganz in Ordnung, daß das Ölgemälde von Judiths Vater über dem Kamin hing. Mein Gott, der alte Herr sah aus wie eine Weinreklame. Gregory hatte keine Bilder von seinem Vater. Im Norden Irlands machte man keine Aufnahmen, um sie in Silberrahmen aufzustellen. Außerdem brauchte Judith eine Bibliothek, wo sie vormittags mit ihrer Sekretärin arbeiten konnte. Er lächelte bei dem Gedanken, daß man Judiths Beschäftigung als Arbeit bezeichnen könnte. Andererseits, die vielen Einladungen, Wohltätigkeitsveranstaltungen, der Platz auf der Liste der bestangezogenen Frauen – das alles bedeutete wohl tatsächlich viel Arbeit. Er mußte es Judith lassen: Ihre Publicity war so groß, daß die Leute glaubten, sie sei vermögend gewesen, als sie den irischen Selfmademann Gregory Austin heiratete. Er lächelte. Sie kam zwar aus guten Kreisen, hatte die richtigen Schulen besucht und im Ausland studiert, aber die Familie besaß keinen Pfennig. Als ihre Schwester den Prinzen heiratete, waren die beiden Mädchen plötzlich ins Blickfeld der Öffentlichkeit gerückt. Heute schien Judith tatsächlich zu glauben, sie sei schon vor ihrer Ehe reich gewesen. Na wenn schon – es war sicher schwer für sie gewesen, mit anzusehen, wie ihre Freundinnen in die Gesellschaft eingeführt wurden und sie nur unter großen Mühen mithalten konnte. Durch ihre Heirat mit ihm hatte sie den Anschluß an ihre Kreise verloren. Dafür hatte Gregory sie in eine andere Art von Gesellschaft eingeführt, eine Gesellschaft, die alle sozialen Schranken durchbrach: die Gesellschaft der Berühmten. Talent war der größte Gleichmacher der Welt. Ein Danny Kaye wurde bei Hof empfangen. Hohe Politiker speisten mit Königen. Und der Aufsichtsratsvorsitzende der IBC war überall willkommen. Judith war eine großartige Frau, und Gregory war stolz, daß er ihr das einzige, was in ihrem vollkommenen Leben gefehlt hatte, geben konnte. Heute verkörperte Judith Austin die Gesellschaft. Sie war nicht nur Mitglied der Gesellschaft, sie schuf sie. Sie machte Mode und erschien auf dem Titelbild der von allen Damen geliebten Zeitschrift *Woman's Wear*. Was immer Judith trug, wurde Mode. Er konnte es immer noch nicht recht fassen, daß diese Frau ihm gehörte. Immer noch schien sie ihm unerreichbar. Vom ersten Augenblick an hatte er das empfunden, und so war es geblieben.

Es war zwei Minuten vor sieben. Er ging zur Hausbar und schenkte für sich ein wenig Scotch mit Soda, für Judith einen Vermouth on the rocks ein. Wie sie nur so ein Zeug trinken konnte! Das schmeckte doch erbärmlich. Aber Judith behauptete, alle Schönheiten Europas tränken nur Wein oder Vermouth. Natürlich meinte Judith die Schönheiten über vierzig. Komisch, daß eine so schöne Frau wie Judith Angst vorm Altern haben konnte. Sie klopfte leise an die Tür, bevor sie hereinkam. Dieses Klopfen war ein Scherz. Sie bat gewissermaßen um die Erlaubnis, in sein Reich eindringen zu dürfen – ein Spiel, das Gregory gutmütig mitmachte. Irgendwie spürte er, daß sie damit ein Schuldgefühl wegen der Bibliothek verdrängte.

Judith setzte sich in den zweiten Ledersessel, und wie jeden Abend, wenn er sie dort sitzen sah, dachte Gregory auch diesmal: Gott, ist sie eine schöne Frau. Sie war sechsundvierzig und sah aus wie knapp fünfunddreißig. Plötzlich erfüllten ihn Stolz und Glück. Er liebte diese »Bude« hier, sie war ein Stück ihres gemeinsamen Lebens geworden. Selbst wenn er mit Judith ins Theater oder zu einem Abendessen ging, tranken sie in seinem Arbeitszimmer noch ein Glas und sahen sich die Siebenuhrnachrichten an. Für Gregory Austin fing der Abend erst nach den Siebenuhrnachrichten an, und Judith hatte ihr gesellschaftliches Leben pflichtschuldig diesem Gesetz untergeordnet.

Der Sprecher begann: »Guten Abend, meine Damen und Herren, wir bringen Ihnen Nachrichten und Kommentare. Doch zuvor eine Ankündigung. Am Schluß dieser Sendung wird Mr. Robin Stone, Präsident unserer Abteilung und Chefredakteur der Sendung ›Schlagzeilen‹, eine Erklärung abgeben.«

»Donnerwetter!« Gregory riß es von seinem Sessel hoch.

»Seit wann erscheint Robin Stone in den Siebenuhrnachrichten?« fragte Judith.

»Seit einer Minute. Ich höre zum erstenmal davon.«

»Er ist ein sehr gut aussehender Mann«, bemerkte Judith. »Wenn ich ihn in den ›Schlagzeilen‹ sehe, habe ich allerdings das Gefühl, daß er sich wahnsinnig bemüht, nur ja nichts von seinem eigenen Ich zu zeigen. Wie ist er denn in Wirklichkeit?«

»Genauso wie auf dem Bildschirm. Du hast den Nagel auf den Kopf getroffen. Er ist ein Rätsel. Großer Charme nach außen, alles andere bleibt verschlossen.«

In Judiths Augen blitzte Interesse auf. »Wir sollten ihn gelegentlich zum Abendessen einladen. Ich möchte ihn gern kennenlernen.«

Gregory lachte. »Meinst du das im Ernst?«

»Warum nicht? Viele meiner Freundinnen brennen darauf, ihn kennenzulernen. Man trifft ihn nirgends, und er ist überall im Gespräch.«

»Judith, du kennst meinen Grundsatz: Ich verkehre nicht mit Angestellten.«

»Wenn wir in Kalifornien sind, lassen wir uns doch auch zu ihren Partys einladen!«

»Das tue ich nur, damit du eine Abwechslung hast. Außerdem ist das etwas anderes. Dort geben sie die Partys für uns. Wir laden diese Leute aber nicht in unser Haus ein. Die einzige Ausnahme ist unser großer Neujahrsempfang, und der macht sich immer sehr gut. Da haben sie das Gefühl, bei Hof vorgestellt zu werden.«

Inzwischen war die Nachrichtensendung weitergelaufen. Judith starrte auf den Bildschirm, war aber mit ihren Gedanken woanders. »Dann wird Mr. Stone wohl bis zum nächsten Neujahrstag warten müssen«, meinte sie.

Plötzlich zeigte die Kamera Robin in Großaufnahme. Gregory beugte sich vor. Der Bursche sah wirklich blendend aus.

»Guten Abend, meine Damen und Herren . . .« Die metallische Stimme erfüllte den Raum. »Wir sind alle noch ganz erregt über die Nachricht von einem echten Piratenstück, das sich in diesen Tagen ereignet hat. Ich spreche von dem portugiesischen Vergnügungsdampfer ›Santa Maria‹, der von vierundzwanzig portugiesischen beziehungsweise spanischen Exilpolitikern und sechs Mitgliedern der Mannschaft in der Karibischen See mit Waffengewalt gekapert wurde. Anführer war ein ehemaliger Hauptmann der portugiesischen Streitkräfte namens Henrique Calvao. Vor drei Tagen ist Admiral Smith dreißig Meilen vor dem brasilianischen Hafen Recife an Bord der ›Santa Maria‹ gegangen, um auf hoher See mit Calvao zu verhandeln. Ich erhalte soeben die Meldung, Calvao habe eingewilligt, daß die Passagiere heute das Schiff verlassen können. Präsident Janio Quandros hat Calvao und seinen neunundzwanzig Gefolgsleuten in Brasilien politisches Asyl zugesagt. Es waren auch amerikanische Touristen an Bord. Ich möchte versuchen, von Henrique Calvao ein Fernsehinterview zu bekommen. Deswegen fliege ich noch heute abend nach Brasilien. Ich hoffe, daß ich in der nächsten ›Schlagzeilen‹-Sendung das Interview mit Calvao und einigen amerikanischen Passagieren, die sich an Bord des gekaperten Schiffes befanden, bringen kann. – Vielen Dank und gute Nacht.«

Gregory Austin schaltete das Gerät ab. Er schäumte vor Wut. »Wie kann er es wagen, einfach auf und davon zu gehen? Wieso verständigt er mich nicht? Vor zwei oder drei Wochen erst ist er aus London zurückgekommen. Ich will Live-Sendungen, keine Konserven. Das ist unser Hauptknüller gegenüber der Konkurrenz!«

»Er kann seine ›Schlagzeilen‹ nicht nur mit Live-Sendungen machen, Greg. Er muß sich berühmte Leute vor die Kamera holen; die sind das Salz in der Suppe. Ich, zum Beispiel, bin gespannt auf diesen Calvao. Ich möchte mir gern den Mann mal ansehen, der mit fünfundsechzig noch den Mut hat, einen Luxusdampfer mit sechshundert Passagieren zu kapern.«

Aber Gregory war schon am Telefon.

»Dan!« tobte er, rot vor Wut. »Sie haben wahrscheinlich keine Ahnung, was los ist, und sitzen seelenvergnügt im Klub 21 . . .«

Dantons Stimme kam kühl zurück. »So ist es. Ich habe auf einem gemütlichen Sofa im Klubraum gesessen und mir unsere Siebenuhrnachrichten angesehen.«

»Haben Sie gewußt, daß Stone nach Brasilien fliegen will?«

»Nein, wie sollte ich? Er ist ja niemandem Rechenschaft schuldig außer Ihnen.«

Gregorys Gesicht wurde einen Schatten dunkler. »Warum, zum Teufel, hat er mir dann nichts gesagt?«

»Vielleicht hat er's versucht. Sie waren ja heute nicht im Büro. Ich habe am Nachmittag auch mehrmals versucht, Sie zu erreichen. Es liegen neue Kritiken über die Christie-Lane-Show vor. Die Pressestimmen aus der Provinz sind großartig. Ich habe sie Ihnen auf den Schreibtisch gelegt.«

»Jawohl, ich *war* heute nachmittag nicht da!« schrie Gregory. »Und ich habe ja wohl das Recht, einen Nachmittag in der Woche wegzugehen!« Er hatte sich neue Pferde gekauft und war nach Westbury gefahren, um sie sich anzusehen. »Oder wollen Sie behaupten, daß der ganze Sender zusammenbricht, wenn ich einen Tag nicht da bin?«

»Es ist kaum anzunehmen, daß der Sender zusammenbricht, weil ein Mann von uns nach Brasilien fliegt. Mir mißfällt viel mehr, daß Stone die Siebenuhrnachrichten benutzt, um für seine eigene Sendung Reklame zu machen. Ich bin dagegen, daß ein Präsident der IBC diese Machtbefugnis hat. Leider ist Stone aber nun mal nicht verpflichtet, sich mit mir abzustimmen. Da er wiederum Sie nicht erreichen konnte, war die Ankündigung über den Bildschirm, von ihm aus gesehen, möglicherweise die beste Art, Sie zu informieren.«

Gregory schleuderte den Hörer auf die Gabel. Millers unverhohlene Freude an der Situation steigerte seinen Ärger zu hilflosem Zorn. Mit geballten Fäusten stand er da und starrte ins Leere. Judith brachte ihm ein neues Glas und sah ihn lächelnd an. »Übertreibst du nicht ein wenig? Der Mann hat für deinen Sender eine tolle Attraktion vorbereitet! Jeder, der eben die Nachrichten gehört hat, ist gespannt auf das Interview. Nun trink etwas und ärgere dich nicht mehr. Wir müssen um Viertel nach acht im Colony sein.«

»Ich bin angezogen.«

Sie fuhr ihm sanft über die Wange. »Ich finde, du solltest noch einmal mit dem Apparat über deine Stoppeln fahren. Wir essen heute abend mit Botschafter Ragil. Er hat drei arabische Pferde, auf die du scharf bist. Also komm, sei lieb. Wo bleibt der berühmte Austin-Charme?«

Gregorys Stirn glättete sich. »Ich muß wohl immer der Große Boss sein«, brummte er selbstkritisch. »Du hast recht, die TV-Ansage war bestes Showgeschäft. Ich ärgere mich nur, weil es *mein* Sender ist . . . ich habe ihn geschaffen und aufgebaut. Ich kann es nicht leiden, wenn jemand über meinen Kopf hinweg Entscheidungen fällt.«

»Genausowenig kannst du es leiden, wenn dein Zureiter Pferde kauft, die du nicht vorher gesehen hast. Du kannst aber nicht an zwei Orten zugleich sein, Liebster.«

Er grinste. »Du hast recht wie immer, Judy.«

Lächelnd erwiderte sie: »Und ich denke, bis zu unserem nächsten Neujahrsempfang wird Robin Stone bedeutend genug sein, um eine Einladung zu verdienen . . .«

Als Amanda Robins Ansage hörte, starrte sie fassungslos auf den Bildschirm. Das durfte doch nicht wahr sein! Jeden Augenblick mußte es läuten, und Robin würde vor der Tür stehen. Wahrscheinlich war er schon unterwegs, und sie fuhren dann gemeinsam zum Flughafen.

Sie wartete zehn Minuten. Bis Viertel nach acht hatte sie sechs Zigaretten geraucht. Sie rief in seiner Wohnung an; es meldete sich der Auftragsdienst; ohne ihren Namen zu hinterlassen, legte sie wieder auf. Dann wählte sie die Nummer der IBC. Dort hatte man keine Ahnung, welchen Flug beziehungsweise bei welcher Fluggesellschaft Mr. Stone gebucht habe.

Um halb neun läutete das Telefon. Sie sprang auf und stieß dabei mit dem Knöchel gegen das Tischbein.

»Hier ist Iwan der Schreckliche.«

Amanda rang um Fassung. Sie hatte Iwan Greenberg furchtbar gern, trotzdem liefen ihr jetzt vor Enttäuschung die Tränen übers Gesicht.

»Bist du's, Mandy?«

»Ja.« Ihre Stimme war leise.

»Oh, störe ich?«

»Nein, ich sitze vorm Fernsehapparat.«

Er lachte. »Das lob' ich mir. Als großer Fernsehstar mußt du schließlich die Konkurrenz im Auge behalten.«

»Iwan, nimm mir's bitte nicht übel – aber ich *muß* die Leitung frei halten! Ich erwarte einen wichtigen Anruf.«

»Okay, mein Herz, ich weiß schon ... der große Mr. Stone ist fort; deshalb dachte ich ja, wir könnten zusammen essen gehen.«

»Ich muß jetzt auflegen, Iwan.«

»In Ordnung. Schlaf dich gründlich aus, du hast erst um elf Aufnahmen.«

Amanda starrte regungslos auf das Telefon. Um Viertel nach neun rief sie die Pan American an. Der Flug für Mr. Stone war gebucht und die Maschine seit einer Viertelstunde in der Luft. Sie warf sich in einen Sessel. Die Tränen liefen ihr in schwarzen Rinnsalen über die Wangen. Vom Make-up blieb nicht mehr viel übrig, und die falschen Wimpern lösten sich. Sie riß sie ab und legte sie auf den Couchtisch.

Dann stand sie auf und lief ruhelos hin und her. Plötzlich drohte ihr die Decke auf den Kopf zu fallen. Sie mußte mit jemandem sprechen. Iwan war immer ein guter Freund gewesen.

Hastig wählte sie seine Nummer und atmete erleichtert auf, als er nach dem zweiten Rufzeichen abnahm.

»Iwan, ich möchte jetzt doch mit dir essen gehen.«

»Wunderbar! Ich war gerade am Gehen. Wir treffen uns im Tiger Inn. Das ist ein neues Lokal Ecke Firsth Avenue Fifty-third. Ganz in deiner Nähe.«

»Nein, hol ein paar Würstchen und komm zu mir.«

»Ach, ich verstehe. Großer Seelenschmerz.«

»Bitte, Iwan – ich habe auch Steaks, wenn du möchtest, und Salat.«

»Nein, mein Schatz. Wenn du zu Hause bleibst, kriegst du das große Heulen ... und das bedeutet morgen früh geschwollene Augenlider. Kommt nicht in Frage, wenn du für mich arbeitest. Als besagter Mr. Stone vor ein paar Wochen nach London flog, hatte ich stundenlang mit deinem Gesicht zu tun. Wenn du mit mir essen willst, dann treffen wir uns im Tiger Inn. Da mußt du dich nämlich zusammennehmen.«

»Ich sehe entsetzlich aus. Allein fürs Augen-Make-up brauche ich eine Ewigkeit.«

»Wie wär's denn mit einer Sonnenbrille?«

»Na schön.« Sie war zu müde, um noch länger Widerstand zu leisten. »In einer Viertelstunde bin ich da.«

Das Tiger Inn war zur Zeit sehr en vogue. Amanda erkannte ein paar Kolleginnen und ein paar Werbeleute. Sie saß Iwan gegenüber, rührte ihr Würstchen kaum an, und ihre Augen bettelten um Trostworte.

Iwan kratzte sich den Bart. »Es gibt keine Erklärung. Morgens liebt er dich, und abends ist er verschwunden. Von all den großen Fischen in unserer Stadt mußtest du dir ausgerechnet einen Typ wie Robin Stone angeln!«

Sie brachte ein schwaches Lachen zustande.

»Schon möglich, daß er ein netter Kerl ist. Ich kenne ihn ja nur aus deinen Schilderungen. Aber du solltest trotzdem gelegentlich mal an deine Karriere denken. Mach ihn stolz auf dich . . . das ist die beste Art, einen Mann zu halten!«

»Ach Iwan, das sagt sich so einfach.«

»Kann schon sein; aber wenn du herumsitzt und heulst, verlierst du ihn garantiert. Tu doch so, als ginge es dir blendend ohne ihn.«

»Dann hätte er erst recht einen Vorwand, mich fallenzulassen.«

»Nach allem, was ich von ihm gehört habe, braucht dieser Bursche keinen Vorwand für irgend etwas. Er tut sowieso, was er will. Versuch doch auch, deine eigenen Wege zu gehen.«

»Mit wem?«

»Liebchen, ich habe keinen Kavalierverleih. Junge Männer kennst du doch bestimmt scharenweise.«

Sie schüttelte den Kopf. »Seit einem Jahr war ich immer nur mit Robin zusammen.«

»Du meinst, niemand anders hat dir Avancen gemacht?«

Mit einem flüchtigen Lächeln erwiderte sie: »Niemand, der mich im geringsten interessiert hätte; das gilt auch für diesen schrecklichen Christie Lane. Er hat mir übrigens keine Avancen gemacht, er wollte nur mit mir ausgehen.«

»Du könntest es doch darauf ankommen lassen.«

Sie forschte in seinem Gesicht, ob er es ernst meinte. Als sie sah, daß er nicht scherzte, verzog sie angewidert den Mundwinkel.

»Was hast du gegen Christie Lane?«

»Hast du seine Show gesehen? Keine Spur von Sex-Appeal. Er ist ein Spießer.«

»Na ja, ich würde auch nicht gerade hinter ihm herrennen und um ein Foto für *Esquire* bitten. Er ist netter Durschschnitt, aber zufällig ein großer Star.«

»Er ist kein Star. Das heißt, er ist Star der Christie-Lane-Show, aber nach den Kritiken in der *Times* zu urteilen, dürfte er nach dreizehn Wochen passé sein.«

»In dreizehn Wochen könntest du eine Menge Publictiy aus ihm herausschlagen, wenn du mit ihm ausgehst.«

»Aber ich kann ihn nicht ausstehen!«

»Ich rede nicht davon, daß du mit ihm ins Bett gehen sollst. Ich sage ja nur, du sollst dafür sorgen, daß etwas von seiner Publicity auf dich abfällt.«

»Es wäre nicht anständig, wenn ich nur wegen der Publicity mit ihm ausginge.«

Iwan tätschelte ihr Kinn. »Du bist ein liebes Mädchen. Ein liebes, dummes Mädchen mit einem wunderschönen Gesicht. Ein liebes, dummes Mädchen, das glaubt, ihr Gesicht bliebe ewig so. Mandy, ich bin achtunddreißig, und ich kriege soviel Achtzehnjährige, wie ich will. Und wenn ich achtundvierzig oder achtundfünfzig bin und mein Bart grau ist, kriege ich sie immer noch. Wenn *du* achtunddreißig bist, kriegst du nur noch noble Mode, und zwar Totalaufnahmen. Sofern du dich gut gehalten hast. Aber keine Kosmetika mehr für Gesicht und Hände – auf denen dann die ersten häßlichen braunen Altersflecken erscheinen. Selbst ein Spießer wie Christie Lane schaut dich dann nicht mehr an. Heute aber und vielleicht auch noch in den nächsten zehn Jahren kannst du alles und alle haben.«

»Nur nicht den Mann, den ich möchte.«

Er seufzte. »Schau, ich weiß, daß du ein süßes, anständiges Mädchen bist. Sonst säße ich nicht hier mit dir, obwohl bei mir zu Hause ein Haufen Arbeit liegt und ich drei Weiber haben könnte, wenn ich nur mit dem Finger schnippte. Du mußt dich mit den Tatsachen abfinden. Robin empfindet nicht wie andere Menschen. Er ist wie eine große, phantastische Maschine. Wehr dich, Baby, das ist deine einzige Chance.«

Amanda nickte geistesabwesend. Mit dem Rührstäbchen malte sie die Initialen R. S. auf den Tisch.

11

Das Gespräch mit Iwan hatte Amanda geholfen. Bis zur zweiten Christie-Lane-Show hatte sie sich aus tiefer Verzweiflung in einen Zustand selbstgerechter Wut hineingesteigert. Diesmal herrschte nicht die aufgeregte Spannung wie beim erstenmal, wohl aber die gleiche Begeisterung. Humor und gutes Einvernehmen bestimmten die Proben, eine gewisse Sicherheit verlieh ihr den Vorgeschmack eines Bombenerfolgs.

Als Christie Lane sie erneut bat, nach der Sendung mit ihm auszugehen, willigte Amanda ein. Sie gingen in Danny's Hideaway, begleitet von den Kümmerlingen und einem Revuegirl aus dem Latin Quarter namens Agnes, das offensichtlich zu einem von ihnen gehörte. Amanda saß neben Christie; außer seiner Frage »Was möchtest du essen?« fand keine Unterhaltung zwischen ihnen statt. Jack E. Leonard, Milton Berle und verschiedene andere Komiker kamen an ihren Tisch und beglückwünschten Christie, der über so viel Aufmerksamkeit ganz selig war und mit den Kollegen Pointen auszutauschen suchte. Als Milton Berle an seinen Tisch zurückging, meinte Christie zu Eddie Ryan: »Ich glaube, wir sitzen auf den falschen Plätzen.«

Das Revuegirl sagte mit ihrer piepsigen Stimme: »Nein, Chris, ehrlich. Hier bist du genau richtig. Hier bist du *in*.«

»Woher willst denn du das wissen?« fauchte Christie.

»Ich weiß es«, erwiderte sie ruhig und strich sich Butter auf ein Brötchen. »Ich war hier mal mit einem Freund – oh, lange bevor wir uns kennenlernten, Schatz«, sagte sie zu Eddie und tätschelte ihm beruhigend den Arm. »Da hat man uns in einem der anderen Räume einen Tisch zugewiesen. Ich merkte sofort, wie der Hase lief, als ich sah, daß alle berühmten Leute hier hereingeführt wurden. Mein Freund hatte natürlich keine Ahnung. Er war aus Minnesota.«

»Berle sitzt aber ganz vorne dran. Und schau mal, die Maguire Sisters auch.«

»Red Buttons sitzt seitlich«, gab Kenny Ditto zu bedenken.

»Jaaa, aber *vorne* an der Seite. Eines Tages werde ich auch vorne dran sitzen. Genauso wie ich eines Tages in den Klub 21 gehen werde.«

»Warst du noch nie dort?« fragte Amanda überrascht.

»Einmal«, erwiderte Christie. »Ich war mit einem Mädchen verabredet, die partout mit mir im Klub 21 essen wollte. Also bestellte ich einen Tisch. Als wir ankamen, ging es – schwupp – hinauf in den ersten Stock und in eine Ecke. Wie Agnes schon sagte: Das Mädchen hatte keine Ahnung. Außerdem sammelte sie Streichholzschachteln. Aber ich wußte Bescheid.« Christie schien nachzudenken. »Ich muß dafür sorgen, daß mein Name in die Klatschspalten kommt. Diese Ethel Evans versteht nichts vom Geschäft. Eddie, ab morgen arbeiten wir mit einem eigenen Presseagenten. Hör dich mal ein bißchen um, ob du jemanden findest, der es für einen Hunderter die Woche macht. Er braucht weiter nichts zu tun, als mich dreimal wöchentlich in die Klatschspalten zu bringen. Das ist alles.«

So ging es während des ganzen Essens weiter. Christie Lane und seine Kümmerlinge entwarfen unzählige Pläne, um Christies Karriere zu fördern.

Amanda saß dabei und kam sich restlos überflüssig vor. Andererseits war sie froh, daß sie sich selbst überlassen blieb. Als Christie sie später zu Hause absetzte, stieg er nicht aus, sondern beauftragte Eddie, sie bis an die Tür zu bringen. »Wie wär's mit morgen abend?« rief er ihr nach. »In der Copa-Bar kommt eine neue Show heraus.«

»Ruf mich an!« Damit verschwand sie im Haus.

Am nächsten Morgen rief Christie sie an. Amanda sagte zu. Besser so, als zu Hause zu sitzen und wegen Robin Trübsal zu blasen. An diesem Abend strahlte Christie vor Zufriedenheit. In der Copa-Bar fühlte er sich »zu Hause«. Sie hatten einen guten Tisch, Amanda saß eingekeilt zwischen Christie, den Kümmerlingen und dem neuen Presseagenten, einem spindeldürren Kerl, der für eine große Agentur arbeitete. Er erklärte, kein vernünftiger Agent würde für so wenig Geld arbeiten, aber wenn Christie bar bezahle, dann werde er das »nebenher« machen und ihm drei Pressenotizen in der Woche liefern.

Hinterher wollte Christie noch in die Brasserie, aber Amanda drückte sich mit der Ausrede, sie erwarte am nächsten Morgen zeitig einen Anruf. Wer am nächsten Morgen anrief, war Iwan Greenberg. Er beglückwünschte sie zu einer Erwähnung in Ronnie Wolfes Gesellschaftsspalte; darin hieß es, sie und Christie seien das neue große Liebespaar in der Stadt. »Jetzt machst du endlich Nägel mit Köpfen«, sagte er. Zuerst war ihr ziemlich beklommen zumute, aber als sie nach drei Tagen immer noch nichts von Robin gehört hatte, beschloß sie, sich erneut mit Christie zu treffen. Wieder gingen sie zu einer Nachtklubpremiere, wieder saß Amanda dicht gedrängt neben den Kümmerlingen, dem Presseagenten und einer zweitklassigen Tanzgruppe, die sich in der Hoffnung auf ein Engagement in seiner Show an Christies Rockzipfel gehängt hatte.

Die dritte Christie-Lane-Show lief in Hochstimmung ab. Nach den neuesten Einschaltziffern lag die Sendung unter den ersten zwanzig. Die Sponsoren erschienen, Danton Miller schüttelte rundum die Hand, jeder gratulierte jedem. Die Alwayso Cosmeticx verlängerten ihren Vertrag für die nächste Saison. Neununddreißig

Wochen waren gesichert. An jenem Abend veranstaltete Danton Miller eine kleine Siegesfeier im Klub 21. Christie schob seine Kümmerlinge ab und ging nur mit Amanda hin. Auch Jerry Moss kam mit seiner Frau. Sie hatten ihren Tisch unten im mittleren Raum. Keiner der Empfangschefs kannte Christie Lane, aber alle kannten sie Danton Miller und einige auch Jerry Moss. Im Verlauf des Abends versuchte Danton Miller, Amanda ins Gespräch zu ziehen. Er machte ihr Komplimente, wie gut sie in den Werbespots sei.

»Ich bin die Kamera gewöhnt«, erwiderte sie zurückhaltend. »Das eigentliche Bravourstück bestand für mich darin, den Lippenstift zu halten, ohne daß meine Hände zitterten.«

»Sind sie schon irgendwo aufgetreten? Im Film? Auf der Bühne?«

»Nein, ich habe ausschließlich als Modell gearbeitet.«

Er machte ein nachdenkliches Gesicht. »Mir kam's so vor, als hätte ich schon von Ihnen gehört.«

»Vielleicht kennen Sie mein Bild aus Illustrierten.«

Plötzlich schnippte er mit den Fingern. »Robin Stone! Kann ich Ihren Namen im Zusammenhang mit ihm gehört haben?«

»Wir sind gelegentlich zusammen ausgegangen«, erwiderte sie reserviert.

»Wo, zum Teufel, steckt er bloß? Und wann kommt er zurück?« fragte Dan.

»Er ist nach Brasilien geflogen.« Amanda war nicht entgangen, daß Jerry Moss sein Gespräch unterbrochen hatte und ihnen zuhörte.

Dan winkte ab. »Das Material aus Brasilien kam schon vor einer Woche. Inzwischen hat er uns Bänder aus Frankreich geschickt. Er hatte tatsächlich de Gaulle vor der Kamera!« Dan schüttelte anerkennend den Kopf. »Jetzt soll er aber in London sein.«

Amanda nippte an ihrer Coca und machte ein höflich interessiertes Gesicht. »Ich könnte mir vorstellen, daß er großartiges Material von dort mitbringt.«

Danton lächelte. »Die Sehbeteiligung ist für eine Nachrichtensendung nicht schlecht. Aber unsere große Zugnummer ist Ihr neuer Freund.«

Ihr neuer Freund! Ihr wurde plötzlich übel – speiübel! –, und sie war froh, daß es an diesem Abend nicht spät wurde. Dan bestellte einen Wagen, mit dem er Amanda als erste nach Hause brachte. Zwei Tage darauf erschien in einer Mittagszeitung ein

Feature über Christie Lane. Titel: »Der Mann von nebenan.« Amandas Foto war dreispaltig eingerückt, dazu die Unterschrift: »Der Mann von nebenan geht nicht mit dem Mädchen von nebenan – er geht mit einem Top Covergirl.« Christie wurde zitiert: »Wir sind zwar erst ein paar Wochen zusammen, aber Mann! – mich hat's erwischt!« Angewidert warf Amanda die Zeitung fort, und als Iwan ihr am Telefon sagte: »Bravo, Mädchen; das machst du gut«, knallte sie den Hörer auf die Gabel.

Dann las sie den Artikel noch einmal. Es war entsetzlich – grauenvoll! Sie starrte auf Christies nichtssagendes Gesicht. Ihr wurde fast schlecht. Bis jetzt war ja stets sein Anhang dabeigewesen, aber was würde geschehen, wenn sie einmal allein sein sollten?

Kurz darauf klingelte das Telefon, und Christie jubelte: »Mädchen, hast du den Schmus in der Zeitung gelesen? Das war erst der Anfang! Christie wird immer, immer, immer berühmter! Heute abend feiern wir. Allein. Ich habe uns durch Miller einen Tisch im 21 bestellen lassen; dort trinken wir einen Cocktail, anschließend gehen wir ins El Morocco essen, Miller sorgt dafür, daß wir richtig sitzen und nicht unter den Heuschrecken.«

»Tut mir leid, Christie«, erwiderte sie. »Ich habe bis spät abends zu tun und muß morgens früh zeitig 'raus.«

»Sag ab. Du gehst mit dem neuen König aus.«

»Ich kann nicht meine Termine sausen lassen. Dazu steht zuviel Geld auf dem Spiel.«

»Herrje, was immer du verlierst, bezahl' ich dir. Was macht das summa summarum?«

Amanda überlegte rasch. An sich hatte sie um fünf Schluß und brauchte auch am nächsten Morgen erst später anzufangen. »Drei Stunden heute abend und zwei morgen früh.«

»Okay, macht wieviel?«

Sie hörte, wie er auf einer seiner stinkenden Zigarren herumkaute. »Zwischen dreihundertfünfundsiebzig und vierhundert Dollar.«

Christie pfiff durch die Zähne. »So viel staubst du ab?«

»Ich kriege fünfundsiebzig die Stunde.«

»Du bist verrückt!«

Amanda legte auf.

Zwei Minuten später rief er wieder an. »Entschuldige. Das ist mir so 'rausgerutscht. Ich habe mich ja fast auf den Hintern gesetzt. Eddies Freundin Aggie läßt sich manchmal für Herrenzeitschriften fotografieren. Da kriegt sie zehn Dollar, fünfzehn im Badeanzug und zwanzig, wenn sie ihre Titten zeigt.«

»Diese Art Fotos mache ich nicht.«

»Ich müßte Aggie das mal sagen. Wenn da so viel Geld drin steckt, sehe ich nicht ein, daß sie so schäbig bezahlt wird.«

»Christie, ich muß jetzt Schluß machen, es ist schon spät ...«

»Ja, okay. Hör zu, Püppchen. Für so viel Geld brauchst du deinen Schlaf. Wir gehen ein andermal groß aus. Heute nehme ich eine Dame von *Life* mit in den Klub 21. Schade, daß du nicht dabeisein kannst. Wenn *Life* was über mich bringt, könntest du für dich eine Menge Publicity 'rausschlagen.«

»Tut mir leid, Christie.«

Sie legte auf und war entschlossen, nie mehr mit ihm auszugehen. Nie mehr!

Dann rief Iwan an. »Ich nehme an, du hast inzwischen die Zeitung ganz gelesen«, sagte er. »Zumindest wahrst du durch die Christie-Lane-Story das Gesicht.«

»Wie meinst du das?«

»Ich dachte, Amerikas Topmodell würde automatisch die Gesellschaftsspalten zuerst lesen ... hast du wirklich noch nichts gesehen?«

»Nein.« Sie schlug ein paar Zeitungen auf.

»Seite siebenundzwanzig. Ich bleibe am Apparat, falls du dir die Pulsadern aufschneidest.«

Robins vertrautes Grinsen schnitt ihr ins Herz. Er hatte den Arm um eine Person namens Baronin Erika von Gratz gelegt.

»Bist du noch dran, Mandy?«

»Macht es dir Spaß, sadistisch zu sein, Iwan?«

»Nein, Amanda«, erwiderte er leise und ernst. »Ich möchte nur, daß du dich mit den Tatsachen vertraut machst. Wenn du mich brauchst, ich bin zu Hause.« Er legte auf.

Sie blieb sitzen und starrte auf die Zeitung. Baronin Erika von Gratz machte einen gelösten Eindruck. Amanda las den Text.

»Seit dem Tode ihres Mannes Baron Kurt von Gratz war Baronin Erika von Gratz nicht mehr in London. Alle, die die elegante Aristokratin vermißt haben, sind glücklich, daß sie seit dem Auftauchen des amerikanischen Fernsehjournalisten Robin Stone in die Gesellschaft zurückgekehrt ist. Ihr Mann kam beim Rennen von Monte Carlo ums Leben, und es stand eine Zeitlang zu befürchten, daß die bezaubernde Baronin ihre tiefe Depression nicht überwinden würde. In den vergangenen zehn Tagen jedoch sah man sie mit Mr. Stone im Theater und bei verschiedenen Abendgesellschaften.

Inzwischen ist das Paar in die Schweiz gereist, wo es sich im Chalet der Familie Rame y Blackton aufhält – eine Romanze im Schnee? Schwer zu sagen. Aber wir sind froh, daß unsere bezaubernde Erika wieder lächelt.« Amanda blätterte die Zeitung ganz durch und stieß auf ein weiteres Foto der beiden. Schluchzend warf sie sich aufs Bett und trommelte auf das Kopfkissen, als schlüge sie in Robins grinsendes Gesicht. Doch dann besann sie sich plötzlich und richtete sich auf. Um drei Uhr mußte sie mit Halstons Sommerhüten in die Kamera lächeln. Sie stürzte in die Küche, wickelte Eiswürfel in ein Handtuch und ließ heißes Wasser laufen: Wenn sie eine halbe Stunde lang abwechselnd heiße und kalte Kompressen machte, würden ihre Augen nicht mehr verheult aussehen. Sie mußte den Termin unbedingt einhalten – Robins wegen würde sie ihre Arbeit nicht vernachlässigen. Er verging ihretwegen sicher nicht vor Kummer.

Und in einem neuerlichen Stimmungsumschwung rief sie Christie an, der sofort abhob. »Hallo, ich war schon halb auf dem Weg zu den Fleischtöpfen. Du hast mich gerade noch erwischt.«

»Ich habe meine Termine abgesagt«, eröffnete Amanda ihm.

»Hör mal, ich habe das nicht ernst gemeint, als ich sagte, ich würde dir den Verlust ersetzen. Solche Preise kann ich mir nicht leisten.« Die Stimme klang ängstlich.

»Ich verlange nicht von dir, daß du zahlst. Ich habe nur plötzlich festgestellt, daß ich viel zuviel arbeite.«

Christies Ton schlug augenblicklich um. »Großartig. Ich habe noch nichts abgesagt. Dann treffen wir uns um halb sieben im 21, da kommt nämlich die Tante von *Life*.«

Der Abend wurde unterhaltsamer, als sie erwartet hatte. Die Kellner waren offensichtlich von Danton Miller unterrichtet worden: Christie bekam einen erstklassigen Tisch. Amanda zwang sich zu einem Scotch – der Alkohol machte alles ein wenig erträglicher. Das Mädchen von *Life* war außerordentlich nett. Sie erklärte, man habe sie hergeschickt, damit sie sich mit Christie über ein Interview »unterhalte«. Anschließend solle sie ihre Eindrücke zu Papier bringen, und dann werde der Chefredakteur entscheiden, ob man die Sache weiterverfolgen und eventuell jemanden beauftragen solle, die Story zu schreiben.

Christie lachte gequält. »Das ist ja eine ganz neue Masche – ein Interview für ein Interview! Was eine Illustrierte sich so alles einfallen läßt!« Die unerwartete Kränkung nagte an seinem Selbstbewußtsein. Amanda begriff plötzlich, daß seine betont forsche Art nichts weiter als eine Fassade war, hinter der er seine schreckliche Unsicherheit verbarg. Es rührte sie, und sie war Christie zum erstenmal zugetan. Freundschaftlich ergriff sie seine Hand.

Auch die Jorunalistin spürte, daß er verletzt war, und erklärte gewollt unbekümmert: »Das machen wir mit allen so, Mr. Lane. Erst letzte Woche habe ich mit einem bekannten Senator gesprochen, mit dem nun doch kein Interview gebracht werden soll.«

Daraufhin kehrte etwas von Christies Selbstsicherheit zurück. Er bestand darauf, daß die Journalistin mit ihnen ins El Morocco ging. Amanda merkte, wie versessen er auf die Story war. Er erzählte von seinen bescheidenen Anfängen, der Armut, den Bumslokalen, in denen er aufgetreten war. Zu Amandas Überraschung war das Mädchen ehrlich interessiert. Als sie anfing, sich Notizen zu machen, kannte Christies Begeisterung keine Grenzen. Er drückte Amanda an sich und zwinkerte der Journalistin zu. »Stellen Sie sich vor: ein Stromer wie ich mit einem der elegantesten Covergirls!«

Als sie aufbrachen, bat Amanda, als erste abgesetzt zu werden. Erschöpft schloß sie die Wohnungstür hinter sich. Sie war zum Umfallen müde. Sogar das Ausziehen strengte sie an. Am liebsten hätte sie sich sofort ins Bett fallen lassen. Sie schminkte sich ab und begann automatisch mit den hundert Bürstenstrichen, die sie jeden Abend absolvierte. Entsetzt sah sie, daß die Büste voller Haare war. Sie durfte das Alwayso-Spray nicht mehr benutzen, und wenn Jerry es noch so lobte; es war Mord für ihr Haar. Sie warf die Dose in den Papierkorb. Schließlich sank sie ins Bett, dankbar, daß sie so müde war – sie würde wenigstens nicht wach liegen und an Robin und die Baronin denken.

Die folgenden vier Abende verbrachte sie mit Christie. Sie wurden von einem *Life*-Journalisten mit seinem Fotografen begleitet. Aber sie konnte Robin Stone nicht vergessen. Am Ende der Woche war die *Life*-Story fertig. Höchstwahrscheinlich würden sie sie bringen, was man jedoch endgültig erst wußte, wenn man das Heft aufschlug. Die letzten Aufnahmen von Amanda wurden während ihrer Fernseharbeit gemacht.

Christie stand mit ihr hinter der Bühne und sah die *Life*-Reporter abziehen. »Die Sache ist im Kasten«, frohlockte er und legte Amanda den Arm um die Schultern. »Heute abend gehen wir groß feiern. Wir haben nämlich noch einen besonderen Anlaß: Nach den neuesten Umfragen bin ich unter den ersten zehn! Ist dir klar, was das bedeutet? Vor zwei Wochen war ich Nummer neunzehn. Jetzt bin ich Nummer acht – nur noch sieben vor mir! Das feiern wir, und zwar allein! Heute abend gehen wir zu Danny's Hideaway. Nur du und ich.«

Als sie an einen der vorderen Tische geführt wurden, freute Christie sich wie ein Kind. Es war, als hätten die neuesten Testergebnisse auf der Titelseite der *New York Times* gestanden. Das gesamte Lokal schien sie zu kennen. Alle Welt kam zu ihnen an den Tisch und gratulierte. Christie sonnte sich in seinem Ruhm. Er unterhielt sich mit Kollegen über mehrere Tische hinweg oder ließ Amanda allein und setzte sich für eine Weile zu ihnen. Dann bestellte er Steaks. Während Christie, beide Ellbogen auf den Tisch gestützt und den Kopf tief über dem Teller, mit Hingabe aß, rührte Amanda ihr Essen kaum an. Als er fertig war, holte er sich mit den Fingern Fleischreste aus den Zähnen und starrte auf Amandas halbvollen Teller. »War was mit deinem Fleisch?«

»Nein. Ich mochte nicht mehr. Den Rest lasse ich mir in ein Hundetäschchen packen.«

»Hast du einen Hund?«

»Eine Katze.«

»Ich hasse Katzen.« Dann lächelnd: »Kommt sie nachts in dein Bett?«

»Ja, sie kuschelt sich an mich.«

»Dann gehen wir heute nacht zu mir.« Er sah auf ihr Kleid. Es war ein perlenbesticktes Abendkleid, das sie in der Show getragen hatte. »Wir fahren kurz zu dir, damit du deine Katze füttern und dich umziehen kannst.«

»Warum soll ich mich umziehen?«

Er grinste verlegen. »Na ja, wie sieht denn das aus, wenn du morgen früh in der Aufmachung durch die Halle im Astor latschst?«

»Ich habe nicht die Absicht, durch die Halle im Astor zu latschen.«

»Soll das heißen, du willst nicht? Du willst nach Hause?«

»Ich will nach Hause. Und zwar sofort.«

»Was? Ohne Vögeln?«

Amanda wurde deutlich rot. »Chris, ich lasse dich ungern hier vor allen Leuten sitzen. Aber wenn du noch einmal derartige Ausdrücke benutzt, nehme ich keine Rücksicht mehr.«

»Ach komm, Mädchen. Du weißt doch, daß es nichts zu bedeuten hat, wenn ich so was sage. Werde mich aber in acht nehmen. Du weißt ja, ich bin auf der Bühne aufgewachsen und habe solche Ausdrücke gelernt wie andere Kinder Abzählreime. Paß auf, jedesmal, wenn ich eins von diesen Wörtern sage, schenke ich dir einen Dollar. Oder sagen wir einen Vierteldollar, sonst wirst du in kurzer Zeit so reich, daß du aufhören kannst zu arbeiten.«

Amanda brachte ein Lächeln zustande. Er gab sich Mühe, nett zu sein. Es war nicht seine Schuld, daß sie eine so starke körperliche Abneigung gegen ihn verspürte, aber sie sehnte sich danach, wegzukommen. »Chris, ich möchte nach Hause, allein. Ich habe Kopfschmerzen. Es war ein langer Tag.«

»Ja, ja. Du hast herumgestanden und einen schweren Lippenstift gehalten, während ich ja nur gesungen, getanzt und gespielt habe.«

»Aber du bist dafür begabt. Du hast das dein ganzes Leben lang gemacht. Ich kriege jedesmal Zustände, wenn ich die drei Kameras auf mich zukommen sehe. Und dann das Publikum ... mich nimmt das sehr mit. Du bist dafür geboren.«

»Mag sein. Also gut, verschieben wir das V ... – Schäferstündchen auf morgen. Nein, morgen hab' ich eine Wohltätigkeitsveranstaltung, lieber übermorgen. Abgemacht?«

»Ich weiß nicht.«

»Wieso?«

»Ich stürze mich nicht Hals über Kopf in so etwas hinein.«

»Wir sind schon eine ganze Zeit zusammen.«

»Drei Wochen und vier Tage.« (Vor vier Wochen und vier Tagen war Robin abgereist.)

»Schau an! Es muß dir ja ziemlich wichtig sein, wenn du schon die Tage zählst. Also wann? Oder hältst du immer noch Robin Stone die Stange?«

Sie reagierte empfindlich und wußte, daß man es merkte. Auf diese Frage war sie nicht gefaßt gewesen.

Christie schien es Spaß zu machen. »Ich habe nämlich Erkundigungen eingezogen.«

»Es ist kein Geheimnis, daß ich mit Robin Stone ausgegangen bin. Er ist ein sehr guter Freund von mir. Ein alter Freund. Ich kenne ihn schon über ein Jahr.«

»Dann bist du also nicht in ihn verknallt?«

»Wer hat dir das denn erzählt?«

»Ethel Evans.«

Amanda schwieg. Sie hatte keine Ahnung gehabt, daß Ethel so gut unterrichtet war. Heute abend zum Beispiel hatte sie sich doch wirklich so verhalten, als hätte sie nur Augen für Christie.

Christie glaubte, sie wisse nicht, wer gemeint war. »Erinnerst du dich nicht an Ethel Evans? Die Pressetante mit dem dicken Hintern und dem losen Mundwerk! Die sich von allen Bonzen flachlegen läßt! Gott, hast du gesehen, wie sie heute abend über unseren Gaststar hergefallen ist? Sie trägt ihren Spitznamen zurecht: die Starmatratze.«

»Vielleicht verdankt sie ihren schlechten Ruf Männern wie dir«, erwiderte sie.

»Was willst du damit sagen?«

»Ihr einen solchen Namen anzuhängen und es breitzutratschen! Hast du überhaupt jemals etwas mit ihr gehabt?«

»Ich nicht, aber alle, die ich kenne ... alle berühmten Leute, die ich kenne, meine ich.«

»Folglich redest du über etwas, das du aus eigener Anschauung gar nicht weißt.«

»Warum legst du dich für diese großzügige Dame so ins Zeug. Du solltest mal hören, wie sie über *dich* herzieht.«

»Bring mich nach Hause«, sagte sie mit Nachdruck.

»Herrgott noch mal – es tut mir leid.« Er nahm ihre Hand und sah Amanda eindringlich an, dann drückte er ihre Hand gegen seine Brust. »Ich bin verliebt in dich, Mandy ... es ist das erstemal, daß ich das zu einem Mädchen sage, und ich meine es ernst. Ich bin wirklich verliebt in dich. Und es könnte für immer sein.«

Sie sah den flehenden Blick in seinen großen grauen Augen. Das offene, gutmütige Gesicht war verwundbar – sie wußte, daß er die Wahrheit sprach. In der Sendung heute abend hatte er »Mandy« gesungen – das Lied, das einst Al Jolson berühmt gemacht hatte. Bei der Stelle »Mandy, there's a minister handy« hatte er sich umgedreht und seitlich in die Kulissen geschaut, wo Amanda stand. Die Kameraleute hatten Blut und Wasser geschwitzt, um ihre Einstellungen zu korrigieren. Amanda wollte ihm nicht weh tun. Sie wußte aus eigener, langer Erfahrung, wie weh es tat, wenn Liebe unerwidert blieb. »Hör mal, Christie«, sagte sie und streichelte seine Hand, »du wirst ein großer Star und hast noch alles vor dir. Du kannst tausend Mädchen haben, nette Mädchen, schöne Mädchen ...«

»Die will ich nicht. Ich will dich.«

»Chris, wir sind erst ein paarmal zusammen ausgegangen. Du kennst mich doch kaum. Wie kannst du mich da lieben?«

»Mandy, ich bin ein gutes Stück im Leben herumgekommen. Ich habe den Abschaum gesehen, die billigen Nightclubs, die billigen Mädchen. Mein ganzes Leben lang habe ich mir etwas Besseres gewünscht, deshalb bin ich bis heute allein geblieben. Wenn ich wollte, habe ich mir eine von der Straße geholt. Aber in Gefühle habe ich mich nie verwickelt. Verstehst du, was ich meine? Zum erstenmal bin ich ganz oben, habe Riesenerfolg und dazu noch eine echte Dame an meiner Seite. Oh, ich habe auch früher schon Damen getroffen. Klasseweiber! Zum Beispiel bei Wohltätigkeitsveranstaltungen. Ich kenne den Unterschied. Aber die hatten alle vorstehende Zähne und waren dürr wie ein Brett. Du bist rundherum richtig – und dich möchte ich.«

Amanda wurde blaß, weil sie an ihren flachen Busen denken mußte. Ach was – es war sowieso gleichgültig, denn er würde ihn nie zu sehen bekommen. Sie blickte Christie voll an. »Ich habe dich gern, Chris. Aber ich bin nicht verliebt in dich.«

»Das genügt mir«, erwiderte er. »Ich warte gern. Versprich mir nur eins: Gib mir eine Chance. Geh mit mir aus, triff dich mit mir, dann wirst du eines Tages auch mit mir schlafen wollen. Und wenn es hinhaut, dann bleiben wir zusammen. Vielleicht heiraten wir sogar.« Ihre Einwände wehrte er ab. »Warte ab. Das ist alles, worum ich dich bitte.«

Sie wußte, wie ihm zumute war, und wenn ein kleiner Hoffnungsschimmer ihn so glücklich machte, warum nicht? Zumindest würde er dann heute nacht mit einem Traum zu Bett gehen. Am Ende wurde doch noch ein großer Star aus ihm – und je größer er wurde, desto weniger würde sie ihm bedeuten.

Als sie sich vor ihrer Haustür trennten, küßte sie ihn. Beim Eintreten sah sie ein Telegramm, das jemand unter der Tür durchgeschoben hatte. Sie riß es gleichgültig auf – wahrscheinlich war es eine Einladung. »Ankomme Kennedy Airport zwei Uhr nachts Ortszeit, TWA Flug Nr. 3. Wenn du wirklich mein Mädchen bist, nimm dir einen Wagen und hol mich ab. Robin.«

Amanda sah auf die Uhr. Viertel vor zwölf Gott sei Dank, es war noch zu schaffen! Sie stürzte ans Telefon und bestellte ein Taxi. Sie würde ja nie aus Robin schlau werden! Zum Abschied nicht mal ein Anruf, um auf Wiedersehen zu sagen, dafür eine telegrafische Ankündigung seiner Rückkehr! Es blieb ihr sogar noch Zeit, um sich umzuziehen und zurechtzumachen. Sie wollte tipptopp aussehen. Singend legte sie neues Make-up auf. Zum erstenmal seit vier Wochen und vier Tagen spürte sie nicht die geringste Müdigkeit.

Sie stand am Ausgang sieben. Die Maschine war eben gelandet, und schon kamen die ersten Passagiere. Amanda entdeckte Robin sofort. Er unterschied sich von den anderen. Sie gingen, aber Robin glitt sozusagen durch die Menge. Er ließ seine Aktentasche fallen und umarmte Amanda stürmisch. »Wie geht es dem neuen Fernsehstar?« fragte er.

»Der neue Fernsehstar ist begeistert, den größten Journalisten aller Zeiten zu sehen.« Amanda nahm den leichten Ton auf und schwor sich, die Baronin mit keinem Wort zu erwähnen.

Robin drückte sie an sich und führte sie zum Wagen.

»Ich denke, du warst in London«, sagte Amanda. »Deine Maschine kam aber aus Los Angeles.«

»Ich bin die Polarroute geflogen und ein paar Tage in Los Angeles geblieben.« Er griff in die Tasche und gab ihr ein kleines Päckchen. »Ein Mitbringsel – ich habe es nicht mal verzollt. Ich bin ein Schmuggler.«

Sie kuschelte sich an ihn und öffnete das Päckchen. Es war eine wunderschöne, antike Wedgewood-Zigarettendose. Ein teures Stück, das wußte sie. Trotzdem wäre ihr ein kleineres, persönliches Geschenk lieber gewesen.

»Ich hoffe doch, du rauchst noch«, meinte er lachend und bot ihr aus einer zerdrückten Schachtel eine englische Zigarette an. Es war starker Tabak, und beim Inhalieren erstickte sie fast. Robin nahm ihr die Zigarette fort und küßte sie leicht auf die Lippen. »Hast du mich vermißt?«

»Als du abflogst, hast du mich mit zwei Steaks sitzenlassen. Ich wußte nicht genau, ob ich dich vermissen oder umbringen sollte.«

Er starrte sie verständnislos an.

»Ich finde, du hättest mich wenigstens anrufen und mir sagen können: ›Baby, nimm die Steaks vom Herd, ich kann nicht kommen.‹«

»Habe ich das nicht gesagt?« Es klang ehrlich überrascht.

»Schwamm drüber. Der Kater hat sich gefreut.«

»Du wußtest aber, daß ich wegflog?« Eine leichte Unruhe schwang in seiner Frage mit.

»Das hast du ja in den Nachrichten angekündigt. Ach Robin, du warst so lange fort!«

Er zog sie enger an sich. »Jetzt bin ich ja wieder da. Müde?«

Sie drückte sich an ihn. »Bei dir nie.«

Er küßte sie lange und ausgiebig, sah ihr zärtlich in die Augen und umschloß ihr Gesicht mit den Händen, als müsse er es wie ein Blinder ertasten. »Mein Gott, Amanda. Du bist so wunderschön!«

»Robin, während deiner Abwesenheit bin ich mit Christie Lane ausgegangen.«

Da ihm der Name nichts zu sagen schien, erklärte sie: »Christie Lane ist der Star unserer Show.«

»Ach ja. Er hat offenbar ganz groß eingeschlagen.«

»Die Klatschkolumnisten haben über uns geschrieben.«

»Ist dein Honorar entsprechend gestiegen?« fragte er mit einem freundlichen Lächeln.

Amanda zuckte die Achseln.

»Es ist sowieso ziemlich hoch.«

»Gut.«

Sie sah ihn an. »Man glaubt, jedenfalls zum Teil, ich hätte was mit ihm. Das ist aber nur Gerede. Ich wollte dir's gleich sagen, damit du Bescheid weißt und dich nicht beunruhigst.«

»Warum sollte es mich beunruhigen?«

»Ich dachte . . .«

Robin zündete sich eine neue Zigarette an.

»Es war wohl dumm, mir deswegen Gedanken zu machen«, sagte sie.

Er lachte. »Du bist prominent. Und wenn man prominent ist, kommt man in die Klatschspalten.«

»Macht es dir nichts aus, daß ich mit Christie ausgegangen bin?«

»Wie kommst du denn darauf? Ich habe in London auch kein Einsiedlerleben geführt.«

Amanda rückte von ihm ab und sah zum Fenster hinaus in die Dunkelheit und auf die Lichter der entgegenkommenden Autos. Robin griff nach ihrer Hand. Sie entzog sie ihm.

»Willst du mir weh tun, Robin?«

»Nein.« Er sah sie offen an. »So wenig wie du mir.«

»Aber ich bin doch dein Mädchen, oder etwa nicht?«

»Und ob!« (Dieses blöde Grinsen.) »Ich habe aber nie gesagt, Amanda, daß ich dich an der Leine halten will.«

»Du meinst, es macht dir nichts aus, wenn ich auch weiter mit ihm ausgehe?«

»Natürlich nicht.«

»Und wenn ich mit ihm schliefe?«

»Das ist deine Sache.«

»Du fändest also nichts dabei?«

»Wenn du es mir erzähltest, doch.«

»Soll das heißen, du möchtest, daß ich es vor dir verheimliche?«

»Also was ist, Amanda? Schläfst du mit ihm oder nicht?«

»Nein. Aber er möchte. Er spricht sogar vom Heiraten.«

»Tu, was du für richtig hältst.«

»Robin, sag dem Fahrer, er soll zuerst zu mir fahren.«
»Warum?«
»Ich möchte nach Hause – allein.«
Er zog sie wieder in seine Arme. »Baby, du bist den ganzen Weg zum Flughafen herausgefahren, um mich zu treffen. Warum willst du mich nun plötzlich los sein?«
»Robin, begreifst du nicht, daß . . .«
Er küßte sie, und Amanda hörte auf, Erklärungen abzugeben.

Sie verbrachten die Nacht eng umschlungen. Von Christie Lane wurde nicht mehr gesprochen. Es schien, als wäre Robin nie fortgewesen. Es war wie zu Anfang, wie immer, wenn sie zusammen ins Bett gingen: voller Sinnlichkeit und Zärtlichkeit.
Später, als sie erschöpft nebeneinander lagen und rauchten, fragte Amanda: »Wer ist die Baronin?« Kaum war es heraus, hätte sie sich am liebsten die Zunge abgebissen.
Gleichgültig gab Robin zur Antwort: »Ein verkommenes Stück.«
»Na hör mal, ich habe gelesen, daß sie Baronin ist.«
»Das stimmt. Trotzdem ist sie ein verkommenes Stück. Eines dieser durch den Krieg verdorbenen Kinder. Als Zwölfjährige tat sie's für Schokolade mit amerikanischen Soldaten. Später heiratete sie den Baron – er war schwul und dazu noch Voyeur. Erika wußte bald auf jedem Gebiet Bescheid. Sie ist an sich kein übler Kerl. Die Heirat brachte ihr Titel und Geld. Sie genießt das Leben. Ich habe sie auf einer Orgie kennengelernt.«
Amanda fuhr im Dunkeln hoch. »Eine Orgie?!«
»Die sind in London weit verbreitet, und in Los Angeles sollen sie auch im Kommen sein.«
»Und du magst so etwas?«
Er grinste. »Was gibt es daran nicht zu mögen? Die Orgien sind drüben besser als das Fernsehen. Das hat nämlich nur zwei Kanäle.«
»Robin, sei doch mal ernst!«
»Das ist mein voller Ernst. Ist dir jemals ein Mann namens Ike Ryan begegnet?«
Der Name kam ihr bekannt vor. Plötzlich erinnerte sie sich. Ryan war ein amerikanischer Filmproduzent, der sich in Frankreich und Italien niedergelassen hatte und recht bekannt geworden war.
»Ich habe von ihm gehört, aber begegnet bin ich ihm noch nicht«, erwiderte sie.

»Er würde dir gefallen. Wir haben uns in London kennengelernt. Ich hatte miserable Laune, das Wetter war grauenhaft, und Ryan lud mich zu einer seiner Partys ein. Anwesend waren drei italienische Filmschauspielerinnen, die Baronin, Ike und ich. Überschrift: Die Schönen der Nacht im türkischen Bad.«

»Und da hast du mitgemacht?«

»Klar, warum nicht? Erst haben wir den Damen zugesehen, dann haben Ike und ich uns vom Harem verwöhnen lassen. Erika war die beste – typisch deutsche Perfektion –, darum reservierte ich sie für mich. Ike ist wirklich ein feiner Kerl. Er will in Los Angeles eine eigene Filmgesellschaft gründen. Das wird allerhand Wirbel geben.«

»Mit den Orgien?«

»Nein, mit Filmen. Er ist eine Spielernatur und hat Stil. Außerdem sieht er gut aus. Frauen mögen ihn.«

»Ich finde ihn widerlich.«

»Wieso?«

»Weil er solche Sachen macht.«

Robin lachte: »Bin ich widerlich?«

»Nein, du kommst mir vor wie ein kleiner Junge, der einen bösen Streich gewagt hat. Aber diese Ike Ryan hat damit angefangen . . .«

»Baby, das haben schon die alten Griechen erfunden.«

»Möchtest du etwa, daß ich so einen Mann kennenlerne oder mich in der Öffentlichkeit mit ihm zeige? Bei unserem Anblick würden doch alle denken, ich sei auch so ein Mädchen. Möchtest du das?«

Er sah sie ernst an. »Nein, Amanda. Ich verspreche dir, ich werde dich nie zusammen mit Ike ausführen.«

Dann stand er auf und holte sich Bier und eine Schlaftablette. »Ich bin immer noch auf europäische Zeit eingestellt und todmüde. Möchtest du auch eine?«

»Nein, ich muß um zehn aufstehen.«

Robin legte sich wieder hin und umarmte sie. »O Liebling, es tut gut, bei dir zu sein. Weck mich nicht, wenn du morgen früh gehst. Ich habe einen anstrengenden Nachmittag vor mir – stapelweise Post, Besprechungen –, ich brauche etwas Schlaf.«

Am nächsten Morgen zog Amanda sich hastig an und ging so leise wie möglich. Sie war müde und nicht sehr konzentriert bei der Arbeit. Wieder stellte sie fest, daß ihr das Haar ausging. Sie rief Nick an und fragte ihn nach einem Hautarzt. Er lachte. »Du mauserst dich! Das ist reine Nervosität.«

»Damit könntest du recht haben«, erwiderte sie. »Robin ist nämlich zurück.«

»Ruf deinen Arzt an und laß dir eine Vitaminspritze oder so was geben. Und denk endlich mal nachts an Schlaf – und nicht nur an Liebe.«

»Ich habe keinen Arzt.« Sie lachte. »Ich habe nie einen gebraucht. Weißt du nicht einen guten?«

»Ich weiß, du bist so ekelhaft jung und gesund! Stell dir vor, ich habe sechs Ärzte: einen für Hals, Nase und Ohren, einen für die Prostata, einen für meine Bandscheiben und so weiter. Soll ich dir einen guten Rat geben? Pfeif auf die ganzen Ärzte. Schlaf dich lieber richtig aus, und wenn erst mal die *Life*-Story erscheint, ist dein Kummer vorbei.«

Wahrscheinlich hatte er recht. Als Amanda um drei fertig war, fuhr sie nach Hause, um sich etwas hinzulegen. Slugger sprang aufs Bett und schmiegte sich in ihre Arme. Sie küßte seinen braungelben Kopf. »Es ist noch nicht Nacht, Slugger. Wir ruhen uns nur aus.« Der Kater schnurrte vor Behagen. »Ich weiß, du bist das einzige verläßliche männliche Wesen. Aber sei mir nicht böse, wenn ich dich heute abend ins Wohnzimmer verbanne. Robin ist nämlich zurück.«

Als sie aufwachte, war es dunkel; sie fuhr entsetzt hoch und versuchte sich zu besinnen. Was für ein Tag war heute? Plötzlich fiel es ihr ein. Sie knipste das Licht an. Neun Uhr! Slugger sprang vom Bett und verlangte miauend sein Fressen.

Neun Uhr! Und Robin hatte nicht angerufen! Sie fragte beim Auftragsdienst an. Keine Anrufe. Dann wählte sie Robins Nummer. Als sich der Auftragsdienst meldete, legte sie auf, ohne eine Nachricht zu hinterlassen. Amanda verbrachte eine schlaflose Nacht. Slugger, der wohl spürte, daß irgend etwas nicht stimmte, kuschelte sich eng an sie.

Am nächsten Tag wartete sie bis sechs, ehe sie anrief. Womöglich war Robin krank. Er meldete sich: Es gehe ihm gut, bis auf die viele Arbeit auf seinem Schreibtisch. Morgen wolle er Amanda anrufen.

Am nächsten Morgen las sie in den Klatschspalten: »Ike Ryan und Robin Stone waren mit zwei bildhübschen italienischen Schauspielerinnen im El Morocco. Die Namen der beiden Schönen waren so lang, daß der Berichterstatter sie vergessen hat, aber unvergeßlich bleibt ihm ihr Aussehen und ihr Sex-Appeal!«

Amanda schleuderte die Zeitung zu Boden. Robin hatte gewußt, daß Ryan nach New York kam, und sie auf die Probe gestellt. O Gott, warum hatte sie nur gesagt, sie wolle nicht mit ihm gesehen werden!

An diesem Abend ging sie mit Christie in Danny's Hideaway. Sie war sehr still. Christie meckerte über den schlechten Platz. Vorne war der eine Tisch von Hollywoodprominenz besetzt, der andere reserviert.

»Wahrscheinlich sitzen da auch irgendwelche Filmgrößen«, brummte er mit einem neidischen Seitenblick. »Ich verstehe nicht, warum um die so viel Wesen gemacht wird. Mich kennen garantiert mehr Leute.«

Amanda versuchte, ihn aufzuheitern; warum sollten sie beide schlechter Laune sein? »Christie, das ist ein wunderbarer Tisch. Ich sitze gern in der Mitte. Da kann man alles sehen.«

»Mir sollte überall der beste Tisch zugewiesen werden.«

»Wo du sitzt, ist der beste Tisch«, erwiderte sie.

Er starrte sie an. »Glaubst du das?«

»Wichtiger ist, ob du es glaubst.«

Er grinste und bestellte das Essen. Nach einer Weile kehrte seine gute Laune zurück. »Die *Life*-Story ist unter Dach und Fach«, sagte er und sah Amanda dabei verlangend an. »Mandy, eines möchte ich im Augenblick noch lieber als *Life*. Was muß ich tun, um mich vor dir zu beweisen? Ich liebe dich und komme mir vor wie ein Schuljunge, der neben dir sitzt und Händchen hält. Ich habe über alles nachgedacht. Es ist doch unmöglich, daß du dich in mich verliebst, wenn du nicht mit mir schläfst. Ich weiß, daß du keinen anderen hast. Eddie wollte mir einreden, du klebtest an Robin Stone, aber seit ich heute die Klatschspalten gelesen habe . . .«

»Chris, da du schon davon sprichst, ist es wohl besser, wenn ich . . .« Sie verstummte, denn plötzlich wurde ihre Aufmerksamkeit von vier Gästen gefesselt, die Danny, der Besitzer des Restaurants, zu dem reservierten Tisch komplimentierte. Zwei bildhübsche Mädchen, zwei Männer. Einer davon Robin!

»Wenn du was . . .?«

Chris starrte sie an. Sie wußte, sie mußte etwas sagen, war aber unfähig, den Blick von Robin abzuwenden. Er beugte sich über eines der Mädchen und küßte es auf die Nasenspitze. Dann lachte er.

»Schau mal an, wer da an meinem Tisch sitzt«, sagte Christie. »Ich habe ihn mir neulich abends angesehen. Wollte mal einen Blick auf die Konkurrenz werfen. Länger als zehn Minuten habe ich es nicht ausgehalten. Er faselte was von Kuba und diesem ganzen Quatsch. Ungeheuer wichtig war das! Weißt du, an welcher Stelle er steht?«

»Unter den ersten fünfundzwanzig. Das ist für eine Nachrichtensendung ausgezeichnet.« Warum verteidigte sie ihn eigentlich?

»Wart nur ab: Ich werde noch Nummer eins. Ich werde jetzt schon so behandelt – nur von dir nicht.«

»Ich . . . ich habe dich sehr gern.«

»Dann beweis es doch.«

»Ich möchte nach Hause.« Sie fühlte sich wirklich elend. Robin hörte mit geneigtem Kopf seiner Begleiterin zu.

»Komm, Mädchen, wir wollen uns nicht streiten. Ich liebe dich, und es muß ja mal mit uns klappen.«

»Bring mich nach Hause . . .«

Er sah sie gekränkt an. »Wenn ich dich nach Hause bringen soll, heißt das, du willst mich abhängen.«

Er unterschrieb die Rechnung. Sie mußten an Robins Tisch vorbei. Im Hinausgehen blieb Christie fast an jedem Tisch stehen und verabschiedete sich auffällig von seinen Bekannten. Amanda wußte, daß Robin sie bemerken würde. Als sie an seinem Tisch vorbeikamen, stand er auf – nicht im mindesten verlegen. Er schien sich sogar noch zu freuen, Amanda zu sehen. Nachdem er Chris zu seiner Show beglückwünscht hatte, stellte er alle einander vor. Die beiden Mädchen hießen Francesca soundso – italienische Starlets –, der Mann war Ike Ryan. Amanda war bei seinem Anblick überrascht. Er war gut und gerne einsachtzig groß, kräftig gebaut, sonnengebräunt, mit schwarzem Haar und blauen Augen; er sah blendend aus – ganz anders, als sie ihn sich vorgestellt hatte.

»Das also ist die berühmte Amanda?« Ike wandte sich an die beiden Mädchen und sagte etwas auf italienisch. Dann erklärte er: »Ich habe ihnen erzählt, was für eine phantastische Frau Sie sind, Amanda.« Die beiden Francesca lächelten ihr zu.

»Erzählen Sie ihnen aber auch von mir«, schaltete sich Christie ein.

Ike lachte. »Das brauche ich nicht. Sie wissen, wer Sie sind. Die beiden waren kaum vom Fernseher wegzukriegen.«

Es schien eine Ewigkeit zu dauern, bis sie sich endlich verabschiedet hatten. Amanda warf Robin noch einen Blick zu, in der Hoffnung, in seinen Augen eine Botschaft zu lesen; er unterhielt sich aber bereits wieder mit einer der Italienerinnen. Sie lachte ihn an. Offenbar verstand sie *sein* Englisch.

Verdrossen hielt Christie ein Taxi an. Kurz entschlossen ergriff Amanda seinen Arm. »Ich komme mit zu dir, Chris.«

Schlagartig wechselte seine Stimmung. »O Mandy! – Aber was ist mit deinem eleganten Kleid? Sollen wir bei dir vorbeifahren, damit du dich umziehen kannst?«

»Nein, wenn wir ... ich meine ... hinterher fahre ich nach Hause.«

»Nein, lieber nehme ich den Kater in Kauf, und wir fahren gleich zu dir. Ich habe morgen früh nichts Besonderes vor. Ich kann schlafen, und du stehst auf, wann du möchtest.«

Alles in ihr sträubte sich. »Um acht kommt ein Fotograf zu mir. Es ist jetzt erst halb elf, ich kann also gut mit zu dir kommen und in ein, zwei Stunden nach Hause fahren.«

»Aber ich möchte die ganze Nacht mit dir zusammen sein und dich in meinen Armen halten.«

Amanda unterdrückte ihren Widerwillen. Sie hatte sich für das Astor als das kleinere Übel entschieden. Dort konnte sie wenigstens aufstehen und gehen, wenn es vorbei war.

»Entweder so oder gar nicht«, erwiderte sie ruhig.

»Herrgott, Mädchen: Ich nehm's ja, wie ich's kriegen kann. Du wirst Augen machen! *I'm the greatest* – warte nur ab.«

Als Amanda durch die Hotelhalle zum Fahrstuhl ging, war sie überzeugt, daß jeder ihr anmerkte, was sie vorhatte. Schon beim Aussteigen aus dem Taxi hatte sie das Gefühl, der Fahrer habe sie verächtlich angesehen. Und wie oft war sie in Robins Haus durch die Eingangshalle gelaufen! Hatte sogar dem Portier ein fröhliches guten Morgen zugerufen! Damals war ihr das alles so natürlich und wundervoll vorgekommen. – Nein, sie durfte jetzt nicht an Robin denken.

Sie zog sich in Christies Badezimmer bis auf die Haut aus, starrte auf ihren flachen Busen und ging dann entschlossen ins Schlafzimmer. Christie lag in kurzen Unterhosen auf dem Bett und las in einer Rennzeitung. Als er Amanda vor sich stehen sah, klappte sein Kinn vor Enttäuschung herunter. »Keine Titten!« Kühl und herausfordernd sah sie ihn an. Er lachte und streckte die Arme aus. »Wieder mal ein Beweis, daß alle echten Damen dürr sind. Wenigstens hast du keine vorstehenden Zähne. Komm her, du wirst mit meinem Apparat zufrieden sein. Schau, was der gute Chris hier für dich hat . . .«

Im Dunkeln gab Amanda sich ihm hin. Er keuchte und stöhnte, während sie auf dem Rücken lag und seine hastigen Stöße erduldete. Sie wußte, daß er versuchte, ihr Genuß zu verschaffen. Aber selbst wenn es drei Stunden dauerte, würde sie nicht reagieren. Nie würde er sie zum Orgasmus bringen, nie! Innerlich flehte sie, es möge rasch vorübergehen. Plötzlich ließ er von ihr ab und wälzte sich stöhnend auf den Rücken. Nach einer Weile sagte er: »Keine Angst, Püppchen, ich habe aufgepaßt. Ich mache dir kein Kind.«

Amanda lag ganz still. Er nahm sie in die Arme. Sein Körper war schweißnaß. »Bei dir hat's nicht geklappt, was?« fragte er.

»Chris, ich ...«

»Laß mir nur ein wenig verschnaufen, dann werde ich dich schon befriedigen.«

»Nein, Chris. Es war wundervoll! Ich war nur nervös, weiter nichts. Das nächstemal will ich mich vorher schützen.«

»Hör zu, ich habe einen Entschluß gefaßt. Wir werden am Ende der Saison heiraten. Im Sommer habe ich ein tolles Engagement in Las Vegas. Dort heiraten wir. Du wirst's genießen – es sind ja unsere Flitterwochen. Darum brauchst du dich auch nicht vorzusehen: Wenn du ein Kind kriegst, um so besser – dann heiraten wir eben früher.«

»Nein, ich möchte kein Baby, bevor wir verheiratet sind. Ich möchte nicht, daß die Leute denken, das sei der Grund gewesen.«

»Mädchen, ich bin siebenundvierzig. Ich mache dir nichts vor. Alle glauben, ich sei vierzig; nicht mal Eddie und Kenny wissen es. Weil du aber meine Frau wirst, sollst du alles wissen. Mein ganzes Leben lang bin ich mit Geld vorsichtig umgegangen, und meine vierzig- bis fünfzigtausend habe ich die letzten fünfzehn Jahre immer gemacht. Davon kam die Hälfte auf die hohe Kante. Wenn ich sechzig bin, habe ich 'ne Million in Papieren angelegt, die unser Sohn mal erben kann. Jetzt, wo ich dich habe, fehlt mir nichts mehr. Und ich möchte, daß wir ganz schnell einen Sohn kriegen, damit ich, wenn ich mal sechzig bin, mit ihm zum Baseballspiel gehen kann und ihn noch im College erlebe, wo ich leider nie war. Sag's nie weiter, aber ich habe nicht mal die Volksschule zu Ende gemacht. Mit zwölf habe ich beim Varieté Drops verkauft. Aber unserem Sohn soll's mal an nichts fehlen!«

Amanda blieb regungslos liegen. Was hatte sie getan! Dieser arme Narr ...

Abrupt stand sie auf und ging ins Bad, um sich anzuziehen. Als sie zurückkehrte, war Christie auch beim Anziehen.

»Bitte, bemüh dich nicht«, bat sie. »Ich nehme mir ein Taxi.« Sie wollte so schnell wie möglich fort. Seinen liebeskranken Blick konnte sie einfach nicht länger ertragen.

»Nee, ist ja noch früh. Ich bringe dich nach Hause und gehe noch auf einen Sprung ins Stage Deli, wo Eddie und Kenny wahrscheinlich sitzen. Ich bin so glücklich, daß ich nicht schlafen kann. Am liebsten möchte ich es allen Leuten sagen.«

Amanda überließ ihm auf der Heimfahrt ihre Hand. Vor dem Fahrstuhl gab er ihr einen Gutenachtkuß. Dann fuhr sie in ihre Wohnung hinauf, rannte ins Badezimmer und übergab sich.

Am nächsten Morgen rief Robin an. Keine Rede von den beiden Italienerinnen. Er fliege am Nachmittag mit Ike Ryan, über den er eine »Schlagzeilen«-Sendung machen wolle, nach Los Angeles. Es sei richtiger, an Ort und Stelle in Ikes Büro und im Atelier zu drehen. Von Los Angeles fliege er wieder über den Pol nach London und habe keine Ahnung, wann er zurückkehre. Amanda erwähnte weder die Baronin noch die italienischen Starlets, und Robin sprach nicht von Christie Lane.

12

Am ersten Mai wachte Amanda eine Viertelstunde, bevor sie telefonisch geweckt werden sollte, auf. Morgen würde *Life* an den Kiosken sein, aber das Plaza-Hotel bekam *Time* und *Life* immer schon einen Tag früher. Rasch zog sie sich an. In den letzten sechs Wochen hatte sie zwischen Ungeduld und Furcht gelebt. Jeder wartete auf die *Life*-Story. Christie glaubte, er würde dadurch zu einer internationalen Berühmtheit, und Nick Longworth war bereit, Amandas Honorar auf hundert Dollar die Stunde zu erhöhen.

Sie fuhr im Taxi zum Plaza und lief in die Halle. Von draußen leuchtete ihr schon das hellrote Titelbild entgegen. Sie kaufte ein Heft und setzte sich in einen Sessel in Nähe des Palmengartens.

Der Beitrag mit dem Titel »Das Phänomen Christie Lane« ging über zehn Seiten. Er enthielt vier Fotos von ihr und Christie und eins von ihr allein; sie trug darauf ein Chiffonkleid. Iwan hatte die Aufnahme im Central Park gemacht, und es war keine Windmaschine nötig gewesen, um den Rock aufzubauschen. Amanda entsann sich noch sehr gut, wie kalt es an dem Tag war. Gespannt las sie den Text und freute sich, daß der Verfasser sogar ein bißchen in die Tiefe ging. Er beschrieb anschaulich, wie sie, ohne mit der Wimper zu zucken, im kalten Märzwetter ausharrte. Ein Fotomodell müsse ungewöhnliche Widerstandsfähigkeit mitbringen, schrieb er. Das Ganze war sehr schmeichelhaft für Amanda. Christie wurde als Mann aus dem Volk gezeichnet, wobei hinterhältig geschickt seine primitive Redeweise, sein auffälliges Äußeres und die Art, wie er in seinem neuen Ruhm aufging, zur Sprache kamen. (So weit, so gut.) Dann las sie den Schluß: »Christie Lane, der neue Star-Entertainer des Fernsehens, hat sich eine Gefährtin genommen, die seinem frisch erworbenen Ruhm wohl ansteht. Ein bildschönes Covergirl – Amanda. Sie ist nicht einfach das Mädchen, das er liebt. Sie ist ein Symbol. Sie ist der Beweis, daß die Welt der zweitklassigen Nachtklubs der Vergangenheit angehört. Denn Amanda ist fraglos first-class. Wenn man sie zusammen sieht, spürt man sofort, daß sie besser zueinander passen, als man meinen sollte. Christie Lane vergöttert die Eleganz dieser schönen Frau. Und vielleicht findet die bezaubernde Amanda in Christie Lane ein Stück handfeste Wirklichkeit. Wenn ein Mädchen bei fünf Grad draußen steht und mit einem Palm-Beach-Lächeln auf den Lippen ein Chiffonkleid vorführt, ist sie wahrscheinlich dankbar für die Redlichkeit eines Mannes wie Christie Lane. Vielleicht sehnt sich das Topmodell danach, eine Welt der umgekehrten Jahreszeiten zugunsten der sehr realen Welt dieses sehr realen Mannes aufzugeben.«

Amanda klappte das Heft zu. Der letzte Satz! Wie würde Robin ihn aufnehmen? Sie ging hinaus ins helle Sonnenlicht. Obwohl sie mit Christie ausging und gelegentlich auch mit ihm schlief, hatte sie das Gefühl, ihn noch kaum zu kennen. Abgesehen von den grauenvollen Stunden in seinem Hotelzimmer waren sie nie allein. Mindestens an zwei Abenden pro Woche saß Christie mit seinen Autoren zusammen; dann die Interviews, die Gastauftritte – das alles gehörte zum Leben eines Stars und nahm Zeit in Anspruch. Er hatte aber nach wie vor im Sinn, Amanda in Las Vegas zu heiraten! Sie hatte ihn reden lassen – der Sommer schien noch so weit. Doch nun war es schon Mai!

Sie mußte mit Christie Lane Schluß machen! Nur weil sie so einsam war und sich nach Robin sehnte, hatte sie sich mit ihm eingelassen. Doch sie würde nie einen anderen Mann als Robin lieben können . . .

Die *Life*-Story erregte großes Aufsehen. Amanda kam sich tatsächlich berühmt vor, besonders wenn sie nach der Sendung aus dem Studio kam und von Autogrammjägern umringt wurde.

Es war am vorletzten Sonntag im Mai. Amanda hatte eben mit

Christie telefoniert. Er trat für eine phantastische Gage bei Grossinger auf, und sie hätte mitkommen sollen, aber sie wollte nicht. Da klingelte das Telefon erneut. Die muntere Stimme brachte sie aus dem Gleichgewicht. »Holla, du berühmtes Wesen.«

»Robin! O Robin! Wo bist du?«

»Ich bin gerade angekomnen. Ich war in Israel und habe da eine Sendung gemacht. Im Flugzeug las ich die Geschichte über dich – ich hatte mich mit der alten *Life*-Nummer eingedeckt –, und plötzlich warst du da!«

»Wie fandest du's?« Sie bemühte sich, es ganz beiläufig klingen zu lassen.

»Einfach großartig!« sagte er begeistert. »Du wirkst beinahe so aufregend, wie du wirklich bist.«

Die Kehle war ihr wie zugeschnürt, aber sie behielt ihre Stimme in der Gewalt. »Das klingt fast so, als hättest du mich vermißt.«

»Hab' ich auch.«

Amanda hörte kaum hin. Sie plante schon das abendliche Programm. Es war fünf Uhr – zum Haarewaschen zu spät, aber sie konnte eine Perücke aufsetzen. Hoffentlich blieben sie zu Hause. Gott sei Dank war Sonntag; Jerry war auf dem Land und konnte ihr nicht dazwischenkommen. Sie hatte Steaks im Gefrierfach, nur leider keinen Tropfen Wodka.

»Bist du immer noch so schön wie eh und je?« fragte er.

»Komm und überzeug dich.«

»Fein. Treffen wir uns doch morgen um sieben in der Lancer Bar.«

Sie war so enttäuscht, daß es ihr die Sprache verschlug.

Robin hielt ihr Schweigen für Unschlüssigkeit. »Oder hat Christie mich ausgebootet?« fragte er leichthin.

»Nein – nur . . . er hat mir einen Heiratsantrag gemacht.«

»Eigentlich wäre er kein schlechter Fang; seine Show dürfte noch ewig weiterlaufen.«

»Würdest du es bedauern, Robin, wenn ich Christie Lane heiratete?«

»Natürlich. Ich fände es grauenhaft, dich zu verlieren. Aber mit einem Heiratsantrag kann ich nicht konkurrieren.«

»Warum nicht?«

»Schau, Baby, es gibt nur einen Grund für die Ehe: das ist der Wunsch nach Kindern. Ich will keine Kinder.«

»Warum nicht?«

»Weil sie eine ungeheure Verantwortung sind.«

»In welcher Beziehung?«

»Amanda – ich muß ungebunden sein, ich muß meinen Koffer packen und jederzeit überallhin fahren können. Bei einer Freundin kann man das, sogar bei einer Ehefrau. Aber einem Kind kann man das nicht antun. Was wäre ich dann für ein Vater!«

Amanda zitterte am ganzen Körper. Bisher hatte er sich immer geweigert, über die Ehe zu sprechen, und nun sprachen sie doch darüber.

»O Robin, ich glaube, du wärst ein wundervoller Vater.«

»Ein Vater sollte bei seinen Kindern sein.«

»Hat dein Vater dich allein gelassen?«

»Nein; er hatte im Gegensatz zu mir regelmäßig Bürostunden von neun bis fünf. Und Kitty war eine gute Mutter; wir hatten zwar Kindermädchen und Köchin, aber sie war immer da. Und so soll es auch sein.«

»Dann verstehe ich nicht, wieso du glaubst, du würdest davonrennen.«

»Weil mein Beruf mich dazu zwingt, Baby. Wenn ich als Kind meinen Vater nicht gehabt hätte, wäre ich verzweifelt gewesen – das weiß ich. Frag mich nicht, warum, ich spüre es einfach.«

»Robin, wir brauchen ja nicht gleich Kinder zu haben . . .«

»Warum dann heiraten?« fragte er.

»Um zusammenzusein.«

»Wir sind ja zusammen, außer wenn ich das Bedürfnis habe, allein zu sein. Wie heute abend zum Beispiel – auf meinem Schreibtisch türmt sich die Post. Ich hätte nicht übel Lust, sie in den Papierkorb zu werfen – vielleicht tue ich das auch, warte . . .« Er ging weg, und als er wenige Augenblicke später den Hörer wieder aufnahm, verkündete er: »So, das wäre erledigt. Die Rechnungen kommen sowieso noch mal, und ich nehme nicht an, daß man mir gleich den Strom sperrt, wenn ich einen Monat im Rückstand bin.«

»Wunderbar, die Post ist weg! Dann können wir uns doch heute abend sehen.«

»Amanda, das ist auch ein Grund, weshalb ich gegen die Ehe bin. Ich *möchte* heute abend allein sein.« Er wurde sanft. »Verstehst du mich jetzt, Amanda? Ich bin kein Mann für die Ehe. Ich habe die Dinge lieber so, wie sie sind.«

»Und die kleinen Feste, die Mister Ryan arrangiert!«

»Ike Ryan – wie kommst du denn plötzlich auf den? Ich habe seit Ewigkeiten nichts von ihm gehört.«

»Und was ist mit der Baronin, hast du von der auch seit Ewigkeiten nichts gehört?« Sie wußte, daß sie sich alles kaputtmachte, aber sie konnte nicht anders.

»Liebste Amanda, eine weitere schreckliche Sache an der Ehe sind die Erklärungen. Ich schulde dir keine, und du schuldest mir keine. Und nun sag mir, was mit morgen ist. Bist du frei?«

»Ich werde mich frei *machen«*, erwiderte sie mißmutig.

»Brav.«

»Bleibst du eine Weile hier, oder fliegst du wieder weg?«

»Baby, ich habe das Reisen so satt, ich möchte nie wieder weg. Bis zum Herbst rühre ich mich nicht vom Fleck.«

»Das ist gut.« Ihre gute Laune kehrte zurück. »Die erste Serie unserer Show läuft in vierzehn Tagen aus.«

»Ach, da fällt mir ein: Jerry Moss hat mich für das Wochenende am vierten Juli nach Greenwich eingeladen; er hat ein großes Haus mit Swimming-pool. Möchtest du mitkommen?«

»Wahnsinnig gern, Robin.«

»Bestens! Also dann bis morgen.«

Amanda blieb lange sitzen. Die halbe Nacht lag sie schlaflos im Bett. Am nächsten Morgen um neun rief sie Jerry Moss an.

»Jerry, ich muß dich unbedingt sprechen.«

»Wir sehen uns doch wahrscheinlich in der Lancer Bar. Ich treffe Robin dort um fünf.«

»Ich kann nicht vor sieben, und ich muß dich allein sprechen.«

»Wollen wir zusammen essen?«

»Nein, ich habe um zwölf Aufnahmen. Kann ich nicht zu dir ins Büro kommen, sagen wir um zehn?«

»Abgemacht, du kriegst sogar einen Kaffee.«

Sie saß vor Jerrys Schreibtisch, trank ihren Kaffee und erzählte die Geschichte mit Chris, wobei sie durchblicken ließ, daß sie keine intimen Beziehungen hätten. In gewisser Weise war das nicht mal eine Lüge – es bestand keine Intimität zwischen ihnen. Sie lag mit zusammengebissenen Zähnen da und ließ ihn gewähren.

Als sie mit ihrem Bericht fertig war, sagte sie: »Deswegen bin ich zu dir gekommen, Jerry. Du bist der einzige, der mir helfen kann.«

Verblüfft sah er sie an. »Helfen?«

»Wenn ich mit Christie nach Vegas gehe, muß ich ihn heiraten. Wenn ich nicht nach Vegas gehe, verliere ich ihn.«

Jerry nickte. »Eine einfache Entscheidung: den Spatz in der

Hand oder die Taube auf dem Dach.«

»Ich möchte die Taube auf dem Dach. Robin bleibt den ganzen Sommer über in New York und hat mich auch für den vierten Juli zu euch nach Greenwich eingeladen.«

Jerry schwieg, dann meinte er: »Geh nach Vegas, Schatz, heirate Chris. Du verschwendest nur deine Zeit mit Robin.«

»Wieso? Hat er irgendwas zu dir gesagt?«

»Nein, aber – ist dir der Name Ike Ryan ein Begriff?«

»Die Geschichte kenne ich von A bis Z. Robin sieht ihn nicht mehr – beziehungsweise macht bei diesen Sachen nicht mehr mit.«

Jerry lächelte. »Ich habe einen Freund, der ist Psychiater. Als mir Robin von den Geschichten mit Ryan erzählte, habe ich mich mit diesem Freund darüber unterhalten. Er meint, daß Robin wahrscheinlich die Frauen hasse.«

»Das ist Quatsch!« fuhr Amanda ihn an. »Willst du damit vielleicht andeuten, daß Robin schwul ist?« Sie war jetzt ernstlich böse.

»Nein. Ich behaupte nur, daß er für menschliche, freundschaftliche Beziehungen Männer vorzieht. Er ist verrückt nach Frauen, aber nur in bezug auf Sex. Er liebt sie nicht – im Gegenteil, er nimmt ihnen gegenüber eine Abwehrhaltung ein.«

»Bist du davon überzeugt?«

»Ja. Allerdings glaube ich, daß Robin *dich* mag – soweit er eine Frau mögen kann. Zu guter Letzt wird er dich unter Druck setzen; und du bist dann diejenige, an der alles hängt.«

»Jerry . . .«, sie sah ihn flehend an. »Hilf mir, Jerry . . .«

»Wie kann ich dir helfen?«

»Verschaff mir einen Grund, damit ich nicht mit Christie nach Vegas gehen muß. Sag ihm, ich hätte vor langem einen Vertrag für den kommenden Sommer unterschrieben und müßte hierbleiben, weil die Werbespots live gesendet würden.«

Er sah sie an. »Geh nach Vegas, Amanda. Christie Lane bietet dir eine Zukunft, Kinder, ein gutes Leben mit allem, was dazugehört.«

»Jerry«, sie bettelte jetzt, »ich möchte eine letzte Chance mit Robin.«

»Ich dachte, du hättest mehr Rückgrat, Amanda. Wo ist deine Courage geblieben? Wenn du schon an jemandem hängst, dann hab den Mut und spring ins Wasser. Brich mit Christie, setz auf Robin, schlag eine gute Ehe, schlag die Sicherheit in den Wind. Wärst du fünfunddreißig, würde ich sagen, du darfst es nicht. Aber du bist jung, und du mußt doch auch allerhand gespart haben.«

»Ich spare nichts. Das ist nicht drin.«

Jerry zuckte die Achseln. »Dann kauf dir nicht dauernd Modellkleider. Mein Gott, wenn ich denke, daß Mary sich ihre Sachen für fünfundvierzig Dollar in Greenwich kauft!«

»Mary verdient auch nicht hundert Dollar die Stunde. Außerdem darfst du nicht vergessen, daß Kleider mein Geschäft sind! Jerry, ich habe entsetzliche Angst, einmal ohne Geld dazusitzen!«

»Meiner Meinung nach braucht ein Mädchen, in das zwei Männer verliebt sind, keine Sorge vorm Alleinsein zu haben. Und ein Mädchen, das hundert Dollar die Stunde verdient, braucht auch keine Angst zu haben, einmal ohne Geld zu sein.«

Amanda preßte die Hände zusammen. »Jerry, bist du jemals arm gewesen? Ich meine bettelarm? Ich ja. Ich habe zum weißen Proletariat des Südens gehört. Wenn Chris erzählt, wie er in kleinen Klubs in Miami anfing und sich schwor, eines Tages in den großen Hotels aufzutreten, wird mir übel. Ich bin in Miami geboren – in einem Armenspital. Meine Mutter war Finnin. Sie arbeitete als Zimmermädchen in einem der eleganten Hotels. Sie muß hübsch gewesen sein. Ich erinnere mich nur daran, daß sie abgemagert und erschöpft war. Wer mein Vater war, weiß ich nicht. Vermutlich einer der reichen Hotelgäste, die sich in meine Muter vergafften. Ich weiß nur, daß er reich genug war, um den Winter in Miami verbringen und ein kleines Zimmermädchen verführen zu können. Nach meiner Geburt lebten wir in der sogenannten Niggerstadt, denn der einzige gute Mensch, der sich um meine Mutter kümmerte, war eine Farbige, die auch in dem Hotel arbeitete. Wir hausten in einer Wellblechbaracke. Wenn man zum Flughafen fährt, kommt man daran vorbei. Diese Farbige – sie hieß Rose – brachte meine Mutter in das Spital, in dem ich zur Welt kam, und nahm sie dann zu sich. Ich nannte sie Tante Rose. Sie ist der beste Mensch, den ich kenne. Später, als meine Mutter nachts arbeitete, kam Tante Rose nach Hause, machte mir Abendbrot und achtete darauf, daß ich lernte und meine Gebete sprach. Mutter starb, als ich sechs war. Tante Rose bezahlte das Begräbnis und hielt mich wie ihr eigenes Kind. Sie arbeitete für mich, kleidete mich, schickte mich zur Schule. Und dann setzte sie mich eines Tages in den Bus nach New York – mit fünfzig Dollar, die sie sich vom Munde abgespart hatte.« Amanda verstummte, in ihren Augen standen Tränen.

»Die hast du ihr bestimmt zurückgezahlt«, meinte Jerry.

»Sowie ich etwas verdiente, schickte ich ihr wöchentlich fünfzig Dollar. Aber ich könnte mein Leben lang nicht ihre Liebe zurückzahlen. Vor anderthalb Jahren hatte Tante Rose einen Schlaganfall. Ich flog nach Florida und sorgte dafür, daß sie in ein Krankenhaus kam – es war kurz, bevor ich Robin kennenlernte. In dem Krankenhaus war man nicht erbaut, eine kranke alte Negerin aufzunehmen, aber schließlich fand ich doch einen verständnisvollen Arzt, der mir half, ein Privatzimmer zu besorgen. Natürlich war sie nirgends versichert. Tante Rose mußte sechs Wochen liegen, das kostete einschließlich Krankenpflege und Behandlung viertausend Dollar. Mach das mal dem Finanzamt klar. Da heißt es: ›Ist sie eine Verwandte von Ihnen oder eine Angestellte?‹ – ›Nein, nur jemand, den ich liebe.‹ Die glauben, sie kriegt etwa hundertfünfzehn Dollar Sozialrente monatlich und kann zur Wohlfahrt gehen. Ich bin ja gesetzlich nicht mit ihr verwandt, weil sie mich nicht adoptiert hat. Und wenn die Leute da unten jemanden wie mich sehen, denken sie natürlich sofort: ›Ein Fotomodell, hundert Dollar die Stunde, die verdient ja mehr am Tag als ich in der ganzen Woche.‹«

»Wo ist sie jetzt?« fragte Jerry.

»Das ist es ja gerade. Als sie aus dem Krankenhaus entlassen wurde, konnte ich sie nicht allein lassen. Ich versuchte eine Pflege für sie zu bekommen, aber das klappte nicht. Da habe ich sie hier in einem Pflegeheim in Long Island untergebracht. Das kostete hundert Dollar pro Woche. Macht nichts – es ging ihr gut, und ich konnte sie jede Woche besuchen. Vor einem halben Jahr bekam sie einen zweiten schweren Schlaganfall. Ich mußte sie in einem anderen Pflegeheim unterbringen, wo sie vierundzwanzig Stunden am Tag unter Aufsicht ist. Dafür zahle ich wöchentlich zweihundertfünfzig Dollar.«

»Besuchst du sie immer noch jede Woche?«

Amanda schüttelte den Kopf. »Es tut mir zu weh. Sie erkennt mich auch nicht mehr. Ich gehe ungefähr einmal im Monat und am Neujahrstag. Zu Anfang rief ich sie immer am Silvesterabend aus New York an, aber einmal kam ich nicht durch, weil die Leitungen besetzt waren, und da habe ich die halbe Nacht nicht schlafen können. Da sagte Tante Rose: ›Von jetzt an rufst du mich Neujahr an. Ich möchte nicht, daß du wegen eines Telefongesprächs deine Nachtruhe opferst.‹«

Amanda richtete sich auf. »Ich habe schon in meiner Jugend gelernt, was Geld bedeutet, Jerry: Geld erlaubte es meinem unbekannten Vater, zu verschwinden und sein Leben weiterzuführen, ohne daß er mich überhaupt kannte. Mangel an Geld nahm meiner Mutter den Mut zu kämpfen, und das einzige, was Tante Rose heute ein wenig Erleichterung verschafft, ist Geld. Verstehst du also, Jerry, daß ich nicht leichtfertig etwas aufs Spiel setze? Ich muß auf Nummer Sicher gehen. Aber ich habe wohl das Recht, meine Chance bei dem einzigen Mann, den ich liebe, wahrzunehmen! Ohne es bei Robin versucht zu haben, kann ich Christie nicht heiraten.«

Jerry ging zu der kleinen Bar und schenkte zwei Glas Whisky ein. »Wenn ich es recht bedenke, müßte Alwayso seine Werbespots in diesem Sommer live bringen. Ich ordne hiermit an, daß du in New York bleibst.« Er stieß mit ihr an. »Ich spiele mit. Trinken wir auf den vierten Juli und einen langen, wundervollen Sommer. Wir wollen es uns schön machen!«

Der Sommer war vergangen. Amanda hatte jede Nacht mit Robin verbracht. An den Wochenenden fuhren sie manchmal 'raus, nur am Labor Day im September blieben sie in New York. Sie besuchten Greenwich Village, spazierten durch die schmalen Gassen und saßen stundenlang in einem Café an der Cornelia Street.

Jetzt war es Oktober – die neue Saison hatte begonnen. Die Christie-Lane-Show lief wieder an, und auch die »Schlagzeilen« gingen in die zweite Runde. Christie drängte auf einen Hochzeitstermin, und Robin war wieder viel auf Reisen. Es war, als habe es nie einen Sommer gegeben. Trotz ihres Vorsatzes wußte Amanda, daß sie wie bisher weitermachen würde: Christie hinhalten, auf Robin warten und hoffen. Die paar Pfund, die sie während des Sommers zugenommen hatte, verlor sie wieder – doch sobald Robin zurückkehrte, ging es ihr glänzend. Sie konnte keinen Entschluß fassen – sie wartete.

Seltsamerweise wurde sie dann durch den Geldgeber zu einer Entscheidung gedrängt. Am fünfzehnten Januar ließ Alwayso die Sendung für den Rest der Saison nach Kalifornien verlegen.

»Wir machen in Chicago Station, heiraten und kommen als Mann und Frau in Kalifornien an«, verlangte Christie.

»Unterwegs möchte ich nicht heiraten«, erwiderte Amanda. »Das können wir dann auch in Kalifornien tun.«

Der Beschluß, die Christie-Lane-Show aus Kalifornien zu senden, fiel eine Woche vor Weihnachten. Zwei Tage vorher war Robin nach London geflogen. Amanda wußte weder ein noch aus. Wenn Robin nicht bereit war, sie zu heiraten, konnte sie es sich nicht leisten, von ihrem Vertrag zurückzutreten. Alwayso zahlte ihr tausend Dollar pro Woche, dazu die Spesen im Beverly-Hills-Hotel.

Am Heiligabend traf Amanda sich mit Jerry in der Lancer Bar. Auch Jerry war nicht glücklich über die Verlegung nach Kalifornien. Für ihn bedeutete es, daß er viel unterwegs sein mußte . . .

Verdrossen starrten sie beide auf den lustigen kleinen Tannenbaum und die künstlichen Schneeflocken und Stechpalmenzweige, mit denen der Spiegel dekoriert war. Als ihre Blicke sich schließlich trafen, hob Amanda das Glas. »Fröhliche Weihnachten, Jerry.«

»Du siehst wie gerädert aus, Amanda.«

»Ich fühle mich auch so; gerädert und gevierteilt«, sagte sie.

Jerry ergriff ihre Hand. »Mein armer Spatz! So kannst du nicht weitermachen und die Dinge in der Schwebe halten. Stell Robin am Neujahrstag vor die Alternative.«

»Warum gerade dann? Woher soll ich wissen, daß ich ihn dann sehe?«

»Ist Chris denn nicht zu Mrs. Austins Neujahrsempfang eingeladen?«

Sie lächelte kläglich. »Seit Tagen redet er von nichts anderem. Für ihn ist es wie eine Hofvorstellung im Buckingham-Palast.«

»In gewisser Weise ist es das ja auch. Judith Austin dehnt den Kreis ihrer Gäste selten auf IBC-Leute aus. Dieses Jahr scheint eine Ausnahme zu sein. Danton Miller war ziemlich überrascht. Er erzählte mir, auch Robin sei eingeladen, folglich wirst du ihn dort sehen, denn abzusagen wird er nicht wagen.«

»Und was soll ich tun?« fragte sie. »Zu ihm hingehen und sagen ›Jetzt oder nie, Robin‹?«

»So ungefähr, ja.«

»Das kann ich nicht . . . außerdem gehe ich nicht zu diesem Empfang.«

»Warum nicht? Will Christie dich nicht mitnehmen?«

»Doch, natürlich. Aber am Neujahrstag besuche ich immer, wie du weißt, Tante Rose. Das habe ich Chris natürlich nicht erzählt. Ich werde ihm einfach sagen, daß ich Kopfschmerzen habe.«

»Ich denke, deine Tante erkennt dich nicht einmal mehr.«

»Das stimmt. Aber ich sitze dann doch wenigstens bei ihr, füttere sie . . . es ist einfach *unser* Tag.«

»Weiß sie, ob es der erste oder zweite Januar ist?«

»*Ich* weiß es, Jerry.«

»Amanda, geh zu dem Empfang. Bring die Sache mit Robin ins reine. Verlange ein klares Ja oder Nein von ihm. Wenn er nein sagt, dann schreibe ihn ab. Zwei Jahre auf einen Menschen zu warten, ist lange genug, selbst wenn dieser Mensch Robin ist. Deine Tante kannst du am nächsten Tag noch besuchen.«

Sie schien nachzudenken. Dann nickte sie. »Ja, so will ich's machen.« Sie kreuzte zwei Finger. »Auf das neue Jahr! Und auf das Entweder-Oder. Laß uns einen Wodka-Martini nach Art von Mister Stone trinken, und dann wollen wir dem Kerl, wo immer er sein mag, fröhliche Weihnachten wünschen!«

13

Auf der Einladung zu Austins Neujahrsempfang stand »Zum Cocktail von vier bis sieben«. Chris wollte Amanda um halb fünf abholen. Sie hatte ihren Plan fix und fertig. Es war leicht, Christie auf einer Cocktailparty zu entschlüpfen. Sie würde schnurstracks zu Robin gehen, ihm sagen »Ich möchte heute abend mit dir sprechen; es ist dringend« und sich für später, sobald sie Christie los war, mit ihm verabreden. So oder so würde die Sache heute abend geregelt werden. Christie glaubte, ihr Vertrag für Kalifornien sei unter Dach und Fach, in Wirklichkeit brauchte sie ihn erst Ende der Woche zu unterschreiben. O Gott, es mußte klappen!

Als sie Austins mit unaufdringlichem Luxus eingerichtete Stadtwohnung betraten, waren schon etwa zwanzig Personen anwesend. Ein Butler nahm ihnen die Mäntel ab und geleitete sie in den großen Salon. Amanda erkannte einen Senator, einen berühmten Komiker, verschiedene Filmstars und Gesellschaftstiere. Auch Danton Miller war schon da, und in einer Ecke saß Ike Ryan im ernsten Gespräch mit Mrs. Austin. Amanda erkannte ihn sofort wieder. Während der letzten Monate hatte er in Hollywood Furore gemacht und sich mit seinem ausgefallenen Lebensstil wirkungsvoll in Szene gesetzt. Bald kam sein erster großer Film heraus, für den schlagartig die Publicity eingesetzt hatte, nachdem einer der weiblichen Topstars von Hollywood für die Hauptrolle verpflichtet worden war. Die Schauspielerin hatte ihren Mann sofort verlassen und mit Ike eine wilde Romanze angefangen. Kaum war der Film beendet, ließ Ike sie fallen und fing etwas mit einem kleinen Starlet an, dem er eine Rolle in seinem nächsten Film versprach. Der verschmähte Star nahm Schlaftabletten, wurde aber von dem telefonisch herbeigerufenen Gatten noch rechtzeitig gerettet, und so weiter und so weiter ... Ryan war jedenfalls ständig im Gespräch.

Er sah wirklich gut aus. Seine Mutter war Jüdin, sein Vater ein zweitklassiger irischer Preisboxer gewesen, so jedenfalls stellte Ike es in Interviews dar und behauptete, er habe von beiden die besten Eigenschaften geerbt. Amanda schätzte ihn auf vierzig. Er hatte eine sonnengebräunte Haut, an den Schläfen wurde das schwarze Haar schon grau, und die kurze stumpfe Nase gab dem kantigen Gesicht einen jungenhaften Ausdruck. – Im Augenblick schien Judith Austin gänzlich von ihm eingenommen.

Allein und seltsam isoliert stand Amanda mit Christie in dem sich immer mehr füllenden Raum. Als Danton Miller sie entdeckte, kam er herüber und wechselte ein paar freundliche Belanglosigkeiten mit ihnen. Chris setzte ihm eifrig mit Fragen zu, und bald waren die beiden in ein Gespräch über die neuesten Zuschauerquoten vertieft.

Amanda sah sich um. Es war eine herrliche Wohnung. Tante Rose wäre begeistert, wenn sie das sehen könnte. Plötzlich fiel ihr das Pflegeheim ein. Sie entschuldigte sich und fragte den Butler nach dem Telefon. Er führte sie in die Bibliothek und schloß hinter ihr die Tür. Als Amanda die Nummer des Heims wählte, war die Leitung besetzt. Sie setzte sich und nahm sich aus dem Silberkasten, der auf dem Tisch stand, eine Zigarette; nach einer Weile versuchte sie es noch einmal; wieder besetzt.

Plötzlich ging die Tür auf. Es war Ike Ryan. Er grinste. »Ich sah Sie gehen, und als ich mich loseisen konnte, wolle ich doch mal nach Ihnen schauen. Ich bin Ike Ryan. Wir haben uns im vergangenen Jahr in Danny's Hideaway kennengelernt.«

Amanda hoffte, ihr ahnungsloses Gesicht mache ihm klar, daß sie sich an nichts erinnere. Dann erklärte sie in gleichgültigem Ton: »Ich bin hier hereingeommen, um zu telefonieren; aber es ist dauernd besetzt.«

Ike deutete mit einer schwungvollen Handbewegung auf das Telefon. »Genau das wollte ich auch. Erlauben Sie?« Ehe sie etwas antworten konnte, hatte er schon den Hörer genommen und fing an zu wählen. Mittendrin hielt er inne und wandte sich an Amanda. »Darf ich fragen, ob Sie nach der Party schon etwas vorhaben?«

Sie nickte.

Er wählte weiter. »Dann muß ich telefonieren. Ich nehme an, Sie sind ernstlich mit dem Spaßvogel liiert, mit dem Sie hergekommen sind. Als ich Sie bei Danny traf, waren Sie auch mit ihm zusammn.«

»Ich mache die Werbespots in seiner Show.« Ob Robin ihm etwas von ihr erzählt hatte?

Ikes Nummer war nicht besetzt. »Tag, mein Schätzchen, wollen wir um neun zusammen essen? Ich schicke dir meinen Wagen. Wir haben drei Einladungen zur Auswahl, können aber auch in einen Schlemmerladen in der Sixth Avenue gehen. Mal sehen, wie mir ist. Wie? 'türlich! Glaubst du, ich würde dich sonst mitten aus einer Verhandlung heraus anrufen? Okay, Liebchen.« Damit legte er auf und drehte sich zu Amanda um. »Sehen Sie, was Ihnen alles entgeht?«

Amanda lächelte verlegen.

Er starrte sie an. »Ich mag Sie. Die meisten Weiber fallen über mich her.«

»Ich gehöre nicht zu ihnen. – Ich soll in Kalifornien ein paar Werbespots fürs Fernsehen machen – den Vertrag habe ich schon –, und der ›Spaßvogel‹, mit dem ich hergekommen bin, ist zufällig sehr verliebt in mich.«

Er lächelte. »Wo werden Sie wohnen?«

»Im Beverly Hills – wenn ich fahre.«

»Wenn? Ich denke, Sie haben einen Vertrag.«

»Richtig. Ich habe ihn aber noch nicht unterschrieben.«

»Wohin besteht das Efscher?«

»Efscher?«

Ike lächelte. »Das ist ein jüdisches Wort. Meine alte Dame benutzte es, aber es läßt sich schwer übersetzen. Ich will versuchen, es Ihnen mit einem Beispiel zu erklären. Meine Schwester war potthäßlich, bis ich ihr eine Nasenoperation spendierte. Damit kriegte sie dann noch einen Mann, aber vorher hatte sie nie einen Freund. Und so fuhr sie an einem Wochenende mit mehreren Freundinnen zu Grossinger hinaus, eine wie die andere ... zum Abschießen. Sie kennen den Typ? Nein, unmöglich. Jungfrauen, jüdisch und über fünfundzwanzig. Reine Hysterikerinnen. Mädchen, die zu kurz gekommen sind und jede Hoffnung verloren haben. So eine war meine Schwester. An besagtem Wochenende also, daran erinnere ich mich noch, packte meine Schwester einen Tennisschläger, ein Paar Hosen und einen Badeanzug ein, und meine Mutter sagte: ›Was denn, kein hübsches Kleid?‹ Darauf meine Schwester: ›Schau, Mammi, ich bin jetzt schon überall gewesen, und nirgends sind alleinstehende Männer. Diesmal will ich mich erholen. Ich will

Tennis spielen und faulenzen und nicht Ausschau halten.‹ Da holte meine Mutter das beste Kleid meiner Schwester, schmiß es in den Koffer und sagte: ›Nimm es mit, efscher!‹«

Amanda lachte. Sie stellte fest, daß sie sich ein wenig für Ike Ryan erwärmte.

»Haben Sie den Sinn erfaßt?« fragte er. »Efscher bedeutet ›vielleicht‹, ›man kann nie wissen‹, ›eine leise Hoffnung‹.« Dann, als spüre er, daß Amanda ihm weniger abweisend gegenüberstand, fragte er: »Wollen Sie es sich nicht doch noch überlegen? Ich kann meine Verabredung jederzeit rückgängig machen.«

»Aber ich pflege meine Verabredungen einzuhalten.«

»Das tue ich auch, wenn mir daran liegt.« Er sah sie unverwandt an. Dann lächelte er. »Kommen Sie nur an die Küste. Vielleicht haben wir eine gemeinsame Zukunft.«

Als er gegangen war, wirkte der Raum plötzlich leer. Amanda sah, daß es schon nach sechs war. Robin war wohl längst da. Rasch wählte sie die Nummer des Pflegeheims. Immer noch besetzt. Dann würde sie es eben später noch mal versuchen. Sie überprüfte ihr Make-up und kehrte in den Salon zurück.

Die Gesellschaft war inzwischen so angewachsen, daß sich die Gäste auch in Speisezimmer und Empfangsraum drängten. Amanda wanderte umher und musterte jedes Gesicht; aber Robin war nicht da.

Schließlich ging sie zu Chris zurück, der noch immer am selben Platz stand und sich mit Danton Miller unterhielt. Danton schien froh zu sein, daß sie endlich wiederkam, und ließ die beiden gleich darauf allein.

»Wo, zum Teufel, hast du so lange gesteckt?« fragte Christie.

»Ich habe mich gekämmt.«

»Zwanzig Minuten lang?! Miller wurde schon ganz nervös.«

»Wenn du so ein großer Star bist, wo sind dann deine vielen Fans?«

Christie starrte auf all die berühmten Leute. »Komisch«, seufzte er, »ich kenne alle, die ich sehe, aber ich sehe keinen, den ich kenne. Laß uns gehen, Mandy. Ich passe hier nicht her.«

»O Chris, versuch doch wenigstens, dir nicht anmerken zu lassen, daß du dich langweilst.«

»Warum? Wo steht geschrieben, daß wir verpflichtet sind, uns zu amüsieren? Wir sind eingeladen, na und? Eddie Flynn hat uns auch zu einer Party eingeladen. Sie findet in seinem Zimmer im Edison statt.«

Amanda sah zur Tür, ihr Herz schlug aufgeregt. Aber nein ... es war irgendein anderer hochgewachsener Mann.

Um Viertel nach acht gab sie es schließlich auf und ließ sich von Christie mit zu Eddies Party im Hotel Edison schleppen. Sie setzte sich auf die Couch und fing an, Scotch zu trinken. Chris war in seinem Element. Er brachte ihr ein paar belegte Brote.

»Hier – das ist besser als der labberige Kram bei Austins.«

Sie lehnte ab und schenkte sich neuen Whisky ein. »Iß lieber was«, warnte Christie, der sich die Brote nun selbst in den Mund stopfte. »Ich habe schon drei gegessen und brauche eigentlich kein Abendessen mehr.«

»Ich habe keinen Hunger«, erwiderte Amanda.

Gegen elf Uhr war sie ziemlich betrunken. Chris wollte noch irgendwo einen Kaffee trinken, war dann aber doch bereit, Amanda nach Hause zu bringen.

Er ließ das Taxi warten und begleitete sie zur Tür. Diese Geste hatte sie ihm zuletzt doch noch eingehämmert, obgleich er sie nach wie vor für albern hielt.

Amanda schloß ihre Wohnungstür auf und taumelte über die Schwelle. Sie hatte ein komisches Gefühl im Magen und verspürte die ersten Anzeichen grausiger Kopfschmerzen. Eine Rückfrage bei ihrem Auftragsdienst ergab, daß nur das Pflegeheim angerufen hatte. Klar – die Schwestern warteten auf die Zwanzigdollarscheine, die Amanda am Neujahrstag verteilte.

Robin hatte also nicht angerufen! Gut, damit war die Sache entschieden. Es gab kein – wie hieß das Wort? – efscher mehr. Sie würde nach Kalifornien gehen! Und Christie Lane heiraten! Eine Weile saß sie still da und machte sich entsetzt klar, was das bedeutete. Kalifornien! Wer würde Tante Rose besuchen? Amanda war einmal im Monat, immer an verschiedenen Tagen und zu verschiedenen Zeiten, hingefahren, um nachzuprüfen, ob sie es gut hatte. Wenn sie fortblieb, würde man Tante Rose vernachlässigen. Wieso hatte sie daran nicht gedacht? Vielleicht weil sie bis zu dieser Minute nie ernstlich geglaubt hatte, daß sie tatsächlich fortgehen würde. Sie hatte sich ja nicht einmal darum gekümmert, ihre Wohnung zu vermieten. Sie hatte immer noch auf Robin gehofft.

Amanda schwankte einen Moment und rief dann kurz entschlossen Jerrys Privatnummer an. Seine Frau meldete sich. Amanda entschuldigte sich für den späten Anruf, sie müsse dringend mit Jerry sprechen.

»Jerry ... ich kann nicht nach Kalifornien gehen.«

»Dann hat es also geklappt?« fragte Jerry freudig erregt. »Siehst du, ich habe dir ja gesagt, du mußt Robin vor die Wahl stellen.«

»Robin war gar nicht da«, erwiderte sie langsam.

»Warum gehst du dann nicht nach Kalifornien?«

»Das hat mit Robin nichts zu tun. Jerry ... ich war so ausschließlich mit mir selber, mit Robin und mit Chris beschäftigt, daß ich gar nicht an Tante Rose gedacht habe. Das ist mir eben erst eingefallen. Ich kann nicht einfach fortgehen. Wer besucht sie dann?«

»Es gibt doch bestimmt gute Pflegeheime in Kalifornien.«

»Aber Jerry, wie soll ich sie denn dorthin schaffen?«

»Chris soll ein Privatflugzeug chartern; und dann schick sie in Begleitung einer Schwester 'rüber.«

»Chris hat keine Ahnung von Tante Rose. Ich weiß gar nicht, wie er das aufnehmen würde ...«

»Amanda, Chris hat sich aus kleinen Anfängen hochgearbeitet. Er wird dich nur um so mehr achten, und es wird ihn glücklich machen, dir zu helfen.«

»O Jerry, wenn Chris das täte, würde ich versuchen, ihn zu lieben. Dann werde ich gut zu ihm sein. Wirklich. Dann würde ich ihn glücklich machen. Ich muß ihn sofort anrufen.«

Chris meldete sich nicht. Das bedeutete, er saß in der Copa-Bar, im Stage, bei Lindy oder im Toots Shor. Sie rief die Lokale der Reihe nach an und erreichte ihn schließlich im Toots Shor.

»Chris, kannst du zu mir kommen? Ich muß mit dir sprechen.«

»Mandy, ich sitze mit Toots zusammen, und gerade ist Ronnie Wolfe gekommen. Ich möchte, daß er mich in seiner Kolumne bringt.«

»Und ich möchte mit dir sprechen.«

»Herrje, alle sind hier, ist 'ne tolle Stimmung. Los, schwing dich in ein Taxi.«

»Chris, ich kann nicht vor all den Leuten mit dir sprechen. Es ist wichtig. Es geht um uns, um unsere Zukunft.«

»Meine Güte, wir waren den ganzen Abend zusammen. Bei Austins hast du wie ein Denkmal herumgestanden. Warum hast du's mir da nicht gesagt? Die Menschenhorden haben sich einen Dreck um uns gekümmert. Wir hätten Gelegenheit genug gehabt.«

»Also kommst du nun oder nicht?«

»Schön, sagen wir in einer halben Stunde.«

»Nein!« Der Scotch tat seine Wirkung, Amanda fühlte sich benommen. »Jetzt! Solange ich noch wach bin. Es ist wichtig. Komm bitte sofort.«

»Okay, ich komme.«

»Beeil dich.«

»Ist es dir recht, wenn ich vorher noch pinkeln gehe?«

Amanda legte auf. Dann zog sie sich aus. Wahrscheinlich würde er mit ihr schlafen wollen. Gut, wenn er dafür sorgte, daß Tante Rose in ein Pflegeheim in Los Angeles kam, konnte er jede Nacht mit ihr schlafen. Sie würde sich sogar bemühen, seine Zärtlichkeiten zu erwidern.

Amanda zog einen Morgenrock an, kämmte und schminkte sich.

Als Chris kam, zog er sich den Mantel aus, umarmte sie und fing an, sie zu küssen.

»Später, Chris, ich möchte erst mit dir sprechen.«

»Wir sprechen schon noch, aber vorher . . .« Er löste ihren Gürtel, der Morgenrock fiel auseinander. Plötzlich hielt Chris inne. »Okay, du hast gewonnen. Ich habe keine Lust, eine Statue zu bumsen. Da könnte ich genausogut ein *Playboy*-Foto angucken und es mir selber machen.«

Amanda schloß ihren Morgenrock wieder und ging durchs Zimmer. »Setz dich bitte, Chris, ich habe dir einiges zu sagen.«

Während sie sprach, blieb er ganz still sitzen. Sie verschwieg ihm nichts. Seine Augen wurden immer größer, und am Ende schüttelte er mitfühlend den Kopf.

»Du armer Wurm, du hast es genauso schwer gehabt wie ich.«

Amanda kamen die Tränen. »Dann hilfst du mir also, Chris?«

»Sag mir, wie ich dir helfen kann, Liebling.«

»Laß Tante Rose nach Kalifornien bringen.«

»Soll das ein Witz sein? Weißt du, was das kostet? Wir können doch ein krankes Niggerweib nicht einfach in ein Flugzeug setzen.«

»Untersteh dich, Tante Rose noch einmal so zu nennen!«

»Ja, ja, schon gut! Aber selbst wenn sie schneeweiß wäre – wir können nicht jemanden, der einen Schlaganfall gehabt hat, in ein Flugzeug setzen.«

»Du könntest eine Maschine *chartern.*«

»Ja! Für Tausende von Piepen!«

»Aber . . . du hast doch sicher Geld genug.«

Chris starrte sie an, dann stand er auf und ging auf und ab. Plötzlich wirbelte er herum und stieß ihr fast den Zeigefinger ins Gesicht. »Bist du eigentlich noch zu retten? Ich habe einen Vetter ersten Grades, mein eigen Fleisch und Blut, der wollte sich mal zweitausend von mir leihen und in ein Geschäft stecken ... denkste! Und warum? Weil ich so bin wie du. Nie hat einer für Klein-Christie auch nur einen Finger krumm gemacht. Meine Familie war arm. Mein Alter war Komiker beim Varieté und betrog meine Mutter, und die betrog ihn; die Ehe ging in die Brüche, jeder hat wieder geheiratet, mich wollte keiner, und mit zwölf Jahren hab' ich mich selber durchgeschlagen. Ich habe einen Halbbruder. Der kriegt keinen Cent von mir. Er würde mir nämlich umgekehrt nicht mal sagen, wie spät es ist.«

»Dann willst du also nicht einspringen?« fragte Amanda.

»Ja, Himmelherrgott noch mal! Nächstens verlangst du noch, daß wir deine Tante nach unserer Hochzeit bei uns aufnehmen!«

»Wenn es ihr besser ginge, warum nicht?«

»Heiliges Kanonenrohr!« explodierte er. »Das konnte auch nur mir passieren. Da bilde ich mir ein, ich habe *das* Klasseweib gefunden, und plötzlich läßt du als kleine Draufgabe eine schwarze Verwandte springen ... und noch dazu 'ne Kranke, die wir nicht mal als Hausangestellte ausgeben können! Du knallst einem wirklich Sachen hin, Püppchen!«

»Bitte geh, Chris.«

»Das werde ich auch, und du wirst die Sache noch mal überschlafen. Sei bloß nicht sauer und denk, ich liebte dich nicht. Ich liebe dich jede Menge, und ich habe auch keine Vorurteile. Habe nur gedacht, du kämst vielleicht aus 'ner dollen Familie, und mich dauernd wegen meiner Herkunft entschuldigt; und plötzlich erzählst du mir kaltlächelnd, daß du ein uneheliches Kind bist und von einer Schwarzen großgezogen wurdest. Bitte – es macht mir ja auch gar nichts aus. Nicht die Spur. Ich liebe dich trotzdem und möchte dich heiraten. Aber ich zwinge dir nicht meine saubere Familie auf, und du läßt mir gefälligst deine vom Hals. Das Geld, das wir nach der Heirat ausgeben, geben wir für unseren Sohn aus. Eins sage ich dir, Mandy ...«, er unterbrach sich. »Herrje, sogar dein Name kommt mir jetzt komisch vor. Womöglich wirst du unseren Sohn noch Martin Luther taufen. Von jetzt an soll keiner dich mehr Mandy nennen. Du heißt Amanda. Hat deine Tante dir das angehängt?«

»Nein«, erwiderte sie ruhig. »In Wirklichkeit heiße ich Rose. Als ich bei Nick Longworth als Fotomodell anfing, hat er Amanda daraus gemacht. Rose Jones war ihm zu gewöhnlich. Er fand, Amanda klinge englischer – ein bißchen nach Noel Coward und so.«

»Seit du mir die Geschichte von deiner lieben alten Tante Rose erzählt hast, stimmt's für mich nicht mehr. Ich will dir etwas sagen, Mädchen: Ich habe schon mit farbigen Kollegen dieselbe Garderobe benutzt. Wir waren Freunde. Eines Tages werden sich die Dinge ja mal ändern, jedenfalls hoffe ich's. Aber ich bin nicht groß genug, um als einzelner für sie 'ne Lanze zu brechen. Das soll jemand anders machen; dann schließ' ich mich an. Ich bin mein ganzes Leben lang zweite Garnitur gewesen, in den gemeinsten Kneipen bin ich aufgetreten. Aber ich habe es geschafft, ich bin was geworden; und das biete ich dir. Aber nur dir! Nicht deiner Tante und nicht meinem Vetter und nicht meinem Halbbruder – nur dir und mir!«

Er schnappte seinen Mantel und ging zur Tür. »Wir wollen dieses Gespräch vergessen, hörst du? Es hat nie stattgefunden. Ich weiß nichts von deiner Tante Rose. Du bist Amanda, das Topmodell – wir haben es beide geschafft.«

Er knallte die Tür hinter sich zu.

Minutenlang blieb Amanda regungslos sitzen. Dann stand sie auf und schenkte sich einen Whisky ein. Merkwürdigerweise verstand sie Christie gut. Jedenfalls, eins stand fest: Den Luxus einer großen Liebe konnte sie sich nicht leisten. Niemand hatte sie im Grunde gern gehabt. Jeder dachte nur an sich. Sie wollte weder Christie Lane noch Robin Stone wiedersehen. Sie wollte der Sendung adieu sagen und Nick Longworth bitten, nur noch Werbe- und Modefotos für sie abzuschließen, selbst wenn sie mit ihrem Preis heruntergehen mußte. Christie gegenüber hatte sie nun keinerlei Gewissensbisse mehr. Sie würde arbeiten, für Tante Rose sorgen und den ersten annehmbaren Mann heiraten, der ihr über den Weg lief; dann könnte sie ein Kind haben und ihm einen guten Start fürs Leben geben.

Amanda nahm eine Schlaftablette, stellte ihren Wecker und schaltete das Telefon ab.

Der Wecker klingelte um neun. Amanda hatte Kopfschmerzen. Sie langte zum Telefon, um den Auftragsdienst anzurufen, besann sich aber anders. Wenn für sie Anrufe gekommen waren, so bedeutete das doch nur Ärger.

Sie fuhr mit einem Taxi nach Queens. Das kleine Gesellschaftszimmer des Pflegeheims war halb leer. Ein paar alte Frauen saßen in Rollstühlen vorm Fernsehgerät. Eine spielte mit einem Kinderpuzzle, eine andere starrte ins Leere, ein Wärter entfernte einen verdorrten Weihnachtsbaum.

Amanda ging zum Aufzug und fuhr in den dritten Stock. Sie kam immer unangemeldet. Als sie das Zimmer ihrer Tante betrat, war das Bett leer und abgezogen. Miss Stevenson, die Oberschwester, kam aufgeregt angelaufen. »Wir haben versucht, Sie gestern abend zu erreichen«, sagte sie.

»Ich habe auch versucht, Sie anzurufen«, erwiderte Amanda, »aber es war besetzt. Warum haben Sie meine Tante umgebettet?«

Plötzlich erschrak sie. »Geht es ihr schlechter?«

»Sie ist tot«, sagte Miss Stevenson.

Amanda schrie auf und flog auf die Frau zu. »Was ist geschehen? Wie?« rief sie.

»Als wir ihr um sechs das Abendessen brachten, saß sie aufrecht im Bett. Ihre Augen waren ganz glänzend. Sie fragte: ›Wo ist Rosie?‹ Wir sagten ihr, daß Sie bald kommen würden. Da legte sie sich wieder hin und lächelte. ›Ich esse mit Rosie‹, meinte sie, ›ich mag nicht allein essen. Wir essen, wenn sie aus der Schule kommt‹ . . .«

Amanda schluchzte. »Sie hat gedacht, sie wäre zu Hause in Miami. Hätte sie mich denn überhaupt erkannt?«

Miss Stevenson zuckte die Achseln. »Als es so aussah, als ob Sie nicht mehr kämen, haben wir ihr zugeredet, sie möge doch etwas essen, aber sie sagte immer nur: ›Ich warte auf mein Kind.‹ Um acht haben wir noch einmal nach ihr gesehen, da saß sie wieder aufrecht. Sie war tot. Wir haben versucht, Sie anzurufen, aber . . .«

»Wo ist sie jetzt?«

»Im Leichenschauhaus.«

»Im Leichenschauhaus?«

»Wir konnten sie nicht hier behalten.«

Amanda stürzte zum Fahrstuhl, Miss Stevenson folgte ihr. »Ich gebe Ihnen die Adresse, Sie können die Bestattung von dort aus veranlassen.«

Amanda unternahm die nötigen Schritte, damit die Leiche eingeäschert und kirchlich beigesetzt wurde. Dann fuhr sie nach Haus und legte sich ins Bett.

Als Jerry am nächsten Tag anrief, erzählte sie ihm alles.

Jerry bemühte sich, nicht zu zeigen, wie erleichtert er war, meinte aber, daß es doch so für alle am besten sei. »Jetzt kannst du ohne Gewissensbisse nach Kalifornien gehen.«

»Ja, Jerry, ich kann nach Kalifornien gehen.«

Am Abend dieses Tages trank Amanda eine ganze Flasche

Scotch, dann fiel sie schluchzend in ihr Bett und vergrub den Kopf im Kissen. »Ich hasse dich, Robin Stone! Ich habe auf dich gewartet, als Tante Rose starb, und wo warst du? O Gott, wo warst du!«

Robin hatte bis Mittag geschlafen. Er ging zum Kühlschrank, holte zwei hartgekochte Eier und eine Dose Bier heraus, trug alles ins Wohnzimmer, schaltete den Fernsehapparat ein und legte sich auf die Couch. Er war unruhig. Er schaltete vom CBS-Programm auf NBC um, erwischte einen alten Film und döste ein. Er stellte den Apparat ab und wählte Amandas Nummer. Mittendrin stockte er und legte auf. Sie war vermutlich ausgegangen, und außerdem wollte er die Beziehung zu ihr sowieso abkühlen lassen. Er war müde. Das Wetter in London war sehr schlecht gewesen, aber dieses englische Mädchen hatte sich als tolle Puppe erwiesen. Und als er sie mit der Baronesse zusammenbrachte, hatte sie sofort mitgemacht. Ike Ryan hatte ihn in das Spiel eingeweiht. Na ja, es waren keine Orgien – nur Gruppensex. Ike Ryan vertrat eine eigene Theorie darüber, wie man ein Mädchen richtig in eine Orgie miteinbezog. Zuerst nahm man sie selbst, dann ließ man sie's mit einem Freund machen, während man zuschaute, dann mit einem anderen Mädchen – und wenn es erst einmal soweit war, hatte man sie wieder zu dem gemacht, was jede Frau ohne ihr aufgeblasenes Getue war: zu einer Hure.

Vielleicht sollte er es einmal mit Amanda probieren. Das würde diesem Gerede von Heirat und Ehe zweifellos ein Ende setzen. Aber etwas in ihm sträubte sich gegen die Vorstellung. Denn er wußte instinktiv, daß sie mitmachen würde – sie würde alles tun, um ihn zu halten. Aber sie würde es nicht vergessen wie die Baronesse und das englische Mädchen. Und er wollte Amanda nicht weh tun. Gütiger Himmel, am Anfang hatte er sich bei ihr so sicher gefühlt. Aber in letzter Zeit schien sie immer am Rand der Hysterie zu sein. Nun, es war Zeit, Schluß zu machen. Er hatte ihr Grund genug dazu gegeben – ihm war es immer lieber, wenn das Mädchen diesen Schritt vollzog. Das verletzte zumindest ihren Stolz nicht. Vielleicht würde die Sache mit Chris Lane tatsächlich klappen.

Robin zog seinen Mantel an und ging in die Nacht hinaus. Es war kalt und sternenklar. Er spazierte die Third Avenue hinunter, ging bis zur 42. Straße. Er lief quer durch die Stadt und erreichte den Broadway mit der funkelnden Reihe von Kinos und Pizzalokalen.

Er ging auf ein Kino zu, kaufte eine Eintrittskarte und betrat den

Zuschauerraum. Nach einigen Minuten spürte er, daß ein Mantel wie zufällig über seine Beine gelegt wurde. Dann tastete sich eine zitternde Hand an seinem Schenkel entlang. Robin wechselte den Sitz. Fünf Minuten später schmiegte sich ein kräftiges Negermädchen mit einer blonden Perücke eng an ihn. »Möchtest du 'n bißchen Spaß haben, Süßer? Gleich hier? Ich lege meinen Mantel über dich und mach dir's mit der Hand, wie du's noch nie erlebt hast. Fünf Dollar.«

Wieder wechselte er den Sitz. Er saß nun neben zwei Teenagern. Plötzlich flüsterte eines der Mädchen: »Geben Sie mir zehn Dollar.« Er starrte sie an, als sei sie irre. Sie konnte höchstens fünfzehn sein. Ihre Freundin war etwa gleich alt. Er beachtete sie nicht. »Geben Sie mir zehn Dollar, oder ich schreie ganz laut, daß Sie versucht haben, mir untern Rock zu langen. Ich bin minderjährig – Sie werden ganz schöne Schwierigkeiten bekommen!«

Robin stand auf und rannte aus dem Kino. Er ging ein paar Häuserblocks weit und blieb vor einer Cafeteria stehen, die die ganze Nacht geöffnet war. Er griff in die Tasche – verdammt noch mal! Seine Brieftasche war weg. Wer war es gewesen? Der Schwule mit dem Mantel? Die Negerhure? Die kriminellen Teenager? Er schlug den Kragen hoch und ging nach Hause.

14

Die Polo-Bar im Beverly-Hills-Hotel leerte sich allmählich, aber es war immer noch zu laut, um von hier aus ein Ferngespräch zu führen. Jerry beschloß, auf sein Zimmer zu gehen. Gott, wie er diese Stadt haßte! Immerhin, die Show war in der Publikumsgunst an die zweite Stelle gerückt. Es war ein geschickter Schachzug gewesen, die Sendung während der zweiten Saisonhälfte von Kalifornien auszustrahlen. Doch das bedeutete: noch drei Monate im Land der ewigen Sonne, der Palmen und der Einsamkeit.

Von seinem Zimmer aus meldete Jerry ein Gespräch nach Hause an. Die Vermittlung rief zurück, die Leitung sei nicht frei. Da er sich um halb neun mit Amanda und Christie bei Chasen treffen wollte, meldete er das Gespräch wieder ab. Es kam selten genug vor, daß Amanda zum Ausgehen bereit war. In letzter Zeit war sie ständig müde. Ihr Zimmer lag am Ende des Ganges, und jeden Abend hing ab halb neun das Schild »Bitte nicht stören« an ihrer Tür – man konnte die Uhr danach stellen. Gewiß, ihr Tag war lang, die Branche riß sich um sie. Trotzdem machte Jerry sich

Gedanken. Amanda ging am Abend der Sendung mit Christie aus und dann höchstens noch zwei- oder dreimal in der Woche. Dabei schien ihr New York nicht im mindesten zu fehlen. Nie hatte sie besser ausgesehen, sogar einige Filmproduzenten begannen sich für sie zu interessieren. Ihr ganzes Auftreten wirkte anders – als habe das kalifornische Klima ihre Persönlichkeit verändert. Obwohl sie immer ein freundliches Lächeln für ihn bereit hatte, fühlte Jerry, daß sich in ihrer Beziehung etwas geändert hatte. Es war beinah so, als ob sie sich nie gekannt hätten. Sie zum Essen einzuladen, hatte er längst aufgegeben. Sie benutzte immer die gleiche Ausrede: »Im Grunde wahnsinnig gern, Jerry, aber ich bin zu müde und habe morgen früh anstrengede Aufnahmen.«

Na ja, vielleicht hatte sie ihn zusammen mit Robin abgeschrieben. Sie erwähnte Robin nie mehr und fragte auch nicht nach ihm.

Jerry sah auf die Uhr – Viertel vor neun! Christie und Amanda waren sicher schon böse. Er rief bei Chasen an. Christie kam sofort an den Apparat. »Wo steckst du, zum Teufel?«

»Ich warte auf einen Anruf aus New York . . .«

»Dann blasen wir die ganze Sache ab. Ich gehe zu Schwab hinüber.« Christie schien beleidigt zu sein.

»Na hör mal, es ist doch nicht so, als ob du ganz allein wärst. Du hast doch Amanda.«

»Amanda hat abgesagt.«

»Warum das denn?«

»Sie hat mich vor einer Stunde angerufen. Ihr Hals ist entzündet, wohl vom Smog. Sie hat eine Schlaftablette genommen und sich hingelegt. Ich sitze hier ganz allein. Gott, ist das eine Provinzstadt! Kein Mensch unternimmt was, nur am Wochenende. Und wenn man nichts mit der Filmerei zu tun hat, ist man der letzte Dreck. Ach! Da kommt gerade Alfie mit seiner Bande . . .«

»Alfie?«

»Jerry, du lebst hinterm Mond. Alfred Knigth!«

»Ach so, der englische Schauspieler.«

»Menschenskind, alles hopst um ihn herum, als wäre er Sir Alfred. Du müßtest mal sehen, was hier los ist. Ich hatte einen Tisch bestellt, und weißt du, wo sie mich hingesetzt haben? Hinten in die Ecke. Aber Alfie kommt einfach angetanzt und kriegt den besten Tisch im ganzen Lokal. Na, wenn der nicht warm ist! Oder sogar an beidem interessiert. Ich hasse nicht nur die Stadt, ich hasse auch die Leute.«

Jerry lachte. »Kopf hoch – die letzte Sendung kommt schneller, als du denkst.«

»Ich kann es kaum erwarten.«

Jerry legte auf, setzte sich aufs Bett und zündete sich eine Zigarette an. Vielleicht hatte Amanda Lust, mit ihm eine Kleinigkeit auf dem Zimmer zu essen. Er rief sie an.

Sie lehnte seine Einladung höflich ab.

»Ich könnte doch nichts essen, Jerry. Ich habe eine Halsentzündung und geschwollene Mandeln. Irgend etwas steckt mir in den Gliedern, und ich möchte bei der Sendung in zwei Tagen vernünftig aussehen . . . oder soll ich absagen? Das wäre doch schrecklich!«

Jerry legte auf. Er fühlte sich zurückgesetzt. Mißgestimmt öffnete er die Terrassentür, die auf einen kleinen, zum Zimmer gehörenden Garten führte. Drei Türen weiter lag Amandas Garten. Plötzlich wurde Jerry das Alleinsein unerträglich; er mußte einfach mit jemandem sprechen. Vielleicht schlief Amanda noch nicht. Tabletten wirkten ja nicht immer, das wußte er aus eigener Erfahrung. Da er sie aber, falls sie schlief, mit einem Anruf nicht stören wollte, trat er in den Garten hinaus, um zu sehen, ob in ihrem Zimmer noch Licht brannte. Pech, die einzelnen Terrassen waren durch hohe Holzwände gegen Einblicke geschützt. Jerry ging durch die Gartenpforte und näherte sich auf dem Weg, der hinter dem Garten entlangführte, Amandas Fenster. Plötzlich hörte er, wie eine andere Pforte geöffnet wurde, und versteckte sich rasch hinter einer riesigen Palme. Es war Amanda. Sie kam aus ihrem Garten und blickte sich vorsichtig um. In Hosen und Pulli steuerte sie auf einen der Bungalows zu. Unwillkürlich folgte Jerry ihr. Vor dem Bungalow blieb sie stehen, sah sich nochmals um und klopfte dann. Es öffnete Ike Ryan.

»Mädchen, wo bist du so lange gewesen?«

»Ich wollte nicht so früh fortgehen, für den Fall, daß Christie noch mal anrief. Jetzt gerade habe ich mein Telefon abgestellt.«

»Wann schiebst du diesen Hanswurst endlich ab?«

»Sobald die Sendung abgesetzt wird. Ich möchte diese Saison wenigstens durchhalten, ohne ein schlechtes Gewissen haben zu müssen.«

Die Tür schloß sich. Jerry sah durch das Fenster, wie sich die beiden umarmten. Er ging in sein Zimmer zurück, bestellte etwas zu essen und versuchte, sich auf ein Fernsehprogramm zu konzentrieren. Doch er war mit seinen Gedanken drüben in dem Bungalow. Es war zwei Uhr, als er Amandas Gartenpforte quietschen hörte. Kein Wunder, daß sie ewig müde war . . . geschwollene Mandeln!

Dabei hatte sie tatsächlich geschwollene Mandeln. Ike hatte es auch bemerkt. Als sie wieder in ihrem Zimmer war, starrte sie in den Spiegel. Ihr Make-up war dahin, Ike gehörte nicht gerade zu den sanftesten Liebhabern. Ob er sich etwas aus ihr machte? Amanda war dessen ziemlich sicher. Er drängte sie, mit Christie zu brechen. Als sie ihm erklärte, daß die Sendung ihre Haupteinnahmequelle sei, hatte er gesagt: »Solange du mit mir zusammen bist, Schätzchen, brauchst du dir um Geld keine Sorgen zu machen.« Ein ausgesprochener Heiratsantrag war das zwar nicht, aber sie würde es bis Juni in der Schwebe lassen und ihn dann unumwunden fragen. Wenn er nicht wollte, heiratete sie Chris. Ihr war beides recht. Plötzlich fühlte sie sich todmüde. Es war, als ob ihr das Blut aus den Adern wiche. Sie nahm seit einiger Zeit Aufputschmittel und mußte sich ständig zum Essen zwingen; heute abend zum Beispiel hatte sie kaum einen Bissen anrühren können. Jetzt sah sie, daß sich an ihrem Zahnfleisch und am Gaumen kleine Bläschen gebildet hatten. Vielleicht würde eine Penicillinspritze helfen? Oder ein gesunder Schlaf. Sie sank ins Bett.

Am anderen Morgen ging es ihr schlechter. Als sie sich die Zähne putzte, blutete das Zahnfleisch. Amanda war beunruhigt ... offenbar hatte sie sich infiziert. Sie rief Jerry an. Jerry kannte zwar einen Arzt, meinte aber, daß es sich wohl in erster Linie um einen allgemeinen Erschöpfungszustand handle. »Warte bis nach der Sendung morgen und gurgele inzwischen mit Wasserstoffsuperoxyd und Wasser. Das hat mir auch mal geholfen. So eine Mundentzündung ist nicht schlimm.« Damit hängte er auf. Er wollte für eine Woche nach New York fliegen.

Amanda nahm zwei Benzedrintabletten und fuhr zu Aufnahmen. Ihr Herz klopfte wie wild. Im Badeanzug stand sie in der sengenden Sonne und verfolgte die Vorbereitungen für die Wasserski-Serie. Dann legte sie die Skier an, und der Start gelang auch gleich. Schon die erste Serie klappte, aber der Fotograf wollte zur Sicherheit noch einen zweiten Film machen. Wieder stieg sie in die Skier das Boot fuhr an, der Fotograf folgte. Amanda beugte die Knie, hielt den Griff umklammert und richtete sich dann mit zunehmender Geschwindigkeit auf. Plötzlich schien alles um sie herum in Schwingungen zu geraten ... die Sonne fiel ins Meer, und Amanda spürte die weichen, kühlen Fluten des Ozeans über sich zusammenschlagen. Als sie die Augen öffnete, lag sie, in eine Decke gewickelt, am Strand. Alle starrten sie erschrocken an.

»Ich muß ohnmächtig geworden sein«, sagte sie.

Den Rest des Tages blieb sie im Bett. Als sie am nächsten Morgen aufwachte, sah sie besser aus. Die Entzündung in ihrem Mund schien zurückgegangen zu sein, dafür waren ihre Beine blau und schwarz angelaufen. Vermutlich blaue Flecke von dem Sturz ins Wasser. Gott sei Dank trug sie in der Sendung ein langes Kleid.

Am darauffolgenden Tag ging es ihr wieder schlechter. Die Bläschen hatten sich neu gebildet, doch am meisten ängstigte sich Amanda wegen der blauen Flecken. Sie waren zu einem violetten Muster zerflossen, das ihre Beine von den Knöcheln bis zu den Oberschenkeln überzog. Als Christie anrief, erzählte sie es ihm.

»Du hast dir ja diesen Irrsinnsjob selbst ausgesucht! Normale Menschen wären längst an Lungenentzündung eingegangen. Bei Eiseskälte in Sommerfähnchen herumzustehen! Du bist einfach fertig! Und jeder Mensch kriegt blaue Flecken, wenn er mit Wasserskiern stürzt.«

»Chris, such mir einen guten Arzt . . .«

»Mein Gott! Ich treffe mich in zehn Minuten mit den Textern. Anschließend habe ich ein UP-Interview. Es muß doch irgend so 'n Quacksalber im Hotel 'rumlaufen.«

Der Hotelarzt war nicht im Haus. Amanda war jetzt wirklich verzweifelt. Ihren Termin für nachmittags sagte sie ab. Sie hätte sich ohnehin nicht im Tennisdreß zeigen können, denn die fleckigen Beine ließen sich nicht überschminken. Als Ike anrief, war sie wieder eingedämmert. Zuerst machte sie Ausflüchte, doch dann sagte sie ihm die Wahrheit.

»Bleib schön liegen, mein Herz. Ich hole den besten Arzt von Los Angeles und komme so schnell wie möglich zu dir.«

Es dauerte keine zwanzig Minuten, da erschien Ike mit einem Arzt in mittleren Jahren, der die übliche Tasche bei sich trug. »Das ist Dr. Aronson. Ich lasse euch zwei jetzt allein, warte aber auf dem Flur. Schrei um Hilfe, wenn er dir was antut.« Aus der Art, wie er dem Arzt zublinzelte, konnte man schließen, daß sie alte Freunde waren.

Dr. Aronson untersuchte Amanda sachlich und ohne viel Aufhebens. Er horchte ihr Herz ab und prüfte den Puls. Amandas innere Anspannung ließ nach. Aus der ungezwungenen Art der Untersuchung schloß sie, daß es sich wohl um nichts Ernstliches handeln könne. Aronson leuchtete ihr auch in den Mund. »Wie lange haben Sie diese Bläschen schon?«

»Erst seit ein paar Tagen. Am meisten Sorge machen mir die Beine.«

Der Arzt tastete ihre Mandeln ab und nickte. Auch als er sich dann die bläulich gefleckten Beine ansah, veränderte sich sein Gesichtsausdruck nicht. Amanda erzählte ihm von dem Unfall mit den Wasserskiern.

»Glauben Sie, daß die Flecken davon kommen?« fragte sie.

»Das kann ich so nicht beurteilen. Wahrscheinlich haben die Ohnmacht, die Flecken, die Bläschen gar nichts miteinander zu tun. Ich möchte Sie gerne für ein paar Tage zur Beobachtung im Krankenhaus haben. Wann haben Sie zuletzt Ihr Blut untersuchen lassen?«

»Noch nie.« Sie bekam es plötzlich mit der Angst zu tun. »Herr Doktor, ist . . . ist irgend etwas nicht in Ordnung?«

Er lächelte. »Das möchte ich bezweifeln. Vermutlich ist es nur ein ganz altmodischer Fall von Anämie . . . ihr Mädchen von heute habt alle zuwenig Blut. Trotzdem hätte ich gern ein paar Tests gemacht.«

»Was denn, zum Beispiel?«

»Nun, Blutsenkung, EKG und so weiter.«

»Könnten Sie das nicht in Ihrer Praxis machen? Ich habe Angst vor Krankenhäusern.«

»Wenn Ihnen das lieber ist . . . Ich gebe Ike meine Adresse, und wir verabreden uns für morgen.«

Amanda sah ihm nach. Ihr war bedeutend wohler. Sie ging ins Bad und kämmte sich – schrecklich sah sie aus! Und jeden Augenblick kam Ike zurück. Rasch legte sie etwas Lippenstift auf, fuhr mit dem Bürstchen über ihre Wimpern und schlüpfte wieder ins Bett.

Ike kam mit einem strahlenden Lächeln ins Zimmer. »Hol deinen Koffer, pack deine schönsten Nachthemden ein und sei bitte parat, wenn ich zurückkomme. Ich gehe inzwischen hinunter zum Kiosk und kaufe dir die neuesten Bestseller.«

»Wohin komme ich?«

»Ins Krankenhaus . . . und keine Widerrede. Sieh mal, Schätzchen, der Arzt hält es für möglich, daß deine Mundgeschichte etwas Ansteckendes ist. Du würdest das halbe Hotel infizieren . . . und man würde dir nicht mal auf dem Zimmer servieren. Außerdem ist er der Ansicht, daß du unbedingt Bettruhe brauchst und zur Kräftigung möglicherweise sogar ein paar Bluttransfusionen.«

»Aber in ein Krankenhaus, Ike! . . . Ich war noch nie krank.«

»Du bist auch jetzt nicht krank, Schätzchen. Das ist nun mal so in Hollywood: Alles wird hier überlebensgroß gemacht. Und als

Ike Ryans Mädchen schleppst du dich nicht in eine Arztpraxis, um irgendwelche Tests machen zu lassen. Du residierst wie eine Herzogin. Ich habe das größte Eckzimmer für dich reserviert. Die Rechnung übernehme ich ... eine Person wie du dürfte kaum in der Krankenkasse sein.«

»Nein. Ich war immer gesund.«

»Okay. Also sei so gut und mach dich fertig. Sag im Hotel, du seist zu Aufnahmen nach San Francisco geflogen, wärst aber rechtzeitig bis zur Sendung zurück.«

Als Jerry aus New York zurückkam, lag Amanda immer noch im Krankenhaus. Sie war hochgebettet, hatte ihr Gesicht zurechtgemacht und sah wunderschön aus. Jerry besuchte sie, als sie gerade eine Bluttransfusion bekam, und erschrak mächtig. Amanda beruhigte ihn lächelnd. »Mach dir keine Sorgen, ich kriege nur meine Portion Tomatensaft.«

»Warum die Bluttransfusion?« fragte er und setzte sich auf die vordere Kante eines Stuhls.

»Damit ich schneller wieder fit bin für deine Sendung.«

Plötzlich ging die Tür auf, und Ike Ryan stürmte herein. »Tag, Liebes, ich bringe dir ein neues Buch und sämtliche Fernsehzeitschriften.« Neugierig sah er auf Jerry, den Amanda ihm vorstellte, und streckte dann die Hand aus. »Ich habe schon viel von Ihnen gehört. Amanda sagt, Sie seien der beste Freund von der Welt.«

»Wir vertragen uns gut«, erwiderte Jerry lahm. Die Energie dieses Mannes hatte etwas Niederschmetterndes. In dem Bemühen, seine Autorität wiederherzustellen, sagte er dann: »Das ist ja alles schön und gut, und ich weiß, wie dankbar Amanda ist, wenn man sie verwöhnt. Aber letzten Endes hat sie auch Verpflichtungen – mir, beziehungsweise unseren Auftraggebern gegenüber.« Er wandte sich an Amanda: »Wann gedenkst du das Krankenhaus zu verlassen?«

»Der Arzt meinte, Ende der Woche ...«

»Sie geht nicht eher, als bis sie sich vollständig erholt hat«, brauste Ike auf.

Jerry stand auf. »Ja, dann ist es wohl richtiger, wenn wir uns für den Rest der Saison nach einem Ersatz umsehen.« Gott, wie er sich haßte!

»Nein«, flehte Amanda. »O Jerry, bitte nicht ... Nächste Woche bin ich wieder da. Vielleicht schon diese Woche.« Inständig sah sie Ike an.

Der zuckte die Achseln. »Das mußt du selber wissen, Liebchen. Im übrigen muß ich jetzt mal 'runtergehen und telefonieren. Adieu, Sie guter Freund!« Er sah Jerry kühl an.

»Weißt du, Amanda«, sagte Jerry, als der andere draußen war, »es wäre vielleicht wirklich besser, wenn du die Show sausen ließest. Offenbar ist der Bursche ganz vernarrt in dich.«

»Einen Heiratsantrag hat er mir noch nicht gemacht.«

Jerry stöhnte. »Ach du liebe Zeit, fängt das alte Spiel von vorne an?«

Amandas Züge verhärteten sich. »Im Augenblick will Ike mich, weil Chris mich will. Stände ich aber ohne Job und ohne Chris da, wäre Ike mich sehr bald leid.«

»Woher nimmst du nur dein Vertrauen in die Menschheit?«

»Das ist angeboren«, erwiderte sie trocken. Dann sah sie ihn bittend an. »Jerry, ich komme zurück. Ich fühle mich schon wieder prachtvoll. Ich brauchte diese Ausspannung. Sechs Jahre lang habe ich nur geschuftet und nie Urlaub gemacht.«

Jerry strich ihr übers Haar. »Mach dir keine Gedanken, Liebes, der Job bleibt dir, solange du willst. Ich rufe dich morgen an.«

Er verließ das Zimmer. Ike hatte im Flur auf ihn gewartet und deutete auf einen kleinen Warteraum. »Hier herein, mein Guter.«

»Ich muß in mein Büro«, sagte Jerry.

»Nicht, bevor wir uns unterhalten haben. Sie sind mir ein schöner Freund. Hat Amanda nicht Sorgen genug? Müssen Sie ihr auch noch drohen?«

»Anämie ist ja nun gerade keine Tragödie.«

»Sie glaubt nur, daß sie Anämie hat.« Ike starrte ihn an. »Ich werde Sie ins Vertrauen ziehen. Bisher weiß es noch niemand. Nur Dr. Aronson und ich. Und es wird auch niemand erfahren, vor allem Amanda nicht. Sie hat Leukämie!«

Jerry sank auf eine Couch. Als er sich eine Zigarette anzündete, zitterten ihm die Hände. Dann sah er auf.

»Wieviel Zeit bleibt ihr noch?«

»Es können Minuten sein, aber auch ein halbes Jahr.«

Jerry kamen die Tränen. Er wandte sich ab, aber er konnte das Schluchzen nicht unterdrücken. Ike setzte sich neben ihn und klopfte ihm auf die Schulter. »Man probiert ein neues Medikament bei ihr aus. Ich habe es herfliegen lassen. Es kostet tausend Dollar pro Spritze. Ihr Körper hat darauf reagiert, und seit zwei Tagen sind die Blutwerte gestiegen. Es ist noch zu früh, um Hoffnung zu schöpfen, aber wenn nicht alles trügt ...«

»Sie meinen, sie hat noch eine Chance?«

»Sie hat die Chance, das Krankenhaus lebend zu verlassen. Sie hat die Chance auf vorübergehende Besserung bis zu einem halben Jahr ... und wer weiß, ob man bis dahin nicht eine Heilmethode kennt, vielleicht eine neue Wunderdroge.«

»Was kann ich tun?« fragte Jerry.

»Sie können in erster Linie den Mund halten. Sagen Sie Christie Lane, er soll ihr nicht dauernd in den Ohren liegen mit ›die Show muß weitergehen‹ und so'm Quatsch! Und versprechen Sie ihr, daß der Job auf sie wartet.«

»Das habe ich schon.«

Ike schüttelte den Kopf. »Das Fatale an der Sache ist, daß die Wirkung des Medikamentes, wenn es eine gibt, über Nacht eintritt, das heißt in spätestens einer Woche wird sie sich prächtig fühlen. Wie lange, weiß kein Mensch. Warum, zum Teufel, will sie überhaupt arbeiten ... wo ihr nur so wenig Zeit bleibt?«

»Weil Amanda denkt, Sie würden sie heiraten, aber nur wenn sie arbeitet und unabhängig ist.«

»Allmächtiger!« Ryan stand auf und ging ans Fenster.

Auch Jerry erhob sich. »Aber da ihr, wie Sie sagen, nur ein halbes Jahr bleibt, brauchen Sie sich deswegen ja nicht den Kopf zu zerbrechen. Es dürfte jedenfalls richtiger sein, *daß* sie arbeitet, dann glaubt sie eher an die Geschichte mit der Anämie.«

Ike drehte sich um und hielt ihm die Hand hin. Sie tauschten einen ernsten Händedruck. »Wenn irgend jemand was erfährt, schlage ich Ihnen den Schädel ein«, sagte er.

Jerry versprach zu schweigen, wußte aber, daß er sein Versprechen brechen und Robin unterrichten würde ... Robin war der einzige Mensch, der Amanda wirklich etwas bedeutete. Jerry hatte zwar festgestellt, daß sie auch Ike Ryan mochte ... mochte, aber nie sah sie ihn an, wie sie Robin angesehen hatte. Immerhin wollte er ein paar Tage abwarten und sehen, wie das neue Medikament anschlug.

Ike Ryan sah ihm nach, dann ging er langsam den Flur entlang zu Amandas Zimmer. Bevor er schwungvoll eintrat, reckte er sich und zwang sich zu einem Lächeln. Die Blutübertragung war beendet, eine Schwester befreite Amanda von der Apparatur.

»Heute abend bringe ich Sekt mit, aber jetzt muß ich leider an die Arbeit«, verkündete er, und beiläufig, schon halb auf dem Weg zur Tür, fügte er hinzu: »Übrigens wollte ich dich schon längst etwas fragen, mein Schatz. Aber ich hab's immer wieder vergessen –

willst du mich heiraten? Du hast zehn Minuten Zeit mit der Antwort, ich rufe dich aus dem Atelier an.«

Amanda reagierte positiv auf das neue Medikament. Innerhalb einer Woche waren ihre Blutwerte normal ... es schien ihr wieder ganz gut zu gehen. Ike jubelte, doch Dr. Aronson warnte ihn: ein Zurückdrängen der Krankheitssymptome sei noch keine Heilung.

»Aber solange die Wirkung anhält, kann sie doch ein normales Leben führen, oder nicht?« fragte er.

»Erfüllen Sie ihr jeden Wunsch«, erwiderte der Arzt. »Der Himmel mag wissen, wie lange es ihr so gut geht wie jetzt. Ich möchte, daß sie einmal wöchentlich zu mir kommt und ihr Blut untersuchen läßt. Wir müssen die Zahl der roten Blutkörperchen ständig nachprüfen.«

»Jede Woche? Dann schöpft sie Verdacht.«

»Kaum. Da sie in glänzender Verfassung ist, wird sie nicht annehmen, daß ihr etwas Ernstliches fehlt.«

Als Amanda aus dem Krankenhaus entlassen wurde, holte Ike sie ab. »Ich habe am Canyon Drive einen Palast gemietet«, erzählte er. »Gestern bin ich eingezogen. Du wirst staunen! Ein Haus mit allen Schikanen, einschließlich Köchin und Butler. Wann wollen wir heiraten?«

»Wenn ich die Sendungen hinter mir habe.«

»Das ist doch nicht dein Ernst! Erst in sechs Wochen?«

»Chris darf es nicht eher erfahren. Die Zusammenarbeit würde sonst sehr unangenehm.«

»Wer sagt, daß du weiter mit ihm arbeiten mußt? Schmeiß den Laden doch einfach hin!«

»Das wäre nicht fair gegenüber Jerry. Ich hab' doch so gebettelt, daß er mir den Job läßt. Keines der Mädchen, die sie bisher ausprobiert haben, war die Richtige, und der ganze Haufen freut sich, daß ich morgen wieder mitmache.«

»Trotzdem finde ich, du solltest lieber noch eine Woche warten.«

»Ike, ich habe fast drei Wochen ausgesetzt, und ich fühle mich großartig.« Plötzlich wurde sie ernst. »Du, der Arzt hat gesagt, er will jede Woche mein Blut untersuchen. Warum das?«

Ike zuckte die Achseln. »Wahrscheinlich will er sichergehen, daß du nicht so schnell wieder schlappmachst.«

»Ich werde artig jeden Tag meine Leber essen. Ich habe auch allerhand über Blutkrankheiten gelesen – was alles gut fürs Blut ist, meine ich.«

»Nun fang bloß nicht an, und mach dir deine eigene Therapie zurecht«, sagte Ike.

Amanda hängte sich bei ihm ein, der Chauffeur nahm ihren Koffer. »Ike, ich bin so froh! Jetzt kann ich es ja zugeben: Als ich herkam, hatte ich eine Heidenangst. Du weißt, ich bin nie krank gewesen, und wie ich da am ersten Tag lag, dachte ich, es wäre doch schrecklich, wenn ich jetzt gehen müßte . . . sterben, ohne ein Kind zu haben. Ich bin so dankbar, daß es mir wieder gutgeht. Und ich weiß, was es heißt, unglücklich zu sein, verletzt zu werden. Darum möchte ich Christie jetzt nicht vor den Kopf stoßen, sondern die restlichen Sendungen in dieser Saison noch mitmachen.«

Ike setzte Amanda in ihrem Hotel ab. Sobald er in seinem Büro war, rief er Jerry an. »Sie müssen Amanda überreden, daß sie die Show aufgibt. Sie glaubt nämlich, sie sei es Ihnen schuldig, bis zum Schluß dabeizubleiben. Sie wissen, wie es um sie steht, ich möchte nicht, daß sie eine einzige Stunde verschwendet, geschweige denn sechs Wochen. Wenn *ich* sie zwinge, könnte sie argwöhnisch werden. Darum müssen Sie sich etwas ausdenken!«

Jerry starrte auf die blasse Sonne, die durch den trüben Smog-Himmel zu dringen versuchte. In Greenwich schien eine andere Sommersonne, leuchtete im Herbst ein orangeroter Feuerball. Amanda würde diese Sonne nie wiedersehen, nie mehr den klaren, kalten Winter erleben. Die Tränen traten ihm in die Augen.

Er nahm den Hörer ab und wählte. Robins Sekretärin ließ ausrichten, Mr. Stone sei in einer Konferenz. »Sagen Sie ihr, sie soll Mr. Stone aus der Konferenz herausholen!« brüllte er die Vermittlung an. »Es ist dringend!« Wenig später kam Robin an den Apparat.

»Ja, Jerry?«

»Sitzt du, Robin?«

»Los, komm schon: Ich habe zehn Leute drin sitzen, die auf mich warten.«

»Amanda hat Leukämie.«

Es folgte ein bedrückendes Schweigen. Dann sagte Robin: »Weiß sie's?«

»Nur drei Leute wissen es – der Arzt, Ike Ryan und ich. Du bist der vierte. Man hat ihr irgendein Medikament gegeben, das Wunder wirkt. Amanda macht sogar morgen die Sendung wieder mit. – Ein halbes Jahr noch, sagt der Arzt. Höchstens. Ich dachte, es wäre dir wichtig, das zu wissen.«

»Danke, Jerry.« Er legte auf.

Amanda genoß ihren ersten Tag im Hotel. Das Apartment stand voller Blumen. Unzählige Rosensträuße von Ike, Gladiolen von der Hotelleitung, ein Blattgewächs von den Kollegen und von Christie ein paar preiswerte Frühlingsblumen; auf dem dazugehörigen Kärtchen stand: »Mache Pressefotos, rufe dich um sechs an, Kuß Christie.« Um vier brachte der Kellner ihr eine gebackene Kartoffel, die mit persischem Kaviar und saurer Sahne gefüllt war. Ike schrieb dazu: »Damit du es bis zum Abendessen aushältst, Kuß Ike.«

Amanda aß begeistert. Welch ein Luxus! Allerdings würde sie auf ihr Gewicht achten müssen. Im Krankenhaus hatte sie fünf Pfund zugenommen.

Als um sechs das Telefon klingelte, nahm sie gleichgültig den Hörer ab; es konnte ja nur Christie sein.

»Hallo, Star ... wie geht's?« tönte es vertraut aus der Leitung.

Im ersten Augenblick war sie sprachlos. Es war Robin! Aus heiterem Himmel und ohne ein Wort der Erklärung, weswegen er sich nicht ein einziges Mal gemeldet hatte ...

»Ich bin gerade aus dem Krankenhaus entlassen worden,« brachte sie schließlich heraus.

»Was war denn los?«

»Anämie. Es geht mir aber wieder gut. Hat Jerry dir nichts erzählt?«

»Ich war weg und habe Jerry gar nicht gesprochen. Hör zu, Baby, ich habe verschiedene Dinge in Los Angeles zu erledigen und fliege Sonntag 'runter. Ich müßte gegen fünf Uhr Ortszeit ankommen. Meinst du, du kannst dich einen Abend für einen alten Freund frei machen?«

»Mit Wonne, Robin.«

»Gut. Dann halten wir fest: gemeinsames Essen am Sonntag abend.«

Amanda legte auf und lehnte sich in die Kissen. Kein Grund zum Jubeln. Wahrscheinlich blieb er nur ein paar Tage und dachte sich, die gute alte Amanda warte nur auf ihn. Deshalb der Anruf. Warum auch nicht? Auf sie war Verlaß. Sich mit ihr zu verabreden, war allemal leichter, als hinter einer anderen herzutelefonieren. Hollywood war schließlich nicht sein Jagdrevier. Er kannte wenig Leute hier und wollte den ersten Abend nicht allein sein. Na ja, man würde sich sehen ... und ob man sich sehen würde! Und er sollte merken, wie es ist, wenn man im Stich gelassen wird! Aber wie? Ihn einfach versetzen? Ihn den ganzen Abend bei Chasen warten lassen?

Eine Stunde lang dachte sie darüber nach. Plötzlich wußte sie, was sie tun würde ... großartig! Sie konnte den Sonntag kaum erwarten.

15

Um fünf fuhr Robin zum Beverly-Hills-Hotel. Der Portier händigte ihm einen Umschlag aus, darin eine hastig hingekritzelte Nachricht von Amanda: »Lieber Robin, heute ist mein Geburtstag, und Ike Ryan hat aus diesem Anlaß ein paar Leute zu sich eingeladen. Ich mußte früh dort sein, weil ich Ehrengast bin. Ich kann es kaum erwarten, dich zu sehen.«

Als er ausgepackt hatte, las er Amands Notiz noch einmal durch. Es waren Telefonnummer und eine Adresse am North Canyon Drive angegeben. Sein erster Impuls war, anzurufen und Amanda ausrichten zu lassen, daß er sie im Hotel erwarte. Dann besann er sich plötzlich anders. Von jetzt an würde nur noch geschehen, was Amanda wollte. Er holte den schmalen Goldring aus der Tasche ... wenn sie die Party früh genug verlassen konnten, würden sie nach Tiajuana fliegen und heiraten. Er bestellte beim Portier ein Taxi.

Der North Canyon Drive war ein Labyrinth aus geparkten Autos. Robin zahlte und ging zum Haus. Die bescheidenen Fassaden von Hollywoodvillen täuschten. Sobald man eintrat, war man in Räumen von unglaublicher Großartigkeit. Ikes Haus bildete keine Ausnahme. Die marmorne Eingangshalle stand voller Menschen, und in dem riesigen Wohnraum war die übliche riesige Bar aufgebaut, um die sich die Partygäste in Dreierreihen drängten. Robin sah, daß der Raum in einen Garten überging, in dem ein Swimming-pool von olympischen Ausmaßen schimmerte; seitlich war sogar ein Tennisplatz zu erkennen. Er kam sich etwas fehl am Platz vor, weil er so unvorbereitet in eine Massenszene hineingeraten war. Dann grinste er: Eigentlich hätte er es ahnen sollen. Typisch Ikes Vorstellung von einer »kleinen Einladung«! Robin sah vertraute Gesichter, Gesichter, die er von der Leinwand kannte. Mit dem Geld, das hier versammelt war, hätte man einen kleinen Staat unterhalten können – Schauspieler, Produzenten, Atelierbesitzer, Regisseure und sogar die bekanntesten Drehbuchautoren. Dazu natürlich die übliche Auswahl schöner Mädchen.

Plötzlich kam Amanda auf ihn zu. Er hatte vergessen, wie bezaubernd sie war. Und dieser schlanke, herrliche Körper sollte den Tod in sich tragen?!

»Robin!« Sie umarmte ihn, und er war überrascht, daß sie ihn in aller Öffentlichkeit so zärtlich empfing. »Robin, da bist du ja! Es ist wundervoll, dich wiederzusehen!«

Sie führte ihn zur Bar. Ike Ryan begrüßte ihn herzlich, wandte sich aber gleich darauf einem Regisseur zu, der eben gekommen war. Amanda reichte Robin ein Glas. »Hier, dein geliebtes Eiswasser – hochprozentige Importware!«

Plötzlich wurde es still, gleich darauf setzte Geraune und Getuschel ein. Alle starrten auf den hübschen jungen Mann, der gerade eingetreten war.

»Schau an!« rief Amanda. »Ike hat sogar den großen Dipper eingeladen.« Ihre Augen glänzten, als Ike den gutaussehenden, braungebrannten Schauspieler zur Bar führte.

»Kennt ihr diesen prächtigen Burschen?« fragte Ike grinsend.

Amanda lächelte. »O Ike, wer kennt Dip Nelson nicht! Ich freue mich sehr, daß Sie gekommen sind, Mr. Nelson. Ike hat mir im Krankenhaus Ihren neuesten Film vorgeführt.«

Dip machte einen leicht verlegenen Eindruck. Auch Robin war verlegen. Was, zum Teufel, war bloß in Amanda gefahren. »Dip, das ist Robin Stone«, stellte Amanda ihn vor. »Ein uralter Freund von mir. Er gehört gewissermaßen zur Familie, stimmt's, Robin?«

Dip schüttelte Robin die Hand, wurde aber gleich darauf von Frauen umringt, die ihn buchstäblich mit sich fortzogen.

»Armer Dip«, meinte Amanda, »die Frauen lassen ihm keine Ruhe.«

Ike lächelte. »Der große Dipper wird sich schon zu helfen wissen. Talent hat er keins . . . nur Muskeln, Grübchen und eine hübsche Fratze. Aber er bringt volle Kassen, und das allein zählt.«

Amanda stieß Ike verstohlen in die Seite: »Apropos volle Kassen, Liebster: Sieh mal, wer da kommt!«

Robin sah ihnen nach, wie sie auf einen schlanken, gutaussehenden Mann zugingen – Alfred Knight, der englische Schauspieler, der in Hollywood beträchtliches Aufsehen erregt hatte. In einer Ecke entdeckte er auch Christie Lane. Armer Chris – nicht nur, daß er wie ein Außenstehender wirkte, er würde sich auch bald eine Geschichte für die Kollegen und die Presse einfallen lassen müssen. Im Augenblick hielt er sich immer noch für Amandas Verlobten. Robin trank seinen Wodka aus und ließ sich das Glas wieder vollschenken. Das versprach ja ein recht unterhaltsamer Abend zu werden!

Das Personal begann draußen am Swimming-pool Tische aufzustellen. Plötzlich blitzte in Robin die Erkenntnis auf, daß Amanda gar nicht Geburtstag haben konnte. Der war ja im Februar. Oder war es Januar? Jedenfalls im Winter. Er erinnerte sich, daß sie ihn einmal bei Schneesturm gefeiert hatten.

Er ließ sich gerade den vierten Wodka geben, als unvermittelt ein Trommelwirbel ertönte.

Amanda stand in der Mitte des Raumes.

»Bitte mal alle herhören. Ich ... das heißt Ike und ich haben etwas bekanntzugeben.«

Sie hob ihre Hand, an der ein großer Diamantring funkelte. »Den hat Ike mir geschenkt. Aber es ist kein Geburtstagsgeschenk. Ich habe heute nämlich gar nicht Geburtstag. Es ist ein Verlobungsring. Ike und ich haben uns verlobt.«

Alle redeten durcheinander. Christie Lane sah aus wie ein weidwundes Tier; stumm und mit glasigem Blick stand er da. Jemand rannte zum Klavier und spielte den Hochzeitsmarsch von Mendelssohn. Schließlich legte sich die allgemeine Aufregung, jeder trank und schwatzte weiter. Quer durch den Raum trafen sich Amandas und Robins Blicke. Amandas Augen glühten triumphierende. Er hob sein Glas zu einem stummen Glückwunsch, da wandte sie sich ab und ließ sich von Alfie Knight fortziehen.

Als Robin Ike entdeckte, stellte er sein Glas ab und ging auf ihn zu. »Na, ich hab' doch immer noch Überraschungen auf Lager, was, alter Junge?« empfing Ike ihn lächelnd.

»Ich möchte mit dir reden.«

»Was denn? Gratulierst du mir nicht?«

»Wohin können wir gehen? Es dauert nicht lange.«

Ike ließ zwei Gläser bringen und führte Robin dann zum Swimming-pool, wo sich kaum jemand aufhielt.

»Schieß los. Was hast du auf dem Herzen?« fragte er.

»Amanda.«

»Richtig. Du hattest ja mal eine heftige Affäre mit ihr.« Ike nahm einen Schluck von seinem unverdünnten Bourbon und starrte auf Robin, der sein Glas, ohne zu trinken, in der Hand hielt. »Willst du nicht mit dem Bräutigam anstoßen?«

»Ich weiß, wie es um Amanda steht«, sagte Robin ruhig.

Ikes Augen verengten sich. »Was weißt du?«

»Jerry Moss ist ein Freund von mir.«

»Ich bringe dieses Klatschmaul um! Ich habe ihm extra gesagt, er soll die Schnauze halten!«

»Komm, spiel dich nicht so auf. Jerry hat getan, was er für richtig hielt. Ich bin hergekommen, um Amanda zu heiraten!«

»Sie braucht deine Mildtätigkeit nicht!« fauchte Ike.

»Ach, bekommt sie die von dir?«

»Das sagst du, nicht ich.«

»Ike, wir haben allerhand zusammen angestellt; nichts dagegen zu sagen. Es hat mir Spaß gemacht. Aber Amanda ist dafür nicht zu haben. Sie kann so etwas nicht, und jetzt schon gar nicht.«

Ike lächelte kalt. »Wenn ich dich nicht so gern hätte, würde ich dir sämtliche Zähne ausschlagen. Für wie gemein hältst du mich eigentlich?«

»Nicht für überdurchschnittlich. Ich möchte nur nicht, daß Amanda leidet.«

»Ich habe sie sehr gern . . . und mir liegt daran, daß sie für den Rest ihres Lebens glücklich ist.«

Ike nickte. »Dann wollen wir beide das gleiche.«

»Meinst du das ehrlich?«

Ike beugte sich über den Tisch, an dem sie Platz genommen hatten. »Hör zu, wir spielen hier nicht Bäumchen-wechsle-dich. Wir spielen das Wahrheitsspiel. Liebst du sie? Dann sag es mir. Sag mir, daß du sie liebst, und ich lasse Amanda auf der Stelle holen und gebe dir eine Chance. Sie soll entscheiden. Aber wenn du nur wegen einer großzügigen Geste hergekommen bist, dann vergiß es. Sie braucht deine Gunstbezeugungen nicht . . . ich denke, wenn die Zeit gekommen ist, bin ich eher in der Lage, ihr zu geben, was sie braucht.«

»Na schön, wenn wir das Wahrheitsspiel spielen . . .«, gab Robin zurück, »dann sag mir doch, ob *du* sie liebst. Mir scheint, diese Frage ist noch offen.«

Ike stand auf und starrte auf das dunkle Wasser. »Natürlich liebe ich sie nicht«, erwiderte er leise. »Aber du schließlich auch nicht.«

»Das hab' ich mir gleich gedacht«, sagte Robin. »Aber warum Amanda?«

»Warum nicht?« fragte Ike dagegen.

»Soweit ich es beurteilen kann, ist sie dir doch eine Last. Sie hemmt dich in deinen Unternehmungen.«

Ike lächelte. »Sie könnte aber für mein Image nützlich sein.«

»Kapier' ich nicht.«

»Wahrscheinlich liest du keine Zeitungen. Letzten Monat hat sich meine Frau – meine ehemalige Frau, von der ich seit zehn Jahren geschieden bin – umgebracht. Gott sei Dank in Wisconsin, wo sie über Ostern meinen Sohn besuchte. Er geht da zur Schule. Sie hat eine ganze Schachtel Pillen geschluckt und einen Brief hinterlassen, daß sie ohne mich nicht leben kann. Joey, mein Kleiner, war so geistesgegenwärtig, den Brief an sich zu nehmen und mich zu benachrichtigen. Ich konnte mit Geld verschiedene Mäuler stopfen und die Sache als Unfall hinstellen.« Ike seufzte. »Zehn Jahre lang habe ich das Weib nicht gesehen. Geliebt habe ich sie nie ... wir sind zusammen zur Schule gegangen, und im letzten Schuljahr hat sie mit mir gepennt. Dann haben wir geheiratet, aber sie hat meinen Lebensstil nicht mitmachen wollen und mir dauernd die Ohren vollgejammert. Ich sollte für ihren Onkel Krawatten verkaufen! Das habe ich ausgehalten, bis Joey zwölf war, dann bin ich auf und davon. Ich habe ganz ordentlich bezahlt und ihr sogar angeboten, auch dann zu zahlen, wenn sie sich wiederverheiraten würde. Das wollte sie aber nicht. Sie lebte nur in der Vergangenheit und hatte sich in den Kopf gesetzt, mir durch ihren Selbstmord eins auszuwischen. Du hättest den Brief sehen sollen! Stellt sie mich doch als den größten Schurken der Welt hin! Joey und ich haben ihn verbrannt. Doch inzwischen liefen in Los Angeles schon häßliche Gerüchte um. Außerdem gab es noch zwei so irre Weiber, die meinetwegen Pillen schluckten ... warum, ist mir schleierhaft. Ein so umwerfender Liebhaber bin ich gar nicht. Ein kleines Skandalblättchen griff mich an: ›Damen sterben für Ike Ryan.‹ Mein Ruf ist nicht der allerbeste, und ein wenig gute Presse könnte mir nicht schaden. Wenn Amanda stirbt, werden die Leute mich mit andern Augen ansehen. Sie werden sagen, daß ich einem todgeweihten Mädchen noch ein paar phantastische Monate geschenkt habe; denn ich will für Amanda den größten Rummel aufziehen, der je für ein Mädchen veranstaltet wurde. Und wenn sie ihre süßen Augen einmal zumacht, dann soll man wenigstens sagen, daß sie einen ganz großen Abgang hatte.«

Robin saß da und hörte benommen zu, dann sagte er heiser: »Du nutzt sie aus! Du Schwein nutzt sie aus!«

»Sagen wir lieber, ich brauche sie. Aber ich brauche sie nicht halb soviel wie sie mich. Du, Robin, hast Eiswasser in den Adern, also spiel dich mir gegenüber nicht zum Richter auf. Amanda versteht mich, und ich werde sie verdammt glücklich machen. Ich werde Flugzeuge chartern und mit ihr durch die ganze Welt reisen. Mit Diamanten werde ich sie behängen! Was kannst du denn für sie tun? Mit ihr ins Bett steigen. Das kann ich auch. Obgleich der Himmel wissen mag, wie lange sie dazu noch die Kraft hat. Aber kannst du ihr das bieten, was ich ihr bieten kann? Ich kenne Amandas Vergangenheit. Ich will sie auf Rosen betten, hier und heute. Kannst du mehr, du . . . du Reporter?«

Robin stand auf. Die beiden Männer starrten sich an. »Nein, das kann ich nicht. Aber ich rate dir, deine großartigen Versprechungen auch zu halten. Ich rate es dir dringend. Sonst werde ich dich finden, Ike . . . egal wo du bist . . . und dir jeden Knochen im Leib einzeln brechen.«

Einen Augenblick standen sie stumm da und ließen einander nicht aus den Augen. Schließlich streckte Ike lächelnd die Hand aus. »Abgemacht.« Robin ergriff die Hand nicht. Da drehte Ike sich um und ging ins Haus. Robin ließ sich in einen Gartenstuhl fallen und trank. Er fühlte sich ausgelaugt, leer. Amanda lag ihm am Herzen. Ike lag sein guter Ruf am Herzen. Auf beides kam es wenig an. Entscheidend waren die Ergebnisse. Er sah auf die Uhr. Er konnte noch die Nachtmaschine nehmen.

»Zum Sonnenbaden ist es schon ein wenig spät.« Es war Dip, der plötzlich neben ihm stand.

Robin grinste. »Dabei würde mir etwas Sonne gar nicht schaden.«

Dip zündete sich eine Zigarette an. »Mann, ist das ein Betrieb da drin. Sind Sie aus New York?«

Robin nickte.

»Ich auch . . . das heißt, bin da geboren. Groß geworden bin ich hier. Sind Sie auch von der Branche?«

»Nein, Gott sei Dank.«

»Hab' ich mir gleich gedacht.« Er musterte Robin nachdenklich. »Lassen Sie mich mal raten: Verwandter der Braut?«

»Ein entfernter. – Übrigens gehöre ich zu Ihren Bewunderern. Ich habe einige Ihrer Filme gesehen. Wie Sie mit Pferden umgehen können!«

Dip sah ihn verdutzt an. »Wollen Sie mich auf den Arm nehmen?«

»Durchaus nicht.«

»Komisches Kompliment. Über mein Talent sagen Sie nichts?«

»Damit ist es nicht weit her.« Robin lächelte.

Für den Bruchteil einer Sekunde schwankte Dip, ob er grob werden oder höflich bleiben sollte, doch dann gab er Robin lachend die Hand. »Wenigstens sind Sie ein ehrlicher Mensch! Und Sie haben völlig recht. Jahrelang habe ich nichts als diese Pferdefilme gedreht, primitive Western, einen nach dem andern. Dann kamen sie plötzlich in Mode, und ich war ein Star.« Nach einer Weile schlug er vor: »Ich habe eigentlich keine rechte Lust mehr, hier zu bleiben. Wollen wir uns nicht verziehen?«

Robin willigte erleichtert ein und ließ sich von Dip Nelson zu dem längsten Cadillac führen, den er je gesehen hatte. Sie rollten gemächlich die Straße entlang. Dip fuhr über den Sunset Boulevard. »Haben Sie noch was Besonderes vor?«

Robin lächelte. »Ich möchte nur um Mitternacht die Maschine nach New York erreichen.«

»Ein Mann wie Sie kommt sich in dieser Stadt wohl fehl am Platze vor?«

»Ein Mann wie ich bestimmt.«

»Wissen Sie, das hängt nur davon ab, ob man im Leben auf der Gewinnerseite steht; dann fühlt man sich sogar in Bombay wohl. Hat mir meine alte Dame beigebracht. Sie ist in einem Fürsorgeheim für Filmschaffende gestorben.«

»Oh, das tut mir leid.«

Dip winkte ab. »Sie hat es nie im Leben so gut gehabt wie da. Ich war damals noch nichts, darum hatten wir keine andere Wahl. Das Heim war toll aufgezogen, mit eigenen kleinen Häuschen, wo sie zusammenhocken und vom Film reden konnten. Meine Mutter war Komparsin. Und mein Alter Double für Fred Thompson und Tom Mix. Eins der besten. Von ihm habe ich reiten gelernt.«

»An der nächsten Ecke können Sie einbiegen und mich am Beverly-Hills-Hotel absetzen, wenn es kein zu großer Umweg für Sie ist«, sagte Robin.

»Warum so eilig, es ist erst sieben. Oder haben Sie etwas vor?«

»Nein, aber Sie doch sicher.«

Dip grinste. »Worauf Sie sich verlassen können. Wir wollen meine Freundin überraschen. Sie singt in einer Bar. Sie werden staunen, wenn Sie sie sehen. Sie ist erst neunzehn, aber schon ganz Weib.«

»Störe ich da nicht?«

»Nee. Außerdem möchte ich, daß Sie an eine Nacht in Hollywood eine gute Erinnerung haben.«

»Sie haben ja schon das Ihre dazu getan«, meinte Robin, »und keine Veranlassung, mich auch noch den Rest des Abends zu unterhalten.«

»Ach, Quatsch! Ich sitze sowieso allein, wenn Pauli singt. Sie werden sehen, die kommt noch mal groß 'raus. Es fehlt ihr nur noch der nötige Schliff. Leider können wir erst heiraten, wenn ich drei Kassenschlager im Rücken habe. Heute bin ich zwar die Sensation des Tages, aber nur durch einen Film. Wichtig sind die beiden nächsten. Wenn die hinhauen, kann ich Pauli heiraten. Dann kann mir keine Filmgesellschaft mehr Vorschriften machen, was ich zu tun und zu lassen habe.«

Dip Nelson hielt vor einem kleinen Restaurant. Der Besitzer empfing ihn überschwenglich und führte sie zu einem Tisch an der Wand. Das Lokal war halb voll.

»Paulis Auftritt ist in ungefähr zehn Minuten, anschließend kommt sie zu uns.«

Als es soweit war, drückte Dip Robins Arm. »Jetzt . . . Sie werden sehen: Sie platzt vor Talent!«

Robin beugte sich vor. Ein schlankes junges Mädchen trat in den Scheinwerferkreis. Sie hatte rotes, gelocktes Haar, das, nach den Sommersprossen auf ihren Schultern zu schließen, echt war. Die Nase über dem breiten Mund war kurz und gestupst, was recht komisch aussah; die übergroßen Augen hatten ein unschuldiges Blau. Doch Paulis Gesang enttäuschte. Ihre Stimme war nicht schlecht, aber gewöhnlich; sie bot eine verzerrte Nachahmung von Judy Garland und Lena Horne. Robin hatte solche Mädchen zu Hunderten gehört, nur sahen sie alle besser aus. Das einzige, was ihn an Pauli überzeugte, war ihre Parodie auf Carol Channing. Da kam eine originelle komische Begabung zum Vorschein.

Als die Sängerin hinterher zu ihnen an den Tisch kam, erhoben sich die beiden Männer. »Das ist meine Verlobte Pauli«, stellte Dip sie vor.

Sie lächelte flüchtig, setzte sich und sah Robin neugierig an.

»Er ist aus New York«, sagte Dip rasch.

»Ach Dip, ehe ich's vergesse, du sollst deinen Presseagenten anrufen.«

Dip stand auf. »Unterhaltet euch solange. Mr. Stone ist bei der IBC.«

Pauli sah ihrem Bräutigam nach und wandte sich dann an Robin. »Sagen Sie mal, haben Sie nicht 'n Draht zur Christie-Lane-Show? Können Sie mir da nicht 'n Gastauftritt verschaffen?« Robin mochte sie nicht, er fühlte sich andererseits aber Dip gegenüber verpflichtet. »Ja, das wäre vielleicht zu machen.«

Ihre Augen leuchteten auf. »Ehrlich . . . könnten Sie das wirklich?« fragte sie und gleich darauf argwöhnisch: »Wie denn?«

»Ich kann Christie Lane fragen.«

Sie musterte ihn abschätzend, und dann, angesichts der ungeheuren Chance, daß er ihr wirklich den Weg ebnen könnte, bekamen ihre Riesenaugen einen weichen Schimmer. »Wenn Sie ihn fragten, ich meine, wenn Sie das hinkriegten, dann ... also ich würde einfach alles tun, um in diese Show hineinzukommen.«

»Nach dem, was Dip mir erzählt hat, dachte ich, Sie wären gar nicht so ehrgeizig ... ich dachte, Sie wollten nur heiraten und Kinder kriegen.«

Sie machte eine angewiderte Handbewegung. »Welches Mädchen, das seine fünf Sinne noch beisammen hat, stellt sich wohl dreimal in der Nacht hierhin, um diesem Volk vorzusingen, wenn sie nicht wüßte, daß sie das Zeug zu einer großen Karriere hat? Ich weiß, daß ich begabt bin.«

»Und welche Rolle spielt Dip dabei?«

»Auf den lasse ich nichts kommen. Wirklich. Aber ich kenne Dip. Er würde es keine zwei Minuten bei einem Mädchen aushalten, das seinen eigenen Weg gehen will. Darum tue ich so, als wäre ich 'ne Null. Aber innerlich brenne ich, denn ich weiß, daß ich diejenige bin, aus der was Großes werden kann. Und wer geht hin und wird was? Mein lieber Dip! Nur weil er gut aussieht. Mehr als sein Aussehen hat er nicht. Keinen Funken Verstand im Kopf.«

»Wie er mir erzählt hat, möchte er Ihnen helfen«, meinte Robin.

»Sagt er, ja. So was spricht sich leicht dahin. Jedenfalls – wenn Sie mich in die Chris-Lane-Show bringen, dann bin ich für Sie da, wann immer und wo immer Sie wollen. Sie brauchen nur mit dem Finger zu schnippen. Ich bezahle immer, was ich bekomme. Ich bin einfach für Fairneß.« Robin nahm sich eine Zigarette, Pauli zündete ein Streichholz an und gab ihm Feuer.

Ohne die Stimme zu verändern, sagte Robin grinsend: »In einem haben Sie sicher recht! Dip hat nicht einen Funken Verstand, sonst hätte er Sie längst durchschaut. Er hält Sie für einen Engel, aber Sie sind eine ganz ordinäre Person, ein unbegabtes, widerliches Aas.«

Lächelnd stand er auf; seine Ruhe schien Pauli am meisten in Wut zu bringen. »Wenn Sie glauben, ich hätte Angst, daß Sie Dip was erzählen, dann irren Sie sich. Ich erzähl ihm, Sie hätten sich an mich 'rangemacht, wenn Sie Ihr Maul nicht halten.«

»Sagen Sie Dip, ich hätte einen Anruf bekommen.« Er legte einen Zehndollarschein auf den Tisch.

»Wofür ist das?«

»Ich glaube, der Preis für ein Call-Girl liegt zur Zeit bei hundert. Nehmen Sie das als Anzahlung. Sie dürften auf dem richtigen Weg sein.« Damit verließ er den Nachtklub.

16

In der ersten Juniwoche lief die Christie-Lane-Serie aus. Einen Tag später flog Christie nach New York.

Amanda und Ike heirateten am 4. Juli in Las Vegas. Die gesamte Boulevardpresse brachte Fotos und Berichte auf der Titelseite: das Hochzeitspaar umringt von Stars, die gerade in Las Vegas auftraten. Ihre Flitterwochen verlebten sie in Europa.

In seinem Apartment im Hotel Astor machte Christie seinen Kümmerlingen Eddie, Kenny und Agnes eine Szene. Weinend lief er im Zimmer auf und ab.

»Ich habe es so ehrlich mit ihr gemeint«, wiederholte er zum x-tenmal. »Warum hat sie mir das angetan?«

»Komm, Chris«, schlug Kenny vor, »wir bestellen uns einen Tisch in der Copa. Sie haben drei neue Tänzerinnen. Eine ist phantastisch! Erst neunzehn Jahre alt. Ein nettes Mädchen.«

Chris trat mit solcher Wucht gegen den Couchtisch, daß ein Bein abbrach und der Tisch zusammenstürzte. »Nettes Mädchen. Ich *hatte* ein nettes Mädchen ... ein phantastisches Mädchen. Gott, wenn ich auch nur ein unanständiges Wort in ihrer Gegenwart benutzte, hat sie mich schon schief angeguckt. Und dann stellt sich heraus, daß sie das verlogenste Geschöpf weit und breit ist. Die letzte Hure hätte sich nicht so gemein benommen. Jetzt ist's aus mit dem netten Jungen. Ich will von netten Mädchen nichts mehr wissen. Ich will 'ne Nutte, die behandle ich wie 'ne Nutte, das tut keinem weh. Schafft mir die größte Nutte von New York her.«

»Miss Evans, bitte!« rief Eddie im Ton eines Hotelboys.

Chris schnippte mit den Fingern. »Das ist genau die Richtige!«

»Aber 'ne häßliche Eule«, sagte Kenny.

»Ich will keine Schönheitskönigin, ich will eine, die die Beine breit macht. Schafft mir Ethel her.« Chris kniff die Augen zusammen. »Wenn ich mich mit diesem Weibsstück sehen lasse, weiß jeder Bescheid. Jeder wird denken, daß Amanda mir nicht viel bedeutet haben kann, weil ich mich mit einem Weib wie Ethel abgebe. Schafft sie 'ran!«

Eddie rief Jerry Moss an. Jerry seufzte und versprach, sein Bestes zu tun. Er erreichte Ethel nach längerem Suchen in einem Ferienort außerhalb von New York.

»Ethel, unser Star ist unglücklich. Er verlangt nach dir.«

»Aber ich nicht nach ihm.«

»Du würdest mir einen Gefallen damit tun.«

»Die Antwort ist: nein. Und damit wir uns gleich richtig verstehen: Ich bin kein Call-Girl. Wenn ich mich für einen Kerl hinlege, dann muß er mir gefallen. Zweieinhalb Jahre hat Mr. Lane mich nicht angeguckt, und plötzlich bin ich Elizabeth Taylor? Was ist in ihn gefahren?«

»Amanda hat heute Ike Ryan geheiratet.«

Es entstand eine Pause, dann lachte Ethel. »Ha! Das dürfte auch deinem Freund Robin Stone die Suppe versalzen. Warum soll ich ihn nicht trösten? Dafür würde ich zurückschwimmen.«

»Kommst du oder kommst du nicht?«

»Na schön, ich will mal nicht so sein. Wo finde ich den Frauenliebling?«

»Im Astor.«

Sie lachte. »Das hätte ich mir denken können. Mein Leben lang habe ich davon geträumt, jemanden kennenzulernen, der sage und schreibe im Astor wohnt!«

Christie war allein, als sie ankam. »Nanu? Was soll das denn heißen? Du bist in Hose und Pullover?«

»Ja. – Hattest du erwartet, daß ich nackt hereinspaziere?«

Er verzog keine Miene. »Nein, aber die Bande ist in der Copa. Ich wollte mit dir nachkommen.«

Sie starrte ihn an. »In die Copa?«

»Los!« befahl er. »Wir springen in ein Taxi und fahren zu dir. Ich will, daß du ein Kleid anziehst.«

Im Taxi drückte er sich mürrisch und einsilbig in seine Ecke, aber kaum hatten sie das Lokal betreten, war er wie ausgewechselt. Er setzte ein strahlendes Lächeln auf, ergriff Ethels Arm und stellte sie jedem mit Besitzermiene vor. Während des Programms hielt er ihre Hand; sogar eine Zigarette zündete er für sie an. Ethel ließ alles zornerfüllt über sich ergehen. Das Programm kannte sie längst, außerdem war sie müde und wollte die Sache hinter sich bringen.

Es war fast drei, als sie ins Astor zurückkehrten. Noch nie hatte sie einen so anstrengenden Tag verlebt. Erst die Vorstellung, dann an der Bar, danach die Brasserie und zuletzt noch auf einen Sprung zu Stage Delicatessen. Jetzt waren sie endlich allein. Schweigend zog sie sich aus. Chris war schon nackt und lag erwartungsvoll auf dem Bett. Bei seinem Anblick stieg Widerwillen in ihr hoch. Ein Mann mit einem solch schlaffen weißen Körper war wirklich etwas Abstoßendes. Wie hatte Amanda es nur über sich gebracht, einen Kerl wie Robin Stone wegen diesem Saftsack zu verlassen?

Als sie ausgezogen war, ging sie zum Bett. Chris verbarg sein Erstaunen über ihren üppigen, wohlgeformten Busen nicht.

»Teufel, für dein häßliches Aussehen bist du aber gut gebaut!« Er kniff sie in den Po. »Ein paar Pfündchen weniger am Fahrgestell, und deine Figur wäre beinahe tipptop.«

Ethel trat einen Schritt zurück. Seine Hände waren feucht. Sie wollte nicht, daß er sie anfaßte.

»Hast du irgendwo Rasiercreme?« fragte sie.

»Klar, warum?«

Sie ging ins Badezimmer und kehrte mit einer Tube Rasiercreme zurück, mit der sie sich beide Hände einseifte. »Nun leg dich zurück, du großer Fernsehstar.«

In knapp fünf Minuten stöhnte er vor Lust. Gott sei Dank, er war befriedigt. Ethel huschte ins Bad und zog sich rasch an. Als sie wieder ins Schlafzimmer kam, lag Chris mit geschlossenen Augen regungslos da.

»Wiedersehen, Chris.« Sie konnte nicht schnell genug fortkommen.

Er richtete sich auf und griff nach ihrer Hand. »So hab' ich's noch nie gehabt, Puppe. Aber es war nicht fair. Ich meine, weil du nichts davon hattest. Menschenskind, ich hab' dich ja nicht mal zwischen die Finger gekriegt.«

»Das macht nichts«, sagte sie leise. »Ich wußte, daß du heute in mieser Stimmung warst. Darüber wollte ich dir hinweghelfen.«

Er zog sie aufs Bett und starrte sie an. »Das ist das Netteste, was je ein Mensch zu mir gesagt hat. Das rechne ich dir hoch an. Ich weiß, daß du extra meinetwegen nach New York hereingefahren bist. Kann ich irgend etwas für dich tun?«

Am liebsten hätte sie gesagt: »Vergiß mich und laß mich in Ruhe.« Aber sie lächelte nur.

Er zog sie an sich. »Gib mir einen Kuß.«

Seine Lippen waren weich und feucht. Es gelang ihr, sich ihm zu entziehen, ohne ihren Ekel zu zeigen. Dann beugte sie sich herab, küßte ihn auf die schweißnasse Stirn und eilte davon – sie bat nicht einmal mehr um Taxigeld.

Am nächsten Morgen rief er sie an und lud sie zum Abendessen ein. Da sie nichts Besseres vorhatte, sagte sie zu. Zwei Wochen lang gingen sie Abend für Abend aus. Schon tauchten ihre Namen in den Klatschspalten auf.

Jerry Moss bekam es langsam mit der Angst. Er rief Christie an.

»Christie, du hast doch mit diesem Mädchen nichts Ernstes im Sinn?«

»Was wär' dabei?«

»Du kennst ihren Ruf.«

»Na und?«

»Ethel schadet deinem Image. Das Publikum will dich mit einem netten Mädchen sehen, einem schönen Mädchen.«

»Jetzt hör mal gut zu: Ich *hatte* ein nettes Mädchen, ein schönes Mädchen. Möglich, daß das Publikum damit glücklich war. Ich jedenfalls bin halb verrückt dabei geworden. Das Publikum war nicht da und hat meinen Schwanz gehalten, als Amanda heiratete. Aber Ethel Evans war da!«

»Jeder aus der Branche weiß über Ethel Bescheid«, hielt Jerry ihm vor. »Vorläufig tappt das Publikum noch im dunkeln, aber seit diese Gerüchte in der Presse aufgetaucht sind, will man natürlich mehr wissen. Was sollen die Leute denken, wenn sie erfahren, daß der erklärte Liebling von Onkel Joe und Tante Anne sich mit einer Hure einläßt?«

»Diesen Ausdruck verbitte ich mir!« fuhr Christie ihn grob an. »Ethel hat nie auch nur einen Penny genommen!«

»Chris, hast du wirklich ernste Absichten? Nimmst du Ethel mit, wenn du demnächst nach Las Vegas gehst?«

»Nein, das kommt zu teuer.«

»Dann hast du also keine ernsten Absichten?«

»Natürlich nicht. Aber eines weiß ich: Ethel ist immer da, wenn ich sie brauche. Sie ist nett zu mir. Sie belügt mich nicht. Seit ich mit ihr zusammen bin, hat sie keinen anderen Kerl gehabt, und sie macht alles, was ich will. Ich fühle mich wohl bei ihr.« Er verstummte, als dächte er über etwas nach. Dann lachte er. »Ethel nach Vegas mitnehmen, das wäre ungefähr so, als wenn man im Waldorf ein Leberwurstbrötchen auspackte.«

Es wurde ein langweiliger Sommer für Ethel, und sie war fast froh, als Christie nach New York zurückkehrte.

Den ganzen September über waren sie ständig zusammen. Die neue Serie der Christie-Lane-Show lief erst im Oktober an; Christie hatte die meisten Abende frei. Kenny, Eddie und Agnes ödeten Ethel an. Sie haßte auch die Copa-Bar und die chinesischen Restaurants (immer nur die billigsten), aber am meisten haßte sie die Rennbahn. Mit Christie zu schlafen, war ihr zuwider; erleichtert hatte sie festgestellt, daß er nicht besonders sexhungrig war. Zweimal pro Woche genügte ihm völlig. Hinterher lag er zufrieden im Bett und las Rennberichte.

Ethel zählte die Tage bis zum Beginn der Serie. Es wurde Zeit, daß die neuen Gaststars aufkreuzten. Dann würde sie Christie und seinem Anhang den Laufpaß geben.

Eine Woche vor der ersten Sendung brachten zwei Fernsehillustrierte ein Feature über Christie und Ethel.

Jerry saß in seinem Büro und starrte auf die Fotos des lächelnden Paares. Gott im Himmel – da hatten sich wahrhaftig die Richtigen gefunden! Aber nun mußte wirklich etwas geschehen. Die Sache drohte ihm aus der Hand zu gleiten. Er verabredete sich mit Danton Miller zum Mittagessen.

Anfangs war Dan belustigt. »Sie sehen Gespenster, mein lieber Moss. Draußen weiß doch niemand, wer und was Ethel Evans ist.«

Jerry ließ seine Fingerknöchel knacken. »Ich halte die Geschichte für ernst. Wenn eins der Skandalblätter sich einfallen läßt, ein paar Erkundigungen über Ethel einzuholen, sind wir erledigt! Sie hat in Kalifornien eine Freundin, die alle ihre Briefe nicht nur aufgehoben, sondern sogar in Kopien verteilt hat. Stellen Sie sich vor, so ein Brief kommt in die Presse! Übrigens habe ich erfahren, daß auch einer über Sie dabei ist.«

Dans Lächeln verschwand.

»Schauen Sie, ich bin ja nicht prüde. Für einen Schlagersänger mag so etwas eine gute Reklame sein, nicht aber für unseren Hausmusikanten. Sein Publikum sind die Durchschnittsfamilien. Die Sendung ist eine Groldgrube . . . und wir dürfen nicht zulassen, daß Ethel Evans uns in die Quere kommt.«

Dan schenkte sich eine zweite Tasse Kaffee ein. Was Jerry Moss da sagte, war nicht von der Hand zu weisen. Ein Hauch von Anrüchigkeit genügte, und die Firmen, die auf den Christie-Lane-Typ Wert legten, stiegen aus. Die Amanda-Romanze hatte man natürlich begrüßt, denn sie symbolisierte jedermanns Traum: Ein Durchschnittsmann bekommt das schönste Mädchen von der Welt. Wenn Christie das schaffte, dann war alles möglich. Er gab den Leuten Hoffnung. Als Amanda ihn sitzenließ und den umstrittenen Ike Ryan heiratete, hatte das Publikum sich womöglich noch stärker mit Christie identifiziert. Nun begann es sich für Ethel Evans zu erwärmen, gerade weil sie wie ein Durchschnittsmädchen aussah. O Gott . . . was für eine verzwickte Lage. Jerry hatte recht!

Das Mittagessen endete mit dem Aufmucken von Dans Magengeschwür und seinem festen Vorsatz, in der Sache Ethel Evans – Christie Lane sofort etwas zu unternehmen. Herrgott, was hatte sie bloß in dem verdammten Brief über ihn geschrieben?

Er rief die Presseabteilung an und erfuhr, daß Ethel im Schönheitssalon war. Schönheitssalon! Ohne plastische Operation war bei der kaum etwas zu verschönern. Er ließ sich die Nummer geben und rief dort an.

»Hallo!« klang es ihm fröhlich entgegen.

»Ist heute ein Feiertag, von dem ich nichts weiß? Wieso nimmst du dir frei?«

Sie lachte. »Ich habe neuerdings ein festes Verhältnis und muß gut aussehen. Heute abend ist allerhand los.«

»Heute abend?« Plötzlich fiel es ihm ein. Die Verleihung der Fernsehpreise! Die IBC hatte einen Tisch bestellt.

Dan wußte, daß der Zeitpunkt denkbar schlecht gewählt war, aber Ethel ging wirklich zu weit.

»Heute abend wirst du – egal, ob öffentlich oder privat – zum letztenmal mit Christie auftauchen.«

Sie schwieg einen Augenblick, dann fragte sie: »Und wenn ich mich weigere?«

»Dann fliegst du.«

Ethel sagte nichts.

»Hast du mich verstanden, Ethel?«

Ihre Stimme war hart. »Okay, Sonnyboy, du kannst mich feuern. Aber das ist mir vielleicht sogar egal. Die IBC ist nicht der einzige Sender in der Stadt.«

»Ich brauche nur durchblicken zu lassen, warum du fliegst, dann sind dir alle Möglichkeiten verbaut.«

»Ist es vielleicht verboten, mit Christie Lane zu schlafen – oder mit dem Präsidenten einer Fernsehgesellschaft?«

»Nein. Aber pornographisches Material mit der Post zu verschicken ist verboten. Zufällig kamen mir Kopien von Briefen, die du deiner Freundin in Los Angeles geschrieben hast, in die Finger . . . mit allen klinischen Details über dein Sex-Leben.«

»Du gemeines Aas!« Ethels Stimme schrillte durch die Leitung.

»Komm, sei vernünftig. Laß Christie fallen, dann behältst du deinen Job, und ich sorge dafür, daß du bei einer anderen Show die Presse machst. Aber vergiß nicht, daß das heute abend dein letzter Auftritt mit Christie ist. Wenn du morgen noch zur Sendung erscheinst, bist du erledigt.«

Abends zog Ethel sich mit aller Sorgfalt an. Sie trug ihr Haar jetzt länger und hatte es kastanienbraun tönen lassen. Das tiefausgeschnittene grüne Kleid saß gut und brachte ihren Busen voll zur Geltung. Die Hüften waren zwar immer noch zu breit, doch der weite Rock verbarg sie. Wohlgefällig betrachtete Ethel sich im Spiegel. Wenn sie auch keine Amanda war, so sah sie doch gar nicht so übel aus. Sie mußte nur daran denken, nicht zu lächeln, damit man ihre scheußliche Zahnlücke nicht sah.

Der große Ballsaal im Waldorf war überfüllt. Sie saßen am IBC-Tisch, dem Podium direkt gegenüber. Neben Ethel waren zwei leere Stühle. Sollten sie für Robin Stone sein? Sie mußten wohl – alle anderen waren besetzt. Das bedeutete, daß er direkt neben ihr sitzen würde. Mit einem solchen Glücksfall hatte sie nicht gerechnet.

Er traf spät mit Inger Gustar ein, einer neuen deutschen Schauspielerin. Ethel zog eine Zigarette heraus. Christie rührte keinen Finger, doch zu ihrer Überraschung hielt ihr Robin sein Feuerzeug hin.

»Ich bewundere Ihren Geschmack«, sagte sie leise. »Ich habe letzte Woche ihren Film gesehen. Spielen kann sie nicht, aber darauf kommt es ja auch gar nicht an.« Als er nicht reagierte, bohrte Ethel weiter. »Ist es diesmal ernst oder nur eine neue Affäre?« Sie versuchte, ihrer Stimme einen spöttischen Klang zu geben.

Er lächelte und sagte: »Essen Sie Ihre Grapefruit.«

»Ich mag Grapefruit nicht.«

»Sie ist gut für Sie.« Er sah nicht auf.

»Ich mag grundsätzlich Dinge nicht, die für mich gut sind.«

Das Orchester begann zu spielen. Robin stand plötzlich auf. »Okay, Ethel, versuchen wir's.«

Sie errötete vor Freude. Sollte das bedeuten, daß sie endlich bei ihm gelandet war? Vielleicht hatten das grüne Kleid und die rote Färbung ihrer Haare mehr bewirkt, als sie erwartete. Er tanzte einige Minuten lang schweigend. Sie schmiegte sich enger an ihn. Er wich zurück und musterte sie. Sein Gesicht war ausdruckslos, und seine Lippen schienen sich kaum zu bewegen. Doch seine Worte waren kalt und klar verständlich.

»Hören Sie, Sie verrücktes Weibsbild, wissen Sie denn nicht, daß

Sie vielleicht zum erstenmal in Ihrem Leben Aussichten auf einen Ehering haben? Ich habe Ihnen einige Intelligenz zugetraut – brauchen Sie sie jetzt. Versuchen Sie, die Sache zu einem guten Ende zu bringen.«

»Vielleicht bin ich an Eheringen nicht interessiert.«

»Was soll das heißen?«

»Daß Christie Lane nicht mein Typ ist.«

Er warf den Kopf zurück und lachte. »Sie sind wirklich wählerisch. Aber Ihr Mut gefällt mir.«

»Und mir gefällt alles an Ihnen.« Ihre Stimme klang einschmeichelnd und weich.

Sie spürte, wie sein Körper steif wurde. Ohne sie anzusehen, sagte er: »Tut mir leid, nichts zu machen.«

»Warum?«

Er lehnte sich zurück und sah sie an. »Weil ich auch wählerisch bin.«

Sie starrte ihn an. »Warum hassen Sie mich?«

»Ich hasse Sie nicht. Sagen wir, das einzige, was mir bis jetzt an Ihnen Eindruck machte, war, daß Sie ziemlich viel auf dem Kasten und Mut haben. Aber jetzt beginne ich daran zu zweifeln. Sie haben Christie Lane, geben Sie ihm nicht so ohne weiteres den Laufpaß. Er ist vielleicht kein Sinatra, aber seine Show ist ein toller Erfolg. Er wird's noch sehr lang machen.«

»Robin, sagen Sie mir eins. Warum haben Sie mich zum Tanz aufgefordert?«

»Weil die Nacht ziemlich lang sein wird und weil ich keine Lust habe, mir zehn oder zwölf versteckte Angebote von Ihnen anzuhören. Ich dachte, es sei am besten, klare Verhältnisse zu schaffen. Die Antwort ist nein!«

Sie blickte zu dem deutschen Mädchen hinüber, das in ihrer Nähe tanzte. »Nein für heute nacht.« Sie lächelte.

»Nein für alle Nächte.«

»Warum?« Sie sah ihm in die Augen.

»Soll ich offen sein?«

»Ja.« Sie lächelte, ohne ihre Zähne zu zeigen.

»Ich könnt' ihn für dich nicht zum Stehen bringen, Baby – so einfach ist das.«

Ihr Gesicht spannte sich. »Ich wußte nicht, daß Sie Schwierigkeiten haben. Das ist also Ihr schwacher Punkt.«

Er lächelte. »Bei Ihnen wenigstens.«

»Vermutlich hat Amanda Sie deshalb sitzenlassen und ist zu Ike

Ryan gegangen. Der große Robin Stone – viel Charme, viel Geschwätz, keine Tat. Sie hat Sie sogar mit Chris betrogen.«

Er blieb stehen und nahm ihren Arm. »Ich glaube, wir gehen besser an den Tisch zurück.«

Sie lächelte bös und rührte sich nicht vom Fleck. »Oh, hab' ich Sie getroffen, wo's weh tut, Mr. Stone?«

»Es schmerzt nicht, Baby. Ich bin nur der Ansicht, daß Sie kein Recht haben, über Amanda das Maul zu wetzen.« Wieder versuchte er sie zum Tisch zurückzuführen, doch sie zwang ihn, wieder Tanzhaltung einzunehmen.

»Robin, geben Sie mir eine Chance. Versuchen Sie's nur ein einziges Mal mit mir! Ohne jede Verpflichtung! Sie können mich jederzeit haben, wenn Sie nur mit den Fingern schnalzen. Und bei mir ist man in guten Händen. Ich werde Sie befriedigen – Sie werden Ihren Kopf nie wieder wegen eines Mädchens wie Amanda verlieren.«

Er sah sie mit einem merkwürdigen Lächeln an. »Und ich wette, Sie sind gesund wie ein Pferd.«

»Ich war noch nie krank.«

Er nickte. »Das sieht man.«

Sie sah ihn offen an. »Also?«

»Ethel«, – er seufzte fast –, »halten Sie sich an Chris Lane!«

»Ich kann nicht.« Sie schüttelte den Kopf. »Man hat mir befohlen, mich zu verdrücken.«

Er war echt interessiert. »Wer?«

»Danton Miller. Sicher, es ist bequem für ihn, mich flach zu legen, wenn er Lust dazu hat; aber heute nachmittag hat er mir mitgeteilt, daß ich Chris aufgeben muß – sieht so aus, als würde man schon zuviel über uns reden. Ich bin nicht gut für das Familienimage, und wenn ich nicht gehorche, schmeißt er mich 'raus.«

»Was werden Sie tun?«

Nun, immerhin hatte sie sein Interesse geweckt. Vielleicht war dies die richtige Taktik – sich nicht stark zeigen, die Mitleidmasche abziehen. Warum nicht? Sie hatte schon alles andere versucht. Jetzt versuchte sie sich ein paar Tränen abzuquälen, vergebens. Sie sagte: »Was kann ich schon tun?« und sah ihn hilflos an.

»Die Tour zieht bei mir nicht. Wenn Sie eine echte Frau sind, dann handeln Sie auch wie eine. Werden Sie nicht plötzlich kindisch und betteln um Mitleid.« Er grinste sie an. »Sie spielen ein männliches Spiel mit männlichen Regeln. Ich würde Ihnen gegen Danton Miller jederzeit einen Vorteil einräumen.«

Sie musterte ihn neugierig. »Sie meinen, ich sollte es mit Dan Miller aufnehmen?« Sie schüttelte den Kopf. »Ich habe keine Chance – es sei denn, Sie gäben mir einen Job bei Ihrer Show. Sie sagten, ich hätte Verstand – vergessen wir im Augenblick mal den Sex. Geben Sie mir eine Chance, Robin. Ich kann eine Menge für Ihre Show tun. Ich kann Ihnen entscheidende Publizität verschaffen.«

»Nicht nötig«, unterbrach er sie. »Ich bin kein Schauspieler –«

»Lassen Sie mich Ihrer Sendung zuweisen. Ich werde tippen, alles tun, was Sie wollen.«

»Nein.«

»Warum nicht?« Ihre Stimme klang flehend.

»Weil ich niemandem etwas aus Nächstenliebe, Mitleid oder Sympathie gebe.«

»Und wie ist's mit Freundschaft?«

»Wir sind keine Freunde.«

»Ich werde Ihr Freund sein. Ich werde alles für Sie tun – Sie brauchen's nur zu sagen.«

»Schön, im Augenblick wünsche ich mir nichts sehnlicher, als diesen Tanz zu beenden.«

Sie löste sich von ihm und starrte ihn haßerfüllt an. »Robin Stone – ich hoffe, Sie werden in der Hölle schmoren!«

Er grinste vergnügt, nahm ihren Arm und führte sie zum Tisch zurück. »So ist's richtig, Baby, so mag ich Sie lieber.«

Sie erreichten den Tisch. Er dankte ihr mit einem liebenswürdigen Lächeln für den Tanz.

Es war ein langer, langweiliger Abend.

Chris wurde als »bester Mann einer neuen Show« ausgezeichnet. Robins »Schlagzeilen« bekamen den Preis für Nachrichten. Als die Reden vorüber waren, rauschte am gegenüberliegenden Ende des Raumes ein Vorhang zur Seite, die Band spielte einen Tusch, die Stühle wurden umgedreht, und jeder stöhnte innerlich, denn nun mußte man noch das Unterhaltungsprogramm über sich ergehen lassen.

Robin Stone verdrückte sich mit seiner Begleiterin, sobald die Lichter erloschen. Chris dagegen blieb mit den übrigen Kollegen von der IBC am Tisch sitzen und folgte dem Programm.

Ethel starrte auf den leeren Stuhl. Wieso konnte dieser Mensch es sich leisten, einfach zu gehen? Sogar Danton Miller blieb, und Chris, der zweimal so wichtig war wie Robin Stone, hätte nicht gewagt aufzustehen. Genaugenommen war Chris sogar wichtiger als Miller. Dan konnte jederzeit hinausfliegen ... er stand im Augenblick nur deshalb in Gunst, weil Chris in Gunst stand. Und da wagt er es, ihr zu drohen! Solange sie Chris hatte, war sie stärker als Danton Miller. Plötzlich ging ihr auf, daß Chris ihr einziger Aktivposten war. Ethel war dreißig. Sie konnte nicht endlos so weitermachen und mit jedem prominenten Mann, der ihr über den Weg lief, ins Bett gehen. In ein paar Jahren war es damit aus und vorbei.

Sie saß im Dunkeln und achtete nicht auf das höfliche Gelächter des Publikums. Langsam ergriff ein Gedanke von ihr Besitz. Warum sollte sie Chris aufgeben? Daß sie mit ihm schlief, war nebensächlich, aber wenn sie nun Mrs. Christie Lane würde? Es nahm ihr fast den Atem. Natürlich bedeutete das einen langen, zähen Kampf. Sie mußte ihm den Floh ganz behutsam ins Ohr setzen. Dann konnten sie alle anderen am Arsch lecken. Dann war sie Mrs. Christie Lane! Mrs. Fernsehstar! Mrs. *Einfluß!*

Gegen drei Uhr morgens kamen sie ins Hotel zurück. Chris hatte Ethel angeboten, sie nach Hause zu bringen. »Ich habe morgen um elf Probe.«

»Laß mich bei dir schlafen. Es braucht ja gar nichts zu passieren. Ich möchte nur bei dir sein, Chris.«

Das biedere Gesicht zerfloß zu einem Lächeln. »Okay, Puppe. Ich dachte nur, du hättest es zu Hause bequemer mit Umziehen und so. Du mußt ja morgen bei der Probe auch dabeisein.«

»Eben nicht ... das ist es ja gerade.«

Chris drehte sich im dunklen Taxi um. »Sag das noch einmal.«

»Ich erzähle es dir im Hotel.«

Schweigend zog sie sich aus und schlüpfte zu ihm ins Bett. Chris las Rennberichte. Zwischen den Zähnen steckte eine Zigarre, unter der kurzen Pyjamahose wölbte sich der Bauch. Er deutete auf das Bett nebenan. »Schlaf da. Heute wird nicht gebumst.«

»Ich möchte nur nahe bei dir sein, Chris.« Ethel schlang die Arme um den schwammigen Körper.

Chris sah sie an. »Komisch ... was ist los?«

Sie brach in Tränen aus und war überrascht, wie leicht sie ihr kamen.

»Püppchen, um Gottes willen, was ist denn? Habe ich dir was getan? Sag's mir.«

»O nein, Chris. Es ist nur, weil das heute unser letzter Abend ist.« Sie schluchzte jetzt ehrlich, sie schluchzte wegen all der Männer, die sie nur für eine Nacht wollten, die sie nie geliebt, die sie alle wieder verlassen hatten.

»Was, zum Teufel, soll das denn heißen? Was faselst du da von unserem letzten Abend?«

Sie sah ihn an, die Tränen liefen ihr übers Gesicht. »Chris, wie stehst du zu mir?«

Er streichelte ihr Haar und starrte ins Leere. »Weiß nicht, Puppe, ich hab' noch nicht viel darüber nachgedacht. Ich hab' dich gern ... wir haben Spaß zusammen ... du bist ein feiner Kerl ...«

Wieder schluchzte sie auf. Dieses Schwein ... er wollte auch nichts von ihr wissen!

»Komm, sei vernünftig, Mädchen ... ich meine, sieh mal, daß ich mich nicht mehr verliebe, ist doch klar. Einmal ist genug. Ich habe aber keine andere. Du bleibst bei mir, solange du möchtest. Also was soll dieses Gerede von unserm letzten Abend?«

Ethel wandte sich ab und starrte vor sich hin. »Chris, du kennst meine Vergangenheit.« Sein Gesicht rötete sich vor Zorn. »Genau das ist es«, schluchzte sie, »aber das war nicht mein wahres Ich. Mein wahres Ich ist die Frau hier neben dir. Du bist verletzt wegen Amanda und möchtest das nicht noch mal erleben. Siehst du, und das gleiche ist mir auch passiert: mit einem Jungen im College. Wir waren verlobt. Ich war noch Jungfrau, und er hat mich sitzenlassen. Das hat mich so verletzt, daß ich mir vornahm, mit jedem Mann ins Bett zugehen, einfach um gleichzuziehen. Ich haßte ihn, ich haßte das Leben, und ich haßte mich selber, bis du kamst ... da war es, als ob alles von mir abfiele. Zum erstenmal begegnete ich einem Mann, an dem mir wirklich etwas lag. Ich fing an, mich selbst wieder zu achten, und die wahre Ethel Evans kam zum Vorschein. Meine Vergangenheit war nur Tünche. So, wie du mich kennst, bin ich wirklich.«

»Verstehe, Puppe; und ich fange ja auch langsam an, deine Vergangenheit zu vergessen. Also was soll's? Stelle ich dir Fragen?«

»Nein. Nur ... Chris, bevor du auftauchtest, da ... war ich auch mit Danton Miller zusammen.«

Chris fuhr auf. »Scheiße, der auch? Hast du denn keinen ausgelassen?«

»Chris, Dan war verknallt in mich. Er war auf alle eifersüchtig, mit denen ich was hatte, und um mich besser unter Aufsicht zu haben, hat er mir die Pressearbeit für deine Show übertragen. Als Jerry unsere erste Verabredung deichselte, tobte Dan, aber er dachte, es wäre nur für eine Nacht. Daß ich mich in dich verlieben würde, ahnte er nicht. Jetzt ist er eifersüchtig.«

»Das darf doch nicht wahr sein!«

»Doch! Er hat mich heute angerufen und von mir verlangt, daß ich mich nicht mehr mit dir treffe. Ich soll nur noch für ihn dasein. Ich habe ihm erklärt, er könnte mir den Buckel 'runterrutschen, aber er will, daß ich heute abend mit dir Schluß mache. Nicht mal zur Probe darf ich morgen noch erscheinen ... sonst schmeißt er mich bei der IBC 'raus. Wenn ich dich abschiebe, kann ich bleiben. Dann würde er mir sogar noch andere Sendungen zuschanzen, damit ich mehr verdiene. Aber ich bringe es nicht übers Herz, Chris ... ich kann ohne dich nicht leben.«

»Ich werde morgen mit Miller reden.«

»Der streitet alles ab, und dann hast du ihn dir zum Feind gemacht. Er behauptet, er habe dich groß gemacht, und er könnte dir jederzeit das Genick brechen.«

Chris biß die Zähne zusammen. Ethel merkte, daß sie einen falschen Zug gemacht hatte. Chris war noch immer unsicher, er hatte wahrhaftig vor Dan Miller Angst.

»Chris, du bist der Größte, er kann dir nichts anhaben. Aber mir! Es war wohl dumm von mir, einem Mädchen, das ich für meine Freundin hielt, lange Briefe zu schreiben ... über ein paar Erlebnisse mit Männern. Miller hat Kopien dieser Briefe.«

»Manche Weiber haben ein loses Mundwerk, aber du hast, weiß Gott, eine lose Schreibmaschine! Mußtest du denn diese Briefe schreiben, verdammt noch mal? Du kannst doch auch andere damit 'reinreißen.«

»Ich weiß. Wahrscheinlich ist das jetzt die gerechte Strafe. Aber woher sollte ich wissen, daß Yvonne Kopien machen würde? Ich habe diese Briefe aus einer Laune heraus geschrieben, zum Spaß. Na ja, das war einmal. Jetzt heißt mein Problem Miller.«

»Okay, dann hör eben mit der Show auf«, sagte Christie.

»Und dann?«

»Du kriegst doch jederzeit was anderes – CBS, NBC, es gibt tausend Sender.«

»Nein, Miller würde mich überall anschwärzen. Ich bin erledigt.«

»Dann besorge ich dir einen Job, und zwar jetzt.«

»Chris, es ist halb vier!«

»Das ist mir scheißegal!« Er nahm den Hörer ab und ließ sich verbinden. Nach einiger Zeit meldete sich eine verschlafene Stimme. »Herbie? Hier ist Chris Lane. Ich weiß, es ist spät, aber ich bin ein Mann von raschen Entschlüssen. Hör zu, hast du mir nicht neulich gesagt, du würdest sonst was tun, wenn dein Büro meine Public Relations übernehmen könnte? Du hast vielleicht eine Chance. Ab morgen.«

Herbies Stakkatostimme ratterte durchs Telefon. Er war Feuer und Flamme. Eine tolle Kiste werde er abziehen, morgen früh um elf sei er bei der Probe.

»Halt mal die Luft an, Herbie. An den Handel sind ein paar Bedingungen geknüpft. Ich zahle dir dreihundert pro Woche ... das Standardhonorar geht mich nichts an. Und du stellst Ethel Evans ein. Ja, die von IBC. Ich will, daß sie kündigt und nur für mich arbeitet. Was du ihr zahlen sollst? Na, sagen wir ... hundert pro Woche?« Er sah Ethel an. Die schüttelte heftig den Kopf. »Haut nicht hin, Herbie. Sagen wir hundertfünfundzwanzig?« Ethel schüttelte wieder den Kopf. »Wart mal 'n Augenblick, Herbie.« Er wandte sich an Ethel. »Was stellst du dir denn vor, ein Ministergehalt?«

»Bei der IBC kriege ich ein Grundgehalt von hundertfünfzig und fünfundzwanzig extra für die Show.«

»Herbie, hundertfünfundsiebzig, und die Sache ist geritzt. Dann bleiben dir zwar nur hundertfünfundzwanzig, aber dafür hast du mich als Aushängeschild. Was meinst du? Ja, das sehe ich ein. Also gut, hundertfünfzig.« Ethel stieß ihm den Ellbogen in die Seite, aber Chris ließ sich nicht beirren. »Geht in Ordnung, Herbie, sie ist morgen um zehn in deinem Büro.«

»Bei deinen Beziehungen soll ich noch im Preis 'runtergehen?« fragte Ethel empört.

»Der Mann hat recht. Er kann bei der Geschichte nicht weniger verdienen als du. Bei der IBC mußt du für viele Sendungen arbeiten, bei Herbie nur für mich. Und von hundertfünfzig kannst du gut leben.«

Ethel war wütend. Sie kannte Herbie. Er ließ sie nach der Stechuhr arbeiten, und das bedeutete eine grauenvoll lange Arbeitszeit. Bei der IBC hatte sie eine selbständige Position, in Herbies komischem Laden mußte jeder alles machen. Doch nun war es geschehen.

»Chris, ich habe mein Todesurteil unterschrieben, das weißt du.«

»Wieso? Ich habe dir doch gerade einen neuen Job verschafft!«

»Bei der IBC kamen Sozialleistungen, Krankenkasse und so weiter dazu, außerdem hatte ich ein schönes Büro mit Klimaanlage.«

»Dafür hast du jetzt mich, das wolltest du doch, oder?«

Sie schmiegte sich an ihn. »Natürlich, Schatz . . . dir zuliebe habe ich die IBC aufgegeben. Ich hätte ja bleiben und andere Sendungen übernehmen können, aber deinetwegen gehe ich nun zu Herbie Shine. Und was krieg' ich von dir dafür?«

»Spinnst du? Habe ich dir nicht gerade einen Job besorgt?«

»Ich möchte deine Freundin sein.«

»Himmelherrgott, das pfeifen doch schon die Spatzen von den Dächern!«

»Ich meine offiziell . . . können wir nicht wenigstens sagen, daß wir verlobt sind?«

Chris legte die Rennzeitung beiseite. »Schlag dir das aus dem Kopf! Ich werde dich nicht heiraten, Ethel. Wenn ich heirate, dann ein anständiges Mädchen. Ich will Kinder haben. Du bist wie der Lincoln-Tunnel – jeder ist da schon mal 'rein- und 'rausgefahren.«

»Amanda war wohl so ein anständiges Mädchen?«

»Ich hielt sie dafür. Ich wußte ja nicht, daß sie sich auch herumtrieb. Von dir weiß ich es.«

»Und glaubst du nicht, daß ein Mädchen sich ändern kann?«

»Vielleicht. Wir werden sehen.« Er nahm den Rennbericht wieder auf.

»Chris, gib mir eine Chance . . . bitte!«

»Schmeiß ich dich etwa aus 'm Bett? Du bist doch bei mir, wo immer wir sind. Oder etwa nicht?«

Sie warf ihm die Arme um den Hals. »O Chris, ich liebe dich nicht nur, ich bete dich an! Du bist mein Leben!«

Sie kroch zum Fußende des Bettes und fuhr mit der Zunge über Chris' Zehen. Zwar ekelte es sie an, aber sie versuchte sich ganz fest vorzustellen, er sei einer der Stars, in die sie mal verschossen war.

Chris fing an zu lachen. »He, du! Das ist gut. Das hat noch keine mit mir gemacht.«

»Bleib liegen. Ich will deinen ganzen Körper streicheln, von oben bis unten – damit du merkst, wie sehr ich dich anbete. Immer, egal was du tust. Immer werde ich dich lieben . . . o wie ich dich liebe!« Stöhnend verdoppelte sie ihre Anstrengungen, bis er seinen Orgasmus hatte. Später, als er erschöpft und schweißnaß dalag, meinte er: »Aber, Püppchen, das ist doch nicht fair. Für mich war's 'ne Wucht; bis in die Zehenspitzen. Aber bei dir hat sich doch gar nichts getan.«

»Bist du verrückt? Zweimal! Nur von der Berührung.«

»Im Ernst?«

»Chris, verstehst du denn nicht? Ich liebe dich! Du erregst mich. Wenn ich dich nur anrühre, werd' ich verrückt.«

Er legte den Arm um sie und rubbelte ihr Haar. »Na so was! Ein verrücktes Haus bist du, aber ich mag dich.« Er rülpste und widmete sich wieder seinen Rennergebnissen. Dann, nach einem Blick auf die Uhr: »Herrgott, es ist ja nach vier, und ich muß morgen arbeiten. Es ist besser, du schläfst im anderen Bett. Du mußt früh aufstehen.«

Ethel legte sich in das andere Bett und drehte Chris den Rücken zu. Zähneknirschend sagte sie: »Ich liebe dich, Chris.«

Ethel wußte, daß viele Leute sich fragten, was Chris eigentlich an ihr fand. Sie saßen in der Copa-Bar, Eddie und Kenny rissen Witze, und Ethel zwang sich zu einem Lächeln. An diesem Abend haßte sie Chris mehr denn je. Alles, was Rang und Namen hatte, war bei der Premiere von Ike Ryans neuem Film. Gut, zwischen Amanda und Chris hatte es böses Blut gegeben, aber dann hätten sie doch wenigstens zu Sardi gehen können, wo ein Teil der Premierengäste sich treffen wollte. Aber Chris fühlte sich bei Sardi nicht wohl. Man hatte ihm nur einen der hinteren Tische reserviert. Dieser gemeine Egoist. Ethel schaute auf ihr Kleid. Es war zwei Jahre alt. Als sie etwas von einem neuen Kleid zur Premiere andeutete, hatte Christie die Augen zusammengekniffen. »Was soll der Unsinn? Ich lade dich ständig zum Essen ein, und deine Miete ist nicht hoch. Von hundertfünfzig pro Woche müßtest du dich wie eine Prinzessin kleiden können. Außerdem hat Lou Goldberg gerade neue Aktien für mich gekauft.« Lou Goldberg war Chris' väterlicher Freund, an dessen Rat in allen Dingen er unbedingt glaubte. Alle Geldgeschäfte liefen über ihn, und er sah es als seine Lebensaufgabe an, Chris' Vermögen vernünftig zu verwalten. Er war der einzige Mensch, auf den Chris hörte – und von dem er abhängig war.

Lou Goldberg war die Festung, die es zu nehmen galt. Er kam nächste Woche. Sie mußte ihm um den Bart gehen und ihn überzeugen, daß sie genau die Richtige für Christie war. Ethel klappte ihre Puderdose auf und fuhr sich mit dem Lippenstift über die Lippen. Es wurde wirklich Zeit, daß sie ihre Zähne richten ließ. Sie hatte Chris auf jede erdenkliche Weise zu verstehen gegeben, daß ein Nerzmantel ein wunderschönes Weihnachtsgeschenk sei, aber da war sie bei Chris natürlich auf taube Ohren gestoßen. Jaja, sie würde warten, bis Lou Goldberg in die Stadt kam ... dann würde sie ihre Geschütze auffahren lassen.

Als der Zahnarzt ihr die Novocain-Spritze gab, fuhr Ethel zusammen, obwohl sie wußte, daß es nicht weh tat. Hinterher entspannte sie sich wieder, und bald kroch ein taubes Gefühl in Lippen und Mund, ja bis zur Nase hinauf. Ethels Traum wurde Wirklichkeit. Sie bekam ihre Jacketkronen, und das verdankte sie Lou Goldberg.

Der Abend mit ihm war erfolgreicher verlaufen, als sie sich je hätte träumen lassen. Allerdings hatte sie es sehr geschickt angefangen. Sie war absichtlich bis zur letzten Minute im Büro geblieben und dann in einem blauen Wollkleid und ihrem Oppossum-Mantel zu Dinty Moore gestürzt. »Tut mir leid, daß ich mich nicht mehr umziehen konnte«, entschuldigte sie sich, »aber Mr. Shine ist der reinste Sklaventreiber. Und ich hätte doch so gern besonders nett für Sie ausgesehen, Mr. Goldberg. Chris hat mir schon so viel von Ihnen erzählt! Mir ist beinahe, als kenne ich Sie schon.«

Goldberg sah gut aus. Er war hochgewachsen, grauhaarig und älter als Christie, dabei aber schlank. Und er hielt sich wie ein junger Mann. Leicht war es nicht gewesen. Anfangs zeigte er sich argwöhnisch und blieb auf der Hut. Ethel zog die arglose, herzliche Platte ab. Alles, was sie sagte, drehte sich um Chris ... seine Laufbahn, seine Begabung, wie sehr sie seine Karriere bewundere, wie glücklich er sich schätzen könne, einen Mann wie Lou Goldberg als Berater zu haben, und daß er gut daran tue, nicht wie andere Schauspieler mit Tricks eine falsche Fassade aufzubauen. »Alle lieben Chris heute«, sagte sie. »Sie würden ihn auch lieben, wenn er keinen so großen Namen hätte – einfach, weil er so nett ist. Ich bin sicher, daß er überall ankäme. Nur: Für später braucht ein Mann Sicherheit. Wenn er einmal krank wird, dann kümmert sich außer seiner Familie bestimmt niemand um ihn. Und Chris kann froh sein, daß er Sie hat, Mr. Goldberg.«

Goldberg schmolz geradezu dahin. Seine Wachsamkeit ließ nach, er widmete sich Ethel voll Interesse. Bald stellte er Fragen ... persönliche Fragen. Das bedeutete, daß er Anteil nahm. Ethel gab sich offen und schlicht. Ihre Eltern seien Polen, brave, gottesfürchtige Leute, die jeden Sonntag in die Kirche gingen. Ja, sie lebten noch. Sie wohnten in Hamtramack. Die Behauptung, daß sie ihnen jede Woche fünfzig Dollar schicke, wollte ihr kaum über die Zunge, aber Goldberg schluckte sie glatt. Gott, wenn sie ihren Eltern nur fünfzig pro Monat schickte, würde sich ihr Vater schon pensionieren lassen!

»Das gefällt mir«, lobte Goldberg. »Die meisten Mädchen denken nicht an ihre Eltern und geben ihr ganzes Geld für schöne Kleider aus.«

»Weil sie Eindruck machen wollen«, erklärte Ethel. »Ich hatte auch erst Hemmungen, in diesem Kleid herzukommen. Aber dann habe ich mir gesagt, nach allem, was Chris mir erzählt hat, macht Ihnen das bestimmt nichts aus. Sie durchschauen die Leute sowieso, oder? Chris hat gesagt, Sie sähen schon von weitem, ob an jemandem was dran ist.«

»In der Regel ja«, gab Goldberg geschmeichelt zu. »Und Sie sind ein grundanständiges Mädchen.«

»Vielen Dank«, sagte sie bescheiden. »Seit ich Chris kenne, hat sich mein Leben total verändert. Ich war nicht immer so. Früher habe ich viele Dummheiten gemacht. Aber ich war jung, ich wollte das Gefühl haben, schön zu sein.« Sie lachte. »Ich weiß, daß ich's nie sein werde, heute ist mir das auch egal. Chris' Liebe ist alles, was ich mir wünsche.«

Lou tätschelte ihre Hand. »Sie sehen reizend aus, mein Kind.«

Ethel zeigte die Zähne. »Damit nie.«

»Aber so etwas kann man doch richten lassen«, meinte er. »Die Zahnärzte vollbringen heute wahre Wunder.«

Sie nickte. »Aber das kostet mindestens dreihundert Dollar.«

Lou Goldberg warf Chris einen fragenden Blick zu, Chris wich ihm aus. Ethel tat, als sei das Thema für sie erledigt, und widmete sich wieder ihrem Essen.

»Chris, ich möchte, daß du Ethels Zähne richten läßt«, sagte Lou.

»Mir gefällt sie, wie sie ist.«

»Ihretwegen! Wenn sie das Gefühl hat, nicht gut auszusehen . . .«

So kam es also. Lou hatte eigenhändig den Scheck ausgefüllt.

Ethel lehnte sich zurück. Ihre Mundpartie war jetzt ganz gefühllos. Das hatte sie fein hingekriegt! Und obendrein noch Goldbergs Vertrauen gewonnen. Seitdem war Chris wie ausgewechselt. Er glaubte tatsächlich, sie sei ein neuer Mensch geworden. »Ich komme mir vor wie der liebe Gott«, hatte er gemeint. »Ich habe aus einer Herumtreiberin eine Dame gemacht . . .« Am liebsten hätte sie ihm in sein blödes, selbstgefälliges Gesicht geschlagen, aber sie drückte ihm lächelnd die Hand . . . Jedenfalls bekam sie jetzt ihre Zähne, und sie würden sogar noch rechtzeitig zum Abendessen im Waldorf fertig sein. Natürlich, von einer Ehe mit Christie war sie noch ein gutes Stück entfernt. Zwar wurde hier und da in den Klatschspalten angedeutet, daß sie verlobt seien, doch nach wie vor war Heirat das letzte, woran Chris dachte. Ethel hatte schon mit dem Gedanken gespielt, schwanger zu werden, aber die wenigen Male, da er sich tatsächlich die Mühe machte, aktiv zu werden, hatte er ein Kondom benutzt. Meistens lag er träge da und überließ Ethel die Initiative. Er glaubte wahrhaftig, es genüge ihr, ihn zu berühren, um zum Orgasmus zu kommen .. Na ja, wenigstens hatte sie jetzt ihre Zähne und Goldbergs Wohlwollen. Das war ein guter Anfang. Und fürs Dinner würde sie sich ein neues Kleid kaufen.

Das Dinner im Waldorf glich allen früheren Dinners im Waldorf aufs Haar. Dan Miller erschien in Begleitung einer seiner präsentableren Freundinnen. Da Robin Stone nicht kam, blieben zwei Plätze am Tisch frei. Das einzig Bemerkenswerte an dem Abend war der Augenblick, in dem Ethel Mrs. Gregory Austin vorgestellt wurde! Das geschah, während sie an der Garderobe auf ihre Mäntel warteten. Ethel war ausgesprochen zurückhaltend, Mrs. Austin ausgesprochen charmant; sie machte Chris ein Kompliment über seine Show.

Als Chris sich an jenem Abend auszog, schwelgte er in der Erinnerung an diesen ruhmreichen Augenblick. »Hast du gehört? Gregory Austin kam persönlich zu mir und hat mir gesagt, wie großartig ich sei! Sogar seiner Frau gefalle ich. Das hat sie selbst gesagt. Weil ich einmalig bin!«

»Sie würde ihre gute Meinung von dir sehr bald ändern, wenn sie wüßte, wie du mich bei Herbie Shine schuften läßt.«

»Wenn ich dich aushielte, wäre sie erst recht schockiert«, brummte er. »Arbeit schändet nicht.«

»Ha! Alle Welt weiß, daß du mit mir schläfst. Man glaubt, du seist zu geizig, um jemanden auszuhalten.«

»Niemand sagt, daß ich geizig bin.«

»Ich selber bin der lebende Beweis dafür. Ein halbes Jahr sind wir jetzt zusammen. Man lacht schon über meine Kleider – aber das ist nicht an meine, sondern an deine Adresse gerichtet.«

Als sie sah, daß ihm Zornesröte ins Gesicht stieg, glaubte sie, zu weit gegangen zu sein, und gab ihrer Stimme einen weichen Klang. »Schau, mir ist es egal, ob du mir was schenkst oder nicht. Aber dieser Herbie macht mich krank. Andauernd ist er am Sticheln, du seist geizig, sonst würdest du mich nicht in so einem Büro arbeiten lassen. Und es ist wirklich eine Bruchbude, Chris. Ich finde es verkehrt, daß er für dich die Presse macht und du ihm noch dreihundert Dollar die Woche dafür bezahlst.«

»Hundertfünfzig. Die anderen hundertfünfzig kriegst du ja.«

»Glaubst du! . . . Ich muß laufend andere Sachen für ihn machen. Und du bezahlst dafür.«

»Dieses Schwein«, sagte er leise.

»Chris, ich habe eine wundervolle Idee. Engagier mich und schick Herbie zum Teufel! Gib mir zweihundert die Woche – das sind hundert weniger, als du Herbie zahlst. Du sparst dran, und ich arbeite nur für dich. Ich kenne die ganzen Presseleute und verkaufe ihnen, was du willst. Außerdem wäre ich immer zur Stelle, wenn du mich brauchst. Letzte Woche zum Beispiel, als wir in der Copa-Bar saßen, mußte ich schon um zwölf nach Hause, weil Herbie mich am nächsten Morgen in aller Herrgottsfrühe für irgendeine andere Sache brauchte. Wenn wir es so machen, wie ich vorschlage, kann Herbie nicht dein Geld einstecken und sich heimlich ins Fäustchen lachen.«

»Dieses Dreckstück! – Okay, Puppe: Ich engagiere dich. Ich habe Herbie bis Ende dieser Woche bezahlt. Hol dir am Freitag dein Geld und sag ihm, er soll mich am Arsch lecken.«

Sie sprang zu ihm ins Bett und bedeckte sein Gesicht mit Küssen. »O Chris, ich liebe dich! Du bist mein Abgott, mein Leben!«

»Okay, ans Werk. Mach' deinen Herrn und Meister glücklich.«

Nachdem sie Chris befriedigt hatte, überflog sie rasch die Morgenzeitungen. Die *Daily News* brachte auf Seite drei ein großes Foto von Amanda, wie sie auf einer Tragbahre ins Krankenhaus eingeliefert wurde. Ike Ryan ging nebenher und hielt ihre Hand. Selbst auf der Tragbahre sah diese Frau schön aus. Aufmerksam las Ethel den Text. Amanda war auf einer Party zusammengebrochen. Die Diagnose lautete auf innere Blutungen auf Grund eines Magengeschwürs. Ihr Zustand war als zufriedenstellend bezeichnet. Ethel versteckte die Zeitung. Chris hatte Amanda schon lange nicht erwähnt. Offensichtlich hatte er die Enttäuschung überwunden. Wie Robin Stone wohl zumute gewesen war, als Amanda einen anderen heiratete? Ethel mußte an die zwei leeren Stühle heute abend denken. Der Mann hatte Nerven! Einfach wegzubleiben!

17

Robin hatte ursprünglich kommen wollen. Er hatte Tina, der neuen Eroberung von Century Pictures, gesagt, sie solle sich auf acht Uhr bereithalten. Er hatte sogar einen Wagen bestellt. Eigentlich war er froh, daß er letzte Woche zu dieser Premiere gegangen war, obschon er sich für gewöhnlich lieber um solche Anlässe drückte. Doch er hatte wieder über seinem Buch gesessen und während Wochen jede Nacht daran gearbeitet. Ein wenig Entspannung war ihm nur willkommen. Und Gott hatte Tina St. Claire zu genau diesem Zweck geschaffen. Sie war eine schöne, hohlköpfige Idiotin und zur Premiere ihres Films nach New York gekommen. Zwar hatte sie in diesem Streifen nur eine kleine Rolle gespielt. Doch da gerade keiner der Hauptdarsteller verfügbar war, fiel Tina St. Claire die Verbeugungstour zu. Von dieser Gelegenheit hatte sie denn auch ausgiebig profitiert – in San Francisco, Houston, Dallas, St. Louis, Philadelphia und schließlich in New York. Die Filmgesellschaft hatte sie mit einem Presseagenten, einer vom Studio geliehenen Garderobe und einer Suite im St. Regis ausstraffiert, die sie jedoch kaum zu sehen bekam. Höhepunkt war die New Yorker Premiere mit anschließender Party gewesen, bei welchem Anlaß ihr der Presseagent eine Rückflugkarte (Touristenklasse) nach Los Angeles in die Hand gedrückt hatte mit der Anweisung, das Hotel bereits am folgenden Tag zu verlassen.

Tina war darüber untröstlich gewesen. Nach zwei Bourbon mit Coke hatte sie auf der Party Robin getroffen und ihm ihr Leid geklagt. Und nach zwei weiteren Bourbon mit Coke zog sie aus dem St. Regis aus und in seine Wohnung ein. Eine Woche lang lebte Robin mitten in einem Durcheinander von Wimperntusche, Augenschatten und Make-up. Er konnte nicht begreifen, daß ein Mädchen, um frisch und natürlich auszusehen, so viel Zeug in sein Gesicht schmieren mußte. Sie hatte mehr Farbpinsel als ein Maler. Es war ihm nichts anderes übriggeblieben, als sein Manuskript ins Büro mitzunehmen, denn Tina hatte behauptet, es gäbe nirgends so gutes Licht, um sich ihre falschen Wimpern anzukleben, wie an seinem Schreibtisch. Eigentlich gefiel es ihm ganz gut, im Büro zu arbeiten. Wenn er von fünf bis sieben das Telefon abstellte, konnte er eine ganze Menge verrichten.

Er zog das Blatt aus der Schreibmaschine und schaute auf die Uhr. Viertel vor sieben. Zeit, zusammenzupacken. Tina würde in vier Tagen abreisen, und dann konnte er wieder zu seiner nächtlichen Arbeit in der Wohnung zurückkehren. Sie war ein Teufelsmädchen. Dennoch bedauerte er es nicht, daß ihr Aufenthalt bald zu Ende ging. In mancher Beziehung war sie ihm ebenbürtig. Unersättlich im Bett, stellte weder Fragen noch Ansprüche.

Er legte das Manuskript weg und zündete sich eine Zigarette an. Große Lust auf dieses Abendessen im Waldorf verspürte er nicht.

Da es sich aber um eine von Mrs. Austins Wohltätigkeitsveranstaltungen handelte, mußte er erscheinen. Nun, er würde gleich nach den Tischreden mit Tina verduften. Er hatte ihr einen Abend im El Morocco versprochen. Das Lokal war zwar nicht nach seinem Geschmack, aber einen Besuch wenigstens war er der kleinen Nymphomanin schuldig! Er beschloß, sich im Büro zu rasieren, denn Tina hatte auch im Badezimmer einen ihrer Brückenköpfe errichtet. Sie bewahrte dort ihre Nachtcremes und Duschutensilien auf. Er stöpselte den Rasierapparat ein und schaltete auf die Siebenuhrnachrichten im Fernsehen um.

Er war eben mit dem Rasieren fertig, als Andy Parino ins Bild kam. Aufgeregt berichtete er über einen neuen Fall von fliegenden Untertassen. Robin hörte nur mit halbem Ohr hin, bis die Bilder des Flugobjekts gezeigt wurden. Sie waren verzerrt, sahen aber unerhört echt aus. Robin ging näher an den Apparat heran ... er hätte schwören können, daß an dem verdammten Ding sogar Fenster zu erkennen waren.

»Das Pentagon behauptet, es handle sich um einen Wetterballon«, ließ sich Andys spöttische Stimme vernehmen. »Wenn das stimmt, warum hat man dann einen Sonderbeauftragten hergeschickt, um den Fall zu überpüfen?«

Robin war fasziniert. Er rief Andy an, gratulierte ihm und fragte nach näheren Einzelheiten.

»Es ist genauso, wie ich's in der Sendung gesagt habe«, erklärte Andy.

»Du hast das prima gemacht, mein Junge. Wer hat den Text geschrieben?«

Einen Augenblick blieb es still. Dann sagte Andy: »Maggie Stewart. Ich hab' dir schon von ihr erzählt.«

»Scheint ein tüchtiges Mädchen zu sein. Was habt ihr für Wetter?«

»Strahlender Sonnenschein. Zwanzig Grad Wärme. Komm' doch ein paar Tage 'runter, um dich zu erholen.«

»Ich wollte, ich könnte.«

»Überleg's dir. – Ich muß jetzt Schluß machen. Wir haben den Lehrer, der die fliegenden Untertassen gesehen hat, zum Essen eingeladen. Könnte mir denken, daß wir noch eine hübsche Geschichte herausholen ... vielleicht für den Sonntagnachmittag.«

»Warte mal! Das wäre doch ein Knüller für die ›Schlagzeilen‹.«

»Soll ich dir das ganze Material schicken?« fragte Andy.

»Nein, ich komme selbst. Ich will mit dem Lehrer reden.«

»Bestens! Er steht dir zehn Tage zur Verfügung. Er hat nämlich Weihnachtsferien.«

Robin lachte. »Ich nehme nur deinen guten Ratschlag an: Ich brauche ein paar Tage Sonne.«

»Wann kommst du?«

»Heute nacht.«

»Gut, dann bestelle ich dir ein Apartment im Diplomat. Das Hotel liegt ganz in meiner Nähe und hat einen großen Golfplatz. Und zum Flughafen schicke ich dir einen Wagen.«

»Dann sehen wir uns um halb eins?«

»Nein, Robin. Du siehst eine leere schwarze Limousine. Ich bin mit Maggie verabredet.«

Robin lachte. »Lebt ihr zusammen?«

»Wenn du Maggie kennenlernst, wirst du begreifen, daß diese Frage völlig abwegig ist. Wir wohnen nicht mal im selben Haus.«

»Nichts für ungut, Andy. Also dann bis morgen früh.«

Es war Viertel nach acht, als Robin seine Wohnungstür öffnete. Tina stand im Abendkleid da und hatte ihr langes rotes Haar nach griechischer Manier hochgesteckt.

Er ging geradewegs ins Schlafzimmer und holte einen Koffer aus dem Schrank. Tina folgte ihm.

»Ich muß nach Miami«, sagte Robin.

»Wann?«

»Heute nacht. Kommst du mit?«

Tina zog eine verächtliche Schnute. »Du vergißt wohl, mein Süßer, daß ich in Los Angeles lebe. Es unterscheidet sich von Miami einzig durch seinen Nebel.«

Verwundert blickte sie ihm nach, als er zum Telefon ging und einen Platz im nächsten Flugzeug reservieren ließ.

»Robin, du kannst doch nicht einfach so abhauen. Und das Abendessen bei deinem Chef?«

»Ich werde morgen ein Telegramm schicken und mich gebührend entschuldigen.« Er ergriff den Koffer, nahm den Mantel und ging auf die Tür zu. Plötzlich besann er sich, stellte das Gepäck nochmals ab und warf eine Handvoll Geldscheine auf den Tisch. »Das sind ungefähr hundert Dollar.«

»Wann kommst du zurück?«

»In etwa drei bis vier Tagen.«

Sie lächelte. »Oh – dann bin ich ja noch da.«

Er sah sie an. »Lieber nicht.«

Bestürzt starrte sie ihm ins Gesicht. »Ich dachte, du magst mich.«

»Komm schon, Baby. Nimm mal an, wir hätten uns auf einer Vergnügungsfahrt in der Karibischen See getroffen. Nun läuft das Schiff im ersten Hafen ein, und du steigst aus.«

»Und was tust du, wenn ich nicht aussteige?«

»Dich über Bord werfen.«

»Nein!«

Er grinste. »Aber sicher. Das Schiff gehört mir.« Er küßte sie auf die Stirn. »Noch vier Tage – dann ist Schluß!«

Der Wagen erwartete Robin am Flughafen. Die Hotelsuite war genau das richtige, sogar Wodka und Eis waren vorhanden. Andy hatte ihm einen Zettel hingelegt: »Rufe dich morgen früh an. Schlaf gut, Andy.«

Er ließ sich die Lokalzeitungen heraufbringen, schenkte sich einen Wodka ein und machte es sich im Bett bequem. Sein Blick fiel auf das Foto eines Mädchens, das ihm vertraut entgegenlächelte ... Amanda. Es war eine Modeaufnahme. Amanda hatte den Kopf zurückgeworfen, eine Windmaschine ließ ihr Haar flattern. Unter dem Bild stand: »Berühmte Fotoschönheit aus Miami erkrankt.« Robin überflog den Artikel und meldete ein Gespräch nach Los Angeles an.

»Ist es ernst?« fragte er, als Ike an den Apparat kam.

»Bei ihr ist jede Sekunde ernst. Du weißt: Seit vergangenem Mai lebt sie auf Abruf.«

»Ich meine, ist es ...« Robin sprach nicht weiter.

»Nein, es ist noch nicht das Ende. Ich habe gelernt, mit dem Tod zu leben. Ich bin jeden Tag selbst ein bißchen gestorben. Und soll ich dir etwas sagen, Robin? Ich bin zum erstenmal in meinem Leben richtig verliebt. Alles, was ich besitze, gäbe ich dafür, wenn ich sie retten könnte.« Ike verlor die Beherrschung und fing an zu schluchzen. »Ich habe sie aus widerlichen, egoistischen Gründen geheiratet. Aber heute liebe ich sie, Robin.«

»Kann ich irgend etwas für dich tun, Ike?« Einen Mann wie Ike Ryan weinen zu hören, machte Robin zutiefst verlegen. »Ich wohne im Hotel Diplomat in Miami Beach. Du kannst mich jeden Abend anrufen.«

»Weißt du, was mir gerade einfällt? Ich werde mit Amanda das großartigste Weihnachtsfest feiern, das sie je erlebt hat. Robin, ich möchte, daß du auch kommst. Du mußt. Ich ziehe eine ganz große Fete auf.«

Robin schwieg. Er haßte Krankheit ... Amanda gegenüberzutreten mit dem Wissen ...

Ike spürte, daß er zögerte. »Das ist wohl sehr egoistisch von mir«, sagte er. »Du feierst vermutlich im Kreise deiner Familie. Ich dachte nur, Amanda jede erdenkliche Freude, ihr jede Sekunde kostbar zu machen.«

»Ich komme«, sagte Robin.

18

Um zwei Uhr morgens lag Maggie Stewart noch wach. Sie hatte ein ganzes Päckchen Zigaretten geraucht. Drei Stunden lang war sie zwischen dem Wohnzimmer und der kleinen Terrasse mit Blick auf die Bucht von Miami hin und her gewandert. Sie liebte den Blick auf die Bucht. Der Ozean dehnte sich weit und leer hinter dem lebhaften Hafen. Große Jachten, deren Lichter schimmernde Reflexe auf das dunkle Wasser warfen, lagen dort. Maggie beneidete die Leute, die still und zufrieden auf den Schiffen schliefen, sanft geschaukelt von den plätschernden Wellen – wie in einer großen Wiege. Sie umklammerte das Terrassengeländer, bis ihre Knöchel weiß wurden.

Robin Stone war hier! In Miami! Morgen würden sie einander gegenüberstehen. Was würde sie sagen? Was würde er sagen? Seltsam, zum erstenmal seit beinah anderthalb Jahren dachte sie wieder an ihren Mann; bis jetzt hatte sie jeden Gedanken an ihn verdrängt. Schon vor langer Zeit, gleich nach der Hochzeit, hatte sie gelernt, daß es besser war, Leid und Unglück aus der Erinnerung zu verbannen. Je mehr man daran dachte, desto schwerer überwand man es. Doch in dieser Nacht ließ sie die Gedanken zurückschweifen, sah sie deutlich das Bild Hudson Stewarts vor sich, sein Lächeln, das allmählich bitter und zum Schluß erschreckend häßlich geworden war. Es war das letzte gewesen, was sie von ihm gesehen hatte, bevor sie das Bewußtsein verlor – dieses schreckliche Lächeln. So lange schien es schon her zu sein, daß sie als Mrs. Hudson Stewart III. in dem großen Haus gelebt hatte. Warum mußten Frauen sich nach der herrschenden Moral richten, während man Männern alles verzieh? Aber so war es nun mal. Früher. Heute nicht mehr. Heute lebte sie nach ihrer eigenen Moral.

Sie hatte Hudson mit zwanzig Jahren geheiratet. Offiziell waren es drei Jahre gewesen. Es fiel ihr schwer, sich daran zu erinnern, was damals in ihr vorgegangen war. Maggie hatte immer Schauspielerin werden wollen. Diesen Traum träumte sie seit ihrer Kindheit, seit sie zum erstenmal Rita Hayworth im Kino gesehen hatte. Später, nach ihrem ersten Theatereindruck, nahm der Traum feste Umrisse an. Die lebenden Schauspieler auf der Bühne ließen alles, was im Film geschah, blaß und unwirklich erscheinen. So eine

Schauspielerin wollte sie auch werden, und mit zwölf Jahren verkündete sie diesen Entschluß bei Tisch. Ihre Eltern lächelten. Maggie ließ sich nicht beirren und schloß sich noch während ihrer Schulzeit einer Laienspielgruppe an. Statt zum Tanzen zu gehen, verbrachten sie ihre Wochenenden mit Tschechow und anderer Lektüre. Den ersten großen Krach gab es, als sie erklärte, sie wolle nicht aufs College, sondern nach New York, um Schauspielunterricht zu nehmen. Ihre Mutter brach in einen Weinkrampf aus. »O Maggie«, schluchzte sie, »das kannst du mir doch nicht antun. Du bist am Vassar-College angenommen worden, und du weißt, wie sehr ich mich eingeschränkt und gespart habe, damit du eine gute Schulbildung bekommst!«

»Ich will aber nicht aufs College. Ich will Theater spielen!«

»In New York zu leben, kostet Geld . . . es kann mehr als ein Jahr dauern, bis du Arbeit findest. Wovon willst du leben?«

»Gib mir die Hälfte von dem, was das College kosten würde.«

»Nicht einen Penny gebe ich dir! Damit du in New York mit Schauspielern und gräßlichen alten Männern herumschläfst, die ein Theaterstück produzieren? Das ist doch immer dasselbe.«

»Grace Kelly ist auch nach New York gegangen . . . sie war ein anständiges Mädchen.«

Ihre Mutter blieb unerbittlich. »Die Kelly war eine unter Tausenden und noch dazu reich. O Maggie, ich konnte nie aufs College gehen, und dein Vater hat sich mühsam hocharbeiten müssen. Wir haben davon geträumt, unserer Tochter einmal die beste Schulbildung mitzugeben. Ich mache dir einen Vorschlag. Geh nach Vassar. Wenn du deinen Abschluß machst, bist du erst einundzwanzig. Dann kannst du immer noch nach New York.«

Maggie hatte nachgegeben. Während des letzten Schuljahres lernte sie Hudson kennen. Sie fand ihn ganz passabel, ihre Mutter dagegen war fast aus dem Häuschen vor Begeisterung. »Maggie, der Traum meines Lebens erfüllt sich! Hudson kommt aus einer der ersten Familien Philadelphias. Und so viel Geld. Hoffentlich sind Stewarts mit uns einverstanden. Immerhin ist dein Vater Arzt, und wir haben einen guten Namen.«

»Ich habe mich erst zweimal mit ihm getroffen, Mutter, und ich möchte trotzdem nach New York.«

»New York!« Die Stimme ihrer Mutter wurde schrill. »Nun hör mir mal gut zu, mein Fräulein: Schlag dir diesen Gedanken ein für allemal aus dem Kopf. Ich habe für deine Schulbildung gespart, und als du mir erzählt hast, daß du mit Lucy Fenton zusammen wohnst, da habe ich gewußt, daß du in den richtigen Händen bist und die richtigen jungen Männer kennenlernen würdest!«

»Und ich gehe doch nach New York!«

»Wovon willst du leben?«

»Ich werde schon Arbeit finden, und dann versuche ich mein Glück als Schauspielerin.«

»Und darf man fragen, welche Art von Arbeit du dir suchen willst? Du kannst nicht Maschine schreiben. Du kannst gar nichts. Nie hätte ich erlauben sollen, daß du dich auf der Schule dieser Laiengruppe anschließt. Aber ich dachte ja, das wäre nur so eine Marotte von dir. Und bilde dir nicht ein, daß ich nicht bemerkt hätte, wie du diesen Ausländer angehimmelt hast.«

»Adam ist in Philadelphia geboren.«

»Dann sollte man ihn mal in die Badewanne stecken und zum Friseur schicken.«

Maggie war überrascht, daß ihre Mutter sich noch an Adam erinnerte. Sie hatte ihn nie erwähnt. Er gehörte zu der Laiengruppe, war dann nach New York gegangen und eben in dieser Saison mit einer echten Broadway-Show nach Philadelphia gekommen. Natürlich war es nur ein Tournee-Theater, und Adam war nur Regieassistent. Immerhin, er hatte es geschafft. Er war ein Profi. Das Stück lief drei Monate, und sie sahen sich jedes Wochenende. Selbst Lucy fand ihn hinreißend. Nach der vorletzten Aufführung bat er Maggie, mit in sein Hotel zu kommen. Erst zögerte sie, doch dann hängte sie sich bei ihm ein und sagte: »Ich bleibe heute nacht bei dir, weil mir klargeworden ist, daß ich mein ganzes Leben lang bei dir bleiben möchte. Wir können aber erst heiraten, wenn ich mit dem College fertig bin. Meine Mutter fällt sowieso in Ohnmacht. Sie hat nie geglaubt, daß ich wirklich nach New York gehen und Schauspielerin werden will. Ich muß ihr wenigstens den Gefallen tun und den Abschluß machen.«

Adam nahm ihr Gesicht in beide Hände. »Maggie, ich habe dich wirklich wahnsinnig gern ... aber heiraten? Sieh mal, ich wohne in New York im Village mit zwei Kollegen zusammen. Die meiste Zeit lebe ich von der Arbeitslosenunterstützung. Ich kann mir nicht mal eine eigene Wohnung leisten, geschweige denn eine Frau.«

»Soll das heißen, daß du mit mir schlafen und dann verschwinden willst?«

Er lachte. »Ich verschwinde nach Detroit, dann nach Cleveland, dann nach St. Louis und dann zurück nach New York, und ich hoffe nur, daß mein Agent mir für den Sommer einen neuen Job aufgetan hat. Ich möchte in die Regie hineinkommen – das bedeutet eine drittklassige Bühne und kein Geld. Ja, Maggie, ich gehe auf und davon. Ein Schauspieler ist immer auf Achse. Aber ich lasse dich nicht sitzen. Das ist ein Unterschied. Wir wollen immer in Verbindung bleiben.«

»Und wie sieht unser Leben dann aus? Was haben wir voneinander?«

»So viel, wie zwei Menschen voneinander haben können, die sich beim Theater durchkämpfen wollen. Ich mag dich, vielleicht liebe ich dich auch. Aber in unserem Beruf kann man keine Pläne machen. Wir haben keine festen Bürostunden mit einem festen Monatsgehalt. Keine Zeit für Babys, keine nette Wohnung. Ich find's prima, wenn du nach New York kommst. Dann zeig' ich dir die Tricks und bring' dich zu meinem Agenten. Vielleicht können wir sogar zusammenziehen.«

»Und was ist mit Heiraten?«

Er strich ihr zärtlich übers Haar. »Geh nicht aus Philadelphia fort, Maggie. Nicht, wenn du so denkst. Entweder bist du eine Schauspielerin, oder du bist eine Frau.«

»Kann ich nicht beides sein?«

»Nicht mit einem Schauspieler als Mann. Das würde nicht gutgehen. Schauspieler und Schauspielerinnen sind von ihrem Beruf besessen. Sie hungern . . . sie arbeiten . . . sie träumen . . .«

»Verlieben sie sich nicht?« fragte sie.

»Ständig. Und wenn sie verliebt sind, schlafen sie miteinander. Aber wenn ein Job kommt, der sie trennt – na ja, dann läßt es sich eben nicht ändern. Eine Schauspielerin fühlt sich nie einsam, weil das, was man Talent nennt, in ihr brennt und sie ausfüllt.«

»Ich möchte mit dir schlafen, Adam«, sagte sie.

Er schwieg. »Hast du schon mal einen Mann gehabt?«

Sie sah ihn herausfordernd an. »Noch bin ich keine von deinen Schauspielerinnen, die innerlich verbrennen. Noch habe ich ein hübsches Schlafzimmer ganz für mich allein.«

»Dann wollen wir's dabei lassen. Besuch' mich, wenn du nach New York kommst.«

Als aber der Tag der Hochzeit immer näher rückte, begriff sie, und die sechs Monate, die sie zusammen verlebten, waren so aufregend, daß sie kaum Zeit fand, sich über ihre Gefühle klarzuwerden. Maggie versuchte, sich nicht von der überschwenglichen Begeisterung ihrer Mutter anstecken zu lassen. Aber der Wirbel, den

Hudson veranstaltete, riß sie einfach mit: der *Country Club,* der erste Besuch einer Rennbahn, die Ferienwochen in Ocean City als Gast von Mr. und Mrs. Hudson Stewart II.

Im September gaben sie ihre Verlobung bekannt. Hudson schenkte ihr einen siebenkarätigen Diamantring. Ihr Bild erschien im *Inquirer* und im *Bulletin.* Maggie »ging mit«, als spielte sie in einem Theaterstück und Hudson wäre ihr Partner. Nach dem dritten Akt würde der Vorhang fallen, der Applaus brandete, und alles wäre vorüber.

Als aber der Tag der Hochzeit immer näherrückte, begriff sie plötzlich, daß sie, wenn der Vorhang fiel, Mrs. Hudson Stewart III. sein würde. Merkwürdigerweise sah sie dem Termin mit Gelassenheit entgegen – bis zu dem Tag, etwa eine Woche vor der Hochzeit, an dem sie sich mit Lucy zum Essen verabredete.

Sie saßen im Warwick und sprachen über das bevorstehende Ereignis, als Lucy beiläufig erwähnte: »Hast du mal wieder etwas von diesem Schauspieler Adam gehört? Ich sah ihn neulich im Fernsehen. Er hat einen markanten Kopf. Juden sollen ja phantastisch sein.«

»Juden?« Das war ihr nie aufgegangen.

»Adam Bergman«, erinnerte Lucy sie. »Ich weiß noch, wie er eines Abends erzählt hat, sein Agent habe ihm vorgeschlagen, den Namen zu ändern, weil Bergman zu jüdisch klinge – du warst wahrscheinlich so verliebt, daß du gar nicht richtig zugehört hast. Adam wollte aber nicht. Er meinte, bei Ingrid Bergman habe es ja auch nicht geschadet.« Als Maggie darauf nichts erwiderte, fuhr Lucy fort: »Ja, so ist das im Leben; wir verlieben uns alle in den falschen Mann. Solange man wenigstens den richtigen heiratet, mag es noch hingehen – ich meine, um versorgt zu sein und Kinder zu kriegen. Das gilt ja besonders für dich . . . du kriegst für jedes Baby eine Million. Hudsons Schwester hat auf diese Weise schon zwei Millionen kassiert, und zwar innerhalb von zwei Jahren. Bud und ich erben erst beim Tode meines Vaters.«

»Aber du liebst Bud doch, oder?«

»Er ist ein netter Kerl.«

»Nett?« Maggie konnte ihre Überraschung nicht verbergen.

Lucy lächelte. »Ich bin nicht so hübsch wie du. Ich habe nur meinen Familiennamen und einen Haufen Geld.«

»Aber Lucy, dafür bist du . . .«

»Sag' bitte nicht ›eine Persönlichkeit‹ oder daß ich klug sei«, unterbrach Lucy sie lächelnd. »Ich bin klug, und so schlecht sehe ich nun auch wieder nicht aus. Darum bin ich ja mit dir in eine Bude gezogen. Ich dachte, wenn ich mit dem schönsten Mädchen vom College zusammen bin, fällt etwas von ihren Erfolgen für mich ab. Übrigens lernte ich in jenem Sommer Harry kennen. Er verdiente sich in Ocean City Geld als Hotelportier. Kannst du dir vorstellen, daß meine Mutter mich einen Harry Reilly heiraten läßt, der in Bronx wohnt und auf die Uni von New York geht? Er hat mir ja auch gar keinen Antrag gemacht. Im Herbst lernte ich dann Bud kennen, und nun ist meine Mutter natürlich selig. Ich eigentlich auch ... wir werden ein schönes Leben haben. Aber die zwei Monate mit Harry kann mir niemand nehmen.«

»Willst du damit sagen, daß ...?«

»Natürlich haben wir miteinander geschlafen. Adam und du etwa nicht?«

Maggie schüttelte den Kopf.

»Großer Gott, Maggie, du bist ein Idiot! Warum denn nicht? Eine Frau sollte wenigstens einmal im Leben mit einem Mann ins Bett gehen, in den sie wahnsinnig verliebt ist.«

»Was sagst du Bud? Ich meine, daß du nicht mehr ...«

»Das sind doch überholte Vorstellungen! Ich werde Bud erklären, das sei bei einer ärztlichen Untersuchung passiert.«

»Aber er merkt's doch an deiner Reaktion.«

»So etwas kann man vortäuschen. Ich brauche mich ja nur daran zu erinnern, wie es das erstemal mit Harry war. Ich werde mich ungeschickt anstellen, ein bißchen jammern und mich verkrampfen – das klappt schon. Soll ich dir was sagen? Ich habe nicht mal bei Harry geblutet. Er kam nur schwer 'rein – das hängt wahrscheinlich mit dem Hymen zusammen. Dem armen Kerl sind zwei Pariser geplatzt. Und Buddy werde ich's das erstemal auch recht schwermachen.«

Maggie brauchte Hudson nichts vorzumachen. Sogar die Schmerzen waren da. Hudson hatte rücksichtslos versucht, sofort in sie einzudringen. Es tat weh ... und die ganze Sache war ihr widerlich. In der zweiten Nacht war es das gleiche und in der dritten auch. Sie fuhren mit der »Liberté« nach Paris, wo sie ihre Flitterwochen verleben wollten. Obwohl sie eine Luxuskabine hatten, fühlte Maggie sich unwohl. Sie nahm Mittel ein, die sie in einen leicht benebelten Zustand versetzten. Vielleicht würde es besser, wenn sie an Land gingen. Im Hotel George V. in Paris wurde es eher noch schlimmer. Hudson, der übermäßig trank, fiel Abend für

Abend über sie her, ohne auch nur den Versuch einer zärtlich-liebevollen Umarmung zu machen. Er befriedigte sich und fiel gleich danach in tiefen Schlaf.

Als sie nach Philadelphia zurückkehrten und in das schöne Haus bei Paoli eingezogen, glaubte sie, die Dinge würden sich ändern. Hudson ging wieder seinen Geschäften nach, Maggie stellte Personal ein, gab Abendempfänge, nahm Golfunterricht und widmete sich verschiedenen wohltätigen Aufgaben. Ihr Name erschien in sämtlichen Klatschspalten. Sie war der aufgehende Stern in den Gesellschaftskreisen Philadelphias. Hudson besprang sie wie ein Hengst planmäßig jede Nacht. Nie hielt er sich damit auf, sie zu küssen oder ihren Körper zu liebkosen. Anfangs hatte Maggie geglaubt, sie mache etwas falsch, weil sie nicht zum Orgasmus kam, doch als die Monate dahingingen, ohne daß sich etwas änderte, gab sie die Hoffnung auf. Vorsichtig brachte sie bei Lucy das Gespräch darauf. Die meinte achselzuckend: »Manchmal klappt's bei mir, manchmal nicht. Ich stöhne aber jedesmal und tue so, als sei es wundervoll. Wie ist es denn mit Hudson?«

»Phantastisch«, erwiderte Maggie schnell, »aber immer klappt es auch nicht.«

»Ich hatte den letzten Orgasmus vor drei Monaten, bin aber jetzt trotzdem im zweiten Monat schwanger. Also hat das mit dem Kinderkriegen offensichtlich nichts zu tun. Ich würde dir raten, darauf zu achten, daß Hudson nicht so viel trinkt; sonst könnte er vorübergehend impotent werden.«

Maggie glaubte, wenn sie ein Kind bekäme, würde sich ihr Verhältnis zu Hudson ändern. Nach außen hin schien alles gut. Ihr Mann behandelte sie höflich, und wenn sie tanzten, hielt er sie eng umschlungen; doch sobald sie allein waren, hatten sie sich nichts mehr zu sagen.

Nach knapp einjähriger Ehe erfuhr sie von Sherrys Existenz. Hudson war in den beiden letzten Monaten häufig geschäftlich nach New York gereist. Eines Abends zog Maggie sich im Schlafzimmer zum Abendessen um, ihr Mann wartete unten. Da klingelte das Telefon. Sie wußte, das Mädchen würde abheben, und da sie sich verspätet hatte und nervös mit ihrer Frisur beschäftigt war, ließ sie es läuten. Doch es ging niemand an den Apparat, und als sie sich schließlich entschloß, selbst abzuheben, tat sie es durch einen jener schicksalhaften Zufälle genau in dem Augenblick, da Hudson unten den Hörer gleichfalls abnahm. Maggie wollte schon wieder auflegen, als sie eine weibliche Stimme flüstern hörte: »Huddie? Ich mußte dich unbedingt anrufen.«

Seltsam ruhig hörte sie sich das Gespräch an. Auch Hudsons Stimme klang verschwörerisch. »Herrgott noch mal, Sherry, ich habe dir ausdrücklich verboten, mich zu Hause anzurufen!«

»Huddie . . . es ist wichtig!«

»Hätte es nicht bis morgen Zeit gehabt? Ruf mich im Büro an.«

»Ich kann aus dem Geschäft kein Ferngespräch führen. Nicht wegen der Gebühren, sondern weil meine Kolleginnen zuhören. Ist deine Frau in der Nähe?«

»Sie muß jeden Augenblick herunterkommen. Was willst du?«

»Huddie, der Test ist positiv: Ich kriege ein Kind.«

»Herrgott, schon wieder?!«

»Ich kann doch nichts dafür, wenn das Pessar sich verschiebt – und du willst ja nichts nehmen.«

»Hast du noch den Arzt in Jersey?«

»Ja, aber er hat den Preis auf tausend Dollar erhöht.«

»Na schön, laß es machen.«

»Huddie, er will Bargeld. Ich bin nächsten Montag zu ihm bestellt.«

»Ich komme Sonntag nach New York und gebe dir das Geld . . . nein, es ist besser, ich komme in der Woche, sonst schöpft Maggie Verdacht. Also Donnerstag um acht bei dir. Wenn meine Frau nur halb so fruchtbar wäre wie du! Dein Baby kostet mich tausend, ihrs brächte mir eine Million.«

Er legte auf. Maggie wartete, bis auch das Mädchen aufgelegt hatte, dann hängte sie langsam den Hörer ein. Sie war wie betäubt. Sie wurde betrogen! Zwar hatte sie gehört, daß es anderen passierte, aber daß es auch ihr passieren konnte, schien ihr unvorstellbar. Aber was sollte es, wenn sie ihren Mann zur Rede stellte? Sie war zweiundzwanzig und hatte keinen Beruf erlernt. In Philadelphia war eine geschiedene Frau eine einsame Frau. Sie hatte keine Wahl. Wohin hätte sie gehen sollen?

Darum schwieg sie und schloß sich einer kleinen Theatergruppe an. Hudson hatte nichts dagegen. Er war entzückt über die vielen freien Abende. Nach der zweiten Aufführung kam der Programmdirektor vom IBC-Studio in Philadelphia und bot Maggie einen Job als Sprecherin der Wettervorhersage an. Erst wollte sie ablehnen, doch dann sagte sie sich, daß das tägliche, regelmäßige Arbeit bedeutete.

Sie nahm ihre neue Aufgabe sehr ernst, sah sich viele Fernsehprogramme, insbesondere Nachrichtensendungen an und nahm

Sprechunterricht, worin sie rasch Fortschritte machte. Nach einem halben Jahr wurde sie in die Nachrichtenabteilung versetzt und durfte täglich eine halbstündige eigene Sendung machen. Titel: »Maggies Magazin.« Sie interviewte berühmte Leute und berichtete von der Mode bis zur Politik über alles, was in der Stadt vorging. Innerhalb kurzer Zeit hatte sie sich einen Namen gemacht. Wenn sie mit Hudson ein Restaurant oder Theater betrat, drehten sich die Köpfe nach ihr um. Ihr Mann nahm ihren Erfolg halb verächtlich – halb amüsiert zur Kenntnis.

Sherry war inzwischen von einer Irma, die in seinem Büro arbeitete, abgelöst worden. Er gab sich nicht einmal mehr Mühe, eine Entschuldigung zu erfinden, wenn er abends ausging, war aber nach wie vor darauf bedacht, dreimal in der Woche mit seiner Frau zu schlafen, was sie in schweigender Passivität über sich ergehen ließ. Mehr denn je wünschte sie sich ein Kind.

So zog sich ihre Ehe über drei unerfüllte Jahre hin. Maggie wurde nicht schwanger, obwohl jede ärztliche Untersuchung erwies, daß sie empfängnisfähig war. Manchmal fragte sie sich, ob es immer so weitergehen würde und sie für alle Zeiten nebeneinander herleben sollten. Irgend etwas mußte diese inhaltlose Beziehung doch beenden!

Der Zufall kam zu Hilfe. Seit Monaten wurde das auf den ersten Sonntag im März festgesetzte Bankett für den »Mann des Jahres« vorbereitet. Maggie gehörte als prominente Persönlichkeit dem Bankettkomitee an. Für die Festrede hatte man Robin Stone gewonnen.

Maggie kannte ein paar von Robins Artikeln. Aus der Erfahrung, die sie bei ihren eigenen Interviews gewonnen hatte, wußte sie, daß die Leute selten dem Bild gleichen, das man sich auf Grund ihrer Arbeiten von ihnen macht. Bei der Lektüre von Stones Artikeln stellte man sich einen Mann vor, der stark, knapp in seinen Äußerungen, männlich und schonungslos war. Maggie war gespannt, wie er in Wirklichkeit war.

Um sechs wartete sie fertig angezogen auf Hudson, der seine Sonntage im *Country Club* zu verbringen pflegte. Als sie dort anrief, hörte sie, daß ihr Mann den ganzen Tag nicht dagewesen sei. Das hätte sie sich denken können . . . also auch nur ein Vorwand, um mit seiner augenblicklichen Freundin zusammenzusein.

Jedenfalls wollte sie den Empfang, der dem Abendessen voranging, nicht verpassen, denn möglicherweise war das die einzige Gelegenheit, Robin Stone kennenzulernen. Nach dem Essen eilten die Ehrengäste gewöhnlich zu ihren Zügen. Maggie sah auf die Uhr. Wenn sie gleich losfuhr, konnte sie es schaffen. Hudson mußte eben nachkommen.

Im Hotel ging sie sofort zum Gold Room. Robin Stone war von Menschen umringt. Er hatte einen Martini in der Hand und lächelte höflich.

Maggie bekam einen lauwarmen Scotch gereicht und wurde dann vorgestellt.

Robin sah sie an und lächelte. »Ein Nachrichtenmädchen? Das darf doch nicht wahr sein. Sie sind viel zu hübsch für eine Intellektuelle.« Übergangslos nahm er ihren Arm und schob sie von der Menge fort. »Sie haben kein Eis im Glas.«

»Nein. Es schmeckt ziemlich scheußlich«, erwiderte sie.

»Was ich hier habe, auch«, meinte er und trank seinen Martini aus. »Kommen Sie, Nachrichtenmädchen, wir holen Ihnen Eis.« Er führte sie durch den Raum. »Schauen Sie sich nicht um«, flüsterte er. »Werden wir verfolgt?«

Sie lachte. »Das bezweifle ich. Sie sind nur starr vor Staunen.«

Robin marschierte hinter die Bar und erklärte dem überraschten Barmixer: »Haben Sie etwas dagegen, wenn ich mich selbst bediene?« Bevor der Mann etwas erwidern konnte, hatte Robin Wodka in den Shaker gegossen. Er sah Maggie an. »Möchten Sie noch einen Scotch, oder wollen Sie einen ›Stone-Spezial‹ probieren?«

»Den ›Stone-Spezial‹ bitte!« – Idiotisch von ihr – sie mochte Martinis gar nicht, und wie albern, ihn so anzustarren! *Genieße diesen Augenblick, dachte sie. Morgen sitzt du wieder mit Hudson in deiner trostlosen Welt, und Robin Stone ist in einem anderen Hotel, in einer anderen Stadt, mixt einen anderen Martini.*

Er gab ihr das Glas. »Auf Ihr Wohl, Nachrichtenmädchen!« Dann nahm er wieder ihren Arm und führte sie zu einem kleinen Sofa.

Maggie wußte, daß sie von allen Seiten angestarrt wurde, aber sie spürte erneut dieses seltsame, beschwingende Gefühl der Freiheit. Laß sie starren. Aber *sie* konnte nicht einfach dasitzen und Mr. Stone anstarren. Sie mußte etwas sagen.

»Ich habe gehört, daß Sie nicht mehr schreiben wollen, sondern auf Vortragsreisen gehen. Ihre Artikel werden mir fehlen.« Diese Worte kamen ihr schrecklich gedrechselt vor.

Robin zuckte die Achseln. »Wahrscheinlich hat man sie immer grausam zusammengestrichen, bevor sie hier erschienen.«

»Nein, manchmal waren sie ziemlich lang. Ich kann mir allerdings vorstellen, daß Ihnen Ihre jetzige Tätigkeit besser gefällt.« Er trank sein Glas aus und nahm sich dann ihres, aus dem sie noch nicht getrunken hatte. »Nein, sie gefällt mir nicht besser. Aber man muß ja leben.«

Er bot ihr eine Zigarette an und gab ihr Feuer. »Und was machen Sie Schönes auf dem Bildschirm?«

»Aktuelles ... meistens für die Frau.«

»Und ich wette, Sie haben ein interessiertes Publikum.«

»Wäre das so verwunderlich?«

»Nein. Das ist eben Fernsehen. Eine wunderbare Einrichtung; es hat eine Rasse schöner Menschen gezüchtet.«

»Finden Sie nicht, daß es viel persönlicher wäre, wenn man sein Publikum sehen könnte? Daß man besser verstanden würde?«

Er zuckte die Achseln. »Auf jeden Fall erzeugt es Liebe zu *bestimmten* Menschen. Alle Welt liebt zum Beispiel Ed Sullivan und Bob Hope. Im Augenblick jedenfalls. Das Publikum ist ja unbeständig ... erinnern Sie sich noch, wie heiß Onkel Miltie geliebt wurde? Sagen Sie mir, Nachrichtenmädchen, wen Sie beim Fernsehen lieben?«

»Ich würde sie lieben ...«, entsetzt stockte sie.

Er grinste. »Sie sind das erste vernünftige Mädchen, das mir begegnet. Sie gehen gleich auf den Kern der Sache.«

»Ich meine, ich mag Ihre Denkweise, Ihre Ansichten.«

Robin trank aus. »Keine Erklärung, sonst verderben Sie alles. Mädchen, die Ausflüchte machen, gibt es genug. Mir gefällt Ihr Stil. Kommen Sie, wir trinken noch ein Glas.«

Sie folgte ihm zur Bar, erstaunt darüber, mit welcher Leichtigkeit er die beiden Gläser ausgetrunken hatte. Er schenkte zwei neue ein und reichte ihr eins. Maggie trank und hätte sich beinahe verschluckt: Es war fast purer Wodka. Andere Gäste traten wieder zu ihnen, in der Mehrzahl Damen, und bald war Robin erneut von Menschen umbringt. Höflich beantwortete er ihre Fragen, ließ aber Maggies Arm nicht los, sondern hielt sie fest an seiner Seite. Wiederholt wanderte ihr Blick zur Tür. Wenn Hudson nur nicht mehr käme!

Dann erklang ein Gong. Der Leiter des Komitees klatschte in die Hände.

»Wo sitzen Sie, Nachrichtenmädchen?« fragte Robin.

»Vermutlich ganz am anderen Ende.« Ihr Name wurde aufgerufen. »Das bin ich.« Sie löste sich von ihm und schloß sich der Reihe an.

Robin tippte dem Leiter, der neben ihm stand, auf die Schulter. »Würde es Ihnen etwas ausmachen, den Platz mit meinem Nachrichtenmädchen zu tauschen? Sie sind mir zwar lieb und wert, aber schließlich bin ich nicht hundertfünfzig Kilometer gereist, um zwischen zwei Männern zu sitzen, wenn sich mir die Chance bietet, eine bezaubernde junge Dame zur Seite zu haben.«

Kaum hatten sie den Saal betreten, da führte Robin die erstaunte Maggie zu dem Platz neben seinem Stuhl. Sie spürte die Blicke der anderen körperlich. Robin bestellte Martinis. Seine Trinkfestigkeit schien unbegrenzt.

Als Hudson endlich kam und am anderen Ende der Tafel Platz nahm, erklärte ihm sein Tischnachbar den unvorhergesehenen Tausch der Plätze. Sein verdutztes Gesicht bereitete Maggie ein ausgesprochenes Vergnügen.

Während der Leiter des Komitees ein paar Begrüßungsworte sprach, beugte Robin sich zu ihr und flüsterte ihr ins Ohr: »Ich verdrücke mich, so schnell ich kann. Ich habe hier im Hotel ein Apartment – ihr organisiert sehr großzügig. Wenn Sie sich frei machen können, erwarte ich Sie dort und bleibe bis morgen. Andernfalls fahre ich mit dem Nachtzug um halb zwölf zurück.«

Er stand auf, wartete, bis der Applaus sich gelegt hatte, beugte sich dann nochmals kurz zu ihr herab und raunte: »Wie war das mit dem Kern der Sache?«

»Ich komme.«

»Brav! Zimmer 17 B. Warten Sie ein Weilchen und kommen Sie dann nach.«

Robin hielt seine Rede, der Ehrengast erhielt einen Preis, Glückwünsche wurden ausgesprochen, Fotografen schossen Aufnahmen von Redner und Preisträger im Kreis der Damen. Robin gab ein paar Autogramme auf Menükarten, sah dann auf die Uhr und erklärte, er erwarte einen Anruf aus Übersee. Er winkte allen freundlich zu und verließ den Saal.

Es war elf. Hudson kam herüber und setzte sich auf Robins leeren Stuhl. »Na, war's spannend?«

»Ich habe mich recht gut unterhalten«, erwiderte sie.

»Komm, wir gehen!«

Maggie bekam plötzlich entsetzliche Gewissensbisse. Wie hatte sie nur Robin Stone so etwas versprechen können? Was war in sie gefahren? Sie konnte es nicht einmal auf den Alkohol schieben, denn sie hatte ja nur an ihrem Glas genippt. Sie hatte keineswegs vor, auf Robins Hotelzimmer zu gehen!

»Das war heute mein letzter Abendempfang«, erklärte Hudson. »Und du beklagst dich noch über die Samstagabende im *Country Club*. Da gibt's doch wenigstens was zu lachen, und man ist unter sich.«

»Es gehört nun mal zu meinem Job«, erwiderte sie.

»Job?« fragte er höhnisch. »Da muß sowieso bald etwas geschehen. Es wird schon viel zuviel darüber geredet. Dads Freunde finden es zum Beispiel auch nicht gut, daß du hinter einem Mikrofon sitzt und all diese Typen interviewst. Der Schiftsteller, mit dem du dich letzte Woche unterhalten hast, sah wie der reinste Kommunist aus.«

Sie gab keine Antwort. Diese Leier kannte sie. Das beste war, man ging darüber hinweg. Nach einer Weile sagte sie:

»Im Grunde machst du dir gar nichts aus mir, Hudson, oder?«

Er schenkte sich ein neues Glas ein. »Es geht nicht um dich ... es geht um uns ... um unsere Familien. Manchmal denke ich, ich hab' die Nase voll. Aber keine Angst, ich verlasse dich nicht. Was sollte ich anfangen? Keiner von uns beiden ist wirklich frei, bevor du nicht ein paarmal schwanger warst. Herrgott, das ist doch wohl das mindeste, was du tun könntest.«

Sie stand auf. »Hudson, du widerst mich an.«

»Komm, komm. Ich sehe noch deine Mutter vor mir, wie sie auf unserer Hochzeit strahlte, und dein Vater bestand nur aus Händeschütteln und Zigarrenanbieten. Was machte sie wohl so glücklich? Unsere junge Liebe? Nie im Leben! Aber die Stewart-Millionen. Und du erfüllst deinen Teil der Abmachung nicht. Von dir werden Babys erwartet.« Er starrte sie an. »Vielleicht sollten wir nach Hause gehen und es wieder mal versuchen.«

»Vielleicht solltest du nicht so viel trinken!«

»Vielleicht muß ich trinken, um Lust auf dich zu kriegen. Ich bin ein Mann, ich kann nicht so tun, als ob.« Mürrisch folgte er ihr. In der Garderobe trafen sie Lucy und Bud. Lucy erwartete schon wieder ein Kind und hatte einen Schwips.

»Wir fahren noch ins Embassy. Kommt ihr mit?«

Neidisch starrte Hudson auf Lucys Bauch. »Klar, warum nicht.«

Er schnappte Maggies Arm, gemeinsam drängten sie sich in den Fahrstuhl.

Buds Chauffeur wartete. »Laßt eure Wagen stehen«, schlug Lucy vor, »wir bringen euch wieder her.«

Das Embassy war überfüllt. Sie quetschten sich in dem verräucherten Raum um einen winzigen Tisch. Am Nebentisch saßen ein paar Bekannte aus dem *Country Club*, und man beschloß, die Tische zusammenzustellen. Die Herren gaben die ersten Witze zum besten, eine Flasche Scotch wurde bestellt, und Maggie saß eingekeilt dazwischen und dachte an den Mann auf Zimmer 17 B.

Sie mußte ihn unbedingt anrufen. Sie würde ihm die Wahrheit sagen: daß sie verheiratet sei und seinen Vorschlag nur aus einer törichten Augenblickslaune heraus zugestimmt habe. Es war nicht anständig, Robin Stone warten zu lassen. Er konnte seine Zeit nützlicher verbringen.

Hastig stand sie auf. »Ich muß mal 'raus.« In der Damengarderobe war sicher ein Telefon.

»Ich komme mit«, sagte Lucy. »Ich sterbe vor Neugierde, was Robin Stone dir erzählt hat. Ich sah euch dauernd zusammen tuscheln. Kommst du auch mit, Edna?« forderte sie eine der Damen auf.

Die drei gingen in den Waschraum, wo sich zwar ein Telefon befand, doch die Toilettenfrau saß so nahe, daß es hoffnungslos war, von hier aus ein Gespräch zu führen. Maggie frischte ihr Make-up auf. Über Robin gab sie nur spärlich Auskunft. Sie hätten sich übers Fernsehen unterhalten. Sie wollte die anderen vorgehen lassen, aber Lucy und Edna warteten auf sie. Als sie an den Tisch zurückkehrten, war Hudson verschwunden. Maggie entdeckte ihn an einem entfernteren Tisch, wo er in einer Runde saß und den Arm um eine junge Frau gelegt hatte. Sie kannte sie; es war ein neues Klubmitglied, deren Mann ihr gegenübersaß und nicht sehen konnte, wie Hudson ihren bloßen Rücken streichelte. Maggie stand auf.

»Setz dich wieder hin!« zischte Lucy. »Maggie, du weißt doch, daß das nichts zu bedeuten hat! Hud muß bei jedem neuen Mitglied seinen Charme zeigen.«

»Ich gehe.«

Bud ergriff ihren Arm. »Maggie, du brauchst dir wirklich keine Sorgen zu machen. Das ist June Tolland. Sie ist wahnsinnig verliebt in ihren Mann.«

Maggie machte sich los und lief hinaus auf die Straße. An der nächsten Ecke hielt sie ein Taxi an, fuhr zum Hotel Bellevue Stratford und läutete an der Tür zu Apartment 17 B. Die Klingel schrillte laut – ein hohles Geräusch, als wenn niemand zu Hause wäre. Sie sah auf die Uhr. Es war Viertel nach zwölf. Vielleicht hatte er sich schlafen gelegt oder war abgereist. Sie klingelte noch mal, wollte sich dann schon umdrehen und die Treppe hinuntergehen, als sich plötzlich die Tür öffnete. Robin hielt ein Glas in der Hand. »Komm herein, Nachrichtenmädchen, ich bin am Telefon.«

Maggie trat ein. Robin deutete auf die Wodkaflasche und ging wieder ans Telefon. Offensichtlich handelte es sich um ein geschäftliches Gespräch, denn es war von irgendwelchen Vertragsklauseln die Rede. Maggie schenkte sich einen Wodka ein. Robin hatte sein Jackett über einen Stuhl gehängt und die Krawatte gelöst, in Brusthöhe waren seine Initialen RS auf das Hemd gestickt. Er sprach ernst und bestimmt. Maggie sah, daß die Wodkaflasche halb leer war und wunderte sich erneut, wieviel er vertragen konnte. Endlich legte er auf.

»Entschuldige, daß ich dich warten ließ – aber eigentlich hast du auch nicht gerade einen Geschwindigkeitsrekord gebrochen.«

»Wohin fährst du morgen?«

Sie war plötzlich nervös und verlegen.

»Nach New York. Mit den Vortragsreisen ist jetzt Schluß.« Er stellte sein Glas hin und breitete die Arme aus. »Nun komm, Nachrichtenmädchen, oder kriege ich keinen Kuß?«

Sie kam sich vor wie ein Schulmädchen. »Ich heiße Maggie Stewart«, sagte sie. Dann lag sie in seinen Armen.

In der Nacht nahm er sie dreimal. Er hielt sie eng umschlungen, flüsterte ihr Zärtlichkeiten ins Ohr, liebkoste sie, ging so zart und liebevoll mit ihr um, als wäre sie zum erstenmal mit einem Mann zusammen. Sie begriff erst jetzt, was es bedeutete, wenn ein Mann eine Frau einzig liebt, um sie glücklich zu machen. Schon beim erstenmal hatte sie einen Orgasmus, dann noch einmal, und beim drittenmal sank sie erschöpft und dankbar zurück. Robin küßte sie zärtlich. Als er erneut mit Liebkosungen begann, entzog sie sich ihm. Er verbarg sein Gesicht an ihrer Brust. »Es war anders heute nacht . . . ich bin betrunken . . . sicher weiß ich morgen nichts mehr von allem . . . aber ich möchte dir sagen, daß es anders war als sonst.«

Maggie blieb ganz ruhig liegen. Irgendwie ahnte sie, daß er die Wahrheit sprach. Sie hatte Angst, sich zu bewegen, Angst, den Zauber zu brechen. Der kühle, schlagfertige Robin Stone schien ihr plötzlich so verwundbar. In dem dämmrigen Licht blickte sie auf sein Gesicht. Sie wollte und würde sich an jeden Augenblick erinnern – besonders an das Wort, das er jedesmal beim Orgasmus herausgeschrien hatte.

Plötzlich küßte er sie, löste sich aus der Umarmung und zündete zwei Zigaretten an. »Es ist halb drei.« Er deutete mit einer Kopfbewegung auf das Telefon. »Laß dich wecken, falls du zu einer bestimmten Zeit aufstehen mußt. Ich habe nichts Besonderes vor, will nur mittags den Zug nach New York kriegen. Um welche Zeit mußt du im Studio sein?«

»Elf.«

»Wie wäre es mit halb zehn? Dann stehe ich mit auf, und wir frühstücken zusammen.«

»Nein, ich . . . ich muß jetzt gehen.«

»*Nein!*« Es war ein Befehl, bei dem seine Augen sie flehentlich anblickten. »Geh nicht weg.«

»Ich muß, Robin.« Sie sprang aus dem Bett, rannte ins Badezimmer und zog sich hastig an. Als sie ins Schlafzimmer zurückkam, lag er bequem gegen das Kopfkissen gelehnt. Scheinbar hatte er sich völlig gefangen. Er zündete eine Zigarette an und sah mit einem seltsamen Ausdruck zu ihr auf.

»Wohin rennst du denn so eilig? – Zu einem Ehemann oder zu einem Liebhaber?«

»Ehemann«, erwiderte sie und versuchte, ihm in die Augen zu blicken. Sie waren erstaunlich blau und kühl.

Er inhalierte tief und blies den Rauch gegen die Decke. Dann sagte er: »Hast du mit deinem Besuch bei mir etwas aufs Spiel gesetzt?«

»Nichts, höchstens meine Ehe.«

»Nachrichtenmädchen, komm mal her.« Er streckte ihr die Hand hin. Maggie ging zu ihm. Er sah sie an, als wolle er ihre Gedanken lesen. »Ich möchte dir etwas sagen: Ich habe nicht gewußt, daß du verheiratet bist.«

»Mach dir deswegen keine Gewissensbisse«, sagte sie weich.

Er lachte. Aber es war ein merkwürdiges Lachen. »Gewissensbisse? Ich find's komisch . . . Also dann – mach's gut, Nachrichtenmädchen.«

»Ich heiße Maggie Stewart.«

»Baby, für Mädchen wie dich gibt's einen anderen Namen.« Er drückte die Zigarette heftig aus.

Sie blieb an seinem Bett stehen. »Robin, auch für mich war diese Nacht ungewöhnlich. Es war ein Erlebnis. Ein ganz großes Erlebnis. Bitte, glaub' mir das.«

Er setzte sich auf, schlang seine Arme um sie und verbarg sein Gesicht an ihrem Körper. Leise und drängend kam seine Stimme: »Dann geh nicht weg. Du sagst, du liebst mich, aber trotzdem verläßt du mich!«

Sie hatte nie gesagt, daß sie ihn liebe. Behutsam machte sie sich frei und sah ihn verwundert an. Ihre Blicke trafen sich, aber Robins Augen schienen in weite Ferne zu blicken. Wie in Trance. Maggie nahm an, daß jetzt die Wirkung des Wodka eintrat. Er konnte nicht wissen und schon gar nicht ernst meinen, was er sagte.

»Robin, ich muß dich verlassen . . . aber ich werde dich nie vergessen.«

Er blinzelte und starrte sie dann an, als sehe er sie zum erstenmal. »Ich bin müde. Gute Nacht, Nachrichtenmädchen.« Damit knipste er das Licht aus, drehte sich auf die Seite und fiel sofort in Schlaf. Maggie stand fassungslos vor ihm. Er simulierte nicht. Er schlief!

Mit gemischten Gefühlen fuhr sie nach Hause. Das Ganze reimte sich nicht zusammen. Dieser Mann bestand aus zwei verschiedenen Wesen, die nicht miteinander im Einklang waren, außer im Liebesspiel. Morgen würde er sich bestimmt an nichts mehr erinnern; sie war eben nur eines der vielen Mädchen, die er auf seinen Reisen kennenlernte. Aber verhielt er sich bei all diesen Mädchen so? Egal. Nichts zählte außer dieser Nacht.

Leise schlich sie sich ins Haus. Es schlug vier. Hudsons Bett war leer. Das Glück stand auf ihrer Seite. Er war noch nicht zu Hause. Rasch zog sie sich aus und hatte kaum das Licht ausgedreht, als sie den Kies der Garageneinfahrt knirschen hörte. Sie tat, als ob sie schliefe, und verfolgte leicht amüsiert, wie verstohlen und vorsichtig ihr Mann ins Schlafzimmer schlich. Bald schnachrte er und schlief seinen Rausch aus.

Während der nächsten zwei Wochen stürzte Maggie sich in die Arbeit und verdrängte Robin Stone aus ihren Gedanken. Das gelang ihr auch fast – bis zu dem Tag, an dem sie in ihrem Kalender eine Verabredung eintrug und feststellte, daß sie schon vier Tage über ihre Periode hinaus war. Und Hudson hatte sie seit drei Wochen nicht angerührt! Robin Stone! Sie war völlig ungeschützt mit ihm zusammengewesen. Hudson hatte sie dermaßen beeinflußt, daß sie tatsächlich glaubte, sie sei nicht empfängnisfähig.

Entsetzt schlug sie die Hände vors Gesicht. Sie wollte es nicht abtreiben lassen. Sie wünschte sich so brennend ein Kind, Robins Kind ... ein in Liebe empfangenes Kind. Und auch Hudson wünschte sich ein Kind ... der Gedanke war ungeheuerlich! Aber warum eigentlich nicht? Was kam dabei heraus, wenn sie Hudson die Wahrheit sagte? Es würde ihn verletzen ... und für das Kind einmal eine Belastung sein. Maggie stand auf, ihr Entschluß war gefaßt. Sie würde dieses Kind zur Welt bringen.

Als ihre Periode auch nach einer Woche noch nicht einsetzte, mußte sie einen Weg suchen, um Hudson zu verführen. So lange hatte er sie noch nie vernachlässigt. Das Mannequin, mit dem er zur Zeit schlief, schien ihn zu sehr zu beanspruchen. Oder vielleicht umwarb er gerade ein anderes Opfer. In den Anfängen einer neuen Romanze rührte Hudson seine Frau nie an.

Noch am selben Abend ergriff sie die Initiative, aber er wies sie brüsk ab.

Sie biß sich im Dunkeln auf die Lippen. »Ich möchte so gern ein Baby, Hudson.«

Sie zog ihn an sich, doch er stieß sie wieder zurück. »Hör mit dem Geturtel auf. Unser Geschäft ist das Kinderkriegen – also mach die Beine breit.«

Nachdem auch ihre zweite Periode ausgesetzt hatte, ging sie zum Arzt. Am nächsten Tag rief er sie an und gratulierte. Sie beschloß, noch ein paar Wochen zu warten, ehe sie es Hudson sagte.

Ein paar Abende später waren sie gemeinsam zu Hause, was selten genug vorkam. Während des Abendessens war Hudson ziemlich einsilbig, aber ohne den Zug von Verdrossenheit, den er meistens trug. Er wirkte ruhig und nachdenklich. Beinah höflich schlug er ihr vor, oben in seinem Arbeitszimmer noch einen Kognak zu trinken. Er setzte sich auf die Couch und sah Maggie beim Einschenken zu. Dann nahm er sein Glas, nippte nachdenklich und fragte: »Könntest du dich in etwa drei Monaten von deinen kleinen Fernsehpflichten lösen?«

»Ich könnte mir Urlaub nehmen. Warum?«

»Ich habe Dad erzählt, daß du ein Kind erwartest.«

Sie sah ihn verdutzt an. Dann sagte sie sich, daß der Arzt es ihm wahrscheinlich erzählt hatte. Zwar wußte er, daß sie es noch geheimhalten wollte, aber er nahm natürlich nicht an, daß das auch ihren Mann betraf. Daher also Hudsons Stimmungsumschwung. Erleichtert lächelte sie. Sie hatte also doch recht behalten: Ein Baby würde alles ändern.

»Hudson, deswegen brauche ich doch nicht aufzuhören. Ich könnte, wenn die Kamera nur mein Gesicht aufnimmt, bis kurz vor der Geburt weiterarbeiten.«

Er sah sie belustigt an. »Und wie erklären wir Dad und den anderen deine bildschöne schlanke Taille?«

»Aber ich . . .«

»Das können wir nicht vortäuschen. Jeder muß glauben, es sei echt. Ein einziger Schnitzer, und Dad kriegt es 'raus. Ich habe schon alles geplant. Wir sagen ihm, wir wünschten uns anläßlich der Schwangerschaft eine Weltreise, denn wenn das Kind erst einmal da sei, trauten wir uns nicht mehr fort. Dann lassen wir das Kind in Paris als Frühgeburt zur Welt kommen.«

»Ich verstehe das alles nicht, Hudson. Ich möchte mein Baby hier zur Welt bringen.«

Sein alter Hohn kehrte zurück. »Du scheinst das Spiel für Wirklichkeit zu halten! Ich habe dem alten Herrn nur erzählt, du seist schwanger. Davon bist du's ja noch nicht.«

Er stand auf und schenkte sich einen zweiten Kognak ein. »Es ist schon alles arrangiert. In Paris können wir ein Baby bekommen. Der Arzt, an den ich mich gewandt habe, hat Verbindungen. Sogar Haar- und Augenfarbe der Eltern werden berücksichtigt. In etwa sieben Monaten stehen drei Neugeborene zur Adoption zur Verfügung. Wir brauchen nur für die Mutter den Krankenhausaufenthalt erster Klasse zu bezahlen. Sie bekommt ihr Kind überhaupt nicht zu sehen und weiß nicht einmal, ob es ein Junge oder Mädchen ist, geschweige denn, wer es kriegt. Ich habe einen Jungen beantragt, und dieser Glückskerl bringt uns nicht nur eine Million bare Piepen ein, er erhält auch, wenn er will, die doppelte Staatsangehörigkeit. Anschließend kehren wir im Triumph nach Amerika zurück.«

Maggie lachte erleichtert. Sie stand auf und ging zu ihm. »Ich habe auch eine Überraschung für dich, Hudson. All diese sorgfältigen Pläne sind nicht nötig.«

»Was heißt das?«

»Ich bin tatsächlich schwanger.«

»Sag das noch mal!« fuhr er sie an.

»Ich bekomme ein Kind.« Sie hatte plötzlich Angst.

Er schlug ihr ins Gesicht. »Von wem?«

»Es ist meins, unseres ...« Sie hatte Blutgeschmack auf der Zunge und fühlte, wie ihre Lippe anschwoll. Er trat dicht an sie heran und schüttelte ihre Schultern. »Sag mir, du Hure, was für einen Bastard du mir unterschieben willst!« Wieder schlug er sie. »Sag's oder ich schlage dich windelweich!«

Sie riß sich von ihm los und stürzte hinaus. Hudson rannte hinterher und holte sie auf dem Flur ein. »Sag mir, wessen Bastard du trägst!«

»Dir kann es doch ganz egal sein«, schluchzte sie, »wo du dir in Paris ein fremdes kaufen wolltest. Dies ist wenigstens meins.«

Sein Zorn verrauchte plötzlich, ein angedeutetes Lächeln spielte um seine Lippen. Er schob Maggie ins Zimmer zurück. »Du hast recht. Du hast völlig recht! Du wirst dieses Kind zur Welt bringen. Und von nun an jedes Jahr ein weiteres – zehn Jahre lang. Dann, wenn du brav warst, kannst du dich scheiden lassen und bekommst eine hübsche Unterhaltszahlung.«

»Nein.« Sie setzte sich auf die Couch und sah ihren Mann trotz ihrer inneren Erregung ruhig an. »Daraus wird nichts. Ich will mein Baby nicht in einer Atmosphäre von Haß aufziehen. Ich verlange die Scheidung jetzt.«

»Dann bekommst du keinen Penny.«

»Darauf kann ich verzichten«, sagte sie müde. »Ich werde bei meiner Familie leben und beim Fernsehen genug verdienen, um mein Kind großziehen zu können.«

»Nicht, wenn wir zwei miteinander fertig sind.«

»Wieso?«

»Dieses Kind bedeutet eine Million für mich. Entweder bringst du es für mich zur Welt, oder du findest nirgends mehr Arbeit. Ich zerr' dich durch alle Zeitungen. Dann ist Schluß beim Fernsehen. Und deine Familie kann sich auch nicht mehr sehen lassen.«

Sie begrub ihr Gesicht in den Händen. »O Hudson, warum? Warum mußte es soweit kommen? Ich habe einen Fehler gemacht . . . einmal, mit einem einzigen Mann. Vorher habe ich dich nie betrogen und werde es auch künftig nicht tun. Ich habe mir so gewünscht, daß wir gut miteinander auskommen. Aber du hast mich unglücklich gemacht, mir das Gefühl genommen, eine richtige Frau zu sein. Sicher war es falsch, was ich getan habe, und ich will dir auch nicht vorhalten, was ich von dir weiß.« Sie schluchzte jetzt. »Ich dachte nur, wir hätten noch eine Chance. Vermutlich war es dumm von mir, aber ich habe wirklich geglaubt, du würdest dich freuen, wenn ich ein Kind bekäme . . . wir würden uns versöhnen und vielleicht dann eigene Kinder haben . . .«

»Du Idiot! Hast du noch nicht begriffen, daß ich steril bin?« schrie er. »Ich habe mich letzte Woche untersuchen lassen. Ich kann keine Kinder zeugen!«

»Und was ist mit den Abtreibungen, für die du gezahlt hast?«

»Woher weißt du das?«

»Ich weiß es.«

Er zerrte sie von der Couch und gab ihr eine Ohrfeige. »Dann hast du mir also Detektive auf den Hals gehetzt? Leider haben sie nicht die ganze Wahrheit 'rausgeschnüffelt: Diese angeblich von mir geschwängerten Weiber haben mich beschwindelt! So wie du eben.«

Maggie machte sich von ihm los. Die Tränen strömten ihr übers Gesicht, ihre Lippe war aufgesprungen. Trotzdem tat er ihr leid. Sie wollte hinausgehen, aber er hielt sie grob fest.

»Wohin gehst du?«

»Koffer packen«, erwiderte sie ruhig. »Ich kann nicht mehr mit dir unter einem Dach leben.«

»Ach!« rief er hämisch. »Du konntest es ja bis jetzt, obwohl du wußtest, daß ich dich betrog. Wir sind quitt, wir haben uns nichts vorzuwerfen. Möglicherweise ist das sogar die bessere Lösung. Jeder geht seiner eigenen Wege . . . nur mein Vater darf nichts davon wissen.«

»Nein, so kann ich nicht leben.«

»Und wie bist du zu dem kleinen Bastard in deinem Bauch gekommen?«

»Ich wußte von deinen Frauengeschichten. Dann traf ich jemanden. Wie es dazu kam, weiß ich auch nicht. Ich glaube, ich brauchte einfach einen Menschen, der mich überhaupt wahrnahm, für den ich lebendig war, und sei es nur für wenige Stunden.«

Hudson schlug sie wieder. »Ist es das, was du brauchst?« Die Schläge prasselten ihr von rechts und links ins Gesicht. Vor Schmerzen riß sie den Kopf zurück, und es gelang ihr, mit einem Ruck freizukommen und hinauszurennen. Hudson lief ihr nach. »Bewußtlos werde ich dich schlagen . . . ist es das, was du brauchst? Sherry habe ich mit meinem Gürtel vertrimmt. Gefiel ihr sehr!« Er zog seinen Gürtel aus den Schlaufen.

Maggie schrie und hoffte, die Dienstboten würden sie hören. Sie rannte zur Treppe. Hudson schwang den Gürtel und schlug zu. Er traf sie am Hals. Sie sah Haß und Perversion in seinem Gesicht und bekam Todesangst. Schreiend wich sie zurück. Wo waren nur die Mädchen? Dieser Mensch war wahnsinnig, er konnte sie blind schlagen. Sie trat noch einen Schritt zurück – und stürzte rückwärts die Treppe hinunter. Für den Bruchteil einer Sekunde hoffte sie, sie würde sich das Genick brechen und sofort tot sein, damit sie nie mehr dieses Gesicht sehen müßte. Und dann lag sie unten vor der Treppe. Hudson starrte auf ihre Beine. Sie spürte einen stechenden Schmerz und preßte die Hände auf den Bauch. Blut sickerte an ihren Beinen entlang. Dann war Hudson über ihr und ohrfeigte sie noch einmal. »Du blöde Gans hast eine Million Dollar zum Teufel gehen lassen!«

Es wurde mit einemmal kalt auf der Terrasse. Maggie ging ins Zimmer und schenkte sich einen Scotch ein. Das alles schien sich in einer anderen Welt ereignet zu haben, und doch war es kaum zwei Jahre her. Dunkel erinnerte sie sich noch an die Sirene des Krankenwagens, die Woche im Krankenhaus, wo niemand sie nach den Striemen am Hals und im Gesicht gefragt hatte, an den höflichen Arzt, der so tat, als glaube er an einen Unfall, schließlich daran, wie alle versucht hatten, ihr den Entschluß zur sofortigen Scheidung auszureden. Alle bis auf Hudson. Ihre Mutter glaubte, sie habe einen Nervenzusammenbruch erlitten. Sogar Lucy hatte sie angefleht, sich die Sache noch zu überlegen.

Maggie hatte sich zu einer Scheidung in Florida entschlossen. Es dauerte drei Monate. Sie wollte die Sonne und die Ruhe genießen und Zeit haben, die Erschütterung zu überwinden und neu anzufangen.

Obgleich Hudsons Anwälte eingewilligt hatten, die Scheidungskosten und Maggies Aufenthalt in Florida zu übernehmen, mietete sie sich nur ein kleines Apartment und lebte bescheiden. Nach zwei Monaten hatte sie die Demütigungen überwunden und empfand nur noch Leere: Hudson existierte für sie nicht mehr. Aber Maggie war jung, ihre Unternehmungslust kehrte zurück, und bald begann sie sich zu langweilen. Sie meldete sich beim Miami-Studio der IBC. Andy Parino stellte sie sofort ein. Andy gefiel ihr. Sie wollte wieder einen Menschen gern haben, wollte leben. So glitten sie in eine angenehme Affäre hinein. Bei Andy fühlte sie sich wohl, durch ihn erfüllte sich ihr Leben als Frau. Aber etwas hatte Hudson zerstört.

Nach ein paar Monaten wurde sie sicherer. Andy mochte sie gern, und ihr neuer Job gefiel ihr. Es wurde Zeit, die Teilnahmslosigkeit, mit der sie sich treiben ließ, abzuschütteln, wieder etwas zu fühlen, zu träumen, zu hoffen. Sie versuchte es, aber es gelang nicht. Es war, als ob Hudson ihre Gefühle abgestumpft hätte. Als Andy ihr einen Heiratsantrag machte, lehnte sie ab.

Und nun, an diesem Abend, war sie zum erstenmal wieder bis ins Innerste aufgewühlt. Sie würde Robin Stone wiedersehen! Sie konnte es kaum erwarten, den Ausdruck in seinen Augen zu sehen, wenn sie einander gegenüberstanden . . .

19

Maggie saß in Joe Sonkins Bar und fragte sich, ob man ihr die Nervosität anmerkte. Andy war den ganzen Tag mit Robin auf dem Golfplatz gewesen. Für die Elfuhrnachrichten hatte er sich auf Robins Anregung hin während der nächsten Tage vertreten lassen. Sie sah auf die Uhr . . . die beiden mußten jeden Augenblick kommen. Eben hatte sie sich eine neue Zigarette angezündet, als sie sah, daß die alte kaum angeraucht im Aschenbecher qualmte. Hastig drückte sie sie aus. Wie ein Schulmädchen kam sie sich vor, wie ein Schulmädchen vor ihrem ersten Rendezvous. Jeden Moment mußte Andy mit Robin Stone hereinkommen, und sie würden sich gegenüberstehen. Sie drückte auch die neue Zigarette aus.

In dem Spiegel über der Bar sah sie ihr Bild. Das beigefarbene Seidenkleid paßte vorzüglich zu der gleichmäßig gebräunten Haut. In Philadelphia hatte sie einen ganz weißen Körper gehabt. Als Robin ihre Brust streichelte, hatte er geflüstert: »Weiße, weiße, schneeweiße Haut.« Aber Braun war viel schmeichelhafter. Maggie wußte, daß sie schön war. Sie hatte es immer gewußt, doch darin nie mehr als einen statistischen Wert gesehen: man war entweder groß oder klein, häßlich oder schön. Bis jetzt hatte sie keine Freude an ihrer Schönheit gehabt, höchstens Unglück hatte sie ihr gebracht. Aber heute abend war sie plötzlich froh, daß sie schön war. Sie hatte sich sorgfältig angezogen. Das Kleid paßte nicht nur gut zu ihrer Haut, sondern auch zu dem Grün ihrer Augen. Katzenaugen. Andy nannte sie seinen schwarzen Panther. Heute abend fühlte sie sich wie ein Panther . . . gespannt und sprungbereit.

Es war ihre Idee gewesen, sich hier zu treffen. Sie wollte nicht, daß man sich eng aneinandergedrängt in einem dunklen Auto wiedersah. Sie wollte, daß die beiden Männer auf sie zukamen. Diesmal würde sie die Situation beherrschen.

Eben hatte sie ihr Glas ausgetrunken, als sie Andy zur Tür hereinkommen sah . . . allein. Er setzte sich zu ihr an die Bar und bestellte einen Scotch. Sie machte ein betont gleichgültiges Gesicht und bestellte für sich einen zweiten Scotch. Der Teufel sollte sie holen, wenn sie ihn fragen würde. Aber wo *war* er?

»Entschuldige die Verspätung, Maggie«, sagte Andy.

»Das macht nichts.« Sie konnte es nicht mehr aushalten. »Wo ist dein Freund?«

»Der große TV-Star?« Andy nahm einen kräftigen Schluck.

»Kommt er nicht?« Sie hätte Andy umbringen können, daß er

sich jedes Wort aus der Nase ziehen ließ.

»Kann sein. Du hättest erleben sollen, was für ein Aufsehen er im Hotel erregt hat – als wäre er Cary Grant persönlich. Anscheinend kennt jeder seine Sendung, zumindest jeder, den wir auf dem Hotelgolfplatz getroffen haben.«

Maggie zündete sich eine Zigarette an. Sie hatte sich Robins Sendungen mit Absicht niemals angesehen, genauso wie sie jeden Gedanken an Hudson verbannt hatte. Auch das gehörte zur Bewältigung ihrer Vergangenheit. Natürlich war Robin heute ein berühmter Mann – das war ihr bis jetzt gar nicht klargeworden.

»An jedem Loch mußte er stehenbleiben und Autogramme geben«, erzählte Andy. Maggie konnte sich noch gut daran erinnern, wie es im Hotel Bellevue in Philadelphia gewesen war, wo Robin Mühe hatte, sich nicht anmerken zu lassen, wie lästig ihm das Autogrammgeben war.

»Es war nicht zum Aushalten«, fuhr Andy fort, »bis am siebzehnten Loch die kleine Blonde auftauchte.«

Maggie wurde hellwach. »Wer?«

Andy zuckte die Achseln. »Ein Hotelgast. Sie kann höchstens neunzehn oder zwanzig sein. Sie ließ ihr Team stehen, um sich von Robin ein Autogramm zu holen, und blieb dann gleich bis zum achtzehnten Loch bei uns.« Andy lachte. »Betty Lou, richtig, so heißt sie.« Er hob sein Glas. »Auf Betty Lou! Ihr verdanke ich zwanzig Dollar.« Er trank aus und meinte dann: »Laß uns nach hinten gehen. Ich sterbe vor Hunger.«

Maggie wartete, bis sie ihr Essen bestellt hatten, dann fragte sie: »Und wo ist er jetzt?«

Andy lachte nur.

Es war fast neun, als Robin das Restaurant betrat. Er sah frisch und munter aus. Neben ihm tauchte die kleine Blonde auf. Maggie merkte sofort, daß sie mit Robin geschlafen hatte. Ihr Haar saß schlecht, und das Make-up war flüchtig erneuert. Andy stand auf. »Hallo, Betty Lou!« Er umarmte sie wie eine alte Freundin. Dann drehte er sich um. »Das ist Maggie Stewart. Maggie, Robin Stone.«

Er sah sie mit seinem unbekümmerten Lächeln an. »Andy hat mir erzählt, daß Sie auch Golf spielen. Sie müssen mal einen Nachmittag mitkommen.«

»Ich habe keine große Erfahrung«, sagte sie. »Ich fürchte, ich bin für Sie kein Partner.«

»Genau wie ich«, rief Betty Lou. »Da geben wir ein prächtiges

Vierergespann ab.«

Robin bestellte zwei Wodka-Martini. Betty Lou benahm sich, als gehörte ihr Robin nicht nur, sondern als kenne sie ihn schon jahrelang. Er behandelte sie mit nachlässiger Höflichkeit, gab ihr Feuer, zog sie kaum ins Gespräch, ließ sie jedoch fühlen, daß er froh war, sie bei sich zu haben. Maggie beobachtete, wie er Bettys Hand streichelte und dem Mädchen gelegentlich zulächelte. Die Unterhaltung führte er dagegen ausschließlich mit Andy.

Plötzlich kam ihr der Gedanke, ob er Betty Lou wohl absichtlich ins Spiel gebracht habe, um die »Gegenüberstellung« leichter zu machen. Er mußte ja wissen, wie sie zu Andy stand.

Um mit Robin gleichzuziehen, bestellte Betty Lou sich auch noch einen Martini. Schon der erste war nicht ohne Wirkung geblieben. Der zweite erwies sich als fatal. Gegen Ende der Mahlzeit stützte sie sich auf die Ellbogen, das Haar fiel in die Spaghetti, und ihre Augen blickten glasig von einem zum andern. Plötzlich fiel sogar Robin ihr Zustand auf. »Zuviel Sonne und zuviel Golf vertragen sich manchmal schlecht mit Alkohol«, meinte er.

Es gefiel Maggie, daß er das Mädchen, obwohl er sie kaum kannte, in Schutz nahm. Gemeinsam brachten sie Betty hinaus, verstauten sie in Robins Wagen und fuhren nach Hause. Danach schlug Robin vor, im Diplomat noch etwas zu trinken.

Sie saßen um einen kleinen Tisch. »Auf dein Wohl, alter Junge, und vielen Dank, daß du mich zu meinem ersten Urlaub seit zwei Jahren angestiftet hast. Und auf das Wohl deiner bezaubernden Begleiterin, Miss . . .« er hielt inne und sah Maggie an, als ziehe er einen Gedankenstrich.

»Maggie«, sagte Andy ruhig. »Maggie Stewart.«

Robin lächelte. »Ich habe ein schreckliches Namensgedächtnis.« Nachdem sie ausgetrunken hatten, standen sie auf und verabschiedeten sich in der Hotelhalle. Maggie sah Robin nach.

Auf der Heimfahrt war sie schweigsam. Andy sagte: »Du darfst es Robin nicht übelnehmen, daß er deinen Namen vergessen hat. So ist er nun mal. Wenn er nicht gerade mit einem Mädchen im Bett liegt, weiß er nicht, daß es existiert.«

»Bring mich nach Hause, Andy.«

Eine Weile fuhr er stumm durch die Straßen. »Wieder Kopfschmerzen?« fragte er schließlich. Seine Stimme war kühl.

»Ich bin müde.«

Verärgert hielt er vor ihrer Wohnung. Maggie machte nicht einmal den Versuch, ihn zu besänftigen. Sie sprang aus dem Auto und rannte ins Haus. Auf den Fahrstuhl zu warten, dauerte ihr zu lange. Sie stürmte die Treppen hinauf, schlug die Tür hinter sich zu und lehnte sich dagegen. Die Tränen liefen ihr übers Gesicht, das Schluchzen kam in trockenen, erstickten Stößen. Er erinnerte sich nicht nur an ihren Namen nicht, er erinnerte sich überhaupt nicht, ihr jemals begegnet zu sein!

Maggie warf das Rollenbuch auf den Tisch. Sie kannte es auswendig, und die Premiere im *Player's Club* war erst in drei Wochen ... aber sie wollte brillieren. Schließlich spielten sie O'Neill, und von Kalifornien kam extra Hy Mandel herüber, um sie zu sehen. Viel herauskommen würde dabei wahrscheinlich nicht. Der Leiter einer unabhängigen Filmgesellschaft hatte sie im Fernsehen gesehen und angefragt, ob sie an Probeaufnahmen interessiert sei. Maggie hatte ihm geantwortet, an Probeaufnahmen sei sie nicht interessiert, wohl aber daran, Schauspielerin zu werden. Denn ihre Sendung im Stich zu lassen, um nach Kalifornien zu fliegen, war unmöglich. Vielleicht lag es an ihrem mangelnden Interesse, daß der Filmmann nicht nachgelassen hatte. Kurz entschlossen rief er Hy Mandel, einen der besten Hollywoodagenten an und sang ein Loblied auf Maggie. Nun kam Mandel tatsächlich her, um sie in einer Theatergruppe, die sich halb aus Amateuren zusammensetzte, spielen zu sehen.

Sie sah auf die Uhr. Es war Zeit, sich anzuziehen. Heute war Robin Stones letzter Abend in Miami. Sie waren verschiedentlich zusammen ausgegangen. Betty Lou tauchte dabei nicht mehr auf. Am zweiten Abend war er mit einer Schwimmlehrerin namens Anne gekommen; am dritten mit einer geschiedenen Dame namens Beatrice. Dann hatte er sich ein Boot gemietet und war drei Tage lang allein angeln gegangen. Heute nachmittag war er zurückgekehrt, und Andy hatte ihr gesagt, daß sie zusammen essen gehen wollten. Sie war gespannt, mit wem er heute aufkreuzen würde. Mit Betty Lou? Mit Anna? Oder mit der Geschiedenen?

Gerade als sie mit ihrem Make-up fertig war, rief Andy an. Er war glänzender Laune. »Ich hatte eben ein langes Gespräch mit Robin. Rat mal, worüber? Er will die fliegenden Untertassen nicht in die ›Schlagzeilen‹ hereinnehmen, er will eine eigene Sendung haben ... und wir sollen sie machen. Das bedeutet eine Reise nach New York – auf Spesen!«

»Hoffentlich nicht gerade, wenn wir den O'Neill spielen.«

»Was ich dir noch sagen wollte, Maggie: Erwähne Robin gegenüber bitte nichts von Amanda.«

»Amanda?«

»Das Mädchen, dessen Bild ich dir vorgestern in der Zeitung gezeigt habe.«

»Ach, die an Leukämie gestorben ist?«

»Ja. Robin war mit ihr befreundet. Er war beim Angeln, als die Todesnachricht in den Zeitungen stand, und weiß es vermutlich noch nicht. Er kann sowieso nichts mehr unternehmen. Die Beerdigung war gestern. Warum soll man ihm also noch den letzten Urlaubstag verderben?«

»Aber sie war doch mit Ike Ryan verheiratet?«

»Ja. Die Freundschaft mit Robin war vorher. Die beiden waren fast zwei Jahre zusammen.«

Maggie dachte über das Gehörte nach. Zwei Jahre . . . das bedeutete, daß er, als sie die Nacht in Robins Hotel verbrachte, schon mit Amanda ging. Sie betrachtete sich im Spiegel und kniff die Augen zusammen. »Hast du es nun begriffen, du blöde Person? Du führst dich auf wie eine sechsundzwanzigjährige Jungfer. Hast du etwa insgeheim gehofft, etwas Besonderes für Mister Stone zu sein?«

Sie parkte ihren Wagen vor dem Diplomat. Als sie durch die Hotelhalle ging, drehten die Männer sich nach ihr um, was sie mit Genugtuung bemerkte. Sie warf ihr Haar in den Nacken und betrat die Bar. Robin Stone erhob sich lächelnd. »Andy kommt gleich zurück.« Er winkte dem Kellner. »Was soll's sein? Scotch wie üblich?«

Sie nickte. »Und wer ist heute die Dame Ihres Herzens? Die Geschiedene wie üblich?«

Er grinste. »Der heutige Abend gehört Ihnen. Ihnen und Andy. Ich will mich betrinken, mich gemütlich mit zwei guten Freunden betrinken.«

Andy kehrte an ihren Tisch zurück. »Dein Flug ist gebucht. Sechs Uhr morgen früh. Meiner Meinung nach ist es ja Quatsch, daß du schon zurückfliegst.«

Robin starrte auf sein leeres Glas und bestellte ein neues. »Ich wäre gern geblieben. Aber ich muß Heiligabend in Los Angeles sein. Das habe ich fest versprochen.«

Robin trank bereits sein viertes Glas, Maggie hatte ihr zweites kaum angerührt. Wieder einmal wunderte sie sich, wieviel er vertragen konnte. Auch in jener Nacht in Philadelphia, als er eingestand, sehr betrunken zu sein, hatte er einen völlig nüchternen

Eindruck gemacht. Dabei war er so betrunken gewesen, daß er sich nicht einmal an sie erinnerte!

Später fuhren sie ins Fontainebleau und kamen gerade noch rechtzeitig zu Sammy Davies' Auftritt. Maggie aß ein Steak. Robin mochte nichts anrühren, trank aber methodisch Wodka, und Andy strengte sich mächtig an, mitzuhalten.

Zu später Stunde landeten sie in einer verräucherten Spelunke an der Seventy-ninth Street. Robin ließ eine Flasche Wodka auf den Tisch stellen, Maggie blieb bei Scotch. Es herrschte ein solches Getöse, daß eine Unterhaltung unmöglich war. Robin trank schweigend vor sich hin, und Andy konnte sein Glas schon nicht mehr richtig halten. Gegen eins war er sternhagelvoll.

Sie brachten ihn nach Hause, Robin hievte ihn aus dem Auto, und gemeinsam schleppten sie ihn in seine Wohnung, legten ihn aufs Bett und lösten ihm die Krawatte. Maggie sah besorgt auf ihn herab. Es war das erstemal, daß sie erlebte, wie ein Mann sich bewußtlos trank. Robins Lächeln beruhigte sie jedoch. »Nicht einmal eine eurer fliegenden Untertassen bekäme ihn jetzt noch wach. Morgen früh wird es ihm grauenvoll gehen ... aber er wird's überleben.«

Sie gingen zum Auto zurück. »Ich wohne nur ein paar Straßen weiter, gleich das lange flache Gebäude dort drüben«, sagte sie, »aber mein Wagen steht noch beim Diplomat.«

»Holen Sie ihn morgen früh mit einem Taxi ab und lassen Sie's über die Spesenabrechnung laufen. Heute abend bringe ich Sie nach Hause, aber wie wär's, wenn wir uns noch einen Schlaftrunk gönnten?«

Sie stieg ein und dirigierte ihn zu einer kleinen Bar in der Nähe. Der Besitzer erkannte Robin und holte gleich eine Flasche Wodka. Die beiden Männer gerieten in ein Gespräch über Football. Maggie saß vor ihrem verdünnten Scotch und hörte zu. Es war unglaublich: Robin schien völlig nüchtern zu sein.

Als die Bar schloß, fuhr er Maggie zu ihrer Wohnung. Vor dem Haus blieben sie noch einen Augenblick in dem dunklen Wagen sitzen.

»Haben Sie Wodka oben?« fragte er.

»Nein, nur Scotch.«

»Wie schade. Ja, dann also gute Nacht, Maggie. Es war eine herrliche Zeit.«

»Gute Nacht, Robin.« Sie wollte schon die Tür aufmachen, drehte sich aber impulsiv nochmals um und küßte ihn. Dann stieg sie hastig aus und lief ins Haus. Singend zog sie sich aus, holte ihr Nachthemd, warf es zur Seite. Von jetzt an würde sie nackt schlafen. Von jetzt an wollte sie überhaupt ein paar etablierte Regeln brechen. Mit dem Kuß, zu dem die Initiative ja von ihr ausging, hatte sie schon einen Anfang gemacht. Sie schlüpfte ins Bett und schaltete das Licht aus. Wunderbar fühlte sich das kühle Bettzeug an ... ein Gefühl von Freiheit, das sie nie gekannt hatte, ergriff sie, und obwohl sie gar nicht müde war, schloß sie die Augen.

Es klopfte an die Tür. Maggie machte Licht und sah auf die Uhr. Erst halb fünf. Sie mußte gerade eingeschlafen sein. Das Klopfen wurde lauter. Sie warf sich ihren Morgenrock über und öffnete die Tür bei vorgelegter Sicherheitskette. Robin Stone stand im Flur und schwenkte eine Flasche Wodka.

»Ich habe mir meinen Schlaftrunk mitgebracht«, sagte er.

Sie ließ ihn herein. »Die Flasche stand in meinem Zimmer – ein Geschenk der Hotelleitung. Ich hatte aber keine Lust, allein zu trinken.«

»Möchten Sie Eis?«

»Nein, ich trinke ihn pur.«

Sie gab ihm ein Glas, setzte sich auf die Couch und sah zu, wie er trank. Plötzlich stellte er fest: »Ich bin blau.«

Sie lächelte. Das Herz schlug ihr im Halse.

»Möchtest du mich, Baby?« fragte er.

Sie stand auf und ging ein paar Schritte auf und ab. »Ich möchte dich«, sagte sie leise, »aber nicht heute nacht.«

»Wir haben nur heute ... ich fliege morgen.«

»Verschieb es um einen Tag.«

»Was macht es aus, ob du mich morgen oder heute hast?«

»Ich möchte, daß du dich an mich erinnerst.«

»Wenn du gut bist, Baby, vergeß ich dich nie.«

Sie drehte sich um und sah ihn an. »Tut mir leid, das habe ich schon mal mitgemacht.«

Mit einem Anflug von Neugierde sah er sie an. Plötzlich war er neben ihr und schlug ihren Morgenrock auseinander. Sie wollte danach greifen, aber Robin riß ihn von ihren Schultern, trat einen Schritt zurück und starrte sie nachdenklich an. Maggie kämpfte gegen ihre Verlegenheit, hielt aber seinem Blick trotzig stand.

»Große schöne Brüste«, sagte er. »Ich hasse große Brüste.« Mit einer zweiten unerwarteten Bewegung hob er sie hoch, trug sie ins Schlafzimmer und warf sie aufs Bett. »Und Brünette hasse ich auch.« Er zog das Jackett aus und band die Krawatte ab. Maggie hatte plötzlich Angst. In seinen Augen lag ein seltsamer Ausdruck ... als ob er sie gar nicht wahrnehme. Sie sprang auf, aber er stieß sie zurück. »Du wirst mich nicht verlassen. Ich bin schon ein großer Junge.« Merkwürdig klangen seine Worte – als spräche er mit sich selbst. Er starrte sie wie ein Blinder an.

Sie beobachtete, wie er sich auszog. Noch hätte sie davonrennen und um Hilfe rufen können ... aber sie blieb unbeweglich liegen. Die Neugier nagelte sie fest. So mochte es dem Opfer eines Mörders zumute sein: gelähmt ... unfähig, Widerstand zu leisten. Als er auch die Unterwäsche abgestreift hatte, setzte er sich zu ihr aufs Bett. Immer noch hatten die Augen diesen seltsamen ausdruckslosen Blick. Er beugte sich herab und küßte sie zärtlich. Ihre Angst verflog, heftig erwiderte sie den Kuß. Dann legte er sich zu ihr, ihre Körper berührten sich. Sie hörte ihn seufzen und spürte, wie er sich entspannte. Sein Mund suchte ihre Brustwarzen. Da fiel jede Hemmung von ihr ab, und sie umarmte ihn leidenschaftlich. Überwältigt von Sinnlichkeit und Zärtlichkeit gab sie sich ihm hin, und als sie mit ihm den Orgasmus erreichte, klammerte er sich an sie und schrie dieselben drei Worte, die er auch in Philadelphia gerufen hatte: »Mutter! Mutter! Mutter!«

Dann lag er schwer atmend neben ihr. Selbst im Dunkeln konnte sie erkennen, daß seine Augen den starren Blick behalten hatten. »Ich bin blau, Baby. Aber heute nacht war es anders als sonst.«

»Das hast du mir schon einmal in Philadelphia gesagt.«

»Ja?« Er zeigte keine Reaktion.

Sie schmiegte sich an ihn. »Robin, war es mit vielen Mädchen anders?«

»Nein – doch – ich weiß nicht.« Seine Stimme klang schläfrig. »Bitte geh nicht von mir.« Er zog sie an sich. »Versprich mir, daß du ... mich nie verläßt.«

Sie umarmte ihn. Jetzt! dachte sie. Nutz die Chance. Wirf ihn aus dem Bett. Sag: Good bye, Nachrichtenmann! – Aber sie brachte es nicht fertig.

»Ich werde dich nie verlassen, Robin, ich schwöre es.«

Er war schon halb im Schlaf. »Das sagst du nur so.«

»Ich habe das noch zu keinem Mann gesagt. Ich verspreche es. Ich liebe dich.«

»Nein, du wirst mich verlassen ... um ...«

»Um was?« Sie mußte es wissen.

Aber er schlief schon.

Maggie verbrachte eine unruhige Nacht. Alle paar Minuten wachte sie auf, starrte auf den Mann in ihren Armen und vergewisserte sich, daß sie dies alles nicht nur geträumt hatte. Bald kamen die ersten hellen Streifen der Morgendämmerung, und staunend nahm sie wahr, wie plötzlich die Sonne am Himmel stand.

Vorsichtig befreite sie sich aus Robins Armen und schlich auf Zehenspitzen ins Badezimmer. Er sollte seinen Wodkarausch gründlich ausschlafen. Er sollte sich wohl fühlen, wenn er aufwachte. Sie warf einen Blick in den Spiegel. Großer Gott, sie mußte gestern abend hübsch beschwipst gewesen sein! Nicht mal ihr Make-up hatte sie entfernt. Gott sei Dank war sie zuerst aufgewacht! Lippenstift und Wimperntusche waren restlos verschmiert. Sie cremte das Gesicht ein, ging unter die Dusche und legte hinterher ein leichtes Make-up auf. Das Haar band sie sich zu einem Pferdeschwanz, zog dann Jeans und eine Bluse an und ging in die Küche. Ob er Eier mochte? Schinken? Vielleicht würde ihm nach dem vielen Wodka allein schon vom Geruch übel werden. Sie setzte Kaffeewasser auf und öffnete eine Büchse Tomatensaft. Angeblich war das für einen Kater genau das richtige. Für den Fall, daß er doch Eier wollte, stellte sie die Pfanne griffbereit. Himmel, sie würde alles für ihn tun!

Es war fast Mittag, als er sich endlich rührte. Maggie schenkte ein Glas Tomatensaft ein und brachte es ihm ans Bett. Das Zimmer lag im hellen Sonnenschein. Robin sah sich blinzelnd um.

»Mein Gott. Maggie!« Fassungslos sah er auf das Bett und dann wieder auf Maggie. »Wie bin ich hierhergekommen?«

»Um halb fünf heute morgen. Auf deinen Beinen.«

Wie in Trance gab er ihr das leere Glas zurück. »Haben wir ... ja, vermutlich.« Er starrte das Bett an und schüttelte den Kopf. »Manchmal, wenn ich sehr betrunken bin, weiß ich nicht mehr, was ich tue. Verzeih, Maggie.« Dann sah er sie verärgert an. »Warum hast du mich 'reingelassen?«

Sie schluckte an dem Kloß in ihrer Kehle.

»Mein Gott!« Er fuhr sich mit der Hand durchs Haar. »Ich kann mich nicht erinnern. Ich kann mich einfach nicht erinnern.«

Sie spürte, wie ihr die Tränen übers Gesicht liefen, aber der aufsteigende Zorn gab ihr ihre Fassung zurück. »Das ist in dieser Situation der abgedroschenste Satz von der Welt, Robin. Aber spiel ruhig die alte Platte, wenn dir dabei wohler ist. Das Badezimmer ist nebenan.«

Sie warf den Kopf in den Nacken und ging ins Wohnzimmer, wo

sie sich eine Tasse Kaffee einschenkte. Ihr Zorn verrauchte ein wenig. Die Bestürzung in seinen Augen war echt gewesen, und plötzlich wußte sie, daß er die Wahrheit sprach. Er konnte sich wirklich an nichts erinnern.

Als er aus dem Badezimmer kam, war er noch damit beschäftigt, sich die Krawatte umzubinden. Das Jackett, das er über den Arm gehängt hatte, warf er auf die Couch. Maggie reichte ihm eine Tasse Kaffee.

»Wenn du Eier möchtest, oder Toast . . .« sagte sie.

Er schüttelte den Kopf. »Das Ganze tut mir wahnsinnig leid, Maggie. Andys wegen. Und am meisten deinetwegen. Hör zu, ich fliege heute ab. Du brauchst Andy ja nichts zu sagen. Ich werde das bei ihm irgendwie wiedergutmachen . . . ich finde schon eine Möglichkeit.«

»Und ich?«

Er sah sie an. »Du wußtest ja, was du tatest. Andy nicht. Er ist dein Freund.«

»Ich bin nicht verliebt in Andy.«

Er grinste. »Und vermutlich bist du rasend in mich verliebt.«

»Ja, genau.«

Er lachte, als sei das ein schlechter Witz. »Ich muß ja umwerfend sein, wenn ich blau bin.«

»Willst du damit sagen, daß dir so was oft passiert?«

»Oft nicht. Aber einige Male ist es schon vorgekommen, und dann packte mich jedesmal eine Heidenangst. Heute stehe ich zum erstenmal der unbestreitbaren Tatsache gegenüber, mich an gar nichts erinnern zu können. Gewöhnlich weiß ich beim Aufwachen, daß irgend etwas war. Meistens, wenn ich mich so richtig habe volllaufen lassen. Gestern abend fühlte ich mich jedoch ganz sicher und glaubte, ich könne gefahrlos tanken, weil ich ja nur mit dir und Andy zusammen war. Was ist denn überhaupt mit ihm los?«

»Wir haben ihn, als er völlig betrunken war, nach Hause gebracht.«

»Richtig, jetzt fällt's mir wieder ein. Ich glaube, das ist das letzte, woran ich mich erinnern kann.«

»Und von dem, was du mir gesagt hast, weißt du nichts mehr?«

Seine blauen Augen sahen sie offen an. »War ich häßlich zu dir?«

Maggie kamen die Tränen. »Nein, du warst so lieb zu mir wie nie ein Mensch zuvor.«

Er stellte die Tasse ab und stand auf. »Maggie, es tut mir leid.

Ehrlich leid.«

Sie sah ihn an. »Bedeute ich dir etwas, Robin?«

»Ich mag dich, darum will ich dir nichts vormachen. Du bist eine gescheite, wunderschöne Frau – aber du bist nicht mein Typ.«

»Ich bin nicht dein . . .«, das Wort wollte ihr nicht über die Zunge.

»Maggie, ich weiß nicht, was mich veranlaßt hat, hierher zu kommen. Ich weiß weder, was ich gesagt, noch was ich getan habe . . . und, mein Gott, es tut mir leid, daß ich dich gekränkt habe.« Er trat an sie heran und wollte ihr sacht übers Haar streichen, aber sie wich ihm aus. »Schau, für dich und Andy bleibt alles beim alten. Wir löschen diese Nacht aus unserem Gedächtnis.«

»Geh bitte! Ich habe dir gesagt, daß es mit Andy aus ist; daß es schon vor dieser Nacht aus war.«

»Das wird eine bittere Pille für ihn sein, denn er hat dich sehr gern.«

»Ich bin nicht die Richtige für ihn. Ich bin nicht verliebt ihn ihn. Bitte, geh jetzt.«

»Ich will Andy nach New York holen«, sagte er plötzlich. »Miami gibt für Nachrichten nicht genug her. Wie ist es mit dir? Hast du Lust, in New York zu arbeiten?«

»Nun hör doch endlich auf, den lieben Gott zu spielen!«

Er sah ihr in die Augen. »Maggie, ich wollte, ich könnte die vergangene Nacht ungeschehen machen. Es ist sehr lange her, daß mir ähnliches passiert ist. Zuletzt in Philadelphia.«

Sie starrte ihn an. »Du erinnerst dich an Philadelphia?«

Er schüttelte den Kopf. »Als ich aufwachte, war das Mädchen fort. Ich weiß nur noch, daß sie einen orangefarbenen Lippenstift benutzte.«

»Ich benutze einen orangefarbenen Lippenstift.«

Robins Augen weiteten sich ungläubig.

Sie nickte stumm. »Verrückt, nicht? Ich machte in Philadelphia eine aktuelle Sendung.«

»Ja, um Himmels willen, reist du mir etwa nach?«

Sie war so empört über diese verletzende Bemerkung, daß sie ihm ins Gesicht schlug.

Er lächelte traurig. »Das habe ich wohl verdient. Du mußt mich ja hassen . . . so lange waren wir zusammen, und ich habe mich an nichts erinnert.«

»Ich hasse nicht dich«, erwiderte sie kühl. »Ich hasse mich. Ich hasse alle Frauen, die ihre Selbstbeherrschung verlieren oder sich wie sentimentale Idioten benehmen. Es tut mir leid, daß ich dich geschlagen habe. Du bist es nicht wert.«

»Gib dich nicht so hart, das paßt nicht zu dir.«

»Was weißt denn du von mir? Was kannst du schon von mir wissen? Du hast zweimal mit mir geschlafen und es vergessen. Woher nimmst du das Recht, mir zu sagen, was ich bin? Wer bist denn du? *Was* bist du?«

»Ich weiß es nicht, ich weiß es wirklich nicht.« Er drehte sich um und ging.

20

Gleich nach der Rückkehr ins Hotel bezahlte Robin seine Rechnung und fuhr zum Flughafen.

In New York herrschte klares, trockenes Wetter, die Temperaturen lagen bei fünf Grad. Der Kennedy Airport wimmelte von gutgelaunten Festtagsreisenden. Robin nahm ein Taxi und erreichte kurz bevor der Stoßverkehr einsetzte seine Wohnung. Er gelobte sich, bis zum Heiligabend in Los Angeles keinen Alkohol anzurühren.

In der Post fand sich nichts Besonderes, die Wohnung war sauber, trotzdem beschlich ihn eine merkwürdige niedergedrückte Stimmung. Er öffnete eine Büchse Tomatensaft und meldete ein Gespräch nach Los Angeles an. Vermutlich war Amanda inzwischen aus dem Krankenhaus entlassen worden.

»Wo, zum Teufel, hast du gesteckt? *Jetzt* rufst du an!« Ikes Stimme klang matt und teilnahmslos.

»Wie steht's?« fragte Robin fröhlich.

»Ruf mich an, wenn du mich brauchst«, äffte Ike ihn nach. »O Mann . . . und ob ich dich angerufen habe! Zwei Tage lang habe ich dich angerufen!«

»Ich war auf einem Fischerboot. Warum hast du mir keine Nachricht hinterlassen?«

Ike seufzte. »Wozu? Du hättest die Beerdigung ohnehin verpaßt.«

Robin hoffte, er habe sich verhört. »Was für eine Beerdigung?«

»Es hat in allen Zeitungen gestanden. Erzähl mir nicht, du hättest es nicht gelesen.«

»Ike . . . um Himmels willen, ich komme gerade nach New York zurück. Was ist los?«

Mit bleierner Stimme sagte Ike: »Amanda ist vorgestern beerdigt worden.«

»Aber vor einer Woche hast du mir noch erzählt, es ginge ihr gut!«

»Wir dachten es. An dem Tag, an dem sie starb . . . am selben Morgen sah sie noch großartig aus. Ich kam gegen elf ins Krankenhaus. Amanda saß – zurechtgemacht und in einem wunderschönen Morgenrock – im Bett und schrieb Weihnachtskarten. Das Medikament hatte angeschlagen. Ich hoffte, sie in wenigen Tagen nach Hause nehmen zu können. Plötzlich ließ sie den Kugelschreiber fallen und bekam einen ganz starren Augenaussdruck. Ich rannte zur Tür, rief nach Schwestern und Ärzten, und in Sekundenschnelle war das Zimmer voller Leute. Der Arzt gab ihr eine Spritze, darauf schlief sie ein. Drei Stunden saß ich an ihrem Bett. Dann schlug sie die Augen auf, sah mich an und lächelte schwach. Ich nahm sie in die Arme und sagte, es werde alles gut werden. Ihre Augen waren ganz klar, und sie sagte: ›Ike, ich weiß, ich weiß‹.« Er schwieg.

»Was meinte sie damit?« fragte Robin.

»Das mag der Himmel wissen. Sie wollte mir vielleicht zu verstehen geben, sie wisse, daß sie sterben müsse. Ich klingelte nach der Schwester, die sofort mit der Spritze kam, aber Amanda schob sie beiseite. Sie klammere sich an mich, als wüßte sie, daß sie nicht mehr viel Zeit hatte, und flehte: ›Robin, kümmere dich um Slugger – bitte, Robin!‹ Dann verlor sie das Bewußtsein. Die Schwester meinte, sie habe nicht gewußt, was sie sagte; sie habe sich in frühere Zeiten zurückversetzt geglaubt.

Ungefähr eine Stunde später wachte sie noch einmal auf, sah mich mit ihrem süßen Lächeln an und griff nach meiner Hand. O Gott, Robin, ihre Augen waren ganz weit offen und voller Angst. Sie sagte: ›Ike, ich liebe dich. Ich liebe *dich*.‹ Dann schloß sie die Augen. Sie hat das Bewußtsein nicht mehr wiedererlangt: Eine Stunde später war sie tot.«

»Ike, ihre letzten Worte galten dir! Das sollte dir ein Trost sein.«

»Wenn sie gesagt hätte ›Ike, ich liebe dich‹, Punkt, dann wäre es gut gewesen. Aber das tat sie ja nicht. Sie sagte: ›Ich liebe *dich*.‹ Als wollte sie mich überzeugen, daß sie nicht dich, sondern mich liebe. Daran erkennst du Amandas Warmherzigkeit und ihre Fairneß. Sie ahnte, daß ihr das Ende bevorstand, und sie wollte mir etwas zurücklassen, woran ich mich klammern konnte.«

»Ike, grüble nicht darüber nach. Sie wußte nicht, was sie sagte.«

»Ja. Hör mal, bist du einverstanden, wenn ich den Kater behalte?«

»Den Kater?«

»Na ja, von Rechts wegen gehört er dir. Ob Amanda nun bei Bewußtsein war oder nicht, sie hat jedenfalls gesagt, du solltest dich um Slugger kümmern. Und ich würde ihr auch diesen letzten Wunsch erfüllen. Aber ich hänge an dem Tier ... mir ist, als wäre es ein Stück von ihr.«

»Selbstverständlich«, sagte Robin, »gehört der Kater dir.«

»Ich habe jede Nacht mit ihm geschlafen«, sagte Ike. »Slugger spürt, daß irgend etwas nicht in Ordnung ist. Wir sind beide zwei verlorene Seelen.«

»Ike, gib dem Kater einen Teller Milch und schlaf mit einer Blonden.«

»Mit meinem sprichwörtlichen Glück drehe ich als nächstes einen Kriegsfilm. Kein einziges Weib darin. Nur zwanzig Burschen, die alle aussehen wie John Wayne. Aber was hilft's, zum Teufel! Ich werde mich schon wieder aufrappeln. Fröhliche Weihnachten, Robin.«

»Danke. Alles Gute, Ike.«

Robin legte auf und lehnte sich zurück. Amanda war tot ... es schien ihm unvorstellbar. Sie konnte nicht so an ihm gehangen haben. Ike war in seinem Kummer wahrscheinlich ganz durcheinander. Der arme Kerl! Was für ein trostloses Weihnachtsfest für ihn.

Auch für Robin war der Gedanke an Weihnachten nicht gerade erfreulich. Plötzlich hatte er das dringende Bedürfnis, Weihnachten mit einem Menschen zu verleben, der ihm nahestand. Wen gab es da? Seine Mutter? Seine Schwester? Kitty war in Rom, und Lisa – Gott, er hatte sie schon eine Ewigkeit nicht mehr gesehen. Hatte sogar vergessen, wie ihre Kinder aussahen. Kurz entschlossen meldete er ein Gespräch nach San Francisco an.

Lisa schien ehrlich überrascht. »Robin! Das ist doch nicht die Möglichkeit! Du rufst mich an: Laß mich raten – du heiratest!«

»Es ist eine Woche vor Weihnachten, und so seltsam es dir vorkommen mag – gelegentlich denke ich auch einmal an meine Familie. Besonders um diese Jahreszeit. Was machen die Kinder, und wie geht's meinem guten Bürstenschnitt-Schwager?«

»Er trägt ihn noch immer, den Bürstenschnitt, und ist noch immer der wunderbarste Mann der Welt. Eigentlich müßte ich dir böse sein, Robin. Du warst so oft in Los Angeles und hast nicht einmal angerufen. San Francisco liegt nur eine Flugstunde entfernt. Kate und Dickie würden dich so gern sehen. Du hast uns gerade noch erwischt. Wir fahren in einer Stunde nach Palm Springs und verbringen die Feiertage bei Dicks Familie. Wir sind Tennisnarren geworden. Wann sehen wir dich?«

»Wenn ich das nächstemal in Los Angeles bin, das verspreche ich.« Er schwieg einen Moment und fragte dann: »Was macht Kitty?«

Seine Schwester antwortete nicht sofort. »Robin, warum nennst du sie eigentlich immer so?« fragte sie schließlich.

»Weiß nicht. Ich glaube, seit der alte Herr tot ist.«

»Du meinst Vater.«

»O komm, Lisa. Wie geht es Kitty?«

»Warum nennst du sie Kitty?«

Er lachte. »Also schön, wie geht's unserer lieben Mami?«

»Sie war dir eine gute Mutter, Robin.«

»Das stimmt. Und ich bin froh, daß sie sich ein schönes Leben machen kann. Nun sag schon, wie geht's ihr?«

»Nicht gut. Sie hatte leichte Herzanfälle und war einen Monat im Krankenhaus. Es geht ihr zwar wieder besser, aber der Arzt hat sie dringend gebeten, in allem maßzuhalten. Sie nimmt Nitroglyzerintabletten, hat sich in Rom ein großes Haus gemietet und natürlich wieder jemanden aufgenommen – diesmal einen zweiundzwanzigjährigen Jüngling. Wahrscheinlich ist er schwul. Sie sagt, er kocht für sie und liest ihr jeden Wunsch von den Augen ab. Dafür zahlt sie ihm ein entsprechendes Taschengeld. Kannst du folgen?«

»Ich find's großartig. Willst du, daß sie sich einen arthritischen alten Mann ins Haus holt? Mir geht's genau wie Kitty; mir sind sie jung und knusprig auch lieber.«

»Möchtest du eigentlich nie Heim und Familie haben?«

»Nicht ums Verrecken ... und soll ich dir was sagen? Die gute Kitty wollte es im Grunde auch nicht. Ich glaube, sie hat uns nur in die Welt gesetzt, weil es sein mußte.«

»So etwas darfst du nicht sagen«, erwiderte Lisa heftig.

»Komm, komm, Lisa. Wir hatten immer ein Kindermädchen. Du zumindest. Ich kann mich noch erinnern, wie ängstlich Kitty war, wenn sie dich auf den Arm nehmen mußte. Und daß sie mich je auf den Arm genommen hätte, daran kann ich mich überhaupt nicht erinnern. Ich glaube, wir waren ein Programmpunkt – ein Junge und ein Mädchen, um die Familie zu vervollständigen.«

»Sie liebte Kinder«, sagte Lisa böse, »und hat sich brennend danach gesehnt. Als ich kam, hatte sie die Hoffnung schon halb aufgegeben.«

»Woran du siehst, wie wenig ich ihr bedeutet haben muß«, sagte er leichthin.

»Nein. Es war ganz anders. Schließlich sind wir ja sieben Jahre auseinander. Sie hat sich immer ein Haus voller Kinder gewünscht. Als ich zur Welt kam, wäre sie fast bei der Entbindung gestorben, und nach mir hat sie noch drei Fehlgeburten gehabt.«

»Wieso habe ich nie davon erfahren?«

»Ich habe es auch lange Zeit nicht gewußt. Nach Daddys Tod besuchte sie mich kurz. Ich erwartete damals Kate, und da sagte Mutter zu mir: ›Schaff dir nicht nur ein oder zwei Kinder an, Lisa, schaff dir ein ganzes Haus voll an. Du und Robin, ihr bekommt einmal so viel Geld, daß ihr euch beide viele Kinder leisten könnt. Das Leben ist leer ohne Kinder.‹ Und bei dieser Gelegenheit hat sie mir dann manches von früher erzählt. Ich wollte, daß sie bei uns blieb, aber sie war strikt dagegen. Sie meinte, ich hätte meinen Mann und mein eigenes Leben, und sie könne für sich selber sorgen. Sie war nicht davon abzubringen, nach Europa zu gehen.«

»Mädchen stehen ihren Müttern vermutlich näher«, meinte Robin ruhig.

»Das weiß ich nicht. Ich weiß aber wohl, daß Kinder wichtig sind. Mutter wußte das auch, und ich wünschte, du dächtest genauso.«

»Nun denn, Lisa, fröhliche Weihnachten und eine schöne Zeit in Palm Springs.«

»Danke Robin, frohe Weihnachten. Ich nehme an, ein paar Blondinen werden dir schon die Zeit vertreiben. Also schöne Tage.« Sie legte auf.

Nachdenklich rieb er sich den Kopf. In seiner Vorstellung hatte die Sendung über die fliegenden Untertassen schon Gestalt angenommen, aber er wußte, daß er vor dem ersten Januar doch nichts daran tun konnte. Jetzt waren erst einmal die Weihnachtstage zu überstehen. Er machte einen langen Spaziergang, sah sich dann die »Spätschau« an und ging schlafen. Um vier Uhr morgens wachte er schweißgebadet auf. Er zündete sich eine Zigarette an und verscheuchte die dumpfe Erinnerung an einen Alptraum. Vier Uhr morgens; dann war es in Rom bereits zehn. Je länger er darüber nachdachte, desto sinnvoller erschien ihm die Reise nach Rom. Er rief seine Mutter an. Es meldete sich eine männliche Stimme in steifem Englisch.

»Mrs. Stone bitte«, sagte Robin.

»Sie schläft noch. Kann ich etwas ausrichten?«

»Wer sind Sie?«

»Darf ich die Frage zunächst Ihnen stellen?«

»Ich bin ihr Sohn, Robin Stone, und nun sagen Sie mir vielleicht, wer Sie sind.«

»Oh!« Die Stimme wurde einen Ton herzlicher. »Ich habe viel von Ihnen gehört. Ich bin Sergio, ein guter Freund von Mrs. Stone.«

»Hören Sie zu, guter Freund, ich nehme die nächste Maschine nach Rom. Ich möchte Weihnachten bei meiner Mutter verleben. Wie geht es ihr denn?«

»Es geht ihr recht gut, aber wenn sie diese Nachricht hört, wird es ihr noch besser gehen.«

Wenn alle Gigolos diese Art von Charme versprühten, war es kein Wunder, daß so viele Frauen darauf hereinfielen. Dieser schickte seinen Charme sogar durchs Telefon von Kontinent zu Kontinent. Mit Absicht behielt Robin seinen nüchternen Tonfall bei.

»Sie könnten mir ein Telegramm ersparen, guter Freund, und mir ein Zimmer im Excelsior reservieren lassen.«

»Ich verstehe nicht . . .«

»Excelsior. Das ist ein großes Hotel an der Via Veneto.«

»Ich kenne das Hotel gut, aber warum wollen Sie dort wohnen? Ihre Mutter hat einen sehr großen Palazzo. Zehn Schlafzimmer. Sie wäre sicher sehr verletzt, wenn Sie nicht bei ihr wohnten.«

»Zehn Schlafzimmer?«

»Es ist eine hübsche Villa. Sehr ruhig.«

Das glaube ich gern, dachte Robin. Und mit viel Freiheit für den kleinen Sergio, seine Boyfriends einzuladen. Aber er sagte nichts.

»Wenn Sie Ihre Ankunft telegrafieren, werde ich Sie abholen«, schlug Sergio vor.

»Das ist nicht nötig.«

»Es wäre mir ein Vergnügen.«

»Okay, guter Freund, Sie verdienen sich Ihre Brötchen aber redlich, was?«

»Ich freue mich, Sie kennenzulernen.«

Die Maschine landete um elf Uhr abends Ortszeit, worüber Robin ganz froh war; er konnte Kitty noch begrüßen und dann gleich schlafen gehen. Im Grunde wäre ihm ein Hotel lieber gewesen. Die Rolle eines Hausgastes lag ihm nicht; nicht einmal im Hause seiner Mutter. Immerhin, ein Palazzo in Rom mit Sergio als Majordomus war natürlich nicht zu vergleichen mit der Villa, die sie in Boston bewohnt hatten. Außerdem war Robin überzeugt, daß Sergio nicht die entfernteste Ähnlichkeit mit seinem Vater aufwies.

Er sah den hübschen jungen Mann in den engen Hosen schon von weitem. Als er durch die Sperre kam, eilte Sergio auf ihn zu und wollte ihm das Handgepäck abnehmen.

Robin winkte ab. »So altersschwach bin ich noch nicht, junger Mann.«

»Ich bin Sergio. Darf ich Robin zu Ihnen sagen?«

»Habe nichts dagegen.« Sie gingen zur Gepäckausgabe. Der Junge sah ungewöhnlich gut aus. Besser als mancher Filmstar. Zweifellos war er von der anderen Fakultät, aber trotzdem nicht weibisch. Nicht nur sein Aussehen und sein Akzent hatten etwas Gewinnendes, er benahm sich auch gut. Eifrig und bereitwillig kümmerte er sich um alles, ohne sich anzubiedern. Der Bursche schien sich tatsächlich über Robins Besuch zu freuen. Im Handumdrehen hatte er das Gepäck besorgt – was immer er da auf italienisch herunterrattern mochte, es tat seine Wirkung. Robin bekam seinen Paß gestempelt, und während andere sich noch nach ihren Koffern drängten, zückte Sergio nur ein paar Lirescheine, und innerhalb von Sekunden kam ein gebeugter alter Gepäckträger und verstaute Robins Gepäck in einen langen roten Jaguar. Auf der Fahrt in die Stadt blieb Robin schweigsam.

»Netter Wagen«, sagte er schließlich.

»Er gehört Ihrer Mutter.«

»Und damit gondelt sie sicher jeden Tag durch die Gegend?« fragte er bissig.

»Nein, ich fahre. Sie hatte einen großen Rolls mit Chauffeur, aber bei dem Verkehr in Rom war das nicht praktisch. Und der Chauffeur . . .« Sergio rollte die Augen. »Er hatte ein Arrangement mit Tankstellen, und viel Geld Ihrer Mutter verschwand in seiner eigenen Tasche. Jetzt übernehme ich das Fahren.«

»Und Sie tanken sicher nur da, wo der Sprit besonders preiswert ist?«

»Das verstehe ich nicht.«

»Schon gut, Sergio. – Wie geht es meiner Mutter?«

»Ich glaube, es geht ihr so gut wie seit langem nicht. Ihr Besuch hat sie sehr glücklich gemacht. Wir wollen Weihnachten eine große Party geben. Ihre Mutter liebt Partys, und ich glaube, es ist gut für sie. Dann zieht sie sich hübsch an. Und wenn eine Frau sich hübsch anzieht, sieht sie hübsch aus und fühlt sich wohl.«

Robin lehnte sich zurück und beobachtete, wie Sergio den Jaguar im dichten City-Verkehr durch ein Gewühl winziger Autos schlängelte. Allmählich kamen sie in eine weniger belebte Gegend und bogen schließlich in die Via Appia ein. Sergio fuhr eine riesige, von Bäumen gesäumte Auffahrt hoch. Robin stieß einen Pfiff aus. »Sieht aus wie Neros Sommerpalast. Wie hoch ist denn die Miete?«

»Keine Miete«, sagte Sergio. »Kitty hat es gekauft. Sehr nett, nicht?«

Kitty erwartete sie in der großen Marmorhalle. Robin schloß sie liebevoll in die Arme. Sie schien kleiner, als er sie in Erinnerung hatte, aber ihr Gesicht war glatt und faltenlos. Auf den ersten Blick wirkte sie in ihrem Hausanzug aus rotem Samt wie eine Dreißigjährige. Sie führte ihn in eine riesige Wohnhalle. Der Fußboden bestand aus rosa Marmor, die hohen Wände schmückten Fresken. Sergio verschwand. Kitty und Robin setzten sich. »O Robin, es tut so gut, dich wiederzusehen!« Er schaute sie zärtlich an. Plötzlich war er unbändig froh, daß sie seine Mutter war. Er sah die braunen Altersflecken auf ihren Händen, die so schlecht zu dem jugendfrischen Gesicht paßten. Jetzt, da sie ihm nah gegenüber saß, wirkte sie mit einemmal wie eine kleine alte Frau. Ihr Körper schien eingesunken, selbst das glatte Gesicht sah alt aus.

Als dann Sergio wiederkam, vollzog sich eine erstaunliche Wandlung mit Kitty. Sie setzte sich hoch, ihr Körper, scheinbar um Zentimeter gewachsen, verlor alles Hinfällige, ihr Lächeln war jung, und als sie von Sergio das Glas Champagner entgegennahm, *war* sie jung.

»Ich habe Ihnen einen Wodka-Martini mit Eis gemacht«, sagte Sergio. »Kitty hat mir erzählt, das sei Ihr Getränk. Ist er richtig gemacht?«

Robin nahm einen großen Schluck. Es war unglaublich. Der Bursche machte einen besseren Martini als der Barmixer in der Lancer Bar. Sergio verschwand wieder, Kitty ergriff Robins Hände. »Ich bin ein wenig müde. Morgen werden wir über alles reden. O Sergio, das ist süß von dir.« Der Junge war mit einer Platte kaltem Hummer zurückgekehrt.

Robin tauchte ein Stück Hummer in irgendeine Sauce. Er stellte plötzlich fest, daß er Hunger hatte. Sergios Talente waren unbegrenzt. Er beobachtete den jungen Mann, der aufrecht neben dem Kamin stand. Wie konnte jemand, der so aussah, schwul werden? Wenn es ihm ums Geld ging, hätte sich doch gewiß leicht eine junge, reiche Erbin finden lassen. Warum sich mit einer so viel älteren Frau einlassen? Nun ja: Eine ältere Frau war für die kleinste Aufmerksamkeit dankbar. Dankbar genug, um ihm hin und wieder einen Freund zu gestatten.

»Du hast gerade noch rechtzeitig angerufen«, sagte Kitty. »Wir hatten schon Flugkarten in die Schweiz. Ich hatte Sergio zehn Tage Skiurlaub versprochen.«

Robin machte ein bestürztes Gesicht. »Warum habt ihr mir nicht gesagt, daß ihr schon etwas vorhattet?«

Kitty winkte ab. »Für mich spielte es sowieso keine Rolle. Gott soll mich schützen, daß ich noch mit Skilaufen anfange. Nur der arme Sergio hatte sich schon so auf die Reise gefreut. Es war aber sein Entschluß, daß wir nicht fahren würden. Als ich aufwachte, erzählte er mir, daß du kämst und daß er unsere Zimmer abbestellt hätte.«

Robin sah Sergio an. Der junge Mann zuckte die Achseln. »Ich könnte mir denken, daß die Luft dort oben für Kitty sowieso zu dünn ist. Mit ihrem Herzen sollte sie vielleicht nicht in die Alpen fahren.«

»Unsinn! Der Arzt hat gesagt, es schade mir nichts!« sagte Kitty. »Aber so ist es ja viel netter. Wir sind alle zusammen. Und – hat Sergio dir schon erzählt? – Weihnachten geben wir eine große Party. Ich mache eine Liste. Viele Leute sind natürlich über die Feiertage verreist, aber wer immer sich in Rom herumtreibt, wird kommen. Robin, du bleibst doch bis nach Neujahr? Schließlich haben wir deinetwegen auf die Alpen verzichtet, da darfst du uns nicht gleich wieder davonrennen.«

»Aber wenn ich nur ein paar Tage bliebe, könntet ihr doch immer noch in die Schweiz fahren.«

»Nein. Jetzt bekämen wir keine Zimmer mehr. Die anderen mußten wir Monate im voraus bestellen. Also, jetzt wird hiergeblieben!«

Kitty stellte ihr Glas ab. »Es wird Zeit für mich, schlafen zu gehen.« Robin stand auf, aber sie winkte ab. »Trink in Ruhe aus, Liebling. Für mich ist es spät, aber du lebst ja noch nach amerikanischer Zeit und kannst folglich gar nicht müde sein.« Sie küßte ihn auf die Wange. Sergio bot ihr den Arm; sie sah ihn dankbar an. »Er ist ein lieber Junge, Robin. Ich bin sehr froh, daß ich ihn habe. Er könnte mein Sohn sein.« Dann ging sie mit Sergio hinaus. Robin sah ihnen bis zum Treppenaufgang nach und schenkte sich dann einen kräftigen Schuß Wodka nach. Er war auch müde, hatte aber noch keine Lust, ins Bett zu gehen. Er hatte nichts zu lesen, und dieses merkwürdige Gefühl von Einsamkeit ließ ihn nicht los. Sein Blick wanderte zur Treppe. Ob Kitty und Sergio miteinander ins Bett gingen? Er schauderte. Es war eine milde Winternacht – trotzdem war ihm kalt. Er ging zum Kamin. Vielleicht lag es an dem verdammten Marmor.

»Ich habe in Ihrem Zimmer den Kamin angemacht.«

Robin drehte sich um – am Fuß der Treppe stand Sergio.

»Ich habe Sie gar nicht gehört«, sagte Robin. »Sie schleichen aber wirklich auf leisen Sohlen durchs Haus.«

»Ich trage absichtlich Gummisohlen. Kitty legt sich oftmals ein wenig hin, und ich möchte nicht, daß meine Schritte sie stören.«

Robin ging wieder zur Couch und rückte, als Sergio sich neben ihn setzte, ganz auf eine Seite. Er sah den Jungen an. »Hören Sie zu, Sergio, wir wollen eins von vornherein klarstellen: Suchen Sie Ihr Vergnügen bei meiner Mutter oder bei anderen Männern, aber machen Sie sich bitte keine Hoffnungen auf mich.«

»Vierzig ist für einen Junggesellen ziemlich alt.«

Robin lachte, aber es war kein fröhliches Lachen. »Gut kombiniert. Trotzdem sind Sie auf dem falschen Dampfer. Ich habe ein Faible für Frauen, mein Freund – so sehr, daß ich mich nie für eine einzige habe entscheiden können.« Der schmelzende Blick aus Sergios dunkelbraunen Augen war ihm unangenehm. »Sagen Sie, warum sind Sie nicht mit Kitty im Bett? Dafür werden Sie doch bezahlt, oder nicht?«

»Ich bin mit ihr zusammen, weil ich sie gern habe.«

»Oh, ich habe sie auch gern. Aber als ich so alt war wie Sie, habe ich meine Mutter verlassen, obwohl sie da noch ein ganzes Stück jünger und hübscher war.«

Sergio lächelte. »Sie ist nicht meine *Mutter*. Wir lieben uns, aber nicht so, wie Sie denken. Ihre Mutter möchte keinen Sex, sie möchte Zuneigung, jemanden, der bei ihr ist. Ich hänge an ihr und werde immer sehr gut zu ihr sein.«

»Davon bin ich überzeugt, Sergy«, sagte Robin mit Nachdruck. Er begann den Jungen mit etwas anderen Augen zu betrachten und fand ihn nicht unsympathisch. Komischerweise dachte er, daß Kitty sich glücklich schätzen konnte; er war Sergio dankbar.

»Erzählen Sie mir von Ihrer Arbeit in den Staaten«, sagte Sergio.

»Da gibt's nicht viel zu erzählen ... ich bin Nachrichtenredakteur beim Fersehen.«

»Gefällt es Ihnen nicht?«

Robin zuckte die Achseln. »Was heißt gefallen? ... Es ist ein Job.« Er schenkte sich Wodka ein. Der junge Mann sprang auf und brachte ihm Eis.

»Jeder Mensch braucht einen Job«, sagte Robin langsam.

»Wir sind ein katholisches Land. Bei uns gibt es keine Ehescheidung. Die armen Leute bekommen viele Bambini, sie müssen jeden Job annehmen, ob er ihnen gefällt oder nicht, und schwer arbeiten. Aber wer reich ist, sucht sich einen Beruf, der ihm Freude macht. Alle Läden und Geschäfte schließen mittag von zwölf bis drei. Da führen die reichen Leute ein bequemes Leben. Sie besuchen mittags ihre Geliebten, essen mit ihnen, trinken Wein und gehen ins Bett. Und abends sind sie dann bei ihren Frauen und lassen sich verwöhnen. Aber ihr Amerikaner ... ihr nehmt einen Job an, an dem euch gar nichts liegt. Sagen Sie mir eins, trinken Sie jemals Wein zum Mittagessen?«

Robin lachte. »Der Gedanke käme mir nicht.«

»Aber warum nicht? Ihre Mutter vererbt Ihnen einmal so viel Geld – warum arbeiten Sie so schwer, wenn es für Sie nur ein Job wie jeder andere ist?«

»So schwer arbeite ich gar nicht. Mag sein, daß wir ziemlich gehetzt sind, dafür erwarten wir auch nicht, von Frauen ausgehalten zu werden; nicht von Geliebten und nicht von Müttern.«

Sergios Gesichtsausdruck veränderte sich nicht. Die Anspielung war an ihm abgeglitten.

»Wollen Sie diesen Job beim Fernsehen Ihr ganzes Leben lang ausüben?« Die Frage verriet ehrliches Interesse.

»Nee. Eines Tages mache ich Schluß damit und schreibe ein Buch.«

Sergios Augen leuchteten auf. »Ich lese den ganzen Tag. Kitty tut viel für meine Bildung. Ich weiß ja so wenig. Augenblicklich lese ich *Outline of History* von Wells. Schreiben Sie auch wie Mr. Wells?«

»Ich schreibe wie Robin Stone ... anders kann ich nicht, mag das nun gut oder schlecht sein. Das Dumme ist nur, daß ich kaum Zeit dafür habe.«

»Ich finde, Sie sollten Ihren Job aufgeben und zu uns kommen. Sie könnten hier schreiben, und wir würden zusammen herrlich leben. Bitte, Robin! Kitty wäre glücklich, und ich würde mich sehr freuen.«

Robin lächelte. »Ich bin zu alt für eine Hausgemeinschaft, mein Freund.«

»Sie hätten Ihr eigenes Zimmer. Wir würden Ihnen ein Apartment einrichten. Und in den Ferien könnten Sie mit mir zum Skilaufen fahren. Bitte, Robin!«

»Sergio, als mich das letztemal jemand so angesehen hat wie Sie jetzt, haben wir drei Tage im Bett verbracht – nur mit dem Unterschied, daß es sich um ein Mädchen handelte. Also, lassen Sie das.«

»Merkt man es?«

»Selbst ein Blinder würde es merken.«

»Stört es Sie?«

»Wenn Sie wollen, daß ich bleibe, dann hören Sie auf, mich so anzuschmachten.«

Sergio seufzte. »Ich verstehe. Es ist nur, weil ... Sie alles sind, was ich mir von einem Mann erträume. Ich kann nichts dafür – so wenig wie ein Mädchen dafür könnte. Aber wenn ein Mädchen Sie so ansähe, wären Sie ihr nicht böse. Ich habe auch ein Herz, und für meine Gefühle kann ich nichts. Aber keine Sorge.« Er hielt ihm die Hand hin. »Schlag ein, Robin, wir wollen Freunde sein!«

Sergios fester Händedruck überraschte Robin. »Das soll ein Wort sein.« Er stellte sein Glas hin, stand auf und ging zur Treppe. »Ach, übrigens, wo schläfst du denn?«

»Neben dem Zimmer deiner Mutter.«

Robin grinste, aber Sergio sah ihn ernst an. »Sie ist herzkrank. Ich denke, es ist besser, wenn ich jederzeit in Rufweite bin.«

»Gute Nacht, Sergio ... du hast mich abgehängt.«

Lächelnd ging Sergio zum Kamin. »Ich werde das Feuer löschen. Die Dienstboten kommen um sieben. Ich habe dir eine Thermosflasche mit heißem Kaffee auf den Nachttisch gestellt, falls du früher aufwachst.«

Robin lachte und ging nach oben. »Ich bin froh, daß es hier nur einen von deiner Sorte gibt – sonst wären die Mädchen am Ende überflüssig.«

Während der nächsten Tage stürzte Kitty sich in Weihnachtsvorbereitungen. Lebensmittel mußten gekauft werden, Wein,

Weihnachtsschmuck, ein Tannenbaum. Jeden Tag drückte sie Robin und Sergio eine Liste in die Hand und schickte sie wie zwei Kinder zum Einkaufen. Robin ließ sich vergnügt von der weihnachtlichen Ferienstimmung einfangen. Sergio fuhr mit ihm im Jaguar durch Rom. Er kannte alle Delikatessenläden. Der gemütliche Schlendrian machte Robin Spaß. Er trank sogar Wein. Sein Verhältnis zu Sergio war ungezwungen. Der Junge war nett und höflich. Robin faßte eine väterliche Zuneigung zu ihm.

Über Mittag, wenn die Geschäfte in der Stadt geschlossen waren, saßen sie oft bei einem ausgedehnten Mahl zusammen. Dann stellte Sergio eifrig Fragen über die Vereinigten Staaten, über New York, Chicago und vor allem Hollywood, das ihn zu faszinieren schien. Er hatte alle möglichen Filmillustrierten verschlungen und staunte über die verschwenderischen Grundstücke und Villen. »In Rom leben vielleicht drei oder vier Leute auf so großem Fuß, aber in Hollywood hat jeder seinen eigenen Swimming-pool. Ein herrliches Leben muß das sein! Hier habe ich beim Film keine Chance, weil viele junge Männer so wie ich aussehen. In Hollywood wäre das ganz anders.«

»Hast du denn überhaupt schauspielerisches Talent?« fragte Robin.

»Muß man das beim Film haben?« Sergio blickte ihn unschuldig an. »Soviel ich weiß, wird ein Film aus lauter kleinen Szenen zusammengesetzt, und der Regisseur sagt einem, was man machen muß.«

»Ich fürchte, ganz so einfach ist es nicht. Warum nimmst du nicht Schauspielunterricht? Kitty hätte bestimmt nichts dagegen.«

Sergio zuckte die Achseln. »Es ist ja nur ein Traum. Ich fühle mich so wohl bei Kitty, und die letzten Tage, Robin, waren die glücklichsten meines Lebens.«

Einen Tag vor Weihnachten schleppte Sergio ihn zu einem Juwelier in der Via Sistina. Der Ladenbesitzer, ein fetter Mann mit Glatze, zitterte vor Aufregung, als er Sergio sah.

»Sergio, du bist zurückgekommen!« rief er aus.

»Ich möchte mir den Spiegel nochmals ansehen«, erwiderte Sergio abweisend.

»Aber hör mal: Ich habe dir doch gesagt, daß er dir gehört, wenn du ihn gern haben möchtest.« Er holte aus einer Schublade einen wunderschönen kleinen vergoldeten Florentiner Spiegel hervor, den Sergio voller Bewunderung betrachtete.

»Was, zum Teufel, soll das?« fragte Robin, der sich langsam

unbehaglich fühlte. Der Ladenbesitzer starrte Sergio verlangend an, aber Sergio war für die Blicke des Mannes anscheinend unempfänglich.

»Er gefiel Kitty so gut«, erklärte Sergio. »Sie hat ihn vor einem Monat entdeckt. Ich habe zwar gespart, aber erst die Hälfte beisammen.«

»Sergio . . .«, schmeichelte die ölige Stimme des Juweliers, »ich habe dir doch gesagt, bezahl, was du kannst. Den Rest will ich dir schenken.«

Sergio überhörte die Bemerkung und zog ein paar zerknitterte Lirescheine aus der Tasche. »Robin, ich brauche noch . . . ungefähr zwanzig Dollar, das würde reichen. Können wir Kitty den Spiegel nicht zusammen schenken?«

Robin nickte und gab dem Mann, der sich mit einem enttäuschten Achselzucken anschickte, das Geschenk einzupacken, das Geld. Robin sah sich inzwischen im Laden um. Sergio meinte: »Er hat sehr schöne Stücke. Er ist Sammler.«

»Sieht so aus, als ob er nicht nur Schmuck sammelt.«

Sergio verzog das Gesicht. »Er ist dafür bekannt, daß er jungen Männern Geschenke macht.«

Robin lachte. »Sergio, so wie er dich angesehen hat . . . bist du ein gemachter Mann. Heirate ihn doch!«

»Ich kenne ihn erst, seit ich nach dem Preis des Spiegels gefragt habe. Er wollte ihn mir schenken, wenn ich . . .«

»Warum hast du's nicht getan, Sergio? Viel älter als Kitty ist er auch nicht.«

»Ich hätte mit ihm schlafen müssen.«

»Na und?«

»Ich schlafe nur mit jemandem, den ich liebe.«

Auch die Homos haben ihren Stolz, stellte Robin mit innerer Belustigung fest. »Das ist wahr, Robin«, fuhr Sergio fort. »Ich habe nur wenige Freunde gehabt, und seit mein letzter Freund krank geworden ist, bin ich allein.«

»Und wann wirst du Kitty wegen eines neuen Freundes verlassen?«

»Ich werde sie nicht verlassen. Es ist nicht leicht für mich. Ich verliebe mich meistens in normale Männer und fange nicht mit irgendeinem etwas an, nur weil er homosexuell ist. Lieber möchte ich bei Kitty bleiben.«

»Bleib bei ihr, Sergio. Ich verspreche dir, daß du das Nötigste bekommst, wenn Kitty einmal nicht mehr da ist.«

»Geld bedeutet mir nicht viel«, erwiderte Sergio achselzuckend. Nach einer Pause fragte er plötzlich: »Robin, schenkst du mir etwas zu Weihnachten? Zur Erinnerung?«

Sie standen vor einer Vitrine mit Herrenarmbanduhren, die von Brillanten strotzten. Robins Blick verriet einen leisen Argwohn. »Okay, was sticht dir in die großen braunen Augen?«

»Hier drüben.« Sergio führte Robin zu einem Kasten, in dem goldene Kettenarmbänder lagen. »So eins habe ich mir immer schon gewünscht.«

Robin unterdrückte ein Lächeln. Die Armbänder kosteten um die achtzehn Dollar. Er winkte mit der Hand. »Such dir eins aus.« Der Junge freute sich wie ein Kind und wählte schließlich das billigste aus: schlichte goldene Kettenglieder mit einer Namensplatte.

»Darf ich meinen Namen eingravieren lassen? Das kostet aber extra.«

Robin lächelte. »Nur zu. Laß dir eingravieren, was du willst.«

Sergio klatschte – kaum zu glauben! – in die Hände und stürzte sich in ein italienisches Geschnatter mit dem Ladenbesitzer, während Robin sich weiter in dem Geschäft umsah. Plötzlich fiel sein Blick auf eine Anstecknadel in Gestalt eines Panthers aus schwarzem Email, der ihn aus grünen Juwelenaugen anstarrte.

Er winkte den Verkäufer zu sich. »Wieviel kostet der Panther?«

»Viertausend.«

»Lire?« fragte Robin.

»Nein, Dollar.«

»Dollar?!«

Der junge Verkäufer legte die Brosche auf eine weiße Samtunterlage. »Es ist eines der schönsten Stücke in ganz Rom. Die Nadel stammte aus Indien und ist dreihundert Jahre alt. Sie wurde von einem Maharadscha in Auftrag gegeben. Die Smaragde in den Augen sind unbezahlbar. Bedenken Sie, daß es sich um eine Antiquität handelt, für die Sie keinen Zoll bezahlen müssen.«

Robin starrte den Panther an. Die Juwelenaugen hatten genau die Farbe von ... Er wandte sich ab. Doch dann besann er sich anders und ließ den kostbaren Schmuck kurz entschlossen einpacken. Warum auch nicht, zum Teufel? Schließlich war er Maggie nach jener Nacht noch etwas schuldig. Als er den Reisescheck ausfüllte, wurde ihm bewußt, daß er noch nie so viel Geld auf einmal ausgegeben hatte. Seltsamerweise versetzte ihn seine Großzügigkeit in die fröhlichste Stimmung. Er steckte die Schachtel ein und ging wieder zu Sergio, der sich nicht eher zufriedengab, als bis man ihm schriftlich bestätigte, daß die Gravur noch bis Ladenschluß fertig würde.

Robin konnte sich nicht erinnern, je ein schöneres Weihnachtsfest verlebt zu haben. Im Kamin knisterte das Feuer, der Baum reichte bis an die Decke – sie hatten ihn sogar mit Puffmais behängt –, und um Mitternacht packten sie ihre Geschenke aus. Robin und Sergio bekamen von Kitty diamantene Manschettenknöpfe. Gerührt und leicht verlegen nahm Robin von Sergio einen kleinen goldenen Christophorus-Anhänger entgegen. »Er ist geweiht«, erklärte der Junge. »Weil du doch so viel reist.« Kitty war entzückt über ihr Geschenk, und Sergio konnte den ganzen Abend lang nicht den Blick von seinem neuen Armband lösen.

Am nächsten Tag strömten die Gäste in die Villa. Robin trank eine Menge Alkohol und landete schließlich mit einer hübschen Jugoslawin, deren Mann auf Geschäftsreise in Spanien war, in einer Wohnung gegenüber den Borghese-Gärten. Auch den darauffolgenden Nachmittag verbrachten sie miteinander im Bett. Danach kehrte Robin erschöpft, aber zufrieden in Kittys Palazzo zurück.

Rasch ging die Woche dahin.

Sergio fuhr ihn zum Flughafen. »Ruf mich an, wenn es ihr nicht gutgeht. Und sorg dafür, Sergio, daß sie unter ärztlicher Aufsicht bleibt. Sie wird es dir nicht sagen, wenn sie sich nicht wohl fühlt – weil sie Angst hat, man könnte sie für eine alte Frau halten. Darum mußt du bei dem geringsten Verdacht den Arzt rufen.«

»Du kannst dich auf mich verlassen, Robin.« Sie gingen zur Paßkontrolle. Das Gepäck war schon aufgegeben, und der Flug wurde eben angesagt. »Aber vielleicht solltest du selbst mal zum Arzt gehen, Robin.«

»Wie kommst du darauf? Ich bin völlig gesund.«

»Ich meine einen anderen Arzt.«

Robin blieb stehen. »Was soll das denn heißen?«

»Irgend etwas quält dich. Zwei Nächte hintereinander hast du im Schlaf geschrien. Letzte Nacht bin ich sogar in dein Zimmer gerannt.«

»Was habe ich geschrien?«

»Du hast dich im Traum mit zerquältem Gesicht im Bett herumgewälzt, hast dein Kopfkissen an dich gepreßt und geschrien: ›Geh nicht weg! Bitte!‹«

»Zuviel Wodka«, sagte Robin abwehrend. Dann schüttelten sie sich die Hand, und er ging an Bord. Aber er dachte während des ganzen Rückflugs darüber nach. Er dachte darüber nach, als er durch die Zollkontrolle ging, die Brosche vorzeigte und einen gepfefferten Betrag nachzahlen mußte. Wehe, wenn ihm der Gauner aus der Via Sistina noch einmal über den Weg lief! Und er dachte auch auf der Fahrt zu seiner Wohnung darüber nach. Das Ganze reimte sich einfach nicht zusammen. Außerdem: Nie, nicht einmal auf dem Höhepunkt seiner Affäre mit Amanda, hatte er ein derart teures Geschenk gekauft, und nun kam er mit einem Viertausenddollarmitbringsel zurück – für ein Mädchen, das ihn nur in Erregung versetzte, wenn er betrunken war. Vielleicht war es schlechtes Gewissen – aber viertausend bare Piepen plus Zoll waren ein verdammt hoher Preis für eine Nacht. Eine Nacht, an die er sich nicht einmal erinnern konnte.

21

Robin stürzte sich sofort wieder in die Arbeit. Er veranlaßte die Rechtsabteilung der IBC, einen Vertrag für Andy Parino aufzusetzen, und schickte die Vereinbarung mit ein paar erklärenden Worten nach Miami. Gleichzeitig schickte er Maggie die Pantherbrosche; dazu schrieb er nur: »Nachträglich frohe Weihnachten – Robin.« Drei Tage später rief Andy an und sagte freudig zu.

»Wird es dir nicht schwerfallen, von da unten wegzugehen?« fragte Robin.

»Keine Spur. Mit Maggie und mir ist es sowieso aus.«

»Das tut mir aber leid.«

»Ach weißt du, es war einfach nichts drin. Sie ist – wie soll ich sagen? – zu kompliziert für mich. Im Augenblick probt sie wie eine Irre für ein Theaterstück. Irgend so ein Hollywoodagent kommt her, um sie sich anzuschauen. Ich brauche eine Frau, der ich wichtiger bin als O'Neill.«

»Na gut. Dann gehörst du also von jetzt an zu unserem New Yorker Team. Am Anfang sollst du bei den Interviews für meine ›Schlagzeilen‹ mitmachen. In etwa vier Wochen versuchst du's mal allein, und ich hoffe, in der nächsten Saison übernimmst du die Sendung ganz. Dann denke ich mir was Neues aus.«

Bis zum Wochenende hatte Robin alles aufgearbeitet und verschiedene Themen für die nächsten »Schlagzeilen« vorbereitet. Bei einem Blick auf den Terminkalender stellte er fest, daß der Nachmittag frei war. Aufatmend schloß er eine Schreibtischschublade auf und holte sein Manuskript hervor. Er hatte es schon seit einer Ewigkeit nicht mehr in der Hand gehabt. Heute abend wollte er es mit nach Hause nehmen und daran arbeiten – ohne Wodka. Er hatte die Lancer Bar noch nicht wieder betreten.

Da brachte ihm seine Sekretärin ein eingeschriebenes Päckchen. Robin kritzelte seinen Namen auf den Postabschnitt und starrte auf das braune Packpapier. Es war mit Stempeln bedeckt und hoch versichert. Beim Öffnen kam das italienische Lederetui mit der schwarzen Pantherbrosche zum Vorschein. Ein maschinegeschriebenes Kärtchen besagte: »Ich nehme nur Geschenke von Freunden an.«

Robin zerriß die Karte und legte das Etui in einen kleinen Safe, in dem er seine Verträge und Privatpapiere aufbewahrte.

Dann schob er das Manuskript wieder in die Schublade, verließ das Büro und fuhr in die Lancer Bar, wo er überschwenglich begrüßt wurde vom Barmixer Carmen. »Mr. Stone! Sie waren aber lange nicht da! Das Übliche?«

»Einen Doppelten zur Feier meiner Wiederkehr«, sagte Robin.

Er trank ziemlich rasch aus und bestellte nach. Heute würde ihm wieder eine eklige Nacht bevorstehen. Neuerdings graute ihm vor den Nächten ... er wachte jetzt häufig schweißgebadet aus einem Alptraum auf, konnte sich aber nie erinnern, was er geträumt hatte. Auch in Rom hatte er sich nicht erinnern können, obwohl er laut Sergio zwei Nächte hintereinander im Schlaf geschrien hatte. Nach dem zweiten Glas bestellte er sich ein drittes. Daß Maggie ihm die Brosche zurückgeschickt hatte, ärgerte ihn. Warum eigentlich? Maggie bedeutete ihm doch nichts. Das eine paßte nicht zum andern. Komisch, in letzter Zeit erging es ihm anscheinend öfter so. Vielleicht hatte Sergio gar nicht so unrecht mit seinem Tip. Robin holte sich das Telefonbuch. Wenn ihm der Seelendoktor die Träume verscheuchte, würde sich der Besuch vielleicht lohnen. Er fuhr mit dem Finger die Spalten entlang. Golds gab es sicher wie Sand am Meer, aber einen Archibald Gold konnte es wohl nur einmal geben. Er fand ihn in der Park Avenue. Nach kurzem Zögern wählte er rasch die Nummer. Der Arzt meldete sich schon beim zweiten Rufzeichen.

»Hier Robin Stone.«

»Ja?«

»Ich möchte Sie gern sprechen.«

»Beruflich oder privat?«

Es entstand eine Pause. »Beruflich, wenn Sie wollen.«

»Könnten Sie mich um sechs wieder anrufen? Ich habe gerade einen Patienten.«

Robin legte auf, setzte sich wieder und trank weiter. Punkt sechs rief er den Arzt an. »Also, wann kann ich Sie sehen, Doktor?«

Er hörte das Rascheln von Papierseiten und nahm an, daß der Arzt in seinem Terminkalender nachsah. »Ich habe noch ein paar Termine offen. Verschiedene Patienten sind über den Winter in den Süden gereist. Würde es Ihnen am nächsten Montag passen? Sagen wir zehn Uhr. Wir könnten mit drei Besuchen pro Woche anfangen.«

Robins Lachen klang hohl. »Ich möchte keine Analyse, sondern nur ein Gespräch mit Ihnen. Ich möchte mit Ihnen über ein spezielles Problem reden. Wie wäre es, wenn Sie auf ein Glas in die Lancer Bar herüberkämen? Ich lade Sie ein und zahle das übliche Honorar.«

»Das ist für mich nicht die richtige Art von Berufsausübung.«

»Ich kann besser reden, wenn ich etwas trinke«, sagte Robin.

»Und ich kann besser zuhören, wenn ich in meinem Büro bin«, erwiderte der Arzt.

»Dann eben nicht.«

»Tut mir leid. Sie kennen ja meine Nummer – falls Sie es sich doch anders überlegen.«

»Wann haben Sie heute Ihren letzten Patienten?«

»Jetzt um sechs.«

»Das heißt, Sie sind um sieben frei.«

»Um sieben möchte ich nach Hause gehen.«

»Doktor . . . ich komme in Ihre Praxis, wenn Sie mich heute noch dran nehmen.«

Dr. Gold ließ sich durch Robins beiläufigen Ton nicht täuschen. Er hatte ihn ja kennengelernt, und er wußte, daß dieser Anruf einem Hilferuf gleichkam.

»Also schön, um sieben. Meine Adresse haben Sie?«

»Ja. Und hören Sie, Doc; ein Wort zu Ihrem Freund Jerry, und ich breche Ihnen das Genick.«

»Ich pflege nicht über meine Patienten zu reden. Aber wenn Sie Bedenken haben, sollten Sie lieber einen anderen Arzt aufsuchen. Ich kann Ihnen einige ausgezeichnete Kollegen empfehlen.«

»Nein, Archie, nichts für ungut. Sie sind mein Mann. Also bis sieben.«

Robin saß Dr. Gold am Schreibtisch gegenüber. Plötzlich kam er sich höchst lächerlich vor. Noch nie hatte er mit jemand anders über persönliche Dinge gesprochen. Wie konnte er diesem fremden Mann mit dem unbeteiligten Gesicht erzählen, was ihn beunruhigte?

Dr. Gold wußte, warum sein Besucher nur schwer einen Anfang fand. »Manchmal ist es leichter, über ganz private Dinge mit jemandem zu sprechen, den man nicht kennt. Darum werden zum Beispiel Barmixer so häufig zu vertrauten Gesprächspartnern. Psychiater und Barmixer haben überhaupt vieles gemeinsam. Wir bleiben an unserem Platz, und es steht jedermann frei, zu uns zu kommen oder nicht. Wir gehören nicht zu Ihrem täglichen Umgang.«

Robin lachte. »Eins zu null für Sie! Also ... es ist im Grunde ganz einfach. Da ist ein Mädchen ...«, er schwieg einen Moment, »die geht mir nicht aus dem Kopf, obwohl ich überhaupt nicht in sie verliebt bin. Das macht mich wahnsinnig.«

»Meinen Sie mit ›nicht verliebt‹, daß sie Ihnen unsympathisch ist?«

»Nein, ich mag sie gern. Sogar sehr gern. Aber im Bett bringe ich nichts zustande.«

»Haben Sie es denn versucht?«

Robin zuckte die Achseln. »Ich muß wohl zweimal völlig besoffen mit ihr geschlafen haben, und nach ihrer Reaktion zu urteilen, war ich ziemlich gut.«

»Wieso behaupten Sie dann, daß Sie im Bett nichts mit ihr zustande bringen?«

Robin zündete sich eine Zigarette an und blies den Rauch zur Decke. »Das war so: Beim erstenmal wachte ich morgens auf, und sie war weg. Ich konnte mich weder an ihr Gesicht noch an ihren Namen erinnern, ich wußte nur, daß sie brünett war und einen großen Busen hatte. Als ich an jenem Morgen über die Geschichte nachdachte, beunruhigte mich irgend etwas. Zwar konnte ich mich, wie gesagt, auf nichts besinnen, aber ich fühlte, daß ich irgend etwas gesagt oder getan hatte, was nicht hätte sein sollen. Jetzt kommt das Schönste: Zwei Jahre später begegne ich der Dame wieder, ohne mich auch nur im mindesten an sie zu erinnern. Sie lebt mit einem Freund von mir zusammen. Ich sah in ihr ein hübsches, nettes Mädchen und die Freundin meines Freundes. Es fiel mir nicht schwer, mich ihr gegenüber zurückzuhalten, denn wie ich schon erwähnte, war sie nicht mein Typ. Wir gingen ein paarmal zu viert aus, dann fuhr ich zwei, drei Tage zum Angeln. An meinem letzten Abend ging ich allein mit den beiden aus. Es sollte eigentlich ein gemütlicher Abend werden, artete dann aber zu einem Besäufnis aus. Mein Freund paßte ziemlich bald, wir mußten ihn nach Hause bringen, und ich selbst landete, ebenfalls stockbetrunken, bei der Dame. An die Nacht mit ihr habe ich keinerlei Erinnerung, ich weiß nur, daß ich am nächsten Morgen in ihrem Bett aufwachte. Anscheinend habe ich meine Sache nicht schlecht gemacht, denn das Mädchen servierte ein prächtiges Frühstück und flatterte selig um mich herum.«

»Was verspürten Sie ihr gegenüber?« fragte Dr. Gold.

Robin schauderte leicht zusammen. »Angst. Als hätte ich beim Aufwachen neben einem Mann oder einem Kind gelegen – jemandem, mit dem ich nicht hätte schlafen *dürfen*. Und weil ich das Mädchen gern mag, habe ich ihr reinen Wein eingeschenkt.« Er drückte die Zigarette aus. »Ich war ziemlich grob zu ihr und habe kein Blatt vor den Mund genommen. Sie war so verdammt hübsch – aber beim Gedanken, mit ihr ins Bett zu gehen, wäre mir fast schlecht geworden. Ich wußte einfach, daß ich es nicht schaffen würde.«

»Ekel gegenüber der Frau?«

»Nein. Gegen Sex mit ihr. Als wäre das etwas Schmutziges, Blutschänderisches. Trotzdem mag ich sie. Nur fühle ich mich sexuell nicht von ihr angezogen.«

»Sie möchten aber gern mit ihr schlafen? Oder lassen Sie es mich anders formulieren: Sie möchten diese Hemmung, von der Sie gesprochen haben, überwinden, um mit der Dame in jeder Beziehung glücklich sein zu können?«

»Wieder falsch. Es ist mir egal, ob ich sie jemals wiedersehe oder nicht. Ich vertrage nur keine dunklen Bereiche in meinem Gehirn. Das Mädchen ist bildhübsch . . . warum empfinde ich so? Und es ist ja nicht das erstemal. Ähnliches ist mir schon früher einige Male passiert – immer mit Brünetten. Nur hatten sie nicht dasselbe Format, und zum Glück habe ich sie nie wiedergesehen. Die Geschichte mit Maggie Stewart – so heißt sie – war eine Panne. Daß ich ausgerechnet an jenem Abend so viel trank, war reiner Zufall.«

»Zufall? Haben Sie etwas getrunken, woran Sie nicht gewöhnt waren?«

»Nein, Wodka. Ich trinke nie was anderes.«

»War Ihnen bewußt, daß Sie über Ihr normales Maß hinausgingen?«

»Ja, ich glaube schon.«

»Kommen wir noch einmal auf die erste Begegnung mit diesem Mädchen zurück. Vor zwei Jahren. Waren Sie sehr betrunken, als Sie sie kennenlernten?«

»Nein. Leicht alkoholisiert.«

»Und dann haben Sie sich ganz bewußt betrunken?«

»Bewußt?«

Dr. Gold lächelte. »So sieht es aus. Meiner Ansicht nach sind Sie nicht der Typ, der gedankenlos in etwas hineinschlittert.«

Robin machte ein nachdenkliches Gesicht. »Sie meinen, daß ich unbewußt das Mädchen begehrt und mich bewußt betrunken habe, um mit ihr zurechtzukommen?« Als Gold keine Antwort gab, schüttelte Robin den Kopf. »Reimt sich nicht zusammen, denn dieser Typ Frau war noch nie mein Fall. Warum hätte ich mir wünschen sollen, mit ihr ins Bett zu gehen? Ob nüchtern oder betrunken – sie ist nicht mein Typ!«

»Was ist Ihr Typ?«

»Schlanke, sehnige, goldblonde Mädchen. Ich mag den Duft von blondem Haar. Maggie ist hitzig wie eine Raubkatze.«

»Waren Sie eigentlich jemals richtig verliebt?«

Robin zuckte die Achseln. »Verknallt war ich öfter, konnte aber jedesmal leicht aussteigen. Soll ich Ihnen mal was sagen, Archie? Kein Mensch ist entweder heterosexuell oder homosexuell! Es gibt Menschen, die sind einfach sexuell . . . Sie brauchen den Koitus, ohne deswegen gleich verliebt sein zu müssen. Amanda kennen Sie noch aus der Lancer Bar, oder? Gut – nehmen wir sie als Beispiel. Sie war ein großartiges Mädchen, und ich habe immer geglaubt, wir verstünden uns wundervoll. Aber wie ich von Jerry weiß, habe ich ihr furchtbar weh getan. Das ist mir nie klargeworden! Ich habe nur deshalb mit ihr Schluß gemacht, weil sie zuletzt versuchte, mich mit Haut und Haaren zu schlucken. Und selbst dann habe ich unsere Beziehung nur abkühlen lassen. Aber daß Amanda von Anfang an gelitten hat, kam mir nie zu Bewußtsein.«

»Wirklich nicht?«

»Wirklich nicht. Wenn ich geschäftlich nach Europa flog und nicht schrieb, dachte ich, Amanda verstünde das und wüßte, daß ich auf jeden Fall zu *ihr* zurückkäme. Und so war es auch jedesmal. Ich konnte es kaum erwarten, sie wieder bei mir im Bett zu haben. Es war herrlich.«

»Ihnen ist aber durchaus klar, daß Sie dieser Maggie weh getan haben?«

Robin nickte. »Ja.«

»Wie kommt es, daß Ihnen diese Tatsache bei einem Mädchen, das Ihnen gleichgültig ist, so stark bewußt wird, während Sie es bei Amanda, die Sie doch eigentlich begehrten, nie gemerkt haben?«

»Deswegen bin ich hier, Archie. Das sollen Sie mir sagen.«

»Wie sah Ihre Mutter aus?«

»Oh, hören Sie doch auf! Verschonen Sie mich mit Freud. Ich hatte eine gesunde, glückliche Kindheit. Kitty ist blond, schlank, charmant . . .« Er hielt inne.

»Und Ihr Vater?«

»Mein Vater war ein offener, unglaublich umgänglicher Mensch. Stark und muskulös. Außerdem habe ich noch ein nettes Schwesterchen. Alles in meiner Kindheit war, wie es sich gehört. Wenn wir da nachgraben, verschwenden wir nur unsere Zeit.«

»Schön . . . Vater, Mutter, Schwester – so weit, so gut. Suchen wir nach dem großen Unbekannten. Könnte es eine Kinderschwester gewesen sein? Ein Lehrer?«

»Meine erste Lehrerin war bucklig. Das war im Kindergarten. Meine Kinderschwester . . .? Ich nehme an, daß ich eine gehabt habe, aber ich kann mich nicht mehr an sie erinnern. Jedenfalls hatten wir Personal. Ein Chauffeur brachte mich zur Schule. Als meine Schwester Lisa geboren wurde, hatten wir bestimmt eine Kinderschwester – so ein grauhaariges Wesen.«

»Bestand zwischen Ihnen und Ihrer Schwester irgendeine Rivalität?«

»Unsinn! Ich war der große Bruder, der sie beschützte. Sie glich meiner Mutter; eine winzige Ausgabe von Kitty – blond und hellhäutig.«

»Ähneln Sie auch Ihrer Mutter?«

Robin runzelte die Stirn. »Ich habe ihre blauen Augen, aber mein Haar ist dunkel wie bei meinem Vater, das heißt, seit einiger Zeit wird es ziemlich grau.«

»Gehen wir noch einmal zurück bis vor Lisas Geburt. Welches ist Ihre früheste Erinnerung?«

»Der Kindergarten.«

»Und davor?«

»Nichts.«

»Sie müssen sich doch an irgend etwas erinnern können. Jeder Mensch erinnert sich an kleine Vorfälle aus seinen ersten Lebensjahren. An ein Haustier, einen Spielkameraden, Glücksgefühle, Unglücksfälle.«

Robin schüttelte den Kopf, aber Dr. Gold ließ nicht locker. »Ein Gespräch, ein Gebet?«

Robin schnippte mit dem Finger. »Ja, an etwas erinnere ich mich. Möglicherweise war es ein Gespräch; behalten habe ich nur einen Satz, und wer ihn gesagt hat, weiß ich auch nicht mehr. ›Männer weinen nicht. Wenn du weinst, bis du kein Mann, dann bist du ein Baby.‹ Aus irgendeinem Grunde hat sich mir das eingeprägt. Ich habe fest daran geglaubt und mir eingebildet, wenn ich nicht weine, bekäme ich alles, was ich wollte. Wer immer das gesagt hat, muß mir sehr nahegestanden haben. Ich habe nämlich danach nie mehr geweint.«

»Sie haben nie geweint?«

»Nicht daß ich wüßte.« Robin lächelte. »Na ja, wenn ich mir einen rührseligen Film ansehe, sitzt mir auch manchmal der Kloß in der Kehle. Aber aus persönlichen Gründen . . .«, er schüttelte den Kopf, »nie!«

Dr. Gold sah auf die Uhr. »Es ist fünf vor acht. Ist es Ihnen recht, wenn wir für nächsten Montag einen Termin vereinbaren? Mein Honorar beträgt fünfunddreißig Dollar die Stunde.«

Robin schaute ihn ungläubig an. »Sind Sie verrückt geworden? Jetzt sitze ich fast eine Stunde bei Ihnen, um über ein Mädchen zu reden, mit dem ich nicht klarkomme. Das Ergebnis ist gleich Null. Und da wollen Sie mich ein zweitesmal herzitieren?«

»Robin, daß jemand sich nicht an seine Kindheit erinnern kann, ist ungewöhnlich.«

»Das ist ja nun wirklich recht lange her.«

»Trotzdem müßten Sie sich die eine oder andere Erinnerung bewahrt haben, es sei denn . . .«

»Was?«

»Es sei denn, Sie hätten diese frühen Erlebnisse verdrängt.«

Robin beugte sich über den Schreibtisch. »Archie, ich schwöre zu Gott, ich habe nichts verdrängt! Vielleicht habe ich ein schlechtes Gedächtnis – oder kann es nicht sein, daß sich einfach nichts ereignet hat?«

Gold schüttelte den Kopf. »Es geschieht sehr häufig, daß das Gehirn bei traumatischen Erlebnissen ein Narbengewebe aus Gedächtnislücken aufbaut.«

Robin stand auf und drehte sich an der Tür noch einmal um. »Ich habe in einem schönen großen Haus mit liebevollen Eltern und einem reizenden Schwesterchen gelebt. In meinem Kleiderschrank lag kein Toter. Das scheint's überhaupt zu sein: Bei mir verlief alles zu harmonisch. Vielleicht war der Kindergarten der erste Markstein in meinem Leben – die bucklige Lehrerin, meine ich. Vielleicht reichen meine Erinnerungen deshalb nicht weiter zurück . . .«

»Wer hat Ihnen gesagt, daß ein Mann nicht weint?«

»Ich weiß es nicht.«

»War das vor dem Kindergarten?«

»Es muß davor gewesen sein, denn im Kindergarten habe ich schon nicht mehr geweint.«

»Wer hat es denn gesagt?«

»Archie, ich kann mich beim besten Willen nicht mehr erinnern. Doch wer immer es gewesen ist, hoch soll er leben! Ich mag es nicht, wenn Männer weinen. Nicht mal bei Frauen oder Kindern mag ich es.«

»Robin, ich würde Sie gern unter Hypnose befragen.«

»Sind Sie verrückt? Hören Sie zu, Doktor: Im Krieg hat man mich ganz hübsch zusammengeschossen. Ich habe einiges mitgemacht, das mir aufs Gemüt geschlagen sein könnte. Immerhin bin ich mit heiler Haut davongekommen. Ich habe Sie aufgesucht, um auf eine bestimmte Frage eine Antwort zu bekommen. Das Ergebnis ist gleich Null. Seien Sie doch ehrlich und geben Sie's zu. Aber versuchen Sie bloß nicht die Scharte auszuwetzen, indem Sie in meiner Kindheit herumkramen, ob ich vielleicht mit zwei oder drei Jahren von meiner Kinderschwester verprügelt wurde, weil ich mein Spielzeug nicht aufgeräumt hatte. Möglich wär's ja, und möglicherweise hatte sie sogar schwarzes Haar, grüne Augen und einen großen Busen . . . na und?«

»Sollten Sie sich dennoch zu einem Versuch entschließen, dann wissen Sie ja, wo Sie mich finden können«, erwiderte Dr. Gold ungerührt.

Robin grinste. »Vielen Dank, aber wahrscheinlich ist es einfacher und billiger, wenn ich mich verkrieche, sobald mir wieder eine grünäugige Brünette über den Weg läuft.« Robin schloß die Tür hinter sich und ging. Der Arzt blickte nachdenklich auf seine Notizen und heftete sie dann ab. Es war besser, sie aufzuheben. Robin Stone würde eines Tages zurückkehren.

Robin sah sich die Zuschauerquoten für den Februar an. Seine Nachrichtenabteilung war allmählich eine echte Konkurrenz für die anderen Fernsehanstalten geworden. Die »Schlagzeilen« lagen nach wie vor unter den ersten fünfundzwanzig. Vergangene Woche hatte

Andy die Sendung allein gemacht, es war gut gelaufen. Robin studierte das Exposé über die fliegenden Untertassen. Die Leute aus der Dokumentation hatten hochinteressantes Material beigebracht. Es versprach eine tolle Sendung zu werden.

Am nächsten Tag traf er sich mit Danton Miller, dem er erklärte, daß er sich aus der »Schlagzeilen«-Sendung zurückziehen und sie ab der kommenden Saison Andy Parino überlassen wolle. Seltsamerweise erhob Dan keine Einwände.

»Das wird Ihr Publikum aber gar nicht gern sehen, wenn Sie vom Bildschirm verschwinden.«

»Ich möchte einmal im Monat eine Sondersendung machen«, fuhr Robin fort. »Über Themen, die sonst niemand aufgreifen würde. Das hier könnte die Serie eröffnen.« Er reichte Dan das Untertassen-Exposé. Dan las es sorgfältig.

»Auf den ersten Blick scheint mir das etwas für den Sonntagnachmittag zu sein, ein gefundenes Fressen für Kinder«, meinte er, »aber natürlich keine Abendsendung.«

»Das glaube ich doch«, erwiderte Robin. »Warum wollen wir nicht im Mai oder Juni, wenn die Wiederholungssendungen laufen, einen Versuch während der Hauptsendungen machen? Das wäre doch ein zuverlässiger Test.«

»Nein. Ich bin gern bereit, die Sache im April oder Mai auf einen Sonntagnachmittag zu legen. Aber nicht abends.«

»Den Sonntagnachmittag will ich nicht«, sagte Robin. »Sie wissen ganz genau, daß die Sehbeteiligung miserabel wäre, weil die Baseballspiele alles kaputtmachen. Ich möchte aber im Herbst versuchen, ein paar Firmen für die Sendung zu interessieren.«

Dan lächelte. »Wenn Sie ein Team zusammenstellen und diesen Science-fiction-Kram aufnehmen wollen – bitte sehr, das ist Ihr Vergnügen. Die Einplanung ins Programm müssen Sie schon mir überlassen.«

Robin griff zum Telefon und nahm den Hörer ab. Eine Sekretärin meldete sich. »Würden Sie bitte Mr. Austin sagen«, trug Robin ihr auf, »daß Mr. Stone und Mr. Miller ihn so bald wie möglich sprechen möchten?«

Dan kochte vor Wut, zwang sich aber zu einem Lächeln. »Das war ein ungeschickter Zug«, warf er, scheinbar ungerührt, hin. »Sie haben über meinen Kopf hinweg gehandelt.«

»Aber nicht hinter Ihrem Rücken.« Einen Augenblick sahen die beiden Männer sich stumm an. Das Telefon schrillte unnatürlich laut. Dan hob ab. Es hieß, daß Mr. Austin die Herren gleich jetzt sprechen könne.

Robin stand auf. »Kommen Sie mit, Kollege?«

Dans Augen verengten sich. »Muß ja wohl.« Dann lächelte er. »Ich bin gespannt, wie Austin auf Ihre Weltraumabenteuer reagiert. Daß ich dagegen bin, wird ihm sofort klar sein. Aber die Rolle des Schiedsrichters schätzt er gar nicht. Darum hat er mir ja die Verantwortung in Programmfragen übertragen. Entscheidungen, die ich in dieser Hinsicht treffe, sind endgültig. Aber bitte, schaufeln Sie sich ruhig Ihr eigenes Grab.«

Während Robin in Austins Büro sein Untertassenprojekt erläuterte, lag Dan bequem zurückgelehnt in seinem Sessel. Am Schluß wandte Austin sich zuerst an ihn: »Ich gehe wohl nicht fehl in der Annahme, daß Sie dagegen sind.«

Dan lächelte und legte die Fingerspitzen gegeneinander. »Stone möchte diese Sendungen in der nächsten Saison einmal monatlich machen – während der Hauptsendezeit.«

Gregory warf Robin einen fragenden Blick zu. »Jeden Monat fliegende Untertassen?«

Robin lachte. »Nein. Ich möchte eine einstündige Sendung machen, die man etwa mit dem aktuellen Feature einer Illustrierten vergleichen könnte ... Fliegende Untertassen, politische Themen, alles, was in der Luft liegt und interessant ist.«

In diesem Augenblick meldete die Sekretärin, daß Mrs. Austin am Apparat sei. Gregory erhob sich. »Ich spreche nebenan.«

Er kehrte bald zurück. »Verzeihen Sie, meine Herren. Gewöhnlich lasse ich mich bei geschäftlichen Besprechungen nicht von Privatgesprächen unterbrechen, aber meine Frau ist für mich doch eigentlich das wichtigste aller Geschäfte.« Sein Gesicht war bei diesen Worten weich geworden. Dann räusperte er sich und konzentrierte sich wieder auf das, was zur Diskussion stand. »Übrigens habe ich meiner Frau von Ihrem Projekt erzählt, Robin. Sie war sehr dafür. Ich hatte keine Ahnung, daß Frauen für Weltraumromantik empfänglich sind. Ich würde vorschlagen, Dan, wir machen die fliegenden Untertassen ruhig. Setzen Sie die Sendung für Mai aufs Programm. Wenn sie gute Noten bekommt, können wir immer noch über eine monatliche Serie reden.« Er sah Dan an. »Sonst noch etwas?«

Dan stand auf. »Das wär's wohl.«

Gregory wartete, bis die beiden an der Tür waren, und rief dann, als fiele es ihm eben erst ein: »Ach, Robin, könnten Sie noch einen Augenblick bleiben? Ich möchte etwas mit Ihnen besprechen.«

Dan ging hinaus, und Robin machte es sich erneut in seinem Sessel bequem. Gregory blickte auf die verschlossene Tür und lächelte. »Dan ist ein guter Mann. Ein ehrgeiziger Mann. Aber ehrgeizig sind wir ja alle, was? Es gefällt mir, Robin, daß Sie sich etwas Neues außerhalb der Nachrichtenabteilung einfallen lassen. Aber wenn von jetzt an Dinge auftauchen, die nicht in Ihr Ressort fallen, sollten Sie zuerst zu mir kommen. Ich reiche sie dann als meine eigene Idee an Miller weiter. Auf diese Weise erhalten wir den Frieden in unserer kleinen Familie.«

Robin lächelte. »Ich bin immer noch nicht ganz mit dem Fernsehprotokoll vertraut.« Da er spürte, daß dies nicht der eigentliche Grund war, weswegen Austin ihn zurückbehalten hatte, machte er noch keine Anstalten, aufzustehen.

»Robin . . .« Gregory wurde plötzlich verlegen. »Ich weiß, was ich jetzt frage, mag Ihnen albern vorkommen, und es liegt mir auch fern, Ihnen irgendeinen Vorwurf zu machen. Ich hätte es nur gern gewußt: Wo haben Sie am ersten Januar gesteckt?«

Robin runzelte die Stirn . . . soweit er sich erinnerte, hatte Sergio ihn zum Flughafen gebracht.

Gregory zündete sich eine Zigarette an. Dann gab er ein Stichwort: »Unser Neujahrsempfang.«

Robin sah ihn noch immer verständnislos an.

»Wir haben Sie zwei Jahre hintereinander eingeladen.« Gregory musterte die Asche an seiner Zigarette. »Nicht nur, daß Sie nicht gekommen sind, Sie haben uns auch nie eine Zeile des Bedauerns geschickt.«

»Mein Gott, wie ungezogen von mir! Ich war dieses Jahr in Rom, und das Jahr davor war ich, glaube ich . . .« Er runzelte die Stirn und versuchte sich zu erinnern. »Da war ich in Europa, richtig, jetzt fällt's mir ein. Ich bin erst am Neujahrstag zurückgekommen. Auf meinem Schreibtisch türmte sich die Post, und da habe ich – dieses Jahr wieder! und ich schäme mich, daß ich Ihnen das gestehen muß – die ganze Post genommen und in den Papierkorb geworfen. Eine Antwort auf Weihnachtskarten erwartet doch niemand, und die Rechnungen, dachte ich, würden einen Monat später doch wieder kommen. Bestimmt waren die Einladungen Ihrer Frau auch dabei. Ich werde ihr sofort schreiben.«

Gregory lächelte. »Ich dachte mir schon, daß irgendein Mißverständnis vorlag, aber Sie wissen ja, wie Frauen sind; sie fühlen sich so leicht persönlich zurückgesetzt.«

»Ich möchte auf keinen Fall, daß Ihre Frau das denkt. Könnte ich sie wohl gleich anrufen?«

»Selbstverständlich.« Gregory schrieb ihm die Nummer auf.

Als Robin wieder in seinem Büro war, rief er sofort Judith Austin an.

»Es war aber wirklich nicht nötig, Mr. Stone, daß Sie mich extra deswegen anrufen. Ich nehme an, mein Mann hat Sie dazu veranlaßt.«

»Genau ... und ich bin ihm sehr dankbar dafür. Ich war beide Male über Neujahr nicht in New York.«

Dann erzählte er ihr, auf welche Weise er sich seiner Post entledigt hatte, worüber Judith herzlich lachen mußte. »Das ist eine großartige Idee«, sagte sie. »Ich wünschte, ich hätte auch den Mut dazu, es würde mir viele langweilige Einladungen ersparen.«

»Ich verspreche Ihnen, Mrs. Austin, nächstes Jahr meine Weihnachtspost Stück für Stück durchzusehen und nach Ihrer Einladung zu suchen.«

»Lassen Sie's gut sein, Robin ...« Sie stockte. »Verzeihen Sie, daß ich Sie einfach mit dem Vornamen anrede, aber wir sehen Sie so häufig im Fernsehen, daß ich das Gefühl habe, Sie schon lange zu kennen.«

»Wo immer ich am ersten Januar sein werde – unsere Verabredung halte ich bestimmt ein. Das verspreche ich Ihnen, Mrs. Austin.«

Judiths Lachen perlte durch die Leitung. »Ich hoffe doch, daß wir mit dem Kennenlernen nicht so lange zu warten brauchen.«

»Das hoffe ich auch. Jedenfalls sollen Sie wissen, daß ich mich auf den Cocktail bei Ihnen freue. Wirklich.«

»Mein Mann hat Ihnen sicher erzählt, daß er die Einladungen gar nicht mag. Ach, übrigens ...«, er hörte Papier rascheln, »am ersten März gebe ich ein kleines Dinner. Wir sind gerade von Palm Beach zurückgekommen – das Wetter war dort so unbeständig, daß wir beschlossen haben, in New York zu bleiben. Hätten Sie Lust, zu kommen?«

Wo war er da hineingeraten? Aber er mußte die zwei blöden Neujahrsempfänge wiedergutmachen. »Furchtbar gern, Mrs. Austin.«

»Ich gebe das Dinner für meine Schwester, die leider ohne ihren Mann hier ist; der Prinz war verhindert. Soll ich Sie neben meine Schwester setzen, oder möchten Sie jemanden mitbringen?«

»Ich würde gern eine junge Dame mitbringen«, erwiderte er rasch.

»Wunderbar«, stimmte Judith mit vollendeter Höflichkeit zu. »Also am ersten März, halb neun, dunkler Anzug.«

Robin legte auf und starrte auf das Telefon. Die Prinzessin war solo in New York, sieh an! Aber er würde sich nicht in die Rolle des ständigen Begleiters drängen lassen. War die Prinzessin nämlich erst einmal seine Tischdame, würden weitere gemeinsame Einladungen folgen. Dem hatte er gleich einen Riegel vorgeschoben. Nun mußte er nur irgendwo ein Mädchen auftreiben. Na, er hatte ja noch zehn Tage Zeit. Es würde ihm schon jemand einfallen.

In der kommenden Woche fand er kaum Zeit, an Mrs. Austin zu denken. Zwei Tage war er wegen der Untertassensendung in Washington. Einen Produzenten und einen Regisseur hatte er bereits verpflichtet. Die Aufnahmen waren für den fünfzehnten März vorgesehen; soweit stand alles zum besten – bis auf die Tatsache, daß er Maggie Stewart anrufen mußte. Im Grunde war er dazu nicht verpflichtet, aber ihr Fernsehbericht damals aus Florida war der zündende Funke für die ganze Sendung gewesen. Andy, selbst maßgeblich am Manuskript beteiligt, hatte Maggie versprochen, sie in die Sendung hereinzunehmen. Robin meldete das Gespräch an. Als er Maggie am Apparat hatte, erklärte er ihr ohne lange Umschweife, worum es sich handele und ob sie interessiert sei.

Maggie erwiderte im gleichen unpersönlichen Ton: »Natürlich hätte ich Interesse. Wann brauchst du mich?«

»So bald wie möglich!«

»Heute ist der fünfundzwanzigste. Sagen wir am ersten März? Dann hat das Studio hier Zeit, Ersatz zu finden.«

»Ausgezeichnet.« Robin schlug den Terminkalender auf und sah plötzlich die Notiz »20 Uhr 30 bei Austins«. »Maggie, noch etwas. Ich weiß, du hast eigentlich keinerlei Veranlassung dazu, aber du könntest mir trotzdem einen Riesengefallen tun.«

»Und?«

»Komm schon am achtundzwanzigsten Februar und bring ein Cocktailkleid mit.«

»Hat das was mit der Sendung zu tun?«

»Nein. Ich bin am ersten März zum Dinner eingeladen und möchte dich gern mitnehmen.«

»Tut mir leid. Ich komme nach New York, um zu arbeiten.«

»Ich verstehe deinen Standpunkt völlig. Trotzdem möchte ich dich bitten mitzukommen. Es handelt sich um einen formellen Empfang bei Austins.«

Maggie zögerte einen Moment. »Liegt dir wirklich daran, daß ich mit dir dorthin gehe?«

»Ja.«

Sie lachte, ihr Ton wurde etwas weniger frostig. »Du hast insofern Glück, als ich mir gerade ein schickes Kleid gekauft habe, das ich wahnsinnig gern einweihen möchte.«

»Danke, Maggie. Telegrafier mir deine Ankunft; ich schicke einen Wagen zum Flugplatz und bestell dir ein Zimmer im Plaza.«

Ihr Telegramm kam am achtundzwanzigsten morgens: »eintreffe fünf uhr kennedy airport stewart.«

Robin bestellte einen Wagen und rief in letzter Minute noch Jerry Moss an. »Kannst du dich für vier Uhr frei machen? Ich muß vom Kennedy Airport ein Mädchen abholen. Wagen habe ich schon . . .«

»Und was soll ich dabei?«

»Ich möchte nicht allein mit ihr sein.«

»Seit wann brauchst du eine Anstandsdame?«

»Jerry – ich habe meine Gründe.«

»Also gut, ich stehe um vier Uhr vorm Eingang der IBC.«

Es war elf Uhr abends. Robin trank langsam und beständig seinen Wodka, Jerry eine Tasse Kaffee. Ein verrückter Abend war das gewesen. Diese Maggie Stewart sah unglaublich gut aus, fand Jerry. Das schönste Mädchen, das er je gesehen hatte. Aber sie hatte Robin begrüßt, als ob sie ihn nur flüchtig kenne, und als Jerry vorschlug, in der Lancer Bar etwas zu trinken, hatten Robin und Maggie wie aus einem Munde abgelehnt. Sie brachten Maggie in ihr Hotel, anschließend schleppte Robin ihn zu Louis, wo sie etwas aßen, und da waren sie dann hängengeblieben.

»Ich will dir etwas sagen, Robin«, meinte Jerry schließlich. »Ich weiß ja nicht, was dir die Petersilie verhagelt hat, aber jedenfalls ist Maggie Stewart eine Klasse für sich. Wenn du der den Laufpaß gibst, stimmt irgend etwas nicht mit dir.«

»Dummes Zeug«, fauchte Robin. »Und merk dir bitte eins: Zwischen Maggie und mir spielt sich nichts ab. Ich habe sie nur nach New York geholt, weil sie gute Arbeit macht.«

Jerry stand auf. »Wenn du die ganze Nacht hier sitzen und trinken willst, bitte sehr. Ich habe dir Gesellschaft geleistet, weil ich dachte, du brauchst mich.«

»Ich brauche niemanden«, erwiderte Robin barsch. »Fahr nach Hause zu deiner Frau.«

Jerry ging, drehte sich aber noch einmal um. »Robin, ich will mich nicht im Streit von dir trennen, denn ich fühle genau, daß bei dir irgend etwas verquer sitzt. Du hast dich seit der Rückkehr aus Florida sehr verändert, und ob du willst oder nicht: Es hängt mit diesem Mädchen zusammen.« Dann verließ er das Lokal.

Robin blieb sitzen und trank weiter, bis das Restaurant geschlossen wurde. Zu Hause stellte er gleich das Radio an. Wenn das Radio an war, schlief er besser ein. Mit einem letzten, kräftigen Schluck Wodka ging er zu Bett, und als er am Einschlafen war, erzählte die Stimme im Radio etwas von einem Gesundheitswasser. Wasser . . . was für eine angenehme Vorstellung, dachte Robin; an ein Schiff zu denken, ein Schiff auf dem Wasser . . . eine gemütliche Koje . . . Schlaf . . . Schlaf . . . Er lag in einer Koje auf einem Schiff. Die Koje verwandelte sich in ein breites Bett. Maggie hielt ihn im Arm, streichelte ihn, sagte ihm, daß alles gut werde. Er fühlte sich wohl. Er glaubte ihr. Dann schlüpfte sie aus dem Bett. Im Nebenzimmer wartete Jerry. Jerry und sie liebten sich. Robin rannte nach nebenan, doch Maggie brachte ihn in sein Bett zurück, schmiegte sich an ihn und redete ihm ein, es sei nur ein böser Traum gewesen. Immerfort streichelte sie seinen Kopf. Er beruhigte sich . . . bei Maggie war es so schön warm . . . Dann hörte er, wie sie wieder aufstand, hörte sie im Nebenzimmer kichern. Abermals ging er ihr nach . . . Jerry war nicht mehr da. Statt dessen saß sie mit Danton Miller auf der Couch. Danton saugte an ihrer Brust . . . sah auf und lachte. »Er ist eifersüchtig«, sagte er. Maggie lächelte nicht. Ihr Gesichtsausdruck war ernst. »Geh wieder in dein Bett und bleib da!« Es war ein Befehl. Und seltsamerweise wußte er, daß er ihr gehorchen mußte.

Robin wachte auf. Es war vier Uhr morgens! Wieder einer dieser dumpfen Träume!

Am nächsten Abend holte er Maggie ab. Sie trug ein hinreißendes Kleid. Leider war die Gesellschaft bei Austins steif und langweilig, und Robin hatte Maggie gegenüber ein schlechtes Gewissen. Zwar waren alle nett und höflich, aber seichtes Partygeschwätz ging ihm nun mal auf die Nerven. Er saß links neben Judith Austin und mußte sich sehr anstrengen, um nicht unaufmerksam zu scheinen, doch irgendwie gelang es ihm, die richtigen Zwischenfragen zu stellen, wenn sie vom Wetter in Palm Beach oder über ihre Arbeit bei Wohltätigkeitsvereinigungen sprach. Sein Blick schweifte hinüber zu Maggie, die am anderen Tischende saß. Sie wurde von einem Neurologen und einem Börsenmakler mit Beschlag belegt.

Beneidenswert, wie angeregt sie sich unterhielten. Robin hätte für sein Leben gern gewußt, welches gemeinsames Thema sie wohl gefunden hatten.

Später, in der Hotelhalle, dankte er ihr, daß sie ihm »aus der Patsche geholfen« hatte. Er stellte fest, daß die Männer sich nach Maggie umdrehten, und es wunderte ihn nicht, denn sie sah wirklich atemberaubend aus. Einer plötzlichen Eingebung folgend, schlug er vor: »Laß uns noch etwas trinken! Ich finde, du hast ein Glas verdient.«

»Ich dachte, du seist zur Zeit Abstinenzler«, erwiderte Maggie. »Den Sauterne bei Austins hast du kaum angerührt! Traust du dir nicht mal ein Glas Wein zu, wenn du mit mir zusammen bist?« Die grünen Augen musterten ihn mit einem Funken Spott.

Er nahm ihren Arm und führte sie in den Oak Room. »Für die Dame einen Scotch«, bestellte er, »und für mich einen doppelten Wodka.«

»Du brauchst mir jetzt nicht das Gegenteil zu beweisen«, meinte Maggie. »Ich kenne deine schwachen Punkte.«

»Trinken gehört nicht dazu«, sagte er scharf.

»Ich dachte schon, dieses Talent wäre dir auch abhanden gekommen.«

Robin wartete, bis der Kellner ihnen die Getränke gebracht hatte, dann ergriff er Maggies Hand. »Ich möchte, daß wir Freunde werden, Maggie.«

Sie überließ ihm ihre Hand und sah ihm in die Augen. »Wir können niemals Freunde sein, Robin.«

»Haßt du mich immer noch?«

»Ich wollte, es wäre so. O Gott, wenn es doch nur so wäre . . .!«

Schroff zog Robin seine Hand zurück und trank seinen Wodka mit einem einzigen langen Schluck aus. Dann ließ er sich die Rechnung geben.

»Ich habe einen Haufen Arbeit zu Hause«, sagte er beim Unterschreiben.

»Du brauchst nicht zu lügen«, erwiderte sie. »Du hast es bisher nicht getan, also warum jetzt damit anfangen?«

»Es ist wirklich so. Ich habe noch eine Nebenbeschäftigung . . . ich schreibe an einem Buch und habe mir vorgenommen, jede Nacht fünf Seiten zu schaffen, egal wann ich nach Hause komme.«

Sie sah ihn interessiert an. »Ist das dein heimlicher Ehrgeiz?«

»Ich rede es mir ein und versuche mein Glück.«

»Also ist er es nicht?«

Robin sah plötzlich sehr müde aus. »Maggie, was, zum Teufel, ich eigentlich will oder nicht, weiß ich selbst nicht.«

Weicher im Ton fragte sie: »Bist du unglücklich, Robin?«

»Wer redet denn davon?«

»Jeder, der nicht weiß, was er will, hat Angst, es herauszufinden. Das ist doch ganz einfach.«

»Vielen Dank, Fräulein Doktor. Wenn ich wieder einmal eine Seelenmassage brauche, rufe ich dich an.« Er stand auf und half ihr in den Mantel.

Maggie schleuderte wütend die Abendtasche aufs Bett. Gerade, wo sich alles so großartig angelassen hatte! Halt! Sie wollte sich nichts vormachen. Alles bestand nur in ihrer Einbildung, und sie würde Robin Stone auf der Stelle aus ihren Gedanken verbannen. Seine Einladung zu Austins hatte falsche Hoffnungen in ihr geweckt. Er hatte lediglich eine attraktive Begleiterin gebraucht – so einfach war das. Na ja, vor ihr lag ein ganzes Wochenende, und sie würde bestimmt nicht im Zimmer hocken und auf einen Anruf von ihm hoffen! Sie würde früh aufstehen ... sich eine Nachmittagsvorstellung ansehen und abends ein Doppelprogramm im Kino. Wenn Robin dann anrief, war sie nicht da. Und Montag in seinem Büro würde sie so tun, als ob sie ihn kaum kenne. Sie nahm eine Schlaftablette, hängte das Schild *Bitte nicht stören* an die Tür und bestellte sich für zehn Uhr einen Weckanruf.

Als das Telefon schrillte, glaubte sie, erst wenige Minuten geschlafen zu haben. Sie wollte den Hörer abnehmen, war von der Schlaftablette aber so benommen, daß es ihr nur mit erheblicher Anstrengung gelang. Die unpersönliche Stimme einer Telefonistin erklärte: »Ich weiß, daß Sie nicht gestört zu werden wünschen, aber ich habe hier ein dringendes Telegramm für Sie.«

Maggie setzte sich auf und schaltete das Licht an. Es war erst Viertel nach sieben. »Schicken Sie's mir 'rauf«, murmelte sie. Sie stand auf und zog sich einen Morgenrock an; die Gewohnheit, nackt zu schlafen, hatte sie beibehalten, sogar in der kalten Jahreszeit.

Nachdem sie den Empfang des Telegramms bestätigt hatte, legte sie sich wieder hin; sie fürchtete sich plötzlich, es zu öffnen. Zuerst war sie vom Schlaf noch so benommen, daß sie an nichts gedacht hatte. Wer, um alles in der Welt, mochte ihr telegrafieren: War ihre Mutter krank? Oder ihr Vater? Sie riß es auf und las den Inhalt mit ungläubigem Staunen: »Stella Leigh schwanger. Muß sofort ersetzt werden. Habe dich an Century Pictures verkauft. Erbitte R-Gespräch bei Erhalt dieses Telegramms. Hy Mandel.«

Sie meldete das Gespräch sofort an, ließ es aber auf Hotelrechnung gehen. Mochten Robin Stone und die IBC das bezahlen! Während die Vermittlung noch die Verbindung herstellte, konnte sie schon Hys Stimme hören. Der Ärmste! – In Los Angeles war es erst fünf. Aber er hatte es ja so gewollt.

»Maggie!« Er war hellwach. »Wie schnell kannst du hier sein?«

»Immer mit der Ruhe«, erwiderte sie. »Wie gut ist die Rolle, und wie hoch ist die Gage?«

»Wie gut die Rolle ist? Spielt Stella Leigh Nebenrollen? Es ist die Hauptrolle als Partnerin von Alfie Knight. Sie haben etwa eine Woche gedreht. Stella dachte, sie hätte irgendeine Viruserkrankung, weil sie dauernd kotzen mußte. Die dumme Kuh wußte nicht mal, daß sie schwanger war! Die Century ist natürlich weit hinter ihrem Drehplan zurück. Ich habe zwanzigtausend steuerfrei für dich herausgeschlagen, dazu die Option auf einen zweiten Film, für den die Bedingungen noch vereinbart werden. Außerdem bezahlt man dir eine Suite im Beverly-Hills-Hotel.«

»O Hy, wie hast du das nur fertiggebracht?«

»Ich hatte, ehrlich gesagt, die Hoffnung schon fast aufgegeben. Du mit deiner Weigerung, Probeaufnahmen zu machen! Ich habe über deine Rolle in dem O'Neill-Stück wahre Lobeshymnen gesungen, aber niemand wollte etwas von dir wissen. Als gestern die Nachricht von Stella kam, habe ich es sofort wieder versucht, ohne mir, offen gestanden, viel davon zu versprechen, aber der Regisseur war Feuer und Flamme und meinte, du seist genau das, was er sich wünsche – ein neues Gesicht.«

»Wer ist es denn, und woher weiß er, wie ich aussehe?«

»Es ist zur Zeit der begehrteste Regisseur von Hollywood mit geradezu sensationellem Erfolg. Die Century hat ihn sich für Alfie gekapert. Es heißt Adam Bergman.«

»Adam!«

»Kennst du ihn?«

»Wir haben vor langer Zeit mal zusammen gespielt ... in einer kleinen Theatergruppe. O Hy, ich bin ganz aufgeregt!«

»Nun hör zu, mein Schatz. Kannst du noch heute herkommen? Dann könntest du über Sonntag die Rolle studieren. Montag wollen sie dich schon für Kostüm- und Maskenproben haben. Ich bestelle dir dein Hotelzimmer.«

»Ja! Ja! Ich kann sofort abfliegen.«

»Okay. Telgrafier mir deine Ankunft, sobald du deinen Flug gebucht hast. Ich hole dich ab.«

Maggie legte auf und rang nach Fassung. Sie war überglücklich, daß sie Adam wiedersehen würde, aber mit noch größerer Genugtuung erfüllte es sie, daß sie Mr. Robin Stone sitzenlassen konnte.

Robin hatte sich den Untertassenfilm angesehen und war in sein Büro zurückgekehrt. Je mehr er darüber nachdachte, desto stärker war er davon überzeugt, daß es richtig war, diese Sendung an den Anfang einer neuen Reihe zu stellen, die im September anlaufen mußte. Ein ganz neuer Typ Show. Fast ein Happening. Das war überhaupt die Idee! Robin stand auf und ging in seinem Zimmer auf und hab. »Happening«, das würde der neue Titel sein. Wenn es ihm nur gelang, Austin dafür zu erwärmen. Aber dazu mußte er ihm noch ein paar andere Happening-Ideen hinwerfen können. Er dachte über Christie Lane nach: Welche geheimnisvollen Kräfte hatten bewirkt, daß aus ihm plötzlich ein Nationaldenkmal geworden war? Warum war er es vor fünf Jahren noch nicht gewesen, als er in den Kneipen dieselben Songs vorgetragen hatte? Das gäbe eine großartige Sendung ab: »Das Happening Christie Lane.« Er würde die Besitzer von Nachtklubs interviewen, in denen Christie aufgetreten war, als er noch keinen großen Namen hatte. Und er würde Christies »Kümmerlinge« interviewen. Auch seine Familie – irgendeine Art von Familie mußte er ja schließlich haben – und diese schreckliche Ethel Evans, mit der er herumzog. Bestimmt waren in der Umgebung von Christie eine Reihe interessanter Typen aufzutreiben, die irgendeine Beziehung zu seiner Vergangenheit hatten.

Robin setzte seinen Plan sogleich in die Tat um, indem er am nächsten Morgen einen inoffiziellen Besuch in Austins Dachgeschoß machte.

»Robin, Sie bringen mir da, ohne es zu wissen, einen Köder, den wir gerade jetzt dringend brauchen!« Gregory Austins Stimme jubilierte. »Sechs Rechtsanwälte beknien Lane, einen neuen Vertrag mit uns zu unterzeichnen. Und er läßt uns ganz schön zappeln! Wenn wir ihm aber sagen können, daß wir mit Ihnen als Moderator eine einstündige Sendung über ihn machen, das wäre einfach . . .« Gregory suchte nach preisenden Adjektiven. »Erzählen Sie aber noch niemandem davon. Besonders Miller nicht. Mit Christie Lane werde ich selbst sprechen.«

Drei Tage später verkündeten sämtliche Presseorgane, daß Christie Lane mit der IBC einen neuen Fünfjahresvertrag abgeschlossen habe. Am nächsten Tag bat Austin Robin Stone und Danton Miller zu sich und erklärte ihnen die Idee für die neue Sendereihe.

Dan hörte aufmerksam zu. Robin beobachtete seine Reaktionen. Obgleich Austin so tat, als sei ihm der Gedanke vor ein paar Tagen erst gekommen, war Robin davon überzeugt, daß Miller sich nicht hinters Licht führen ließ, aber keine andere Wahl hatte, als gute Miene zum bösen Spiel zu machen.

»Ich halte das für einen glänzenden Einfall, Mr. Austin«, erklärte Miller denn auch, »um so mehr, als dadurch Christie Lane an die IBC gebunden wurde.«

Gregory stand auf. »Es liegt mir daran, daß Stone selbst diese und die folgenden Sendungen der ›Happening‹-Reihe moderiert.«

Dan nickte bekräftigend mit dem Kopf. Dann wandte er sich an Robin. »Legen Sie nur nicht zu großes Gewicht auf sein Liebesleben«, warnte er.

»Das ist aber gerade das, was das Publikum will.«

»Kommt nicht in Frage«, sagte Dan giftig. »Das Publikum hat kein Interesse an Christies Liebesleben.«

Gregory schaltete sich ein. »Da sind Sie im Irrtum, Dan. Christie Lane muß ein Mädchen haben. Ich persönlich habe gewisse Vorbehalte gegenüber einem Mann, der noch nie verheiratet war und schon über vierzig ist. Im Fall Christie ist es verständlich. Er war immer ein Zigeuner. Trotzdem brauchen wir jetzt die Frauengeschichte. Wer ist das Mädchen, und inwiefern ist sie ein Problem?«

»Ethel Evans«, sagte Dan. »Sie arbeitete früher in unserer Presseabteilung und ist eine bessere Nutte.«

»Können wir nicht jemand anders für ihn finden?« fragte Austin. »Warum umgeben wir ihn nicht mit vielen Frauen? Engagieren ein paar bildhübsche Mannequins und lassen ihn ein paar Liebschaften gleichzeitig haben?«

»Da würde die Evans nie mitmachen«, meinte Dan. »Außerdem: Wenn wir schon Frauen ins Spiel bringen, müssen wir Ethel Evans auch dazunehmen. Die Öffentlichkeit hat schon viel zuviel von ihr gehört.«

»Was tut sie, außer mit ihm zu schlafen?« fragte Austin.

Dan lachte. »Ob sie es glauben oder nicht, sie ist sein persönlicher Presseagent!«

»Wunderbar«, unterbrach Robin. »Dann stellen wir sie genauso in der Sendung vor. Jeder Star hat eine treue Gefährtin zur Seite.«

Dan nickte bedächtig. »Das wäre eine Möglichkeit. Damit könnten wir alle Zweifel entkräften. Einfach unterschlagen dürfen wir sie, wie gesagt, nicht; dazu war ihr Bild zu oft in den Zeitungen.«

Robin lächelte. »Dann wäre ja alles klar. Jetzt müssen Sie die Chose nur noch Christie Lane beibringen.«

Dans Lachen klang ziemlich gequält. »Er wird es schon fressen ... fragt sich nur, ob auch die Evans einverstanden ist.«

22

Danton Millers Anwesenheit schien die Schäbigkeit des Hotelzimmers im Astor noch zu unterstreichen. Ethel starrte auf einen Fleck im Teppich. Wie Christie es fertigbrachte, immer die scheußlichsten Zimmer zu bekommen, war ihr ein Rätsel. Wahrscheinlich, weil er stets das billigste verlangte. Ethel war gespannt wie ein Flitzbogen. Als Dan Miller ankündigte, er käme mal auf einen Sprung vorbei, um über die technischen Dinge der neuen Sendung zu sprechen, war sie sofort hellhörig geworden. Es sah Dan nicht ähnlich, »mal auf einen Sprung vorbeizukommen«.

Schweigend saß sie da und hörte zu. Zu ihrem Erstaunen war Christie von den Vorschlägen begeistert. Alles, was Dan sagte, regte Christies Appetit an und schmeichelte seinem Selbstgefühl. Für ihn nahm das »Happening« bereits die Ausmaße einer Fernsehpreisverleihung an. Er wollte den ersten Preis! Als die Rede auf die »technischen Einzelheiten« kam, kniff Ethel die Augen zusammen. Ihre schlimmsten Erwartungen erfüllten sich. Der ganze Schnickschnack, den Dan Miller da erzählte, war nur dazu bestimmt, Christie Sand in die Augen zu streuen. In Wirklichkeit ging es ihm hauptsächlich darum, Ethels Rolle herunterzuspielen. Ihre Bedeutung für Christie und der Platz, den sie in seinem Leben einnahm, sollten vernebelt werden. Es war einfach nicht zu fassen! Als wäre es das Selbstverständlichste von der Welt, sprach Dan Miller von den Mannequins, die sie engagieren und als Christies Freundinnen ausgeben wollten. Eine junge Debütantin, deren Vater eine große Ranch besaß, habe schon zugesagt, mit Christie zur Premiere des Nachtlokals Aqueduct zu gehen, und wenn die beiden später die elterlichen Stallungen besichtigten, würde man herrliche Aufnahmen machen können.

»Es gibt Ihnen eine andere Dimension«, sagte Dan. »Christie Lane ist nicht nur jedermanns Onkel Harry ... er ist umringt von schönen Frauen, junge Damen der Gesellschaft schwärmen für ihn. Wir haben sogar eine Autorin aufgetrieben und zeigen euch, wie ihr den Verlag Doubleday besichtigt. Ein Christie Lane kennt sich aus in der Literatur. Natürlich wird auch Ethel eine große Rolle in der Sendung spielen. Wir zeigen, wie sie Ihre Post erledigt, Ihre telefonischen Verabredungen trifft und so weiter.«

Ethel heftete ihren Blick auf einen Sonnenfleck, der langsam über den verschossenen Vorhang wanderte. Das war die letzte Demütigung: Man warf sie mit den »Kümmerlingen« in einen Topf! Was war sie denn auch anders, wenn man sich die Sache genau besah? Kenny und Eddie dienten Chris als Laufburschen, sie diente ihm im Bett. Sie bekamen sogar das gleiche Gehalt. Zum erstenmal in ihrem Leben fühlte Ethel sich besiegt und verlor den Mut zum Kämpfen. Vielleicht lag es an Dans hochnäsiger Art, vielleicht an dem elenden Hotelzimmer. Sie kam sich plötzlich genauso schäbig vor wie die schmutzigen Gardinen vor den ungeputzten Fenstern. Am liebsten wäre sie in Tränen ausgebrochen, am liebsten hätte sie sich auf Danton Miller gestürzt und ihm das herablassende Lächeln vom Gesicht gekratzt ... aber sie blieb stumm. Denn im Grunde hatte alles, was Dan sagte, Hand und Fuß. Die Mannequins, die Debütantin, die Autorin würden die Sendung mächtig aufputzen. Und für Christie kam es nur auf das Gelingen der Show an. Dan brachte Argumente vor, gegen die sie nie ankommen würde. Wegen der Kollegen war es ihr egal; die würden sowieso wissen, daß das Ganze nur fürs Publikum gemacht war. Aber seltsamerweise dachte sie zum erstenmal an ihre Eltern und sogar an ihre Jugendfreundin Helga. Bei ihnen galt sie als Christie Lanes »Verlobte«. Wie würde es aussehen, wenn man Christie mit all den Glamourgirls zeigte, und die fette kleine Evanski rückte unter die bezahlten Kräfte? Sie wagte nicht aufzublicken. Die Kehle war ihr wie zugeschnürt, und das Weinen saß ihr näher als das Lachen. Christies glanzlose Augen blickten nüchtern und nachdenklich. Dan steigerte seinen Redeschwall zum großen, überzeugenden Finale. Dann beugte er sich vor. »Nun, Christie, was halten Sie von der Sache?«

Christie biß die Spitze von seiner Zigarre ab und spuckte sie auf den Boden. »Ich finde, die Sache stinkt.«

Ethel sah auf. Dan war so überrascht, daß er nicht wußte, was er sagen sollte.

»Wozu der Quatsch mit der Debütantin und Autorin? Jeder weiß, daß ich mit Ethel gehe.«

Ethel blieb vor Überraschung der Mund offenstehen. Der Kerl hielt tatsächlich zu ihr!

Dan zuckte die Achseln. »Natürlich gehen Sie mit Ethel, Sie wissen es, ich weiß es. Aber glauben Sie mir, wir haben uns alle miteinander Gedanken gemacht und sind zu einem einstimmigen Entschluß gekommen. Wir sind davon überzeugt, daß die Sendung attraktiver wird, wenn wir Sie mit vielen und nicht nur mit einem Mädchen in Verbindung bringen.«

»Machen wir eine Sex-Show oder ein Happening über Christie Lane?« fragte er.

»Für die Sehbeteiligung ist es besser, wenn wir beides miteinander verbinden.«

»Meine Show ist unter den ersten fünf! Und zwar nicht wegen irgendwelcher Mannequins oder Debütantinnen, sondern meinetwegen!«

Dan nickte. »Wir dürfen aber nicht vergessen, Christie, daß Sie große Stars als Zugnummern und hübsche Mädchen für die Werbespots in Ihrer Show haben; nicht selten singen bekannte Sängerinnen ein Duett mit Ihnen.«

»Was ist mit Ethel?« Christie war unnachgiebig.

»Ethel ist sehr reizvoll«, erwiderte Dan rasch. »Wirklich, Ethel, ich finde, Sie haben noch nie besser ausgesehen.« Sein Lächeln war verbindlich. Ethel erwiderte es mit einem bitterbösen Blick.

Christie ließ sich nicht beirren. »Aber?« fragte er.

»Aber wir fürchten die Skandalblättchen. Bis jetzt haben wir Glück gehabt. Fängt aber erst eines an, sich mit Ethels Vorleben zu beschäftigen, ziehen die anderen alle nach.«

»Dann gehe ich gerichtlich gegen sie vor«, sagte Christie. »Seit mehr als einem Jahr war sie nur mit mir zusammen. Das kann ich beweisen.«

»Das, fürchte ich, wäre nur Wasser auf die Mühle. Sicher, Ethel war bei Ihnen ... hat mit Ihnen gelebt. Deshalb war man ja der Ansicht, sie als Ihre treue Gefährtin herauszustellen, sei der Knüller. Das würde erklären, warum sie ständig bei Ihnen ist.«

»Einen Moment mal.« Christie schwenkte seine Zigarre. »Wer ist überhaupt ›man‹?«

Dan holte sein Zigarettenetui hervor. »Ich will es einmal folgendermaßen ausdrücken, Christie. Wie Sie wissen, ist Robin Stone der Moderator dieser Sendung. Wenn die Skandalpresse ihn nach der ersten Folge Ethels wegen angreift, kann er für die ganze Serie Firmen verlieren, von denen das große Geld 'reinkommt. Sie dürfen nicht vergessen, daß es außer New York, Chicago und Los Angeles noch eine andere Welt gibt ... eine Welt, in der die Leute jeden Sonntag zur Kirche gehen, in der sie heiraten und goldene Hochzeit feiern. Diese Leute lieben Sie. Sie kommen zu diesen Leuten in die Wohnstube. Sie können ihnen nicht einfach ins Gesicht sagen: ›Das ist das Mädchen, mit dem ich zusammenlebe – friß, Vogel, oder stirb!‹«

Christie verstummte, was Dan geschickt ausnützte, um noch einmal nachzustoßen. »Von welcher Seite Sie die Sache auch ansehen, Christie, es läuft immer auf denselben Punkt hinaus: Sie können es nicht wagen, Ethel in der Sendung als Ihre ständige Begleiterin vorzustellen.«

»Gut«, erwiderte Christie ruhig. »Dann wird sie nicht meine Freundin sein, dann wird sie meine Frau sein.«

Danton Millers Gesichtsausdruck wechselte von höflich zu fassungslos. Kein Wort kam über seine geöffneten Lippen. Ethel beugte sich vor. Was wollte Christie mit diesem Kniff?

Wie um sich seine Worte selbst zu bestätigen, nickte Christie. »Jawohl, ich werde sie heiraten! Haben Sie verstanden?«

Dan hatte sich von seinem Schock erholt und brachte ein schlaues Lächeln zustande. Christie lehnte sich zurück, als wäre die Sache damit für ihn erledigt, aber Ethel spürte, daß der Kampf eben erst begonnen hatte. Dan sammelte sich zu einem neuen Anriff.

Der ließ nicht lange auf sich warten. »Komisch.« Dans Ton war fast wehmütig. »Ich hatte in Ihnen immer den großen Romantiker gesehen.«

»Den was?« fragte Christie.

»Den Mann, der nur eine Frau in seinem Leben lieben kann. Ich war fest davon überzeugt, daß Amanda diese Frau für Sie war. An dem Tag, an dem Amanda starb, habe ich befürchtet, Sie würden die Sendung absagen. Aber Sie sind ein echter Profi. Ich wußte, wie Ihnen zumute war, aber Sie haben sich gesagt: Das Leben geht weiter. Wenn ein Mann das einzige verliert, was ihm wirklich etwas bedeutet, sucht er sich etwas, das ihn tröstet, einen vorübergehenden Ersatz.«

Zum erstenmal verstand Ethel, daß ein Mensch aus blindem Haß zum Mörder werden konnte. Sie hätte Dan Miller an die Kehle springen können, aber jetzt war nicht der Augenblick, dramatisch zu werden . . . nicht, solange Christie am Ball war. Sie umklammerte die Sofalehne, bis ihre Knöchel weiß wurden, und unter Aufbietung ihrer ganzen Selbstbeherrschung gelang es ihr, ganz vorsichtig zu äußern: »Sie scheinen zu vergessen, lieber Danton, daß Amanda Chris verlassen hat und zu Ike Ryan gegangen ist. Sie starb als Mrs. Ryan, nicht als Christies Freundin.«

In versöhnlichem Ton erwiderte Dan: »Gewiß, aber die größten Liebenden sind die unglücklich Liebenden. Für mich ist Christie Lane das immer gewesen.«

Christie sprang auf. »Was soll diese Scheiße. Was Sie da von einem großen Liebhaber faseln, ist für mich der letzte Kitsch! Soll ich vielleicht dasitzen und ein Weib anschmachten, das mich sitzengelassen hat? O nein, Danny-Boy, ich bin Christie Lane! Ich bin ganz oben, mein Freund! Und ich habe mich mühsam hochgearbeitet ... mich haut so was nicht um. In meinem Leben ist eine kleine Blonde kein weltbewegendes Ereignis.«

Er ging zu Ethel und ergriff ihre Hand. »Machen Sie Ihre Augen weit auf, Mr. Miller ... hier sehen Sie ein echtes Weib. Ein großartiges Weib. Jaja, ich weiß, was Sie sagen wollen: Anfangs waren Ethel und ich nur zwei, die sich treffen und wieder verlassen, wie so viele in dieser Stadt. Aber als wir ein paarmal zusammen waren, habe ich vergessen, daß es überhaupt jemals eine Amanda gegeben hat.«

Dan setzte ein trauriges Lächeln auf. »Ich habe erst kürzlich die *Life*-Story wieder gelesen und war richtig ergriffen. Besonders von der Stelle, wo Sie sagen, daß Amanda das einzige Mädchen gewesen sei, bei dem Sie jemals an Heirat gedacht hätten. Das einzige Mädchen, von dem sie ein Kind hätten haben mögen.« Er seufzte. »Wirklich jammerschade. Die Amanda-Episode sollte einen großen Raum in Ihrer Happening-Sendung einnehmen.«

»Was hat Amanda denn mit meinem Happening zu tun?« fragte Christie.

Dan sprach leise und eindringlich: »Wir wollten eure Bilder aus dem *Life*-Artikel in Vergrößerungen bringen, dazu einige von Amandas Werbespots, die wir mitgeschnitten haben. Vor allem die herrliche Szene, in der Sie ›Mandy‹ für Sie singen. Erinnern Sie sich, wie wir mit der Kamera auf die Kulissen schwenken mußten, um Amanda in Großaufnahme festzuhalten?« Betrübt schüttelte Dan den Kopf. »Sehen Sie die Szene vor sich? Keiner unter den Zuschauern, dem nicht die Tränen der Rührung kommen würden. Im ganzen Land würden die Zeitungen darüber schreiben – die Sendung mit der Liebesgeschichte des Jahrhunderts. Amanda, die einzige Frau in Chris' Leben. Und als sie einen anderen heiratete, trug er es ihr nicht nach. Mit ihrem Tode starb auch ein kleines Stück von ihm. Die Leute werden das fressen, und damit haben wir auch einen Aufhänger für die Mannequins und die Debütantin, denn nach Amanda kann es für Christie Lane nicht nur eine Frau geben. Verstehen Sie, worauf ich hinaus will, Christie?«

»Sie hätten Drehbuchautor werden sollen!« spottete Chris. Dann wurde seine Stimme hart. »Stellen Sie sich *das* unter einem Christie-Lane-Happening vor? Die Geschichte eines Mannes, der sich von kleinen Anfängen an hochgearbeitet hat, der noch an seinem vierzigsten Geburtstag zweite Garnitur war? Alle hatten ihn abgeschrieben . . . und zwei Jahre später war er oben! *Das* ist Ihre Geschichte – der rote Faden –, genau das! Das ist das Christie-Lane-Happening. Kapiert? Mein Happening . . . über *mich*! Sollte je der Tag kommen, an dem ich mit den Gebeinen eines toten Mädchens klappern muß, um anzukommen, stelle ich mich lieber gleich auf die Straße und verkaufe Schnürsenkel. Aber vorläufig verkaufe ich mein Talent, mein Leben. Und weder Sie noch Mr. Robin Stone werden mir vorschreiben, was ich bin. Ich bin ich! Kapiert? *Ich!* Und ich heirate das einzige Weib, das ich leiden kann – Ethel Evans!«

Dan ging zur Tür. »Tut mir leid. Ich habe wohl die *Life*-Story zu ernst genommen . . . alles, was Sie darin über ein Kind mit Amanda sagten, daß es aussehen sollte wie sie . . .«

»Scheiße!« schrie Christie. »Klar will ich ein Kind haben. Einen Sohn will ich haben, und ich will ihm alles geben, was ich nicht gehabt habe. Und dieses Kind werden Ethel und ich zusammen haben!«

Dan verbeugte sich knapp. »Ich darf Ihnen beiden Glück wünschen. Wie wundervoll! Jetzt, Chris, muß ich meine Meinung ändern. Sie und Ethel . . . man möchte fast sagen: Eine Ehe, die im Himmel geschlossen wurde.« Damit ging er.

Einen Augenblick starrte Christie noch auf die geschlossene Tür. Dann drehte er sich um und ging zum Schlafzimmer. Ohne Ethel eines Blickes zu würdigen, befahl er: »Ruf Lou Goldberg an. Sag ihm, er soll nach New York kommen. Ruf Kenny und Eddie an. Sag ihnen, sie sollen sich erkundigen wegen Dokumenten und diesem ganzen Quatsch. Ruf den Bürgermeister an und frag, ob er uns trauen kann.« Christie verschwand im Schlafzimmer.

Ethel saß auf der Couch. Sie konnte es noch nicht glauben. Er meinte es wirklich ernst! Sie würde Mrs. Christie Lane werden! Als er im Mantel aus dem Schlafzimmer zurückkam, sah sie ihn fassungslos an.

»Was sitzt du da herum? Willst du mich nicht heiraten?« fragte er. Sie nickte stumm. Christie schnippte mit den Fingern. »Dann ein bißchen hoppla, rühr dich und bereite alles vor.«

Ethel sprang von der Couch und warf sich ihm in die Arme. »O Christie!« Ihre Tränen waren echt. »Du meinst es wirklich ernst?«

Offensichtlich verlegen, befreite er sich sanft aus ihrer Umarmung. »Klar mein ich's ernst. Und nun erledige mal schön die Anrufe.« Er ging zur Tür.

»Aber wohin gehst du denn?«

Einen Augenblick schwieg er, dann meinte er mit einem schwachen Lächeln: »Ich gehe Ringe kaufen.«

Die Hochzeit fand einen gewaltigen Widerhall in Presse und Fernsehen. Sogar Ereignisse am Rande der Hochzeit standen im Mittelpunkt des Interesses. Lou Goldberg mietete den ersten Stock bei Danny und veranstaltete einen großartigen »Junggesellen«-Abschied. Jeder in New York verfügbare männliche Star war anwesend, und mancher Witz, der bei Tisch kursierte, fand sich nachher in den Klatschspalten wieder. Auch im Fernsehen machten Komiker und Conferenciers ihre gutmütigen Anspielungen. Niemand erlaubte sich allerdings einen Scherz über Ethel. Sie schienen alle zu spüren, daß der kleinste Stich den Deckel von dem Druckkessel reißen konnte, in dem Ethels Vergangenheit kochte.

Die Trauung fand in der ersten Maiwoche in der St.-Patricks-Kathedrale statt. Anwesend waren Ethels Familie, Lou Goldberg, die »Kümmerlinge« und Aggie. Christie hatte es so gewollt, und ehe nicht das letzte »Ja« gesprochen war, hütete Ethel sich, ihm zu widersprechen. Es war verrückt und kaum zu glauben – Christie hatte tatsächlich eine kirchliche Trauung vorgeschlagen. Nun jedenfalls war es ein gutes Zeichen – er nahm die Sache offenbar ernst. Was jedoch sie betraf, sie hätte sich auch von einem Medizinmann trauen lassen, vorausgesetzt, die Ehe wäre rechtsgültig gewesen. Sie hatte mit Pfarrer Kelly gesprochen – nein, sie brauchte nicht zu konvertieren, mußte nur versprechen, ihre Kinder im katholischen Glauben zu erziehen. *Kinder! Ein* Kind würde er bekommen. Ein einziges! Und nicht ehe sie dazu bereit war. Sie war nun zweiunddreißig und hatte lange genug ihre Kleider im Ausverkauf kaufen und die rechte Seite der Menükarte lesen müssen. Zum erstenmal nun würde sie eine herrliche Garderobe haben und sich Massagen und die besten Kosmetiksalons leisten können. Sie hatte keine Lust, jetzt schon sechs Monate lang in Umstandskleidern herumzulaufen, nachdem sie endlich all das bekommen würde, was sie sich ihr Leben lang gewünscht hatte.

Christie lud die Hochzeitsgesellschaft zum Essen ein, und anschließend brachten sie gemeinsam Ethels Familie zur Bahn. Als sie an diesem Abend zu Christie ins Hotel ging, war sie zum erstenmal beim Empfang offiziell angemeldet.

Ethel verkniff sich jeden Kommentar über ihre Flitterwochen im Astor. Christie steckte tief in seiner Arbeit. Dann jedoch würden sie für sechs Wochen nach Las Vegas gehen. Das war genau der richtige Zeitpunkt, um Pläne für ihre Zukunft zu machen. Sie würde ihm vorschlagen, jeden Monat fünftausend auf ein persönliches Konto auf ihren Namen einzuzahlen – vielleicht sogar zehntausend. Schließlich bekam er in nächster Zeit hübsch viel Geld von der IBC. Vor der Abreise würde sie noch eine Wohnungsagentur beauftragen, ihr ein Doppelapartment in der Park Avenue zu beschaffen.

Sie verbrachte die erste Woche ihrer Ehe damit, im verdunkelten Theater Christie bei der Arbeit am »Happening« zuzuschauen. Früher als ursprünglich geplant, rief sie schließlich die Wohnungsagentur an, und eines Tages erschien während der Probe eine elegante Dame, die sich Mrs. Rudin nannte, mit Grundrissen von verschiedenen Apartments, die in Frage kommen konnten. In der Pause tauchte Christie auf, und Ethel stellte ihn Mrs. Rudin vor. Ruhig hörte sich Christie Ethels Erklärungen an. Dann aber biß er entschlossen auf seine Zigarre: »Hören Sie, Verehrteste, rollen Sie Ihre Pläne schön wieder zusammen und vergessen Sie die ganze Angelegenheit. Ethel und ich fühlen uns im Astor absolut wohl.«

Ethels Gesicht brannte vor innerer Wut, doch sie wartete, bis Mrs. Rudin verschwunden war, ehe sie sich Christie vorknöpfte.

»Schämst du dich eigentlich nicht?«

»Schämen – wofür?«

»Mich vor dieser Agentin bloßzustellen.«

»Schlepp sie nicht her, und du wirst nicht bloßgestellt.«

»Aber wir brauchen doch eine Wohnung.«

»Wozu?«

»Christie, du kannst nicht wirklich von mir erwarten, daß ich ewig im Astor wohne, mit deinen zwei Kleiderkoffern, einem winzigen Schrank für uns beide, einem einzigen Badezimmer –«

»Nun hör mal schön zu! Ich habe das Loch gesehen, in dem du mit deiner Freundin gewohnt hast. Das war auch nicht gerade das Ritz.«

»Damals war ich nicht Mrs. Christie Lane.«

»*Mr.* Christie Lane gefällt's nun mal im Astor.«

Dieses war nicht der geeignete Ort, einen solchen Kampf auszutragen. Außerdem hatte Ethel ja den ganzen Sommer lang Zeit, Christie kleinzukriegen. »Ich gehe jetzt zu Saks, um mir einen Badeanzug für Vegas zu kaufen. Oh, daß ich's nicht vergesse, ich hätte gerne ein eigenes Konto.«

»So eröffne doch eins.«

»Womit?«

»Bevor wir heirateten, hast du wöchentlich zweihundert Dollar verdient. Ich habe mit Lou darüber gesprochen. Er ist bereit, dir weiterhin so viel zu bezahlen, wenn du wieder die Pressewerbung für mich machst. Du hast ja sonst ohnehin nichts zu tun.«

Sie sank in einen Sessel des leeren Theaters. Plötzlich hatte sie das Gefühl, geprellt worden zu sein – als hätte sie eine Ölquelle entdeckt und am andern Morgen festgestellt, daß sie eingetrocknet war. Dieses Gefühl hielt auch an, als sie in Las Vegas waren. Vom Laufburschen bis zum Direktor sagte zwar jeder im Hotel Mrs. Lane zu ihr, sonst aber hatte sich ihr Leben nicht geändert. Es war vor ihrer Ehe eigentlich sogar besser gewesen. Damals hatte es immerhin jede Woche ein paar Nächte gegeben, die ihr allein gehört hatten – Nächte, die sie ungestört bei Lillian in ihrer gemeinsamen Wohnung verbringen konnte. Nun aber hatte sie jede Sekunde Christie, die »Kümmerlinge« und Agnes am Hals. Und im Herbst in New York standen ihr erneut die Copa-Bar, Jilly's und Abendessen mit den »Kümmerlingen« bevor. Aber sie wollte verdammt sein, wenn sie wieder ins Astor zurückkehrte.

Sie brachte das Thema eines Nachts nach der Show von neuem aufs Tapet.

»Was paßt dir denn nicht am Astor?«

»Ich mag nicht dort wohnen.«

»Wo willst du denn wohnen?«

»In einem hübschen Apartment mit einem Eßzimmer, einem Balkon und *zwei* Badezimmern.«

»So viele Zimmer nur für uns beide? Ich hatte mal in Hollywood ein Haus. Damals lebten noch Eddie, Kenny und Aggie bei mir. Aber selbst zu viert hatten wir noch zuviel Platz. Sieh her, wenn wir mal ein Kind haben, können wir wieder über Wohnungen sprechen. Mit einem Kind muß auch ein Eßzimmer her, denn ich will, daß es alles richtig lernt. Aber für uns zwei genügt das Astor.«

In der folgenden Nacht ließ Ethel ihren Pessar unbenützt.

23

Beim Frühstückskaffee sah Robin Maggies Bild in der Zeitung. Er las die Unterschrift: »Maggie Stewart, Centurys neuer junger Star, in New York zu Außenaufnahmen für den Film ›The Target‹ (Die Zielscheibe).«

Sie trug ein kräftiges Make-up und längeres Haar, aber sie sah großartig aus wie eh und je. Plötzlich hatte er großes Verlangen, sie zu sehen, und rief das Plaza an. Sie war gemeldet, aber nicht auf ihrem Zimmer. Er hinterließ, daß er angerufen habe.

Später am Tage, er war gerade mitten in einer Besprechung, legte ihm seine Sekretärin einen Zettel hin: »Miss Stewart am Telefon.« Er winkte ab und setzte seine Besprechung fort. Erst nachmittags um fünf fand er Zeit, zurückzurufen.

»Hallo!« Ihre Stimme klang unpersönlich heiter.

»Wie geht es dem großen Filmstar?«

»Er ist erschossen. Ich spiele ein berühmtes Fotomodell, dessen Leben in Gefahr ist. Gleich in der ersten Szene, bei Modeaufnahmen im Central Park, findet ein Anschlag auf mich statt. Natürlich drehen wir diese Szene nach echter Hollywoodmanier zuletzt. Darum bin ich hier.«

»Klingt aufregend.«

»Ich hoffe, der Film wird es. Sobald wir hier abgedreht haben, soll er geschnitten werden und in den Verleih kommen.«

»Hast du schon einen neuen Vertrag?«

»Ich habe verschiedene Angebote, aber mein Agent will, daß ich warte, bis dieser abgelaufen ist. Es ist ein Vabanquespiel. Wenn ich gut bin, kriege ich mehr Geld und bessere Rollen. Falle ich durch, verliere ich selbst das, was ich jetzt haben könnte.«

»Dürfte ein ziemlich schwerer Entschluß sein.«

»Ich bin eine Spielernatur. Ich warte«, meinte Maggie.

»Brav! Sag mal, wie lange bleibst du hier?«

»Nur drei Tage.«

»Wollen wir uns im P. J. zum Essen treffen?« Es war ihm, ohne daß er es wollte, herausgerutscht.

»Gern. Das Servieren auf dem Zimmer dauert sowieso immer eine Ewigkeit. Du mußt mir nur Zeit lassen, mich von acht Schichten Schminke zu befreien und unter die Dusche zu gehen.«

»Sagen wir um sieben?«

»Fein. Wir treffen uns dort.« Sie hängte ein.

Robin starrte nachdenklich auf das Telefon. Maggie hatte ihm nicht mal die Möglichkeit gelassen, sie abzuholen. Gab sie sich absichtlich spröde? Das bedeutete, daß sie sich noch immer etwas in den Kopf gesetzt hatte ... Kurz entschlossen rief er Jerry Moss an. Um halb acht warteten sie noch immer im P. J.

»Vielleicht will sie mich versetzen«, meinte Robin lächelnd.

Jerry sah ihn neugierig an. »Was ist eigentlich los mit dir und diesem Mädchen?«

»Überhaupt nichts. Wir sind gute Freunde ... fast sogar alte Bekannte.«

»Warum hast du dann Angst, allein mit ihr zu sein?«

»Angst?«

»Als sie das letztemal nach New York kam, hast du Himmel und Hölle in Bewegung gesetzt, damit ich mit dir zum Flughafen fahre.«

Robin nahm einen Schluck von seinem Bier. »Das ist so, Jerry: Maggie ging früher mit Andy Parino, und als sie damals nach New York kam, hatte sie gerade mit ihm Schluß gemacht. Ich wollte nicht, daß er dachte, ich dränge mich dazwischen. Darum habe ich dich wohl gebeten, mitzukommen. Ich weiß es nicht mehr genau.«

»Aha, das erklärt alles. Und heute soll ich dich vermutlich gegen Adam Bergman abschirmen?«

Robin sah ihn neugierig an. »Adam Bergman?«

»Der begabteste junge Regisseur der Saison«, erklärte Jerry. »Er hat das Stück gemacht, das im vergangenen Jahr am Broadway sämtliche Preise einheimste ... den Titel habe ich vergessen – über einen Schwulen und eine Lesbierin. Mary und ich sind nach dem ersten Akt gegangen. Jedenfalls ist der Mann die neue Sensation.« Robin erwiderte nichts. »Es mag dir komisch vorkommen«, fuhr Jerry fort, »aber mir gefallen Stücke, die eine richtige Handlung haben, verstehst du? Mit Anfang, Mitte und Schluß. Aber heutzutage ...«, er hielt inne, denn durch das Lokal ging ein Raunen. Alle Köpfe drehten sich nach einer Frau um, die auf ihren Tisch zukam. Robin stand auf. Bei der Vorstellung tat Maggie, als erinnere sie sich noch gut an Jerry, aber er war überzeugt, daß sie schwindelte. Sie entschuldigte sich nicht wegen ihrer Verspätung, bestellte sich etwas zu essen und kramte in ihrer Handtasche nach den Zigaretten.

»Ich würde dir gern eine anbieten«, meinte Robin, »aber ich habe das Rauchen aufgegeben.«

»Dann hol mir doch bitte ein Päckchen. Ich habe meine vergessen.«

Aus irgendeinem Grunde freute es Jerry, wie Robin aufsprang und zu einem Zigarettenautomaten ging. Als er zurückkam, bot er Maggie eine Zigarette an und gab ihr Feuer.

»Seit wann rauchst du denn nicht mehr?« fragte sie.

»Seit zwei Tagen.«

»Und warum?«

»Wollte mir nur mal beweisen, daß ich es kann.«

Maggie nickte, als verstände sie das völlig. Nach dem Essen sagte sie: »Jetzt hätte ich auch gern ein Bier, und dann werde ich leider gehen müssen. Ich muß morgen sehr früh aufstehen.«

Robin bestellte das Bier. Am Eingang hatte sich eine Menschenschlange gebildet. Plötzlich stand Robin auf. »Entschuldigt mich, da sind zwei Freunde von mir.«

Er begrüßte das Paar, das in der Reihe stand. Wenige Augenblicke später brachte er die beiden an den Tisch.

»Maggie Stewart, Jerry Moss«, stellte er vor, »das ist Dip Nelson und Pauli . . .« Er wandte sich an die Frau. »Entschuldigen Sie, Pauli. Ich habe Ihren Namen vergessen.«

»Ich heiße jetzt auch Nelson.«

»Gratuliere.« Robin winkte nach zwei Stühlen. »Ich glaube, wenn wir uns ein bißchen zusammenquetschen, passen wir alle an den Tisch.«

»Ich kann nur einen Happen essen, dann muß ich gleich wieder fort«, erklärte Pauli, während sie sich auf ihren Stuhl sinken ließ. »Gott, bin ich müde! Wir haben den ganzen Tag geprobt. Bis zu unserem ersten Auftritt sind es nur noch drei Wochen.«

»Wir bringen eine Nachtklub-Show«, erklärte Dip. »Pauli ist eine gute Tänzerin, dadurch können wir die Gesangsnummern ein wenig auflockern. Zwei Wochen Vegas für fünfzehntausend die Woche sind schon unter Vertrag. Anschließend Reno, und im September der Persian Room am Plaza. Davon hängt alles ab . . . von den Kritiken in New York, meine ich.«

»Warum versteift ihr euch so auf Nachtklubs?« fragte Robin.

»Sie, ich kenne den Filmrummel«, meinte Dip, »wenn ich auch sonst vielleicht nicht viel weiß. Als mein Agent mit einem Angebot von nur hunderttausend von einer unabhängigen Produktion zu mir kam, da habe ich mir gesagt: ›Dip, jetzt ist es Zeit, abzuspringen!‹ Man muß aussteigen, bevor man passé ist. Unsere kleine Bühnen-Show wird ein Knüller. Hollywood wird vor uns auf den Knien liegen, und der Big Dipper wird wieder ganz oben an der Spitze stehen.«

»Und Pauli mit ihm!« sagte sie.

»Jawohl, mein Schatz. Ich habe es dir gesagt, als wir heirateten: Wir sind ein Team und bleiben es.«

»Außerdem«, vertraute Pauli der Tischrunde an, »will ich einfach keine Probeaufnahmen machen lassen.«

»Das kann ich nur unterschreiben.« Es war das erstemal, daß Maggie sich vernehmen ließ.

Pauli sah sie neugierig an. »Oh, sind Sie auch vom Fach?«

»Sie spielt die Hauptrolle in dem neuen Alfie-Knight-Film«, erklärte Robin.

»Ach so!« Pauli sah Maggie an, als erkenne sie sie jetzt erst. »Richtig! Sie hatten ja die große Affäre mit Adam Bergman.«

Maggie verzog keine Miene. Dip dagegen machte ein entsetztes Gesicht.

Eine Weile herrschte betretenes Schweigen. Pauli beschäftigte sich eifrig mit ihrem Steak; als sie den letzten Bissen in den Mund gestopft hatte, sagte sie: »Dip, zahl bitte. Ich muß ins Bett. Wir haben morgen wieder acht Stunden Probe.«

Robin lächelte. »Darf ich das übernehmen? Ich betrachte euch mit Vergnügen als meine Gäste. Allein schon der Gedanke, Pauli Nelson gekannt zu haben, bevor sie ein Star wurde, ist es mir wert.«

Pauli wandte den Kopf und sah ihn hinterhältig an. »Wissen Sie was? Auf Ihr Dreckessen verzichte ich gerne. Wer sind Sie denn schon? Dip zuliebe habe ich mir neulich Ihre ›Schlagzeilen‹ angesehen. Mein Gott, wird das aufgebauscht! Außerdem scheint man Sie 'rausgeschmissen zu haben – da sitzt jetzt ein anderer.«

»Pauli!« Dip ergriff ihren Arm. »Bitte verzeihen Sie, Robin! Es war nicht so gemeint. Es tut uns wirklich leid, daß man Ihnen die ›Schlagzeilen‹ weggenommen hat. Haben Sie was Neues in petto?«

»Ich fange im Herbst eine Sendung mit dem Titel ›Happening‹ an«, meinte Robin lächelnd.

Dip machte ein ehrlich erfreutes Gesicht. »Prima, alter Junge. Genau wie der Big Dipper. Unkraut vergeht nicht, was? Selbe Sender?« Als Robin zustimmend nickte, meinte Dip: »Sagen Sie, wie gut kennen Sie Andy Parino?«

»Ziemlich gut.«

»Dann könnten Sie mir vielleicht einen Riesengefallen tun.« Dip setzte sein strahlendstes Lächeln auf. »Bevor wir in New York im Plaza auftreten – könnten Sie's wohl deichseln, daß wir gelegentlich ein ›Schlagzeilen‹-Interview bekommen?«

»Wenn Ihnen daran liegt? Das läßt sich machen.«

»Ehrlich?«

»Mein Wort drauf.«

Dip stand auf. »Sowie wir nach New York zurückkommen, rufe ich Sie an.«

Als die beiden das Lokal verlassen hatten, nahm Robin Maggies Arm. »Komm, Jerry und ich laufen noch ein Stück und bringen dich ins Hotel.«

»Ich habe aber keine Lust zu laufen.«

»Jerry, bestell der Dame ein Taxi«, sagte Robin.

»Jerry, bestellen Sie der Dame kein Taxi«, äffte sie ihn nach. »Die Dame hat ihren eigenen Wagen.« Erst jetzt bemerkten sie, daß vor dem Eingang ein großes Auto wartete.

»Vielen Dank für das Bankett und die atemberaubenden Tischgespräche.« Maggie erhob sich. »Wenn du mal wieder in Kalifornien bist, werde ich mir alle Mühe geben, deine Gastfreundschaft zu erwidern.«

Jerry schaute dem Wagen nach.

»Der hast du's aber angetan«, bemerkte er ruhig.

»Klar, sie ist unsterblich verliebt in mich.« Robins Stimme klang bitter.

»Nein ... ehrlich. Vergiß nicht, daß sie Schauspielerin ist. Und wahrscheinlich eine gute, denn heute abend hat sie ihre Rolle fabelhaft gespielt.«

»Wie meinst du das?«

»Das war ein ganz anderes Mädchen als das im Februar am Flughafen, und kein Mensch kann sich in drei Monaten so stark verändern.«

»Vielleicht hat dieser Adam ... wie hieß er doch? ... die Veränderung bewirkt.«

»Vielleicht.«

»Komm, wir gehen noch einen Sprung in die Lancer Bar und trinken was«, schlug Robin vor.

»Nein, ich gehe schön auf einen Sprung zum Bahnhof; dann erreiche ich nämlich noch den letzten Zug. Ich an deiner Stelle, Robin, würde Maggie Stewart anrufen und zu einem Whisky in die Plaza Bar einladen.«

»Nein, vielen Dank.«

»Sag mal, ist es mit diesem Mädchen so wie mit den Zigaretten?«

»Kapier' ich nicht.«

»Willst du dir dadurch, daß du dir Maggie Stewart abgewöhnst, irgend etwas beweisen?«

Maggie reiste ab, und Robin stürzte sich in die Arbeit. Jede Nacht schrieb er vier Seiten an seinem Buch. Die Vorbereitungen zur Happening-Serie nahmen ihn dermaßen in Anspruch, daß er jegliches Gefühl für die Zeit verlor. Eines Tages sah er auf seinen Kalender und stellte fest, daß der Unabhängigkeitstag am 4. Juli unmittelbar bevorstand. Er fiel auf einen Donnerstag, das bedeutete ein langes freies Wochenende. Da es um diese Zeit niemanden gab, mit dem Robin gerne zusammen gewesen wäre, sagte er gleichgültig zu, als Jerry ihn zu sich nach Greenwich einlud. Zwar war ihm klar, daß dort eine Party die andere ablösen würde, aber immerhin gab es einen Swimming-pool, und möglicherweise konnte er ein paar Runden Golf einlegen.

Am 2. Juli kam Maggies Telegramm: »Eintreffe dritten Juli zu TV-Publicity für Film. Glaubst du wirklich, daß Elizabeth Taylor auch so angefangen hat? Bleibe ein paar Tage in New York. Wäre für ein paar Stichworte beim Reden dankbar. Maggie.«

Robin rief Jerry an und sagte seinen Besuch ab. Am Mittwoch verließ er um fünf das Büro und rief von seiner Wohnung aus im Plaza an. Man sagte ihm, Miss Stewart sei vor zwei Stunden angekommen, habe aber das Hotel verlassen. Kein Grund zur Aufregung. Das ganze Wochenende lag noch vor ihm . . .

Donnerstag morgen rief er wieder an. Sie war nicht da. Er hinterließ eine Nachricht und fuhr Golf spielen.

Am Freitag hinterließ er zweimal eine Nachricht.

Samstag rief er gar nicht mehr an.

Sein Telefon klingelte Sonntag morgen um neun. Den Buckel konnte sie ihm 'runterrutschen! Nun sollte sie den ganzen Tag ohne ihn verbringen. Als nach dem dritten Rufzeichen der Auftragsdienst das Gespräch entgegengenommen hatte, stand er auf, duschte und fragte an, von wem der Anruf gekommen war.

»Ein Mr. Jerry Moss hat aus Greenwich angerufen.«

Er fühlte sich beinahe im Stich gelassen. Was mochte Jerry wohl am Sonntagmorgen um neun von ihm wollen?

Er rief zurück.

»Amüsierst du dich im heißen New York?« fragte Jerry.

»Ich sitze vor einem Haufen Arbeit.«

»Du hast eine Reihe phantastischer Partys verpaßt, plus eine Freundin von dir, die Ehrengast war: Maggie Stewart.«

»Was hat die denn bei euch gemacht?«

»Das gleiche wie wir alle: getrunken, getanzt und Mücken verjagt.«

»Weswegen wolltest du mich anrufen, Jerry?«

Es entstand eine Pause. »Na ja, ich ... ich dachte, es interessiere dich, daß Maggie hier war.«

»Inwiefern?«

»Ich dachte, wegen ...« Jerry wand sich vor Verlegenheit.

»Wenn du angenommen hast, daß ich mir aus ihr etwas mache, wäre das ein verdammt unnettes Spielchen gewesen. Willst du mir eins auswischen, Jerry?«

»Bestimmt nicht! Ich weiß doch, daß du dir nichts aus Maggie machst«, erwiderte Jerry rasch.

»Eben! Warum soll ich also deswegen meine Zeit mit Telefonieren verschwenden?« Robin legte auf.

An jenem Nachmittag sah er sich ein Doppelprogramm im Kino an. Als er herauskam, war es dunkel. Ziellos schlenderte er durch die Stadt. Plötzlich stand er in der Fifth Avenue vor dem Plaza.

»Na, wie wär's mit uns beiden?« redete ihn eine kleine Dicke mit grellgebleichten Haaren an; sie mochte Mitte Vierzig sein.

»Ich bin nicht dazu aufgelegt«, erwiderte Robin und ging weiter. Er hatte noch nicht die nächste Querstraße erreicht, als ihn die nächste ansprach.

»Fünfzig Piepen für eine Reise in den Himmel.«

Er lachte und ging weiter. Als er am Hampshire House vorbeikam, schlängelte sich wieder eine an ihn heran, Robin ging schneller. Plötzlich fiel ihm ein, daß es an der Seventh Avenue einen Buchladen gab, der nachts geöffnet war. Er würde sich irgendeine leichte Lektüre kaufen, unterwegs einen Sandwich essen, nach Hause gehen und lesen.

»Darf ich Ihnen etwas Hübsches zeigen, Mister?« Robin stand einer Amazone gegenüber. Sie war gut und gerne ein Meter achtzig groß, sah ordinär aus und hatte ihr tiefschwarz gefärbtes Haar bienenkorbartig aufgetürmt. Trotz des warmen Sommerabends trug sie eine Nerzstola; über ihrer langen schmalen Nase glänzten zwei schwarze Knopfaugen. Ein großes Weib ... großer Busen ... Plötzlich schienen tausend Blitze in Robins Gehirn aufzuzucken. Sein Lächeln wurde herausfordernd.

Sie lächelte zurück. »Fünfzig. Ich habe ein Zimmer.«

»Ein Stück weiter oben hat man mir ein besseres Angebot gemacht.«

»Weil du's bist, Süßer, und weil du gut aussiehst. Ich mach' dir's für vierzig.«

»Keine Vergünstigungen. Ich zahle den vollen Satz. Wo ist dein Zimmer?«

»Komm mit.« Sie hakte ihn unter und führte ihn zur Seventh Avenue. Ihr Zimmer lag in einem Gebäude in der Fifty-eighth Street. Offensichtlich wohnte sie dort nicht, und ebenso offensichtlich konnte man aus dem Umstand, daß kaum ein Fenster in dem Haus erleuchtet war, schließen, daß die meisten Zimmer zu ähnlichen Zwecken vermietet waren. Die Eingangshalle war menschenleer, ein halbautomatischer Fahrstuhl brachte sie keuchend zum zweiten Stock hinauf. Dort traten sie in einen dumpfen Flur. Von der schmalen Zimmertür, die die Frau aufschloß, blätterte die Farbe ab. »Ein Palast ist es nicht gerade. Ich nenne es mein Büro.«

Er trat ein. Ein schwarzes Rouleau verdeckte das vorhanglose Fenster. Außer dem Bett gab es noch ein Waschbecken, ein winziges Badezimmer mit Duschecke und eine Toilette. Das Deckenlicht war zu grell. Die Frau lächelte und begann sich mit geübten Griffen auszuziehen. Alles, was sie anhatte, war auf ihr Gewerbe zugeschnitten. Der schwarze Spitzenbüstenhalter hatte Öffnungen für die großen braunen Brustwarzen. Ein Höschen trug sie nicht, nur einen schmalen Strumpfhalter aus schwarzer Spitze.

»Soll ich die schwarzen Strümpfe anlassen oder ausziehen?« fragte sie.

»Alles ausziehen.« Robin erkannte seine eigene Stimme kaum wieder. Hastig schlüpfte er aus seinen Kleidern.

Die Frau nahm ein schmutziges Handtuch und wischte sich den grellen Lippenstift vom Mund. Ihr fülliger Körper war erstaunlich gut proportioniert.

»Erst die fünfzig Piepen, Liebchen. Das ist ehernes Gesetz.«

Er zog aus der Hosentasche zwei Zwanziger und einen Zehner, die sie in ihr Portemonnaie steckte. »Okay, du kannst alles tun, was du willst, wenn du nur mein Haar und meine Wimpern nicht durcheinanderbringst. Der Abend ist noch jung, und ich will noch ein paar Kunden fangen.«

Mit einer raschen Bewegung warf er sie aufs Bett und fiel mit heftigen Stößen über sie her. »He, Liebchen«, stöhnte sie leise, »laß dir Zeit! Was willst du denn beweisen?«

Gerade als er den Höhepunkt erreichte, ließ er von ihr ab und wälzte sich zur Seite.

»Das wäre nicht nötig gewesen. Ich nehme die Pille«, sagte sie und sah auf ihre Uhr. »Du hast genau drei Minuten gebraucht. Also auf zur zweiten Runde.« Sie beugte sich über ihn und fuhr mit der Zunge über seinen Körper, aber Robin stieß sie weg, drehte sie auf den Bauch und drang erneut in sie ein.

Angetrieben von einer Wut, die er selbst nicht verstand, stieß er mit grausamer Verbissenheit zu. Als er endlich genug hatte und sich zur Seite fallen ließ, stand die Frau rasch auf und ging zum Waschbecken. Während sie sich wusch, meinte sie murrend: »Jesses! Für einen feinen Pinkel gehst du aber ganz schön 'ran.«

Robin lag auf dem Bett und starrte geistesabwesend ins Leere. Die nackte Gestalt aus massigem weißem Fleisch stand vor dem Spiegel und schminkte sich die Lippen. »Was ist? Steh auf. Zeit, daß du zu deiner Frau nach Hause fährst. Bei der darfst du wohl nicht den wilden Mann spielen, was? Da wird hübsch manierlich gevögelt.«

»Ich habe keine Frau«, sagte er tonlos.

»Dann geh zu deiner Mutter. Ich wette, daß du mit ihr zusammen lebst. Kerle wie du tun das immer.«

Er sprang auf und fuhr ihr mit der Hand ins Haar.

»He, nicht so stürmisch, Liebchen . . . gib acht auf mein Haar! Ich habe dir gesagt, daß ich noch arbeiten muß. Geh jetzt zu deiner Mammi.«

Krachend landete seine Faust an ihrem Kinn. Einen schwebenden Augenblick lang, solange der Schmerz ihr Nervenzentrum noch nicht erreicht hatte, starrte sie ihn mit fast kindlicher Verblüffung an. Doch als sie dann den Schmerz wie einen Dolchstoß spürte, stöhnte sie auf und wollte im Badezimmer verschwinden. Robin hielt sie am Arm fest.

»Bitte«, wimmerte sie, »du weißt, daß ich keinen Lärm schlagen darf, wir hätten sofort die Bullen im Haus. Bitte . . . laß mich los.«

Er griff mit beiden Händen nach ihrem üppigen Busen und preßte ihn an seinen Mund.

»Du beißt mich«, stöhnte sie und versuchte energisch, sich loszumachen. »Für deine fünfzig Dollar hast du genug gehabt!« Mit einer letzten Kraftanstrengung gelang es ihr, ihm das Knie in den Unterleib zu stoßen und freizukommen, doch Robin setzte ihr sofort nach. Zum erstenmal trat ein Ausdruck von Angst in ihre Augen. »Ich mache dir einen Vorschlag!« schrie sie. »Ich gebe dir dein Geld wieder, und du gehst zu deiner Mutter nach Hause und nuckelst an ihrem Busen!«

»Was sagst du da?«

Die Frau spürte, daß sie einen wunden Punkt getroffen hatte, und das gab ihr Mut. Den nackten Körper zu voller Größe hochgereckt, rief sie: »Euch Mammakerle kenne ich ... ihr seid verklemmte Schwule, ihr liebt eure Mammas. Sehe ich vielleicht aus wie eine Mamma, Sonnyboy? Hau ab, geh nach Hause! Diese Mamma hier muß an die Arbeit!«

Wieder krachte seine Faust an ihr Kinn, aber diesmal hörte er nicht nach dem ersten Schlag auf. Er schlug auf die Frau ein, bis ihr das Blut aus Mund und Nase floß. Eine zerbrochene Zahnprothese fiel zu Boden. Robin fühlte, daß er ihr den Kiefer gebrochen hatte, doch er hörte nicht auf, bis ihm die Knöchel schmerzten. Die Frau sackte zu Boden. Verwundert starrte er seine Hand an, als gehöre sie nicht zu ihm; sie war blutüberströmt. Er ging zum Bett, legte sich hin und verlor die Besinnung.

Als er die Augen wieder aufschlug, sah er zuerst das Deckenlicht und drei schwarze Flecken – tote Fliegen, die am Glas klebten. Dann sah er die blutigen Bettlaken. Er setzte sich hoch und blickte verwundert auf seine aufgeschlagenen Fingerknöchel. Plötzlich bemerkte er den schwerfälligen Körper der Frau am Boden. O Gott! ... diesmal war es kein Alptraum gewesen, diesmal war es Wirklichkeit! Er stand auf und trat näher. Die Lippen waren grotesk verquollen, aus ihrem Mund rann Blut, und auf der Oberlippe war aus der Nase geronnenes Blut. Er beugte sich über sie. Sie atmete noch. Großer Gott, was hatte er getan? Rasch zog er sich an. Er hatte nur dreißig Dollar bei sich! Das war nicht genug. Die Frau mußte in ein Krankenhaus. Er konnte sie nicht hier liegen lassen. Robin sah sich in dem Zimmer um. Ein Telefon war nicht vorhanden. Er öffnete die Tür einen Spalt und äugte auf den Flur ... auch nichts. Er mußte ihr einen Arzt schicken. Irgendwo in der Nähe würde ja eine Telefonzelle sein.

Die Eingangshalle war genauso öde und menschenleer wie bei seiner Ankunft. Er verließ das Haus und tauchte in der Dunkelheit der Fifty-eighth Street unter. An der nächsten Ecke lag ein Drugstore. Nur schnell telefonisch Hilfe herbeiholen!

»Hallo, alter Freund, was machen Sie denn hier?« Es war Dip Nelson in einem offenen Kabriolett.

Robin ging zu ihm. »Ich stecke in der Klemme«, sagte er leise.

»Tun wir das nicht alle?« Dip lachte. »Gestern abend sind wir im Concord aufgetreten und mit Pauken und Trompeten durchgefallen.«

»Dip ... haben Sie Bargeld in der Tasche?«

»Immer ... zehn Hunderter und einen Scheck. Warum?«

»Dip ... geben Sie mir die tausend! Sie bekommen von mir einen Scheck dafür.«

»Steigen Sie ein und erzählen Sie erst mal, was los ist.« Sie fuhren durch den Park. Dip hörte schweigend zu. Als Robin mit seinem Bericht fertig war, meinte er: »Wir müssen an das Wichtigste zuerst denken: Glauben Sie, daß die Frau Sie wiedererkennt? Angenommen, sie hat Sie schon mal im Fernsehen gesehen, was dann?«

Robin zuckte die Achseln. »Dann ist der Teufel los.«

Ungläubig schüttelte Dip den Kopf. »Daß man so was wie Sie frei 'rumlaufen läßt! Wer ganz nach oben will, muß einfach dafür sorgen, daß ihm so etwas nicht passiert! Doch zur Sache. Im Ernstfall stände das Wort der Frau gegen Ihres. Wer wird schon einer Prostituierten glauben, wenn die Aussage eines ehrbaren Bürgers dagegensteht?« Er sah auf die Uhr. »Jetzt ist es halb elf. Wann, sagen Sie, ist es passiert?«

Robin zuckte wieder die Achseln. »Ich war im Kino. Ich trage keine Uhr. Als ich 'rauskam, war es jedenfalls schon dunkel.«

»Dann dürfte es etwa halb neun, allenfalls neun gewesen sein. Zur Sicherheit lassen wir das Alibi ab acht laufen.«

»Alibi?«

»Mich, mein Goldjunge. Der Big Dipper ist Ihr Alibi. Für den Fall, daß Sie eins brauchen. Wir geben an, ich hätte Sie um halb sieben in Ihrer Wohnung besucht, wir hätten eine Weile bei Ihnen gesessen und gefachsimpelt und seien dann im Wagen spazierengefahren. Wenn ich das Auto in die Garage bringe, sorge ich dafür, daß man uns dort bemerkt.«

»Und was wird aus dem Mädchen?« fragte Robin. »Die verblutet doch da!«

»Huren sterben nie. Morgen abend stöckelt sie wieder wie neu über die Straße.«

Robin schüttelte den Kopf. »Ich habe sie ziemlich schwer verletzt. Ich kann sie nicht einfach liegenlassen.«

»Warum haben Sie sich bloß so eine aufgetan, Mensch? Im P. J. hatten Sie doch kürzlich das schönste Weib bei sich!«

»Ich weiß es auch nicht. Ich kann mich noch daran erinnern, daß ich sie sah . . . dann ging bei mir eine Rakete los, und der Rest ist wie ein Traum.«

»Soll ich Ihnen einen guten Rat geben? Lassen Sie sie, wo sie ist. Auf eine Hure mehr oder weniger kommt es nicht an.«

Plötzlich umklammerte Robin den Türgriff. Dip sah ihn prüfend von der Seite an. »Ist was?«

»Dip ... haben Sie schon mal das komische Gefühl gehabt, etwas zum zweitenmal zu erleben, die gleichen Worte zu hören, kurz hintereinander?«

»Klar, dafür gibt's sogar einen Namen. Hängt mit dem Gehirn zusammen, es hinkt ein paar Takte nach. Das passiert jedem mal. Wenn ich nicht irre, hat man auch einen Schlager darüber gemacht: ›Wo und wann‹.«

»Möglich«, erwiderte Robin nachdenklich.

Dip fuhr die Fifty-sixth Street entlang und bog in eine hellerleuchtete Garage ein. Der Monteur kam herbei und begrüßte ihn. »Na, wie fährt der Wagen, Mr. Nelson?«

»Phantastisch«, lobte Dip. »Es macht solchen Spaß, daß mein Freund und ich nun schon seit halb acht in der Stadt herumgondeln. Sie kennen ihn sicher; Robin Stone von der Fernsehsendung ›Schlagzeilen‹.«

Aus Höflichkeit nickte der Monteur zustimmend. Dann fragte er: »Mr. Nelson, haben Sie daran gedacht, mir das versprochene Foto mit Autogramm mitzubringen ... für meine Tochter Betty?«

»Als ob ich so was vergäße!« Dip öffnete das Handschuhfach und gab dem Mann einen Umschlag. »Wie es sich gehört: Mit herzlichen Grüßen und Küssen.«

Sie verließen die Garage, und Robin schlug die Richtung zur Fifty-eighth Street ein. Dip, der sich an seine Fersen heftete, versuchte, ihm die Sache auszureden. »Nehmen Sie doch Vernunft an! Wahrscheinlich hat sie längst einen neuen Kunden!«

»Gebe Gott, daß es so ist«, murmelte Robin. Vor dem dunklen Haus blieben sie stehen. Dip sah sich vorsichtig um. »Wahrscheinlich bin ich genauso behämmert wie Sie, daß ich mit Ihnen da 'raufgehe. Also los!«

Abermals ächzte der halbautomatische Fahrstuhl zum zweiten Stock hinauf. Die Tür stand noch einen Spalt offen. Die beiden starrten auf die bewußtlose Frau am Boden. Dip stieß einen Pfiff aus. »Was 'n Riesenweib!« meinte er.

»Geben Sie mir die tausend«, bat Robin. »Ich stecke sie ihr ins Portemonnaie, und dann rufen wir von der nächsten Telefonzelle einen Arzt an.«

»Ja! Und der Arzt bringt sie ins Krankenhaus, dort kommt sie zu sich und identifiziert Sie.«

»Sie hat mich ja gar nicht erkannt.«

»Wenn eine Hure tausend bare Piepen bei sich hat, mein Freund, stellt man ihr 'ne Menge Fragen. Sie wird eine Beschreibung von Ihnen geben, und damit kommt die ganze Geschichte ins Rollen.«

»Was sollen wir denn sonst machen?« fragte Robin.

»Sie bleiben hier. Big Dipper hat eine Idee. Schließen Sie die Tür ab. Wenn ich zurückkomme, klopfe ich zweimal kurz an. Machen Sie niemandem sonst auf.« Bevor Robin etwas erwidern konnte, war er verschwunden.

Robin setzte sich aufs Bett, starrte auf den massigen weißen Körper am Boden und vergrub den Kopf in den Armen. Das arme Weibsbild. Was war bloß in ihn gefahren? Zum erstenmal hatte er es in nüchternem Zustand mit einer dunkelhaarigen Frau versucht. Und zum letztenmal! Mein Gott, wenn es nun Maggie gewesen wäre!

Die Frau am Boden regte sich und stöhnte. Er stand auf und schob ihr ein Kissen unter den Kopf. Dann hielt er sein Taschentuch am Waschbecken unter den kalten Wasserstrahl und versuchte, ihr das verkrustete Blut vom Gesicht zu wischen. Sachte strich er ihr das Haar aus der Stirn. »Es tut mir leid«, flüsterte er. Sie öffnete halb die Augenlider, stöhnte und verlor wieder das Bewußtsein. »Es tut mir leid, du verrücktes Stück – mein Gott, es tut mir wahnsinnig leid.«

Als es zweimal kurz klopfte, machte er die Tür auf. Dip schwenkte ein Glasröhrchen mit glänzenden roten Pillen. »Den Tag habe ich noch nicht erlebt, an dem mir nicht etwas einfällt.«

»Schlaftabletten?« fragte Robin.

Dip nickte. »Jetzt müssen wir sie unserer Brunhilde nur noch in den Rachen stopfen.«

»Sie kann daran sterben.«

»Ein normaler Mensch vielleicht, aber die nicht. Es sind ja nur acht . . . für dieses Walroß brauchten wir Dynamitpatronen.«

»Aber was wollen Sie damit erreichen?«

»Wir legen die Frau aufs Bett und die leere Glasröhre daneben . . . ein Etikett ist ja nicht drauf, also kann nichts herauskommen. Dann hauen wir ab und rufen die Polizei an. Ich verstelle meine Stimme und sage, ich hätte mit der Frau eine Verabredung gehabt und sie so vorgefunden. Sie hätte schon immer gedroht, Pillen zu schlucken. Die meisten Huren enden sowieso auf diese Weise, es sei denn, einer wie Sie nimmt ihnen die Arbeit ab. Also, die Polizei schickt dann den Krankenwagen, bringt sie ins Bellevue, und man pumpt ihr den Magen aus. Wenn sie wieder zu sich kommt, glaubt man ihr kein Wort, was immer sie erzählen mag – geschweige denn, daß man darauf eingeht. Und da sie einmal in Behandlung ist, wird man die Schäden, die Sie ihr beigebracht haben, gleich mitkurieren. Wir müssen jetzt nur noch unsere Amazone aufs Bett schaffen.«

Es war ein schweres Stück Arbeit. Als sie den Körper endlich auf dem Bett hatten, waren sie beide außer Atem. Dip schüttelte der Frau die Pillen in den Mund und versuchte, mit Wasser hinterherzuspülen. Sie röchelte, und Wasser und Pillen kamen wieder heraus. Er versuchte es ein zweites Mal mit mehr Wasser. Robin hielt der Frau den Kopf hoch, damit sie nicht ersticke. Er war schweißnaß, und es war für ihn eine unendliche Qual, mitanzusehen, wie Dip es schließlich fertigbrachte, die Pillen hineinzuzwingen.

»Okay, und jetzt nichts wie weg!« sagte Dip. »Augenblick noch . . .« Er nahm ein Taschentuch und wischte überall eventuelle Fingerabdrücke ab. Mit einem Augenzwinkern meinte er zu Robin: »Nun sind die vielen Krimis, die ich gedreht habe, doch noch zu was gut. Ich kenne sämtliche Tricks. Haben Sie sonst noch was angefaßt?« Dann holte er ein kleines Lederetui aus der Tasche und entnahm ihm Nagelschere und -feile. Gebannt vor Entsetzen sah Robin zu, wie Dip der Frau die langen roten Nägel kürzer schnitt.

»Für den Fall, daß ein Haar von Ihnen darunter war«, erklärte Dip. »Ich denke, das wär's.« Er sah sich um. Dann umwickelte er seine Hand mit dem Taschentuch und holte die Ausweispapiere aus der Handtasche der Frau. »Sie heißt Anna-Marie Woods und wohnt in der Bleecker Street.«

»Ich will mir die Adresse aufschreiben.« Robin notierte sich Namen und Anschrift. Dann verstaute Dip die Papiere wieder in der Handtasche. »Sie hat hundert Dollar bei sich . . . hier, nehmen Sie.«

»Sind Sie verrückt?« wehrte Robin ab.

»Sie haben sich die Adresse doch bestimmt nicht aufgeschrieben, um mit der Dame tanzen zu gehen, sondern um ihr Geld zu schicken, oder? Dann können Sie ihr die hundert Dollar dazulegen, sonst findet sich im Bellevue bestimmt ein Interessent dafür.«

Robin nahm das Geld und nickte. Er verstand jetzt, warum Dip es beim Film zu etwas gebracht hatte: weil er immer für sich und andere den nächsten Schritt vorausdachte. Wahrscheinlich mußte man so veranlagt sein, wenn man sich von kleinen Anfängen an hocharbeiten wollte.

Vorsichtig schlichen sie aus dem Zimmer. Sie hatten Glück und erreichten ungesehen die Straße. Dip rief die Polizei an. Robin bestand darauf, so lange in der Nähe zu bleiben, bis er sicher sein konnte, daß Hilfe kam. Obwohl Dip dagegen war, stellten sie sich gegenüber in einen Hauseingang. Es dauerte keine zehn Minuten, da hörten sie die Sirenen. Drei Streifenwagen fuhren vor. Zwei Minuten später kam ein Krankenwagen. Aus dem Nichts hatte sich eine große Menschenmenge gebildet . . . Robin kam es vor, als sei sie aus dem Boden gewachsen. »Ich muß hinübergehen und sehen, ob sie noch lebt«, flüsterte er.

Dip wollte mitkommen, aber Robin stieß ihn zurück. »Wo bleibt Ihre weise Voraussicht? Braungebrannt und blondgelockt, wie Sie sind, würde die Menge auf der Stelle über Sie herfallen und um Autogramme bitten. Mich erkennt so leicht keiner.«

»Da wär' ich nicht so sicher«, zischte Dip.

»Die Leute da sehen mir nicht so aus, als ob sie je eine ›Schlagzeilen‹-Sendung eingeschaltet hätten. Aber Ihre Krimis kennen sie bestimmt alle.« Robin überquerte die Straße und mischte sich unter die Neugierigen. Wenige Augenblicke später kamen die Krankenträger mit der Bahre aus dem Haus. Erleichtert atmete er auf. Der Kopf der Frau war nicht verdeckt, sie lebte also noch.

Nachdem der Krankenwagen mit Sirenengeheul davongefahren war und die Menge sich zerstreut hatte, ging Robin zu Dip zurück. Dip nahm seinen Arm. »Na, ist wohl noch mal gut gegangen, alter Junge, was? Ich nehme an, Sie haben heute abend einiges hinter sich, darum schlage ich vor, Sie gehen schleunigst ins Bett . . . allein.«

Robin starrte ihn an. »Dip, wie kann ich das wiedergutmachen?«

»Vergessen Sie's.« Der Schauspieler gab ihm einen freundschaftlichen Klaps auf den Arm. »Pauli und ich werden schon zurechtkommen. Sie können uns im September, bevor wir im Persian Room auftreten, ein ›Schlagzeilen‹-Interview verschaffen. Und jetzt gehen wir ein paar Straßen weiter und nehmen uns jeder ein Taxi. Auch das ist in guten Krimis so üblich.«

Als Robin zu Hause war, nahm er eine Schlaftablette und legte sich ins Bett. Eine Stunde später nahm er noch eine und spülte sie mit einem Scotch hinunter. Bald darauf fiel er in tiefen Schlaf. Am nächsten Morgen wachte er spät auf und rief Dr. Archie Gold an. »Hier ist Robin Stone. Ich glaube, ich bin jetzt reif für eine längere Behandlung.«

24

Als Robin sich Dr. Gold gegenüber in den Stuhl setzte, machte er einen entspannten Eindruck und schien sich völlig in der Gewalt zu haben.

»Sind sie früher schon mal zu einer Prostituierten gegangen?«

»Nie.«

»Haben Sie es jemals erwogen?«

»Nie.«

»Sie sagen, Sie hätten zuerst eine, die recht attraktiv war, abgewiesen. Weshalb sind Sie dann mit dieser anderen gegangen?«

Robin drückte seine Zigarette aus. »Um das herauszufinden, bin ich ja hier. Sie war dunkelhaarig.«

In Dr. Golds Augen blitzte Interesse auf. »Könnte es sein, daß Sie sich im Hinblick auf Miss Stewart prüfen wollten?«

»Wie meinen Sie das?«

»Wenn es bei Ihnen nicht zur Erektion gekommen wäre, hätten Sie höchstens Ihre fünfzig Dollar verloren, aber es wäre für Sie nicht peinlich gewesen.«

Robin schüttelte den Kopf. »Nein, so war es, glaube ich, nicht. Als die Frau näher kam, brannte in meinem Gehirn irgendeine komische Sicherung durch, und von dem Augenblick an kam mir alles Weitere wie ein Traum vor.«

Dr. Gold blätterte in seinen Notizen. »Sie werden sich erinnern, daß ich Ihnen das letztemal vorschlug, Sie unter Hypnose zu befragen. Ich würde nach wie vor dafür plädieren.«

»Unsinn! Wir können das doch auch in einem Gespräch klären.«

»Mr. Stone, es hat keinen Zweck, meine Zeit und Ihr Geld zu verschwenden. Ich lasse während der hypnotischen Befragung ein Tonband laufen. Dann können Sie hinterher Ihre Antworten abhören, und wir finden möglicherweise einen Punkt, von dem wir ausgehen können.« Er bemerkte, daß Robin die Stirn runzelte, fuhr aber unbeirrt fort: »Als wir uns im Januar unterhielten, stießen wir bei Ihnen an eine Wand. Es ist Ihnen unmöglich, sich auf Ihre frühe Kindheit zu besinnen. Nicht daß Sie sich weigern – Sie *können* sich nicht erinnern. Bis heute sind Liebe und Sexualität für Sie zwei getrennte Bereiche, die Sie nicht verbinden können. Was Sie für Miss Stewart empfinden, ist das Verlangen nach Liebe. Liebe verbunden mit Sexualität erscheint Ihnen jedoch inzestiös. Dafür müssen wir den Grund finden. In dem, was Sie mir bei Ihrem letzten Besuch erzählt haben, findet sich kein Anhaltspunkt, und ich nehme nicht an, daß Sie absichtlich etwas verschwiegen haben.« Er dachte einen Moment nach und fragte dann: »Wie alt sind Sie, Robin?«

»Ich werde nächsten Monat einundvierzig.«

»Haben Sie nie ans Heiraten gedacht?«

»Nein, warum sollte ich?«

»Normalerweise denkt jeder Mann daran, eines Tages zu heiraten. Wann ist Ihnen zum erstenmal bewußt geworden, daß Sie lieber allein leben möchten?«

»Ich weiß nicht. Ich habe es immer gewollt.«

»Sehen Sie, da haben wir's«, sagte Dr. Gold triumphierend. »Etwas, das Sie immer gewollt haben. Wann zuerst? Warum? Sehen Sie nicht ein, daß wir weiter zurückgehen müssen?« Er stand auf. »Robin, wir bewegen uns im Kreis. Aber lassen wir's für heute genug sein. Kommen Sie morgen wieder. Könnten Sie drei Stunden Zeit erübrigen?«

»Drei Stunden?«

»Ich befrage Sie unter Hypnose, lasse ein Tonband mitlaufen, anschließend hören wir gemeinsam das Tonband ab, und ich müßte mich sehr täuschen, wenn wir dann nicht auch gleich Ihrem Problem auf den Grund kämen.«

»Wir müßten es abends machen«, sagte Robin. »Wäre Ihnen sechs Uhr recht?«

»Ich erwarte Sie um sechs.«

Am nächsten Morgen überflog Robin die Zeitungen, ob irgend etwas über Anna-Marie darin stand. Schließlich fand er in den *News* eine kurze Notiz. »In einem möblierten Zimmer an der West 58th Street wurde eine brutal niedergeschlagene Frau aufgefunden. Die Polizei entdeckte die Verletzte, die nicht in dem Zimmer wohnt und für deren Aufenthalt dort man zunächst keine Erklärung hatte, auf Grund eines anonymen Anrufs. Erst im Bellevue-Krankenhaus, wohin man die Verletzte brachte, stellte sich heraus, daß sie eine seit langem registrierte Prostituierte ist. Die Frau ist nicht vorbestraft und war nicht imstande, den unbekannten Täter zu identifizieren. Ihr Zustand ist zufriedenstellend. Sie wird morgen aus dem Krankenhaus entlassen.«

Robin ging zur Bank, hob zweitausend Dollar ab und schickte sie der Frau in einem neutralen Umschlag an ihre Privatadresse.

Die Sache mit der Hypnose war ihm nach wie vor unsympathisch, doch wie verabredet, fand er sich um sechs Uhr bei Dr. Gold ein. Als sein Blick auf das Tonbandgerät fiel, konnte er ein leichtes Gefühl der Beklemmung nicht unterdrücken. »Glauben Sie wirklich, daß bei der Geschichte etwas herauskommt?« fragte er.

»Ich hoffe es«, erwiderte Dr. Gold. »Ziehen Sie den Mantel aus und binden Sie die Krawatte ab.«

Robin holte seine Zigaretten hervor. »Dann kann ich's mir ja bequem machen. Muß ich auf die Couch? Selbst dazu bin ich bereit, wenn es hilft.«

»Nein, bleiben Sie dort auf dem Stuhl. Und bitte nicht rauchen. Sie dürfen sich innerlich nicht gegen die Hypnose wehren, Robin, das ist doch klar?«

»Ich nehme es sehr ernst, Doktor.«

»Gut. Dann versuchen Sie jetzt bitte, an nichts Bestimmtes zu denken. Konzentrieren Sie Ihre Aufmerksamkeit auf die Meereslandschaft an der Wand. Sie sehen nur Wasser ... Ihre Füße entspannen sich ... werden gefühllos ... auch Ihre Beine schweben ... Das Gefühl zieht sich durch Ihren ganzen Körper ... Sie sind gewichtslos ... Ihre Hände fallen zur Seite ... Kopf und Nacken sind entspannt ... Sie sehen nur Dunkelheit um sich ... eine samtene Dunkelheit ... Sie schlafen ein ...«

Es war Robin nicht entgangen, daß Dr. Gold gedämpftes Licht eingeschaltet hatte. Er war davon überzeugt, daß es nicht klappen würde, tat aber alles, was der Arzt ihm auftrug: starrte auf das blöde Seebild, redete sich ein, daß das Schweregefühl ihn verlasse, versuchte, jeden Gedanken aus seinem Gehirn zu verbannen, und achtete nur noch auf Dr. Golds ruhige Stimme ... die Stimme hörte er genau ... also schlief er doch nicht! Zwar lastete tiefe Dunkelheit auf seinen Augen, aber er war bestimmt nicht hypnotisiert!

Als er die Augen wieder aufschlug, lag er auf der Couch. Er fuhr hoch, blickte verwirrt im Zimmer umher und griff nach seinen Zigaretten. »Wie komme ich denn auf die Couch? Ich saß doch eben noch auf dem Stuhl!«

»Das war vor zweieinhalb Stunden!«

Robin sprang auf. »Wie spät ist es?«

»Viertel vor neun. Gekommen sind Sie um sechs.«

Robin nahm den Telefonhörer ab und rief die Zeitansage an. In vertrautem Singsang meldete die Stimme: »Beim nächsten Ton ist es acht Uhr siebenundvierzig Minuten und dreißig Sekunden.« Er sah Dr. Gold fassungslos an. Der Arzt lächelte.

Robin warf einen fragenden Blick auf das Tonbandgerät. Dr. Gold nickte.

»Bitte, lassen Sie es abspielen, ich kann es nicht glauben!«

»Für heute habe ich Sie genug strapaziert. Ich möchte mir das Band erst einmal allein anhören. Morgen spiele ich es dann für Sie ab.«

»Ergibt das, was ich gesagt habe, einen Sinn?« fragte Robin.

»Es kamen ein paar erstaunliche Dinge zum Vorschein.«

»Dann lassen Sie es mich doch, um Gottes willen, jetzt hören – sonst habe ich eine schlaflose Nacht.«

Dr. Gold übergab ihm zwei grüne Pillen in einer Cellophanhülle. »Hier, nehmen Sie das, wenn Sie nach Hause kommen. Danach werden Sie gut schlafen. Können Sie morgen um sechs wieder hier sein?«

Die Pillen wirkten. Robin schlief tief und lange, war aber den ganzen folgenden Tag unruhig und gespannt. Er rauchte eine Zigarette nach der anderen und konnte sich nicht auf seine Arbeit konzentrieren. Als er abends in Dr. Golds Praxis kam, war er das reinste Nervenbündel.

»Robin«, sagte Dr. Gold, »ehe wir anfangen, möchte ich, daß Sie sich eines ganz klarmachen: Ein Mensch in hypnotischer Trance lügt nicht. Alles, was Sie jetzt hören werden, ist von Ihrer Stimme gesprochen. Manchmal mögen Sie sich fremd vorkommen; weil ich Sie bis in Ihre Kindheit zurückversetzte, sprechen Sie auch wie ein Kind. Aber ich möchte, daß Sie sich alles unvoreingenommen anhören und sich nicht innerlich gegen etwas sperren.«

Dr. Gold ging zu dem Gerät. »Sind Sie bereit?«

Robin nickte und setzte sich. Das Tonband summte. Zuerst kam die Stimme Dr. Golds:

Dr. Gold: Robin, Sie stehen jetzt unter Hypnose ... Sie werden meine Stimme hören und alles tun, was ich Ihnen sage. Stehen Sie auf und gehen Sie zur Couch. Gut. Jetzt legen Sie sich hin. Wir gehen zurück ... weit zurück ... Du bist wieder ein kleiner Junge. Du bist fünf Jahre alt ... du liegst im Bett ...

Robin: Ja, ich liege im Bett.

Robin saß auf der Stuhlkante und drückte die Zigarette aus. Großer Gott, es war eine junge, helle Stimme, aber zweifelsohne *seine* Stimme.

Dr. Gold: Du bist im Bett. Was für ein Bett ist es?

Robin: Ein hübsches Bett. Kitty gibt mir einen Gutenachtkuß.

Dr. Gold: Robin, du bist vier Jahre alt. Du liegst im Bett ... (Schweigen auf dem Band.)

Dr. Gold: Robin, du bist vier Jahre alt ... vier Jahre alt ...

Robin: Warum nennst du mich Robin? Ich heiße Conrad.

Dr. Gold: Schön, Conrad. Du liegst im Bett ... was siehst du?

Robin: Mama ist bei mir im Bett, aber ...

Dr. Gold: Aber was?

Robin: Sie tut nur so, als bliebe sie bei mir, bis ich eingeschlafen bin. Dann geht sie fort. Jeden Abend geht sie von mir fort.

Dr. Gold: Woher weißt du, daß sie fortgeht?

Robin: Weil ich immer aufwache und sie in dem anderen Zimmer höre ... wenn die Männer da sind.

Dr. Gold: Wer sind die Männer?

Robin: Ich weiß nicht.

Dr. Gold: Wo ist dein Vater?

Robin: Wir haben keinen Vater.

Dr. Gold: Wir?

Robin: Meine Mutter und ich ... wir haben keinen. Nur wir ... und die Männer.

Dr. Gold: Wer sind die Männer?

Robin: Meistens ist es Charlie. Manchmal sind es Fremde.

Dr. Gold: Besuchen sie deine Mutter?

Robin: Ja ... aber sie warten, bis ich eingeschlafen bin.

Dr. Gold: Was tust du, wenn du sie draußen hörst?

Robin: Nichts mehr, seit Charlie mich gehauen hat.

Dr. Gold: Wann hat Charlie dich gehauen?

Robin: Vor einiger Zeit ... als ich in das andere Zimmer lief und gesehen habe, wie er auf Mama drauflag, auf der Couch.

Dr. Gold: Geht sie immer noch in das Wohnzimmer, wenn du eingeschlafen bist?

Robin: Ja, aber mit Charlie nicht mehr. Sie hat ihn nie wieder 'reingelassen. Weil er mich gehauen hat. Und ich bin der einzige Mann, den sie liebt ... wir haben nur uns ... keiner kümmert sich um uns ...

Dr. Gold: Wie alt bist du?

Robin: Ich werde morgen vier, am zwanzigsten August. Und meine Mutter fährt mit mir nach Boston und zeigt mir die Tauben im Park.

Dr. Gold: Wo wohnt ihr?

Robin: In Providence, Rhode Island.

Dr. Gold: Feierst du denn deinen Geburtstag nicht mit deinen kleinen Freunden?

Robin: Wir haben keine Freunde, wir haben nur uns.

Dr. Gold: Rob ... Conrad, es ist eine Woche nach deinem Geburtstag. Was tust du gerade?

Robin: Ich bin immer noch böse auf Mama.

Dr. Gold: Warum?

Robin: An meinem Geburtstag ist ein Mann gekommen. Gerade als wir nach Boston fahren wollten, hat er an die Tür geklopft. Mama hat gesagt, wir führen weg ... er sollte abends wiederkommen. Da hat er Mama Geld gegeben und gesagt, jemand hätte ihn geschickt. Ich kriegte von Mama ein Zehncentstück, ich sollte mir an der Ecke ein Eis bestellen und so lange dort sitzen bleiben, bis sie mich holen kam. Aber ein großer Junge hat mir mein Eis weggenommen, und da bin ich nach Hause gerannt ... Mama lag in unserem Bett ... mit dem Mann. Und darum bin ich böse auf sie. Am Tag schläft man nicht. Es war doch mein Geburtstag. Sie hat mich angeschrien und gesagt, ich soll machen, daß ich wegkomme ...

(Schweigen auf dem Band.)

Dr. Gold: Conrad, es ist Thanksgivingday. Du bist vier Jahre alt ... was macht ihr?

Robin: Mama hat eine Gans gebraten. Große Familien haben einen Truthahn. Aber wir sind ja eine kleine Familie, nur wir beide ... darum haben wir eine Gans. Aber wir haben eine richtige Preiselbeersauce mit richtigen Beeren drin ... und Mama macht die Gans genauso wie zu Hause in Hamburg, als sie noch ein kleines Mädchen war.

Dr. Gold: Conrad, bist du mal in Hamburg gewesen?

Robin: Nein, meine Mutter ist da geboren. Wo's die vielen Matrosen gibt, da hat sie *ihn* kennengelernt. Und er hat sie mit nach Amerika genommen und geheiratet.

Dr. Gold: Und dann wurdest du geboren? War er dein Vater?

Robin: Nein. Er wurde totgeschlagen. Er war nicht mein Vater. Er hat nur meine Mutter geheiratet. Sie hat gesagt, er war böse. Er hat einen Lastwagen gefahren und Whisky verkauft, und das war verboten. Und eines Nachts wurden sie alle in dem Auto erschossen, und meine Mama war allein ... ich war noch gar nicht geboren, und sonst war keiner da, darum war sie allein. Aber der Mann, dem das Lastauto gehörte, hat zu meiner Mutter gesagt, sie sollte nicht traurig sein. Er hat ihr viele Männer geschickt, die sie besucht haben, damit sie nicht so allein war, und die ihr Geld gegeben haben, und ein Jahr später hat der liebe Gott mich geschickt.

Dr. Gold: Wußte deine Mutter, welcher Mann dein Vater war?

Robin: Ich habe dir doch gesagt ... wir hatten keinen Vater. Wir waren nur Mutter und ich. Und wir sind viel umgezogen, denn die Polizisten erlauben es nicht, wenn ein kleiner Junge ohne Vater allein bei seiner Mutter wohnt. Wenn sie uns gekriegt hätten, hätten sie mich in ein Heim gebracht und Mama wieder nach Hamburg geschickt. Aber Mama spart Geld, und eines Tages fahren wir beide zusammen nach Hamburg und wohnen bei meiner Großmutter ... und da sind Kinder, mit denen ich spielen kann, und dann brauche ich nicht mehr allein zu sein. Darum darf ich hier nicht mit den Kindern in der Nachbarschaft spielen. Die würden mich nach meinem Vater fragen ... und dann würden sie es den Polizisten sagen, daß ich überhaupt keinen Vater habe ...

Dr. Gold: Conrad, es ist eine Woche nach dem Thanksgivingday, abends. Was tust du?

Robin: Ich liege im Bett, aber Mama ist mit George im anderen Zimmer. Er kommt jeden Abend. Er sagt, er besorgt uns Pässe, und gibt Mama jeden Abend Geld.

Dr. Gold: Wer ist George?

Robin: Einer von den Männern.

Dr. Gold: Conrad, es ist vierzehn Tage nach dem Thanksgivingday, abends. Ist deine Mutter wieder mit George zusammen?

Robin: Nein ... *Er* war hier.

Dr. Gold: Wer ist er?

Robin: Ein Mann.

Dr. Gold: Was für ein Mann?

Robin: Ich weiß nicht. Ich bin aufgewacht und liege allein im Bett. Ich weiß, Mama ist nebenan. Ich habe Hunger und will mir was aus dem Eisschrank holen, aber ich muß durch das Wohnzimmer, wenn ich in die Küche will, darum schleiche ich auf Zehenspitzen, denn ich weiß noch, wie Charlie mich gehauen hat, und Mama wird auch immer wütend, wenn ich aufstehe ...

Dr. Gold: Was machte er?

Robin: Er hat ihr die Hände um den Hals gelegt. Ich bleibe ganz still stehen und gucke zu. Dann steht der Mann auf und geht weg, ohne Mama auf Wiedersehen zu sagen. Ich gehe zur Couch, Mama schläft ... aber nicht richtig. Sie hat die Augen offen und tut nur so, als ob sie schliefe. Als ich sie wachrütteln will, rollt sie

von der Couch 'runter und fällt auf die Erde. Die Zunge hängt ihr so komisch aus dem Mund, und ihr schwarzes Haar ist ganz durcheinander. Ich habe mich beim Einschlafen immer so gern an ihre Brust gekuschelt ... sie war so weich und warm unter ihrem Nachthemd, aber ich wußte nicht, wie sie unter dem Nachthemd aussah. Jetzt sehe ich die Brust zum erstenmal nackt, und sie sieht so häßlich aus. Ich hasse sie! Und das Haar ist so furchtbar schwarz neben dem Gesicht, die Augen gucken so komisch, sie gucken mich an, als ob sie mich gar nicht richtig sehen. Ich habe Angst! Mutter! Mutter! Mutter!
(Schweigen auf dem Band.)

Dr. Gold: Es ist einen Tag danach. Was tust du?

Robin: In einem großen Zimmer ... alle fragen mich was. Ich will wissen, wo Mama ist. Sie fragen mich, wie der Mann ausgesehen hat. Ich will zu Mama. Ich will zu meiner Mutter. Dann kommt eine dicke Frau in einem weißen Kleid, die bringt mich in ein anderes Zimmer, wo viele Kinder sind. Sie sagt mir, hier soll ich jetzt wohnen, und alle die anderen kleinen Jungen, in dem Zimmer hätten auch keine Mutter ... genau wie ich. Ich frage, ob meine Mutter nach Hamburg gefahren ist, sie sagt nein. Und einer von den Jungens sagt: »Deine Mutter ist tot.« Ich frage: »Ist Mama zu den Engeln gegangen?« Die dicke Frau in dem weißen Kleid lacht und sagt: »Deine Mutter nicht, mein Kleiner. Böse Menschen kommen nicht zu den Engeln. Deine Mutter hat bekommen, was sie verdient hat. Ein Kind wie dich zur Welt zu bringen und so ein Leben zu führen!« Und ich ... ich haue sie ... ich haue sie ...
(Die Stimme schreit. Nach einer Weile erzählt sie weiter.)
Alles wird dunkel ... Leute kommen. Aber ich weine nicht ... Mama hat gesagt, ich bin ein Mann, und Männer weinen nicht. Ich will nicht weinen ... ich will gar nichts sagen ... ich will nicht essen ... und nicht hinhören, wenn sie mir was sagen. Dann müssen sie mich zu meiner Mama zurückbringen. Sie hat es immer gesagt ... die Polizisten haben herausgekriegt, daß wir keinen Vater haben ... darum haben sie mich zu dieser dicken Frau gebracht ... weg von Mama. Ich werde gar nicht zuhören, wenn sie mir was sagen, ich werde überhaupt nicht denken ...
(Schweigen auf dem Band.)

Dr. Gold: Conrad, es ist Weihnachten. Wo bist du?

Robin (mit leiser Stimme): Es ist dunkel ... ich schlafe ... dunkel ... dunkel ... ein Rohr wie ein kleiner Strohhalm steckt in meinem Arm ... es tut aber nicht weh ... mir tut gar nichts weh ... ich schlafe ... schlafe ... schon seit die böse schwarzhaarige Frau mich allein gelassen hat ... sie hat mich nie richtig lieb gehabt ... ich will schlafen und nicht an sie denken ... sie war böse.

Dr. Gold: Es ist vierzehn Tage später. Wo bist du, Conrad?

Robin: Ich sitze in einem großen Bett mit Gittern ringsum. Zwei Frauen in weißen Kleidern sind bei mir, und eine freut sich, daß ich sitze. Sie fragt mich nach meinem Namen. Ich habe keinen Namen. Ich weiß nicht, wo ich bin. Ein Mann mit einem weißen Mantel kommt und leuchtet mir mit einer kleinen Lampe in die Augen. Er ist nett ... sie bringen mir Eis ...

Dr. Gold: Es ist an deinem fünften Geburtstag. Wo bist du, Conrad?

Robin: Warum nennst du mich Conrad? Ich heiße Robin Stone, und ich gebe eine Geburtstagsparty. Mami und Daddy und alle meine Freunde gucken zu, wie ich die Kerzen ausblase.

Dr. Gold: Hast du deine Mami lieb?

Robin: Klar. Ich war krank, wußtest du das? Als Mami und Daddy ins Krankenhaus kamen und mich abholten, kannte ich sie noch gar nicht. Aber jetzt kenne ich sie.

Dr. Gold: Wie sieht Mami aus?

Robin: Sie ist schön und lieb, sie hat gelbes Haar, sie heißt Kitty.

Dr. Gold schaltete das Tonbandgerät ab. »Das übrige entspricht genau dem, was Sie mir erzählt haben ... wie Ihre Schwester Lisa geboren wurde und so weiter.«

Robin lehnte sich zurück. Sein Hemd war schweißnaß, er sah leichenblaß aus. »Und was bedeutet das Ganze?« fragte er.

Der Arzt blickte ihm in die Augen. »Das ist doch ziemlich offensichtlich, oder nicht?«

Robin stand auf: »Es ist dummes, zusammengefaseltes Zeug ohne jede Beweiskraft.«

Dr. Golds Gesichtsausdruck verriet Mitgefühl. »Ich wußte, daß Sie so reagieren würden. Heute morgen um neun habe ich mit der Redaktion der Zeitung *Journal* in Providence telefoniert. Sie haben in ihrem Archiv die Ausgabe vom Thanksgivingday 1928 ausgegraben und sind auf folgende Notiz gestoßen: ›Auf Grund eines anonymen Anrufs drang die Polizei in eine Wohnung ein und fand eine erdrosselte Frau mit einem vierjährigen Jungen, der an ihrer Brust schlief. Die Frau war seit sieben Stunden tot. Sie war wiederholt wegen Prostitution angezeigt, aber nie überführt worden. Die Polizei vermutet, daß der Anruf von dem Mörder kam, von dem jegliche Spur fehlte. Der einzige, der den Mörder gesehen hat, ist das Kind, aber es kann ihn nicht beschreiben.‹«

»Ist das alles?« fragte Robin.

»Es gibt noch etwas«, fuhr Dr. Gold fort. »Drei Tage später wollte die Polizei dem Kind Fotos verschiedener Sexualverbrecher zeigen, aber der kleine Junge war in einem komaähnlichen Zustand. Man hatte ihn in das Good Shelter Home in Providence, Rhode Island, gebracht.«

Robin ging zum Fenster. »Ich bin also nicht ich, sondern ein anderer. Ein kleiner Bursche namens Conrad.« Er drehte sich um und starrte den Arzt an. »Warum haben Sie mir das angetan? Warum? Wäre es nicht besser gewesen, ich hätte nie etwas davon erfahren?«

»Wäre es besser, Sie griffen sich Prostituierte auf und brächten sie fast um? Wäre es besser, daß Ihnen eine unverkrampfte, harmonische Beziehung zu einer Frau für immer versagt bliebe?«

»Ich hätte mich von Huren ferngehalten. Ich war glücklich, so wie ich lebte.«

»Glauben Sie? Ich bezweifle, daß Sie sich von Huren hätten fernhalten können. Ihre Aversion gegen Miss Stewart hat etwas aufgestört und eine Kettenreaktion ausgelöst. Als Sie die Prostituierte sahen, spürten Sie unbewußt den alten Zorn auf Ihre Mutter, die Sie ›verlassen‹ hat, die eine ›böse Frau‹ war. In Ihrem Kopf explodierte etwas, wie Sie ganz richtig sagen. Sie haben sich ein Traumreich aus Haß und Liebe aufgebaut.«

»Wieso Haß? Der kleine Conrad liebte seine Mutter doch!«

»Natürlich liebte er sie. Liebte sie zu sehr. In seinem Leben gab es nur sie. Doch so jung er auch war, in seinem Unterbewußtsein wußte er, daß er seine Mutter hassen mußte, um weiterleben zu können. Aber selbst Haß kann qualvoll sein. Darum wollte er lieber alles vergessen ... er verdrängte die Erinnerung an seine Mutter. Als Sie die Prostituierte sahen, tauchte etwas aus Ihrem Unterbewußten wieder auf – der Haß. Als Sie Miss Stewart begegneten, tauchte etwas anderes auf – Liebe. Die Liebe, die Sie für Ihre Mutter empfanden. Sie sahen in Miss Stewart auch die begehrenswerte Frau, aber Ihr Unterbewußtsein wehrte sich dagegen. Darum mußten Sie sich betrinken, um mit ihr schlafen zu können. In nüchternem Zustand identifizierte Ihr Unterbewußtsein diese Frau mit Ihrer Mutter und blockierte die erotische Ausstrahlung.«

»Nachdem Sie mir das nun alles erzählt haben, kann ich also hingehen und mit Maggie ins Bett steigen?«

»So einfach ist es auch wieder nicht. Nach einer gewissen Zeit, ja. Wenn Sie Ihre Motive und Wünsche beziehungsweise deren Ursprung kennengelernt haben und verstehen, brauchen Sie kein kühles, antiseptisch wirkendes blondes Mädchen mehr, um sexuell erregt zu werden. Dann werden Sie eine Frau wie Miss Stewart nicht mehr aus der Ferne lieben, sondern befriedigt und erfüllt mit ihr leben können.«

»Archie, ich werde einundvierzig! Ist es nicht ein bißchen spät für einen Persönlichkeitswechsel? Soll ich mir nicht lieber weiter ein nettes blondes Weibsbild angeln, wenn mir danach ist?« Er sank in einen Sessel. »Großer Gott, ich bin nicht ich ... Kitty ist nicht meine Mutter. Wer mein Vater ist, weiß ich nicht. Ich weiß nicht mal, wer meine Mutter ist.« Sein Lachen klang gezwungen. »Und ich habe Amanda bemitleidet! Ich! Der letzte Bastard von der Welt! Wer bin ich, Conrad ...?«

»Sie sind Robin Stone. Ein Name macht noch keinen anderen Menschen. Nur haben Sie mit einigen von Conrads vernarbten Gefühlen gelebt. Legen Sie sie frei, bringen Sie sie zum Vorschein, behalten Sie die guten und entledigen Sie sich der falschen.«

»Welches wären die falschen?«

»Der Haß auf Ihre leibliche Mutter.«

»Eine reizende Person muß das gewesen sein«, antwortete Robin bitter. »Amandas Mutter hat wenigstens nur mit einem gepennt. Meine war eine Nutte.«

»Sie war eine arme kleine Deutsche, die allein in einem fremden Land lebte. Offensichtlich war ihr Mann Alkoholschmuggler. Nachdem er ums Leben gekommen war, hat sein Boss Ihre Mutter wahrscheinlich auf die Straße geschickt. Und vergessen Sie nicht, daß Ihre Mutter Sie nach Ihrer Geburt hätte fortgeben, Sie vor einer Waisenhaustür hätte aussetzen können. Aber sie liebte Sie, hat versucht, Ihnen ein Zuhause zu geben, hat Geld gespart, um mit Ihnen in eine Welt zurückkehren zu können, die ihr vertraut war. Sie hat Sie geliebt, Robin!«

Robin ballte die Hände zu Fäusten. »Warum, zum Teufel, hat Kitty mir nichts gesagt? Warum hat sie mich in dem Glauben großgezogen, ich sei ihr eigenes Kind?«

»Es dürfte außer Frage stehen, daß Sie nach dem Mord an Ihrer Mutter einen Schock erlitten, bei dem Sie die Erinnerung an Ihre frühe Kindheit völlig verloren. Sie aufzuklären hätte vermutlich bedeutet, daß die furchtbaren Erinnerungen, die Sie – so jung Sie waren – zu verdrängen suchten, wieder lebendig geworden wären. Ich nehme an, man hat Ihren Adoptiveltern geraten, Ihnen nichts zu sagen.« Der Arzt bemerkte den harten Ausdruck in Robins Augen.

»Ich möchte Ihnen noch etwas sagen, Robin: Lassen Sie sich ja nicht dazu verleiten, sich selbst zu bemitleiden. Sie haben sehr viel Glück gehabt. Sie hatten eine Mutter, die Sie liebte, und eine Adoptivmutter, die Sie genug liebte, um sich Ihrer anzunehmen. Ein Mensch, dem so viel Liebe geschenkt wurde, hat nicht das Recht, durchs Leben zu gehen, ohne etwas von sich weiterzugeben.«

Robin stand auf. »Ich sehe es anders. Ich habe kein Recht, durchs Leben zu gehen, ohne etwas aus *mir* zu *machen.*«

»Wie meinen Sie das?«

»Meine Schwester Lisa kennt die Wahrheit . . . sie hat mal eine Bemerkung fallengelassen, deren Sinn mir jetzt erst klar wird. Und Kitty kennt sie natürlich auch. Wahrscheinlich sorgt sie sich um mich . . . daß schlechte Erbanlagen bei mir durchschlagen oder daß ich mit einem Fehlschlag ende. Sie glaubt, daß ich Schutz brauche, daß ich schwach bin. Meine Familie glaubt, ich brauche Frau und Kinder als festen Anker. Mein Gott, fünfunddreißig Jahre bin ich mit einem Freifahrtschein durchs Leben gesegelt. Kitty und Lisa bemitleiden mich insgeheim. Aber ich brauche kein Mitleid. Und ich brauche keine Frau. Ich brauche auch kein Kind . . . ich brauche niemanden. Auch Sie nicht! Ist das klar? Niemanden! Und von jetzt an lasse ich mir von keinem Menschen auch nur eine Brotkrume schenken . . . ich werde alles aus eigener Kraft schaffen. Ausschließlich!« Er schnappte sich sein Jackett und stürmte aus der Praxis.

25

Maggie streckte sich wohlig in dem breiten Bett. Sie lächelte, als sie Adams kräftigen Bariton aus dem Badezimmer herüberschallen hörte. Hoffentlich schlief sie gut. Morgen war Sonntag, und Adam hatte ihr versprochen, die neue Rolle mit ihr durchzuarbeiten. Sie blätterte in dem neuesten *Variety*-Heft. Irgendwie kam sie nie dazu, etwas Gescheites zu lesen, nur gerade die Film- und Fernsehzeitschriften; die konnte man beim Friseur oder beim Schminken rasch durchblättern. Wie lange hatte sie schon keine Tageszeitung mehr gelesen! Die Klatschkolumnisten griffen sie heftig an, weil sie ganz ungeniert mit Adam Bergman in seiner Strandvilla zusammen lebte. Man hatte herausgefunden, daß sie eine geschiedene Mrs. Hudson Stewart war, und verurteilte ihre offene Mißachtung bürgerlichen Anstands. Merkwürdigerweise war Hy Mandel anfangs darüber entzückt. Sie sei im Begriff, eine »Persönlichkeit« zu werden, fand er, und als man ihr die Starrolle in dem neuen Film anbot, verhalf die Publicity-Lawine ihr zu einem »hohen Handelswert«.

Eine vielgelesene Illustrierte nannte sie die »Lady von den Dünen« und brachte ein Bild von ihr und Adam barfuß im Mondschein am Strand von Malibu. Auch ihre hartnäckige Weigerung, zu den sogenannten »wichtigen« Partys zu gehen, trug ein wenig zu der Legendenbildung um ihre Person bei. In Wirklichkeit hatte sie eine Heidenangst vor dem ganzen Zirkus. Das Zusammenleben mit Adam gefiel ihr, sie arbeitete gern mit ihm zusammen, und es machte ihr Spaß, mit ihm zu schlafen. Keiner von ihnen dachte ans Heiraten. Das Thema stand überhaupt nicht zur Debatte.

Das alles ging Maggie durch den Kopf, während sie *Variety* durchblätterte. Als sie zum Fernsehteil kam, zündete sie sich eine Zigarette an und las jeden Beitrag sorgfältig durch, verglich vor allem die Sehbeteiligung. Christie Lane lag an erster Stelle, Robins »Happening«-Sendung unter den ersten zwanzig.

Sie hatte im Februar das letztemal von ihm gehört. Er plante damals ein »Happening« über die Welt der Mode und wollte Maggie als Mitarbeiterin gewinnen. Das Angebot kam in Form eines maschinegeschriebenen Briefes und lief auf ein Honorar von fünftausend Dollar für ihre Mitwirkung als Kommentatorin plus Tagesspesen und Luxusapartment im Plaza hinaus. Sie hatte auf einem Firmenbogen der Century Film geantwortet, Miss Stewarts Fernsehhonorar betrage fünfundzwanzigtausend Dollar, sie sei aber durch ihre Filmverpflichtungen leider verhindert, bei einer Sendung mitzuwirken. Unterschrieben hatte sie mit »Jane Blando (Sekretariat)«.

Adam kam, ein Handtuch um die Hüften geschlungen, aus dem Bad. Maggie sah zu, wie er sich mit Hingabe kämmte. Komisch, dachte sie. Ich bin verliebt in ihn und glücklich – warum denke ich dann trotzdem noch an Robin? Sehne ich mich immer noch nach ihm? Ja, verdammt noch mal! Ich sehne mich nach ihm. Vielleicht hatte Alfie Knight die beste Erklärung für diesen Zustand gefunden. Er war verliebt in Gavin Moore, den Designer. Dennoch war er während der Dreharbeiten ständig wie wild hinter ihr hergewesen. Auch später noch rief er sie dauernd an. Schließlich erklärte er: »Liebling, eigentlich müßte man dich zwingen, mit mir eine Affäre zu haben, damit ich nachher wieder ein glücklicher, ordentlicher Homo sein kann. Ich bin ganz einfach von dir besessen.«

Sie hatte Adam davon erzählt, und er hatte gelacht. »Das bist du ihm schon schuldig, er hat dich in diesem Streifen groß herausgebracht. Und Besessenheit ist eine der schlimmsten Krankheiten. Man wird davon verzehrt, wenn man nichts dagegen unternimmt.«

»Das heißt, du würdest mir erlauben, mit Alfie zu schlafen?« Sie fragte im Spaß.

»Sicher, wenn ich zusehen darf.« Er meinte es ernst.

Zu ihrer eigenen Verwunderung hatte sie Alfie angerufen und ihm von Adams Angebot erzählt. Er kam in ihre Strandvilla und liebte sie, während Adam neben ihnen auf dem Bett lag. Das Komische dabei war, daß sie daran nichts Anstößiges fand. Als es vorüber war, spielte sie die Zuschauerin, während es Adam und Alfie miteinander trieben. Später gingen sie alle drei in die Küche und machten Rühreier. Und bei alldem blieben sie die besten Freunde.

Möglich, daß Adam recht hatte. Alfie war nachher wieder zu Gavin zurückgekehrt. Sie dagegen war immer noch von Robin Stone besessen. Eines Tages würden sie zusammenkommen, davon war sie überzeugt. Er würde einen schweren Wodkarausch haben, denn anders ging es ja wohl nicht. Und wenn er dann wieder »Mutter! Mutter! Mutter« schrie, würde sie aus dem Bett springen und ihm einen Krug Wasser ins Gesicht schütten. Wenn er dann noch behauptete, er könne sich an nichts erinnern . . .!

Adam riß sie aus ihren Gedanken. Er hatte das Handtuch weggenommen und sich neben sie gelegt. Hinterher rannten sie ins Meer hinaus. Dann gingen sie wieder ins Haus. Maggie schmiegte sich in Adams Arme, schlief ein und träumte von Robin.

Zur Voraufführung ihres Films flogen sie nach San Francisco. Adam knabberte nervös an seinem Puffmais, Maggie umklammerte seinen Arm. Gebannt verfolgte sie den Film und wünschte, sie wäre objektiv genug, um ihr Spiel richtig beurteilen zu können. Sie wußte, sie hatte noch nie so hinreißend ausgesehen. Die Aufnahmetechnik war phantastisch: Maggie schien nur aus Augen, Backenknochen und windzerzaustem Haar zu bestehen. Ihre Garderobe war einmalig. Adam hatte sich beklagt, daß sie zu dünn sei, aber auf der Leinwand machte sich das glänzend. Nervös rutschte sie auf ihrem Platz hin und her. Gleich kam die große Szene. Als sie anfing, schielte Maggie vorsichtig auf das Publikum. Kaum zu glauben: Ihr Spiel schien tatsächlich Eindruck zu machen.

Dann wurde die Musik lauter, und der Film war aus. Adam packte ihre Hand, sie liefen den Gang entlang. »Baby, aus dir ist eine verdammt gute Schauspielerin geworden. Die letzte Szene hat es in sich!«

Eine Woche nach der inoffiziellen Premiere traf Maggie sich mit ihrem Agenten Hy Mandel in der Polo Lounge des Beverly-Hills-Hotels. Nachdem sie sich etwas zu trinken bestellt hatten, imitierte Hy einen Tusch und schob ihr den neuen Vertrag hin. »Wir haben es geschafft, mein Schatz! Schau dir die Bedingungen an ... zweihundertfünfzigtausend für die nächsten beiden Filme, und dreihunderttausend für den dritten plus zwanzig Prozent der Nettoeinnahmen!«

Sie nickte und trank einen Schluck von ihrer Bloody Mary. Hy überschlug sich fast: »Nun hör zu, Goldkind: Die Aufnahmen mit dir beginnen erst im Februar. Am fünfzehnten Januar will man dich für Kostümproben haben.«

»Fünfzehnter Januar? Herrlich! Heute ist erst der zehnte Dezember!«

»Sehr richtig! Und darum haben wir einen hübschen kleinen Urlaub für dich arrangiert.«

Maggie sah ihren Agenten mißtrauisch an. Er lachte. »Na ja, vielleicht keinen ausgesprochenen Urlaub, aber wir mußten etwas Entgegenkommen zeigen. Die Premiere von ›Frau im Zwiespalt‹ findet mit einem Riesentamtam in New York statt, und ...«

»›Frau im Zwiespalt‹? Hat man sich das etwa als Titel einfallen lassen?«

»Reg dich nur nicht auf, Maggie. Hätte man ›Henderson‹, den ursprünglich vorgesehenen Titel genommen, wäre automatisch dein Partner in den Vordergrund gerückt worden. So konzentriert sich das Interesse auf dich. Es ist dein Film, verstehst du?«

Sie lächelte. »Gut. Und wo liegt nun der Hase begraben? Was erwartet man von mir?«

»Im Grunde nichts Besonderes. Du sollst nach New York fahren und dich bei der Premiere verbeugen. Das ist ja nicht gerade Fabrikarbeit.«

»Es bedeutet nur jede Menge Interviews und Fernsehauftritte und keine freie Minute für mich.«

»Wieder falsch. Die Premiere ist am sechsundzwanzigsten Dezember, und vor dem zweiundzwanzigsten brauchst du nicht in New York zu sein.«

»Aber vom zweiundzwanzigsten bis zum Abend der Galapremiere bin ich pausenlos beschäftigt.«

»Stimmt. Aber von heute bis zum zweiundzwanzigsten hättest du frei und könntest, wenn du wolltest, auf Spesen früher nach New York fahren und ein paarmal ins Theater gehen. Du könntest auch nach der Premiere eine Woche länger bleiben. In beiden Fällen wären es bezahlte Ferien. Du mußt nur am fünfzehnten Januar wieder hier sein. Flieg doch gleich!«

Maggie schüttelte den Kopf. »Ich glaube, es ist richtiger, wenn ich hier bleibe und mich ausruhe, solange das gute Wetter noch anhält.«

»Maggie . . .«, er stockte, ». . . ich sehe es nicht gern, daß du in Kalifornien bleibst.«

Sie sah ihn neugierig an. »Alle Welt weiß, daß ich mit Adam zusammenlebe.«

»Warum heiratest du ihn nicht? Du weißt, daß ich deine wilde Romanze zuerst ganz nützlich fand, aber nur für eine bestimmte Zeit.«

»Ich will ihn nicht heiraten.«

»Warum lebst du dann mit ihm zusammen?«

»Weil ich mich einsam fühle. Ich bleibe so lange bei ihm, bis . . .«, sie schwieg.

»Bis du den richtigen Mann gefunden hast? Maggie, ist dir noch nie der Gedanke gekommen, daß du niemand anders finden wirst, solange du bei Adam bleibst?«

»Ich habe ihn schon gefunden.«

Mit unverhohlener Überraschung starrte Hy sie an.

»Schon vor vier Jahren«, fuhr sie fort, »aber . . .«

»Er ist verheiratet?«

Sie schüttelte den Kopf. »Hy, wir wollen nicht mehr darüber reden. Ich bin glücklich mit meiner Arbeit und glücklich mit Adam.«

»Ich bin sechzig Jahre alt«, sagte er langsam, »und seit zweiunddreißig Jahren mit Rhoda verheiratet. Rhoda ist neunundfünfzig. Als wir heirateten, besaß ich ein kleines Büro an der West Forty-sixth Street. Rhoda war Lehrerin, siebenundzwanzig und noch Jungfrau. Das war nicht weiter erstaunlich. Damals wurde von den Mädchen erwartet, daß sie Jungfrauen waren. Heute wäre eine siebenundzwanzigjährige Jungfrau ein Phänomen. Und ein Mann, der seiner Frau treu bleibt, ist heute ein verrückter Kerl. Ich bin ein solcher Verrückter. Möglich, daß Rhoda zwanzig Pfund Übergewicht hat. Möglich auch, daß ich heute weniger Schwung habe als früher – es sind wohl zwei oder drei Jahre her, seit Rhoda und ich das letztemal zusammen schliefen. Aber wir führen ein gutes Leben. Wir haben Kinder und Großkinder, und wir haben immer noch ein Doppelbett und genießen es, nebeneinander darin zu liegen, und manchmal halten wir sogar Händchen, während wir fernsehen. Doch wir empfinden dabei eine andere Art von Liebe als früher. Seit ich ein erfolgreicher Agent bin – besonders aber, seit ich dein Agent bin –, bemerke ich immer wieder, wie mir hübsche einundzwanzigjährige Schicksen schöne Augen machen. Diese selben Schicksen hätten mich nicht mal gegrüßt, als ich in der Blüte meiner Jahre stand. Kürzlich war da eine – nie im Leben habe ich einen solchen Körper gesehen. Sie bückte sich nach vorn, und wenig fehlte, sie hätte ihre Brüste auf meinen Schreibtisch hüpfen lassen. Aber weißt du was? Jeden Morgen, wenn ich mich rasiere, sehe ich im Spiegel einen Kerl mit schütterem Haar und vorstehendem Bauch. Mag sein, daß mich so eine kleine Blondine noch ganz schön auf Draht brächte. Vielleicht würden wir sogar zusammen ins Bett steigen. Aber machen wir uns doch nichts vor. Sie kommt nicht wegen meiner schönen Augen mit mir ins Bett, sondern einzig wegen meiner Beziehungen. Lohnt sich das, frage ich mich? Die Antwort lautet: nein. Ich kenne Männer in meinem Alter, die lassen sich mit Mädchen ein, die jünger sind als ihre verheirateten Töchter. Aber sie prahlen nicht damit. Sie gehen brav jeden Sonntagabend mit ihren Ehefrauen ins La Rue. Sie gehen mit ihren Frauen auch zu Hillcrest. Verstehst du, was ich meine? Wenn sie Seitensprünge machen wollen, meinetwegen – aber vor ihren Kindern und ihren Frauen bewahren sie den Schein. Du hast zwar keine Kinder, Maggie – aber du hast ein Publikum, und es gibt viele Leute, die so denken wie ich. Sie geben keine drei Dollar dafür aus, ein hübsches Mädchen auf der Leinwand weinen zu sehen, weil es sterben und Kind und Gatte verlassen muß, wenn sie wissen, daß eben dieses Mädchen offenkundig ohne Ehering mit einem Mann in einer Strandvilla zusammen lebt.«

»Früher habe ich mich viel zuviel nach Sitte und Konvention gerichtet und damit einen Teil meines Lebens vergeudet«, meinte sie bitter.

Hy stieß einen tiefen Seufzer aus. »Was ist nur mit euch los? Bin ich denn schon so ein altes Eisen? Sieh mal, ich verlange ja nur, daß du entweder Adam heiratest oder dir eine eigene Wohnung nimmst. Dann kannst du mit ihm schlafen und Hand in Hand mit ihm am Strand entlanglaufen, soviel du willst . . . nur, bitte, nimm dir eine eigene Wohnung!«

Sie lachte. »Also schön, Hy. Wenn ich aus New York zurückkomme, ziehe ich hier ins Hotel. In der Zwischenzeit kannst du dich nach einer Wohnung für mich umsehen.«

»Ganz zufällig bin ich gerade dieser Tage auf ein Projekt gestoßen, das dir gefallen würde. Ein möbliertes Apartment mitten in Beverly Hills für vierhundert pro Monat.«

Die Wohnung war für Maggies Bedürfnisse ideal: großer Wohnraum, vollständig eingerichtete Küche, Schlafzimmer mit Doppelbett und kleine Wohndiele mit Bar. Der Makler hatte den Mietvertrag schon ausgefüllt. Maggie mußte lachen. Hy hatte die Wohnung also für sie ausgesucht, bevor sie miteinander gesprochen hatten! Am nächsten Tag half Adam ihr beim Umzug. Er blieb in seinem Strandhaus, wo er am Drehbuch für einen neuen Film arbeiten wollte.

Nachdem Maggie zwei Tage allein in ihrer neuen Wohnung verbracht hatte, wurde sie zappelig vor Langeweile. Adam flog in der nächsten Woche zu Außenaufnahmen nach Arizona, und dann würde sie ganz allein Los Angeles herumsitzen. Sie rief Hy an und erklärte ihm, wenn die Filmfirma ihr nach wie vor den Aufenthalt in New York bezahlen wolle, sei sie gern zu dem Werbefeldzug bereit.

Adam brachte sie zum Flughafen. Auch der Fluggesellschaft stellte sie sich für Werbefotos zur Verfügung. Zum Abschied tranken sie im Flughafenrestaurant einen Whisky. »Drei Monate werde ich mit diesem Film unterwegs sein«, sagte Adam. »Wenn ich zurückkomme, ziehe ich zu dir. Es ist eine hübsche Wohnung. Außerdem ist es mir im März zu kalt am Strand.«

Maggie blickte auf das Flugfeld hinaus, wo die Maschinen gewartet wurden. »Ich habe dir doch erzählt, was Hy gesagt hat.«

Er lächelte. »Du kannst ihm meinetwegen ausrichten, daß ich ein netter, sauberer Judenjunge bin. Wie er. Eigentlich könnten wir sogar heiraten, Maggie. Es würde bestimmt klappen mit uns. Oder würde es dich stören, wenn ich ab und zu mal einen Seitensprung mache?«

»Ich glaube, ich stelle mir unter Ehe etwas anderes vor«, erwiderte sie ruhig.

»Ach, du möchtest es so wohlanständig und bürgerlich haben wie damals in Philadelphia?«

»Nein, aber ich möchte in meiner Ehe nicht nur ein Teilwert sein – wie Wohnung und Möbel. Ich möchte, daß du eifersüchtig wärst, Adam.«

»Sag mal, spinnst du? Du redest plötzlich mit feuchten Augen von der Ehe? Das Leben, das wir beide am Strand geführt haben, ist alles, was für Leute wie uns in einer Ehe drin ist.«

Er nahm ihr Schweigen für Zustimmung und ergriff ihre Hand. »Laß uns heiraten, wenn ich aus Arizona zurück bin. Ich gebe morgen eine Pressenotiz durch.«

»Untersteh dich!« Sie zog ihre Hand zurück und blitzte ihn wütend an. »Ich denke nicht daran, alles fahrenzulassen, indem ich mit dir lebe und so tue, als sei Filmen Kunst. Es ist ein Geschäft! Aber ich verlange mehr vom Leben, als jeden Tag und jede Stunde diesem Geschäft zu widmen und mir sexuelle Eskapaden zu leisten mit der Begründung, ich sei ›Künstler‹. Ich will einen Ehemann, ich will keinen himmelstürmenden jungen Regisseur, der Haschisch raucht und sich zum Spaß gelegentlich einen jungen Kerl ins Bett holt.«

»Wenn du Wut hast, wirst du überdeutlich«, gab Adam böse zurück. »Dann ist es eben aus zwischen uns.«

»Vielleicht hat nie etwas zwischen uns bestanden, Adam.«

»Jedenfalls wünsche ich dir viel Glück. Solltest du mich einmal brauchen – du weißt ja, wo das Strandhaus liegt.«

Ein Presseagent der Century Pictures namens Sid Goff erwartete Maggie am Kennedy Airport in New York. Rasch überflog sie den Terminplan, den er ihr gab. »Unglaublich!« stöhnte sie. »Ich habe ja nicht mal den ersten Weihnachtstag für mich . . . Sie haben zwei Partys für mich vorgesehen!«

Als sie sein bekümmertes Gesicht sah, bedauerte sie ihren Protest. Der Mann tat schließlich auch nur seine Pflicht, und auf Diana Williams' Empfang, wo sicher die gesamte Presse versammelt war, konnte sie ja zumindest erscheinen; darum sagte sie hierfür – zu seiner großen Erleichterung – zu.

Da sie vier ganze Tage für sich hatte, lud sie ihre Eltern nach New York ein. Sie besorgte Theaterkarten und führte sie zum Essen aus. Sid Goff, die treue Seele, hielt ihr die Autogrammjäger vom Leib und kümmerte sich um Tischreservierungen und Taxis. Als ihre Eltern nach vier Tagen nach Philadelphia zurückflogen, taten sie es im Zustand eines gelinden Schocks über den jüngst erworbenen Ruhm ihrer Tochter.

Am Heiligabend fühlte Maggie sich unerträglich einsam. Ihre Eltern hatten ihr ein winziges Tannenbäumchen mitgebracht, und eine welkende Christrose kam mit den besten Wünschen der Century Pictures. Die endlosen Weihnachtslieder im Radio bedrückten sie erst recht, und so war sie heilfroh über Diana Williams' Weihnachtsparty im Forum ... wenigstens kam sie dadurch aus ihrer Hotelsuite heraus.

Am nächsten Tag rief Sid Goff sie um fünf an. »Wir brauchen nur eine Stunde zu bleiben«, erklärte er. »Dann können Sie verschwinden und mit Ihren Freunden feiern oder was immer Sie möchten.«

»Was tun Sie denn hinterher?« fragte sie.

»Dasselbe wie Sie. Ich verdrücke mich und verbringe den Abend mit meiner Familie. Sie warten mit dem Essen auf mich.«

Das Forum war überfüllt. Als Maggie hereinkam, schwenkten mehrere Kameras auf sie. Sie ging an der Bar vorbei, als sie plötzlich einem sonnengebräunten Mann gegenüberstand, der sie ungläubig anstarrte und dann ein vertrautes Lächeln um seine Lippen spielen ließ. Maggie traute ihren Augen nicht. Robin Stone auf einer Weihnachtsparty im Forum!

Nicht weniger erstaunt und hocherfreut, ergriff er ihre Hände. »Hallo, Star!«

»Hallo, Robin!« Es gelang ihr, ihm kühl zuzulächeln.

»Maggie, du siehst wundervoll aus!«

Sid Goff entfernte sich diskret, aber Maggie wußte, daß er danach fieberte, sie mit möglichst vielen Presseleuten in Kontakt zu bringen. »Ich bin nicht ausschließlich zu meinem Vergnügen hier, sondern muß mich ein bißchen um meine Publicity kümmern«, sagte sie.

Er grinste verständnisvoll. »Ich bin auch geschäftlich hier. Ich will versuchen, Diana Williams zu einer Happening-Sendung zu überreden. Ein mörderisches Vorhaben, selbst wenn sie zustimmt, aber ihr Regisseur, Ike Ryan, ist ein Freund von mir ...« Er schwieg einen Augenblick und meinte dann: »Entschuldige, Maggie. Aber eigentlich wollte ich dir sagen, wie sehr ich mich freue, dich wiederzusehen.«

»Ich glaube, ich darf meinen Presseagenten jetzt nicht länger warten lassen«, entgegnete sie kühl.

Robin hielt sie am Arm fest. »Ich finde, wir reden miteinander wie die ersten Menschen. Muß das sein?« Er lächelte. »Laß uns über wichtigere Dinge sprechen! Wann können wir uns sehen?«

»Ich weiß nicht.« Plötzlich kam ihr ein Gedanke, und sie lächelte Robin kokett an. »Morgen abend hat mein neuer Film Premiere. Vielleicht hast du Lust, dir anzuschauen, was die Jupiterlampen aus mir gemacht haben. Willst du mich nicht begleiten?«

»Ich gehe nicht gern im dunklen Anzug ins Kino. Ich sehe mir lieber einen Film an, wenn ich dabei die Beine von mir strecken und meinen Puffmais futtern kann. Wie wäre es mit dem nächsten Abend?«

Sie sah ihn voll an. »Ich habe dich gefragt, ob du morgen mit mir gehen willst, nicht übermorgen! Ich plane nicht gern so weit im voraus.«

Einen Moment blickten sie sich in die Augen. Dann grinste Robin.

»Okay, Baby, für dich verzichte ich auf meinen Puffmais. Um welche Zeit und wo soll ich dich abholen?«

»Acht Uhr im Plaza. Der Film fängt um halb neun an, aber vorher sind Fernsehaufnahmen eingeplant. Leider muß ich das mitmachen.«

»Keine Sorge. Ich bin pünktlich.«

Maggie wandte sich ab und ließ sich von Sid Goff zu den wartenden Reportern bringen. Robin sah ihr nach. Dann bahnte er sich einen Weg zu Diana Williams.

Um fünf vor acht begann sie nervös zu werden. Eigentlich lächerlich, sagte sie sich. Denn wenn Robin eines war, dann ein Gentleman. Er würde sie nicht versetzen, und außerdem waren sie ja erst um acht verabredet. Um drei Minuten vor acht überlegte sie, ob sie Goff anrufen und ihn bitten sollte, sich bereitzuhalten.

Punkt acht klingelte das Telefon. Robin wartete in der Halle. Sie warf einen letzten Blick in den Spiegel. Wahrscheinlich würde Robin ihre Aufmachung abscheulich finden: das perlenbestickte weiße Kleid (eine Leihgabe der Filmgesellschaft), den weißen Nerz (die Leihgabe eines Pelzhändlers aus Hollywood) und das lose fallende schwarze Haar (ein Theaterfriseur war ins Hotel gekommen und hatte ihr die Frisur mit einem Haarteil so hergerichtet). Verrrückt, dachte sie, als sie im Fahrstuhl hinunterfuhr. Diese ganze Haarpracht zog ihr den Kopf nach hinten. Und dann die riesigen Diamantohrringe mit Smaragden (auch sie eine Leihgabe und schwer versichert)! Sie kam sich ziemlich kopflastig vor.

Als sie aus dem Fahrstuhl trat, begrüßte Robin sie mit einem Lächeln, und das leichte Kopfnicken, das es begleitete, drückte offensichtlich seine Zustimmung aus. Bis sie sich der Autogrammjäger, die trotz der Kälte vor dem Hotel ausharrten und Maggie ihr Bild entgegenhielten, erwehrt hatten, sprachen sie nicht viel miteinander. Endlich saßen sie dann im Auto, und Maggie lehnte sich aufatmend zurück – beugte sich aber rasch wieder vor. »O Gott, ich verlier' mein Haar!«

Robin lachte mit. »Es kam mir schon so vor, als wäre es seit gestern gewachsen.«

»Wirkt es übertrieben?« fragte sie ängstlich.

»Es sieht großartig aus«, beruhigte er sie. »Weißt du, du mußt dir nur einreden, du gingst auf einen Kostümball. Was anderes ist es ja im Grunde auch nicht. Du spielst den Filmstar. Zeig den Leuten etwas für ihr Geld. Wenn du schon den Rummel mitmachst, mußt du's ganz machen.«

Das Gedränge vor dem Kino war furchterregend. Ihr Wagen mußte eine Viertelstunde lang in einer endlosen Autoschlange warten. Juwelenbehängte Premierengäste stiegen aus, und jedesmal, wenn eine Dame im Nerz, die den Fans unbekannt war, auftauchte, ging ein Raunen der Enttäuschung durch die Menge. Aus der Sicherheit ihres Wagens peilte Maggie vorsichtig die Lage an. Absperrungen und ein Polizeikordon hielten die Menge zurück. Auf der anderen Straßenseite stand ein Lastwagen mit einem Scheinwerfer, und auf dem Bürgersteig vor dem Kinoeingang hatte man tatsächlich einen roten Teppich ausgerollt. Die nervös wartenden Fotoreporter wirkten merkwürdig unsicher in ihren Smokings. Als Maggies Wagen endlich vorfuhr, schwärmte die Presse aus, die Menge jubelte und durchbrach die Polizeikette. Hände streckten sich der Filmschauspielerin entgegen und berührten ihren Nerz. Rufe ertönten: »Maggie! Maggie!« Sid Goff stellte sich mit einem Kollegen schützend neben sie. Entsetzt stellte sie fest, daß Robin verschwunden war. Irgend jemand drängte sie zu einem großen Mann mit Mikrophon. Maggie trat an seine Seite, Blitzlichter flammten auf. Fernsehtechniker hielten Scheinwerfer hoch und leuchteten den Platz aus. Dann fuhr die Kamera auf Maggie zu. O Gott, wo war Robin nur?

Irgendwie gelang es ihr dann, mit Sid Goffs Hilfe in die Eingangshalle zu kommen, und dort stand Robin mit seinem wunderbaren, verständnisvollen Grinsen. Er nahm ihren Arm, gemeinsam boten sie sich den Blicken der eleganten Premierengäste dar, die im

Foyer versammelt waren und sich gegenseitig musterten. Maggie ließ sich zu ihrem Platz führen. Damit schien sie für alle das Stichwort zu geben, es ihr gleichzutun, jedenfalls begann ein hektisches Gesuche nach den Sitzen. Dann wurde es dunkel, die Musik setzte ein, und der Vorspann begann.

Als die Schlußszene kam, schlich Sid Goff den Gang entlang und winkte ihnen zu. Halb gebückt stahlen sie sich davon und verließen das Kino. Sie erreichten ihren Wagen gerade, als sich die Türen öffneten und das festlich gekleidete Publikum herausströmte.

Robin nahm ihre Hand. »Ich finde, du hast deine Sache fabelhaft gemacht. Du warst ausgezeichnet in der Rolle. Nun sag mir, was steht an diesem schrecklichen Abend noch alles auf dem Programm, oder bist du von jetzt an frei?«

»Ein Empfang mit Sekt und kaltem Büffet im Hotel Americana.«

»Dacht' ich's mir doch!«

Beide lachten. Plötzlich kam Maggie der Gedanke, mit all den fremden Leuten in einem hellerleuchteten Saal herumzustehen und ununterbrochen für Fotos zu posieren, unerträglich vor.

»Ich gehe nicht hin«, erklärte sie kurz entschlossen.

»Bestens! Wie wär's mit dem Oak Room im Plaza?«

»Nein, ich habe eine bessere Idee. Meine Ohrringe müssen sowieso in den Tresor zurück, und wenn ich nicht bald meine falschen Haare loswerde, kriege ich entsetzliche Kopfschmerzen. Ich schlage vor, ich ziehe mir etwas Bequemes an, und wir gehen ins P. J.«

»Du bist das gescheiteste Mädchen der Welt. Aber wenn du deine Staatsrobe ablegst, werde ich es auch tun. Weißt du was? Ich setze dich im Hotel ab und lasse dir den Wagen da. Wenn du fertig bist, kommst du mich abholen.«

Zwanzig Minuten später saß sie, in Hosen und warm in einen sportlichen weißen Lammfellmantel eingehüllt, wieder im Auto. Sie trug eine dunkle Brille und rauchte auf der Fahrt zu Robins Wohnung am East River nervös eine Zigarette. Robin wartete vor der Haustür. Er trug einen weißen Pullover zu grauen Hosen, keinen Mantel, und kam rasch zum Wagen. Als er sich neben sie setzte, meinte er: »Ich finde, im P. J. sitzen wir auch nicht ungestört. Laß uns lieber in die Lancer Bar fahren.«

Sie nickte. Der Fahrer schlug die Richtung zur Fifty-fourth Street ein. Die Bar war unverändert, selbst der Barmixer war noch der alte. Bis auf ein Pärchen, das in einer Ecke vor einem Bier saß und Händchen hielt, war das Lokal leer. Robin bestellte einen

Scotch für Maggie und für sich einen Wodka-Martini, dazu zwei große Steaks.

Dann führte er sie zu einem separaten Tisch. Nachdem sie Platz genommen hatten, hob er sein Glas. »Mit diesem Film wirst du ein großes Stück weiterkommen, Maggie.«

»Fandest du mich gut?«

»Ich will so sagen: Die Kritik wirst du davon überzeugen, daß du auch spielen kannst.«

»Aber du findest das nicht?«

»Kommt es darauf an?«

Sie lächelte. »Ich bin neugierig.«

Er schürzte nachdenklich die Lippen. »Spielen können, Baby, ist eine Begabung, die man hat oder nicht. Aber für den Film ist das ganz unerheblich, solange man sich so traumhaft fotografieren läßt wie du.«

Es war eins, als sie die Lancer Bar verließen. »Hast du morgen ein anstrengendes Programm?« fragte er.

Sie schüttelte den Kopf. »Von jetzt an bin ich zu meinem Vergnügen hier.«

Robin freute sich ehrlich. »Wie lange kannst du bleiben?«

»Wenn ich will, bis zum vierzehnten Januar.«

Der Wagen hielt vor dem Plaza. Robin sah sie ernst an. »*Ich* will«, erwiderte er. »Können wir morgen abend zusammen essen?«

»Mit Vergnügen, Robin.«

Er gab ihr einen flüchtigen Kuß und brachte sie zum Fahrstuhl. »Ich rufe dich vor Mittag an. Schlaf gut.« Dann surrte die Fahrstuhltür zu.

Am anderen Morgen um elf läutete das Telefon. Maggie ließ es ein paarmal klingeln, denn sie wollte für den Fall, daß es Robin war, richtig wach sein. Als sie abhob, fragte die unpersönliche Stimme des Portiers, um welche Zeit sie abzureisen gedenke.

»Ich reise überhaupt nicht ab«, erwiderte sie verärgert. »Ich bleibe mindestens noch zwei Wochen.« Damit legte sie auf und rückte sich das Kopfkissen wieder zurecht. Sie wollte weiterschlafen und erst aufwachen, wenn Robin anrief. Aber wenig später klingelte das Telefon erneut. Diesmal war es der Geschäftsführer.

Seine verbindliche Stimme erklärte in entschuldigendem Ton: »Miss Stewart, Sie hatten Ihr Zimmer leider nur bis heute bestellt. Es hieß, Sie würden uns rechtzeitig sagen, ob Sie länger bleiben wollen. Unglücklicherweise ist unser Hotel vollständig ausgebucht. Hätten Sie uns früh genug . . .«

Maggie war jetzt hellwach. Himmel, das hatte sie vergessen! Na ja, dann mußte sie eben in ein anderes Hotel umziehen. Der Geschäftsführer erbot sich eifrig, ihr dabei behilflich zu sein und sich persönlich um ein anderes Apartment zu kümmern. Eine Viertelstunde später rief er wieder an. »Miss Stewart, es sieht kritisch aus. Im Regency, Pierre, St. Regis, Navarro und Hampshire House ist nichts mehr frei, nicht mal ein Doppelzimmer. Bei den Hotels mittlerer Preisklasse habe ich es noch nicht versucht, weil ich nicht wußte, ob Ihnen das recht sein würde.«

»Haben Sie vielen Dank! Ich will mal sehen, ob die Century etwas machen kann.«

Sie rief Sid Goff an. Als sie ihm die Lage erklärte, wa er am Boden zerstört. »Maggie, ich habe Sie doch extra gebeten, nicht zu vergessen, Ihre Reservierung zu verlängern. Jetzt muß ich mich erst einmal an die Strippe hängen und sehen, was ich tun kann.«

Als Robin anrief, war sie schon am Packen. Sie berichtete ihm von ihrem Mißgeschick. »Es sieht so aus, als werde ich irgendwo in Brooklyn landen. Sid Goff hat noch nicht zurückgerufen, und wenn *er* nichts findet, ist es ganz aus.«

»Sag Sid Goff, er soll sich nicht weiter bemühen«, erwiderte Robin. »Ich werde die Sache in die Hand nehmen.«

Zwanzig Minuten später rief er sie aus der Halle an und bat sie, ihr Gepäck herunterzuschicken.

Vor dem Hotel wartete der Wagen. Nachdem sie eingestiegen waren, nannte Robin dem Fahrer seine Adresse. Maggie sah ihn verwundert an.

»Es ist zwar nicht gerade das Regency«, meinte er, »aber es kommt jeden Tag eine Putzfrau, und die Wohnung ist selbst für einen Star wie dich komfortabel genug. Ich ziehe ins Klubhaus.«

»Robin, das kann ich doch nicht annehmen!«

»Es ist schon alles geregelt – du kannst gar nichts mehr ändern.«

Die Wohnung gefiel ihr. Unwillkürlich wanderte ihr Blick zu dem riesigen Bett; sie hätte nicht wissen mögen, wer schon alles darin gelegen hatte. Robin gab ihr den Schlüssel. »Mach dir's gemütlich. Du kannst kommen und gehen, wann du willst. Zum Abendessen hole ich dich ab.« Er deutete auf die Bar. »Statt der Miete erbitte ich lediglich deine Dienste als Bardame. Als meine Freundin mußt du lernen, gute Wodka-Martinis zu machen. Auf drei Gläschen Wodka einen Tropfen Vermouth, keine Zitronenschale. Ich mag Oliven lieber.«

Gehorsam wollte sie zur Bar gehen, aber er hielt sie lachend zurück. »Maggie! Es ist ja erst Mittag. Ich spreche von heute abend.«

Um sieben standen die Martinis bereit. Sie hatte auch zwei Steaks und etwas tiefgefrorenen Spargel gekauft. Nach dem Essen machten sie es sich auf der Couch bequem und sahen sich das Fernsehprogramm an. Als die Elfuhrnachrichten kamen, holte Robin zwei Büchsen Bier aus der Küche und meinte: »Du bist hier zu Hause – sag mir, wann ich gehen soll.«

»Wann immer du möchtest.«

Er zog sie an sich. »Ich möchte aber nicht ...«

Er umarmte und küßte sie. So! dachte Maggie. Nun erklär ihm, daß *du* nicht in Stimmung bist, sag ihm, *er* sei nicht *dein* Typ. Aber sie klammerte sich an ihn und erwiderte seine Küsse, und als sie auf dem Bett lagen, begann ein leidenschaftliches Liebesspiel. Diesmal entsprang seine Zärtlichkeit nicht einem Wodka-Rausch. Als sein Körper sich im Orgasmus wie eine Feder spannte, rief er nicht nach seiner Mutter ... und Maggie brauchte ihm nicht den Krug kaltes Wasser ins Gesicht zu schütten.

Die nächsten fünf Tage mit Robin waren ein einziger Traum. Jeden Abend gingen sie zusammen essen, manchmal machten sie untergehakt einen langen Spaziergang, und einmal sahen sie sich im Kino an der Ecke ein Doppelprogramm an. Nacht für Nacht liebten sie sich und schliefen zärtlich umarmt ein.

Maggie ließ ihre Gedanken zurückwandern, als sie eines Morgens aufwachte und Robin noch schlief. Sie schlüpfte aus dem Bett, kochte Kaffee und starrte auf den grauen East River. Nie war sie so glücklich gewesen, und vierzehn Tage lagen noch vor ihr. Warum eigentlich nur vierzehn Tage ... warum nicht ihr ganzes Leben? Robin war verliebt in sie, daran gab es wohl keinen Zweifel. Über jenen schrecklichen Morgen in Miami hatten sie kein Wort mehr verloren; irgendwie spürte Maggie, daß der Fall erledigt war. Was sie beide jetzt miteinander erlebten, war kein flüchtiges sexuelles Abenteuer. Robin fühlte sich wohl bei ihr, genoß die Liebe ... vielleicht lag es bei ihr, den ersten Schritt zu machen? Natürlich! Wie konnte er von ihr verlangen, daß sie ihre Karriere aufgab? Sie mußte ihm zu verstehen geben, daß sie zum erstenmal in ihrem Leben glücklich war.

»An einem trüben Morgen wie heute sieht der Fluß schauderhaft aus.« Robin war in die Küche gekommen. Er stand hinter ihr und küßte sie auf den Nacken. »Genau besehen, ist er auch bei schönem Wetter scheußlich. Im Sonnenlicht sieht man nämlich seine Schönheitsfehler erst recht – die schrecklichen kleinen Inseln und die Schlepper.«

Maggie drehte sich um und umarmte ihn. »Es ist ein *zauberhafter* Fluß. Robin, ich möchte dich heiraten.«

Er hielt sie mit ausgestreckten Armen von sich und lächelte. »Ich muß schon sagen: ein verheißungsvoller Anfang für das neue Jahr.«

»Es würde gutgehen, Robin, bestimmt!«

»Vielleicht. Aber nicht gleich auf der Stelle . . .«

»Falls du Bedenken wegen meiner Karriere hast – damit würde ich mich leicht abfinden.« Er lächelte und schenkte sich Kaffee ein. »Ich mache Eier«, sagte sie rasch. »Und dort steht Orangensaft.«

»Tu nicht so wie eine biedere Hausfrau«, sagte er leichthin. Dann nahm er seine Kaffeetasse und verschwand im Schlafzimmer. Maggie blieb zurück. Sie setzte sich an den kleinen Tisch, starrte auf den Fluß und schlürfte ihren Kaffee. Immerhin hatte Robin nicht rundheraus nein gesagt . . . aber von Begeisterung war, weiß Gott, auch nichts zu spüren gewesen.

Zehn Minuten später kam er wieder in die Küche. Zu ihrer Überraschung war er fertig angezogen. Er trug einen Rollkragenpullover und hatte den Mantel über dem Arm. »In einer Stunde bin ich zurück. Ich habe im Studio eine wichtige Arbeit zu erledigen.« Er beugte sich über sie und küßte sie auf den Kopf.

»Am Neujahrstag?!«

»Ich muß mir Aufnahmen ansehen und Anweisungen für den Schnitt geben. Ich kann besser arbeiten, wenn ich allein bin, besonders, wenn das ganze Haus leer ist. Ach, und noch etwas, Maggie. Ich hasse es, dir damit zu kommen – aber könntest du dich heute um fünf zu einer Party aufschwingen?«

»Einer Party?«

»Mrs. Austins Neujahrsempfang. Ich habe mich dreimal hintereinander gedrückt. Im vergangenen Jahr erinnere ich mich wenigstens noch telegrafisch abgesagt zu haben. Diesmal muß ich erscheinen.«

»O Robin, ich habe meine elegante Garderobe schon zurückgeschickt. Der ganze Zauber war geliehen. Ich selbst habe die letzte Zeit in einem Strandhaus gelebt . . . alles, was ich besitze, sind Hosen und ein paar schwarze Kleider – das, was im Kleiderschrank hängt.«

»Ein Mädchen, das mit leichtem Gepäck reist, gefällt mir sehr. Ein kleines Schwarzes ist genau richtig.«

»Aber es ist aus Wolle ...«

»Maggie ...«, er kam zu ihr und streichelte ihr das Gesicht, »was immer du trägst, du wirst überall Eindruck machen. Und nun spül schön das Geschirr ab und verdien dir dein Logisgeld.«

Dann verließ er die Wohnung.

Obwohl es kalt war, ging er zu Fuß. Archie Gold hatte erst nicht kommen wollen, aber Robin hatte ihm keine Ruhe gelassen. Er war überzeugt, daß Maggie von dem Telefongespräch nichts gehört hatte, denn die Küche lag auf der entgegengesetzten Seite der Wohnung, und er hatte leise gesprochen.

Fast gleichzeitig mit Dr. Gold erreichte er sein Büro. »Normalerweise gehe ich auf solche Wünsche nicht ein«, eröffnete der Arzt ihm gleich. »Vor anderthalb Jahren sind Sie aus meiner Praxis hinausgestürmt, und jetzt rufen Sie mich plötzlich an und erklären mir, es sei dringend!«

Robin machte es sich in einem Sessel bequem. »Maggie Stewart ist in New York. Wir wohnen zusammen und schlafen zusammen. Es klappt großartig!«

»Und wo steckt das Problem?« Dr. Gold zündete sich seine Pfeife an.

»Sie will mich heiraten.«

»Das wollen die meisten Mädchen.«

»Es würde nicht gutgehen. Schauen Sie. Zu einer Ehe gehört doch mehr, als daß ein Mann und eine Frau zusammen leben. Das gilt jedenfalls für eine Frau wie Maggie. In den vergangenen fünf Tagen hat sie mir ihr ganzes Leben erzählt ... ihre erste Ehe, ihre Beziehung zu Parino, dem Freund in Kalifornien und die Zeit im Strandhaus. Sie hat nichts ausgelassen.«

»Und was haben Sie gemacht?«

»Ich habe zugehört. Und ich bin *nicht* bereit, meine Lebensgeschichte zu erzählen. Wo sollte ich anfangen? Ach, übrigens heiße ich ja gar nicht Robin Stone.«

»Es ist Ihr gesetzlicher Name.«

»Stimmt ... aber irgendwie in mir steckt ein kleiner Bursche namens Conrad. *Das* bin ich auch. Maggie möchte Kinder haben ... ein richtiges Familienleben.« Plötzlich schlug Robin mit der Faust auf den Tisch. »Herrgott noch mal, Doktor, ich war meines Lebens so froh, bevor ich Ihnen begegnet bin! Es machte mir Spaß, mit Mädchen zu schlafen, ich funktionierte einfach prächtig.«

»Sie funktionierten wie eine Maschine. Jetzt kämpft Conrad darum, mit Robin eins zu werden. Der Mann, der Conrad verdrängt hat, war nicht lebendig ... er fühlte nicht. Das haben Sie selbst zugegeben. Und nun liegen Sie zum erstenmal im Streit mit sich selbst. Aber das ist ein gesundes Zeichen: Sie haben Empfindungen, Konflikte, Kummer. Und das ist normal.«

»Mir gefiel es anders besser. Als ich Sie das letztemal verließ, habe ich Ihnen gesagt, daß ich künftig in meinem Leben alles dem Namen Robin Stone verdanken möchte. Ich brauche Conrad nicht. Ich möchte ihn vergessen.«

»Robin, warum fahren Sie nicht nach Hamburg?«

»Was, zum Teufel, soll ich in Hamburg?«

»Sie kennen den Namen Ihrer Mutter. Suchen Sie doch einmal ihre Familie auf – vielleicht würde Ihre Herkunft Sie überraschen.«

»Conrads Mutter war eine Hure!« Voller Verachtung spuckte er diesen Satz aus.

»Sie wurde eine Hure, um Conrad zu ernähren. Wer weiß, ob Sie nicht eines Tages sogar stolz darauf sind, dieser Conrad zu sein.«

Robin stand auf. »Können Sie das nicht begreifen? Ich will von Conrad nichts wissen. Ich will keine Gewissensbisse haben, wenn ich Maggie Stewart weh tue! Ich will sie nicht vermissen, wenn sie nach Kalifornien zurückfliegt. Ich will niemanden vermissen oder nötig haben. Ich habe es nie ... und werde es nie!«

Dr. Gold erhob sich gleichfalls. »Robin, laufen Sie nicht vor sich davon. Begreifen Sie nicht, was mit Ihnen geschieht? Sie haben begonnen, Liebe mit Sex zu verbinden. Diese neue Erfahrung hat Sie durcheinandergebracht. Das ist normal. Nur laufen Sie nicht davon! Natürlich wird es Probleme geben, aber an dem Tag, an dem Sie zu einem Menschen sagen können, *ich brauche dich,* werden Sie ganz zu sich selber gefunden haben. Und Miss Stewart ist dieser Mensch. Robin ... Sie dürfen diese Frau nicht einfach aus Ihrem Leben aussperren.«

Aber Robin hatte bereits die Tür hinter sich zugeschlagen.

Trotz der Kälte machte er auch den Rückweg zu Fuß. Sein Kopf war wie leergebrannt, eine merkwürdige Ruhe hatte ihn ergriffen. Maggie, im kleinen Schwarzen, erwartete ihn im Wohnzimmer. Er sah sie prüfend an. »Wie spät ist es?« fragte er.

»Halb fünf.«

Er lächelte, aber seine Augen blickten kalt. »Zieh das Kleid wieder aus. Wir haben noch über eine Stunde Zeit, ehe wir auf der Party erscheinen müssen.« Dann trug er sie zum Bett und warf sich auf sie. Nachher betrachtete er Maggie mit einem abwesenden Lächeln. »Du weißt es nicht, mein Mädchen«, sagte er leichthin. »Aber soeben hat dich Robin Stone geliebt, und es hat geklappt.«

»Das hat es doch bisher immer«, erwiderte sie leise.

»Diesmal war es anders.« Dann gab er ihr einen kleinen Klaps aufs Hinterteil. »Los, auf, Baby! Wir werden auf einer Party erwartet.«

26

Judith Austin stieg aus der Badewanne und musterte sich von allen Seiten in den Spiegelwänden. Sie war gertenschlank, mußte allerdings ständig Diät halten. Mit fünfzig wagte man es nicht mehr, zuzunehmen. Sie schüttelte ein Bein hin und her. Ja, die Waden waren nicht mehr so fest wie früher. Ob sie ein wenig Sport treiben sollte? Um die Augen zeichneten sich, wie sie jetzt aus der Nähe im Spiegel feststellte, erst ein paar winzige Linien ab. Bei vorteilhaftem Licht konnte sie glatt für achtunddreißig durchgehen, sogar noch für sechsunddreißig. Auf der Liste der zehn elegantesten Damen der Gesellschaft hielt sie den ersten Platz, und sie galt noch immer als eine der schönsten Frauen New Yorks.

Judith setzte sich auf einen Hocker und frottierte sich langsam ab. Mit einem Schlag wurde ihr plötzlich bewußt, daß es in den letzten drei Jahren auch nicht den Anflug einer Romanze in ihrem Leben gegeben hatte. Vor drei Jahren hatte sie mit Chuck Schluß gemacht.

Sie hatten sich im Sommer in Quogue kennengelernt. Chuck war Golfprofi, achtundzwanzig Jahre alt, blond. Angefangen hatte es mit ein paar Golfstunden. Chuck hatte den Arm um ihre Taille gelegt, damit sie eine gerade Haltung einnahm, und erklärt: »Es ist ganz besonders wichtig, daß Sie sich nicht verkrampfen, Mrs. Austin.« Ihre Blicke trafen sich, und so begann es. Den Sommer über kam Gregory nur an langen Wochenenden heraus. Judith wollte arrangieren, daß Chuck vom Klub in Palm Beach angestellt wurde. Sie schwebte im siebenten Himmel – bis zu dem Tag, an dem Chuck die Bemerkung fallenließ: »Findest du nicht, Judith, daß ich einen großartigen Golfreporter im Fernsehen abgäbe, wie zum Beispiel Jimmy Demaret oder Cary Middlecoff?« Das hatte sie irritiert, aber sie hatte es bewußt übergangen.

Chuck hatte den Job in Palm Beach bekommen. Am zweiten Januar traf Judith ein und verlebte drei wundervolle Wochen mit ihm. Gregory war in New York geblieben, und jede Nacht schlich Chuck sich durch einen Seiteneingang in ihre Villa. Dann erwähnte er die Sache mit dem Fernsehen ein zweites Mal. Judith wich aus, worauf er achselzuckend meinte: »Na ja, dann muß ich eben versuchen, auf Turnieren zu spielen und herumzureisen.«

Herumreisen? Da böten sich allerhand interessante Möglichkeiten. Sie könnte die feste Beziehung lösen und sich trotzdem nach Belieben gelegentlich mit ihm treffen. Chuck sprach von den Turnieren, an denen er sich beteiligen wollte. Natürlich würde er etwa einen Monat lang täglich trainieren müssen, um den Anschluß zu finden. »Ich brauche ungefähr zehn- bis fünfzehntausend«, sagte er.

Judith starrte ihn an. »Zehn- bis fünfzehntausend was?« fragte sie.

»Dollar. Es kostet Geld, wenn man auf den Turnieren auftreten will. Sowie ich meine ersten großen Preise kassiere, zahle ich es dir zurück.«

Das war der Schlußstrich unter die Affäre mit Chuck gewesen. Nach jenem Abend hatte sie seine Anrufe nicht mehr entgegengenommen.

Zum erstenmal in ihrem Leben hatte ein Mann ihr mit materiellen Nebenabsichten den Hof gemacht. Drei Jahre war das nun her ... drei Jahre, in denen sich nichts Aufregendes in ihrem Leben ereignet hatte – nur Gregory. Sie liebte ihren Mann, gewiß, aber sie war nicht verliebt in ihn, und verliebt zu sein war das einzige, was das Leben lebenswert machte. Wäre ihre Schwester Connie nicht gewesen, hätte sie Gregory Austin nie geheiratet.

Die schönen Logan-Zwillinge: Judith und Consuelo. Töchter von Elizabeth und Cornelius Logan. Schöne Eltern, schöne Zwillingstöchter – ein phantastisches Erbteil. Sie besaßen alles – außer Geld. Nie würde Judith ihre »Armut« vergessen. Doch irgendwie gelang es den Logans immer, in einer »standesgemäßen« Wohnung zu wohnen; Judith und Connie gingen auch auf die »standesgemäßen« Schulen, und obwohl man sich zuraunte, Cornelius Logan habe sein ganzes Geld am Schwarzen Freitag verloren, wußte man doch, daß Großmama Logan noch immer ein gewaltiges Vermögen besaß. Großmama Logan war es denn auch, die den prächtigen Debütantinnen-Ball der Töchter finanzierte und die Mädchen an ihrem einundzwanzigsten Geburtstag auf eine Europareise schickte. Connie hatte Vittorio kennengelernt, Judith war mit leeren Händen zurückgekommen.

Als Gregory Austin in ihr Leben trat, war Judith schon sechsundzwanzig. Sie kannte sein Bild aus der Zeitung und wußte, daß er Verhältnisse mit Filmschauspielerinnen, Damen der Gesellschaft und auch blutjungen Mädchen hatte. Er war sechsunddreißig Jahre alt, unverheiratet und Besitzer einer Rundfunkanstalt. Wie man es häufig bei Menschen seines Schlages antrifft, protzte er mit seiner mangelhaften Bildung. »Ich bin über die Mittelschule nie hinausgekommen, dafür lese ich Börsenberichte schneller als Bernard Baruch.« Angefangen hatte er als Laufbursche in der Wall Street. Mit dem Börsenkrach spekulierte er sich seine erste Million zusammen, übernahm eine kleine Rundfunkstation im nördlichen Teil des Staates New York, kaufte Aktien, wenn die Kurse Tiefstand erreicht hatten, und verkaufte sie wieder, sobald sie einigermaßen anzogen. Und mit jedem Gewinn erwarb er eine neue Rundfunkstation. Mit dreißig bildete er die IBC-Sendergruppe. Sein forsches Auftreten und sein großzügiger Lebensstil machten ihn zu einer farbigen Persönlichkeit. Seine Aussprüche machten sich gut in Zeitungen. Er liebte die Frauen, schob aber den Gedanken an Heirat weit von sich – bis er Judith Logan kennenlernte. Möglicherweise war es ihre Gleichgültigkeit ihm gegenüber, die ihn reizte. Gregory hatte immer das Unerreichbare gesucht.

Da er sich sehr hartnäckig um sie bemühte, ging Judith ein paarmal mit ihm aus und fand sich danach zu ihrer Überraschung in den Klatschspalten der Presse wieder. Noch mehr erstaunte es sie, als ihre beste Freundin vorschlug, »diesen faszinierenden, rothaarigen Heißsporn« zu einem kleinen Dinner einzuladen. Und als dann auch noch Consuelo schrieb, sie habe ihn in London kennengelernt und finde ihn sexy und aufregend, da sah Judith ihren Gregory Austin plötzlich mit anderen Augen an. Ihr war auch durchaus bewußt, daß er ihr ein Königreich zu Füßen legte, und wenn es auch kein Wappenschild führte, so war das IBC-Signet doch für viele Kreise nicht minder eindrucksvoll, wenn nicht eindrucksvoller. Gregory Austin bot ihr ein luxuriöses Leben. Auch ihr Schwager Vittorio war reich. Aber Connies Schmuck war zum Beispiel »Familienschmuck«, den sie an Kinder und Kindeskinder weitergeben mußte. Gregory dagegen schenkte Judith zur Verlobung einen fünfundzwanzigkarätigen Diamantring und zur Hochzeit ein Diamantkollier nebst fünfzigtausend Dollar zur Eröffnung eines Kontos. Die Hochzeit selbst wurde zu einem in der Presse vielbeachteten Ereignis.

Gregory mußte verblüfft feststellen, daß er eine Jungfrau geheiratet hatte. Zu ihrem ersten Hochzeitstag schenkte er seiner Frau die Villa in Palm Beach, zum zweiten ein Diamantarmband. Am Ende ihres dritten Ehejahres gab es kaum noch etwas, das er ihr hätte schenken können. Und am Ende des dritten Ehejahres hatte Judith auch nur einen einzigen Wunsch: ein romantisches Liebesabenteuer. Sex mit Gregory war zur restlosen Enttäuschung geworden. Zwar hatte sie keine Vergleichsmöglichkeit, doch irgendwie spürte sie, daß eines Tages der Augenblick kommen werde, an dem sie die romantische Liebe entdecken würde. Er kam, als sie zweiunddreißig war. Da beschloß sie nämlich, Connie in Paris zu besuchen. Der Krieg war vorüber, alle Welt war frohgestimmt, und Judith konnte es kaum erwarten, Connie ihre Juwelen und Pelze zu zeigen. Gregory war leider unabkömmlich, aber er gab seiner Frau die besten Wünsche und ein gewaltiges Taschengeld mit auf den Weg. Sie lernte den Opernstar an Bord des Schiffes kennen, ließ Paris sausen und fuhr mit ihm nach London. Ihre Schwester Connie bekam sie auf der ganzen Reise nicht zu Gesicht, und Judith zu fragen, wieso ihre Briefe englische Marken und Poststempel trugen, fiel ihrem Ehemann nicht ein.

Von da an war es leicht gewesen. Als nächstes kam ein italienischer Filmstar, dann zwei Jahre lang ein englischer Bühnenautor, dann der französische Diplomat ... Die gute Connie hatte sich auf die Dauer als sehr nützlich erwiesen – man konnte immer mal auf einen Sprung nach Europa hinüberfahren, um die Schwester zu besuchen. Zwillinge hängen ja sehr aneinander, sagt man. Später hatte natürlich auch Connie ein wenig Dolce vita genossen und war öfter in die Vereinigten Staaten gereist ...

Nun aber, in den letzten drei Jahren, war Judith überhaupt nicht mehr »nach Paris gefahren«. Das alles ging ihr durch den Kopf, während sie da auf dem Hocker saß und sich abtrocknete. Drei Jahre *nichts*.

Mit aller Sorgfalt machte sie sich zurecht und musterte dann ihren nackten Körper im Spiegel. Anfangs war sie unglücklich gewesen, daß sie kein Kind bekam. Bis zum Alter von dreißig Jahren hatte sie sich verzweifelt danach gesehnt, sogar in Erwägung gezogen, ein fremdes Kind zu adoptieren, aber Gregory, der inzwischen vierzig war, lag nicht viel daran. »Der Sender ist mein liebstes Kind«, pflegte er zu sagen. Außerdem hätte es eine große Verantwortung bedeutet. Während sie jetzt ihren flachen Bauch begutachtete, war sie plötzlich froh, daß er noch immer hart und straff war. Aber ihr Busen wurde wirklich schlaff, und die Oberschenkel gingen langsam in die Breite. Sie reckte die Arme über den Kopf. So sah ihr Busen blendend aus ... und wenn sie im Bett lag, fiel er, Gott sei Dank, auch in die richtige Lage. Leider fühlte sich die Haut am Bauch nicht mehr so fest und elastisch an wie früher.

Sie ging ins Schlafzimmer und nahm das veilchenfarbene Samtkleid aus dem Schrank, entschied sich dann aber doch für den raffiniert geschnittenen Hautdreß aus rotem Goldlamé. Dazu würde sie die goldene Kette mit den Rubinen tragen. Zum erstenmal seit langer, langer Zeit durchpulste sie ein Gefühl der Erwartung bei der Auswahl ihrer Garderobe. Seit Robin Stone vor drei Tagen zugesagt hatte, war ihre innere Erregung ständig gestiegen.

Bis zu diesem Augenblick hatte Judith nicht einmal sich selbst eingestanden, daß sie sich für Robin Stone schön machte. Schlagartig ging ihr jetzt auf, daß sie ihn begehrte, seit sie ihn zum erstenmal auf dem Bildschirm erblickt hatte. Jawohl, sie wollte Robin Stone erobern! Er sollte ihr letztes und aufregendstes Abenteuer werden. Ihr war allerdings klar, daß sie ihn den ersten Schritt tun lassen mußte und ihm nur auf das allerdezenteste andeuten durfte, daß sie interessiert sei. Bei einem Mann wie Robin würde das genügen. Die Situation war ideal. Da er viel auf Reisen ging, konnte sie sich leicht im Ausland mit ihm treffen.

Um halb fünf ging sie hinunter, um einen kurzen Blick auf die getroffenen Vorbereitungen zu werfen. Viertel vor fünf erschien Gregory im Smoking. Er sah abgespannt aus ... nun, ein paar Wochen Palm Beach, und er würde wieder auf dem Damm sein. Um fünf kamen die ersten Gäste – natürlich der Herr Senator mit Gattin! Warum kamen die langweiligen Gäste immer zuerst?

Als zehn Minuten später Danton Miller auftauchte, war Judith zum erstenmal froh, ihn zu sehen, denn es gab ihr Gelegenheit, den Senator sich selbst zu überlassen. Bald hörte das Klingeln an der Wohnungstür nicht mehr auf, und innerhalb von zwanzig Minuten waren Wohnhalle, Bibliothek und Speisezimmer voll von Menschen. Die Party war im Gange.

Robin Stone kam um sechs. Judith schwebte mit ausgestreckten Händen auf ihn zu.

»Sie haben Ihr Versprechen wirklich wahr gemacht!« Mit strahlendem Lächeln ließ sie sich Maggie vorstellen, als habe sie ihr Gesicht noch nie zuvor gesehen. Gleich darauf wandte sie sich ab und begrüßte neue Gäste. Diese Ziege! dachte sie wütend. Eine so schöne, hochgewachsene Frau! Judith hielt sich sehr aufrecht, trotzdem kam sie sich neben Maggie Stewart klein und gedrungen vor. Betont mühelos bewegte sie sich durch die Räume, begrüßte ihre Gäste, unterhielt sich mit ihnen ... und bei allem verfolgte sie mit einem Auge, was Robin Stone und Maggie Stewart machten. Allmächtiger, da stand ja auch Christie Lane mit seiner gräßlichen Frau! Gregory hatte darauf bestanden, daß sie eingeladen wurden. Die Frau – Ethel hieß sie wohl – unterhielt sich mit Maggie

Stewart, Christie stand wie ein Holzklotz daneben. Aber o Wunder! Robin hatte sich abgesetzt und sprach mit dem Senator.

Das war ihre Chance. Sie schlängelte sich an seine Seite, nahm wie zufällig seinen Arm und zog ihn mit sich. »Soll ich Sie auch spazierenführen?«

»Spazierenführen?«

»Ja.« Sie ging mit ihm auf die Diele hinaus. »Die meisten Gäste sehen sich gern in fremden Häusern um, kommen aber selten über die Wohnräume hinaus.« Vor einer massiven Eichentür blieb sie stehen. »Normalerweise dürfen unsere Gäste hier nicht herein, aber ich möchte gern, daß Sie einen Blick hineinwerfen. Es ist Gregorys Arbeitszimmer, sein Stolz und seine Freude.«

»Von außen täuschen die Proportionen«, meinte Robin. »Das Haus ist ziemlich geräumig, nicht?«

Sie lachte belustigt auf. »Wir haben aus zwei alten Häusern eins gemacht, die Trennwand herausreißen lassen und dadurch an Stelle von dreißig kleinen fünfzehn große Räume erhalten.«

Anerkennend sah Robin sich in dem Arbeitszimmer um. »Ein idealer Raum für einen Mann.«

Judith machte ein wehmütiges Gesicht. »Leider verbringt er hier viel zuviel Zeit.«

Robin nickte. »Kann ich mir denken. Hier brütet er über seinen Problemen.«

»Was tun Sie, wenn Sie sich einsam fühlen, Robin?«

Er sah sie verwundert an. Für den Bruchteil einer Sekunde trafen sich ihre Blicke. In Judiths Augen lagen Herausforderung und ein Hauch von Vertraulichkeit. Mit leiser Stimme sprach sie weiter: »Robin, ich liebe Gregory. Am Anfang unserer Ehe verband uns eine wundervolle Beziehung. Heute ist er mit der IBC verheiratet. Gregory ist viel älter als ich ... die Arbeit im Sender füllt ihn aus. Selbst zu Hause bewegen ihn geschäftliche Dinge. Manchmal habe ich das Gefühl, daß ich für ihn gar nicht existiere. Ich sehe ihn nur noch in Gesellschaft – auf Empfängen, Partys und bei großen Veranstaltungen. Ich weiß, er liebt mich, aber im Grunde bin ich nur eine von vielen Provinzen in seinem Weltreich. Ich fühle mich so allein und einsam. Ich bin nicht der Typ Frau, der Karten spielt oder sich mit anderen Damen zum Lunch trifft.«

»Jeder hat seine eigene Einsamkeit, mit der er fertig werden muß«, erwiderte Robin.

»Aber warum? Das Leben ist so kurz, und wir sind nur so kurze Zeit jung. Ich glaube immer, einem Menschen nicht weh zu tun ist alles, worauf es ankommt.« Hilflos zuckte sie die Achseln. »Als Gregory jung war, hat er an der Börse spekuliert, und er hat einmal gesagt, das sei das größte und aufregendeste Glücksspiel der Welt. Heute sind die Zahlen der Sehbeteiligung seine große Leidenschaft. Aber eine Frau kann davon nicht leben. Sie braucht Liebe.« Judith sah auf ihre Hände herab und spielte mit dem großen Ring. »Ich habe sie ein- oder zweimal erlebt.« Sie sah ihn an. »Ohne daß es meine Liebe zu Gregory beeinträchtigt hätte. Es war eine andere Art Liebe. Ich habe nur einem anderen geschenkt, was Gregory von mir nicht erwartete, weil er weder das Bedürfnis noch die Zeit dafür hatte.« Nach einer Pause fuhr sie, etwas sachlicher im Ton, fort: »Ich weiß auch nicht, warum ich Ihnen das alles erzähle; ich kenne Sie ja kaum.« Sie lächelte verlegen. »Aber Freundschaft ist wohl nicht an Zeit und Umstände gebunden, sondern eine Frage des gegenseitigen Verstehens.«

Robin nahm sie bei den Schultern und lächelte. »Judith, Sie sind eine bezaubernde Frau, aber ich rate Ihnen, sich sehr sorgfältig zu überlegen, wem Sie Ihr Herz ausschütten.«

Sie sah ihn flehentlich an. »Ich schütte nicht jedem mein Herz aus. Ich habe das noch nie getan . . . ich weiß auch nicht, was mit mir los ist, Robin.«

Er drehte sie um und schob sie in Richtung Tür. »Zu viele Cocktails«, sagte er grinsend. »Und jetzt wollen wir zu den anderen zurück. Das ist zumindest eine Art, mit der Einsamkeit fertig zu werden.«

Judith sah ihn direkt an. »Ist das die einzige Lösung?«

Er nahm ihren Arm und führte sie in den Wohnraum zurück. »Ich bin in Begleitung einer jungen Dame, die sich möglicherweise unter den vielen Menschen auch sehr einsam vorkommt. Ich wünsche Ihnen ein frohes neues Jahr, Judith. Und hüten Sie sich vor den Cocktails!« Damit ließ er sie stehen und ging zu Maggie.

Judith war wie vom Schlag getroffen, aber sie mischte sich mit vollendetem Lächeln unter ihre Gäste.

Auch Maggie wahrte lächelnd ihr Gesicht. Sie hatte bemerkt, daß Robin mit der Dame des Hauses hinausgegangen war und daß es eine ganze Weile gedauert hatte, bis sie wieder auftauchten. Judith war immerhin eine bildschöne Frau. Aber als Maggie jetzt den großen, gut aussehenden Mann quer durch den Raum auf sich zukommen sah, verflüchtigte sich das unangenehme Gefühl, das sie gehabt hatte, sofort.

Robin nahm mit einer besitzergreifenden Geste ihren Arm und

führte sie von dem Ehepaar Lane weg. Plötzlich starrten alle auf einen neuen Gast an der Tür. Eine zerbrechliche Frau war soeben eingetreten, und man flüsterte sich ringsum einen Namen zu. Gleichgültig, wie unauffällig Diana Williams einen Raum zu betraten versuchte, sie *betrat* ihn. Zögernd stand sie, fast wie ein stehengelassenes Kind, einen Moment allein, dann eilte Gregory Austin auf sie zu und begrüßte sie. Schützend legte er den Arm um die Schauspielerin, und im Handumdrehen war sie von einer Menschentraube umringt. Diana ließ die vielen Vorstellungen mit natürlicher Liebenswürdigkeit über sich ergehen.

»Junge, diesmal weiß Ike Ryan bestimmt nicht, was er tut«, zischelte Ethel, die dem Durcheinander aus einiger Entfernung zusah. »Die Williams ist doch erledigt.«

Schließlich bahnte Diana Williams sich einen Weg durch die Menge und kam, noch immer vom Hausherrn geführt, zu Robin. »Robin«, schalt er, »warum haben Sie uns nicht gesagt, daß Sie Miss Williams zu unserer Party gebeten haben? Hätten wir gewußt, daß sie in New York ist, hätten wir sie selbstverständlich persönlich eingeladen.«

»Sie haben mich Weihnachten im Voisin aufgefordert, Sie zu begleiten«, erklärte Diana vorwurfsvoll, »und als Sie dann nicht mehr anriefen, dachte ich, ich hätte Sie mißverstanden und Sie hätten gemeint, wir sollten uns hier treffen.«

»Darf ich meine Ungehörigkeit wiedergutmachen, indem ich Ihnen sofort etwas zu trinken hole?« bat Robin. Gemeinsam mit Gregory führte er den Star zur Bar und überließ Maggie abermals dem Ehepaar Lane.

Ethel sprach von ihrer neuen Hotelsuite im Essex House. »Wir sind gestern erst eingezogen«, erzählte sie Maggie.

»Als wenn das groß was wäre«, brummte Christie. »Salon, zwei Schlafzimmer und dafür natürlich dreimal so teuer wie im Astor!«

»Willst du mir vielleicht zumuten, mit dem Kinderwagen auf dem Broadway spazierenzufahren?« gab sie scharf zurück. »Das Essex House liegt wenigstens gegenüber vom Park. Das ist für das Baby wichtig.«

»Oh, das wußte ich ja gar nicht. Gratuliere!« sagte Maggie mit geheuchelter Anteilnahme.

Christie strahlte über das ganze Gesicht. »Letzte Woche ist das Ergebnis gekommen. Als der Arzt es mir sagte, war ich einfach aus dem Häuschen. Ich war zu allen Schandtaten bereit.«

»Nur nicht dazu, aus dem Astor auszuziehen«, meinte Ethel giftig. »Aber zuletzt hat er dann doch eingewilligt.«

»Ja, und wir schlafen sogar in getrennten Zimmern, aber nur so lange, bis das Baby da ist. Dann nehmen wir das zweite Zimmer für eine Kinderschwester. Meine Frau hat recht, werdende Mütter brauchen ihre Ruhe. Und nun unterhaltet ihr beiden Frauenzimmer euch mal allein, ich muß mit dem großen Danton Miller reden.« Er bahnte sich einen Weg durch die Menge und zupfte Dan am Arm.

Maggie fühlte sich nicht besonders wohl in Ethels Gesellschaft. Erstens kannte sie sie nicht, und zweitens machte sie sich nichts aus Frauenklatsch. »Wann erwarten Sie Ihr Kind?« fragte sie höflich.

»Ende August oder Anfang September. Ich bin erst drei Wochen über meine Zeit hinaus, aber der Schwangerschaftstest war positiv.«

Darauf entstand eine etwas peinliche Gesprächspause, bis Maggie schließlich sagte: »Ich finde es sehr klug, daß Sie in die Nähe des Parks gezogen sind. Das wird dem Kleinen guttun.«

»Sie glauben doch wohl nicht, daß ich hier bleiben will?« fragte Ethel. »Christie hat noch keine Ahnung – aber in der nächsten Saison wird seine Show wieder aus Kalifornien gesendet.«

»Aha, ich verstehe.« Maggie verstand gar nichts, aber irgend etwas mußte sie ja sagen.

»Und dann werde ich die Sache deichseln. Für Christie heißt das Zauberwort ›Baby‹. Ich werde ihm erklären, daß der Park für unser Kind nicht gut ist . . . wegen der asozialen Elemente und so weiter. Und wenn wir erst mal dort unten sind, fängt ein neues Leben an . . . ein großes Haus, die richtigen Leute. Ich werde ihn dahin bringen, daß er sich in allen gesellschaftlichen Fragen von Spitzenfachleuten beraten läßt. Wir müssen einfach für unser Kind den richtigen Umgang finden. Ich sage Ihnen: Hollywood ist genau das richtige Pflaster für Ethel Evans-Lane.«

»Hoffentlich werden Sie nicht enttäuscht sein«, erwiderte Maggie. Sie hätte gern gewußt, wo Robin steckte, und warf einen prüfenden Blick durch die Räume.

»Er ist bei Diana Williams in der Bibliothek«, sagte Ethel.

»Wie meinen Sie, bitte?«

»Ihr Boyfriend . . . den hat Miss Williams zur Zeit im Schlepptau.«

Maggie war so verblüfft, daß es ihr die Sprache verschlug. Wieder entstand ein peinliches Schweigen. Dann kamen gottlob Dan Miller und Christie zu ihnen.

»Wir haben über die Termine für das übernächste Jahr gesprochen«, erklärte Chris. »Man sollte es nicht für möglich halten! Die großen Firmenchefs stehen meinetwegen Schlange und müssen zwei Jahre warten, bis sie ihre Werbung placieren können.«

Dan wandte sich lächelnd an Maggie. »Soll ich Ihnen das Glas nachfüllen lassen?« fragte er. Sie schüttelte den Kopf.

Aus dem Nebenraum hörte man lautes Gelächter. Offensichtlich hielt Diana hof. Lächelnd und mit leiser Verschwörerstimme meinte Dan: »Ich habe bemerkt, daß Sie mit Mr. Stone gekommen sind. Bedeutet das, daß Sie auch mit ihm gehen?«

»Normalerweise bedeutet es das wohl, oder nicht?«

»Schade, ich hätte Sie sonst gefragt, ob Sie mit mir essen gehen. Wie lange bleiben Sie in New York?«

»Noch ungefähr vierzehn Tage.«

»Darf ich Sie einmal anrufen?«

»An sich gern, nur ...« Sie überlegte rasch. Einfach abschlagen durfte sie es nicht, andererseits brauchte er auch nicht zu wissen, daß sie bei Robin wohnte. »Es ist vielleicht besser, ich rufe Sie an«, sagte sie. »Ich habe vor, meine Familie in Philadelphia zu besuchen, und weiß noch nicht, wie lange ich bleibe.«

»Wissen Sie, wo ich zu erreichen bin?«

»Bei der IBC«, meinte sie lächelnd. »Und nun sollte ich mich, glaube ich, doch mal um Robin kümmern.« Sie verabschiedete sich und ging in die Bibliothek. Diana Williams unterhielt ihr Publikum mit spaßigen Geschichten über ihre beiden Zwillingssöhne.

»Gott, sie wachsen sich zu Riesen aus«, erklärte sie gerade, »und ich kann ihr Alter nicht mehr verleugnen. Ihr Idol sind natürlich die Beatles. Sie haben schon genauso lange Haare und sind einfach absolut Pop. Neulich wollte ich sie jemandem als meine Babys präsentieren, und als ich auf diese siebzehnjährigen Hünen, die meine Kinder sind, starrte, konnte ich nur sagen: ›Darf ich Ihnen meine Zwillingstürme vorstellen?‹«

Alles lachte – schallender, als nötig gewesen wäre. Robin lachte nicht. Er beobachtete die Frau. Als sie ihm ihr leeres Glas reichte, winkte er dem Barmixer, er möge nachfüllen.

Maggie schlängelte sich an seine Seite und hängte sich bei ihm ein. »Es ist sieben«, flüsterte sie, »und ich sterbe vor Hunger.«

»Dort steht ein ganzer Tisch mit kalten Platten«, erwiderte er und ließ kein Auge von Diana.

»Ich möchte aber gern gehen.«

»Baby, ich arbeite.« Er pochte auf seine Jackentasche. »Ich habe einen Vorvertrag in der Tasche. Sie braucht nur noch zu unterschreiben. Wenn du noch ein wenig aushältst, kannst du Zeugin sein.«

»Wie lange dauert es noch?«

»Ich hoffe, daß es spätestens beim Essen klappt.«

»Sie kommt mit uns essen?« fragte Maggie.

»Sie kommt mit mir essen. Und wenn du Lust hast, kannst du auch mitkommen.«

Sie drehte sich um und ging. Sie spürte, daß er ihr kein einziges Mal nachsah. Dan Miller hatte schon den Mantel über dem Arm und war eben dabei, sich von Mrs. Austin zu verabschieden. Maggie sprach ihn an.

»Gilt die Einladung zum Abendessen noch?«

»Aber selbstverständlich. Was halten Sie vom Pavillon?«

»Es ist eines meiner Lieblingsrestaurants.«

Allmählich leerte sich der Pavillon. Maggie saß vor ihrem Kognak und stellte sich zum hundertstenmal die Frage, was Robin sich wohl gedacht hatte, als sie ihn einfach so stehenließ. Inzwischen war es kurz vor elf. Wahrscheinlich saß er zu Hause und sah sich die Nachrichten an. Ihr Zorn verflog, und plötzlich kam es ihr albern vor, daß sie davongelaufen war. Was wäre denn schon dabei gewesen, wenn Diana Williams mit ihnen gegessen hätte? Er brauchte doch ihre Unterschrift für sein »Happening«. Wie kindisch, sich so zu benehmen ... und was noch schlimmer war: Sie hatte sich vor allen Leuten aufgeführt wie eine sitzengelassene Geliebte! Noch nie hatte sie sich bei einem Mann so gehenlassen, nicht bei Adam und nicht bei Andy. Ja! – Weil es ihr nicht wichtig genug gewesen war. Möglicherweise lag darin das Geheimnis ihres Erfolges. Wirklich? Mußte man, um einen Mann festzuhalten, so tun, als interessiere man sich nicht für ihn? Da hatte sie nun dieses öde Abendessen über sich ergehen lassen, nur um Robin eins auszuwischen. Aber lächerlich ... er gehörte ihr doch! Sie liebte ihn. Warum saß sie im Pavillon und hörte sich Mr. Millers idiotische Lebensgeschichte an.

»Ich bin froh, daß zwischen Ihnen und Robin Stone nichts ist«, sagte er plötzlich.

Sie sah ihn überrascht an. »Warum sagen Sie das?«

»Weil ich ihn nicht mag.«

»Er ist ein sehr guter Freund von mir.« In ihrer Antwort lag ein warnender Unterton.

Dan lächelte. »Ich mag ihn trotzdem nicht ... und zwar nicht aus persönlichen Gründen.«

Maggie mochte Danton Miller weiß Gott auch nicht. Und besonders nicht sein dreckiges Grinsen. »Vielleicht haben Sie Angst vor ihm«, erwiderte sie kühl.

»Angst?«

»Wenn Sie sagen, daß er Ihnen nicht aus persönlichen Gründen unsympathisch ist, dann sind es wohl geschäftliche. Ich weiß, daß Sie Kollegen sind, und ich kenne mich beim Fernsehen ein wenig aus. Robins Einfluß reicht wahrscheinlich über die Nachrichtenvermittlung hinaus, und da muß es ja zwischen Ihnen zu einer Rivalität gekommen sein.«

Er warf den Kopf zurück und lachte. Als er sie schließlich wieder ansah, waren seine braunen Augen beinah zu Schlitzen verengt. »Ich habe keine Angst vor dem großen Mister Stone. Wissen Sie, warum? Weil er viel zu stolz ist . . . und das wird sein Untergang.«

»Ich könnte mir denken, daß Stolz in seinem Beruf eher ein Vorteil ist.«

»Beim Fernsehen kommt man mit Stolz auf die Dauer nicht zurecht. Ich will Ihnen etwas sagen, Miss Stewart: Wenn es hart auf hart geht, gebe ich nach; da zeige ich keinen Stolz, und darum werde ich überleben. Für jeden, wie hoch er auch stehen und wie mächtig er auch sein mag, kommt einmal die Zeit, da er ein wenig kriechen muß. Robin Stone wird niemals kriechen. Darum wird er nicht überleben. Und in unserem Beruf ist das A und O die Frage, wie man überlebt.«

Maggie nahm ihr Abendtäschen und hoffte, Dan werde den Wink verstehen und aufbrechen. Er reagierte auch sofort und ließ sich die Rechnung bringen. »Ich langweile Sie mit diesen Dingen«, meinte er entschuldigend. »Wollen wir noch etwas trinken?«

»Ich bin sehr müde, und ich muß morgen zeitig aufstehen«, wehrte sie ab.

Als er ein Taxi herbeigewinkt hatte, bat sie ihn, sie ins Plaza zu bringen. Dort verabschiedete sie sich von ihm, ging hinein, durchquerte die Hotelhalle, verließ das Plaza durch den Eingang auf der Fifty-eighth Street und nahm sich ein Taxi zu Robins Wohnung.

Unter der Wohnungstür schimmerte kein Lichtstreifen. Vielleicht hatte er sich schon schlafen gelegt. Sie machte kein Licht und schlich auf Zehenspitzen zum Schlafzimmer. Der Raum lag im Dunkeln, aber sie erkannte die Umrisse des vom Nachmittag noch zerwühlten Bettes. Es war leer. Gerade als sie sich umdrehen und das Licht im Wohnzimmer ausschalten wollte, bemerkte sie unter der Tür zu Robins Arbeitszimmer einen hellen Schein – er war noch auf und schrieb an seinem Buch! Sie ging auf die Tür zu und wollte eben die Klinke niederdrücken, als sie Stimmen hörte. Es war Diana Williams, und man merkte, daß sie betrunken war.

»Sehr weich ist dieser Teppich nicht gerade.«

»Ich habe dir ja gesagt, du solltest das Bett zurechtmachen.«

»Ich lege mich nicht in die Wäsche von anderen Weibern!«

Dann war es still.

Maggie öffnete leise die Tür. Sie traute ihren Augen nicht. Beide waren vollständig nackt. Robin lag mit geschlossenen Augen ausgestreckt im Klubsessel in der Ecke und hatte die Arme hinter dem Kopf verschränkt. Diana kniete vor ihm, den Kopf in seinem Schoß. Keiner von beiden sah Maggie, die lautlos einen Schritt zurücktrat und die Tür unbemerkt wieder schloß. Sie ging ins Schlafzimmer, machte Licht, holte ihren Koffer aus dem Schrank, besann sich aber plötzlich anders und stellte ihn achtlos zur Seite. Wozu die Umstände wegen eines Kleides und einiger Hosen? Das, was sie an diesen Tagen mit Robin getragen hatte, würde sie doch nicht mehr anziehen wollen. So nahm sie nur ihre Toilettensachen, stopfte sie in die Reisetasche und wandte sich zum Gehen. In der Tür drehte sie sich noch einmal um und starrte auf das Bett. Das Bett, das sie vor wenigen Stunden mit Robin geteilt hatte! Das Bett, das sie auch heute und von nun an jede Nacht mit ihm hatte teilen wollen, das ihr unlösbar mit ihrem künftigen Leben verbunden schien . . . und in das Diana sich erst hineinlegen wollte, wenn es frisch bezogen war. Wie viele Frauen mochten hier geschlafen haben? Wie viele würden es noch sein? Maggie rannte zu dem Bett und zerrte an den Laken. Aber trotz ihrer erbitterten Wut gelang es ihr nicht, die Bettücher zu zerreißen. Niemand sollte je wieder in diesen Tüchern schlafen, niemand sich überhaupt noch einmal in dieses Bett legen können. Ihr fiel ein, daß im Medizinschränkchen eine Flasche Feuerzeugbenzin stand. Sie lief ins Bad, holte die Flasche, schüttete ihren Inhalt über das ganze Bett, zündete ein Streichholz und mit diesem ein Streichholzheftchen an und warf es auf das Bett. Eine heiße, gelbe Stichflamme zischte über die Laken.

Maggie rannte aus der Wohnung und erklärte unten dem Portier mit unnatürlich ruhiger Stimme: »Ich habe bei Mr. Stone geläutet. Es hat niemand aufgemacht, aber es roch so, als ob aus der Wohnung Rauch käme.« Während der Portier zum Fahrstuhl stürzte, überquerte sie die Straße und stellte sich in den Eingang des gegenüberliegenden Apartmenthauses. Mit einem befriedigten Lächeln beobachtete sie den Feuerschein hinter Robins Schlafzimmerfenster. Wenige Augenblicke später hörte sie die Sirenen, und es dauerte nicht lange, bis sich der Feuerschein in dunkle Rauchwolken verwandelte, die aus dem Fenster quollen. Sie sah Robin zusammen mit anderen Hausbewohnern auf die Straße laufen. Er trug ein Paar Hosen und hatte sich einen Tranchcoat übergeworfen. Auch Diana erschien, in ihren Mantel gehüllt, aber sie war barfuß und hopste auf dem kalten Pflaster von einem Bein auf das andere. Maggie warf den Kopf in den Nacken und lachte. »Hoffentlich holt sie sich eine Lungenentzündung!« Dann wandte sie dem Schauplatz den Rücken.

Als sie etwa fünf Querstraßen passiert hatte, setzte plötzlich die Reaktion ein. Sie fing an zu zittern, und auf ihrer Stirn bildeten sich Schweißtropfen. Mein Gott, was hatte sie getan! Es hätte sein Tod sein können. Es hätte der Tod aller Hausbewohner sein können! Ihr wurde fast schlecht bei dem Gedanken. Entsetzlich, was sie da getan hatte! Plötzlich verstand sie, daß Menschen in einem Anfall von Zorn töten können. Der Gedanke an die Gefahr einer Ausbreitung des Feuers war ihr gar nicht gekommen . . . Gott sei Dank war noch einmal alles gutgegangen! Sie hielt ein Taxi an und fuhr zum Kennedy Airport. Bis zum Abflug einer Maschine nach Los Angeles würde sie stundenlang warten müssen, aber das machte ihr nichts aus. Das Taxi fuhr durch die dunkle Allee zum East River Drive . . . es war die Straße, in der Austins wohnten. Maggie sah das solide gebaute Haus aus der Zeit um die Jahrhundertwende. Im ersten Stock brannte noch Licht. Wie sehr beneidete sie Judith Austin in ihrer schönen sicheren Sandsteinfestung . . .

Judith stand in diesem Augenblick vor dem Spiegel und betrachtete sich wohlgefällig. Sie lächelte ihrem Spiegelbild zu und prüfte ihr Lächeln. Es wirkte reichlich verkrampft. Kein Wunder, denn bis halb zehn, als die letzten Gäste gingen, war sie gewissermaßen aus dem Lächeln nicht herausgekommen. Sie spürte, daß sie Kopfschmerzen bekam, und hätte sich am liebsten gleich zurückgezogen, zwang sich aber, noch ein wenig mit Gregory in seinem Schlafzimmer zu plaudern. Bei einer Scheibe kalten Bratens hatte sie sich Gregorys brummigen Kommentar angehört. Die Partys würden immer lauter und gemischter. Nächstes Jahr werde er sich persönlich um die Gästeliste kümmern . . .

Normalerweise hätte Judith ihm widersprochen oder ihn besänftigt, aber heute abend war sie zu sehr mit ihren eigenen Gedanken beschäftigt. Nachdem sie ihm schließlich gute Nacht gesagt und ihr

Privatreich aufgesucht hatte, war sie angezogen aufs Bett gesunken und hatte versucht, die Ereignisse des Abends zu rekapitulieren.

Jetzt stand sie im Negligé vor dem Spiegel und mußte sich mit der bitteren Tatsache, daß Robin Stone den Köder nicht geschluckt hatte, abfinden. Plötzlich brach ihre Haltung zusammen, und die Tränen liefen ihr übers Gesicht – Tränen, die sie den ganzen Abend zurückhalten mußte, weil sie den Gedanken an die demütigende Zurückweisung gar nicht erst hatte aufkommen lassen. Das hätte sie sich – vor allen Gästen und im Beisein Gregorys – nicht leisten können. Aber sie *wollte* nicht weinen. Tränen waren ein Luxus, eine Wohltat, die sie sich nicht gönnen durfte. Judith putzte sich die Nase. O gewiß, ein paar reizende diamantene Tropfen nach einem traurigen Theaterstück oder bei der Nachricht vom Tode eines Freundes, das wohl! Tränen, die sacht aus den Augenwinkeln rollten und die Wimperntusche nicht verschmierten, schadeten nichts. Aber losheulen und schluchzen bedeutete geschwollene Augenlider und Tränensäcke am nächsten Tag. Und Judith war am nächsten Tag zum Lunch im Colony verabredet und hatte abends eine Einladung.

Trotzdem: Robin hatte sie abgewiesen. Das heißt, nicht eigentlich abgewiesen, sondern ihr verschleiertes Angebot nicht beachtet. Verschleiert! In ihrem ganzen Leben war sie einem Mann noch nie so unverhüllt entgegengekommen. Bisher hatten ein Blick, die Andeutung eines Lächelns genügt, um eine sofortige Wirkung hervorzurufen. O Gott . . . sie sehnte sich so nach ihm. Sie brauchte jemanden, der sie in die Arme nahm und ihr sagte, wie bezaubernd sie sei. Sie brauchte Liebe. Sie brauchte Robin. Sie brauchte einen Mann im Bett, der ihr das Gefühl gab, jung und begehrenswert zu sein. Seit Monaten hatte Gregory sich nicht mehr um sie bemüht.

Als Mann hatte er sie nie gereizt. Selbst früher, als er noch kräftig und leidenschaftlich war, hatte der Funke gefehlt, der ein romantisches Feuer hätte entfachen können. Von Anfang an hatte Sex ihrem Mann kaum etwas bedeutet. Vom Liebesspiel hatte er keine Ahnung. Nie erwischte er den richtigen Augenblick, um das Richtige zu sagen . . . kein einziges Mal hatte er sie genießerisch verführt. Vielleicht war es ihre eigene Schuld. Vielleicht hatte sie den Eindruck erweckt, als sei sie darüber erhaben. Jedenfalls hatte sie bei Gregory nie auch nur einen Hauch der Erregung verspürt, die ihre Liebhaber in ihr erzeugten. Er hätte ihre Leidenschaft in den Armen jener Männer nie für möglich gehalten – eine Leidenschaft, die der Romantik entsprang. Andererseits bewunderte sie

Gregory in vielen Dingen. Sie liebte ihn mit der gleichen Ehrerbietung, die sie ihren Eltern entgegenbrachte. Ohne ihn wäre sie verloren. Sie führten ein wunderbares Leben. Langeweile kannte sie mit ihm nicht. Nur verliebt war sie nicht, war es nie gewesen. Möglicherweise war ein so dynamischer Mann wie Gregory unfähig, die kleinen Sentimentalitäten zum Ausdruck zu bringen, die einer Frau nun einmal so viel bedeuten.

Aber Robin Stone war genauso energiegeladen wie Gregory, vielleicht sogar noch mehr. Und abgesehen von seiner Vitalität sah er auch noch blendend aus und zog sie körperlich an.

Und dieser Mann hatte sie abgewiesen. Vielleicht war es ihm zu gefährlich? Natürlich . . . das mußte es sein! Wenn sie ein Verhältnis hätten, das mit einem Streit endete, würde er um seine Karriere fürchten müssen. Sie mußte ihm klarmachen, daß es seine Stellung bei der IBC in keiner Weise berühren würde, ob sie nun einen Monat zusammen waren oder ein Jahr, und aus welchen Gründen auch immer sie sich trennten.

Judith trat erneut vor den Spiegel und betrachtete forschend ihr Gesicht. Großer Gott, die Haut um Mund und Kinn gab gut zwei Zentimeter nach! Sie zog sie straff, und sofort sah sie wieder tadellos aus. Na, das war ein klarer Fall. Gleich morgen würde sie sich nach einem geeigneten Arzt umtun. Außerdem mußte sie sich ein paar Rezepte geben lassen. Seit fünf Monaten hatte ihre Regel aufgehört, und der Nachtschweiß, unter dem sie zur Zeit litt, war entsetzlich. Sie konnte schlecht mit einem Mann wie Robin schlafen und mitten in der Nacht schweißgebadet aufwachen.

Judith schlüpfte in den Morgenrock. Komisch, daß Gregory nicht noch auf einen Sprung herübergekommen war, und sei es nur, um eine letzte fürchterliche Drohung auszustoßen, daß es mit den Partys ein für allemal aus sei. Na, dann würde sie noch mal zu ihm hineinschauen, ihm einen Kuß auf die Stirn geben, wenn er noch wach war, und ihm ein gutes neues Jahr wünschen. Mit dem Entschluß, wegen ihres Gesichts etwas zu unternehmen, und dem neuen Plan zur Eroberung von Robin kehrte ihre gute Laune zurück. Die Sache mit der Gesichtsoperation brauchte sie Gregory nicht zu verschweigen, sie konnte ihm gut sagen, daß sie das ihrer weiblichen Eitelkeit schuldig sei. Mit der Begründung, sie besuche Connie in Rom, würde sich auch ein längeres Verschwinden von der Bildfläche leicht vertuschen lassen.

Als sie das Schlafzimmer ihres Mannes betrat, erstarrte ihr das

Lächeln auf den Lippen.

Gregory lag angezogen quer über dem Bett. Angst- und Gewissensbisse schnürten ihr die Kehle zu.

»Greg«, flüsterte sie.

»Diese Cocktails liegen mir wie ein Stein im Magen«, stöhnte er.

Judith atmete erleichtert auf. »Das sagst du jedes Jahr, dabei trinkst du am allermeisten. Das muß ja auch wirklich nicht sein. Du kannst genausogut Whisky trinken. Nun komm, zieh dich aus.«

»Ich kann mich nicht rühren, Judith. Bei der kleinsten Bewegung könnte ich vor Schmerzen schreien.«

»Gregory, du kannst nicht so liegenbleiben. Komm, sei vernünftig.«

Er versuchte sich aufzusetzen, krümmte sich aber vor Schmerzen. Sein Gesicht war kalkweiß, und er schaute sie starr an. »Judith, das ist keine Magenverstimmung.«

Sie war sofort neben ihm. »Wo tut es dir weh?«

»Hier, in der Darmgegend.«

»Dann ist es nur eine Verstopfung, Greg. Versuch dich auszuziehen, dann kannst du dich besser entspannen.« Als er sich erneut aufzurichten versuchte, schrie er aber vor Schmerzen. Judith stürzte zum Telefon und rief den Arzt an. Wäre Gregory die Sache harmlos erschienen, hätte er sie bestimmt daran gehindert . . . Aber er saß zusammengekrümmt auf dem Bett, die Hände an den Leib gepreßt.

Zwanzig Minuten später traf Dr. Spineck ein. Judith erwartete ihn unten und ließ ihn ein. »Ich bin froh, daß Sie kommen konnten.«

»Nach dem, was Sie sagten, scheint es sich nicht um einen Herzanfall zu handeln.«

»Ich vermute, es ist eine ganz altmodische Verdauungsstörung. Es tut mir außerordentlich leid, daß ich Sie noch herbemüht habe, aber in einem solchen Zustand habe ich meinen Mann noch nie gesehen.«

Während der Arzt den Kranken untersuchte, wartete sie draußen. Als er sie hereinrief, saß Gregory angezogen auf einem Stuhl. Er wirkte ziemlich ruhig.

»Ich habe Ihrem Mann eine schmerzlindernde Spritze gegeben«, erklärte Dr. Spineck. »Ich vermute, es ist die Gallenblase.«

»Also nichts Ernstes?« Es war mehr eine Feststellung als eine Frage.

»Wir müssen ihn natürlich gründlich untersuchen«, erwiderte er Arzt. »Aber Sie haben recht; ernst ist es nicht, nur unangenehm.«

Dr. Spineck fuhr sie in seinem Wagen zum Krankenhaus. Gregory bekam ein Eckzimmer. Schwestern wurden herbeigeläutet, Blutproben entnommen. Judith schob man in einen Warteraum ab, wo sie eine Zigarette nach der anderen rauchte. Nach einer halben Stunde erschien Dr. Spineck. »Ganz so einfach, wie wir dachten, wird es nicht gehen. Im Gallengang hat sich ein Stein festgesetzt. Wir müssen sofort operieren. Ich habe Dr. Lesgarn verständigt und erwarte ihn jeden Augenblick.«

Um eins wurde Gregory in den Operationssaal gefahren. Eine Schwester brachte Judith eine Tasse Kaffee. Sie setzte sich in Gregorys Zimmer, wartete und mußte dann wohl eingeschlafen sein, denn als Dr. Spineck sie sacht an der Wange berührte, fuhr sie hoch und starrte verwundert auf ihre Umgebung. Im nächsten Augenblick hatte sie aber schon die Orientierung wiedergefunden. Sie sah auf die Uhr, es war vier Uhr morgens. Ihr Blick traf auf das leere Bett. Entsetzt sah sie den Arzt an. Der lächelte. »Es ist alles in Ordnung«, meinte er. »Ihr Mann liegt auf der Beobachtungsstation, dort bleibt er noch eine Weile. Ich habe veranlaßt, daß eine Schwester bei ihm wacht.«

»Ist die Operation gut verlaufen?«

Er nickte. »Er dürfte schon seit längerem Gallensteine gehabt haben. Die Operation war schwieriger, als wir dachten. Erwarten Sie bitte nicht, daß Ihr Mann in vierzehn Tagen wieder aufstehen und ins Büro gehen kann. Er muß den ganzen Winter Urlaub machen und sich erholen.«

»Das tut er nie«, sagte Judith.

»Er wird müssen. Er ist nicht mehr der jüngste. Die Operation hat seinen gesamten Organismus angegriffen. Ich möchte bezweifeln, daß ihm in der nächsten Zeit der Sinn nach Arbeit steht.«

»Wann kommt er herunter?«

»Nicht vor morgen früh zehn oder elf. Ich fahre Sie nach Hause.«

Als Judith im Bett lag, graute schon der Morgen. Armer Gregory! – Es wird ihm schwerfallen, auf die Arbeit zu verzichten. Und sie würde den ganzen Winter über in Palm Beach bleiben müssen und . . . Plötzlich haßte sie sich. Wie konnte sie es wagen, jetzt an Robin zu denken? Tränen traten ihr in die Augen. »O Gregory, ich liebe dich doch«, stammelte sie in ihr Kopfkissen. »Ich liebe dich so sehr. Bitte, werde wieder gesund.« Und sie schwor sich, daß sie von jetzt an keinen Gedanken mehr an Robin Stone verschwenden würde – aber schon während sie sich dieses Versprechen gab, wußte sie, daß sie es nicht halten würde. Und wie sehr sie sich auch deswegen verachtete – sie fragte sich unwillkürlich, mit wem Robin Stone jetzt wohl im Bett lag . . .

Robin lag in dem schmalen Bett eines kleinen Zimmers im Harvard-Klub. Allein.

Er lächelte – zum erstenmal in dieser Nacht. Nachdem Maggie das Feuer gelegt hatte, war sie wenigstens noch vernünftig genug gewesen, dem Portier Bescheid zu sagen. Daß es Maggie gewesen war, wußte er sofort, als er ihren Koffer sah und das verkohlte Streichholzheftchen mit dem Aufdruck »Pavillon«. Allmählich gelang es ihm, dem Fall eine komische Seite abzugewinnen. Er mußte bei dem Gedanken, daß Maggie durch die Tür mitangesehen hatte, wie Diana an ihm herumlutschte, laut auflachen. Und das Schönste war, daß sich bei ihm noch nicht einmal etwas abgespielt hatte! Eigentlich konnte er dem Feuer sogar dankbar sein – mit diesem verrückten Frauenzimmer wäre es bei ihm nie zum Klappen gekommen. Sie wußte nicht einmal, wie man es richtig macht – ihre Zähne waren messerscharf gewesen. Auch auf Diana hatte das Feuer ernüchternd gewirkt, und sie war heilfroh, als er sie vor ihrem Hotel absetzte. Warum hatte er sie eigentlich mit nach Hause genommen? Den Vertrag hatte sie bei Jilly unterzeichnet, und zur Belohnung hätte er auch mit ihr ins Hotel gehen können. Archie Gold würde sagen, daß er sich von Maggie erwischen lassen wollte, damit er sie loswürde. Na ja – Ende gut, alles gut. Es hatte ihn ein Schlafzimmer gekostet. Und es hatte ihn Maggie Stewart gekostet. Zwischen seinen Augen bildete sich eine senkrechte Falte, doch dann zwang er sich zu einem Lächeln. »Nein, Conrad, *du* hast Maggie verloren. Nicht ich. Du bist tot, du kleiner Bastard, *tot.*«

Judith saß täglich an Gregorys Bett. Sein unrasiertes Gesicht war von weißen Stoppeln bedeckt. Er sah auf einmal wie ein müder alter Mann aus. Sie wußte, daß es ihm guttäte, sein Interesse an der Umwelt wieder zu wecken. Am Ende der zweiten Woche ließ er sich die Bewertungsquoten der Fernsehprogramme vorlegen und las die *Time*. Zu Judiths Entsetzen nahm er sofort nach der Lektüre den Telefonhörer ab und ließ sich mit der IBC verbinden.

»Bitte, Liebling – sowohl Dr. Lesgarn als auch Dr. Spineck haben dir verboten zu arbeiten. Sie bestehen darauf, daß du nach der Entlassung aus dem Krankenhaus erst einen langen Urlaub machst.«

»Das habe ich auch vor«, erwiderte er. »Wir gehen für den Rest des Winters nach Palm Beach. Seit Jahren mein erster Urlaub! Aber um die Dinge vorzubereiten, muß ich jetzt telefonieren.«

Sein erster Anruf galt Cliff Dorne, dem Direktor der Rechtsabteilung. »Dorne, ich möchte, daß Sie spätestens in einer halben Stunde bei mir sind. Und jetzt verbinden Sie mich bitte mit Stone.«

Robin Stone und Cliff Dorne erschienen um halb fünf. Judith saß in einem Sessel. »Soll ich solange hinausgehen?« fragte sie.

»Nein, Judith, bleib, bitte«, sagte Gregory. »Ich habe eine wichtige Entscheidung zu treffen und möchte, daß du zuhörst. Robin, was würden Sie sagen, wenn ich Sie zum Präsidenten der IBC machte?«

Robin gab keine Antwort. Die erste Reaktion kam von Cliff Dorne.

»Präsident der IBC?« wiederholte er. »Was ist dann Mr. Miller?«

Gregory zuckte die Achseln. »Miller ist Präsident der Fernsehanstalt.«

»Dann muß ich anders fragen: Was verstehen Sie unter einem Präsidenten der IBC?« bohrte Dorne.

»Es ist ein neuer Titel, den ich gerade erfunden habe. Er bedeutet weiter nichts als eine Gewaltenteilung während meiner Abwesenheit.«

»Ja – glauben Sie denn, daß Mr. Miller ruhig dasitzen und zusehen wird, wie Sie ihm Mr. Stone vor die Nase setzen?«

»Er wird nichts von seinem Einfluß verlieren. Weisungsgebunden war er immer. Künftig wird er sich in Fragen, die ich entscheiden mußte, an Robin wenden, und dieser setzt sich mit mir in Verbindung.«

Cliff Dorne nickte. Dann sahen sie beide zum erstenmal Robin an.

Der stand auf. »Bedaure, aber das muß ich ablehnen.«

»Sind Sie verrückt?« fuhr Gregory ihn an.

»Ich wäre es, wenn ich das Angebot annähme. So wie ich die Lage beurteile, würde ich zwei Monate lang erbittert mit Miller kämpfen und wäre im Grunde doch nicht mehr als ein besserer Wachhund und Botenjunge. Dann kämen Sie erholt und sonnengebräunt aus Palm Beach zurück, ich setzte mich wieder auf meinen Stuhl in der Nachrichtenabteilung, hätte zwei Feinde und eins von

Millers Magengeschwüren.«

»Wer sagt, daß Sie in die Nachrichtenabteilung zurückgehen?« fragte Gregory.

»Ich denke doch, daß meine neue Stellung nur vorübergehend ist. Ein ad hoc geschaffener Posten ist immer vorübergehend.«

Gregory rieb sich nachdenklich das Kinn. »Ich gebe zu, daß es mir anfänglich so vorschwebte, aber je mehr ich darüber nachdenke, desto sinnvoller erscheint es mir, aus dieser Regelung einen Dauerzustand zu machen.«

»Das ändert nichts daran, daß ich im Grunde Nachrichtenmann bin«, sagte Robin.

»Quatsch!« rief Gregory. »Sie haben die Happening-Sendung zu einer echten Unterhaltungsserie hochgetrieben. Wahrscheinlich ist Ihnen gar nicht bewußt, Robin, daß Sie längst über das Nachrichtenressort hinausgewachsen sind. Wenn ich sie nicht besser kennen würde, könnte man annehmen, Sie seien machthungrig.«

Robin lächelte höflich, aber seine Augen blickten eiskalt. »Vielleicht bin ich das.«

Gregory lächelte. »Ich bilde mir mein Urteil auf Grund von Tatsachen und habe mich bereits ein wenig mit Ihnen befaßt.« Er nahm vom Nachttisch ein paar Schriftstücke. »Sie zweifeln? Dann will ich es Ihnen beweisen: Sie stammen aus Boston und werden eines Tages eine hübsche Stange Geld erben. Ihr Vater war einer der angesehensten Anwälte von Boston. Ihre Mutter lebt in Rom. Sie ist leidend – was ich aufrichtig bedaure. In San Francisco haben Sie eine gutverheiratete Schwester. Wer aus einem solchen Milieu kommt, will meistens in seinem Beruf tüchtig sein, ist aber andererseits selten machthungrig, weil er eine gesicherte Existenzgrundlage hat. Die Verantwortung für den gesamten Etat würde ich Ihnen dagegen garantiert nicht überlassen, denn Sie haben Ihr Budget für die ›Schlagzeilen‹ regelmäßig überzogen. Sie haben eine Prestigesendung daraus gemacht. Seit Parino die Sache in der Hand hat und unser guter Cliff hier ein Auge auf die Finanzen wirft, bringt die Sendung zum erstenmal Geld. – Was ich sagen will, ist folgendes: Wenn wir Ihren guten Geschmack mit Danton Millers Geschäftssinn kombinieren, könnte eigentlich nichts schiefgehen.«

Robin preßte die Fingerspitzen gegeneinander und heftete den Blick darauf. Dann sah er auf.

»Wer soll die Nachrichtenabteilung übernehmen?«

»Machen Sie einen Vorschlag.«

»Andy Parino.«

»Ich glaube nicht, daß er der Richtige ist«, meinte Gregory.

»Unter meiner Anleitung doch; und ich würde mir wichtige Entscheidungen vorbehalten.«

Gregory nickte. »Gut, dann bin ich einverstanden.«

»Was ist mit meinem Vertrag?« fragte Robin.

»Miller hat auch keinen Vertrag.«

»Ich möchte aber einen.«

»Für wie lange?«

»Für ein Jahr.« Robin bemerkte den Ausdruck der Erleichterung in Gregorys Gesicht. »Mr. Austin, es ist fraglich, ob unser Experiment gelingt, aber ich möchte Ihnen eines von vornherein sagen: Ich bin nicht bereit, eine Art telefonischer Auftragsdienst für Sie zu werden, sondern ich werde Präsident der IBC. Ich werde Ihnen mit Vorschlägen kommen, werde für diese Vorschläge eintreten und um sie kämpfen, wenn ich es für richtig halte. Aber ich brauche ein Jahr Zeit. Niemand kann nach sechs Wochen sagen, ob die Sache gutgeht – wohl aber nach einem Jahr. Entweder läuft dann der Laden, oder ich lege den Titel wieder ab und gehe zurück in die Nachrichtenabteilung.«

Wieder nickte Gregory. »Das ist ein fairer Vorschlag. Ich biete Ihnen sechzigtausend im Jahr plus Spesen. Was halten Sie davon?«

»Davon halte ich nicht viel.«

»Dan Miller hat mit fünfzig angefangen.«

»Und was verdient er heute?«

»Fünfundsiebzig plus Spesen und Aktienoptionen.«

»Das klingt schon besser.«

Gregory schwieg einen Moment. Dann lächelte er. »Ihr Schneid gefällt mir. Außerdem gefällt es mir, daß Sie den Stier bei den Hörnern packen wollen. Also gut. Cliff kann den Vertrag aufsetzen.« Er streckte Robin die Hand hin. »Hals- und Beinbruch dem künftigen Präsidenten der IBC.«

Robin lächelte. »Und beste Erholung für den Aufsichtsratsvorsitzenden.« Und an Judith gewandt, mit einer Andeutung von Vertraulichkeit im Blick: »Geben Sie gut auf ihn acht, Mrs. Austin.«

Die Neuigkeit fegte wie ein Wirbelwind durch die Madison Avenue.

Dan Miller bekam einen Schock, tat aber so, als habe er selbst Robins Beförderung vorgeschlagen. Mit gewohntem Lächeln ließ er die Fragen der Reporter über sich ergehen und erklärte: »Stone ist ein guter Mann, und solange Mr. Austin fort ist, brauche ich jemanden, der sich ins Zeug legt.«

Niemand ahnte, daß er stundenlang am Fenster stand, auf die Skyline hinausstarrte und sich fragte, was die Angestellten und Mitarbeiter nun wohl von ihm denken mochten.

Sämtliche Zeitungen brachten lange Berichte zu Robins Ernennung. Anfangs weigerte er sich, einen Kommentar abzugeben, aber schließlich kapitulierte er und veranstaltete an dem Tag, an dem er in seine neuen Räume in Gregorys Dachgeschoß einzog, eine Pressekonferenz.

Er saß hinter seinem großen Schreibtisch und ließ die Fragen auf sich niederprasseln. Seine Antworten waren höflich, aber ausweichend.

»Lassen Sie uns doch lieber über das Medium Fernsehen als über mein neues Amt sprechen«, schlug er lächelnd vor.

»Was können Sie uns dazu sagen?« fragte ein junger Mann.

»Das Fernsehen ist ein Polyp. Es ist nicht mehr ein kleiner Kasten, es ist eine Liebesmaschine.«

»Wieso?« fragte ein Reporter.

»Weil es Liebe *verkauft,* Liebe *erzeugt.* Fernsehsprecher, ja sogar Präsidenten werden danach ausgewählt und eingesetzt, wie sie ›ankommen‹. Das Fernsehen verwandelt Politiker in Filmstars und Filmstars in Politiker. Es verspricht den Partner fürs Leben, wenn man das richtige Mundwasser wählt, behauptet, daß Ihnen alle Frauen nachlaufen, wenn Sie die richtige Frisiercreme benutzen, und ermahnt die Kinder, brav ihren Haferbrei zu essen, wenn sie den großen Sportskanonen nacheifern wollen. Aber wie alle großen Liebhaber ist die Liebesmaschine ein unzuverlässiger Patron. Sie übt eine magnetische Anziehungskraft aus . . . aber sie hat kein Herz. Ihr Herz wird durch Testzahlen ersetzt. Sinkt die Sehbeteiligung, stirbt das Programm. Die Liebesmaschine – das ist Pulsschlag und Herz des zwanzigsten Jahrhunderts.«

Der kleine Exkurs fand sich so oder ähnlich in der gesamten Presse wieder. Dan schäumte vor Wut, als er es las – besonders, weil in einigen Berichten ironische Anspielungen auf Robin gemacht wurden. »Vielleicht hat Mr. Stone den Bildschirm mit sich selbst verglichen«, schrieb ein namhafter Kommentator. »Es ist hinlänglich bekannt, daß er schönen Frauen viel Zeit widmet, sich aber nicht scheut, eine Beziehung kurzerhand abzubrechen – so wie man die Maschine, von der er sprach, ja auch mit einem schnellen Handgriff abschalten kann.«

Dan schleuderte die Zeitung beiseite. Das hatte ihm gerade noch gefehlt, daß Robins Image so aufgeputzt wurde! Sag einem Mann nach, er sei ein Weiberheld, und schon wird er zum Idol! Er nahm noch ein Beruhigungsmittel und fragte sich aufgebracht, was der verrückte Kerl wohl in seinem piekfeinen neuen Büro machte. Welche Pläne wälzte er? Die Proben für das Diana-Williams-Stück, das ein Teil des »Happenings« werden sollte, waren um zwei Wochen verschoben worden. Angeblich sei Byron Withers, ihr Partner, mit der Begründung ausgestiegen, seine Rolle sei zugunsten von Diana Williams beschnitten worden. Dan hoffte, daß es sich um eine Zeitungsente handelte und in Wirklichkeit Diana diejenige war, die Schwierigkeiten machte.

Auch Robin war im Zweifel, ob es nicht an Diana lag. Trank sie? Stand sie unter dem Einfluß von Drogen? Ike Ryan schwor, daß es ihr blendend ginge und sie den Probenbeginn kaum erwarten könne. »Uns fehlt nur der richtige Partner«, behauptete er. »Er braucht gar nicht mal großartig singen zu können ... er muß nur der Rolle entsprechen.«

Zehn Minuten später kam Robins Sekretärin herein. »Ein Mr. Nelson ist hier und möchte Sie gern sprechen.«

Einen Augenblick starrte Robin sie verständnislos an, bis sie ihm auf die Sprünge half. »Dip Nelson, der Filmschauspieler.«

Robin lächelte erfreut. »Ja, natürlich! Führen Sie ihn herein.«

Dip stieß beim Eintreten einen bewundernden Pfiff aus. »Junge, Junge, da haben Sie sich aber was Hübsches hinstellen lassen.«

»Wie geht's Ihnen, Dip?«

Der gut aussehende blonde Mann ließ sich in einen Sessel fallen und warf die langen Beine über die Seitenlehne. »Ganz im Vertrauen – miserabel.«

»Was ist aus Ihrem Engagement im Persian Room geworden? Ich habe nirgendwo eine Vorankündigung gesehen.«

Dip zuckte die Achseln. »Unsere Show war ein Reinfall. Wir sind über ein Jahr damit gereist und haben herausgemolken, was herauszumelken war, aber ich habe es nicht gewagt, damit nach New York zu kommen. Inzwischen bin ich mir über verschiedenes klargeworden. Pauli und ich ... wir passen nicht zusammen.«

»Meinen Sie Ihre Ehe?«

»Ehe? Die könnte nicht besser sein! Nein, Paul und ich sind zu verschiedene Persönlichkeiten. Wir passen nicht in ein und dieselbe Show. Jeder hat seinen eigenen Stil, das ist es. Folgendes, mein

Lieber: Ich weiß von meinem Agenten, daß Ike Ryan einen Partner für Diana Williams sucht . . . und das wäre für den großen Dipper das gefundene Fressen. Sie haben mal gesagt, Sie wären mir noch einen Gefallen schuldig. Könnten Sie Pauli und mich nicht in der Christie-Lane-Show als Gäste auftreten lassen? Das würde mich bei Ike Ryan einführen. Außerdem habe ich gehört, daß ihr fünftausend zahlt. Das könnten wir gut gebrauchen. Auch Pauli bekäme dadurch etwas Rückendeckung. Sie wird ohnehin toben, wenn ich unsere Show auffliegen lasse und mit Diana Williams auftrete. Kommt aber die Sache durch einen gemeinsamen Auftritt in der Christie-Lane-Show ins Rollen, sieht es nicht so aus, als sei ich der Drahtzieher gewesen.«

»Ich kümmere mich darum. Wann würde es euch passen?«

»Vorgestern!«

Robin griff zum Telefon und rief Jerry Moss an. »Jerry, wer tritt in der nächsten Woche als Gast in der Christie-Lane-Show auf? Lon Rogers: Boote ihn wieder aus. – Ist mir scheißegal, ob Arty Rylander ihn verpflichtet hat! Die IBC zahlt ihn aus. Ich möchte statt dessen Pauli und Dip Nelson in die Sendung nehmen. Wenn es Rückfragen gibt, sag, daß die Anordnung von mir kommt . . . Wunderbar!« Er legte auf und sah Dip lächelnd an. »Ihr seid dabei.«

Dip schüttelte andächtig den Kopf. »Junge, Junge! Während wir getingelt haben, sind Sie ein ganz schönes Stück die Treppe 'raufgefallen.«

Am nächsten Morgen meldete Robins Sekretärin, daß Mr. Miller im Vorzimmer warte. Da Robin gerade mit Austin in Palm Beach telefonierte, ließ er ihn eine ganze Weile draußen stehen.

Dan kochte vor Wut. Als er schließlich vorgelassen wurde, entlud sich schon in der Tür sein aufgestauter Zorn. »Sie erlauben sich nicht nur Eingriffe in meine Sendungen, sondern treiben es jetzt noch auf die Spitze, indem Sie mich wie einen dummen Jungen warten lassen!«

»Was gibt es denn so Wichtiges, daß Sie sich persönlich herbemühen?« fragte Robin mit einem freundlichen Lächeln.

Dan stand mit zusammengeballten Fäusten vor ihm. »Neuerdings schließen Sie also auch Engagements ab! Wie können Sie es wagen, über Rylanders Kopf hinweg miese drittklassige Leute für meine Spitzensendung zu verpflichten!«

»*Unsere* Spitzensendung«, stellte Robin richtig. »Nämlich die der IBC.«

»Was haben Sie zu Ihrer Entschuldigung vorzubringen?« fragte Dan.

Robin blickte ihn kalt an. »Ich habe schon mit fünf Jahren aufgehört, mich zu entschuldigen.«

»Vielleicht erklären Sie mir dann, was diese Dilettanten in der Show verloren haben«, zischte Dan.

»Zufällig gefallen sie mir. Es ist ein neues Team, das noch nicht auf dem Bildschirm zu sehen war. Das allein ist schon ein Effekt. Ich bin es leid, ewig die alten Hollywoodgesichter zu sehen, die bei uns fünftausend Dollar kassieren und ein paar Tage später zum üblichen Satz auf allen anderen Kanälen zu sehen sind. Von jetzt an wird in keiner unserer Sendungen mehr Reklame für Film gemacht.«

»Ich will Ihnen mal was sagen, Sie Groß ...«

Die Sprechanlage summte. Robin schaltete ein. Man hörte die Stimme der Sekretärin.

»Ihr Platz nach Rom ist gebucht, Mr. Stone.«

»Rom!« Dan war wie vom Donner gerührt. »Warum, um alles in der Welt, fliegen Sie nach Rom?«

Robin stand auf. »Weil meine Mutter im Sterben liegt.« Er ging an Dan vorbei und drehte sich in der Tür noch einmal um. »Und ich habe Mr. Austins Einwilligung, daß ich so lange bleiben kann wie nötig. Ich hoffe, Sie kommen ein paar Tage ohne mich aus.« Als er das Büro verlassen hatte, blieb Dan noch eine Zeitlang wie angewurzelt in der Mitte des Raumes stehen.

27

Sergio erwartete Robin am Flugplatz. »Ich habe dir nicht eher telegrafiert«, erklärte er, »weil wir dachten, es sei einer der üblichen Anfälle. Aber gestern sagte der Arzt, ich sollte die Familie benachrichtigen. Habe ich es richtig gemacht?«

»Das ist völlig in Ordnung, Sergio«, erwiderte Robin. Er sah, daß dem Jungen die Tränen in den Augen standen, und wartete, bis sie im Wagen saßen. Dann fragte er: »Wie geht es Kitty?«

Sergio liefen die Tränen jetzt übers Gesicht. »Sie liegt im Koma«, sagte er.

»Hast du meine Schwester verständigt?«

»Lisa und Richard sind unterwegs. Ihre Namen standen in Kittys Adreßbuch. Ich habe ihnen das gleiche Telegramm geschickt wie dir.«

Um zehn Uhr vormittags fuhren sie in die Klinik. Robin durfte nur einen kurzen Blick auf das wachsbleiche Gesicht unter dem Sauerstoffzelt werfen. Abends um halb elf starb sie, ohne das Bewußtsein wiedererlangt zu haben. Eine Stunde nach ihrem Tode trafen Lisa und Richard ein. Lisa bekam sofort einen hysterischen Anfall, und man mußte ihr ein Beruhigungsmittel geben. Richard stand hilflos dabei.

Am nächsten Morgen trafen sich Robin, Sergio und Richard mit Kittys Anwalt, um die Beisetzungszeremonie zu besprechen. Das Testament sollte in Amerika eröffnet werden. Kitty hatte die Villa, den Wagen und ihren Schmuck Sergio vermacht, das Vermögen fiel zu gleichen Teilen an Lisa und Robin. Lisa blieb den ganzen Tag im Bett. Anderntags erschien sie zum Frühstück, gerade als die Männer ihre zweite Tasse Kaffee tranken.

»Kitty wollte eingeäschert werden«, sagte Robin. »Wir haben gestern das Nötige veranlaßt. Richard hat in deinem Namen unterschrieben.«

Lisa erwiderte nichts. Plötzlich wandte sie sich an Sergio: »Würde es Ihnen etwas ausmachen, Ihren Kaffee nebenan zu trinken? Ich möchte mit meinem Bruder reden.«

Robin kniff die Augen zusammen. »Das ist *sein* Haus«, sagte er. Aber Sergio hatte schon seine Tasse genommen und war in den Wohnraum gegangen. »Das war verdammt taktklos von dir«, meinte Robin empört.

Lisa überhörte den Vorwurf und wandte sich an ihren Mann. »Willst du's ihm sagen?«

Erst machte Richard ein verlegenes Gesicht, dann gab er sich einen Ruck und sagte mutig: »Wir wollen das Testament anfechten.«

»Welche Klausel des Testaments wollt ihr anfechten?« fragte Robin vorsichtig.

»Daß Sergio die Villa und den Schmuck bekommt. Damit kommen wir leicht durch.«

»Warum seid ihr so überzeugt?«

Richard lächelte. »Sobald wir ein Gerichtsverfahren einleiten, ist die Erbmasse blockiert. Da Sergio Geld zum Leben braucht und offensichtlich keins hat, wird er nach zwei Monaten froh sein, wenn er sich für ein paar tausend Dollar mit uns vergleichen kann. Natürlich werden wir außerdem behaupten, daß Kitty bei Abfassung des Testaments nicht im Vollbesitz ihrer geistigen Kräfte war ... daß der Junge sie beeinflußt hat.«

»Wenn ihr das tut, bekommt ihr es mit mir zu tun«, erklärte Robin ruhig.

»Was denn! Hältst du etwa zu dieser miesen Tante?«

»Ich halte zu jedem, der zu Kitty gut gewesen ist.«

»Und ich werde Nachforschungen anstellen lassen«, trumpfte Richard auf, »und beweisen, daß er eine kranke alte Frau ausgenutzt hat.«

»Was bildest du dir eigentlich ein? Bist du jemals hier gewesen? Du hast ja keine Ahnung, wie sie zusammen lebten. Aber ich! Darum wird mein Wort schwerer wiegen als deins.«

»O nein, das wird es nicht!« mischte sich jetzt Lisa mit ganz veränderter Stimme ein. »Zufällig halte ich auch noch ein paar Trümpfe in der Hand, die das Gewicht deines Wortes um einiges verringern. Und was dabei ans Licht der Öffentlichkeit kommt, dürfte deiner Fernseharbeit nicht gerade förderlich sein – von deinem zweifelhaften Privatleben ganz zu schweigen.«

Richard warf ihr einen warnenden Blick zu. »Lisa, wir können auf dem Rechtswege gewinnen. Lassen wir doch die persönlichen Dinge aus dem Spiel!«

»Ich hätte es mir gleich denken können«, fuhr Lisa Robin an. »Was bist du schließlich? Ein kleiner Bastard, der Glück gehabt hat . . .«

»Lisa!« warnte Richards Stimme noch einmal.

»Ach, laß mich doch in Ruhe! Warum soll ich eigentlich Rücksicht nehmen? Einmal möchte ich erleben, wie mein großer Bruder seine Kaltschnäuzigkeit verliert, einmal! Da würde sich wieder einmal erweisen, daß die Herkunft eines Menschen das Entscheidende ist. Er ist so wenig mein Bruder wie der warme Bruder da nebenan.« Dann, zu Robin gewandt: »Meine Eltern haben dich mit fünf Jahren adoptiert.«

Sie schwieg und wartete auf die Wirkung ihrer Worte. Der einzig Betroffene schien Richard zu sein. Verlegen wandte er den Blick ab und sah auf die Terrasse hinaus.

Robin blieb gelassen. »Nichts, Lisa, gibt mir im Augenblick größere Befriedigung als die Tatsache, daß wir in keiner Weise miteinander verwandt sind.«

»Deine Mutter war eine Hure!«

»Lisa!« sagte Richard beschwörend.

»Laß sie ausreden.« Robins Stimme verriet keinerlei Erregung.

»Ich habe nie etwas gesagt, ich weiß es selbst erst seit ein paar Jahren. Mutter erzählte es mir, als sie mal krank war. Sie sagte, wenn ich jemals in Schwierigkeiten geriete, sollte ich zu dir gehen, denn du seist eine starke Persönlichkeit. Sie sagte, sie hätte dich geliebt wie ihren eigenen Sohn. Du wurdest adoptiert, weil sie die Hoffnung auf ein eigenes Kind aufgegeben hatte, sich aber brennend ein Kind wünschte. Dad war mit einem Rechtsanwalt befreundet, der einen besonders tragischen Fall hatte und ihm von dem armen kleinen Waisenjungen erzählte, der mit einem Nervenschock in ein Heim eingeliefert worden war. Mutter wollte dich unbedingt adoptieren. Deine richtige Mutter wurde erwürgt! Einen Vater hattest du nicht! Mutter, *meine* Mutter, hat dich vergöttert. Zwei Jahre später geschah das Unmögliche: Ich kam! Daß du deinen Anteil vom Vermögen erhältst, kann ich nicht verhindern. Dad hat dieses törichte Testament aufgesetzt. Aber ich kann und werde dich daran hindern, diesem Schwulen irgend etwas zu überlassen.«

»Versuch's doch! Ich freue mich auf einen guten Kampf.«

Lisa sprang auf und schüttete ihm ihren Kaffee ins Gesicht. »Du hast es die ganze Zeit gewußt, das mit der Adoption! Du kaltblütiges Aas . . . ich hasse dich!« Dann rannte sie hinaus.

Richard saß entgeistert auf seinem Stuhl, während Robin sich seelenruhig Gesicht und Hemd abtrocknete. »Gott sei Dank war der Kaffee nur lauwarm«, meinte er lächelnd.

Richard stand auf. »Es tut mir leid, Robin. Lisa hat das nicht ernst gemeint. Sie wird schon darüber hinwegkommen.« Er wandte sich zum Gehen. »Und noch eins, Robin . . . mach dir keine Sorgen, ich werde nicht zulassen, daß sie das Testament anficht.«

Kittys Leichnam wurde eingeäschert. Schweigend nahm Lisa die Urne in Empfang. Einen Tag später flog sie mit Richard ab. Offensichtlich war sie von ihm beeinflußt, denn die Anfechtung des Testaments, soweit es Sergio betraf, kam nicht mehr zur Sprache. Nach ihrer Abreise schenkte Robin sich einen kräftigen Schluck Wodka ein. Sergio sah ihm schweigend zu.

»Ich möchte dir danken, Robin. Als dir deine Schwester die Szene machte, saß ich nebenan und mußte leider alles mit anhören. Stimmt es, daß du adoptiert worden bist?« – Robin nickte.

»Und stört es dich, daß du deine leibliche Mutter nie gekannt hast?«

»Ja – ich habe das Gefühl, ich sei eingesperrt und sehe keinen Ausgang«, sagte Robin langsam.

»Warum versuchst du dann nicht, herauszufinden, wer sie *wirklich* war?«

»Du hast gehört, was Lisa sagte. Leider stimmt es. Ich habe einen Zeitungsausschnitt in der Brieftasche, der ihre Behauptung bestätigt.«

»Deutschland ist nicht sehr weit von hier entfernt.«

»Was willst du damit sagen?«

»Du kennst den Namen deiner Mutter. Du weißt, wo sie gelebt hat. Vielleicht gibt es dort irgendwelche Verwandte oder Bekannte von ihr – von ihnen könntest du Näheres über sie erfahren.«

»Vergiß das.«

»Das heißt, du ziehst es vor, Lisas Worten und diesem alten Zeitungsschnipsel zu glauben? Du weißt, daß Lisa sagt, ich sei schwul. Sie hat recht. Aber ich bin trotzdem ein Mensch. Vielleicht war deine Mutter sogar ein guter Mensch.«

»Und wenn schon. Ich verstehe kein Wort Deutsch und bin noch nie in Hamburg gewesen.«

»Aber ich spreche ziemlich gut Deutsch und kenne mich in Hamburg ein wenig aus.«

Robin lächelte. »Sergio, du hast eine Menge verborgener Talente.«

»Wir könnten in wenigen Stunden in Deutschland sein. Ich würde mitkommen.«

Robin sprang hoch. »Weißt du was, Sergio? Ich möchte mir Deutschland ganz gerne mal ansehen. Besonders Hamburg. Außerdem habe ich eine spezielle Vorliebe für deutsche Mädchen. Du kannst zwei Flugplätze für uns buchen lassen. Ich habe zwar wenig Hoffnung, etwas über meine Mutter zu erfahren, aber sicher werden wir bei diesem Ausflug eine ganze Menge anderer Erfahrungen sammeln.«

Sie stiegen im Hotel Vier Jahreszeiten ab. Sergio hängte sich gleich ans Telefon und begann, der Reihe nach sämtliche Boesches anzurufen, die er im Verzeichnis fand. Robin ließ unterdessen eine Flasche Wodka kommen, setzte sich ans Fenster und beobachtete über den Rand seines Glases hinweg, wie sich langsam die Dämmerung auf die Stadt senkte. An der Bushaltestelle warteten Leute, Mütter zerrten ihre Kinder hinter sich her, die Geschäfte machten Feierabend. Es sah hier nicht anders aus als in irgendeiner amerikanischen Stadt. Mit halbem Ohr hörte er, wie Sergio eine Nummer nach der andern wählte. Nach dem achten Anruf schließlich kritzelte er aufgeregt ein paar Zahlen und eine Adresse auf ein Notizpapier.

»Wir haben Glück. Die letzten Boesches, die ich am Draht hatte, sind entfernte Verwandte einer Herta. Wir können morgen bei ihnen vorbeigehen.«

»Versuch's erst mal weiter«, sagte Robin. »Es ist nicht ausgeschlossen, daß es mehrere Hertas gibt.«

Nach einer Stunde hatte Sergio fünf Herta Boesche ausfindig gemacht, die nach Amerika gegangen waren. Eine davon lebte in Milwaukee – sie schied aus. Von den anderen hatte man nichts mehr gehört.

Sergio war niedergeschlagen. »Das Ergebnis ist nicht gerade ermutigend. Tut mir leid, Robin.«

»Nun heul nicht gleich in dein Bier. Komm, zeig mir lieber Hamburg. Hat diese Stadt überhaupt ein Nachtleben?«

Sergio lachte schallend. »Keine Stadt der Welt, mein lieber Robin, hat ein Nachtleben, das sich auch nur annähernd mit demjenigen von Hamburg messen könnte.«

Wenig später bummelten sie die hellerleuchtete Reeperbahn entlang. Alle paar Meter trat eine weibliche Gestalt aus einer Nebengasse oder einem dunklen Hauseingang hervor. Ihre Anträge ließen an Deutlichkeit nichts zu wünschen übrig.

Schließlich schwenkte Sergio in eine Seitenstraße ein. Sie kamen vor einen Bretterverschlag mit einem kleinen Tor. In großen weißen Lettern stand darauf »ZUTRITT VERBOTEN«! Sergio öffnete es, und Robin folgte ihm verwundert.

»Herbertstraße«, flüsterte Sergio.

Später kehrten sie zurück auf die Reeperbahn und landeten in einer Diskothek, wo man ihnen jedoch kurzerhand die Tür wies. Robin hatte mit einem einzigen Blick ein paar Frauen erspäht, die miteinander tanzten oder händchenhaltend an der Bar saßen. Männer waren hier nicht gefragt. Etwas weiter hielten sie vor einem Lokal, dessen Türsteher »die schönsten nackten Frauen versprach«. Es war gerammt voll Matrosen, und der Kellner führte sie zu einem kleinen Tisch im Hintergrund. Auf der erhöhten Bühne hatte sich ein Mädchen eben bis auf den letzten Faden ausgezogen. Splitternackt bedankte sie sich für den eher mageren Applaus und trat ab. Nach einem Tusch des Orchesters erschien ein neues Mädchen auf der Bühne. Robin schätzte sie auf ungefähr neunzehn. In ihrem rosa Chiffonkleidchen sah sie aus wie ein Teenager, der zu seinem ersten Ball geht. »Die wird vermutlich singen«, dachte er bei sich.

Sie spazierte rings um die Bühne, lächelte in Richtung der Matrosen und warf ihnen Kußhändchen zu. Die Männer grüßten gutgelaunt zurück – das Mädchen erfreute sich offensichtlicher Beliebtheit. Dann setzte die Musik ein, und sie begann sich auszuziehen. Robin traute seinen Augen nicht. Wäre er diesem Mädchen auf der Straße begegnet, hätte er sie vielleicht für eine attraktive und tüchtige junge Sekretärin gehalten – niemals jedoch für eine Stripperin in einer Matrosenspelunke. Nackt bis auf die Haut, aber unablässig fröhlich grinsend, drehte sie sich langsam im Kreis. Das Weibsstück tat ihre Arbeit anscheinend mit dem größten Vergnügen. Nun zog sie einen Stuhl in die Mitte der Bühne, setzte sich darauf und spreize die Beine, lächelnd und unbeschwert. Schließlich verließ sie den Stuhl wieder und kam von der Bühne herunter. Sie ging von Tisch zu Tisch, neigte sich zutraulich über die Männer und ließ sie an ihren Brüsten saugen. Als sie bei Robin und Sergio anlangte, stutzte sie einen Moment, schüttelte den Kopf und trat lachend an den nächsten Tisch.

Robin warf ein paar Geldstücke neben sein Glas und steuerte wortlos dem Ausgang zu. Sergio eilte hinterher. Auf der Straße wurden sie wieder alle zwei Meter von einer Frau angesprochen. »Komm, fahren wir zurück ins Hotel«, schlug Robin vor.

»Aber erst muß ich dir noch die Maison Bleue zeigen. Nachher gehen wir.«

Das Lokal, das Sergio meinte, lag an der Großen Freiheit. Es wirkte elegant und gediegen. Trotzdem erregten einige Gruppen von Männern Robins Mißtrauen. Doch dann entdeckte er einige heterosexuelle Paare, die Hand in Hand den sentimentalen Weisen eines Streichertrios lauschten.

»Die Küche hier ist ausgezeichnet«, meinte Sergio.

»Iß etwas. Ich lass' mich unterdessen vollaufen.«

Sergio bestellte ein Steak, das er mit solchem Heißhunger in Angriff nahm, daß Robin ein schlechtes Gewissen bekam – er hatte gar nicht mehr daran gedacht, daß sie seit Mittag nichts gegessen hatten. Er bestellte eine ganze Flasche Wodka. Der Schnaps glitt wie heißer weicher Samt durch seine Kehle ...

Das Trio hatte inzwischen mit Spielen aufgehört. Ein Mann setzte sich ans Schlagzeug, schlug einen Trommelwirbel, und eine heisere Stimme kündigte die Show an. Robin sah ohne großes Interesse in den Lichtkegel der Scheinwerfer. Es schien, als sei er hier in einen jener vornehmen Klubs geraten, die einander auf der ganzen Welt zum Verwechseln ähnlich sehen. Eine Französin – als Véronique vorgestellt – sang mehrere Chansons. Sie hatte eine sehr gute Altstimme. Als der höfliche Applaus verklungen war, schrie der Ansager mit größter Lautstärke ins Mikrophon *»Brazillia«!* Ein zierliches dunkelhaariges Mädchen trat ins Scheinwerferlicht.

Robin reckte den Hals. Das Mädchen war einen Tusch wert. Sie trug eine schwarze Smoking-Jacke über einem hochgeschlossenen, schwarzen Tänzerkostüm. Auf ihrem Haar, das zu einem Knoten geschlungen war, saß verwegen ein schwarzer Schlapphut. Langsam bewegte sie ihre Füße zu den ersten Takten eines Apachentanzes. Sie war erstaunlich gut. Man spürte dahinter die solide, klassische Ballettausbildung. Nach einem wilden Schluß warf sie ihren Hut in die Luft und ließ ihr Haar wie eine Kaskade auf die Schultern fallen. Das Publikum klatschte begeistert. Sie wartete, bis sich der Beifall gelegt hatte und das Orchester mit einem Beat einsetzte. Nun fiel ihr Körper in ein rhythmisches Wiegen, während sie gleichzeitig aus der Jacke schlüpfte. Dann ging sie langsam in die Knie, und wie eine Schlange aus ihrer Haut, schälte sich aus dem dunklen Kostüm ihr glatter, weißer Körper, mit nichts weiter bekleidet als einem winzigen Silberbikini.

Die Musik wurde schneller, die Scheinwerfer begannen zu flackern, er sah den silberweißen Leib mehrmals in die Luft schnellen und zuletzt bewegungslos am Boden liegen. Das Licht wurde dunkler, und Robin bemerkte, daß sie ihren Bikini auszog. Plötzlich stand der nackte, schmale Körper mit den kleinen festen Brüsten im vollen Scheinwerferlicht. Nach wenigen Sekunden löschte es aus, und sie verschwand unter lautem Beifall. Die Show war vorüber, und Robin war ziemlich betrunken.

»Ich muß Brazillia sehen«, eröffnete er Sergio.

»Etwas weiter unten an der Straße liegt ein kleines Lokal, wo sich jeweils alle zum Frühstück treffen. Wir gehen nachher hin, und dann kannst du Brazillia sehen.«

Robin schaute auf die Uhr. »Du spinnst wohl. Es ist jetzt drei Uhr früh. Die packen hier in wenigen Minuten zusammen, und dann ist nirgends mehr offen.«

»In Hamburg gibt es Lokale, die sind vierundzwanzig Stunden im Tag geöffnet.«

Robin verlangte die Rechnung, aber er beharrte darauf, Brazillia eine Nachricht zu schicken, daß er sie unbedingt treffen möchte. Geduldig brachte Sergio Robins Wunsch auf Deutsch zu Papier und überreichte den Zettel mit einer Handvoll Mark dem Kellner. Kurze Zeit später kam der Mann zurück und wechselte einige deutsche Sätze mit Sergio. »Sie kommt«, sagte er zu Robin. »Also – gehen wir.« Gehorsam folgte ihm Robin.

Er wurde in einen Keller geführt, wo kleine Tische mit buntkarierten Decken standen. Robin ließ seine Blicke umherwandern, während er einen Wodka nippte. Ein großer, gutaussehender Mann betrat den Raum und setzte sich an einen Tisch am anderen Ende. Bald gesellten sich ein paar weibische Typen zu ihm. Der Große starrte unablässig zu Sergio herüber. Obschon er betrunken war, spürte Robin, wie zwischen beiden augenblicklich eine Art Radarwellen in Schwingung geriet. »Bist du sicher, daß Brazillia hierherkommen wird und daß das nicht nur ein Schwulennest ist?«

»Es ist alles. Unter anderem auch der einzige Ort im Viertel, wo man ein Frühstück bekommt.« Sergio konnte den Blick nicht von jenem entfernten Tisch losreißen.

Robin klopfte ihm auf die Schulter. »Okay, Sergy. Geh schon hin zu deinem Knaben.«

»Aber, Robin –«

»Muß ich dich hinübertragen?«

In diesem Augenblick trat Brazillia durch die Tür. Zögernd sah sie sich um. Robin stand auf und winkte. Sie kam direkt auf seinen Tisch zu. »Nun hau schon ab, Kumpel«, brummte Robin zwischen den Zähnen.

Sergio zuckte die Achseln und ging. Brazillia setzte sich zu Robin. Die Frau, die das Lokal führte, brachte ihr einen Kognak.

»Ich spreche ein wenig Englisch«, sagte das Mädchen mit einer tiefen, gutturalen Stimme.

»Du brauchst überhaupt nicht zu sprechen, Baby.«

Als er zufällig an ihr vorbeiblickte, sah er Sergio zusammen mit dem gutaussehenden Mann weggehen. Sergio winkte, und Robin machte mit den Fingern ein Siegeszeichen. Das Mädchen trank schweigend seinen Weinbrand. Er bestellte ihr einen zweiten. Dann ergriff er ihre Hand. Sie erwiderte seinen Druck. Nach einer Weile fragte sie: »Machen Sie hier Jagd auf besondere Abenteuer?«

»Mir ist jedes Abenteuer recht.«

»Wenn Sie etwas ganz Wildes, Ausgefallenes von mir erwarten – dann sind Sie an der falschen Adresse.« Ihre Stimme klang müde. »Sie sehen gut aus. Ich möchte sehr gerne mit Ihnen schlafen. Aber ich möchte eine richtige, herrliche Liebesnacht – nichts Krankhaftes. Verstehen Sie?«

»Geht in Ordnung.«

»Versprechen Sie es mir?« Das klang beinahe flehend.

»Komm, Baby, gehen wir.«

Vor dem Haus stand ein Taxi. Aber sie schüttelte den Kopf. »Es sind nur ein paar Schritte bis zu mir.«

Ihre Wohnung war klein, aber sehr feminin, blitzsauber und beinahe jungfräulich mit dem weißen Bettüberwurf und den Puppen auf dem Kissen. Auf dem Frisiertisch stand ein Bild von Brazillia, und auf dem Kaminsims sah er das Foto von einem der Mädchen aus der Show – Véronique. »Sie ist zu schade für eine Eröffnungsnummer«, erklärte Robin. »Sie könnte sogar in New York auftreten.« Dann streckte er den Arm nach Brazillia aus. »Und du tanzt viel zu gut für einen Strip. Du kannst wirklich tanzen.«

Brazillia zuckte die Achseln. »Ich werde dafür extra bezahlt und bin eine Zugnummer. Was spielt das schon für eine Rolle? Keiner von uns kann woanders hingehen, wenn er es auch noch so gerne möchte. Ist man einmal an der Reeperbahn gelandet, dann ist es für alles andere zu spät. Aber geh', du bist wie alle Männer – muß man denn immer erst seine Lebensgeschichte erzählen?«

»Du mußt mir gar nichts erzählen, Brazillia. Aber du bist zu jung und zu verdammt hübsch, um schon alle Träume zu begraben.«

Sie stieß ihn auf die Couch und setzte sich auf seine Knie. »Heute nacht wird einer meiner Träume in Erfüllung gehen.« Mit den Fingerspitzen folgte sie den Linien seines Profils, während ihre Zunge mit seinem Ohr spielte. »Ein Mann, der fabelhaft aussieht, wird heute nacht mit mir schlafen.«

»Worauf du dich verlassen kannst.« Als er sie küßte, preßte sie sich leidenschaftlich an ihn. Dann zog sie ihn hoch und führte ihn ins Schlafzimmer.

Sie übernahm von Anfang an die Führung und schien gleichzeitig überall zu sein. Ihre Zunge strich wie Schmetterlingsflügel über seine Lider, im Gesicht fühlte er die Fülle ihres langen Haares, und ihr kleiner Busen preßte sich fest gegen seine Brust. Brazillias Zärtlichkeiten trieben ihn sehr bald dem Höhepunkt zu. Machtlos lag er da, unfähig, etwas anderes zu tun, als ihre Liebe anzunehmen. Als es vorüber war, fühlte er sich schwach vor Wollust und Erschöpfung. Im dämmrigen Licht der Nachttischlampe suchte seine Hand nach ihrem Kopf und strich sanft über ihr Haar. »Brazillia, ich werde diese Nacht nie vergessen. Zum erstenmal in meinem Leben hat mich eine Frau so selbstlos geliebt wie du.«

»Du mochtest es doch, nicht wahr?«

»Nun bin aber ich an der Reihe.« Er streichelte ihr Gesicht und ihren Körper, und als er in sie eindrang, bewegte er sich in langsamem Rhythmus und hielt sich zurück. Er wollte ihr größtmögliche Lust verschaffen. Als er sich etwas schneller bewegte, klammerte sie sich an ihn. Doch er spürte, daß sie noch nicht bereit war. Das war ihm noch nie passiert. Noch bei keiner Frau hatte es so lange gedauert, bis sie kam. Er biß die Zähne zusammen und bewegte sich weiter, immer noch bemüht, sich zurückzuhalten. Doch dann fühlte er sich auf einmal von jener unerträglichen und dennoch wunderbaren Schwäche durchflutet, die seinem Orgasmus vorausging. Erschöpft glitt er von ihr. Er wußte genau, daß er sie nicht befriedigt hatte. Da berührte ihre Hand seine Wange. Sie kuschelte sich an ihn, küßte seine Brauen, seine Nase, seinen Hals. »Robin, du bist ein wundervoller Liebhaber.«

»Keine falschen Vorspiegelungen, Baby.« Er stand auf und ging ins Badezimmer.

»Wie hat es dir gefallen bei mir?« fragte sie, als er zurückkam, bereits zur Hälfte angezogen.

»Großartig. Tut mir leid, daß bei dir nichts passiert ist.«

Sie sah ihn an und lächelte. »Robin, bei mir tut sich alles hier.« Sie berührte ihre Brüste. »Dich zu halten und dich zu lieben verschafft mir höchste Lust.«

Er streichelte ihr Haar. »Willst du damit sagen, daß du überhaupt nie kommst?«

»Nicht mehr.«

»Was heißt nicht mehr?«

»Einige Dinge, die man mir weggemacht hat, können nicht ersetzt werden.« Plötzlich merkte sie, daß er keine Ahnung hatte, wovon sie sprach, und eine beklemmende Angst kroch in ihr hoch. »Robin, wußtest du denn nicht – oh, mein Gott –«, sie sprang aus dem Bett und rannte ins Nebenzimmer. Er folgte ihr. Sie preßte sich gegen die Wand und sah ihn verängstigt an.

»Brazillia.« Er trat auf sie zu. Sie wich zurück, als ob er sie schlagen wollte. »Brazillia, was ist los?«

Langsam hoben sich ihre dunklen Augen und suchten sein Gesicht. Sie zitterte. »Ich dachte, du wüßtest, was für ein Ort die Maison Bleue ist.«

»Keine Ahnung«, aber ein erster, schrecklicher Verdacht verdichtete sich immer mehr zur Gewißheit. »Du bist ein –«

Sie wich weiter von ihm weg.

»Ich bin eine *Frau*«, schrie sie. »Eine richtige Frau.«

»Aber früher hattest du Hoden«, sagte er langsam.

Sie nickte, und Tränen strömten über ihr Gesicht. »Doch jetzt bin ich eine Frau. Bitte, Robin, schlag mich nicht. O Gott, wenn du wüßtest, wie lange ich leiden mußte, um eine Frau zu werden. Hast du eine Ahnung, was das heißt, eine Frau zu sein und in einem männlichen Körper zu stecken? Wie eine Frau zu fühlen, wie eine Frau zu denken, wie eine Frau zu lieben? Innerlich war ich immer schon eine Frau.«

»Und dein Busen?«

»Kunststoff und Hormonspritzen. Schau her, fühl mein Gesicht an – ich rasiere mich nie. Und meine Arme und Beine sind ganz glatt. Ich *bin* eine Frau.«

Er sank auf die Couch. Ein Transvestit. Nun hatte er doch tatsächlich in einem verdammten Transvestiten gesteckt. Kein Wunder, daß der arme Bastard nicht kommen konnte. Er blickte auf die schmale Gestalt an der Wand. »Komm her, Brazillia. Ich schlage dich nicht. Du hast recht – du bist eine Frau.« Er griff in seine Tasche. Er hatte nur ein paar Mark bei sich. Aber er hatte mehr als hundert Dollar. »Da – kauf dir damit ein neues Kleid.«

»Ich will kein Geld.«

Er legte die Noten auf die Couch, ergriff seinen Mantel und ging. Als er die Tür zuzog, hörte er sie weinen. Plötzlich würgte ihn etwas im Hals. Nicht aus Bedauern über das, was ihm passiert war. Aber er hatte Mitleid mit dieser armen Kreatur, deren Schluchzen selbst das Knarren der Treppenstufen übertönte. Am Himmel zeigten sich bereits erste Anzeichen der Dämmerung. Die Nachtvögel der Reeperbahn waren auf dem Heimweg. Paare gingen Arm in Arm. Matrosen mit Strip-tease-Mädchen, Männer mit Männern, Männer mit Mädchen, die ihm plötzlich alle verdächtig männlich schienen. Menschen, deren Träume und Hoffnungen sich in Sägemehl verwandelt hatten. Diese Welt war nicht geschaffen für Verlierer. Nicht für Verlierer wie Brazillia

Auf einmal kamen ihm seine eigenen Probleme sehr klein vor, und ein heißer Zorn stieg in ihm hoch. Gregory Austin hatte Angst vor Dan. Aber er hatte keine Angst vor Robin Stone, weil er Robin Stone für einen Verlierer hielt. Ha – von nun an würde er andere Saiten aufziehen. Plötzlich hatte er es eilig, nach New York zu kommen und zu dieser Nutte Maggie Stewart nach Kalifornien zu fliegen. Aber vorläufig mußte sie warten – mußte so lange warten, bis er der größte Gewinner war und sie alle miteinander in die Tasche gesteckt hatte!

Robin kehrte so rechtzeitig nach New York zurück, daß er noch den Auftritt von Dip und Pauli Nelson in der Christie-Lane-Show mitbekam. Dip sah großartig aus, sang falsch und bewegte sich hölzern. Pauli sah schrecklich aus, sang großartig und bewegte sich wie eine Ballerina. Robin konnte es kaum glauben. Sie kopierte nicht mehr Lena Horne, Judy Garland und Barbara Streisand, sondern hatte ihren eigenen Stil gefunden. Sie sang mit einer Stimme, die einen nicht losließ, und mit unglaublicher Phrasierung. Robin fragte sich, wann und wie diese Verwandlung stattgefunden haben mochte. Vielleicht hatte sie beim Tingeln durch die Nachtlokale ihren Größenwahnsinn aufgegeben und, weil sie keine Hoffnung mehr hatte, unbewußt das übertrieben Gekünstelte abgelegt, so daß schließlich die wahre Pauli zum Vorschein gekommen war. Was immer es bewirkt haben mochte, es grenzte an ein Wunder. Sogar die alberne Stupsnase und die vorstehenden Zähne paßten ins Bild.

Am nächsten Morgen um elf stürmte Dip in sein Büro. Er ließ sich in einen Sessel fallen, starrte mit blutunterlaufenen Augen ins Leere und beugte sich dann vor. »Ich bringe das Weibsstück um!«

»Welches?«

»Pauli!« Dips Augen blitzten wütend. »Ike Ryan hat ihr einen Job als Ersatz für Diana Williams angeboten, und die blöde Gans nimmt an! Nach allem, was ich ihr beigebracht habe, geht sie hin und läßt sich als Ersatz verpflichten!«

»Vielleicht ist das gar nicht das Schlechteste«, meinte Robin. »So verdient ihr wenigstens etwas.«

»Sie kriegt dreihundert Dollar die Woche. Das habe ich im Beverly-Hills-Hotel allein an Trinkgeldern ausgegeben!« Dip sprang auf und ging hin und er. »Wissen Sie was?« – Seine Augen waren schwarz vor Wut. »Ich fahre nach Hause und packe! Ich will nicht da sein, wenn der *Star* mit diesem unterzeichneten Scheißvertrag zurückkommt. Soll sie doch sehen, wie sie ohne den Big Dipper fertig wird!« Damit drehte er sich um und stürmte aus dem Büro.

Robin dachte noch über Dip und Pauli nach, als das Telefon läutete. Es war Cliff Dorne. Gleichzeitig meldete die Sekretärin über die Sprechanlage, daß Danton Miller im Vorzimmer warte. Bevor Robin einem von beiden antworten konnte, war Dan schon im Büro. »Diesmal stehe ich mir draußen nicht die Beine in den Bauch. Haben Sie die Kritiken über die letzte Christie-Lane-Show gesehen? Gegen das Mädchen will ich ja gar nichts sagen, aber dieser Dip Nelson ist das Stumpfsinnigste, was ich je auf einer Bühne erlebt habe. Nach seinem Auftritt zog die Sendung einfach nicht mehr. Ich hoffe also, daß Sie künftig die Finger von meinen Angelegenheiten lassen.«

Robin beachtete ihn gar nicht und sprach ins Telefon: »Ja, Cliff. Entschuldigen Sie die Unterbrechung.« Dan bemerkte, daß er plötzlich ernst wurde.

»Wo liegt er? Mount Sinai? Ich komme sofort.« Er legte auf. Dan, wieder mal einem Wutanfall nahe, stand immer noch da.

Überrascht sah Robin ihn an, als fiele ihm seine Gegenwart jetzt erst auf. »Austins Zustand hat sich verschlechtert.« Er ging zur Tür.

»Ich denke, er ist in Palm Beach?« Dans Zorn war in Schrecken umgeschlagen.

»Er ist vor einer Stunde zurückgeflogen und liegt im Mount Sinai.«

»Ist es was Ernstes?«

»Das weiß man nicht. Dorne sagt, Austin habe sich die ganzen letzten Wochen schon nicht wohl gefühlt. Offenbar hat er sich in Palm Beach untersuchen lassen wollen, den Leuten da unten dann aber nicht getraut und sich kurzerhand hier angemeldet.«

»Soll ich mitfahren?«

Robin sah ihn groß an. »Natürlich nicht.«

Und wieder einmal ließ er Danton Miller mitten in seinem Büro stehen.

Gregory saß, in Seidenpyjama und Morgenrock, in einem Sessel. Er war sonnengebräunt, doch unter der gesunden Farbe sah das Gesicht angegriffen aus. Cliff Dorne wirkte beunruhigt. Robin zwang sich zu einem Lächeln und bemühte sich, die gedrückte Atmosphäre zu lockern.

»Wie ein Kranker sehen Sie aber nicht gerade aus«, begrüßte er Austin munter.

»Es ist Krebs«, gab Gregory düster zurück. »Ich weiß es.«

»Greg, du darfst so etwas nicht sagen«, flehte Judith.

»Kein Mensch braucht so lange, um sich von einer Gallenblasenoperation zu erholen, das ist mal sicher. Und ich habe dauernd Schmerzen.«

»An derselben Stelle?« fragte Robin.

»Wie soll ich das wissen? Alles tut mir weh. Ich kann nicht mal pinkeln ohne Schmerzen. Ich bin durch und durch verseucht, ich weiß es. Und das Gemeine ist, daß niemand mir die Wahrheit sagt.

In Palm Beach wollen sie mir einreden, es sei die Prostata. Aber ich weiß, daß sie meiner Frau etwas anderes gesagt haben ... es ist Krebs!«

Judith sah Robin flehend an. »Ich habe ihm hundertmal erklärt, daß es die Prostata ist. Aber er glaubt mir ja nicht.«

»Ach, hör auf«, fauchte Gregory. »Die werden mich hier von einem Test zum andern jagen und mir schöne Diagramme vorhalten, aus denen hervorgeht, daß das Ergebnis negativ ist. Jeder wird mich strahlend anlächeln und dann 'rumsitzen und zusehen, wie ich langsam abkratze.«

»Sie werden noch an *meinem* Grab stehen – und zwar sehr bald, wenn Sie nicht endlich mit diesem Unsinn aufhören!« Die energische Stimme gehörte Dr. Lesgarn, der eben eingetreten war.

»Ich habe mir die Untersuchungsergebnisse aus Palm Beach gründlich angesehen. Es *ist* die Prostata! Wir wollen morgen operieren.«

»Hab' ich's euch nicht gesagt?« triumphierte Gregory. »Bei Prostata operiert man doch nur, wenn es bösartig ist!«

»Ich will davon nichts mehr hören«, sagte der Arzt noch einmal nachdrücklich. »Außerdem möchte ich, daß man Sie jetzt allein läßt. Ich gebe Ihnen ein Beruhigungsmittel. Sie haben eine ermüdende Reise hinter sich und müssen morgen für die Operation in guter Verfassung sein.«

»Sie müssen also schneiden?« Aus Gregorys Stimme klang plötzlich Angst.

»Ja. Und dann ist alles in Ordnung.«

»Und wenn es doch bösartig ist?«

»Dann werden wir uns weiterunterhalten. Auch Krebs ist kein Todesurteil, Mr. Austin. Unzählige Männer haben nach der rechtzeitigen Entfernung eines bösartigen Prostatatumors noch ein langes gesundes Leben geführt.«

»Ja, davon habe ich gehört. Erst nimmt man ihnen die Hoden ab und dann auch noch den Penis. Hübsch der Reihe nach werden sie verstümmelt!«

Dr. Lesgarn gab Judith einen Wink. Sie stand auf und trat zu Robin und Cliff. Der Arzt nahm einen Wattebausch und rieb Gregorys Arm ein, aber Gregory schob ihn weg. »Sagen Sie mir nur eins: *Ist* es bei mir bösartig?«

»Niemand kann das mit hundertprozentiger Sicherheit bejahen oder verneinen, bevor wir nicht nachsehen. Aber ich will Ihnen eins sagen: Ich habe schon viele bösartige Prostatafälle operiert. Bei

Ihnen deutet kein Symptom darauf hin. Ich würde sagen, die Chancen stehen neunundneunzig zu eins. daß Sie nicht Krebs haben.«

»Aber diese kleine Möglichkeit besteht doch?«

Judith war sofort an seiner Seite und küßte ihn auf die Wange. »Komm, sei nicht albern. Du bist der größte Spieler der Welt, und nie haben die Chancen so zu deinen Gunsten gestanden. Warum bist du jetzt so zaghaft?«

Er brachte ein klägliches Lächeln zustande. Judith küßte ihn auf die Stirn. »Ich bin morgen früh vor der Operation hier, und nun tu, was der Arzt sagt ... ruh dich aus und entspanne dich. Ich liebe dich, Greg!«

Dann verließ sie rasch mit Robin und Cliff das Krankenzimmer. Schweigend gingen die drei den Flur entlang. Erst als sie in den Fahrstuhl einstiegen, brach Judith das Schweigen. »Jedesmal, wenn ich ihm in die Augen blickte, sah ich seine Todesangst.« Sie schauderte. »Er glaubt wirklich, daß er sterben muß.«

Vor dem Krankenhaus wartete der große Lincoln. Ein Chauffeur hielt den Wagenschlag auf.

»Soll ich Sie nach Hause begleiten, Mrs. Austin?« fragte Cliff.

»Als erstes brauche ich einen Whisky«, sagte Judith.

»Ich glaube, wir könnten alle ein Glas vertragen«, schlug Robin vor.

»Da muß ich leider passen. Ich habe noch eine lange Fahrt vor mir und möchte morgen früh vor der Operation wieder hier sein.« Cliff verabschiedete sich.

»Möchten Sie in ein bestimmtes Lokal?« fragte Robin, als er und Judith im Wagen saßen. »Sonst wüßte ich eine nette kleine Bar.«

Judith lehnte sich zurück. »Nein, mir ist alles recht. Hauptsache, wir sind ungestört.«

Als sie die Lancer Bar betragen, sah sie sich neugierig um.

Das war also seine Stammkneipe. Dankbar stellte sie fest, daß ein angenehmes, gedämpftes Licht herrschte. Robin führte sie zu einer der hinteren Nischen, bestellte ihr einen Scotch und sich einen Wodka-Martini. Sie wartete, bis er einen ordentlichen Schluck getrunken hatte, dann fragte sie: »Wie wird es ausgehen, Robin?«

»Ich glaube, er wird die Operation gut überstehen.«

»Sie sagen das nicht nur so?«

»Nein. Leute, die glauben, daß sie sterben müssen, tun es in den seltensten Fällen. Er hat viel zuviel Angst, um zu sterben.«

»Sie machen mir wieder ein wenig Mut.«

»Leicht wird es in keinem Fall werden«, sagte er ruhig. »Die eigentlichen Schwierigkeiten beginnen erst nach der Operation.«

»Sex?« Sie zuckte die Achseln. »Zwischen uns hat sich nie etwas Aufregendes abgespielt, Robin, auch am Anfang nicht. Gregs einzige Leidenschaft war immer die IBC. Ich muß mich schon jahrelang damit abfinden.«

»Ich dachte eigentlich weniger an Sie«, sagte er hintergründig. »Ich dachte an Gregory ... er wird nicht glauben, daß es gutartig war.«

»Und wer denkt an mich?« fragte sie. »Gregory kann Rückschläge nicht hinnehmen. Krankheit ist ihm etwas Fremdes. Was glauben Sie, wie ich die letzten Monate überstanden habe? Ich habe mit einem jammernden Invaliden zusammengelebt, der nicht mal Golf spielen wollte und ständig seinen Puls fühlte ...«

»Ist nicht das der Sinn der Ehe? Gute und schlechte Tage zu teilen?«

»Glauben Sie daran?« fragte sie.

»Wenn ich verheiratet wäre, ja.«

»Mag sein«, erwiderte sie gedehnt. »Nur habe ich reichlich wenig von der Ehe gehabt.«

»Und das stellen Sie ausgerechnet jetzt fest?«

»Robin, schauen Sie mich nicht so an, als ob Sie mich haßten. Ich habe meinen Teil zu dieser Ehe beigetragen.«

»›Diese Ehe?‹ Und das von einer Frau? Müßte es nicht heißen, ›unsere Ehe‹?«

»Jetzt werden Sie sentimental.«

Er bestellte für beide einen zweiten Drink. »Das bin ich ganz bestimmt nicht. Aber ich dachte, Frauen seien sentimental.«

»Früher war ich's, ja. Als ich Greg heiratete, dachte ich, es würde wundervoll werden. Aber das, was eine Ehe im Grunde ausmacht, interessierte ihn nicht. Kinder zum Beispiel hatte er sich nie gewünscht. Er wollte das, was man mit dem schönen Wort ›Gattin‹ bezeichnet. Eine Frau, die seine Häuser zu führen verstand – Gregory hat immer am Besitz gehangen –, ein Haus in New York, ein Haus in Palm Beach, ein Haus in Quogue ... es war harte Arbeit.«

»Einen großen Sender zu leiten, ist auch nicht gerade eine Freizeitbeschäftigung.«

»Das weiß ich. Ich habe seine Arbeit immer geachtet. Ich habe alle seine Freunde mit offenen Armen empfangen und zu meinen Freunden gemacht. Aber eine Frau braucht mehr als Gesellschaftsleben, in dem sie die Rolle der perfekten Hausfrau spielt. Ich habe so viel entbehren müssen. Wenn ich heute zurückblicke, erscheint mir mein Leben ziemlich leer.«

»Ich finde, jetzt ist nicht der richtige Augenblick, in der Vergangenheit zu graben. Jetzt gilt Ihre Hauptsorge der Gesundheit Ihres Mannes. Er braucht Sie. Also hören Sie auf, darüber zu jammern, daß Sie für Ihren Mann nur eins von seinen Besitztümern gewesen sind. Von jetzt an werden Sie ihm alles sein: Florence Nightingale, Sigmund Freud und der beste Freund, den er je gehabt hat. Es hat mir gefallen, wie Sie vorhin mit ihm geredet haben ... daß er ein Spieler sei, meine ich. Instinktiv haben Sie genau die richtigen Worte gefunden, Judith. Es ist wichtig zu wissen, wann man bei einem Kranken streng und wann man nachgiebig sein muß. Verletzte Gefühle sind ärger als körperliche Gebrechen. Das dürfen Sie nie vergessen. Krankheit ist etwas Fremdes für ihn. Er weiß nichts damit anzufangen. Auf geschäftliche Pannen und Zwischenfälle war er immer vorbereitet, aber es ist ihm nie in den Sinn gekommen, daß sein eigener Körper anfällig sein könnte. Diese neue Erfahrung hat ihm gewissermaßen den Boden unter den Füßen weggezogen. Hinzu kommt, daß Kranksein einem Mann wie Gregory etwas von seiner Würde nimmt.«

Juditz sah ihn flehentlich an. »Robin ... helfen Sie mir.«

»Das will ich gern tun.«

Sie umklammerte seine Hände. »Robin, ich werde es versuchen. Aber allein schaffe ich es nicht. Ich habe so lange in einem Elfenbeinturm gelebt. Enge Freunde habe ich nicht. Wenn ich mich mit irgendwelchen Frauen zum Lunch treffe – mein Gott, dann erzählen sie mir von ihren Sorgen, gewiß. Aber ich habe mich ihnen nie anvertrauen mögen. Ich fühlte mich darüber erhaben. Heute stehe ich plötzlich da und habe niemanden, an den ich mich wenden kann. Ich will nicht, daß Gregorys Operation bekannt wird ... es klingt ein wenig nach Kastrieren. Robin, darf ich Sie wohl gelegentlich anrufen und mich an Ihrer Schulter ausweinen?«

Er lächelte. »Ich habe breite Schultern, Judith.«

Sie lehnte sich zurück und nippte an ihrem Glas. Ihr Blick ging an Robin vorbei. »Greg macht sich auch Sorgen um den Sender. Millers ewige Interviews gehen ihm auf die Nerven. Es schlägt Gregory jedesmal auf den Magen, wenn er sie liest. Die IBC ist *sein* Sender, und er kann es nun mal nicht leiden, wenn ein anderer die Lorbeeren erntet.«

»Manchmal ist es schwer, die Presse abzuschütteln«, erwiderte

Robin. »Sie hängen sich an Dans Rockschöße, weil ich mich drücke. Nach meiner ersten Pressekonferenz habe ich total abgeschaltet.«

Sie lächelte. »Miller platzt bestimmt vor Neid. Mit Ihrer Weigerung, Interviews zu geben, haben Sie ihn, ohne es zu wollen, ausgespielt und sind selbst zum allgemeinen Rätsel geworden . . . die Presse berichtet und spekuliert ständig über Sie. Ich finde übrigens den Namen, den man Ihnen angehängt hat, gar nicht so schlecht: ›Die Liebesmaschine‹.«

Er runzelte die Stirn. »Sie werden sich schon wieder beruhigen. Publicity ist das letzte, hinter dem ich her bin.«

»Greg weiß das, und deshalb nimmt er Ihnen Ihre Publicity auch nicht übel. Bei Ihnen ist die Presse neugierig. Miller ist sein ganzes Leben lang in der Branche gewesen, aber Sie sind, obgleich man Sie vom Bildschirm kennt, für die Madison Avenue noch immer ein Geheimnis. Sie reizen die Presse, man möchte Ihnen auf die Schliche kommen, herausfinden, worin Ihr Erfolgsrezept besteht.«

»Ich glaube, Sie überschätzen das Interesse.« Er trank aus. »Wollen wir noch was trinken?«

»Nein, danke. Ich muß im Morgengrauen schon wieder in der Klinik sein. Kommen Sie auch?«

Robin schüttelte lächelnd den Kopf. »Einer muß ja im Laden stehen. Rufen Sie mich aber bitte gleich an, wenn das Ergebnis vorliegt.«

»Bestimmt. Haben Sie bei der IBC eine Privatnummer?«

Er nahm sein Notizbuch heraus und schrieb ihr die Nummer auf.

»Geben Sie mir auch die Telefonnummer Ihrer Wohnung«, bat sie noch.

»Die IBC kann jederzeit zu mir durchstellen. Ich habe eine direkte Leitung.«

»Robin . . . denken Sie daran, daß Sie mir Ihre breiten Schultern zum Ausweinen angeboten haben? Wenn ich mal niedergedrückt bin und das Gefühl habe, die Wände fallen mir auf den Kopf, dann möchte ich wissen, daß ich Sie jederzeit erreichen kann . . .«

Er schrieb die Nummer, die nicht im Telefonbuch stand, auf und gab ihr den Zettel.

Judith saß im Bett und übertrug beide Nummern in ihr Adreßbuch, und zwar unter dem Buchstaben L. Ohne Namen, nur die Nummer. »L« bedeutete Liebe. So hatte sie seit eh und je die Telefonnummern ihrer Flirts eingetragen. Wohlig streckte sie sich aus. Eine dicke Schicht Nachtcreme lag auf ihrem Gesicht, und sie trug ein Haarnetz, damit das Fett ihr nicht die Frisur verdarb. Judith war glücklich. Gregory hatte nicht Krebs. Und wenn die Operation erst einmal überstanden war, würde er vielleicht wieder zu seinem alten Ich zurückfinden. In der Genesungszeit konnte sie sich jeden Tag mit Robin treffen.

Um sechs Uhr am nächsten Morgen lag Gregory auf dem Operationstisch. Während der Operation rief Judith Robin zweimal an, um sich von ihm beruhigen zu lassen. Er sprach besorgt und teilnahmsvoll mit ihr, sagte ihr, daß er zwei Besprechungen habe, aber trotzdem sofort hinauskäme, wenn sie ihn brauchte. Zum Schluß vereinbarten sie, daß er abends auf einen Sprung vorbeikam. Immer wieder versicherte er, es werde schon alles gut werden.

Um drei Uhr nachmittags erschien endlich Dr. Lesgarn. Gregory lag auf der Beobachtungsstation. Der Arzt brachte die erfreuliche Nachricht mit, daß der Krebstest negativ sei.

Gregory wurde um fünf heruntergebracht. Er war bei Bewußtsein, aber das Röhrchen in der Nase und die Nadel im Arm gaben ihm etwas Lebloses. Wieder eine Stunde später kam Dr. Lesgarn und teilte ihm das Ergebnis mit. Verächtlich schnaubend wandte Gregory den Kopf ab.

Judith lief zu ihm ans Bett und ergriff seine Hand. »Wir sagen dir die Wahrheit, Greg, ich schwöre es!«

Er schob sie beiseite. »Lügen! Das Ganze klingt zu schön, um wahr zu sein! Du bist eine schlechte Schauspielerin, Judith!« Sie lief aus dem Zimmer und lehnte sich draußen zitternd an die Wand. Der Arzt folgte ihr kopfschüttelnd. »Ich habe ihm eine Spritze gegeben, aber ich fürchte, es wird noch ein hartes Stück Arbeit, bis er von seiner Manie geheilt ist.«

Beide sahen Robin entgegen, der schon den Gang entlangkam. Das vertraute Lächeln und sein unverschämt gutes Aussehen brachten Judith erst recht zum Bewußtsein, daß Gregory nur noch ein Schatten seiner selbst war.

»Ich habe schon vor einer Stunde mit Dr. Lesgarn telefoniert«, sagte Robin und deutete mit einer Kopfbewegung auf den Arzt. »Ich kenne die gute Nachricht schon.«

»Gregory glaubt uns nicht«, sagte sie.

Er sah sie mitfühlend an. »Cliff Dorne hat inzwischen die Presse verständigt. Wir haben angegeben, es handele sich um das alte Leiden: Gallenblase. Ich denke, damit ziehen wir uns am besten aus der Affäre.«

Der Arzt wandte sich an Judith: »Mrs. Austin, Sie haben einen langen Tag hinter sich. Ich schlage vor, daß Sie jetzt nach Hause fahren.«

Sie lächelte kläglich. »Erst einmal möchte ich mich irgendwo hinsetzen, etwas trinken und etwas essen. Ich habe den ganzen Tag noch nichts gegessen.«

Robin begleitete sie zur Lancer Bar. Diesmal schickte sie den Chauffeur nach Hause. So würde Robin sie ganz unbefangen heimbringen können. Sie setzten sich an denselben Tisch wie am Tage zuvor. Wieder sah Judith sich um und versuchte zu ergründen, warum Robin gerade dieses Lokal bevorzugte.

Offensichtlich hatte er ihren Gedanken erraten, denn er meinte: »Ich hätte Sie gern woanders hingeführt. Leider hatte ich mich schon mit jemandem hier verabredet. Aber die Steaks sind gut und die Getränke noch besser.«

Vorsichtig nippte Judith an ihrem Glas. Auf leerem Magen würde sie den Alkohol spüren, und gerade heute wollte sie auf keinen Fall beschwipst sein.

»Hoffentlich störe ich Sie bei Ihrer Verabredung nicht.«

»Überhaupt nicht.« Robin stand plötzlich auf, und Judith erstarrte, als ein hochgewachsenes junges Mädchen auf ihren Tisch zukam.

»Verzeih, Robin, daß ich so spät komme.«

»Macht nichts.« Er schob das Mädchen an sich vorbei und stellte sie vor: »Mrs. Austin, das ist Ingrid, Stewardeß bei der TWA. Wir sind viele Male zusammen geflogen.«

Das Mädchen wandte sich mit einem vertrauten, warmen Lächeln an Robin. »Heute abend mußten wir eine halbe Stunde über dem Kennedy Airport kreisen, weil die Landepisten so besetzt waren. Deshalb bin ich spät dran.«

Robin winkte dem Kellner, der Ingrid ungefragt einen Wodka mit Tonic brachte. Das hieß, daß sie schon öfter mit Robin hier gewesen war. Sie sprach mit einem leichten Akzent ... Schwedin vermutlich oder jedenfalls Skandinavierin – ein großes, überschlankes Mädchen mit langem, glattem blondem Haar und Stirnfransen, die ihr bis über die Augenbrauen hingen. Sie trug ein starkes Augen-Make-up, aber keinen Lippenstift. Als sie jetzt ihre schmale Hand besitzergreifend unter Robins Arm schob, hätte Judith sie erdolchen können. O Gott, wäre sie nur nicht so jung! Neben Ingrid in ihrer weißen Bluse und dem einfachen Rock kam Judith sich in ihrem Chanel-Kostüm klein und pummelig vor. Das

Mädchen konnte höchstens zweiundzwanzig sein ... sie hätte ihre Tochter sein können. Auch für Robin war sie viel zu jung, aber sie starrte ihn mit unverhohlener Bewunderung an. O Gott, diese Welt war für Männer gemacht! Alter zählte bei ihnen nicht. Auch in zehn Jahren würde Robin noch eine zweiundzwanzigjährige Stewardeß haben, die ihn so anhimmelte wie Ingrid. Judith öffnete ihre Handtasche und nahm ein goldenes Zigarettenetui heraus. Robin beugte sich sofort über den Tisch und gab ihr Feuer ... wenigstens erinnerte er sich noch, daß sie vorhanden war. O nein, sie würde das Feld nicht kampflos räumen! Nicht bei diesem kleinen Mädchen ... das sie an Bord eines Flugzeuges bedienen würde – eine Kellnerin!

Judith beobachtete Robin genau. Wie konnte er sich nur mit einer Stewardeß einlassen? Ob er vielen unbedarften Mädchen dieser Art seinen Körper einfach so schenkte, während sie, Judith, dasitzen, Pläne schmieden und Listen erfinden mußte?

Robin bestellte eine neue Runde. Judith wünschte, sie hätte Appetit gehabt. Schon der erste Scotch war nicht ohne Wirkung geblieben. Robin hob sein Glas und trank auf Gregorys Gesundheit. Anschließend erklärte er Ingrid, um wen es sich handelte.

Mit ehrlicher Teilnahme wandte sich das Mädchen an Judith: »Das tut mir sehr leid für Sie, und ich wünsche Ihrem Mann eine recht baldige Genesung. War es etwas Ernstes?«

»Nein, er war nur ein paar Tage zur Beobachtung im Krankenhaus«, erklärte Robin. »Mr. Austin ist von Florida hergeflogen, weil er zu den New Yorker Ärzten mehr Vertrauen hat.«

»Fliegen Sie mit uns?« fragte Ingrid.

»Nein, wir haben ein Privatflugzeug«, erwiderte Judith.

»O wie schick!« Sonderlich beeindruckt schien Ingrid davon nicht zu sein.

»Judith, Sie müssen Gregory dazu bringen, daß er sich auch ein wenig um den Sender kümmert, solange er zur Beobachtung im Krankenhaus liegt.« Robin sah sie eindringlich an und betonte das Wort »Beobachtung«. »Ich möchte, daß Sie ihn zwingen, sich während dieser Zeit auch für die Arbeit zu interessieren, verstehen Sie?«

Sie nickte. Ingrid starrte die beiden verwundert an. »Ich habe Hunger«, sagte sie plötzlich.

Robin winkte dem Kellner. »Bringen Sie der Dame ein Steak und mir einen doppelten Wodka.« Dann wandte er sich an Judith. »Was möchten Sie essen? Das Steak kann ich empfehlen und den gemischten Salat.«

»Was nehmen Sie?«

Er zeigte auf sein Glas.

»Ich nehme noch einen Scotch«, sagte sie ruhig.

»Kein Steak?«

»Kein Steak.«

Langsam verzog sich Robins Gesicht zu einem Grinsen. »Judith, Ihr Stil gefällt mir. Sie lassen sich nicht so leicht auszählen . . . wenn der Gong ertönt, kommen Sie wieder aus Ihrer Ecke und schlagen zu. Ich glaube, das ist das Geheimnis Ihres Erfolges.«

»Habe ich Erfolg?« fragte sie herausfordernd.

»Und ob!« Er hob sein Glas und trank ihr zu. Ingrid machte ein verwirrtes Gesicht. Plötzlich stand sie auf. »Vielleicht solltest du mein Steak abbestellen. Mir scheint, ich bin hier überflüssig.«

Robin starrte auf sein Glas. »Wie du meinst, Baby.«

Sie holte ihren Mantel und ging zur Tür. Judith versuchte, sich ihren Triumph nicht anmerken zu lassen. »Robin, es wäre wohl besser, ich ginge. Sie und die Kleine . . .«

Er langte über den Tisch und nahm ihre Hand. »Spielen Sie kein Theater, Judith, das paßt nicht zu Ihnen. So wollten Sie's doch, oder?«

Aus dem Augenwinkel sah sie, daß Ingrid zögernd an der Tür stehenblieb, sicher in der Hoffnung, Robin werde ihr folgen. Judith wartete, bis sie gegangen war, dann sagte sie: »Ich möchte niemandem weh tun.«

»Ingrid wird das Herz nicht bluten . . . zumindest nicht lange«, gab er zur Antwort. Dann bestellte er das Steak ab und ließ sich die Rechnung bringen. Schweigend tranken sie aus und verließen das Restaurant. »Ich wohne am Ende der Straße«, sagte er.

Sie hängte sich bei ihm ein. Ganz so hatte sie es sich nicht vorgestellt – nicht so nüchtern und plötzlich. Nicht so ohne jede Romantik. Sie mußte ihm zu verstehen geben, daß er ihr etwas bedeutete. »Robin . . . ich habe dich schon immer sehr gemocht . . .«

Statt einer Antwort ließ er ihren Arm los und nahm sie bei der Hand. Nach einer Weile sagte er: »Du bist ein Erfolgsmensch, Judith. Versuche nicht, die Dinge zu erklären.«

Als sie seine Wohnung betraten, wurde sie auf einmal unsicher wie ein Mädchen, das mit seinem ersten Mann schläft. Plötzlich fühlte sie den Schweiß auf der Stirn und zwischen den Brüsten . . . Diese idiotischen Beklemmungen! Kleine Erinnerungsstützen, daß sie nicht mehr eine taufrische, junge Stewardeß war!

Robin schenkte ihr einen mit Wasser verdünnten Scotch und sich selbst einen großen Wodka ein, den er stehend in der Mitte des Wohnzimmers austrank. Judith setzte sich auf die Couch und wartete sehnsüchtig darauf, daß er zu ihr kam. Sie sah die Holzscheite neben dem Kamin. Wenn Robin doch nur Feuer machen würde, damit sie im Dunkeln sitzen und in den Schein der Flammen blicken könnten. Am liebsten hätte sie ein paar von den Platten gehört, die neben der Stereoanlage lagen, und sich zärtlich in Robins Arme geschmiegt.

Dann kam er plötzlich zu ihr, nahm ihr das Glas aus der Hand und führte sie ins Schlafzimmer. Judith war entsetzt. Sollte sie sich vor seinen Augen ausziehen? Bei Ingrid tat er es wahrscheinlich selbst . . . genoß ihre Nacktheit, ihren straffen, jungen Körper. Judith trug einen Hüftgürtel. Nichts war weniger sexy – denn obwohl sie schlank war, preßte der knappsitzende Halter ihren weichen Leib in unschöne Falten.

Robin deutete auf die Badezimmertür. »Geh dort hinein. Es ist zwar kein Ankleidezimmer, aber es wird gehen.«

Sie taumelte ins Bad und zog sich langsam aus. Neben der Tür hing ein braunseidener Morgenrock, den sie überwarf und zuband. Als sie wieder ins Schlafzimmer trat, stand Robin am Fenster und sah hinaus. Er hatte nur die Unterhose anbehalten. Der Raum lag im Dunkeln, aber das Licht aus dem Badezimmer fiel auf Robins breiten Rücken. An dem durchtrainierten Körper war kein Gramm Fett zuviel. Sie hatte nicht geahnt, wie gut er gewachsen war. Langsam ging sie auf ihn zu. Als er sie sah, drehte er sich um und nahm ihre Hand. Fast behutsam führte er sie zum Bett. Er sah sie lächelnd an. »Man sagt, erfahrene Frauen verschaffen den höchsten Genuß. Beweisen Sie es, meine Dame – leg dich hin und zeig mir, was du kannst!«

Judith prallte zurück. Aber sie begehrte ihn so sehr, daß sie auf seinen Wunsch einging. Schon nach wenigen Augenblicken warf er sie auf den Rücken und drang in sie ein. In knapp einer Minute war es vorbei. Robin streckte sich neben ihr aus und nahm sich eine Zigarette.

»Verzeih, daß ich die Szene so abgekürzt habe«, meinte er mit einem entschuldigenden Lächeln. »Aber ich bin nie sehr gut, wenn ich getrunken habe.«

»Für mich war es wundervoll, Robin.«

»Wundervoll?« fragte er erstaunt. »Inwiefern?«

»Weil du es warst.«

Er gähnte. »Wenn ich in der Nacht aufwache, will ich versuchen, dir etwas mehr Vergnügen zu verschaffen.« Dann küßte er sie flüchtig und legte sich auf die Seite. Es dauerte nicht lange, bis ihr seine regelmäßigen Atemzüge verrieten, daß er schlief. Sie starrte ihn an. Das also war der große Robin Stone, die Liebesmaschine! Und nun? Nun erwartete er, daß sie neben ihm einschlief. Und wenn sie im Schlaf eine unglückliche Stellung einnahm, würde ihr Busen schlaff zur Seite hängen. Plötzlich merkte sie, daß sie noch immer den seidenen Morgenrock trug. Robin hatte sich nicht einmal die Mühe gemacht, ihn ihr auszuziehen. Er hatte ihren Körper weder gesehen noch mit den Händen berührt, er hatte sie einfach genommen und sich Befriedigung verschafft.

Judith schlüpfte aus dem Bett, ging ins Badezimmer und zog sich leise an. Als sie zurückkam, saß Robin aufrecht im Bett. Er schien wieder völlig nüchtern zu sein.

»Judith, bin ich so schnell weggewesen? Wie spät ist es denn?«

»Mitternacht.« Nun, da sie wieder in ihrem Chanel-Kostüm steckte, hatte sie ihr Gleichgewicht wiedergefunden und fühlte sich sicher.

»Wieso bist du fix und fertig angezogen?«

»Ich glaube, es ist besser, wenn ich nach Hause fahre – falls ein Anruf aus dem Krankenhaus kommt.«

Robin sprang aus dem Bett und fuhr in seine Unterhose. »Natürlich. Ich ziehe mich an und bringe dich heim. Es dauert nur eine Minute.«

»Nein, Robin.« Sie ging zu ihm und umarmte ihn. Es war noch nicht spät. Wenn er aufstand und sich anzog, rief er möglicherweise Ingrid an. Außerdem würde er ihr innerlich grollen, wenn er ihretwegen noch mal das Haus verlassen mußte. »Ich nehme mir ein Taxi. Bitte, leg dich wieder hin. Du hast einen anstrengenden Tag vor dir.«

Er legte ihr den Arm um die Taille und brachte sie zur Tür.

»Sehe ich dich morgen?« fragte sie.

»Nein. Ich fliege für ein paar Tage nach Philadelphia. Diana Williams bringt dort ihr Stück heraus, und ich möchte eine Aufnahme von den Proben machen.«

»Wann bist du zurück?«

»In zwei, drei Tagen . . . das kommt ganz darauf an.«

Sie umarmte ihn. »Robin, du hast mich noch nie geküßt.«

Gehorsam küßte er sie auf die Stirn.

»Ich meine, richtig geküßt.«

Er lächelte. »In einem zugigen Hauseingang?« Spöttisch sah er sie an. »Na, komm her.« Er nahm sie in die Arme und küßte sie herausfordernd auf den Mund. »So!« sagte er, als er sie losließ. »Ich kann dich ja schlecht unbefriedigt nach Hause gehen lassen, wo du so viel gewagt hast.«

Während sie zum Fahrstuhl ging, dachte sie darüber nach, warum sie sich so gedemütigt vorkam. Sie war doch mit Robin zusammengewesen, und sie würde es wieder sein. Allerdings wollte sie das nächstemal darauf achten, daß er nicht so viel trank.

Aber in den folgenden zwei Wochen schloß die rasch voranschreitende Verschlechterung von Gregorys Allgemeinzustand jeden Gedanken an ein nächstes Mal aus. Zwar erholte er sich körperlich, aber seine seelische Verfassung ängstigte Judith. Wenn Robin auf einen Sprung vorbeikam, weigerte sich Gregory, über geschäftliche Dinge zu sprechen. Er saß in seinen Bademantel gehüllt da und starrte geistesabwesend aus dem Fenster.

Als er aus dem Krankenhaus entlassen wurde, legte er sich zu Hause ins Bett und starrte an die Decke. Er war nicht zu bewegen, den Ergebnissen der Laboruntersuchungen zu glauben, und klagte über Schmerzen im Hals und in der Hüfte. »Ich bin durch und durch verseucht«, stöhnte er, »ich weiß es!«

Eines Morgens war er von der Taille abwärts gelähmt. Er konnte weder die Beine bewegen noch sich aufrichten. Sofort wurde Dr. Lesgarn herbeigerufen. Er stach Gregory mit einer Nadel ins Bein und ließ, da die Reaktion ausblieb, einen Krankenwagen kommen. Noch am selben Tag wurde Gregory gründlich untersucht. Es war kein Schlaganfall, wie Judith befürchtet hatte. Sämtliche Tests verliefen negativ. Ein Neurologe wurde hinzugezogen.

Dr. Chase, ein führender Psychiater, unterhielt sich mit Gregory. Ein zweiter Internist untersuchte ihn: Ihrer aller Meinung war, daß Gregorys Lähmung keine körperliche Ursache haben könne.

Die Ärzte teilten Judith ihre Diagnose mit. Sie war zu Tode erschrocken. Stumm saß sie da, ihre Augen flehten um eine Erklärung.

»Ich schlage einen Klinikaufenthalt vor«, sagte der Psychiater.

»Sie meinen, er soll hierbleiben?« fragte Judith.

Der Arzt schüttelte den Kopf. »Nein, ich denke an eine psychiatrische Klinik.«

Judith schlug die Hände vors Gesicht. »Nein, nein, nicht Greg ... zwischen lauter Idioten herumsitzen, das könnte er nie!«

Der Psychiater reagierte sehr pikiert. »Mrs. Austin – die meisten dieser Patienten sind hochintelligente und hochsensible Menschen. Primitive Naturen erleiden selten einen Nervenzusammenbruch.«

»Das ist mir egal. Mein Mann würde lieber sterben, als mit dem Makel herumlaufen, in einer solchen Klinik gewesen zu sein. Es würde ihn ruinieren und die IBC-Aktionäre in Panikstimmung versetzen . . . nein, das Wagnis dürfen wir nicht eingehen.«

Dr. Lesgarn wandte sich nachdenklich an seinen Kollegen Chase. »Es gibt da noch dieses Sanatorium in der Schweiz. Dorthin könnte Mr. Austin unter falschem Namen gehen. Die Patienten leben in Bungalows, und ihre Frauen können während der ganzen Behandlung bei ihnen sein. Mr. Austin fände ausgezeichnete psychiatrische Betreuung, ohne daß davon etwas bekanntwürde. Der Presse gegenüber könnte man den Aufenthalt in der Schweiz als eine längere Europareise hinstellen.«

Der Arzt sah Judith an und lächelte ihr ermunternd zu. »Und Sie können ein übriges tun und hin und wieder nach London oder Paris fliegen, um Ihren Freunden und Bekannten von dort Ansichtskarten zu schicken. Ich sage Ihnen aber gleich: Sie müssen mit einem halben bis einem Jahr rechnen – wenn nicht sogar länger.«

»Ich lasse es darauf ankommen«, sagte sie entschlossen und bat Dr. Lesgarn, sofort alles Nötige zu veranlassen. Dann fuhr sie nach Hause und führte zwei Telefongespräche: eins mit Cliff Dorne, das andere mit Robin Stone. Sie bestellte beide Männer zu sich.

Sie kamen um sechs. Ohne ihnen etwas zu trinken anzubieten, führte Judith sie in Gregorys Arbeitszimmer und erzählte ihnen die ganze Geschichte. Zum Schluß sagte sie: »Wenn ein Wort davon nach außen dringt, werde ich alles abstreiten und Sie beide entlassen. Mein Mann ist entscheidungsunfähig, und für diesen Fall besitze ich als seine Frau die Generalvollmacht.«

»Niemand bestreitet das«, erwiderte Cliff ruhig. »Ich halte Ihre Entscheidung für richtig. Wenn die Öffentlichkeit etwas erführe, würden die Aktien an einem einzigen Tage um zehn Punkte fallen, und ich bin, wenn auch nur in kleinem Maßstab, selbst Aktionär.«

»Dann sind wir uns also völlig einig?« Als beide Herren nickten, fuhr sie fort: »Ich möchte, daß Mr. Stone die Leitung des Senders vollverantwortlich übernimmt. Sie, Cliff, wollen bitte morgen Danton Miller davon unterrichten. Erklären Sie ihm, daß mein Mann auf unbestimmte Zeit zur Erholung wegfährt und daß alle Dinge, die sonst mein Mann entscheidet, von Mr. Stone entschieden werden.«

Sie wich dem ungläubigen Blick Cliff Dornes aus, erhob sich und gab damit das Zeichen, daß die Unterredung beendet sei.

Am anderen Morgen um neun ließ Cliff Dorne die gesamte IBC-Belegschaft zusammentrommeln und verkündete die neue Anordnung. Um halb zehn reichte Danton Miller seine Kündigung ein. Cliff versuchte, sie ihm wieder auszureden, aber Dans Entschluß war endgültig.

Robin spürte, daß Cliff Dorne feindlich gegen ihn eingestellt war, aber es ließ ihn ziemlich kalt, und nach ein paar Wochen hatten die meisten im Sender schon vergessen, daß es jemals einen Mann namens Danton Miller gegeben hatte. Die Abteilungsleiter ließen ihre schwarzen Anzüge und Krawatten im Schrank und stellten sich auf Robins Oxford-Grau um.

Robin arbeitete hart. Jeden Abend sah er sich die Fernsehprogramme an und tauchte nur noch selten in der Lancer Bar auf. Allmählich verlor er ganz die Berührung mit der Außenwelt. Für ihn gab es nur noch die IBC und die Sendungen der Konkurrenz. Er studierte jeden Programmvorschlag, und in Hollywood warteten etliche Pilotfilme auf ihn.

Er wollte gerade zum Flughafen aufbrechen, als Dip Nelson anrief. In dem hektischen Durcheinander der letzten Wochen war Dip ihm völlig aus dem Sinn gekommen.

»Wie geht es meinem alten Kumpel, dem großen Fernsehboß?« trompetete Dip fröhlich durch die Leitung. »Ich wollte immer schon anrufen und Ihnen gratulieren, aber ich mußte mich dauernd um Pauli kümmern.«

Robin lächelte. »Wenn ich mich recht erinnere, waren Sie das letztemal, als wir uns sahen, drauf und dran, sie umzubringen.«

»Sie kennen mich doch! Ich bin leicht auf neunzig, aber ich rege mich auch ebenso schnell wieder ab. Abgesehen davon, wird sie ohne mich nicht fertig. So wie die Williams sich aufführt, dürfte feststehen, daß Pauli eine reelle Chance hat, nach der Eröffnung am Broadway die Rolle zu übernehmen. Wie ist's, haben Sie nicht Lust, heute abend mit mir nach Philadelphia zu fliegen, um die Aufführung zu sehen?«

»Ich bin sozusagen schon auf dem Weg nach Los Angeles, Dip. Da muß ich mir verschiedene Sachen ansehen, die wir für den nächsten Winter planen.«

»Okay, dann tun Sie mir einen Gefallen und verbreiten Sie da unten, ich hätte wieder mal ein großes Ding auf der Pfanne.«

»Haben Sie das denn?«

»Nee! Aber das spielt keine Rolle, die glauben in Hollywood sowieso alles.«

Der Flug nach Kalifornien war langweilig und ermüdend. Robin ertappte sich dabei, daß er über Judith Austin nachdachte. Bei ihrem letzten gemeinsamen Mittagessen waren ausschließlich geschäftliche Dinge zur Sprache gekommen. Erst ganz zum Schluß hatte sie ihm in die Augen geblickt und gesagt: »*Ciao* einstweilen.« Eigentlich hatte er die zärtlich flehende Bitte in ihren Augen übersehen wollen, doch dann kam Judith ihm so hilflos und verwundbar vor in dem großen Haus, daß er plötzlich an Kitty denken mußte. Darum hatte er ihr die Hand gedrückt, sich zu einem Lächeln gezwungen und erwidert: »Ja, *ciao* – einstweilen.«

Na ja, Gregory würde lange fortbleiben, und Judith hätte in Europa sicher nicht über Mangel an männlicher Gesellschaft zu klagen. Robin verdrängte sie aus seinen Gedanken und versuchte, sich auf den Film zu konzentrieren, der an Bord der Maschine gezeigt wurde. Nach dem Film las er in Manuskripten und Exposés. Er konnte es kaum erwarten, daß die verdammte Kiste landete und er von seiner schmachtenden Nachbarin befreit wurde, doch vor allem konnte er es kaum erwarten, Maggie Stewart wiederzusehen.

Er rief sie vom Beverly-Hills-Hotel an. Maggie war überrascht, seine Stimme zu hören, wollte sich aber um sechs mit ihm in der Polo Lounge treffen.

Als sie die Bar betrat, merkte er, daß er ganz vergessen hatte, wie schön sie war. Lächelnd setzte sie sich zu ihm. »Ich dachte, du würdest nach dem Feuer nie wieder ein Wort mit mir reden.«

Er drückte ihre Hand. »Das glaubst du doch selbst nicht! Ich fand es wahnsinnig komisch.«

»Was macht das neue Stück, in dem Diana Williams auftritt?«

»Keine Ahnung. Ich habe die Dame nicht mehr gesehen – außer bei ein paar geschäftlichen Besprechungen. Irgend jemand scheint unsere Romanze eingeäschert zu haben. Was macht übrigens dein neuer Film?«

Maggie verzog das Gesicht. »Vorige Woche habe ich die Musterkopie gesehen.« Sie trank ihren Scotch aus und bestellte einen neuen.

Robin sah sie neugierig an. »Ist er so schlecht?«

»Verheerend. Wenn ich nicht einen Vertrag für drei weitere Filme hätte, wäre ich erledigt. Sie wollen ihn nicht mal den Premierenkinos geben, sondern gleich in der Provinz starten.«

»*Einen* schlechten Film kann sich jeder Star leisten.«

Sie nickte. »Ich hätte die Möglichkeit, die Schlappe mit meinem nächsten wieder wettzumachen. Adam Bergman führt Regie.«

»Er ist glänzend.«

»Wem sagst du das? Unter seiner Führung wirke ich wenigstens wie eine Schauspielerin.«

»Wo ist der Haken?«

»Er will mir die Rolle nur geben, wenn ich ihn heirate.«

Robin schwieg.

»Aber ich werde ablehnen. Oh, du brauchst gar nicht so schuldbewußt zu tun. Ich habe ihm schon vor Weihnachten einen Korb gegeben.« Doch plötzlich blitzte sie ihn an. »Doch, du hast Schuld, du gemeiner Kerl! Du bist schuld daran, daß mich kein Mann mehr interessiert.«

Er grinste ungerührt. »Nicht dramatisch werden. So hinreißend bin ich auch nicht.«

»Damit hast du ausnahmsweise recht! *Ich* bin diejenige, welche ... ein verrücktes Huhn, wie du einmal gesagt hast. Übrigens war ich bei einem Seelendoktor und habe herausgefunden, daß ich mich selbst liebe.«

»Bei einem Psychiater? Aber was hat deine Selbstliebe damit zu tun, ob du Bergman heiratest oder nicht?«

»Ich lehne es ab, eine sogenannte Hollywoodehe zu führen, wie Adam sich das vorstellt. Als ich mit ihm in seinem Strandhaus lebte, habe ich Sachen mitgemacht, die ich bei mir nie für möglich gehalten hätte. Komisch, nicht? Liege ich aber auf der Couch, dann frage ich: ›Wohin sind alle entschwunden? Wo ist die Maggie aus Philadelphia mit ihrer Liebe, ihrer Hoffnung? Die Frau, die die verrückten Dinge tut, das bin nicht ich ...‹«

»Was hat dich veranlaßt, zum Psychiater zu gehen?«

»Das Feuer. Ich bekam einen wahnsinnigen Schreck, als mir klar wurde, daß dabei Menschen hätten ums Leben kommen können.«

»Mir hat die Geschichte ein nagelneues Bett eingebracht«, meinte Robin lächelnd, »mit einer feuerfesten Bettdecke.«

Zum Essen fuhren sie zu Dominik und anschließend wieder in die Polo Lounge. Robin verbrachte drei Tage in den Studios und drei Nächte mit Maggie. Kurz vor seinem Abflug trafen sie sich noch einmal in der Polo Lounge. Maggie überreichte Robin eine kleine Schachtel. »Mach auf«, sagte sie, »es ist ein Geschenk.«

Er starrte auf den kleinen goldenen Ring, der in dem Samtpolster steckte. »Was ist das? Es sieht aus wie ein winziger goldener Tennisschläger.«

Sie warf den Kopf in den Nacken und lachte. »Es ist ein Henkelkreuz.«

»Ein was?«

»Ein altägyptisches Lebenssymbol ... Kleopatra trug eins. Es bedeutet Lebenskraft und Lebensdauer. Und das paßt zu dir. Du bist unausrottbar ... keine Frau kann dich je vergessen. Ich glaube, du wirst ewig so weitermachen. Für mich ist es ein Sex-Symbol.« Sie schob ihm den Ring auf den kleinen Finger. »Schlank, glänzend und schön, nicht wahr? Genau wie Sie, Mr. Stone. Ich möchte, daß du ihn trägst. Ich drücke dir gewissermaßen ein Brandmal auf, obgleich mir natürlich klar ist, daß du den Ring fortwirfst, sobald du allein bist. Aber ich will mir einbilden, daß du ihn trägst und daß alle Frauen, die ihn sehen, dich nach seiner Bedeutung fragen. Vielleicht hast du sogar die Stirn, es ihnen zu erklären.«

»Ich trage nie Schmuck«, erwiderte er nachdenklich. »Meistens trage ich nicht einmal meine Armbanduhr. Aber diesen Ring werde ich tragen, wirklich.«

»Soll ich dir etwas sagen? Ich habe oft gehört, daß es Haßliebe gibt – aber was das eigentlich ist, weiß ich erst, seit ich dich kenne.«

»Du haßt mich nicht. Und du liebst mich auch nicht.«

»Ich liebe dich doch«, erwiderte sie ruhig. »Und ich hasse dich dafür, daß ich nicht anders kann, als dich zu lieben.«

»Wieviel Zeit hast du noch bis zum Beginn deines nächsten Films?«

»Zehn Tage.«

»Komm mit mir nach New York.«

Für einen kurzen Augenblick strahlten ihre Augen. »Meinst du das ehrlich? Möchtest du wirklich, daß ich mitkomme?«

»Ja. Ich habe für den Rückflug sogar eine private Düsenmaschine ... kleine Aufmerksamkeit der IBC. An Bord ist ein Bett – wir könnten uns hübsch die Zeit vertreiben.«

Sie schwieg.

»Komm, Maggie, sag ja. Wir gehen ins Theater, und bei schönem Wetter fahren wir ans Meer. Könntest du dich frei machen?«

»Robin, ich würde meine ganze Karriere abschreiben, wenn ich wüßte, daß du mich *brauchst*! Von Heirat will ich gar nicht reden, nur davon, daß du mich brauchst. Mein Gott, ich ginge mit dir bis ans Ende der Welt.«

Er sah sie befremdet an. »Wer hat etwas davon gesagt, daß ich dich brauche? Ich habe dich lediglich gefragt, ob du mit mir nach New York kommst. Ich dachte, ein bißchen Luftveränderung täte dir gut.«

»Ach, eine kleine Vergnügungsreise?«

»Das ist doch das Leben, Baby.«

Maggie stand mit solcher Heftigkeit auf, daß ihr Glas auf dem Tisch überschwappte. »Jetzt habe ich aber endgültig genug. Keine Sorge: Ich lasse mich nicht verleugnen, wenn du anrufst. Wahrscheinlich gehe ich auch wieder mit dir ins Bett. Denn ich bin krank. Aber mein Psychiater wird mir schon helfen. Und eines Tages *wirst* du mich brauchen ... aber dann ist es zu spät!«

Er sah sie jetzt kühl an. »Mir scheint, du machst dir ein falsches Bild, Baby. Ich brauche niemanden. Aber solltest du nicht vielleicht Adam Bergman brauchen, ohne den du keinen anständigen Film zustande bringst, wie alle Welt weiß?«

Sie beugte sich vor und starrte ihm in die Augen. »Ich stehe auf dich, Mr. Stone – um einen Ausdruck aus der Branche zu gebrauchen. O Gott, wie stehe ich auf dich. Aber von allen Männern, die ich kenne, bist du der letzte Dreck!«

Damit drehte sie sich um und ging. Robin trank langsam aus und fuhr zum Flughafen. Er war entschlossen, den Ring in den Papierkorb zu werfen, aber er saß so fest und ließ sich nicht abziehen. Robin lächelte. Es sah so aus, als habe sie ihn tatsächlich gebrandmarkt.

In New York erfuhr er, daß Diana Williams von ihrem Vertrag zurückgetreten war. Pauli war in Philadelphia eingesprungen und hatte einen solchen Begeisterungssturm entfesselt, daß Ike Ryan es wagen wollte, mit ihr auch am Broadway aufzutreten.

Dip pendelte zwischen Philadelphia und New York hin und her und versorgte Robin mit täglichen Bulletins. Um die auf Diana Williams abgestellte »Happening«-Sendung zu retten, fuhr Robin mit seinem Team nach Philadelphia und machte Aufzeichnungen von Pauli. In der ersten Hälfte der Sendung ging es um Diana: auf der Probe, im Gespräch über ihr Comeback, die Schlagzeilen über ihre »Erkrankung«. Die zweite Hälfte zeigte, wie Pauli einsprang. Unter anderem gab es ein Interview bei Übernahme der Stargarderobe. Das Ganze roch entsetzlich nach Kintopp, aber Robin wußte, daß die Sehbeteiligung anziehen würde.

Nach der Premiere in New York bekam Pauli phantastische Kritiken, aber merkwürdigerweise keine Filmangebote. Dip war außer sich. Die Erklärung ihres Agenten, Pauli sei eine Bühnenpersönlichkeit und würde ein Broadway-Superstar, hielt er für Humbug, und als er hörte, daß man in Hollywood einen bekannten Star für die Filmfassung verpflichtet hatte, war er furchtbar niedergeschlagen.

Robin setzte das Diana-Williams-Happening für Mitte Mai an. Es kam genauso, wie er es vorhergesehen hatte. Die Sendung schlug die derzeitige Konkurrenz um Längen.

Für ihn war es ein guter Sommer. Die Wiederholungssendungen machten sich nicht schlecht. Er bändelte mit dem einen oder anderen Mädchen aus Paulis Show an, bemühte sich sogar, auch zu Pauli nett zu sein, aber sooft er in ihrer Nähe auftauchte, drehte sie ihm den Rücken zu. Robin sah über ihre Feindseligkeit hinweg. Dip war ihm nach wie vor freundschaftlich zugetan und stellte ihm immer neue Mädchen vor, mit denen er dann bei Sardi saß. Neuerdings gefiel es ihm bei Sardi, doch je weiter sich die Legende seiner Macht verbreitete, desto lieber und häufiger verkroch er sich wieder in die Lancer Bar. Um Stars, Agenten und Agenten von Agenten aus dem Weg zu gehen, hielt er sich auch vom Colony und Klub 21 fern. Sehr rasch hatte er den Wert eines klaren »Nein« erkannt, wenn es um die Ablehnung eines Angebots ging. Er gelobte sich, niemals zornig zu werden und die Beherrschung zu verlieren. Nie sagte er: »Ich werd's mir überlegen.« Es war immer ein eindeutiges »Ja« oder »Nein«. Bald stand er in dem Ruf, ein kaltblütiger Hund zu sein, dessen bloßes Nicken genügte, um einen Schauspieler zu machen oder zu vernichten, und die wenigen Male, die er im 21 auftauchte, wunderte er sich über die Atmosphäre von Furcht, die sein Erscheinen auslöste.

Er mußte jedoch feststellen, daß sein neuer Ruhm von einem merkwürdigen Phänomen begleitet war. Zum erstenmal in seinem Leben fiel es ihm schwer, die richtigen Mädchen aufzutreiben. Mit den Starlets war Schluß, denn karrierehungrige junge Dinger konnte er sich nicht leisten. So verfiel er auf Stewardessen, aber auch das war auf die Dauer unbefriedigend. Sie erschienen in ihrer besten Kleidung und erwarteten, schick ausgeführt zu werden. Wenn sie dann merkten, daß sein gesellschaftliches Leben sich auf die Lancer Bar, einen Film oder seine Wohnung beschränkte, war die Enttäuschung meistens groß.

Daß sein Sexualleben nicht völlig zum Erliegen kam, verdankte er Dip. Dip hatte immer neue Mädchen für ihn parat. Leider wurde Robin durch seine Arbeit so in Anspruch genommen, daß er zufrieden war, zwei- oder dreimal pro Woche mit einer Neuen zu schlafen. Und immer trug er Maggies Ring. Wenn ein Mädchen ihn danach fragte, sagte er: »Das ist ein Symbol für langes Leben und nie versiegende Potenz; es bedeutet, daß ich in *alle* Frauen verliebt bin.«

Zweimal wöchentlich traf eine Karte von Judith ein. Cliff Dorne war peinlich darauf bedacht, daß in den Gesellschaftsspalten der Presse von Zeit zu Zeit eine weitere Station der Austinschen Europareise erwähnt wurde.

Einen Tag vor Labor Day stürmte Dip Nelson in Robins Büro und erklärte, er sei felsenfest davon überzeugt, daß Pauli ein Verhältnis mit ihrem Partner Lon Rogers habe. Gleichzeitig rief Cliff Dorne an und teilte ihm mit, Ethel und Christie Lane hätten einen neun Pfund schweren Sohn bekommen.

Robin beruhigte Dip, das sei alles nur Broadway-Tratsch, rief bei Tiffany an und ließ dem Ehepaar Lane einen silbernen Saftbecher schicken, schlenderte abends über den Broadway und sah sich einen schrecklichen Film an. Hauptrolle: Maggie Stewart.

29

Robin saß in seiner Wohnung und wartete auf die erste Christie-Lane-Sendung der neuen Saison. Die Presse hatte in den letzten Tagen verschiedentlich Andeutungen gemacht, daß Christie Lane für sein Publikum eine Riesenüberraschung bereithalte. Robin nahm an, daß er dem Publikum sein Baby vorstellen wollte.

Er reichte Dip Nelson sein Glas. »Schenk mir einen Scotch mit viel Wasser ein, Dip.« Nachdenklich sah er ihm nach, wie er gehorsam zur Bar ging. Er wußte, daß über ihre Freundschaft gemunkelt wurde. Jerry Moss hatte ihm hinterbracht, man erzähle sich, daß Dip für ihn Mädchen besorge. Robin hatte nur gelacht. In Wahrheit hatte er sich neuerdings nur deshalb enger an Dip angeschlossen, weil er ihm leid tat. Er spürte, daß Dip sich trotz seiner Begeisterung über Paulis Erfolg als »Ehemann eines Stars« nicht wohl fühlte, wenn er sich auch nie darüber beklagte.

Robin hatte Dip zweimal als Gast in Unterhaltungssendungen der IBC auftreten lassen, und jedesmal waren die Kritiken tödlich gewesen. Ein Rezensent hatte sich sogar erlaubt, auf Dips Beziehungen zu einem gewissen Mr. Allmächtig anzuspielen. Robin kümmerte sich nicht um das Gerede. Hätte Dip auch nur einen Funken Talent, würde er dafür sorgen, daß er in jeder nur möglichen Sendung beschäftigt wurde. Aber Dip auf dem Bildschirm – das zog einem die Schuhe aus! Ein hübsches Gesicht genügte eben nicht. Selbst die Kerle, die für Rasiercreme Reklame machten, sahen besser aus.

»Wieso trinkst du heute Scotch?« fragte Dip.

»Erste Sendung der Saison, da bin ich gern nüchtern. Wir fahren nachher in die Lancer Bar und lassen uns vollaufen.«

»Mir wäre lieber, du kämst mit mir in Danny's Hideaway, das wäre günstiger für mich.«

»Inwiefern?«

»Ein Beispiel: J. P. Morgan hat mal zu einem gesagt: ›Wenn ich mit dir durch die Börse gehe und dir den Arm um die Schulter lege, das ist die beste Sicherheit, die du haben kannst.‹«

Robin lächelte. »Okay, dann fahren wir nach der Sendung dorthin.«

Dip freute sich wie ein Kind, stürzte zum Telefon und bestellte einen Tisch, nicht irgendeinen, sondern einen ganz bestimmten, und er gab nicht eher Ruhe, als bis die Sache arrangiert war. Als er fertig war, stellte Robin den Ton für die Christie-Lane-Show, die eben anfing, lauter.

Er traute seinen Augen nicht. Zuerst glaubte er, da würde nur ein großer Gag vorbereitet; jeden Augenblick müßten Christies weißer Frack und weiße Schleife sich in einem wirbelnden Schwank auflösen. Aber als der erste Werbespot kam, ging ihm auf, daß dieser Limonadenstil ernst gemeint war. Sie versuchten tatsächlich, ein kitschiges Salon-Musical aufzuziehen! Es war so schlecht wie eine Schüleraufführung, hätte aber noch als Persiflage durchgehen können, wenn Christies Partnerin nicht der Sache zu allem Unglück einen halbseriösen Anstrich gegeben hätte.

Dip holte sich aus der Küche ein Bier. Er verfolgte die Sendung nur mit einem Auge und wunderte sich, weshalb Robin plötzlich so intensiv hinschaute. Er ging ins Arbeitszimmer und stellte sich dort auf dem kleinen Gerät einen Wildwestfilm ein, Robin würde das verstehen. Es wurmte ihn, sich ein Programm ansehen zu müssen, in dem für ihn selbst keine Lorbeeren zu holen waren.

Als sein Film zu Ende war, ging er zurück ins Wohnzimmer. Robin schien seine Abwesenheit nicht einmal bemerkt zu haben. Er stand mitten im Raum und starrte ins Leere.

»Na, wie war's?« fragte Dip fröhlich.

»Grauenvoll!«

»Nimm's nicht tragisch. Vielleicht ist es nächste Woche besser.« Dip hatte es eilig, zu Danny zu kommen.

»Es war einfach unbeschreiblich!« Robin war wie betäubt. »Ich möchte nicht wissen, wie viele Leute mittendrin abgeschaltet haben. Wir werden mit unseren Zahlen in den Keller rutschen.«

»Komm, laß uns zu Danny fahren. Wir können es doch nicht ändern ... so ist das Leben!«

»Das wollen wir erst mal sehen«, sagte Robin eiskalt. Er rief die IBC an. »Hier Stone. Verbinden Sie mich mit Artie Rylander in Kalifornien. Sie haben die Nummer ... ja, Brentwood.« Er zündete sich eine Zigarette an und wartete. »Es ist mir egal, wer auf der Direktleitung telefoniert! Schalten Sie sich ein und sagen Sie, die Leitung muß sofort freigemacht werden.«

Als er Artie am Apparat hatte, preßte er wütend durch die Zähne: »Wollen Sie mir bitte erklären, Rylander, was das soll? Wie konnten Sie das zulassen? Haben Sie nicht gesehen, daß die Sache ins Auge geht? Ach was! Dann hätten Sie mich anrufen sollen! Was soll das heißen, Chris hat Ihre Autoren hinausgeworfen? Ich weiß, daß wir ihm Mitspracherecht eingeräumt haben ... aber er kann schließlich nicht über unseren Kopf hinweg entscheiden. Außerdem sind wir mehr als gleichberechtigte Partner, denn uns gehört die Sendezeit ... Erzählen Sie mir doch nicht diesen Quatsch von einer Broadway-Show! Klar, daß eine Broadway-Show mit neuen Nummern herauskommen muß, da schreibt dann die Kritik darüber ... *nachdem* sie auf Platten und in Musikboxen gespielt worden sind. Bei einer wöchentlichen Fernsehsendung haben wir für so was keine Zeit. Außerdem ist Chris Lane kein Rex Harrison. Er ist Amerikas Durchschnittsmann! Im Frack sieht er aus wie ein fetter blonder Pinguin. Sie werden ihm sagen, er soll die Show wieder auf die alte Masche trimmen. Holen Sie sich wieder die Allerweltssängerin, die in den Sketches mitgespielt hat, und dazu den Conferencier mit seinen Kalauern. Welcher Vollidiot hat sich bloß die Ballettgruppe einfallen lassen? Muß ich Ihnen erst sagen, daß Balletteinlagen auf dem Bildschirm nicht ankommen? Mir graut, wenn ich daran denke, was das alles gekostet hat! ... Was heißt, er wird nicht wollen? Wir können ihn zwingen ... Nein, den Vertrag habe ich mir noch nicht angesehen. Aber ich werde ihn mir ansehen, und zwar noch heute nacht! Sie hören gleich morgen früh von mir!« Er knallte den Hörer auf die Gabel.

»Robin ...« Es war Dip. »Wenn wir uns nicht beeilen, ist unser Tisch bei Danny weg.«

Robin sprang auf und zog sich seine Jacke an. »Essen ist das letzte, woran ich denke.« Er ging wieder zum Telefon. »Verbinden Sie mich mit Mr. Dorne in Rye.« Er schnippte ungeduldig mit den Fingern. Das hieß für Dip »Zigaretten!«. »Hallo, Cliff, hier ist Robin Stone.«

»Oh ... einen Moment, ich lege eben auf den anderen Apparat um.«

Robin zündete sich eine Zigarette an und wartete.

»Verzeihen Sie, Robin«, meldete Cliff sich nach kurzer Zeit wieder, »wir haben ein kleines Familienfest.«

»Was sagen Sie zu der Chris-Lane-Show?«

Schweigen.

»Sie finden sie also auch schlecht?«

»Ich habe sie, offen gestanden, gar nicht gesehen. Wissen Sie ...«

»Was heißt, Sie haben sie nicht gesehen?«

»Robin, wir feiern den siebzigsten Geburtstag meiner Schwiegermutter. Die ganze Familie ist versammelt, und wir essen gerade.«

»Die Sendung war unter aller Sau«, erklärte Robin grob.

»Ich sehe mir morgen früh gleich das Video-Band an.«

»Nein. Wir treffen uns jetzt noch in Ihrem Büro.«

»Was?«

»Jetzt! Sie haben doch den Schlüssel für die Vertragsablage, oder?«

»Robin, hat das nicht Zeit bis morgen? Meine Schwiegermutter ist zu Besuch!«

»Darauf kann ich leider keine Rücksicht nehmen. Kommen Sie bitte so schnell wie möglich in die Stadt.«

»Robin, wenn es sich um *meine* Mutter handelte, würde ich nichts sagen. Meine Frau glaubt mir das nie. Mein Verhältnis zu ihrer Mutter war immer recht gespannt. Wir haben dreißig Jahre in einer Art Waffenstillstand gelebt. Wenn ich jetzt fortgehe ...«

»Wird sie von Ihnen finanziell unterstützt?«

»Natürlich! Was denken Sie? Ich habe ihr jetzt sogar eine Nerzstola geschenkt. Völlig verrückt – einer siebzigjährigen Dame! Aber wie ich meine Schwiegermutter kenne, überlebt sie den Nerz noch.«

»Dann hören Sie auf, mir mit Sentimentalitäten zu kommen – von wegen Familienfeier und so. Ich erwarte Sie in Ihrem Büro.«

»Robin, das müssen wir leider auf morgen verschieben.«

»Dann dürfte Ihr Schreibtisch für einen Nachfolger frei werden.«

Cliff blieb einen Moment still, dann antwortete er kühl: »Ich komme, Robin. Aber ich möchte Ihnen empfehlen, sich auch meinen Vertrag einmal durchzulesen. Ich arbeite weder für Sie noch unter Ihnen. Ich bin Chef der Rechtsabteilung der IBC. Mich kann man nicht einfach herumschieben. Und ersetzbar bin ich auch nicht so leicht.«

»Wenn Sie in einer halben Stunde im Büro sind, können Sie Ihrer Schwiegermutter im nächsten Jahr noch eine Nerzstola schenken. Wenn nicht, lassen Sie sich die erste lieber morgen früh zurückgeben. Augenblicklich bin ich für die IBC verantwortlich, und es gibt niemanden, der nicht zu ersetzen wäre. Unsere beliebteste Sendung geht in die Binsen, wenn wir nicht sofort etwas unternehmen. Ich möchte feststellen, ob und wie das zu machen ist – und zwar gleich, nicht morgen.«

»Na schön.«

»Cliff, wenn Sie glauben, Sie können nicht mehr mit mir zusammenarbeiten, stelle ich Ihnen anheim, Ihren Schreibtisch noch heute nacht zu räumen.«

»Ich will schon mit Ihnen arbeiten«, erwiderte Cliff, »jedenfalls bis Mr. Austin zurückkommt. Dann sollten wir uns vielleicht mal zu einem Gespräch zusammensetzen.«

»Bitte sehr, ich habe nichts dagegen. Und nun blasen Sie die Kerzen aus, singen Sie Happy Birthday und machen Sie, daß Sie herkommen.« Er legte auf, trat ans Fenster und starrte auf die Lichter der City.

Dip lachte. »›New York, du wirst mir einst zu Füßen liegen!‹ – wie ich mal in einer Filmklamotte sagen mußte.«

Robin drehte sich um. »Was meinst du damit?«

»Es ist ein Klischee. Das Ur-Klischee schlechthin. Aber genauso hast du ausgesehen: der Riese, der sich anschickt, die Madison Avenue zu beherrschen, Imperien unter sein Joch zu bringen, über Leichen zu gehen . . .«

»Ich mache nur meinen Job!«

»Was ist mit Danny?«

»Keine Zeit.«

»Ausgerechnet, wenn ein paar dicke Agenten dort aufkreuzen, wie ich zufällig erfahren habe, und ich den Tisch direkt neben ihnen bestellt habe!«

»Fahr hin, Dip. Sag, ich käme noch. Sag, ich sei Wachs in deinen

Händen, wenn's dir Spaß macht – das tust du ja ohnehin schon. Ruf mich unüberhörbar vom Tischtelefon aus an und sag: ›Okay, Robin, ich komme.‹ Dann bist du gedeckt.« Er langte in die Tasche und warf einen Fünfzigdollarschein auf die Couch. »Hier, das dürfte für das Essen reichen«, sagte er und ging zur Tür.

Dip steckte das Geld ein und folgte ihm. Sie nahmen sich gemeinsam ein Taxi.

Als Robin ausstieg, rief Dip ihm nach. »Komm noch vorbei, wenn du zeitig genug fertig bist. Ich warte eine Stunde mit dem Anruf.«

Es war vier Uhr morgens, als Robin und Cliff den Vertrag beiseite legten. »Fahren Sie nach Hause, Cliff«, sagte Robin müde. »Wir sind jede Klausel Wort für Wort durchgegangen. Uns sind die Hände gebunden.«

Cliff zog den Mantel an und rückte seine Krawatte zurecht. »Wir haben Christie die Entscheidungsfreiheit in allen künstlerischen Fragen gegeben und uns nur die Besetzungsfreiheit vorbehalten.«

Robin machte ein nachdenkliches Gesicht. »Können wir nicht das ganze Ensemble ablehnen und so lange nein sagen, bis er bereit ist, den ursprünglichen Charakter der Sendung wiederherzustellen?«

»Dafür müßten wir einen stichhaltigen Grund angeben. Wir müßten behaupten, das Image der werbenden Firmen leide unter der schlechten Qualität. Aber nach dem, was Sie mir erzählt haben, war die Sendung zwar gähnend langweilig, jedoch perfekt gemacht. Folglich können wir keine Einwände gegen die Besetzung erheben, ohne Christies Rechte zu verletzen.«

Robin drückte seine Zigarette aus. »Das bedeutet, unser Paradepferd wird den Weg alles Irdischen gehen.«

»War es denn wirklich so schlecht?« fragte Cliff.

»Sie können sich später selbst davon überzeugen. Und ich kann Ihnen jetzt schon sagen, wie die Sehbeteiligung aussieht.« Müde winkte er Cliff zum Abschied zu.

Es wurde schon hell, als er die Madison Avenue entlangging. Er wußte, was er zu tun hatte. Hinter der Christie-Lane-Show herzuweinen, war sinnlos. Er würde sie Ende Juni absetzen. Er würde sich um neue Ideen kümmern müssen . . . mehr Unterhaltungssendungen, mehr Gewalttätigkeit. Er würde seine Leute zusammentrommeln und auf die Suche nach Ideen und Manuskripten schicken; ferner Autoren engagieren, die Phantasie hatten und ihm originelle Sendungen schreiben konnten.

Im Januar machte Robin Schlagzeilen, als er ankündigte, daß die Christie-Lane-Show Ende Juni abgesetzt werde. Er beruhigte Jerry Moss und bat ihn, nicht die Nerven zu verlieren. In der neuen Saison werde er mit einem neuen Knüller herauskommen, und Jerrys Auftraggeber hätten dann Vorkaufsrecht. Die gesamte Branche, einschließlich der Fernsehspalten der *Times* und *Tribune,* widmete Christies Abgang ausführliche Kommentare. Seine Publicity war ungeheuer, und das Ehepaar Lane war die Attraktion aller Partys. Besonders eng hatten sie sich dem Clan um den Filmschauspieler Alfie Knight angeschlossen. Ethel wurde Alfis Vertraute. Jedesmal, wenn er mit einem jungen Mann eine Romanze hatte, zeigte sich Ethel mit ihm als Alibi in der Öffentlichkeit – kein Wunder, daß Alfie sie anbetete. Zu dritt erschienen sie auf Premieren, während Chris an seinen Sendungen arbeitete.

Obgleich Chris feste Angebote von zwei anderen Fernsehanstalten hatte, zögerte er einen Abschluß hinaus, denn er hoffte immer noch, er käme mit der IBC wieder ins reine.

Doch zu seinem Erstaunen mußte er bei seiner Ankunft in New York erfahren, daß es seinem Agenten nicht gelungen war, mit Robin eine Verabredung zu treffen. »Wenn der einmal nein sagt«, meinte der Agent, »dann ist nichts mehr zu machen. Er gibt einem nicht mal die Chance zu diskutieren, zu bitten oder zu klagen.«

Chris versuchte persönlich, Robin zu erreichen. Jedesmal bekam er die Auskunft, Mr. Stone sei »in einer Besprechung«.

Da rief er Danton Miller an. Dan war entzückt, von ihm zu hören, und schlug ein Treffen im Klub 21 vor.

Um vier Uhr nachmittags war das Restaurant fast leer. Sie saßen an einem der vorderen Tische in der Bar und rissen Robin Stone eine Stunde lang in Stücke. Danach fühlte Chris sich wohler.

»Sie haben wenigstens Angebote von anderen Sendern. Der da drüben ist viel übler dran.« Dan deutete auf Dip Nelson, der eben hereinkam und an ihnen vorbei zur Bar ging.

Er lächelte. »Er kommt fast jeden Tag, allein.«

»Warum?«

Dan zuckte die Achseln. »Was soll ein Mann, der keinen Job hat und dessen Frau ein Star ist, sonst machen?«

»Wie steht's bei Ihnen?« fragte Chris.

»Ich will mich mal so ausdrücken: Für mich geht's um Sein oder Nichtsein. Und der blonde Ochse, der da an der Bar steht, könnte mein Lebensretter sein.«

»Dip Nelson?«

»Ich könnte mir denken, daß er das Nichtstun leid ist. Und ich habe ihm etwas anzubieten . . .«

»Dip Nelson ist doch erledigt. An seine Frau sollten Sie sich 'ranmachen.«

»Seine Frau hat Robin Stone nicht in der Tasche. Wohl aber dieser Dip – aus einem unerfindlichen Grund.«

»Ja, ich weiß«, meinte Chris nachdenklich. »In Kalifornien ist das schon Tagesgespräch. Man munkelt, die beiden hätten was miteinander . . . Sie wissen schon.«

»Von mir aus sollen sie sich heimlich trauen lassen. Hauptsache, ich bekomme meine Serie auf den Bildschirm.«

»Wollen Sie sich wieder als Produzent betätigen?«

»Jawohl. Ich kenne dieses Geschäft aus dem Effeff . . . nur möchte ich mit der IBC abschließen. Ich möchte zur Stelle sein, wenn die sagenhafte Liebesmaschine auffliegt. Dann brauche ich nur den Platz, auf den ich gehöre, wieder einzunehmen, und bin größer und mächtiger als je zuvor.«

Christie nickte. »Da arbeiten Sie wenigstens auf ein Ziel hin.«

Dan lachte. »Christie . . . Sie haben doch Ihr Ziel längst erreicht. Ein großes Haus, mehr Geld, als Sie ausgeben können, und dazu einen prominenten Freundeskreis.«

Christies Gesicht verzog sich zu einem gequälten Lächeln. »Da haben Sie wohl recht. Aber vor allen Dingen habe ich meinen Sohn, Christie Lane jr.« Er zog ein Faltetui mit Fotos von einem lächelnden, dicken Baby hervor. »Wissen Sie, wenn ich Ethel eins verdanke, dann ist es mein Sohn – und das ist das einzige, was zählt. Für dieses Kind lebe ich . . . es ist wie ein Extra-Bonus für mich.« Dann sah er auf die Uhr. »Seien Sie mir nicht böse, aber ich muß zurück ins Hotel. Wohne jetzt im Plaza. Alfie Knight hat gesagt, unter dem könne man's nicht machen. Sie sollten meine Suite sehen! Ich glaube, Lincoln war darin aufgebahrt. Um halb sieben ruft Ethel jedenfalls an und hält das Baby an die Sprechmuschel, und manchmal gluckst es ein bißchen . . . ein dolles Kind!«

Dan sah ihm nach und bestellte sich noch einen Martini. Dann schickte er Dip eine Notiz an die Bar. Dip las sie und kam an Dans Tisch.

»Warum soll jeder für sich trinken?« empfing Dan ihn. »Wir können uns ebensogut zu einem Glas zusammensetzen.«

»Ich wüßte nicht, aus welchem Grunde«, erwiderte Dip frostig. »Haben Sie sich nicht so aufgeregt, als Robin Stone mich für die Christie-Lane-Show verpflichtete?«

»Ich habe mich nur deshalb aufgeregt, weil ich keine Gelegenheit mehr hatte, für Ihren Auftritt den geeigneten Rahmen zu schaffen. Ich versichere Ihnen: Hätte man mir ein paar Wochen Zeit gelassen, wären die Kritiken anders ausgefallen.«

Dip setzte sich. »Die Presse ist immer vorneweg, wenn es darum geht, einen Filmstar fertigzumachen. Wer gut aussieht, hat für diese Leute von vornherein kein Talent. Sie – wenn ich singe, besonders in einer Live-Sendung – da bin ich nicht zu schlagen!«

»Was möchten Sie trinken?« fragte Dan.

»Eeeeh ... ich warte auf einen Anruf von Robin, und so lange nähre ich mich brav von Bier. Später nehmen Robin und ich dann noch einen Schluck zusammen.«

»Wohl immer noch dicke Freundschaft, was?«

»So!« Dip verschränkte die Finger.

»Warum tut er eigentlich nichts für Sie, wenn Sie so enge Freunde sind?« fragte Dan. »Die Leute lästern, Sie wären nur sein Laufbursche.«

Dip blitze ihn wütend an. »Wagen Sie ja nicht, so etwas in meiner Gegenwart noch einmal zu sagen! Robin verläßt sich ganz und gar auf mich. Und wenn Sie's genau wissen wollen: Ich war derjenige, der Robin gesagt hat, er soll Chris Lane absetzen. Jawohl! Und soll ich Ihnen sagen, warum? Robin wollte ihn noch in die nächste Saison hinübernehmen, aber ich vergesse nichts ... Chris Lane hat mich und Pauli wie den letzten Dreck behandelt, als wir in seiner Show auftraten. Ich habe ein gutes Gedächtnis. Ich halte mich zurück und warte. Aber wenn der Moment gekommen ist, schlage ich zu.«

»Wie lange läuft das Stück mit Ihrer Frau noch?«

»Bis Juni in New York, anschließend geht's für ein Jahr auf Tournee. Ich übrigens mit. Sie schreiben die Rolle des Bruders für mich um.«

»Warum wollen Sie eine Nebenrolle übernehmen?« fragte Dan.

»Um bei Pauli zu sein. Sie braucht mich.«

»Sie braucht Sie so wenig wie neue Zähne.«

»Soll ich Ihnen Ihre Zähne hier im Lokal einschlagen?«

»Nein. Ich möchte nur, daß Sie sich ein paar Dinge klarmachen.«

»Zum Beispiel?«

»Zum Beispiel, daß Sie jeden Abend mit dem mächtigsten Mann aus der Fernsehbranche zusammen sind. Niemand hat so viel Einfluß wie Robin Stone. Sie sollten das Eisen schmieden, solange es heiß ist. Eines Tages wird nämlich der Wind Mr. Stone wieder ins

Gesicht blasen. Ich habe ihn beobachtet. So wie der Kerl vorgeht, könnte man meinen, er wolle sich mit Gewalt sein eigenes Grab schaufeln. Es scheint ihm Vergnügen zu machen, möglichst viele Feinde zu haben – als ob er ausprobieren wolle, wie weit er gehen kann, wie tief sich die Leute demütigen lassen. Seine Energie und seine Arroganz haben etwas Krankhaftes. Wenn Sie schlau wären, würden Sie sich mal in Ruhe anhören, was ich ihnen zu sagen habe.«

»Ich brauche keinen Rat von jemandem, der passé ist«, höhnte Dip.

Dan reagierte mit seinem bewährten Katzengrinsen. »Vielleicht sollten zwei, die passé sind, ihre Kräfte vereinen. Was halten Sie davon, mein Ko-Produzent zu werden?«

»Ich verstehe nichts von Produktion.«

»Sind Sie heute abend schon zum Essen verabredet?«

»Nein. Das heißt, ich weiß noch nicht, was Robin vorhat.«

»Können Sie sich frei machen?«

Dip lächelte. »Ich kann tun und lassen, was ich will.«

»Dann kommen Sie mit mir. Ich habe eine Verabredung mit Peter Kane von der Agentur Johnson-Harris im Voisin. Sie haben für die Tournee Ihrer Frau doch nicht etwa schon abgeschlossen?«

»Nein, ich will erst abwarten, was sie aus der Rolle machen.«

Dan bezahlte die Rechnung mit einem Scheck. »Gehen wir. – Aber halten Sie ja den Mund.«

»Wie reden Sie eigentlich mit mir?« knurrte Dip.

»Ich darf es mir erlauben«, entgegnete Dan freundlich, »denn ich werde Sie zu einem sehr reichen Mann machen.«

Dip nippte an seinem Bourbon mit Wasser, Dan und Peter Kane tranken Martini.

Dan brachte das Gespräch sofort auf Dips Karriere. Komischerweise schien Peter Kane höchst interessiert. Alle waren sich darin einig, daß die Kritik ihre Antipathie gegen Robin Stone an dem Schauspieler ausgelassen hatte.

»Dieser arme Kerl«, erklärte Dan, »hat Stones sämtliche Feinde geerbt, aber keinen seiner Freunde.«

»Was für Freunde hat der schon? Nicht einmal eine ständige Begleiterin! Ich habe gehört, Ike Ryan organisiert manchmal eine Dreiergeschichte für ihn. Sagen Sie, Dip, ist Robin andersrum?«

»Er steht auf Frauen.«

»Sei es, wie es wolle. Jedenfalls bin ich der Ansicht, daß Robin

Stone Ihre Karriere auf dem Gewissen hat«, sagte Peter Kane ernst. »Jeder, der vom Fach ist, weiß, daß er Ihr bester Freund ist. Und so sagt man sich, wenn *er* Sie nicht mal engagiert, müssen Sie schon ziemlich schlecht sein. Folglich interessiert man sich nicht für Sie. Daß Stone Sie nicht für eine große Show verpflichtet, hat Ihnen ungeheuer geschadet.«

»Unter dem Gesichtspunkt habe ich die Sache noch nie betrachtet«, meinte Dip nachdenklich. »Vielleicht ist tatsächlich was dran.«

Dann unterhielten sich die beiden anderen über verschiedene Sendungen. Dip saß ruhig dabei. Nach dem Essen sagte Peter Kane zu Dan: »Ich habe den Vorführraum ab neun, vielleicht sollten wir jetzt lieber 'rüberfahren.«

Dan wandte sich an Dip. »Wir machen eine neue Sendereihe. Ich habe die Rechte, und Kanes Agentur verhandelt. Es ist eine Krimi-Serie, die wir billig drehen können. Ich möchte, daß Sie sich's mal anschauen und mir sagen, ob es Ihnen gefällt.«

Dan zahlte, und sie fuhren ins Büro der Agentur Johnson-Harris. Dip sah sich den Film genau an. Es war ein gutgemachter Krimi mit viel Schießerei. Der Held taugte nichts, und Dip wußte, daß ihm die Rolle auf den Leib geschneidert war.

Als das Licht wieder anging, sah Dan ihn gespannt an. »Na, was sagen Sie?« fragte er.

»Ich könnte mir denken, daß das eine tolle Serie wird«, meinte Dip begeistert.

»Gehen wir nach unten«, schlug Peter Kane vor. »Gegenüber ist eine ruhige kleine Bar, da können wir die Einzelheiten besprechen.«

Sie setzten sich an einen der hinteren Tische. Dip bestellte sich einen Bourbon und trank ihn auf einen Zug aus. Wenn Dan und Peter ihn als einen mit allen Wassern gewachsenen Kriminalbeamten sahen, konnte er sich schlecht anmerken lassen, daß er gewöhnlich nur Bier trank.

»Wir wollen hundertfünfundzwanzigtausend pro Folge verlangen. Herstellen können wir für neunzigtausend, die eine oder andere Woche auch noch billiger. Ziehen wir die Provision für die Agentur ab, bleibt ein Reingewinn von dreißigtausend, der höchstens durch drei geteilt würde.«

»Sie meinen, ich bekäme statt einer Gage ein Drittel des Gewinns?« fragte Dip.

»Oh, ich glaube, wir könnten zusätzlich einen gewissen Betrag für Sie festhalten, sagen wir tausend pro Woche plus Bürospesen.«

»Wozu brauche ich ein Büro?«

»Für Ihre Firma. Sie können das Geld nicht als Gage vereinnahmen, dann würde nämlich alles die Steuer fressen. Meine Firma heißt Danmill ... für Ihre können Sie sich einen Namen aussuchen. Wenn Sie wollen, erledigt mein Anwalt diese Dinge für Sie.«

»Moment mal!« Dip ging das alles zu schnell. »Woher weiß ich denn, daß ich Ihrem Anwalt trauen kann?«

»Weil wir die Sache so arrangieren, daß Ihre Firma die Gewinne einnimmt, von denen Sie meinen Anteil der Firma Danmill überweisen.«

»Und wo drehen wir? Hier oder in Los Angeles?«

»Das soll die IBC entscheiden. Sie hat ja in Los Angeles große Studios. Lieber wäre mir allerdings, wir drehten die Außenaufnahmen in den Straßen von New York, damit wir die Atmosphäre der Großstadt einfangen.«

»Ach, dann hat die IBC die Serie gekauft?« fragte Dip.

»Noch nicht.«

Dip blickte begeistert. »Jedenfalls liegt mir die Rolle sehr, da hol' ich was 'raus!«

Dan und Peter sahen sich an. Dan sprach. »Davon sind wir überzeugt. Nur ist es leider so, daß wir mit dem anderen schon für zwei Jahre abgeschlossen haben.«

»Wozu bin ich dann hier?« fragte Dip.

»Weil Sie die Chose Robin Stone verkaufen können.«

Dip wollte aufstehen, aber Dan packte ihn am Arm. »Setzen Sie sich! Was wollen Sie lieber, Ihr Leben lang als Schauspieler herumdilettieren oder Millionär werden, he? Sagen Sie mir das bitte!«

Dip funkelte ihn zornig an. »Ich glaube, Sie legen es schon den ganzen Abend darauf an, daß ich Sie zusammenschlage!«

»Dip, machen Sie sich doch nichts vor«, mischte sich jetzt Peter ein. »Sie haben es nicht geschafft. Jedenfalls nicht beim Fernsehen, denn da haben Ihnen ja wirklich alle Türen offengestanden. Warum wollen Sie nicht vernünftig werden und jetzt einfach mal Geld machen? Ein Ko-Produzent hat viel mehr Macht und Ansehen als ein Schauspieler.«

»Wie kommen Sie überhaupt darauf, daß die IBC die Serie kauft?« fragte Dip plötzlich.

Dan kniff die Augen zusammen. »Wenn ich mich nicht irre, lassen Sie sich doch gern bei Danny sehen und verbreiten, daß Sie Robin Stone in der Tasche haben. Bitte schön! Jetzt ist der Augenblick gekommen, es zu beweisen. Verkaufen Sie ihm die Serie. Im

Januar laufen etliche Sendungen aus. Ködern Sie ihn mit einem Drittel der Gewinne, das er in jeder Form ausbezahlt bekommen kann . . . bar, Reisen, ein Haus.«

»Und was wird das Finanzamt sagen?«

»Wir haben einen ausgezeichneten Steuerberater. Es gibt verschiedene Möglichkeiten, Stones Anteil zu verschleiern. Wenn er beispielsweise einen Cadillac haben möchte, benutzen wir den Wagen in ein paar Szenen und verbuchen ihn unter Ausstattung. Ein Landhaus kaufen wir eben für Außenaufnahmen. Wenn er Möbel haben möchte, bauen wir entsprechende Innenräume auf, und auch Barsummen können wir mit vorgetäuschten Ausgaben abdecken. Es gibt hundert Möglichkeiten, das lassen Sie nur unsere Sorge sein.«

»Sie meinen, ich soll einfach zu ihm hingehen und ihm das sagen?« fragte Dip.

»Sie werden schon wissen, wie Sie ihm das am besten beibringen«, meinte Dan achselzuckend.

»Und wieviel, sagten Sie, springt für uns dabei 'raus?«

»Zehntausend pro Folge, wenn wir zu dritt teilen.«

»Was ist mit Kane?«

»Ich bin zufrieden, wenn meine Agentur die Provision bekommt«, sagte Kane. »Mir kommt es vor allem auf den Abschluß mit der IBC an. Dann wird nämlich für mich ein Vizepräsidentenstuhl frei.«

Dip starrte ins Leere. »Ich muß im Vorspann als Produzent genannt werden.«

»Einverstanden«, willigte Dan sofort ein. »Dann mache ich den Produktionsleiter.«

Dip lächelte. »Geben Sie mir zuerst einen unterschriebenen und beglaubigten Vertrag, in dem steht, daß mir bei Verkauf der Serie zwei Drittel der Gewinne zustehen, denn sonst riskiere ich, daß ich Robin breitschlage, und ihr rückt hinterrher nicht mit den Zechinen 'raus.«

»Ich lasse den Vertrag gleich morgen früh aufsetzen«, sagte Dan.

Am nächsten Nachmittag traf Dip Robin in der Lancer Bar. Den Vertrag hatte er in der Tasche, doch bevor er auf den Pilotfilm zu sprechen kam, wartete er, bis Robin vor seinem zweiten Martini saß. Anschaulich beschrieb er dann, worum es sich handelte und wie die Hauptrolle angelegt war, und bot ihm zum Schluß das Bonbon an: »Ein Drittel der Gewinne wandert geradewegs in deine

Tasche, mein Junge!«

Robin packte ihn am Rockaufschlag und zog ihn zu sich heran. »Jetzt hör mal genau zu, du Gauner! Als Danton Miller bei der IBC war, ist er mit solchen Geschäften reich geworden. Ich habe alle Agenten, die mit ihm gekungelt haben, an die Luft gesetzt. Laß dir ja nicht einfallen, meinen Namen mit diesen windigen Geschichten in Verbindung zu bringen!«

»Dann ist die Sache also gestorben«, brummte Dip enttäuscht.

»Gestorben in bezug auf das für mich bestimmte Schmiergeld«, erklärte Robin, lenkte dann aber ein: »Ich mache dir einen Vorschlag! Wenn du eine gute Sache hast, zeig sie mir. Taugt der Film was, nehme ich ihn. Ob Miller deinen Namen vorschiebt oder nicht, ist seine Sache. Mir ist es egal.«

Dip grinste erleichtert über das ganze Gesicht. »Dann bist du also nicht sauer?«

»Nur, wenn du versuchst, mich in deine Machenschaften mit hineinzuziehen. Andererseits weißt du ja, daß ich dauernd auf der Suche nach Stoffen und Sendungen bin. Warum solltest du nicht in die Produktion einsteigen? Du bist gerissen wie ein Gangster, das habe ich schon immer an dir bewundert. Wenn ich diese Sendung kaufe, und sie nennen dich als Produzenten, dann ist mir sonnenklar, daß Miller die Arbeit macht. Hoffentlich sitzt du aber künftig nicht nur herum und läßt dich hofieren, sonst nehme ich zurück, was ich über deine Intelligenz gesagt habe. Bleib am Ball, lerne alles, was es zu lernen gibt, schau den Kameraleuten zu, kümmerte dich um die Sonderausgaben, denn die fressen deinen Gewinn, wenn du nicht achtgibst . . . zusätzliche Musiker zum Beispiel oder Überstunden. Aber was mein Drittel am Gewinn betrifft, das schlag dir aus dem Kopf. Teil dir den Segen mit Miller beziehungsweise diesem sauberen Agenten, dem ihr ja wohl auch was geben müßt!«

Gemeinsam mit Dip sah Robin sich dann den Film an. Hinterher stand er auf und erklärte: »Das ist nicht nur gut, das ist großartig! Bestell Dan Miller, der Handel sei perfekt!«

Nachdem er sich von Robin getrennt hatte, machte Dip einen langen Spaziergang. Er kam zu dem Schluß, daß er Robin verabscheute und Danton Miller erst recht. Er haßte alle diese Arschlöcher! Wie war er nur in eine solche Situation geraten? Eine Frau, die ein Star war und ihn wie ihren Sklaven behandelte. Männer wie Robin und Dan, die ihm glatt ins Gesicht sagten, daß er ein miserabler Schauspieler sei. Wo waren die Tage seines Ruhms geblieben, wo die Zeit, da er einen Raum nur zu betreten brauchte, um Freude und Glanz zu verbreiten, und sich ihm die Frauen an den Hals warfen? Heute verdrückten sie sich, wenn er kam. Pauli hatte ihm gesagt, er solle die Finger von den Mädchen aus ihrem Ensemble lassen ... keine wollte mehr mit Robin Stone ausgehen. Wenn er aber bei Robin gut angeschrieben sein wollte, mußte er ihm Mädchen 'ranschaffen. Der war sowieso komisch mit Frauen ... Dip würde nie vergessen, wie Robin die Nutte zugerichtet hatte. Aber die Mädchen beklagten sich über seinen Geiz ... nie ging er mit ihnen aus, nur gerade in die Lancer Bar und dann ab ins Bett. Und wenn sie nicht taten, was er verlangte, schickte er sie ohne Taxigeld nach Hause.

Dip seufzte und machte sich auf den Weg zu Sardi. Er hatte sich angewöhnt, mittags dort nachzuschauen, ob er vielleicht eine ehrgeizige junge Schauspielerin für Robin auftreiben konnte. Natürlich hatte Robin ihn nie ausdrücklich um eine solche Vermittlung gebeten. Aber wenn Dip ihm dann zublinzelte und sagte: »Ich habe ein neue Nummer für dich, mein Junge ... da ist wirklich etwas dran«, schien Robin ganz erfreut.

Wie war er in diese Lage hineingeraten? Na, von jetzt an würde alles anders werden. Er würde wieder ganz groß 'rauskommen. Dreißigtausend geteilt durch zwei pro Woche ... wieso eigentlich *geteilt durch zwei*? Woher sollte Dan Miller wissen, ob Robin seinen Anteil nahm oder nicht? Das erfuhr der doch nie! Er, Dip, würde zwei Drittel einstecken und sein Gehalt dazu. Den anderen würde er sagen, Robin wolle Bargeld haben. Mochten Dan und sein schlauer Steuerberater sich ausdenken, wie das zu bewerkstelligen war. Diese zehn Tausender extra pro Woche kamen in einen Tresor. *Steuerfrei*! Dip würde ein reicher Mann! Wie kam er dazu, sich um irgndwelche Arbeitsvorgänge oder Produktionstechniken zu kümmern? Das sollten gefälligst Knilche wie Dan Miller tun. Der konnte für sein schabiges Drittel schließlich auch was leisten. Dip würde seinen doppelten Anteil kassieren und sich einen flotten Tag machen. Und ganz behutsam würde er hier und da durchblicken lassen, daß Robin beteiligt sei; dann würde nämlich jeder andere Produzent, der etwas zu verkaufen hatte, zu ihm kommen und ihm auch zwei Drittel anbieten – eins für Dip, eins für Robin. Ein mächtiger Mann konnte er werden! Pauli würde ihm in den Hintern kriechen ... und ihm nicht mehr mit diesem Quatsch kommen von wegen »zu müde« und so, wenn er 'ne Nummer mit ihr schieben wollte. Dann wäre er bald so weit, *ihr* einen Job zu geben. Plötzlich schlug seine Hochstimmung um. Mein Gott, diese Pauli steckte ihm wie eine Krankheit in den Knochen! Er kam einfach nicht von ihr los. Manchmal hätte er sie umbringen können. Trotzdem war sie die einzige unter all den attraktiven Frauen seiner Umgebung, die ihn sexuell erregte. Na, wenn erst mal eine Sendung von ihm über den Bildschirm flimmerte – vielleicht zwei oder sogar drei –, dann würde Pauli schon klarwerden, wer der größte Mann in New York war.

Robin plante, Dips Sendung bei dem ersten Ausfall im kommenden Februar einzuschieben. Ein entsprechender Vertrag wurde aufgesetzt, Dan Miller gab sein Einverständnis, und nun brauchte Dip nur noch abzuwarten, welche der neuen Sendungen ein Mißerfolg zu werden versprach.

Im Juli ging Pauli auf Tournee. Dip blieb in New York. Als Pauli erfuhr, daß Dip demnächst zehntausend Dollar pro Woche verdienen würde, änderte sich ihre Haltung ihm gegenüber (von den zweiten zehntausend, die er im Tresor verschließen wollte, sagte er ihr nichts). Sie schrieb ihm von unterwegs lange Briefe und vergaß nie, ihm zu versichern, wie sehr sie ihn vermisse.

Gleich im September, zu Beginn der Saison, landete die IBC mit einer von Robin ausgewählten Sendung einen Volltreffer. Zwei andere waren so-la-la, aber das Tagesprogramm war insgesamt abgerundet. Die Unterhaltungsklamotte abends schlug wie eine Bombe ein, und auch die beiden Quizabende würden sich durchsetzen. Von den zwei Sendungen, die auf der Kippe standen, würde die eine mit Sicherheit im Februar eingehen. Sie sollte dann durch Dips Serie ersetzt werden ... damit war Robin ein für allemal seine Verpflichtungen gegenüber Dip los.

Er dachte über Dip nach ... Anfangs hatte er ihn wirklich gern gemocht. Dip war aufgeschlossen und lebenslustig, und das gefiel Robin. Doch als er monatelang mitangesehen hatte, wie Dip sich von Pauli behandeln ließ, verwandelte sich seine Sympathie allmählich in Abneigung. Dip mußte doch wissen, daß Pauli ihn betrog! Robin hatte ihn absichtlich wie einen Sklaven behandelt, um ihn wachzurütteln und seinen Widerstandsgeist zu wecken. Er hatte gehofft, Dip würde sich auflehnen und mit der Aufsässigkeit auch seine alte Kraft wiederfinden. Aber Dip schluckte alles.

Je mehr Robin sich über Dips Hörigkeit gegenüber Pauli Gedanken machte, desto weniger verlockte es ihn, sich intensiver an eine Frau zu binden. Die wenigen Male, da er versucht war, sich in eine Art Romanze einzulassen, hatte er automatisch an Maggie denken müssen, und da war das jeweilige Mädchen einfach verblaßt. Robin mußte sich eingestehen, daß sich Maggies Bild tief in sein Unterbewußtsein eingeprägt hatte. Es machte ihn wütend. Keine Frau sollte in sein Leben eindringen! Die Leitung eines Fernsehsenders war eine Aufgabe, die einen Mann restlos ausfüllte. Seit einem Jahr hatte er keine Zeile mehr an seinem Buch geschrieben. Ja, gestern hatte er sogar die dreihundert Manuskriptseiten verpackt und abgelegt. Er war gespannt, wann Gregory zurückkommen würde ... wenn überhaupt. Judiths letzte Karte stammte vom August und war in Cannes abgestempelt: Gregory gehe es ziemlich gut, er spiele sogar stundenlang Chemin-de-fer.

Ende September kam das Ehepaar Austin ohne Aufsehen nach New York zurück. Judith hatte es so gewollt. Wenn sie sich erst einmal wieder richtig zu Hause fühlten, sollte die »offizielle« Rückkehr mit großem Tamtam verkündet werden. Auf keinen Fall wollte sie sich durch einen Presseauflauf am Pier den Überraschungseffekt nehmen lassen. Die Heimkehr mußte mit einer Riesenparty gefeiert werden. Sie dachte sogar daran, den Ballsaal im Plaza zu mieten, um auch wirklich alle wichtigen Leute einladen zu können.

Gregory war wieder ganz der alte, und er war nun endlich überzeugt, daß er keinen Krebs hatte. Gelegentlich hatte er sogar versucht, mit seiner Frau zu schlafen. Judith fand, daß sie eigentlich einen Orden verdiente – so verrückt hatte sie getan und ihm immer wieder gesagt, daß er der großartigste Geliebte der Welt sei. Nicht mal während ihrer Flitterwochen hatte sie so viel Leidenschaft gezeigt, aber sie war nun einmal zu allem entschlossen, nur damit ihr Mann sich wohl fühle ... und vor allem lag ihr daran, möglichst bald nach New York zurückzukehren. Anderthalb Jahre waren sie fort gewesen!

Aber Judith hatte die Zeit nicht ungenützt verstreichen lassen. Während der ersten drei Monate in Lausanne war Gregory so krank, daß er keinen Besuch empfangen durfte. Vierzig Elektroschocks, dann die grauenvolle regressive Phase, in der er sich sogar beschmutzte, und schließlich die allmähliche Besserung ... Judith hatte sich in der Nähe des Sanatoriums eine kleine Wohnung gemietet und, während ihr Mann in strenger Isolierung lag, einen berühmten Facharzt für kosmetische Chirurgie konsultiert.

Er hatte wahre Wunder gewirkt, obwohl sie zuerst enttäuscht war. Denn sie hatte sich tatsächlich eingebildet, sie würde nachher wieder wie zwanzig aussehen. Sie sah jetzt wie achtunddreißig aus, eine schöne, sehr gepflegte Frau von achtunddreißig Jahren. Der Arzt war ein Genie. Natürlich waren vor den Ohren winzige Fältchen zurückgeblieben, und hinter den Ohren waren die Narben deutlich sichtbar. Aber da Judiths Haare jetzt weich und bauschig über die Ohren fielen, wurde alles verdeckt. Vidal Sassoon hatte die Frisur eigens für sie entworfen, und sie stand ihr hinreißend. Gregory hatte keine Ahnung von der Operation. Er meinte nur, sie sehe wundervoll aus, und die neue Frisur sei ein Meisterstück. Judith lächelte. Sah er denn nicht, wie straff ihre Kinnlinie war? Aber er hatte weder bemerkt, daß ihr Busen geliftet war, noch die winzigen Narben in der Leistengegend gesehen, die von der Straffung der Oberschenkel zurückgeblieben waren.

Auch Gregory sah gut aus, schlank und sonnengebräunt. Allerdings zeigte er nicht die geringste Lust, seine Arbeit im Sender wiederaufzunehmen. Nun waren sie schon eine Woche zu Hause, und er war noch nicht einmal ins Büro gegangen. Jeden Tag kam er mit einer anderen Ausrede. Einmal mußte er zu seinem Schneider – er hatte nämlich zehn Pfund abgenommen, und keiner seiner Anzüge paßte mehr. Das anderemal zu seinen Pferden. Anfangs der zweiten Woche mußte Judith ihn buchstäblich aus dem Haus werfen und ihn ins Büro schicken.

Kaum war er aus dem Haus, rief sie Robin an. Sie hatte damit absichtlich bis jetzt gewartet. Er wußte, daß sie zurück waren. Gregory hatte mehrmals mit ihm telefoniert. Sicherlich wunderte er sich, weshalb sie nicht anrief. Inzwischen würde er schon ungeduldig sein . . .

Auf seinem Privatapparat meldete sich niemand. Judith war enttäuscht, aber im Büro eine Nachricht zu hinterlassen, schien ihr sinnlos, denn wahrscheinlich war Robin bei einer Besprechung. Um drei Uhr nachmittags erreichte sie ihn schließlich. Es hörte sich an, als freue er sich ehrlich über Judiths Anruf. Er habe den ganzen Vormittag mit Gregory zusammengesessen, sagte er, und es sei phantastisch, wie gut er aussehe.

»Wann sehen wir uns?« fragte sie.

»Wann immer du willst«, erwiderte Robin leichthin. »Sowie Gregory Lust dazu verspürt, werde ich euch beide mit Vergnügen zum Essen ausführen.«

»So meinte ich es nicht, Robin«, sagte sie ruhig. »Ich möchte dich allein sehen.«

Er schwieg.

»Bist du noch dran, Robin?«
»Ja, ich bin hier.«
»Wann kann ich dich sehen?«
»Morgen um sechs bei mir.«
»Gut, ich komme. Ich sage Gregory, daß ich zu einem Wohltätigkeitscocktail muß. Dann bin ich zeitlich nicht gebunden. Gregory fällt nach dem Abendessen meistens todmüde ins Bett.«

Sie fuhr zu einem neuen Schönheitssalon in der Gegend der East Sixties. Zu ihrem bisherigen konnte sie sich nicht hinwagen, denn dort kannte sie das gesamte Personal, und die Nachricht von den Narben hinter ihren Ohren hätte sich wie ein Lauffeuer in der Park Avenue verbreitet.

Sie nahm als Mrs. Wright in einer Nische Platz und bildete sich fest ein, daß niemand sie erkannt habe. Wie denn auch? Vor über einem Jahr war ihr Bild zum letztenmal auf der Titelseite von *Woman's Wear* erschienen. Was das anging, so würde sie erst in ein paar Wochen wieder die Initiative ergreifen. Einigermaßen beruhigt lehnte sie sich zurück. Wenn die Frau nur nicht so heftig ihre Kopfhaut massieren würde! Sie mußte ja die ekligen Narben fühlen.

Als die Friseuse mit der Haarwäsche fertig war, führte sie Judith lächelnd in eine andere Kabine. Während Judith in einer älteren *Harper's* Ausgabe blätterte, flüsterte die Friseuse draußen ihrem Kollegen Dickie zu: »Von der kriegst du bestimmt ein anständiges Trinkgeld ... das ist Mrs. Gregory Austin unter einem falschen Namen und mit einer Kollektion taufrischer Narben. Sei vorsichtig mit den Wicklern.«

Während der schlanke junge Mann ihr Haar auf die großen Lockenwickler rollte, zog Judith nervös an einer Zigarette. Sie bemerkte, daß er einen verstohlenen Blick auf ihre Ohren warf. »Ich hatte dort häßliche Warzen«, erklärte sie ganz beiläufig. »Die habe ich mir im vergangenen Jahr operieren lassen.«

Dickie nickte mitfühlend. »Der Freund, mit dem ich zusammen wohne, hatte auch welche.«

Endlich saß sie unter der Trockenhaube und atmete auf. Wenn Dickie sie gekämmt hatte, würde sie in einer freien Kabine ihr Make-up auffrischen. Sie trug die wundervolle Unterwäsche, die sie sich in Paris gekauft hatte. Gott sei Dank waren die Narben unter ihrer Brust nicht zu sehen. Das Liften von Busen und Oberschenkeln war wirklich eine Qual gewesen, aber die Strapazen hatten sich gelohnt. Heute abend würde sie sich vor Robins Augen entkleiden.

Sie konnte es jetzt mit jeder Stewardeß aufnehmen!

Um halb sechs verließ sie den Salon. Sie sah großartig aus ... Vidal hatte ihr Haar so gut geschnitten, daß selbst Dickie daran nichts verderben konnte. Judith gab ihm zehn Dollar Trinkgeld. Seit Jahren hatte sie sich nicht mehr so beschwingt gefühlt. Sie hätte jubeln mögen, singen ... beschränkte sich aber darauf, in einem nahegelegenen Drugstore eine Tasse Tee zu trinken, um die Zeit bis zu ihrer Verabredung zu überbrücken. Um fünf vor sechs nahm sie sich ein Taxi und fuhr zu Robin.

Atemlos vor Aufregung läutete sie. Er öffnete, winkte ihr, hereinzukommen, und ging wieder ans Telefon. Mein Gott, das war ja der reinste Antiempfang! Robin sprach mit Kalifornien ... es hörte sich nicht anders an, als wenn Gregory mit irgend jemandem über diese blöde Sehbeteiligung telefonierte. Judith sah sich um. Sie war ja erst einmal hier gewesen, hatte sich aber die Wohnung in dem zurückliegenden Jahr immer wieder in Erinnerung gerufen. Jede Sekunde ihres Zusammenseins mit Robin hatte sie noch einmal durchgekostet. Jedes Wort, jedes Möbelstück hatte sich ihr unauslöschlich eingeprägt.

Sie fühlte sich leicht unbehaglich in ihrer neuen Unterwäsche. Der durchsichtige Büstenhalter und das winzige Spitzenhöschen kratzten. Aber wenn sie beim Ausziehen Robins Gesicht sah, würde sich jedes Opfer gelohnt haben und aller Ärger vergessen sein. Sie nahm sich vor, beim Auskleiden sehr langsam und bewußt vorzugehen. Mit ihrem Kostüm hatte Valentino sich selbst übertroffen. Die Seidenbluse war vorne durchgeknöpft – es gab nichts, das sie hätte über den Kopf ziehen müssen. Und ihre falschen Wimpern saßen bombenfest – ein neues Patent, das sie entdeckt hatte.

Endlich legte Robin auf, kam zu ihr und ergriff zum Willkommensgruß ihre Hände. Er bemühte sich, ihr zuzulächeln, aber zwischen seinen Augen hatten sich zwei senkrechte Falten gebildet.

»Ärger?« fragte sie.

»Roddy Collins.«

»Wer ist das?«

Diesmal lächelte er ungezwungen. »Du bist nicht nur ein Jahr lang weggewesen, sondern du hast auch seit deiner Rückkehr offensichtlich keinen einzigen Blick auf den Bildschirm geworfen.«

»Nein. Gregory auch nicht. Und das verdanken wir dir.«

Robin setzte sich und bot ihr eine Zigarette an. Die Falten zwischen seinen Augen bildeten sich erneut. »Unser neuer Star Roddy Collins spielt die Hauptrolle als edler Revolverheld in einer Westernserie, die auf Anhieb unter die ersten zehn aufgestiegen ist. Er ist ein bildschöner Junge, einsneunzig groß, nichts als Muskeln. Eben erfahre ich, daß er stockschwul ist.«

Judith zuckte die Achseln. Sie wünschte sich sehnlich, daß Robin sie in die Arme nahm. Jetzt war er wieder aufgestanden, ging nervös im Zimmer auf und ab und hatte kaum einen Blick für sie. In Gedanken beschäftigte er sich noch mit dem Telefongespräch. »Ist das Liebesleben eines Stars nicht seine Privatsache?« fragte sie.

»Natürlich! Solange es sich in seiner Privatsphäre abspielt, ist es mir egal, mit wem er schläft. Aber anscheinend genügt es unserem Star nicht, mit einem Jungen ins Bett zu gehen. Er zieht auch noch Frauenkleider an, taucht damit in der Öffentlichkeit auf und macht sich an jeden Mann heran! Kannst du dir das vorstellen? Ein Kerl von ein Meter neunzig, das Idol von ganz Amerika und von millionenschweren Firmen dazu ausersehen, Zahnpasta und Seife an den Mann zu bringen – kannst du dir vorstellen, wie so jemand als Frau verkleidet in Bars auftaucht, um sich 'nen Mann aufzugabeln?«

Judith fing an zu lachen.

»Es ist leider gar nicht komisch, Judith. Anscheinend hat ein Opfer unseres Freundes so unsanft reagiert, daß die Polizei kam. Wir haben natürlich sofort unsere Anwälte eingeschaltet und drei Leute eidesstattlich erklären lassen, es habe sich um eine Wette gehandelt, und sie seien ihm gefolgt, um den Spaß mitzuerleben. Schön, diesmal ist es noch gutgegangen. Aber wir können Roddy Collins nicht dauernd unter Aufsicht halten.«

»Robin, ich bin so lange fort gewesen. Das alles liegt mir noch so fern. Ich weiß, so etwas kommt bald genug wieder auf mich zu. Aber nicht jetzt, nicht zu unserem ersten gemeinsamen Abend.«

Er wandte ihr den Blick zu, als sähe er sie zum erstenmal. »Natürlich ... möchtest du etwas zu trinken?«

»Gern.« Gott, wenn doch irgend etwas das Eis zwischen ihnen bräche!

Er schenkte zwei Scotch ein und reichte ihr ein Glas. »Gregory sieht gut aus«, meinte er, »und es freut mich, daß er mir die Leitung des Senders lassen will. Trotzdem solltest du dafür sorgen, daß er wieder mehr Anteil am Geschehen nimmt.«

»Tut er das nicht?«

»Nein. Heute hat er die Belegschaft zusammentrommeln lassen und vor versammelter Mannschaft verkündet, wie stolz er auf mich sei. Morgen geht er Golf spielen, und übermorgen will er sich ein paar neue Pferde ansehen.«

Sie zuckte die Achseln. »Es ist jetzt dein Sender, Robin.«

»Ja, das stimmt«, erwiderte er ruhig.

»Dann laß Gregory doch Golf spielen und sich mit seinen Pferden beschäftigen.«

»Judith, ich habe geglaubt, er werde nach seiner Rückkehr die Zügel wieder selbst in die Hand nehmen. Ich war bereit, um meine Stellung zu kämpfen. Das Programm besteht zu dreißig Prozent aus Sendungen, die ich hereingeholt habe. Aber Gregory interessiert sich für gar nichts mehr – und das ist ungesund. Ich mag Gregory, ich möchte Hand in Hand mit ihm arbeiten, mit neuen Ideen bei ihm aufkreuzen und mich mit ihm auseinandersetzen, wenn er anderer Meinung ist. Es würde dem Programm zu gute kommen. Außerdem heißt es überall, die IBC sei jetzt mein Sender, und ich möchte nicht, daß Gregory sich über dieses Gerede ärgert.«

Sie stellte ihr Glas hin und sah ihn zärtlich an. »Laß das nur meine Sorge sein. Die IBC ist ja auch mein Sender.«

»Das kannst du jetzt gut sagen, Judith. Aber warte erst einmal ab, bis dich das Leben hier wieder aufgesogen hat. Ich gebe keine Interviews, und wenn man der Presse glauben will, bin ich nicht gerade ihr Hätschelkind. Bleibt Gregory dem Sender fern und läßt mich schalten und walten, wie ich will, wird er sehr bald in Vergessenheit geraten. Solange er fort war, spielte es keine Rolle. Die Tatsache aber, daß er zurück ist und nicht die Ärmel aufkrempelt, ist für die Presse eine gefundenes Fressen. Von Stund an wird der Sender de facto mein Sender, weil die Presse sich dann ausschließlich mit mir beschäftigt. Vor allem haßt mich ein Klatschkolumnist, dem ich die Teilnahme an einer unserer Quizsendungen verweigert habe – ein aufgeschwemmter, mißgünstiger Kerl. Tagtäglich steht etwas über mich in seiner Kolumne. Er nennt mich die ›Liebesmaschine‹ – eine Formulierung, die ich mal in bezug auf das Fernsehen benutzt habe, unter der er aber vermutlich so etwas wie einen erotischen Roboter versteht.«

»Und erweist du dich dieses Titels würdig?« fragte Judith. Ihre Augen hatten sich verengt.

Robin nahm einen Schluck von seinem Scotch und grinste.

»Dazu müßte ich erst mal gründlich ausspannen. Du bist im Meer geschwommen – ich hatte nicht einmal Zeit für ein Wochenende im Grünen.«

»Einen schwächlichen Eindruck machst du aber nicht gerade, Robin!«

Er zog sie vom Sessel hoch. Judith schlang die Arme um seinen Nacken. Das schrille Läuten des Telefons unterbrach sie. »Geh nicht 'ran«, bat sie.

»Es ist die IBC-Leitung!« Er löste sich aus ihrer Umarmung und ging zum Telefon. »Hallo. Ja. Was, tatsächlich, Dip? Hat Dan ihn schon gesehen? Nein, von Preston Slavitt habe ich noch nie etwas gehört. Ach richtig, dieser Off-Broadway-Autor, der aussieht, als hätte er noch nie in einer Badewanne gesessen! Nee, tut dem Talent keinen Abbruch. Wirklich gut? Okay, wie lange hast du den Vorführraum? Also dann in zwanzig Minuten.« Robin hängte ein.

Judith sah ihn überrascht an. »Wer ist Dip?«

»Ach, das ist eine lange Geschichte, Baby. Er war früher Filmstar und ist jetzt Produzent. Wir haben ihm und Dan Miller, mit dem er zusammenarbeitet, eine Serie abgekauft.« Er reichte ihr die Hand. »Du hast gehört, daß ich leider fort muß. Ich glaube, es ist besser, du gehst voraus, und ich komme in ein paar Minuten nach.«

»Wann sehen wir uns?«

»Ich rufe dich morgen gegen elf an.«

Er küßte sie flüchtig auf die Wange und begleitete sie zur Tür. Judith spürte, daß er mit seinen Gedanken schon bei der Vorführung war. Sie fuhr im Fahrstuhl hinab und nahm sich ein Taxi. Zu Hause mixte sich Gregory eben einen Martini. Die Freude, mit der er sie begrüßte, war echt. »Herrlich, daß du so früh kommst! Als ich deinen Zettel las, fürchtete ich schon, allein essen zu müssen. Du siehst ja phantastisch aus!«

Sie ließ sich einen Martini geben und trank geistesabwesend einen Schluck. Plötzlich fiel ihr ein, daß Robin Stone nicht eine einzige Bemerkung über ihr verändertes Aussehen gemacht hatte.

Als er um eins noch nicht angerufen hatte, wurde Judith wütend. Wahrscheinlich war er zum Lunch verabredet – aber dann war vor drei Uhr nicht an einen Anruf zu denken. Dabei hatte er gesagt, er riefe um elf an. Nervös wanderte sie im Schlafzimmer auf und ab. Sie war noch im Negligé, aber schon fertig zurechtgemacht. Ihre Hoffnung auf ein langes, ruhiges Mittagessen, bei dem sie sich gemütlich unterhalten und an die vergangene Episode wiederanknüpfen konnten, war dahin! Nun konnten sie sich allenfalls zum Cocktail treffen. Wenn sie Gregory ausrichten ließ, daß ihr mit dem Ball zugunsten der Waisenkinder etwas dazwischengekommen sei, würde sie bis neun Uhr fortbleiben können.

Sie streckte sich auf dem Bett aus und legte eine Patience. Wenn sie fünf Karten aufdeckte, würde Robin sie um vier anrufen, aber nur, um mit ihr zu sprechen. Bei zehn Karten würde er um drei anrufen – auch nur für ein Gespräch. Bei fünfzehn würde er sie zum Cocktail, bei zwanzig für den ganzen Abend einladen. Und sollte das Spiel aufgehen, dann würde er ihr sagen, daß er wahnsinnig in sie verliebt sei, und Judiths Traum ging in Erfüllung.

Sie legte ein Spiel mit acht Karten und beim zweiten Versuch mit fünfzehn ... nein, so ging es nicht. Noch ein drittes Mal, und das sollte dann gelten. Keine einzige Karte fiel. Allmächtiger, hieß das, daß er gar nicht anrief?

Um fünf war sie so verzweifelt, daß sie seine Privatnummer im Sender wählte. Niemand meldete sich. Also saß er nicht am Schreibtisch. Als Gregory um sechs nach Hause kam, war sie immer noch im Negligé. Er sah ihr Make-up und fragte: »Gehen wir irgendwohin?«

»Ich wünschte, wir täten es«, erwiderte sie.

Gregory lächelte flüchtig. »Wir waren lange fort. Die Leute wissen noch gar nicht, daß wir wieder da sind.«

»Du hast recht. Ich glaube, ich muß langsam anfangen herumzutelefonieren.«

Er seufzte. »Mir gefällt's ganz gut so. Wir können doch in Ruhe zusammen essen und uns hinterher das Fernsehprogramm ansehen.«

»Was glaubst du, was ich in den letzten anderthalb Jahren gemacht habe?« fragte sie betont ruhig.

Er sah sie zerknirscht an. »Dann schlage ich vor, du ziehst dir etwas Hübsches an, und wir gehen ins Colony.«

»Allein?«

»Wir beide.«

»Wie würde das denn aussehen?« fragte sie.

»Wie ein Abendessen zu zweit im Colony.«

»Es würde so aussehen, als ob wir keinen einzigen Freund hätten.«

»Vielleicht haben wir das auch nicht, Judith. Die wenigsten Menschen haben nämlich Freunde.«

»Das ist Unsinn. Wir haben uns vor Einladungen nie retten können.«

»Ja, Einladungen«, wiederholte er müde. »Einladungen zu Premieren und Premierfeiern, Gegeneinladungen ... ich nehme an, wir sind inzwischen außer Kurs geraten.«

»Dann wollen wir sehen, daß wir wieder in Kurs kommen«,

beharrte sie.

Gregory zuckte die Achseln. »Darum mußt du dich kümmern. Das ist schon immer deine Sache gewesen.«

Judith wollte sich gleich morgen darum kümmern. Vielleicht ein kleines Abendessen? Sie würde Dolores und John Tyron anrufen, die waren immer *in*.

Dolores gab sich entzückt. »O Judith, mein Engel, wie himmlisch, daß du zurück bist! Geht ihr nächste Woche zu der Party von Joan Sutherland?«

»Ehrlich gesagt, ich habe keine Ahnung, was da alles auf uns zukommt. Du bist die erste, die ich anrufe. Ich habe ja noch kaum ausgepackt.«

»Du mußt ganz erschossen sein von den vielen Festen in Europa. Ich sterbe vor Neugier! Habt ihr Grace besucht, als ihr in Südfrankreich wart? Sie soll ja einen märchenhaften Empfang gegeben haben.«

»Da waren wir gerade in Capri.«

»Ach, dann habt ihr den Korda-Ball mitgemacht? Himmlisch, nicht?«

»Das erzähl' ich dir, wenn wir uns sehen. Jetzt interessiert mich vor allem, wie es euch geht und was all unsere Freunde machen, die wir so lange nicht gesehen haben.«

»Es muß phantastisch gewesen sein, daß ihr so lange weggeblieben seid! Und ist Gregory nicht ein Glückspilz, daß dieser Zaubermensch ihn so blendend vertritt! Sag mal, stimmen die tollen Sachen, die man über ihn hört?«

»Was hast du gehört?«

»Es ist unglaublich ... Orgien, und außerdem soll er andersrum sein! Man sieht ihn ja nur noch mit diesem hübschen ehemaligen Filmstar ... dem Mann von Pauli Nelson.«

»Wer ist Pauli Nelson?«

»Da sieht man, wie endlos ihr fort wart, Liebes! Sie war letztes Jahr *die* Sensation am Broadway. Du, aber dieser Robin Stone muß ein irrer Typ sein. Ich würde ihn für mein Leben gern kennenlernen.«

»Ich hatte eigentlich vor, ein kleines Abendessen zu geben, und könnte ihn dazu einladen. Würde es dir diese Woche passen?«

»Herzchen, wir haben bis Dienstag in acht Tagen nicht eine Minute mehr frei. Aber arrangier doch die Sache in etwa zwei Wochen. Du kannst mich ja noch anrufen und mir den genauen Termin sagen, dann notier' ich mir das gleich vor. O Judith, mein

Engel, der andere Apparat klingelt, und eben kommt Freddy zum Frisieren. Großer Gott! Ich muß in einer Stunde im La Grenouille sein.«

Judith telefonierte noch eine Weile herum. Alle ihre Freundinnen waren entzückt, daß sie wieder da war, alle waren in der nächsten Zeit völlig ausgebucht, und alle schwatzten endlos über die Ereignisse der kommenden Saison; natürlich dachten alle, sie und Gregory seien auch überall eingeladen. Aus dem kleinen Abendessen im Colony wurde also nichts; unter einem formellen Empfang in den eigenen vier Wänden ging es nicht.

Sie beschloß, ihn auf den ersten Oktober zu legen, und rief Dolores noch einmal an. Dolores war sozusagen schon nicht mehr da, aber selbstverständlich wollte sie rasch noch einmal auf ihren Kalender schauen. »Judith, bitte nicht am ersten Oktober. Da ist Premiere im *New Regal Club*. Ihr kommt doch sicher auch. Sieh deine Post mal durch . . . es ist zwar eine geschlossene Vorstellung, aber ich bin sicher, daß man euch eingeladen hat. Leg doch deine Party auf den . . . warte mal, wie wär's mit dem achten Oktober? Da sind wir frei. Ich trage es schon mal dünn mit Bleistift ein. Du kannst ja noch anrufen und es festmachen. Liebes, es wird höchste Zeit für mich. Wir sehen uns sicher vorher noch.«

Judith rief Betsy Ecklund an. Achter Oktober? Ob Judith denn nicht zu der Privatvernissage in der Galerie Berner gehe? Die Herzogin von Windsor käme auch. Judith möge nur ihre Post durchsehen . . . sicher sei die Einladung dabei.

Sie legte auf und schaute sich die Post auf dem Frühstückstisch an. Ein paar Rechnungen, eine Reklamesache, ein Brief von ihrer Schwester. Es war nicht zu glauben! Das gesellschaftliche Leben New Yorks spielte sich ohne Judith Austin ab. *Sie* mußte Dolores und Betsy fragen, welcher Abend ihnen recht sei . . .! Früher hatte sie einfach ein Datum festgesetzt und ihrer Sekretärin die Einladungsliste gegeben. Niemand sagte ab. Jetzt mußte sie ihre Party mit den Terminen ihrer Gäste abstimmen. Genügte eine Abwesenheit von anderthalb Jahren, um die Dinge dermaßen auf den Kopf zu stellen?

Inzwischen war es halb eins. Da sie nichts vorhatte, wählte sie, aufs neue zu einem Vorstoß entschlossen, Robins Nummer. Nach dem dritten Rufzeichen nahm er ab. Judith hörte Stimmen im Hintergrund. Offensichtlich hielten sich mehrere Leute in seinem Büro auf. »O ja, ich weiß.« Er sprach betont unpersönlich. »Ich bitte sehr um Entschuldigung, daß ich nicht angerufen habe, aber es geht heute hektisch zu. Kann ich heute nachmittag oder gleich morgen früh zurückrufen?«

Judith legte den Hörer wieder auf die Gabel. Was nun? Sie *mußte* ihn sehen. Wenn sie leibhaftig vor ihm stand, würde er schon reagieren. Der bewundernde Blick, mit dem Robin sie in seiner Wohnung empfangen hatte, war ihr nicht entgangen ... bis dieser verdammte Anruf dazwischenkam.

Sie würde ihm einfach über den Weg laufen. Ganz zufällig! Ja, das war eine gute Idee. *Heute.* Mal überlegen ... gegen eins würde er wahrscheinlich zum Essen gehen und etwa um zwei zurückkommen. Das war die beste Gelegenheit, am IBC-Gebäude vorbeizuschlendern und ihm ganz unbeabsichtigt zu begegnen.

Sehr sorgfältig zog sie sich an ... keinen Hut und den hellen Mantel mit dem Zobelkragen. Zehn vor zwei war sie bei der IBC. Aus einer Telefonzelle rief sie Robins Büro an und meldete sich bei der Sekretärin als Miss Weston vom Meinungsforschungsinstitut Nielsen.

»Soll Mr. Stone zurückrufen, Miss Weston? Er müßte bald zurück sein.«

»Nein, vielen Dank. Ich melde mich dann wieder.« Judith hängte ein. Gut, er war also noch nicht vom Essen zurück. Neben der IBC lag eine Buchhandlung. Dort bezog sie Posten und tat, als sehe sie sich die Auslage an. Sie wollte so lange dort stehenbleiben, bis Robin zurückkehrte. Sowie sie ihn auftauchen sah, würde sie langsam weiterschlendern und dann plötzlich überrascht vor ihm stehen.

Nach zehn Minuten wurde sie ungeduldig. Wie lange konnte man sich Bücher ansehen? Und es war windig. Gott sei Dank hatte sie mehr Haarspray als gewöhnlich genommen. Ob der Pförtner von der IBC sie wohl bemerkte oder womöglich erkannte? Sie fröstelte. Es war richtiggehend kalt geworden. Ihre Augen begannen zu tränen, und die Wimperntusche verlief. In dem Spiegel neben der Ladentür sah sie schwarze Tuschflecke auf ihrem Augapfel. Die untere Wimpernreihe hatte kaum noch Farbe. Auch ein Nachteil ursprünglich blonder Frauen: Die Haare dunkelten mit den Jahren nach, die Wimpern nie. Sie holte ihr Taschentuch hervor, um die schwarzen Streifen unter den Augen wegzuwischen.

»Hast du etwas im Auge?«

Sie drehte sich um. Es war Robin.

Als sie jetzt im hellen Tageslicht sein sonnengebräuntes Gesicht so nahe vor sich sah, wurde ihr plötzlich bewußt, wie leicht durchschaubar ihr ganzes Manöver war. Es gelang ihr aber, sich lächelnd wieder zum Spiegel zu drehen. »Nur etwas Tusche. Ich war zum Essen verabredet und glaubte, es sei ein so herrlicher Tag, daß ich zu Fuß gehen könne. Darum habe ich den Wagen weggeschickt. Sieht so aus, als wollte es plötzlich Winter werden.«

»Soll ich dir ein Taxi besorgen?«

»Bitte.« Sie versuchte, sich ihre Verlegenheit nicht anmerken zu lassen.

Robin ging mit ihr zum Straßenrand und winkte ein Taxi heran. »Ich wollte dich wirklich anrufen, Judith, aber es kam mir dauernd etwas dazwischen.«

»Das verstehe ich, nur . . .«

Schon stand das Taxi da. Judith war wütend. Sonst bekam man nie eins, aber dieser Idiot da war auf sie losgeprescht, als ginge es um den Großen Preis von Monte Carlo. Robin öffnete den Schlag. »Ich rufe dich an, Judith.«

Sie wartete, bis sie in ihrem Schlafzimmer war; dann brach ihre Haltung zusammen. Sie warf sich schluchzend aufs Bett, und die nagelneuen Wimpern schwammen mit den Tränen davon.

Um fünf nahm sie eine von Gregorys Schlaftabletten und ließ ihm ausrichten, sie habe Kopfschmerzen. Bald fiel sie in einen dumpfen Schlaf. Ihr letzter Gedanke war, ob Robin wohl gemerkt hatte, daß ihr »zufälliges Zusammentreffen« beabsichtigt war.

Das »zufällige Zusammentreffen« war Robin erheblich gegen den Strich gegangen. Den ganzen Nachmittag dachte er darüber nach, und seine Laune verschlechterte sich zusehends. Er herrschte seine Sekretärin an, ließ Andy Parino kurz abfahren, und als Jerry Moss ihn schließlich auf ein Glas in die Lancer Bar einlud, gab er ihm eine sehr unhöfliche Absage. Abends setzte er sich zu Hause mit einem Wodka-Martini vors Fernsehen und versuchte, sich auf das Programm zu konzentrieren, aber Judith ging ihm nicht aus dem Sinn . . . Sie hatte so jämmerlich ausgesehen, wie sie da vor dem Buchladen stand. Ihre kindische Ausrede hatte ihn richtig erschüttert . . . das arme Ding, so verzweifelt zu sein, daß sie sich in der Hoffnung, ihn zu treffen, auf die Straße stellte. Großer Gott, wie war so etwas möglich? Ob es Kitty bei ihren Freunden auch so ergangen war?

Er nahm eine Zeitung zur Hand. Der Teufel sollte die Weiber holen! Amanda hatte versucht, ihn festzunageln. Unzählige Frauen hatten auf seine Anrufe gewartet . . . Frauen ohne Stadtvillen und ohne Ehemänner mit Fernsehsender . . . Aber es waren doch wenigstens junge Frauen gewesen und keine Fünfzigjährigen mit geliftetem Gesicht ... Er hatte seinen Augen nicht getraut, als er Judith wiedersah: eine so glatte, feste Haut – wie bei Kitty ... Viele Frauen von fünfzig ließen das über sich ergehen, verdammt noch mal! Warum hatte er bei Judith deswegen Gewissensbisse?

Um auf andere Gedanken zu kommen, blätterte er die Zeitung durch. Plötzlich hatte er ein grinsendes Foto von Dip Nelson vor Augen. Unter der Überschrift »Neuester Fernsehabschluß« folgte ein typisches Dip-Interview. »Das Fernsehen braucht frisches Blut«, hieß es da. »Deshalb hat Robin Stone bei der neuen Serie, die Danton Miller und ich gemeinsam produzieren, sofort zugegriffen. Der Nachteil beim Fernsehen ist, daß zu viele Leute dort beschäftigt sind, die nichts vom Showgeschäft verstehen.«

Robin warf die Zeitung beiseite und rief Dip an. »Schluß mit den Interviews«, fauchte er. »Du redest zuviel! Laß künftig die Sendungen für dich sprechen. Das ist ein Befehl!«

»Schon gut, mein Junge. Übrigens bin ich nach wie vor der Meinung, du hättest den zweiten Film auch kaufen sollen. Er ist ein echter Knüller.«

»Der Film ist Scheiße!«

»Du bist ja in reizender Laune!«

Robin legte auf und schenkte sich einen kräftigen Wodka ein. Gegen elf war er sehr betrunken.

Judith erwachte am nächsten Morgen mit der verschwommenen Erinnerung an etwas ausgesprochen Unangenehmes. Dann fielen ihr die Ereignisse des Vortages wieder ein, und erneut kamen ihr die Tränen. Es war neun. Gregory wollte sich heute in Westbury Pferde ansehen. Vor ihr lag ein endloser Tag. Auf Zehenspitzen schlich sie in Gregorys Schlafzimmer. Er war schon fort. Er hatte ja auch einen Grund, zeitig aufzustehen – mit seinen Pferden und mit seinem Golf! Sie hatte nichts. Im Apothekenschränkchen fand sie die grünen Schlafpillen, die sie in einen totenähnlichen Schlaf versetzt hatten. Warum sollte sie nicht noch eine nehmen? Dann würde sie wenigstens den Tag verschlafen – und das war immer noch besser als herumzusitzen und auf einen Anruf zu warten, der nicht kam.

Die Tablette wirkte rasch. Judith hatte den Abend vorher nichts gegessen und überlegte, ob sie sich Tee bringen lassen sollte. Aber sie war so benommen, daß sie gleich einschlief.

Als sie das Telefon läuten hörte, glaubte sie, es käme aus weiter

Ferne, doch je mehr sie sich wach rüttelte, desto näher rückte der Ton. Sie nahm den Hörer ab . . . meine Güte, es war halb vier, sie hatte tatsächlich den ganzen Tag verschlafen!

»Hallo, Judith.«

Robin! Robin am Telefon! Er rief sie an! Und sie lag da wie betäubt, unfähig, einen klaren Gedanken zu fassen.

»Habe ich dich gestört?« fragte er.

»Nein, nein, ich hatte nur einen anstrengenden Tag.« Warum wurde denn ihr Kopf nicht klar? »Ich bin eben nach Hause gekommen und hatte mich zu einem Nickerchen hingelegt.«

»Dann rufe ich lieber ein andermal wieder an.«

»Nein, ich bin wirklich ganz wach.« Hoffentlich merkte er ihrer Stimme nicht an, wie benommen sie war.

»Ich habe mein Tagewerk so gut wie hinter mir, und da dachte ich, dir wäre vielleicht nach einem Whisky zumute.«

»Das ist eine glänzende Idee.«

»Fein. In einer halben Stunde bei mir?«

»Sagen wir in einer Stunde«, bat sie. »Ich erwarte noch ein paar Anrufe.«

Sie taumelte aus dem Bett und klingelte nach dem Mädchen. Eine Kanne Kaffee würde helfen. O Gott, warum hatte sie bloß die Pille genommen? Er hatte sie angerufen! Er wollte sie tatsächlich sehen!

An ihrem Toilettentisch schlürfte sie drei Tassen Kaffee, aber das dumpfe Gefühl im Kopf wollte nicht weichen. Alles schien nur aus einer gewissen Entfernung zu ihr zu dringen, doch sie hatte wenigstens eine ruhige Hand und konnte das Make-up auflegen. Ihre Frisur war ein einziges Chaos; sie kam unter die Perücke. Sie stach mit den Haarnadeln bis auf die Kopfhaut, damit die Perücke sich nur ja nicht löste. Möglich, daß sie gar nicht ins Bett gingen – aber sie wollte auf alles vorbereitet sein . . . sie allerdings würde nichts herausfordern . . . Er hatte angerufen! Er wollte sie sehen, und das bedeutete, er würde wieder anrufen.

Für Gregory hinterließ sie eine der üblichen Ausreden.

Als sie bei Robin läutete, war sie noch immer halb beduselt. Robin hatte sein Jackett ausgezogen und den Krawattenknoten gelockert. Er ergriff ihre Hände, zog Judith herein und küßte sie zart auf den Mund. Da schlang sie plötzlich mit einer Leidenschaft, die sie nie an sich erlebt hatte, die Arme um seinen Hals und küßte ihn mit unverhüllter Gier. Robin nahm sie bei der Hand und führte sie ins Schlafzimmer. Judith bewegte sich wie in Trance – alle Geräusche schienen gedämpft, alle Gesten langsamer ... aber sie fühlte keinerlei Hemmungen. Sie zog sich gelassen aus, stand vor ihm, Robin legte sich aufs Bett, zog sie zu sich herab. Sex mit Robin schien ihr plötzlich das Natürlichste von der Welt zu sein, und sie gab sich ihm hin, als hätte sie ihn bereits ihr ganzes Leben lang gekannt.

Gegen halb zehn kam sie nach Hause. Gregory saß im Bett und sah sich ein Fernsehprogramm an. Judith umarmte ihn stürmisch. »O Schatz, es tut mir so leid, daß ich nicht mit dir essen konnte!«

Lächelnd tätschelte er ihr den Kopf. »Du kommst wohl allmählich wieder in den gesellschaftlichen Trubel hinein, was?«

»Ein bißchen. Die Besprechung zog sich eine Ewigkeit hin, dann waren wir noch im Klub 21, und ehe ich mich's versah ...«

»Das macht doch nichts. Soll ich dir noch was zu essen bringen lassen?«

Sie schüttelte den Kopf. »Ich habe zwei Bloody Mary getrunken. Ich glaube, ich gehe am besten gleich ins Bett.«

Dabei *hatte* sie Hunger, aber sie wollte mit ihren Gedanken allein sein und sich auch wirklich bald schlafen legen, um den Tag zu beenden. Denn »morgen« hieß »Robin« – und das allein zählte.

In den folgenden Wochen konzentrierte Judiths Leben sich auf das Telefon. Gewöhnlich rief Robin um elf an. Sie trafen sich in der Lancer Bar, manchmal gingen sie in seine Wohnung, und gestern hatte sie ihn zum Flughafen gefahren, denn er mußte für kurze Zeit nach Kalifornien. Judith trug ihre neuen europäischen Modelle und machte schon Pläne für ihre Wintergarderobe. Gregory wollte den Winter in Palm Beach verbringen. Um so besser. Sie würde Zahnbehandlung und Renovierungsarbeiten vorschieben, um öfter nach New York zu fliegen, und dann konnte sie ganze Nächte mit Robin verbringen. Dr. Spineck hatte ihr wunderbare Hormontabletten verschrieben; sogar ihre Schweißausbrüche waren verschwunden. Und was das Schnarchen anging, na ja – sie würde eben nicht schlafen. Wie konnte sie auch, wenn sie das Glück hatte, eine ganze Nacht in Robins Armen zu verbringen, mit ihm aufzuwachen und zu frühstücken? Natürlich mußte sie scheinbar vor ihm aufwachen, damit sie sich zurechtmachen konnte. Sie wollte sich eine der neuen Krokotaschen kaufen, die es jetzt gab und in denen so herrlich viel Platz war ...

Im übrigen hatte sie noch keinen Finger gerührt, um ihr gesellschaftliches Leben wieder in Gang zu setzen. Robins Anrufe waren das einzige, worauf es ankam. Manchmal erschrak sie über die

Heftigkeit ihrer Gefühle. Sie war verliebt, daran bestand kein Zweifel. Und das Beängstigende an dieser Romanze war Judiths Bedürfnis, ständig in Robins Nähe zu sein. Nachts lag sie wach und malte sich alles mögliche aus ... Gregory würde sterben, schnell und unerwartet. Robin würde sie trösten, und nach einer angemessenen Frist könnten sie heiraten.

Heiraten! Sie setzte sich im Bett auf. *Robin heiraten!* Mein Gott, den armen Gregory sterben zu lassen, und wenn es auch nur im Traum war, schien ihr schrecklich, grauenhaft! Aber sie liebte Robin! Ja, sie liebte ihn ... diesmal war es echt. Was sie empfand, war Liebe, wie sie in Romanen vorkommt; im Vergleich dazu verblaßten ihre früheren Abenteuer. Alles verblaßte neben Robin. Er war ihr Leben. Und Gregory sah nicht danach aus, als ob er plötzlich tot umfiele ... er wurde täglich kräftiger.

Angenommen, sie ließe sich von Gregory scheiden? Nein, das ginge nicht, dann müßte Robin die IBC verlassen. Aber wieso eigentlich? Hatte er ihr nicht erzählt, er schriebe an einem Buch und habe den ersten Entwurf schon fertig? Ein Buch über große Männer der Geschichte, die nach dem ersten Scheitern noch einmal zur Spitze aufstiegen. General de Gaulle zum Beispiel oder Winston Churchill ... Robin vertrat die Theorie, daß die Rückkehr nach einem Sturz aus großer Höhe nur dem wahrhaft großen Mann möglich sei. Es einmal zu schaffen, sei leicht; es aber zweimal zu schaffen, mache den Unterschied zwischen den nur Glücklichen und den Großen aus.

Judith hatte ja selbst Geld. Und wenn sie von Gregory auch nichts annahm, belief sich ihr Vermögen immer noch auf über fünfhundert Millionen. Außerdem wußte sie aus Gesprächen mit Gregory, daß Robin wohlhabend war. Sie könnten nach Mallorca gehen und sich dort ein Haus mieten. Judith wollte alles von ihm fernhalten. Sie könnten am Strand spazierengehen, segeln, abends vorm Kamin sitzen, und Robin würde ihr sein Manuskript vorlesen.

Je mehr sie darüber nachdachte, desto mehr steigerte sie sich in die Vorstellung hinein. Robin liebte sie, davon war sie überzeugt. Seit sechs Wochen waren sie ständig zusammen, und wenn sie sich abends mal nicht sahen, saß Robin vor dem Bildschirm. Oft schlich sie sich dann in ihr Schlafzimmer und rief ihn an, und nie legte sie sich schlafen, ohne ihm vorher noch telefonisch gute Nacht gesagt zu haben ... Robin war immer zu Hause. Es war so wundervoll, im Dunkeln zu liegen, zu wissen, daß Gregory friedlich nebenan schlief, und an Robin zu denken. Freilich, der Satz »Ich liebe dich«

war ihm noch nie über die Lippen gekommen. Robin war nicht der Typ dafür. Aber er sagte immerhin jedesmal: »Schlaf gut, mein Liebes.«

Sie sah auf die Uhr. Es war zwölf Uhr mittag, also elf Uhr in Chicago. Sie hatte Robin am Abend vorher in Los Angeles angerufen und wußte, daß er heute mit einer Stunde Aufenthalt in Chicago zurückflog.

Kurz entschlossen sprang sie aus dem Bett. Sie wollte Robin in Chicago abholen und auf dem Rückflug mit ihm über ihre neuen Pläne sprechen. Gregory bekam den üblichen Zettel hingelegt ... Gott sei Dank war er immer so müde, daß er bald nach dem Abendessen schlafen ging.

Um vier war sie in Chicago. Sie setzte sich in den Warteraum für Very Important Persons und ließ Robin ausrufen. Etwas außer Atem kam er an und war bei ihrem Anblick zunächst sprachlos.

Judith flog ihm in die Arme. Es war ihr gleichgültig, ob man sie erkannte ... von jetzt an würden sie immer zusammen sein. Während die Maschine aufgetankt wurde, saßen sie an der Bar. Zum erstenmal war Judith froh, daß Robin das IBC-Flugzeug benutzte. Ihr überraschendes Auftauchen schien ihn ziemlich aus dem Gleichgewicht gebracht zu haben, aber sie nahm an, es sei die Begeisterung. Mit dem Thema hielt sie solange zurück, bis sie in der Maschine saßen und auf dem Flug nach New York waren. Seltsamerweise war es dann Robin, der ihr das willkommene Stichwort gab.

Er nahm ihre Hände und sagte: »Das war ein wunderbarer Einfall, aber trotzdem darfst du so etwas nie wieder tun. Der Pilot hat dich bestimmt erkannt, und wir wollen doch Gregory nicht weh tun.«

»Gerade weil ich Gregory so gern habe, möchte ich, daß wir einen schnellen und klaren Trennungsstrich ziehen, Robin. Ich werde Gregory um die Scheidung bitten.«

Er schwieg und blickte hinaus auf die Wolken, die unter dem Flugzeug dahinzogen.

»Du hast mich doch gern, Robin, oder?«

»Warum sollen wir Gregory das antun?«

»Ich möchte dich heiraten.«

Er nahm ihre Hände. »Judith, ich möchte nicht heiraten.« Als er die Tränen in ihren Augen sah, fuhr er rasch fort: »Ich habe nie heiraten wollen. Keine der Frauen, die ich kannte.«

»Robin, wir würden eine gute Ehe führen. Du könntest von der

IBC weggehen und dein Buch schreiben, ich wäre bei dir ... es wäre ein so wundervolles Leben, Robin! Bitte sag nicht nein. Denk darüber nach. Mehr verlange ich jetzt nicht ... bitte, denk darüber nach!«

Er lächelte. »Also gut, wir wollen beide sehr gründlich darüber nachdenken. Und jetzt wird nicht mehr davon geredet.« Er stand auf, ging zu der kleinen Bar und mixte zwei Cocktails.

»Auf uns«, sagte sie und hob ihr Glas.

»Auf dich, Judith. Ich möchte dir niemals weh tun. Bitte, glaub mir das.«

Sie schmiegte sich an ihn. »Ach Robin, ich wünschte, dieser Flug ginge nie zu Ende.«

Am nächsten Morgen kam kein Anruf von ihm. Zuerst machte sie sich deswegen keine Gedanken. Sie blieb im Schlafzimmer und wartete. Um drei rief sie ihn im Büro an. Er meldete sich beim zweiten Rufzeichen.

»Verzeihen Sie, daß ich Sie nicht angerufen habe«, sagte er formell, »aber ich hatte heute vormittag verschiedene Besprechungen. Durch meine Abwesenheit drängen sich jetzt die Termine ein wenig.«

Sie kicherte. »Du hast Leute bei dir, nicht?«

»Ja.«

»Wie lange bleiben sie?«

»Es sieht so aus, als ob der heutige Nachmittag ziemlich besetzt ist.«

»Ich könnte doch um sechs zu dir in die Wohnung kommen.«

»Das geht leider nicht, weil ich bis sieben eine Verabredung habe und mir anschließend eine neue Sendereihe ansehen muß, die heute beginnt.«

»Wunderbar, dann schauen wir sie uns gemeinsam an.«

»Ich bin im Hause eines Geschäftsfreundes. Hinterher findet noch eine Party oder ein Empfang oder so etwas statt. Kann ich nicht zurückrufen?« Sein Ton klang zum Schluß leicht gereizt.

Er rief nicht zurück. Judith aß mit Gregory zu Abend. Ihr Mann war müde. Während sie sich die neue Fernsehsendung ansahen, nickte er immer wieder ein. Das Wissen, daß Robin auch zuschaute, gab Judith das Gefühl, ihm nahe zu sein. Wahrscheinlich langweilte er sich zu Tode, und die Party war ein Reinfall; sie kannte die Einladungen von Agenturleuten.

Am folgenden Morgen las sie die Kritiken. Die IBC hatte wieder einmal einen Treffer gelandet. Die *Times* brachte eine glänzende Besprechung und betonte, daß Robin Stone dem Sender eine regelrechte Adrenalinspritze verpaßt habe. Doch dann kamen die Nachmittagszeitungen, und die versetzten Judith in Alarmbereitschaft. Es hatte tatsächlich eine Party stattgefunden – allerdings nicht privat, sondern im Rainbow Room, wo die gesamte Prominenz aus dem gesellschaftlichen und kulturellen Leben versammelt war. Unter den zahlreichen Fotos tauchte ein besonders großes auf, das Robin zwischen einem weiblichen Musical-Star und einem Mannequin zeigte. Lächelnd beugte er sich zu der Sängerin. Was aber Judith ins Herz schnitt, war die Art, wie sich seine Hand mit der des Mannequins verschränkte. Die Geste sprach Bände. Sie hatten etwas miteinander!

Judith wartete eine Woche lang vergeblich auf seinen Anruf. Sicherlich ließ ihm die Arbeit keine freie Minute, denn er konnte sie ja nicht absichtlich so vor den Kopf stoßen. In ihrer Verzweiflung rief sie schließlich seine private Büronummer an. Die unpersönliche Stimme einer Telefonistin erklärte ihr, die Nummer sei abgemeldet und der Anschluß erloschen. Allmählich beschlich Judith ein Angstgefühl . . . das würde er nicht wagen! Das konnte er nicht! Sie wählte die Nummer seiner Wohnung. Die gleiche Stimme verkündete: »Bedaure, unter dieser Rufnummer kein Anschluß. Nein, die neue Nummer darf ich Ihnen nicht nennen. Sie steht nicht im Telefonbuch.«

Judith wurde blaß vor Wut. Das hatte er nur getan, um sie abzuschütteln! Sie brach in Tränen aus und vergrub ihr Gesicht im Kopfkissen. In dieser Nacht lag sie bis zum Morgengrauen wach. Das würde sie ihm heimzahlen! Sie wollte Gregory veranlassen, ihm zu kündigen!

Gleich am nächsten Morgen begann sie mit ihrem Angriff. »Er hat dir den Sender weggenommen, wir gehören gar nicht mehr dazu . . . ist dir das eigentlich klar? Unsere Einladungen gehen längst an Robin Stone!«

Gregory hörte sich den Ausbruch unbeteiligt an. Dann sagte er: »Judith, ich bin zweiundsechzig, die Aktien haben noch nie so gut gestanden, der Sender funktioniert und ist durchorganisiert, und ich denke nicht daran, an diesem Erfolg herumzupfuschen. Mir gefällt es, ehrlich gesagt, ab und zu mal hereinzuschauen, mich davon zu überzeugen, daß alles läuft, und dann wieder für Golf und die Pferde frei zu sein.«

»Und was soll ich inzwischen anfangen . . . den ganzen Tag zu

Hause hocken? Abends, wenn ich gern ausgehen möchte, bist du müde.«

»Ich dachte, deine wohltätigen Aufgaben füllten dich voll und ganz aus. Du schienst in der letzten Zeit recht glücklich gewesen zu sein.«

Judith vermied es, ihren Mann anzusehen. »Wie oft soll ich noch zu einem Wohltätigkeitsessen gehen?« (Sie hatte an keinem einzigen teilgenommen.) »Das kann ich schließlich nicht ewig machen. Ich habe mich um der guten Sache willen gezwungen, bei allen möglichen Empfängen zu erscheinen, aber einmal muß das aufhören. Außerdem fragen sich die Leute allmählich, was für Vorteile mein Patronat eigentlich bringt, wenn man uns nirgends sieht. Ich schäme mich zuzugeben, daß wir zu keiner wirklich wichtigen Party mehr eingeladen werden.«

»Hast du das denn nicht bis zum Überdruß gehabt? Überall dieselben Leute, alle Frauen in Modellkleidern, mit denen sie einander auszustechen suchen?«

»Nein . . . ich gehe *gerne* aus.«

»Na, ich finde so was jedenfalls stinklangweilig, und ich dachte wirklich, du seist in letzter Zeit vernünftig geworden. Es war so erholsam und gemütlich zu Hause. Und jetzt willst du, daß ich mich wieder an Robin Stones Schreibtisch setze, nur weil er an unserer Stelle zu den Partys eingeladen wird? Judith, das ist doch kindisch.«

»Ich bin ja auch noch nicht zweiundsechzig und impotent!« schrie sie ihn an.

Gregory verließ den Raum. Judith blieb sehr still sitzen. Dann strömten ihr die Tränen über das schöne, neue, straffe Gesicht. »O Gott!« stöhnte sie. »Wie konnte ich ihn nur so kränken? Und weswegen? Wegen Robin Stone!« Sie rannte in ihr Schlafzimmer und warf sich aufs Bett. Ihr Schluchzen kam in trockenen, harten Stößen. Plötzlich fühlte sie eine streichelnde Hand auf ihrem Kopf. Gregory saß neben ihr. »Nicht weinen, mein Schatz, ich bin nicht böse. Ich weiß doch, daß du es nicht so gemeint hast.«

Sie drehte sich um und klammerte sich an ihn. »O Gregory, ich liebe dich so.«

»Das weiß ich. Laß mich nur erst wieder seetüchtig werden. Vorläufig bin ich den Stürmen des Fernsehbetriebs noch nicht gewachsen. Diesen Winter gehen wir nach Palm Beach – und wir werden uns amüsieren, das verspreche ich dir.«

Judith nickte langsam.

Vom nächsten Tag an unternahm sie einen Versuch, ihrem gesellschaftlichen Leben neuen Auftrieb zu geben, aber er endete mit einem völligen Mißerfolg. Wut und Enttäuschung betäubten fast die Qual der Trennung von Robin. Doch es verging kein Abend, an dem sie nicht auf das Telefon starrte und sich all die wunderbaren Abende in Erinnerung rief – Abende, an denen sie ihn hatte anrufen und ihm zärtliche Worte hatte zuflüstern können. Doch mit der Erinnerung kamen Tränen und Schluchzer, die sie im Kopfkissen erstickte.

Judith beschloß, noch vor Weihnachten nach Palm Beach zu reisen. Ihren traditionellen Neujahrsempfang wagte sie nicht mehr zu geben ... alle Welt fuhr nach Acapulco, auf die Bahamas oder ging zu Partys, die von den neuen Sternen der Gesellschaft gegeben wurden.

Wenn sie an Robin dachte, dann in einer Mischung aus Haß und Verlangen. In Palm Beach verbrachte sie ihre Tage träge und lustlos auf der Terrasse, legte Patience und quälte sich mit der Vorstellung, daß Robin mit hübschen jungen Mädchen ins Bett ging.

Aber es gab keine hübschen jungen Mädchen in Robins Leben. Er arbeitete zehn Stunden täglich und war der Konkurrenz immer um Brustbreite voraus. Dips neue Sendung wurde für Februar angesetzt. Dip blieb ständig mit Robin in Verbindung. »Kann ich was für dich tun, mein Junge?« Manchmal ließ Robin sich von ihm in die Lancer Bar lotsen, manchmal, wenn die Wände ihm auf den Kopf zu fallen drohten, rief er Dip abends um zehn noch an: »Wir treffen uns vor meiner Wohnung. Ich möchte noch spazierengehen.«

»Mensch, wir haben draußen minus drei Grad, und ich liege schon im Bett.«

»Kommst du, oder kommst du nicht?«

»Okay, gib mir zehn Minuten zum Anziehen.«

Wenn Dip nicht »auf Abruf« saß, ließ er sich bei Danny von Agenten hofieren. Ja, er werde sehen, was er für sie tun könne ... nein, Robin Stone kaufte keine Sendung, ohne ihn nicht vorher zu fragen. Dip schwelgte in seiner neuen Macht. An Agenten, die ihm die kalte Schulter zeigten, rächte er sich, indem er überall herumerzählte, er werde dafür sorgen, daß sie mit der IBC nicht ins Geschäft kämen. Seltsamerweise glaubten die Leute ihm, daß er so viel Macht über Robin Stone besäße. Einer meinte: »Für den Mann, den er liebt, tut ein Mann alles.«

Ausgerechnet Danton Miller stellte dieses Gerücht in Abrede. Er lachte über die Behauptung, die beiden Männer seien homosexuell. Nicht Liebe sei es, was Dip seinem Freund schenke, sondern bares Geld . . . ein hübsches Bestechungssümmchen.

Das Gerede wollte nicht verstummen und erreichte sogar Gregory in Palm Beach. Als er auf dem Bildschirm Danton Millers neue Sendung sah, bei der Dip Nelson im Vorspann auffällig als Produzent herausgestellt wurde, rief er anderntags Cliff Dorne an.

»Die Sendung ist nicht schlecht«, erklärte er, »aber wenn dieser Schmierenkomödiant, der im Leben noch keinen Film produziert hat, so protzig im Titel erscheint, daß muß etwas faul sein. Ich glaube nicht an die Homo-Geschichte, aber wahrscheinlich ist Bestechung im Spiel.«

»Ich habe die Verträge sorgfältig geprüft«, erwiderte Cliff. »Sollte es sich so verhalten, dann ist die Sache sehr geschickt kaschiert. Ich habe Stone rundheraus gefragt, wieso er von Dip Nelson eine Filmserie kauft. Darauf hat er mir geantwortet: ›Cliff, wenn Sie einen einigermaßen guten Film hätten, würde ich ihn auch von Ihnen kaufen.‹«

Gregory legte auf. Judith hatte das Gespräch mit angehört. Sie saßen auf der Terrasse. »Was wirst du nun machen?« fragte sie.

Er zuckte die Achseln. »Zunächst einmal Golf spielen.«

Robin Stones Karriere schien unaufhaltsam. *Life* brachte – ohne sein Dazutun – eine Geschichte über ihn. Der Beitrag basierte auf Interviews mit seinen Mitarbeitern und ehemaligen Freundinnen. Ein Fotomodell behauptete, er sei der romantischste Mann, dem sie je begegnet sei; eine Schauspielschülerin hingegen, er sei eine große Null. Maggie Stewart sollte geäußert haben: »Kein Kommentar.« Robins Publicity schwoll wie eine Lawine an, aber er achtete nicht sonderlich darauf. Er ging mit Dip ins Kino, traf sich mit Jerry in der Lancer Bar, und meistens arbeitete er.

Jerry war es, der ihn als erster auf Gregorys keimendes Mißtrauen aufmerksam machte. »Wie oft fragst du Austin um Rat, wenn du einen neuen Stoff oder Film kaufst?« fragte er ihn, als sie wieder einmal in der Lancer Bar saßen.

»Nie«, sagte Robin. »Ich halte es nicht für nötig. Im Augenblick prüfe ich zum Beispiel Filme, die wir Mitte der nächsten Saison starten könnten. Ich werde Gregory höchstens auffordern, meine Auswahl zu begutachten.«

»Wie gnädig von dir«, meinte Jerry.

Robin gab keine Antwort. Er konzentrierte sich scheinbar ausschließlich auf den Eiswürfel in seinem Glas.

Aber Jerry ließ nicht locker. »Er hat dir eine Chance gegeben. Wenn du bleiben willst, wo du bist, würde ich dir raten, ihn wenigstens ab und zu der Form halber um Rat zu fragen.«

»Ich glaube, daß man inzwischen nicht mehr ihn, sondern mich mit der IBC identifiziert«, sagte Robin langsam.

»Ja, das ist richtig.«

Robin lächelte. »Dann soll Gregory mir den Sender doch wieder wegnehmen!«

»Das heißt?«

»Das heißt, daß ich mich den Teufel um Gregorys Plazet schere. Ich habe mich nicht um den Sender gerissen. Und jetzt, da er mein Werk ist, werde ich ihn Gregory nicht auf einem silbernen Tablett zurückgeben. Er soll ruhig gegen mich antreten und darum kämpfen.«

Jerry sah ihn von der Seite an. »Soll ich dir mal was sagen? Irrgend jemand hat behauptet, du seist ein Selbstmordkandidat. Ich glaube, das stimmt.«

Robin lachte. »Das wollen wir mal den Psychiatern überlassen.«

Ende April stand das Herbstprogramm so gut wie fest. Robin wollte eben sein Büro verlassen, als Dip Nelson hereinstürmte. »Hör zu: Pauli beendet morgen ihre Tournee und kommt nach New York zurück. Mir ist da eine großartige Idee gekommen, die ich aber mit Dan noch nicht besprochen habe. Statt jede Woche ein anderes Mädchen in die Sendung hereinzunehmen, könnten wir das doch von Pauli machen lassen. Die Serie bekäme dadurch einen stärkeren Zusammenhalt. Was hältst du davon?«

»Gar nichts.« Robin setzte sich hin und erklärte Dip mit einer seltenen Anwandlung von Nachsicht seinen Standpunkt. »Sieh mal, es tut nicht gut, mit einer erfolgreichen Sendung herumzuspielen. Pauli kann jedes Boradway-Musical haben ... Ike Ryan zum Beispiel ist für sein neues Stück scharf hinter ihr her.«

»Aber Pauli gehört einfach auf den Bildschirm!«

»Du sollst dich lieber um dein eigenes Geschäft kümmern. Eine Serie läuft nicht ewig. Sieh zu, daß du neue Stoffe bekommst. Dan Miller hat mir gerade jetzt einen sensationellen Vorschlag gemacht.«

Dips Gesicht verfinsterte sich. »Das ist doch wohl nicht dein Ernst! Dieses gemeine Aas! Es war ausgemacht, daß wir nur gemeinsam abschließen.«

»Hast du das schriftlich?«

»Nein, wir haben es mit Handschlag besiegelt.«

Robin lachte. »Darauf würde ich mich bei keinem von euch beiden verlassen.«

Dip kniff die Augen zusammen. »Das soll er mir büßen.« Dann fragte er aus einem plötzlichen Stimmungsumschwung heraus mit jungenhaftem Lächeln: »Was ist, kommst du mit zu Danny? Man sieht dich nirgends mehr. Die Leute müssen ja denken, wir hätten uns verkracht.«

Robin schüttelte den Kopf. »Ich fliege noch heute abend nach Kalifornien, um jemanden zu suchen, der aus Dans Idee ein Filmexposé machen kann. Außerdem hat Ike Ryan eine Serie für mich, die ich möglicherweise kaufe, wenn ich den richtigen Schauspieler finde.«

Dip verging das Lächeln. »Wieso arbeitest du plötzlich so eng mit Ryan?«

»Wie meinst du das?«

Dip setzte sich auf die Schreibtischkante und grinste. »Komm, alter Junge! Der Big Dipper kennt deine Schliche. Da ist doch irgendwo was faul. Hast du wieder 'ne Hure verprügelt?«

Robin packte Dip an der Krawatte. »Jetzt hör mir mal gut zu, mein sauberer Freund! Niemand hat mich an der Leine, auch du nicht. Wäre Millers Angebot schlecht gewesen, wäre ich nicht darauf eingegangen. Hat Ike Ryan eine gute Sendung, kaufe ich sie, und fällt die Sendung eines guten Freundes durch, dann setze ich sie genauso schnell ab wie jede andere. Bitte, merk dir das ein für allemal!«

Dip zog sich lächelnd den Krawattenknoten wieder gerade. »Warum regst du dich so auf? Der Big Dipper hat dich gern und würde für dich durchs Feuer gehen, vergiß das nicht. Durchs Feuer! Freunde wie mich findest du nicht alle Tage.«

Sobald Robin im Beverly-Hills-Hotel eingetroffen war, rief er Maggie an.

»Es ist elf Uhr«, sagte sie. »Was auch immer du zu sagen hast – ich bin zu müde, um es mir anzuhören.«

»Nach New Yorker Zeit ist es zwei Uhr nachts, und wenn ich nicht zu müde zum Sprechen bin, wirst du mir ja wohl zuhören können. Außerdem ist es etwas Geschäftliches. Wollen wir morgen früh um neun zusammen frühstücken?«

»Wenn du elf gesagt hättest, würde ich es mir überlegen.«

»Ich muß mir zwischen zehn und elf zwei Filme ansehen.«

»Entschuldige – aber ich lasse mich wirklich nicht gern zwischen andere Termine einklemmen.«

»Maggie, ich möchte etwas Geschäftliches mit dir besprechen!«

Sie gähnte. »Okay, dann tu es jetzt.«

»Also gut: Ich habe deinen letzten Film gesehen.«

Ihr wissendes Lachen schnitt ihm fast das Wort ab. »Du brauchst nichts weiter zu sagen ... vermutlich *war* es mein letzter Film.«

»Er war schrecklich, aber du hast phantastisch ausgesehen. Ich möchte dich für eine neue Fernsehserie haben.«

»Warum?«

»Weil du der richtige Typ bist.«

»Dann unterhalte dich mit meinem Agenten. Vielleicht frühstückt *er* mit dir. Er heißt Hy Mandel und steht im Telefonbuch.« Sie legte auf.

Während der nächsten zehn Tage war Robin vollauf damit beschäftigt, sich Pilotfilme anzusehen. Er hatte beschlossen, Maggie eine Weile links liegenzulassen. Dabei sehnte er sich nach ihr. Manchmal hatte er den Telefonhörer schon in der Hand, aber stets widerstand er, denn er spürte, wie verkehrt es war, sich zu treffen, miteinander zu schlafen und sich wieder zu trennen. Und auf eine Ehe war er wirklich nicht erpicht.

Eines Abends saß er untätig in seinem Hotelzimmer. Es war einer jener ruhelosen, einsamen Abende, die nirgendwo einsamer sind als in Los Angeles. In New York konnte man immer noch spazierengehen. Aber wenn man in Beverly Hills durch eine der Alleen spazierte, kam sofort ein Streifenwagen angefahren. In Los Angeles ging man nicht zu Fuß. In der Woche schlief die ganze Stadt abends um zehn ein. Natürlich hätte Robin jederzeit ein Mädchen haben können ... in der Polo Lounge wimmelte es von ehrgeizigen Starlets und von Agenten, die ihn fürchteten und sich um seine Aufmerksamkeit bemühten. Plötzlich war er alles leid ... Warum gab er den Sender nicht einfach an Gregory zurück und verschwand? Aber wohin? Und was sollte er tun?

Das Läuten des Telefons riß ihn aus seinen Gedanken. Er sah auf die Uhr. Halb acht ... zu spät für einen geschäftlichen Anruf. Die Vermittlung meldete einen Mr. Milano. Einen Augenblick lang wußte Robin den Namen nicht unterzubringen, doch plötzlich grinste er. »Bitte stellen Sie gleich durch«, bat er.

»Robin! Ich bin so froh, daß ich dich erreiche.«

»Sergio, wie schön, deine Stimme zu hören! Wo, zum Teufel, steckst du denn?«

»Ich bin erst heute zurückgekommen und las in älteren Filmzeitschriften, daß du hier bist.«

»Du sprichst schon genau wie ein Schauspieler. Was gibt's Neues? Ich habe gehört, daß du in Rom einen Film gedreht hast.«

»Ja, und nächste Woche fange ich hier einen neuen an – meine große Chance! Die Hauptrolle! Ich bin jetzt Schauspieler, Robin, ist das nicht wundervoll?«

»Was machst du gerade?«

»Ich sage doch, ich fange einen neuen Film an.«

»Nein, ich meine jetzt, in dieser Minute?«

Sergio schwieg einen Augenblick. »Robin, ich habe jemanden kennengelernt, den ich sehr gern habe . . .«

»In Ordnung, da wünsche ich dir viel Glück. Ich freue mich für dich, Sergio, wirklich.«

»Wir essen heute abend zusammen. Es ist Alfie Knight.«

»Ihr seid ein prachtvolles Gespann«, meinte Robin gutmütig.

»Wir könnten uns doch morgen auf ein Glas treffen«, schlug Sergio vor.

»Abgemacht. Fünf Uhr Polo Lounge.«

»Ich werde pünktlich da sein.«

Robin bestellte sich das Abendessen aufs Zimmer und schaltete den Fernsehapparat ein; er wollte sich Dips neue Sendung ansehen.

Die Sendung begann, gerade als der Kellner das Essen brachte, mit dem üblichen Conferenciergeblödel. Der erste Bissen, den Robin in den Mund schob, drohte ihm im Hals steckenzubleiben. Vor ihm erschien Pauli in Großaufnahme. Dieser verdammte Dip . . . er hatte ihm doch ausdrücklich verboten, sie zu nehmen! Er schob den Serviertisch beiseite und ließ kein Auge von dem Programm. Es war schlecht. Die ganze Sendung litt unter der Anstrengung, aus Paulis Auftreten etwas Bleibendes zu machen. Robin meldete ein Gespräch mit Dan Miller an.

Dan fiel aus allen Wolken. »Dip hat mir weisgemacht, das sei eine strikte Anordnung von Ihnen. Die nächste Folge ist schon im Kasten. Ich habe Pauli für den Rest der Saison unter Vertrag genommen.«

Außer sich knallte Robin den Hörer auf die Gabel und rief Dip an. Die Leitung war besetzt. Klar, der Idiot sammelte seine Lorbeeren ein! Robin buchte einen Platz in der Nachtmaschine. Plötzlich fiel ihm die Verabredung mit Sergio ein; er wußte nicht mal seine Telefonnummer. Na ja, er würde in der Polo Lounge eine Nachricht hinterlassen.

Um acht Uhr früh landete Robin auf dem Kennedy Airport, fuhr sofort ins Büro und bestellte Dip und Dan Miller zu sich. Mit eisiger Miene verlangte er, daß Pauli nach der nächsten Sendung aus dem Vertrag ausstieg.

»Das kann ich ihr nicht antun«, wehrte Dip sich. »Sie gibt heute ein großes Interview. Die gesamte Presse weiß, daß Pauli alle Sendungen begleiten wird. Wenn wir sie jetzt vor die Tür setzen, schadet es ihrem Ruf.«

»Es ist ein Befehl«, sagte Robin.

»Ich habe die Rechte«, erwiderte Dip bockig.

Robin wandte sich an Dan. »Sie haben die gleichen Anteile.«

Dan starrte ihn verwundert an. »Ich habe nur ein Drittel der Anteile, bin aber bereit, mich auf Ihre Seite zu stellen.«

»Wer hat das andere Drittel?« fragte Robin.

Niemand sagte etwas.

Schließlich sah Dan ihn an und erklärte: »Ich denke, das haben Sie.«

Einen Augenblick machte Dip ein erschrockenes Gesicht. Dann strafften sich seine Züge, und er reckte sich angriffslustig. »Nein, ich habe zwei Drittel – die Mehrheit der Anteile und damit der Rechte liegt bei mir.« Und dann lächelnd: »Ich denke, damit ist die Angelegenheit erledigt.«

Robin stand auf und sah ihn an. »Dip, du hast mir einmal einen großen Gefallen getan. Tu mir einen zweiten. Komm mir nie mehr unter die Augen!«

Dip empfahl sich mit einer übertriebenen Verbeugung, während Dan nervös von einem Fuß auf den anderen trat und auf Robins Reaktion wartete. Der drehte sich plötzlich um und meinte kühl: »Also, da werden Sie sich wohl mit Pauli abfinden müssen. Viel Glück!«

»Aber mir können Sie doch nichts vorwerfen«, empörte sich Dan.

»Ihnen werfe ich vor, daß Sie angenommen haben, ich ließe mich auf einen solchen Kuhhandel ein.«

»Wirkt sich das auch auf meine neue Sendung aus?« fragte Dan.

»Ist Dip beteiligt?«

»Nein.«

»Dann gilt der Handel.«

Mit Paulis Auftritten sank die Sehbeteiligung. Im Juni setzte Robin die Sendung ab. Dip war ohne Job. Seltsamerweise stieg Paulis Zugkraft durch den gescheiterten Fernsehauftritt. Sie bekam ein Filmangebot. Dip ging mit ihr nach Kalifornien, und Robin konzentrierte sich auf die neue Herbstsaison.

Im November berief Gregory Austin die Aktionäre zu einer Hauptversammlung nach Los Angeles ein. Gewöhnlich erledigte er das mit Cliff Dorne in drei Tagen, aber diesmal beschloß er, eine ganze Woche zu bleiben. Judith brauchte Ablenkung.

Gregory starrte Robins Foto auf der Titelseite von *Newsweek* an. Ihm war durchaus bewußt, daß die Aktionäre in Robin ihren Gott sahen und in ihm, Gregory, einen müden alten Mann, der die Verantwortung für den Sender mehr und mehr von sich schob. Dabei fühlte er sich in letzter Zeit glänzend, und er hatte die größte Lust, das Steuer wieder in die Hand zu nehmen. Ein paarmal hatte er schon behutsam versucht, wieder Einfluß zu gewinnen, aber bis jetzt waren seine Bemühungen fehlgeschlagen. Robin hörte sich seine Vorschläge an und damit basta. Hinterher tat er, was er für richtig hielt, und was er für richtig hielt, war noch immer richtig gewesen. Noch nie hatten die Umfrageergebnisse der Sendungen so hohe Werte gehabt. Die IBC war Robin Stones Sender.

Trotzdem hatte Gregory noch nicht aufgegeben. Der Sommer in Quogue war für ihn recht angenehm verlaufen, obgleich Judith sich gelangweilt hatte. Herrgott noch mal, da arbeitete man dreißig Jahre, um einen Sender aufzubauen und ein schönes Leben zu führen, und dann kommt eine Krankheit, man fällt anderthalb Jahre aus, und wenn man zurückkommt, hat sich alles grundlegend geändert!

Zärtlich dachte er an Judith. Er hatte die Narben hinter ihren Ohren gesehen. Machte sie sich wirklich weis, er habe nicht bemerkt, wie straff ihr Busen plötzlich war? Zweifellos hatte sie die Operation während seiner Quarantänezeit machen lassen. Wie fabelhaft sie sich während seiner Krankheit verhalten hatte! Und nun enttäuschte er sie. Anfangs war es ihm ganz lieb gewesen, daß Robin den Sender in der Hand hatte – das ließ sich nicht leugnen. Es war so angenehm, sich auf jemanden verlassen und sich ungestört erholen zu können. Selbst den Sommer in Quogue hatte er noch genossen und sich bemüht, Judiths tiefe Seufzer zu überhören, wenn sie abends vor dem Fernsehschirm saßen. Was Gregory indessen bewog, nun doch energisch etwas zu unternehmen, war Judiths Verhalten nach ihrer Rückkehr in New York.

Sie fing an, tagelang im Bett zu bleiben. Manchmal nahm sie alle vier Stunden eine Schlaftablette. An solchen Tagen ließ Gregory eine Krankenschwester kommen und schlief nachts in Judiths Zimmer. Die Vorstellung peinigte ihn, sie könne in ihrem benommenen Zustand rauchen und dabei verbrennen. Lag sie nicht im Bett, schlurfte sie ungepflegt in einem alten Morgenrock durchs Haus. Es war, als überließe sie sich einem selbstzerstörerischen Trieb. Aber tat er denn nicht genau das gleiche, wenn er sich scheinbar den Luxus gönnte, seinen Sender von Robin Stone leiten zu lassen? Plötzlich wurde ihm vieles klar, und ein neuer Energiestrom durchpulste ihn. Er wußte, wie er Judith aus ihrer Lethargie aufrütteln konnte. Leicht würde es nicht sein, aber sein alter Kampfgeist war zurückgekehrt.

Zunächst einmal mußte er die IBC wieder unter sein Kommando nehmen. Als er Robin aufsuchte und ihm erklärte, er wünsche die Entscheidungen für das Programm der nächsten Saison selbst zu treffen, sah Robin ihn mit einem wissenden Lächeln an.

»Warum?« fragte er.

Gregory war verlegen. Robins kühlen, unpersönlichen Blick ertrug er nicht.

»Schauen Sie, Robin, ich habe Sie vom Nachrichtenredakteur zum Präsidenten dieses Senders gemacht. Ich bin stolz auf Sie, ich möchte mit Ihnen zusammenarbeiten, Sie sind mein bester Sachwalter . . .« Er hatte versucht, offen und herzlich zu sprechen.

Robins Blick wurde hart. »Ich bin mein eigener Herr!« sagte er scharf. »Seit ungefähr zwei Jahren habe ich jeden Schritt hier allein verantwortet. Ich kann jetzt nicht mehr zurück und Sie bei jeder Kleinigkeit um Erlaubnis fragen. Wenn Sie das wollen, dann suchen Sie sich einen anderen *Sachwalter*!«

Nun hätte Gregory zwar sicher einen Ersatz für Robin gefunden, er durfte aber nicht riskieren, daß er zur Konkurrenz ging. Aber sooft er Judith in ihrem Zustand sah, festigte sich seine Entschlossenheit . . . arme, unglückliche Judith! Da hatte sie all die Operationen auf sich genommen und sollte nun durch seine Schuld in Vergessenheit geraten! Er würde die Leitung der IBC wieder übernehmen.

Von der Reise nach Los Angeles erhoffte er sich eine gewisse Förderung seiner Pläne, wenngleich er nicht damit rechnete, daß die Aktionäre sich für ihn begeistern würden . . . Er würde abwarten müssen. So verrückt es auch war, er mußte darauf bauen, daß

Robins Sendungen Mißerfolge wurden und die IBC-Aktien fielen. Er mußte sich ins eigene Fleisch schneiden und auf einen großen Verlust hoffen. Nur so konnte er seinen Sender zurückbekommen.

Durch eine Agentur in Hollywood hatte Gregory ihre Ankunft in Los Angeles publizieren und sich für alle größeren Partys Einladungen verschaffen lassen. Daß er zu solchen Maßnahmen greifen mußte, schmeckte ihm gar nicht. Aber Judiths Wohlergehen war das einzige, worauf es ankam. Verschiedene Einladungen waren noch per Post nach New York gekommen. Judith hatte prompt die Schlaftabletten beiseite gelegt, war zum Friseur gegangen und hatte sich für Kalifornien eine völlig neue Garderobe gekauft. Vielleicht würde die Woche in Los Angeles Judith für immer aus ihrer Apathie herausreißen.

Die Abreise wurde auf einen Sonntag festgesetzt. Am Freitag vorher rief Gregory Judith an und fragte, um welche Zeit sie abfliegen möchte.

»Muß ich mich jetzt schon festlegen? Sag doch, sie sollen die Maschine für mittags bereithalten.«

Gregory trug seiner Sekretärin auf, dem Piloten entsprechend Bescheid zu sagen. Die Sekretärin machte ein erstauntes Gesicht. »Aber Mr. Stone ist doch schon vor zwei Stunden mit der Maschine abgeflogen!«

»Was ist er?«

»Ja! Er fliegt übers Wochenende nach Las Vegas, um sich dort ein paar Leute anzusehen, und anschließend zur Aufsichtsratssitzung nach Los Angeles. Ich dachte, Sie wüßten das.«

»Das hatte ich ganz vergessen«, sagte Gregory schnell. Er lehnte sich zurück. Wie konnte Robin es wagen, einfach das Flugzeug zu nehmen? Er ließ Cliff Dorne kommen.

Cliff seufzte. »Was heißt ›Wie kann er es wagen?‹ Das Flugzeug ist Eigentum des Senders, und Stone leitet den Sender. Wissen Sie, wie man das Flugzeug in der Madison Avenue getauft hat: ›Die fliegende Couch.‹ Stone hat das Innere umgestalten und ein breites Bett von Wand zu Wand einbauen lassen! Und er fliegt selten ohne irgendein Mädchen, das besagtes Bett mit ihm teilt. Ich kann nicht ständig hinter ihm her sein. Meistens weiß ich nicht einmal, wo er ist.«

»Wir müssen ihn bremsen!« sagte Gregory.

»Leider hat Ihre Frau ihm während Ihrer Krankheit die alleinige Verantwortung übertragen. Ich kann Ihnen gar nicht sagen, wie oft ich schon drauf und dran war, zu kündigen. Aber damit hätte ich ihm nur einen neuen Trumpf zugespielt. Wenn er nämlich einen eigenen Mann in die Rechtsabteilung gesetzt hätte, wären wir erledigt gewesen.«

»Wir *sind* erledigt«, erklärte Gregory ruhig.

»Nein, er gräbt sich sein eigenes Grab.«

»Was wollen Sie damit sagen?«

»Es kann gar nicht ausbleiben ... besonders wenn er so weitermacht wie im letzten halben Jahr. Er trifft unvernünftige Entscheidungen und riskiert zuviel. Zum Beispiel hat er zwei Sendungen gemacht, die mit Sicherheit hätten durchfallen müssen; es wurden sensationelle Erfolge.«

»Er ist genau wie alle anderen«, sagte Gregory nachdenklich. »Machtgierig.«

»Nein, das glaube ich nicht. Auf der einen Seite scheint es ihm zu gefallen, daß sein Name Schlagzeilen macht ... auf der anderen Seite tut er alles, um seinem Ruf zu schaden. Ich muß Ihnen ganz ehrlich sagen, daß ich aus Robin Stone nicht schlau werde. Es geht sogar das Gerücht um, er sei schwul, obwohl er ständig mit Mädchen zusammen ist. Außerdem erzählt man sich, wie Sie ja wissen, er sei bestechlich. Ich bin der Sache sehr sorgfältig nachgegangen. Es ist nicht der Fall. Nur auf einen einzigen merkwürdigen Fingerzeig bin ich gestoßen. Es gibt einen Schauspieler namens Sergio Milano, dem Stone bis vor kurzem jede Woche fünfhundert Dollar geschickt hat. Das weiß ich, weil sein Steuerberater und mein Steuerberater Vettern sind. Sergio Milano hat ein Verhältnis mit Alfred Knight.«

»Sie glauben also, daß Robin Stone was mit Männern hat?«

»Es sieht so aus. Dieser Sergio ist ein attraktiver junger Italiener. Er hat es noch nicht sehr weit gebracht, aber immerhin schon ein paar gute Rollen gespielt. Offenbar verdient er genug eigenes Geld, um auf Stones Unterstützung nicht angewiesen zu sein. Vielleicht aber wurden die Zahlungen auch eingestellt, weil Alfred Knight jetzt Sergios neuer Liebhaber ist.«

»Können wir in dieser Angelegenheit irgend etwas unternehmen? Ich kenne mich da nicht so aus.« Gregory machte ein verlegenes Gesicht.

»Ich habe schon veranlaßt, daß Robin Stone in Kalifornien beschattet wird. Wenn wir befürchten müssen, daß an der Spitze unseres Unternehmens ein Präsident steht, der mit dem Sittengesetz in Konflikt geraten könnte, dann halte ich eine solche Maßnahme für berechtigt. Das sind wir den Aktionären schuldig.«

»Cliff, ich wünsche keinen Skandal. Ob wir einen unliebsamen Mann loswerden oder ihn vernichten, ist ein großer Unterschied.«

Cliff lächelte. »Ich möchte nur einen schriftlichen Bericht. Es ist wichtig, daß wir genug zutage fördern, womit wir Stone konfrontieren können. Auch er wird keinen Skandal wollen. Er muß an seine Angehörigen denken – seine Schwester führt ein großes Haus in San Francisco. Außerdem weiß er genau, daß er sich einen öffentlichen Skandal nicht leisten kann, weil damit seine Karriere beendet wäre. Dies vorausgesetzt, erklären wir ihm, daß wir ihm jemanden an die Seite stellen. Wir teilen die Macht. Führen Sie meinetwegen einen neuen Titel ein, dann kann Stone Präsident der IBC bleiben. Wir holen uns Dan Miller zurück. Dann ist die Macht geteilt, und alle Entscheidungen liegen wieder bei Ihnen.«

Gregory nickte. »Der Gedanke, Miller zurückzuholen, gefällt mir; ihn kann ich leicht in der Hand halten. Fragt sich nur, ob er damit einverstanden ist, daß Robin genausoviel zu sagen hat wie er – denn deswegen ist er ja seinerzeit gegangen.«

»Nein, gegangen ist er, weil Stone *mehr* zu sagen hatte.«

»Und angenommen, Robin geht ... zur Konkurrenz?« fragte Gregory.

»Das wird er nicht können. Nicht, wenn wir besagten Bericht haben.«

»Gut, das müssen wir zunächst einmal abwarten. Vorher können wir gar nichts unternehmen.«

»Irgend etwas werden wir schon in die Hand bekommen. Wenn nicht bei dieser Reise, dann bei der nächsten. Möglicherweise läßt sich auch in New York etwas in Erfahrung bringen. Ich habe eine gute Detektei beauftragt, die ihre Leute in jeder großen Stadt sitzen hat. Bis dahin müssen wir Geduld haben.«

Gregory nickte. Dann überlegte er krampfhaft, wie er Judith beibringen sollte, daß sie mit einer Linienmaschine flogen. Merkwürdigerweise nahm sie es gelassen auf. »Um so besser. Ich hasse dieses alberne Privatflugzeug. Verkauf's doch!«

Robin landete am Sonntag nachmittag in Los Angeles. Im Hotel erwartete ihn ein ganzer Stoß Nachrichten. Agenten, Schauspieler und Fernsehredakteure hatten angerufen und ihm einiges zur Begrüßung geschickt. Sein Zimmer glich einer gutausgerüsteten Bar. Unter den Nachrichten fand sich auch eine von Sergio.

Er schenkte sich einen Wodka ein. In der Polo Lounge wimmelte es jetzt bestimmt von IBC-Leuten, ganz zu schweigen von den blöden Aktionären. Da würde er bestimmt nicht hingehen. Er rief Sergio an.

»Robin, nächsten Monat kann ich dir das geliehene Geld zurückzahlen. Ich habe eben einen großartigen Vertrag mit Century Pictures unterschrieben.«

»Das laß schön bleiben. Du würdest damit nur meine Steuererklärung durcheinanderbringen. Ich schenke es dir, weil du mir und Kitty immer ein guter Freund warst.«

»O danke, Robin, das ist wirklich fabelhaft von dir. Alfie gibt übrigens heute abend eine große Party. Es fängt um acht an. Komm doch her.«

»Ich mach' bei so etwas nicht gern mit.«

»Nicht, was du denkst. Es ist eine richtige große Einladung.« Sergio lachte. »Wenn ich ein Star werden will, könnte ich mir eine Sex-Party gar nicht leisten. Ich habe eine Moral-Klausel im Vertrag. Alfie auch.«

»So habe ich es nicht gemeint. Mir ist der ganze Hollywoodrummel schon zuwider. Tut mir leid, Kleiner. Du mußt ohne mich feiern. Wohnst du eigentlich bei Alfie?«

»Nein, er hat nur ein kleines Haus. Ich wohne in einem Apartmenthaus in Melton Towers. Vielleicht kaufen wir uns zusammen ein Haus. Das wäre mein Traum.«

»Melton Towers? Da wohnt eine Schauspielerin, die ich kenne ... Maggie Stewart.«

»O ja. Wir treffen uns manchmal im Aufzug. Sie sieht sehr gut aus.«

Nachdem er aufgelegt hatte, rief Robin Maggie an.

Sie hob sofort ab.

»Sieh da, Mr. Superman mit seiner fliegenden Couch ist eingetroffen! Ich las es schon in der Presse, daß du hier erwartet wirst.«

»Maggie, ich möchte dich sehen.«

»Ich komme gerade von Aufnahmen für eine Quizfolge. Drei heute, zwei morgen. Fünfmal ziehe ich mich komplett um und platze vor Klugheit, Munterkeit und sprühendem Tagescharme. Glaub mir, nichts ist gefährlicher für die Moral einer Frau, als wenn sie ihren Charme bei Tage versprüht.«

»Ich möchte dich sehen«, wiederholte er.

»Das sagtest du bereits.«

»Warum schnatterst du mir dann etwas von Quizsendungen und diesem ganzen Quatsch vor?«

»Weil ich verrückt bin. Und weißt du, warum? Weil ich dich *auch* sehen möchte. Das kann nur bedeuten, daß ich verrückt bin ... als sehnte ich mich nach einer Strafe.«

»Willst du zu mir kommen? Wir könnten auf dem Zimmer essen. Oder lieber bei Matteo?«

»Nein, komm du zu mir«, erwiderte sie langsam. »Ich trage kein Make-up, meine Haare sind strähnig, im Eisschrank liegen ein paar Schnitzel, und ich kann eine Büchse Bohnen aufmachen.«

»Ich bin in zehn Minuten da.«

»Bitte, laß mir eine Stunde! Ich möchte duschen und mich wenigstens halbwegs herrichten.«

Nachdem er aufgelegt hatte, schenkte Robin sich Wodka nach und schaltete das Fernsehgerät ein. Ob Gregory Austin wohl inzwischen angekommen war? Er zuckte die Achseln. Na wenn schon ... er sah ihn ja am Dienstag auf der Aufsichtsratssitzung.

Gregory saß in dem großen Wohnraum eines der zum Beverly-Hills-Hotel gehörenden Bungalows. Normalerweise hätte er das Bel Air vorgezogen. Es lag abseits der großen Heerstraße und hätte ihm die dauernde Begegnung mit dem ganzen Fernsehvolk erspart. Er war jetzt schon ganz erschlagen. Und dann mußte ausgerechnet noch Clint Murdock, ein pensionierter General und heute ein großes Tier im Aufsichtsrat, anrufen. Seine Frau habe sie ankommen sehen, und ob sie nicht heute abend gemeinsam im Hotel drüben essen könnten. Gregory war eigentlich viel zu müde, aber was sollte er machen? Der General war zu wichtig, als daß man ihn einfach hätte abblitzen lassen können. Na ja, er würde die Sache möglichst schnell hinter sich bringen. Mit etwas Glück konnte er vor Mitternacht wieder zurück sein. Er gähnte. Vielleicht war noch Zeit für ein kurzes Nickerchen ... sie waren erst um acht mit dem General verabredet. Er mußte es Judith sagen. Mrs. Murdock war zwar stinklangweilig, aber Judith konnte wenigstens eins ihrer neuen Kleider anziehen. Vielleicht könnten sie sogar auf einen Whisky in die Polo Lounge hineinschauen. Und ab morgen waren sie dann jeden Abend zu einer Party eingeladen.

Judith kam herein. »Ich weiß nicht, was ich machen soll. Ich bekomme kein Mädchen mehr zum Bügeln.«

»Wir lassen gleich morgen jemanden kommen«, tröstete er sie.

Judith lächelte. »Dann muß ich heute abend eben den Goldlamé-Anzug tragen. Das ist das einzige, was nicht zerknittert ist.«

»Heute abend?« – Sie schwenkte eine Einladungskarte. »Alfie Knight gibt heute abend eine große Party. Alles, was Rang und Namen hat, geht hin.«

»Judith, ab morgen haben wir jeden Abend eine andere Party. Heute habe ich mich schon mit General Murdock und seiner Frau zum Essen verabredet.«

»General Murdock? Mit dem würde ich nicht mal essen wollen, wenn ich gar nichts vorhätte! Aber seinetwegen Alfie Knigths Party versäumen . . .«

Gregory stand auf und versuchte, ihr begütigend den Arm um die Schultern zu legen. »Judith, ich brauche ihn. Murdock ist mir im Aufsichtsrat eine große Stütze.«

Ihr Gesicht verzerrte sich verachtungsvoll. »Ja, ja, wir werden stundenlang mit ihnen herumsitzen, und ich muß mit Mrs. Murdock idiotische Banalitäten austauschen, während du dir die neuesten Angelergebnisse vom General erzählen läßt. Robin Stone würde sich nicht so erniedrigen. Der geht auf Alfie Knights Party. Alle gehen!« Sie riß sich von ihm los und stürzte ins Schlafzimmer.

Panik ergriff ihn, als er sie in der Nachttischschublade wühlen sah. »Judith, was willst du tun?«

Sie hielt das Röhrchen mit den Schlaftabletten in der Hand. »Ich werde zwei nehmen! Ich weigere mich, mich mit diesen langweiligen Menschen an einen Tisch zu setzen! Wenn ich schlafe, werde ich mich wenigstens nicht ärgern, daß ich eine der schönsten Partys von Los Angeles versäume.«

Er nahm ihr die Tabletten aus der Hand. »Ich kann zwar die Verabredung mit dem General nicht rückgängig machen, aber wenn dir so viel an der Party liegt, dann geh nur hin. Ich erfinde für Murdocks irgendeine Ausrede.«

»Ich kann doch nicht ohne Begleitung auf einer Party erscheinen, Greg.« Sie streckte die Hand nach dem Röhrchen aus. »Laß mir die Pillen, bitte! Ich bin nicht imstande, ein endloses Abendessen mit diesen Menschen zu ertragen.«

»Nein! Ich besorge jemand, der dich begleitet.« Plötzlich kam ihm ein Gedanke. »Vielleicht ist Robin Stone bereit, mitzugehen.«

Mit unbewegtem Gesicht erwiderte sie: »Ich bin überzeugt, daß er schon eine Verabredung hat.«

»Wenn er nur zum Essen verabredet ist, könnte er dich trotzdem hinterher begleiten.« Gregory ging zum Telefon. Es war ihm sehr unangenehm, Robin um einen Gefallen bitten zu müssen . . . aber er dachte an Judith. Er durfte um keinen Preis zulassen, daß sie wieder mit den Pillen anfing.

Als Robin sich meldete, fiel Gregory sofort mit der Tür ins Haus. »Robin, heute abend findet eine Party statt, die irgend so ein

Filmstar gibt . . . Alfie Knight, wenn ich nicht irre. Nun ist folgendes. Meine Frau ist eingeladen und würde sehr gern hingehen. Sie hat diesen Hollywoodtrubel ja schon lange nicht mehr mitgemacht und fände es mal ganz amüsant. Leider habe ich mit einem Herrn vom Aufsichtsrat eine Verabredung zum Essen, und Sie würden mir daher einen außerordentlichen Gefallen tun, wenn Sie Judith zu der Party begleiten könnten.«

Judith beobachtete Gregorys Gesicht; sein Schweigen sprach Bände. Sie hörte förmlich, wie Robin ablehnte . . .

»Mir geht es ganz genauso«, erwiderte Gregory, »aber Sie würden mir einen persönlichen Gefallen damit tun. Aha, verstehe. Aber sagen Sie, Robin, könnten Sie nicht Ihre Verabredung zum Essen einhalten und hinterher mit meiner Frau auf die Party gehen? So etwas fängt doch gegen neun oder zehn erst richtig an. Ich wäre Ihnen wirklich dankbar . . .«

»Herrgott noch mal, nun hör schon auf zu betteln!« rief Judith. Sie rannte zu ihm und nahm ihm den Hörer aus der Hand. »Robin, hier ist Judith. Es ist wirklich nicht nötig. Gregory hatte den Einfall, nicht ich.«

»Möchtest du wirklich gerne hingehen, Judith?« fragte er.

»Es hätte mir Spaß gemacht, ja. Ein bißchen Abwechslung hätte mir, glaube ich, ganz gutgetan. Aber ich möchte Ihnen auf keinen Fall lästig fallen.«

»Ich hasse Hollywoodpartys. Aber wie wäre es, wenn wir später gingen, sagen wir um zehn?«

»Das wäre wundervoll. Dann könnte ich mich vorher sogar noch ein wenig hinlegen.«

»Fein. Ich rufe dich aus der Hotelhalle an.«

Sie legte auf und versuchte, sich ihre Freude nicht anmerken zu lassen. Er hatte nicht gehen wollen, aber ihr zuliebe tat er's doch. Das bedeutete, daß er immer noch etwas für sie übrig hatte. Sie hatte ihm jede Möglichkeit gelassen, abzulehnen. Und wahrscheinlich war er mit einer Frau verabredet, die er nun ihretwegen abschieben mußte. Judith ging zu Gregory und küßte ihn flüchtig auf die Wange. »Dein armer kleiner Fernsehpräsident . . . sie springen immer noch, wenn du sie um etwas bittest.«

Gregory war froh, daß sie wieder glücklich war. »Na, gesprungen ist er ja nun nicht gerade . . . jedenfalls nicht für mich. *Du* hast sein Herz zum Schmelzen gebracht. Aber diese Fähigkeit hast du schon immer besessen, Judith.«

Sie war so selig, daß sie zu allen Menschen nett sein wollte. »Bist du auch bestimmt nicht böse, daß ich dich mit den Murdocks sitzenlasse?«

»Natürlich nicht. Ich werde ihnen sagen, die Reise hätte dich zu sehr angestrengt. Daß du auf Alfie Knights Party gehst, erfahren sie nie, denn *sie* sind mit Sicherheit nicht eingeladen!«

Sie küßte ihn auf die Stirn. »Jetzt werde ich mein Gesicht eincremen, in aller Ruhe ein warmes Bad nehmen und mich noch ein wenig hinlegen ... weck mich, wenn du gehst.«

Singend ließ sie das Badewasser einlaufen. Sie würde Robin wiedersehen! Und auch er freute sich, sie zu sehen, das fühlte sie. Ganz bestimmt. Sie hatte ihm mit ihrem Gerede vom Heiraten einen Todesschrecken eingejagt. Nun, sie wollte ihm zu verstehen geben, daß sie sich von jetzt an seinen Bedingungen fügte. Keine Ultimaten mehr. Sicher würde sie ihn in dieser Woche jeden Abend sehen, denn sie waren garantiert zu denselben Partys eingeladen. Und in New York würden sie ihre Cocktailverabredungen wiederaufnehmen ... O Gott, wie herrlich war das Leben!

Robin mietete sich einen Wagen und fuhr den Sunset Boulevard entlang zu Maggies Wohnung. Es war kurz vor sieben. Einen schönen Schlamassel hatte er sich da eingebrockt, aber Judiths Stimme hatte so verzweifelt geklungen. Nach ihrem Heiratsantrag hatte er kurzen Prozeß gemacht und eigentlich angenommen, daß sie inzwischen längst jemand anders habe. Aber der falsche Stolz in ihrer Stimme, als sie ihm erklärte, er brauche sie nicht zu begleiten ... das war ein Hilferuf gewesen. Er hatte es nicht übers Herz gebracht, ihr diesen Wunsch abzuschlagen.

Merkwürdig, daß er für Judith Mitleid empfand, wo er doch sonst für niemanden etwas empfand. Außer für Maggie ... Maggie begehrte er, es war körperliches Verlangen, nicht mehr und nicht weniger. Außerdem bewunderte er ihren Dickkopf. Sie schlug zurück, war eine Herausforderung, kein schwächlicher Typ mit traurigen Augen wie Amanda. Maggie konnte kämpfen, sie war wie er. Aber Judith? Was, zum Teufel, schuldete er ihr? Warum hatte er sich ihretwegen den Abend mit Maggie verdorben? Es ärgerte ihn. Er verdrängte das ungelöste Problem aus seinen Gedanken und parkte vor dem Haus, in dem Maggie wohnte.

Maggie sah erschöpft aus, wirkte aber trotzdem unvergleichlich schön. Er bemerkte die violetten Ringe unter ihren Augen. Sie hatte auch abgenommen. Trotzdem erschien sie ihm aus irgendeinem Grunde noch begehrenswerter als früher.

Sie aßen an dem Couchtisch. Hinterher half er ihr abtrocknen, und als sie mit der Küche fertig waren, führte Maggie ihn mit einem verlegenen Lächeln ins Schlafzimmer. Robin ließ es verwundert geschehen, daß sie alle Zärtlichkeit, deren er fähig war, in ihm wachrief ... und später, als sie in seinen Armen ausruhte, fühlte er sich zum erstenmal seit langer, langer Zeit restlos erfüllt und glücklich. Konnten sie nicht Waffenstillstand schließen und auf irgendeine Weise miteinander auskommen? Er wußte, daß er sie gerne für immer bei sich gehabt hätte, aber er konnte sie nicht bitten, einfach so mit ihm zu leben. Er lag da, streichelte ihr Haar und erwog zum erstenmal den Gedanken an Heirat. Es könnte gutgehen ... wenn sie ihm nur die Freiheit ließe, zu kommen und zu gehen, wie er wollte. Seltsamerweise konnte er sich keine Frau vorstellen, mit der er gerne auf und davon gegangen wäre. Großer Gott, gleich mußte er auf und davon, um Judith zu der blöden Party zu begleiten! Verstohlen schielte er auf die Uhr. Viertel vor neun.

»Maggie ...«

»Hm?« Sie streckte sich und rieb ihr Gesicht an seinem Hals.

»Hast du bestimmte Pläne bezüglich deiner Karriere? Abgesehen von den Quizsendungen, meine ich.«

»Alfie Knight will einen Film machen, in dem ich gerne spielen möchte.«

»Mein Angebot, die Hauptrolle in einer neuen Fernsehserie zu übernehmen, gilt nach wie vor.«

»Lieber mache ich den Film.«

»Warum willst du nicht im Fernsehen auftreten? Es wäre ein glänzender Rahmen für dich und ein gutes Geschäft. Alfie dreht doch erst im nächsten Jahr.«

Sie wandte ihm langsam den Blick zu. »Du würdest alle paar Monate hier eintrudeln. Wir sehen uns, wir schlafen miteinander und reden über meine Karriere. Meinst du das?«

»Ich werde sehr viel hier sein ...«

»Das heißt, wir schlafen und reden viel.« Sie stand auf.

»Dann sag mir, was *du* möchtest, Maggie.«

Sie stand in der Mitte des Zimmers. Das Licht aus dem Badezimmer beleuchtete ihren Körper. Robin sah den Zorn in ihren Augen. »Ich möchte *dich*! Heute abend war es wundervoll mit dir. Aber wie stets werde ich mich morgen früh hassen. Ich werde mir vorkommen wie die Bewohnerin eines Absteigequartiers ... wie deine kalifornische Nutte!«

Mit einem Satz war Robin aus dem Bett und nahm sie in seine Arme. »Du weißt verdammt gut, daß das nicht wahr ist. Ich könnte hier jedes Mädchen haben – einfach, weil ich ihr einen Job zu bieten habe.«

»Eben! Du hast mir ja gerade mein Zuckerstück gereicht . . . den großen Job, die Hauptrolle in einer Serie. Und dafür wird von mir erwartet, daß ich auf Abruf für dich da bin. O Gott, es klingt wie ein drittklassiger Film! Sag mir, welches Mädchen du dir in New York parat hältst, das auf Abruf in die Lancer Bar rast? Und hast du nicht auch eins in Chicago? Darum solltest du dich kümmern – denn dort mußt du ja zwischenlanden, um die fliegende Couch aufzutanken.«

Sie löste sich von ihm, zog einen Morgenrock über und zündete sich eine Zigarette an. Aufgebracht sah sie ihm beim Anziehen zu.

Robin grinste plötzlich. »Die fliegende Couch . . . Heißt mein Flugzeug so im Volksmund?«

»Hast du die letzte Nummer von *Undercover* nicht gelesen?«

»Was, zum Teufel, ist das nun wieder?«

»Ein Skandalblatt. Du ziertest das Titelblatt. Du erscheinst nicht nur in *Newsweek* und *Time!* Du erscheinst in vielen Zeitschriften. Und laut *Undercover* ist es dir egal, ob Männlein oder Weiblein deine fliegende Couch bevölkern, Hauptsache, du hast was im Bett!«

Er gab ihr eine schallende Ohrfeige. Maggie brach in Tränen aus. Dann sank sie ihm in die Arme. »O Gott, Robin, warum versuchen wir, uns gegenseitig zu zerstören?« schluchzte sie.

»Ich habe dich gern, Maggie, und ich wünschte, du nähmst mein Angebot an.«

»Ich will keine Bezahlung!« Die Tränen liefen ihr übers Gesicht. »Verstehst du das denn nicht? Das einzige, was ich will, bist du!«

»Aber du hast mich doch. Mehr als jede andere Frau sogar. Ich trage immer noch deinen komischen kleinen Ring.«

Als sie ihm darauf keine Antwort gab, fragte er: »Liegt dir so viel an einem Ehering?«

»Ja.«

»Okay.«

»Okay was?« fragte sie.

»Okay, wir heiraten.« Er sah auf die Uhr. Es war Viertel nach neun . . . er mußte zu Judith, aber er wollte vorher die Sache mit Maggie ins reine bringen. »Das bedeutet, du wirst Mrs. Robin Stone. Aber ich behalte die Freiheit, zu kommen und zu gehen, wann ich will. Wie zum Beispiel jetzt: Ich muß weg.«

Sie starrte ihn an. »Was mußt du!«

»Ich muß eine Dame zu einer Party begleiten.«

Einen Augenblick sah sie ihn ungläubig an. Dann trat sie einen Schritt zurück, als habe er sie geschlagen. »Willst du damit sagen, du bist mit einer Verabredung für später zu mir gekommen? Du hast gewußt, du würdest aus meinem Bett zu einer anderen laufen?«

»Es ist nicht so, wie du denkst. Es handelt sich um Mrs. Austin.«

»Ach, und da mußt du gleich strammstehen? Schließlich ist sie ja nicht die Frau des amerikanischen Präsidenten!«

»Maggie, wir wollen Mrs. Austin aus dem Spiel lassen.«

»Ja, natürlich, sie steht über allem!« Maggie lachte. »Du willst frei sein? Springen mußt du, wenn Mrs. Austin mit dem Finger schnippt! Hast du auf diese Weise deine Stellung bei der IBC bekommen?«

»Maggie, ich gehe jetzt. Ich möchte nicht, daß du Dinge sagst, die dir hinterher leid tun. Ich rufe dich morgen an.«

»Ruf mich nie mehr an!« Ihre Augen funkelten wütend.

»Das ist nicht dein Ernst, Maggie!«

Sie wandte sich ab und weinte. Robin ging zu ihr und zog sie in die Arme. »Maggie, ich habe dich wahnsinnig gern. Liebe Zeit, was soll ich denn noch tun, um es zu beweisen? Ich bitte dich, mich zu heiraten. Ich will dich haben. Wenn du mich auch haben willst, dann nimm mich, wie ich bin.«

»Ich möchte, daß du mich brauchst, Robin«, schluchzte sie. »Ich war mit einem Mann verheiratet, der mich nicht gebraucht hat – bis auf eine Ausnahme: Er wollte einen Erben von mir. Robin, versteh mich doch! Ich liebe dich so sehr, daß ich manchmal darüber erschrecke. Hudson hat mich belogen und betrogen; das hat mich furchtbar getroffen, obwohl ich ihn nie geliebt habe. Aber wenn du mich eines Tages fallenließest, würde ich es nicht überleben. Glaubst du, ich hätte nicht versucht, dich zu vergessen? Mit Andy, mit Adam – mit allen meinen männlichen Partnern. Aber es war mir nicht möglich. Ich möchte nicht, daß du mich heiratest, weil du glaubst, mir einen Gefallen damit zu tun. Ich möchte, daß du mich heiratest, weil du mich brauchst, weil du alles mit mir teilen möchtest . . . deine Gedanken, deine Liebe, deine Probleme. Nicht nur das Körperliche. *Ich möchte, daß du mich brauchst.*«

»Es sieht so aus, als kämen wir doch nicht ins Geschäft«, sagte er langsam. Dann lächelte er gequält. »Weißt du, Baby, ich brauche nämlich niemanden.«

Sie nickte – im Bewußtsein ihrer Niederlage. »Das hat Dan Miller auch einmal von dir gesagt.«

»Dann ist er klüger, als ich dachte.« Robin ging zur Tür. »Willst du die Rolle?«

»Nein.«

»Willst du die Ehe?«

Sie schüttelte den Kopf. »Nicht zu deinen Bedingungen.«

»Ich bin noch vier oder fünf Tage hier«, sagte er und öffnete die Tür. »Solltest du dir das eine oder das andere Angebot noch überlegen . . .«

Sie sah ihn mit tränenüberströmtem Gesicht an. »Ruf mich nicht mehr an, Robin. Bitte. Nie mehr!«

»Meinst du das ganz ehrlich?«

Sie nickte. »Es sei denn, du willst mir sagen, daß du mich brauchst.«

Sie wartete, bis sie die Fahrstuhltür zuschnappen hörte, ehe sie sich schluchzend aufs Bett warf.

Robin betrat die Halle des Beverly-Hills-Hotels um eine Minute vor zehn. Fünf Minuten später rauschte Judith wie eine schimmernde Goldwolke herbei. Sie hatte noch nie so gut ausgesehen und noch nie so starkes Mitleid in ihm erregt. Er dachte an Maggie mit ihrem Pferdeschwanz und den violetten Ringen unter den Augen, und er wußte, er würde nie mehr mit Judith schlafen können, auch wenn er sich noch so große Mühe gab.

Es gelang ihm, ihr mit einem strahlenden Lächeln entgegenzugehen. »Sämtliche Filmstars werden heute neben dir verblassen«, sagte er.

»Es ist das einzige, was unzerknittert blieb. Und in New York habe ich diesen Anzug schon auf allen möglichen Partys getragen.«

»Ich habe nur einen alten Rambler gemietet. Der ist gar nicht elegant genug für dich«, meinte Robin, als sie zum Wagen gingen.

Sie schmiegte sich auf dem Vordersitz an ihn. »Mir gefällt es so viel besser als in einer großen Limousine.«

Während er die sanft geschwungenen Hänge hinabfuhr, sah sie ihn verlangend von der Seite an. »Robin, ich habe dich vermißt«, sagte sie leise.

»Eine so schöne Frau wie du sollte niemanden vermissen«, scherzte er. »Judith, sei so gut und achte auf die Straßenschilder. Alfies Haus liegt am Swallow Drive.«

»Eben ging die Doheny ab«, sagte sie.

»Dann sind wir richtig. Irgendwann muß ich hier scharf rechts abbiegen.«

Judith konzentrierte sich auf die Straßenschilder.

»Ich habe mich albern aufgeführt«, sagte sie vorsichtig.

»Wann?«

»Als ich dich in Chicago abholte.«

»Ich fand es ein bißchen leichtsinnig, aber ganz charmant.«

»Robin, ich habe viel nachgedacht. Ich darf Gregory nicht weh tun. Er braucht mich.«

»Du bist ein lieber Kerl, und ich glaube, du brauchst ihn auch.«

»Nein, ich brauche dich.«

»Ah, hier ist es ja. Und wo die ganzen Rolls-Royce und Bentleys stehen, muß Alfies Haus sein.«

Als Robin am Straßenrand parken wollte, hielt ein Streifenwagen neben ihnen. »Gehen Sie dort hinein?« fragte der Polizeibeamte.

Robin nickte. »Ich nehme an, da ist eine Party.«

Der Polizist lachte. »Ich werde schon zum drittenmal hergeschickt. Seien Sie doch so nett, Alfie Knight auszurichten, ich sei zwar ein großer Filmfreund und er hätte durchaus das Recht, sich zu amüsieren, aber am Ende der Straße wohnt eine Dame, deren Baby Zähne kriegt.«

»Ich werde mein möglichstes tun«, versprach Robin. Er half Judith aus dem Wagen.

Der Polizist sah sie prüfend an, erkannte in ihr aber keine Berühmtheit und wandte seine Aufmerksamkeit wieder Robin zu. »Sagen Sie, kenne ich Sie nicht? Sie kommen mir so bekannt vor. Natürlich! Ich habe Sie in der Sendung ›Schlagzeilen‹ im Fernsehen gesehen. Sie sind doch Robin Stone, stimmt's?«

»Richtig.«

»Auf der Party da ist alles versammelt, was Rang und Namen hat. Ich find's übrigens schade, daß man Sie nicht mehr auf dem Bildschirm sieht.«

»Er macht jetzt die Happening-Sendung«, sagte Judith mit einem Anflug von Besitzerstolz.

»So? Ich hatte in der letzten Zeit viel Nachtdienst, da bin ich nur wenig zum Fernsehen gekommen.« Er ließ Robin zum Eingang gehen und rief ihm dann leise nach: »Mr. Stone, könnte ich Sie einen Augenblick allein sprechen?«

Robin zögerte, aber Judith nickte ihm lächelnd zu. Er kehrte zu dem Streifenwagen zurück.

»Hören Sie, Mr. Stone: Ich weiß, daß die Dame in Ihrer Begleitung nicht Ihre Frau ist, denn ich habe gerade vor kurzem gelesen, daß Sie nicht verheiratet sind.«

Robin sah ihn kühl an und wartete auf eine nähere Erklärung.

»Ich will mich nicht aufdrängen – ich will Ihnen nur einen Tip geben, für den Fall, daß die Dame mit jemand anders verheiratet ist.«

»Ich glaube, ich verstehe nicht recht«, sagte Robin.

»Wissen Sie, mir entgeht so leicht nichts. Als wir vorhin zusammen sprachen, habe ich bemerkt, daß Sie beschattet werden.«

»Daß ich was?«

»Daß Sie beschattet werden. Ich glaube, Sie werden von einem Mann beobachtet. Sind Sie vielleicht in einer brenzligen Situation?«

»Nicht daß ich wüßte.«

»Während wir uns unterhielten, ist jemand die Straße entlanggefahren, hat gewendet, ist zurückgekommen, hat wieder gewendet, und das Ganze noch einmal. Jetzt parkt er da vorne, ein Stück die Straße 'runter. Ich habe ihn erkannt. Es ist ein Privatdetektiv.«

»Vielleicht beobachtet er jemanden, der schon im Haus ist. Die Dame, mit der ich zusammen bin, begleite ich auf ausdrücklichen Wunsch ihres Mannes.«

Der Polizist zuckte die Achseln. »Na ja, kann ja auch sein, daß er eine andere Villa beäugt und darauf wartet, daß der Mann irgendeiner anderen Dame 'rauskommt. Jedenfalls verfolgt er wen.«

»Mich bestimmt nicht.« sagte Robin. »Trotzdem vielen Dank.« Dann ging er zu der wartenden Judith.

Als sie eintraten, lief ihnen Sergio entgegen. Er strahlte dermaßen vor Überraschung und Freude, daß Robin schon halbwegs mit dem Besuch dieser Party ausgesöhnt war. Er erkannte mehrere namhafte Regisseure, zwei oder drei Stars und die übliche Ansammlung von Starlets. Nachdem er Judith mit Alfie und Sergio bekannt gemacht hatte, holte er zwei Gläser und steuerte mit seiner Begleiterin auf eine Sitzgelegenheit zu. Ein großer Siamkater spazierte durch den Raum. Plötzlich sah er Robin, stieß ein leises Fauchen aus, sprang auf ihn zu und war mit einem mächtigen Satz auf seinem Schoß.

Alfie hätte fast sein Glas fallen lassen.

»Herrgott, haben Sie einen Sex-Appeal. Slugger kann sonst niemanden leiden.«

»Slugger!« Beim Klang von Robins Stimme fing der Kater an zu schnurren. »Woher haben Sie ihn?«

»Ike Ryan hat ihn mir geschenkt. Er gehörte seiner Frau. Ike ist so oft auf Reisen, daß das arme Tier sich meistens auf der Straße 'rumtrieb. Und ich habe eine Schwäche für Katzen. Es ist eine große Ausnahme, daß Slugger sich so mit Ihnen anfreundet.«

»Nein, Slugger und ich sind alte Freunde.« Er kraulte den Kater am Hals und bemerkte, daß er noch immer das silberne Namensschildchen trug.

Wenig später, Robin hatte sich eben an die Bar gestellt, schlängelte sich Judith an ihn heran und flüsterte ihm zu: »Wir brauchen nicht zu bleiben, wenn du nicht magst.«

»Langweilst du dich schon?« fragte er. »Oder sind es dir zuviel Leute?«

»Wenn ich mit dir zusammen sein kann, ist mir jeder Dritte zuviel. Wie wär's mit einem Whisky bei dir?«

»Das wäre zu unhöflich gegenüber Alfie und Sergio. Sergio ist ein alter Freund von mir.«

Judith ließ sich von einigen Schauspielern ins Gespräch ziehen. Robin unterhielt sich mit Sergio und Alfie. Er trank langsam, aber stetig und war entschlossen, den Abend zu einer langen Nacht zu machen ... so daß es zu spät sein würde, Judith noch mitzunehmen.

Gegen Mitternacht wurde es allmählich leerer. Judith löste sich aus dem Kreis ihrer Gesprächspartner und kam zu Robin an die Bar. Ihr Lächeln war gezwungen. »So«, sagte sie, »jetzt habe ich dir Zeit genug gelassen, dich mit den beiden Knaben zu unterhalten. Jetzt bin *ich* an der Reihe. Was ist mit unserem Drink?«

»Welche Sorte möchtest du trinken?«

»Was du hast.«

»Alfies Bar ist gut ausgestattet. Du brauchst nur zu wählen.«

»Du weißt genau, daß ich es nicht so gemeint habe!« sagte sie wütend.

Alfie schlenderte vorbei. »Kummer, Schatz?«

Robin unterdrückte ein Grinsen. Alfie Knight gehörte zu den wenigen Schauspielern, die keine Fernsehverträge abschlossen. Mrs. Gregory Austin war ihm daher kein Begriff.

Sie lächelte. »Keinen Kummer. Ich sagte nur zu Mr. Stone, daß es Zeit sei, heimzufahren.«

»Wenn Sie müde sind, Mädchen, besorge ich Ihnen jemanden, der Sie zu Hause absetzt.«

Judith überhörte den ungebührlichen Ton und wandte sich erneut an Robin. Diesmal war ihre Stimme ernst. »Robin, ich möchte nach Hause.«

Grinsend erwiderte er: »Alfie, Sie haben gehört, was die Dame sagt. Wer fährt in Richtung Beverly-Hills-Hotel?«

»Dort drüben steht Johnny, er wohnt am North Canyon . . . he, Johnny, wann haust du ab?«

Der junge Mann gestikulierte quer durch den Raum, daß er gerade gehen wolle. »Da haben Sie Ihren Kutscher!« sagte Alfie befriedigt.

»Was erlauben Sie sich!« Judith drehte Alfie empört den Rücken zu. »Robin, bring mich nach Hause!«

»Gern, aber noch nicht jetzt. Erst möchte ich in Ruhe austrinken.«

Alfie ging hinter die Bar und reiche ihm eine neue Flasche. »Mir scheint, Sie brauchen Nachschub.«

Judith sah, daß Robin sich neu einschenkte. »Ich möchte gehen, Robin . . . mit dir.«

»Hören Sie doch mal zu«, meinte Alfie. »Keiner von uns kann haben, was er will. Ich zum Beispiel will Sergio heiraten und Kinder von ihm haben. Das geht leider auch nicht.«

In heller Wut sah sie jetzt Robin an. »Gefällt es dir bei diesen perversen Typen?«

»Es gefällt mir bei meinen Freunden.« Er ließ sie stehen und ging zur Couch hinüber. Alfie und Sergio folgten ihm.

Judith blieb sprachlos zurück. So etwas war ihr noch nie passiert! Alfies verächtlicher Spott . . . Man behandelte sie wie ein hergelaufenes Mädchen aus der Stadt . . . sie, Mrs. Gregory Austin, wurde herumgeschubst und stehengelassen! Sie schenkte sich einen großen Scotch ein. Die Uhr über der Bar tickte laut. Plötzlich wurde Judith bewußt, daß so gut wie alle Gäste gegangen waren. Nur Robin und diese beiden Tunten hockten noch zusammen auf der Couch. Robin tat das nur, um sie zu demütigen! Plötzlich sah sie etwas auf dem Boden blinken. Es war ein goldenes Armband. Sie hob es auf und las die Inschrift. Ihr Mund verzog sich zu einem hämischen Lächeln. Sie hielt das Armband, wie um sich nicht zu beschmutzen, mit zwei Fingern hoch und ging zu den Männern auf der Couch.

»Jetzt verstehe ich, warum ich gehen sollte. Ihr drei Hübschen wollt gern unter euch sein, was?«

Die Männer sahen sie erstaunt an. Alfie bemerkte das Armband, sprang auf, griff automatisch an sein Handgelenk und dann nach dem Armband, aber Judith trat einen Schritt zurück. »Sie Aas, wo haben Sie das her? Ich trug es doch heute abend.«

»Ich habe es gefunden. Es lag vor der Bar auf dem Boden.« Sie ließ das Armband vor seinen Augen hin und her baumeln.

»Wahrscheinlich ist der Verschluß kaputtgegangen. Wirklich ein hochinteressantes Stück.«

Jetzt sprang Sergio auf und trat zu ihr. »Geben Sie es ihm zurück!«

Mit einer raschen Bewegung ließ Judith das Schmuckstück in ihren Ausschnitt gleiten. »Jetzt ist es dort, wo keine von euch Schwestern gern hinfaßt.«

Robin stand gemächlich auf. »Anscheinend hast du mich vergessen. Ich habe keine Angst vor Busen.«

»Du bist genausoeiner«, sagte sie, trat aber vorsichtshalber einen Schritt zurück. »Die Liebesmaschine ... Mädchen für den guten Ruf und Knaben zum Vergnügen. Das Armband ist der beste Beweis.«

»Was habe ich denn mit Alfies Armband zu tun?«

»Stell dich nur dumm!« spottete sie. »Auf der Vorderseite steht Sergios Name, auf der Rückseite: ›Von Robin Stone, Weihnachten in Rom.‹ Leider trug es aber Alfie. Wolltest du deshalb unbedingt hier bleiben, Robin? Wolltest du mit Alfie abrechnen, weil er dir deinen Liebhaber weggenommen hat?«

»Es ist das Armband, um das ich dich in Rom gebeten habe«, erklärte Sergio, zu Robin gewandt. »Weißt du noch? Du hast gesagt, ich könnte eingravieren lassen, was ich wollte. Und da habe ich deinen Namen daraufsetzen lassen. Es war mir das Liebste, was ich besaß. Aber Alfie hat mir seins geschenkt.« Sergio hielt das Handgelenk hoch, an dem ein ähnliches Armband blinkte. »Alfie hatte es von seiner Mutter, und es war *sein* liebster Besitz. Da haben wir getauscht.«

Alfie nickte: »Ich habe sehr an dem Armband gehangen, Robin.«

Judith warf den Kopf in den Nacken und lachte schallend. »Das ist wirklich die rührendste Geschichte, die ich je gehört habe! Na ja, ich weiß, was ich zu tun habe. Gregory wird entzückt sein über das Armband, und die Skandalblätter wohl auch. Das geht gerade noch rechtzeitig bis zur Aufsichtsratssitzung am Dienstag an die Presse. Und danach wird man wohl zu dem Schluß kommen müssen, Robin, daß du – wie ist das Wort? – ach ja: untragbar bist.«

»Judith, wegen meiner Stellung im Sender ist es mir schnurzegal. Wenn du mir eins auswischen willst – bitte sehr! Aber laß Alfie und Sergio aus dem Spiel. Es geht um ihre Karriere.«

Sie sah ihn an und lachte. »Deine Fürsorglichkeit paßt ins Bild!« Dann wandte sie sich an Alfie. »Ich denke mir, die Skandalblätter werden sich um Ihre Geschichte reißen!« Ihre Augen funkelten vor Schadenfreude. Sie drehte sich um und ging zur Tür.

Alfie stürzte ihr nach und zerrte sie in die Mitte des Zimmers zurück. Robin wollte eingreifen, aber inzwischen hatte Sergio sich hinter der Bar hergeschlichen und verstellte Judith von der anderen Seite den Weg. Sie suchte wie ein gehetztes Tier nach einem Ausweg. Plötzlich bemerkte sie die schimmernde Oscar-Figur. Sie griff danach, und als Sergio auf sie zukam, holte sie aus und schlug ihn auf den Kopf. Sergio stürzte wie ein gefällter Baum zu Boden.

»Biest!« schrie Alfie. »Er ist bewußtlos . . . Sie haben ihn umgebracht!« Schluchzend kniete er über dem bewußtlosen Freund.

Judith raste zur Tür, aber Alfie sprang auf und lief hinterher. »O nein, so kommen Sie nicht davon!« Er schlug ihr ins Gesicht. Robin hob Sergio auf und legte ihn auf die Couch. Er hörte Judith zwar schreien, und ihm war klar, daß Alfie sie verprügelte, aber er dachte sich, bis auf ihre Würde werde wohl nichts zu Schaden kommen. Seine Hauptsorge galt Sergio. Er holte etwas Eis und legte es ihm auf den Kopf. »Seien Sie vorsichtig!« rief Alfie. »Er kann einen Schädelbruch haben!«

Robin drehte sich um, sah Judith und lief zu ihr. Die Lippen waren ihr aufgeplatzt, die Nase blutete, und das verrutschte Haarteil gab dem arg mitgenommenen Gesicht auch noch eine lächerliche Note. Robin versuchte die beiden zu trennen, aber Alfie zerrte Judith an den Haaren aus seiner Reichweite . . . ein Wunder, daß er das Toupet nicht in der Hand behielt. Sie schrie aus voller Kehle. Robin packte Alfie am Arm und zwang ihn, Judith loszulassen. Ihr Abendanzug aus Goldlamé war am Dekolleté eingerissen. Darunter kam ihr Büstenhalter zum Vorschein. Klirrend fiel das Armband zu Boden. Alfie schnappte es sich, und um die Tracht Prügel für Judith gut abzuschließen, gab er ihr noch einmal eine Ohrfeige.

Robin stellte sich schützend vor sie; sie schluchzte und klammerte sich verzweifelt an ihn. »Tut mir leid, Judith«, sagte er, »aber wenn du dich wie ein Marktweib benimmst, mußt du dich nicht wundern, wenn du wie ein Marktweib behandelt wirst.«

Alle vier erstarrten, als sie plötzlich Pochen an der Tür und lautes Klingeln hörten. »Aufmachen! Polizei!« rief eine kräftige Stimme.

»O Gott!« schluchzte Judith. »Das überlebt Gregory nicht. Schau, wie ich aussehe!«

»Wie *Sie* aussehen? Was ist denn mit *mir*?« schrie Alfie. »Und Sergio! Diese Art von Publicity kann uns alle ruinieren . . . und nur Ihretwegen, Sie Idiot!«

Judith umklammerte Robin. »Bring mich hier 'raus! O Gott, bitte, bring mich hier 'raus! Ich will ja niemals wieder etwas Falsches tun.«

»Na, das finde ich herrlich! Sie haben Ihre Millionen im Rücken! Was soll ich denn sagen? Ich habe eine Moral-Klausel in meinem Vertrag!« giftete Alfie sie an.

Robin preßte Judith an sich und griff mit seiner freien Hand nach Alfie. »Alfie, ich hole euch hier 'raus, aber unter einer Bedingung: Maggie Stewart kriegt die weibliche Hauptrolle in Ihrem neuen Film.«

»Film! In welchem Film? Man wird uns mit Schimpf und Schande aus der Stadt jagen!«

»Judith!« Er hielt sie auf Armeslänge von sich und sah in ihr blutverschmiertes, entstelltes Gesicht. »Du sagst folgendes: Ich hätte mich betrunken an dich 'rangemacht und dir das Kleid zerrissen. Sergio sei dir zu Hilfe geeilt, ich hätte ihm einen Schlag versetzen wollen, aber statt dessen dich getroffen – das erklärt deinen Zustand –, anschließend hätte ich Sergio bewußtlos geschlagen.«

»Und was habe ich gemacht?« fragte Alfie.

»Im Prinzip das gleiche: Sie haben ihr helfen wollen und von mir einen Schlag abbekommen.« Robin holte aus und gab Alfie einen gutgezielten Kinnhaken. Alfie schrie auf. »Tut mir leid, Kleiner«, meinte Robin lächelnd, »wenn Sie eine Dame verteidigen, müssen Sie so etwas schon mal einstecken können.« Robin stellte fest, daß das Hämmern an der Tür aufgehört hatte. Ihm war klar, daß die Polizei dabei war, sich Zutritt durch den Hintereingang zu verschaffen.

»Alles klar? Weiß jeder, was er zu sagen hat? Ich hoffe es, denn da kommen schon die Hüter des Gesetzes . . .«

Die Polizeibeamten kamen eben über die Terrasse vor dem Schlafzimmer. In panischem Schrecken rannte Judith zum Vordereingang, riß die Haustür auf und zuckte vor grellen Kamerablitzen zurück. Reporter schwärmten in die Wohnung. Da stürzte sie wieder zu Robin und versuchte, sich hinter ihm vor Polizei und Presseleuten zu verstecken. Wie betäubt hörte sie Alfies Erklärungen. »Das Ganze ist ein schreckliches Mißverständnis. Mr. Stone blieb noch, um mit mir über Miss Maggie Stewart zu sprechen – ich möchte sie für meinen neuen Film haben. Wir haben natürlich etwas getrunken, und Mr. Stone hatte wohl ein Glas zuviel. Er wußte einfach nicht mehr, was er tat. Großer Gott, er würde sich in nüchternem Zustand bestimmt nicht an Mrs. Austin heranmachen, die könnte ja seine Mutter sein!«

Judith preßte die geschwollenen Lippen zusammen. »Du dreckiges, kleines Miststück«, zischte sie.

»Ruhig, ruhig«, flüsterte Robin ihr zu. Dann lallte er laut: »Ich weiß auch nicht, wie das alles passiert ist.«

Kurz darauf traf der Krankenwagen ein, und ein Arzt beugte sich über Sergio.

»Was ist mit ihm?« fragte Alfie ängstlich.

»Wahrscheinlich eine Gehirnerschütterung«, meinte ein Krankenträger. »Genaues kann man erst nach dem Röntgen sagen.« Er schüttelte den Kopf. »Ihr Filmleute habt aber rauhe Sitten.«

Der Polizist, der Robin bei seiner Ankunft vor dem Haus angesprochen hatte, nahm ihn beim Arm und führte ihn mit gekränkter Miene hinaus – als ob er sagen wollte: Und Ihnen habe ich getraut! Alfie wurde aufgefordert, als Zeuge mitzukommen, und auch Judith wurde mitgenommen, obwohl sie auf eine Anzeige verzichtete.

Auf dem Polizeirevier spielte sich, bis auf die Anwesenheit der Presse, alles routinemäßig ab. Robin hatte das Gefühl, die ganze Presse der Stadt habe sich auf der Wache versammelt. Natürlich war auch ein Fernsehreporter des Regionalsenders aufgetaucht. Robin gab sich keine Mühe, den Kameras auszuweichen, schützte aber Judith, so gut er konnte, vor unliebsamen Aufnahmen. Als es einem findigen Fotoreporter gelang, sich zwischen sie zu drängen und einen Schnappschuß von Judiths geschwollenem Gesicht zu machen, langte Robin zu und zertrümmerte ihm die Kamera – eine Szene, die wiederum von den anderen geknipst wurde. Die Polizei stellte augenblicklich die Ordnung wieder her. Auch Alfie erstattete keine Anzeige. »Schließlich habe ich ihm zuerst einen Rippenstoß gegeben«, erklärte er.

Der Arzt rief an und sagte, es gehe Sergio gut, er habe nur eine leichte Gehirnerschütterung. Robin bezahlte seine Ordnungsstrafe, schrieb dem Fotoreporter einen Scheck für die zerbrochene Kamera aus, und danach wurden alle nach Hause geschickt.

Robin brachte Judith ins Hotel, parkte aber so, daß sie ihren Bungalow ungesehen zu Fuß erreichen konnte.

»Robin . . .«

Er sah sie an. Ein Auge färbte sich schon blau, die Lippen waren aufgesprungen und blutverkrustet.

»Leg dir ein paar kalte Kompressen aufs Gesicht«, riet er. »Morgen hast du ein hübsches Veilchen am Auge.«

Sie betastete vorsichtig ihr Gesicht. »Was soll ich Gregory sagen?«

»Genau das gleiche, was du der Polizei gesagt hast.«

Sie nahm seine Hand. »Robin, ich weiß, es wird dir albern vorkommen, was ich jetzt sage, aber ich habe dich wirklich geliebt.« Tränen traten ihr in die Augen. »Und nun habe ich deine Karriere zerstört.«

»Nein, Baby, das habe ich selbst getan . . . und vielleicht wurde es höchste Zeit.«

Er brachte sie zum Bungalow. Innen war alles dunkel.

»Ich will Gregory nicht mehr wecken«, sagte sie. »Morgen ist Zeit genug, um ihm alles zu erzählen.«

»Schlaf gut, Judith.«

Sie umarmte ihn kurz. »O Robin, warum mußte alles so kommen?«

»Geh hinein«, flüsterte er, »und bleib dort. Bleib, wohin du von nun an gehörst.« Dann trennte er sich von ihr und ging ins Hotel. Er schaltete das Telefon ab, fiel angezogen aufs Bett und schlief sofort ein.

Am anderen Morgen um sieben wurde Gregory Austin von Cliff Dorne geweckt. »Mein Gott, Mr. Austin«, sagte Cliff. »Mir ist beinahe übel geworden, als ich davon erfuhr. Wie geht es ihr?«

»Wem?« Gregory bemühte sich, den Schlaf abzuschütteln.

»Ihrer Frau!«

Gregory starrte auf seine Nachttischuhr. »Wovon, zum Teufel, reden Sie eigentlich?«

»Mr. Austin, in der Halle wimmelt es von Reportern. Ich weiß, Sie haben angeordnet, daß Sie nicht gestört werden wollen. Ich habe die Vermittlung nur überreden können, indem ich schriftlich die volle Verantwortung übernahm. Haben Sie denn die Morgenzeitungen nicht gelesen?«

»Ja, Menschenskind noch mal, ich schlage gerade die Augen auf! Was soll das ganze Gerede, was ist los mit meiner Frau?«

»Robin Stone hat sie verprügelt.«

»Was?« Gregory legte den Hörer neben das Telefon, sprang aus dem Bett und rannte in Judiths Schlafzimmer. Sie schlief noch und hatte den Kopf halb ins Kopfkissen gewühlt. Er zupfte sie vorsichtig am Arm, bis sie verschlafen etwas murmelte und langsam wach wurde. Entsetzt starrte er sie an. »Judith ... dein Gesicht! Du hast ein blaues Auge! Was ist geschehen?«

»Halb so schlimm.« Sie versuchte, ihr Gesicht im Kopfkissen zu verstecken.

Aber Gregory ließ nicht locker und zog sie hoch, bis sie aufrecht im Bett saß. »Dorne ist am Telefon. In der Halle warten Reporter. Anscheinend steht irgend etwas in der Zeitung. Sag mir doch, um Gottes willen, was geschehen ist!«

»Bestell mir einen Kaffee«, bat sie leise. »So schlimm, wie du denkst, war es nicht.«

Gregory rannte wieder in sein Schlafzimmer. »Judith ist soweit in Ordnung. Kommen Sie sofort herüber und bringen Sie sämtliche Zeitungen mit.« Er legte auf, nahm wieder ab und bestellte Kaffee. Inzwischen war Judith aufgestanden und ins Wohnzimmer gekommen. »Ich sehe schlimmer aus, als ich mich fühle«, sagte sie mit einem kläglichen Lächeln.

»Erzähl mir, was geschehen ist!«

»Da gibt es gar nicht viel zu erzählen. Robin hatte ein wenig zuviel getrunken und plötzlich versucht, mich an sich zu ziehen. Sergio – das ist ein Italiener, den Robin aus Rom kennt – kam zu Hilfe, Robin wollte ihm einen Kinnhaken geben, der traf aber leider mich, denn Sergio hatte sich geduckt, Robin erwischte ihn erst beim zweitenmal und schlug ihn bewußtlos ... Und weil ich so laut geschrien habe, daß man es bis auf die Straße hörte, kam auch gleich die Polizei.«

»Na, ich danke bestens!« empörte sich Gregory. »Schau, wie du aussiehst! Warum hast du mich nicht gerufen? Oder Cliff Dorne?«

Judith schlürfte ihren Kaffee. »O Greg, du machst aus einer Mücke einen Elefanten. Die Polizei hat uns nach Klärung des Falles sofort entlassen. Du wirst lachen, Robin hat mich sogar noch nach Hause gebracht.«

»Er hat dich nach Hause gebracht?«

»Ja. Er war ziemlich ernüchtert.« Sie hörte es klingeln und stand hastig auf. »Das ist wahrscheinlich Dorne. Ich möchte nicht, daß er mich so sieht.« Sie verschwand in ihrem Schlafzimmer.

Cliff hatte sämtliche Zeitungen unterm Arm. Erschüttert starrte Gregory auf die Titelseiten, die in großen schwarzen Schlagzeilen ein und dasselbe Thema variierten:

Die Liebesmaschine läuft Amok
Fernsehpräsident überfällt Gattin seines Chefs
Liebesmaschine wird Vernichtungsmaschine
Stones Fäuste hart wie Eisen

Und zu allen Schlagzeilen dieselbe Geschichte. Gregory besah sich die Bilder. Alle Beteiligten, bis auf Robin, schienen einem Zusammenbruch nahe; er wirkte gelassen. Um seine Lippen spielte sogar ein leichtes Grinsen.

Cliff saß da wie ein begossener Pudel. Das Klingeln an der Tür hörte nicht auf. Unzählige Telegramme von Judiths New Yorker Freunden trafen ein. An der Ostküste war es beinah Mittag, die Pressemeldungen mußten inzwischen im ganzen Land bekannt sein.

Gregory ging auf und ab. »Wieso war denn die Presse gleich zur Stelle?« fragte er.

»Unser Mann hat den Tip gegeben«, erklärte Cliff verdrossen. »Der, von dem wir Stone beschatten lassen. Er konnte ja nicht ahnen, daß Ihre Frau in die Geschichte hineinverwickelt war.«

Judith tauchte aus ihrem Schlafzimmer auf. Sie hatte das blaue Auge überschminkt und sah, von den aufgesprungenen Lippen abgesehen, ganz gut aus. Sie brachte es sogar fertig, Cliff Dorne mit einem Lächeln zu begrüßen. »Tja«, meinte sie, »ich kann wohl sagen, ich habe einen Blick in eine andere Welt getan. Und alle unsere Freunde erinnern sich plötzlich, daß wir noch leben, Greg! Stell dir vor, man hält mich für ein Glamourgirl! Du solltest die Telegramme lesen. Peggy Ashton will eine große Party für uns geben. Sie schreibt, ich sei die Frau des Jahrhunderts . . . weil zwei Männer gegen einen dritten um meine Ehre kämpften!« Judith lächelte tatsächlich in kindlichem Entzücken.

»Wir müssen eine Presseerklärung herausgeben«, sagte Cliff. »Stone geht natürlich. Schade, daß es auf diese Weise geschehen mußte« – er warf Judith, die mit dem Öffnen ihrer Telegramme beschäftigt war, einen forschenden Blick zu –, »aber so haben wir gegenüber dem Aufsichtsrat wenigstens einen stichhaltigen Grund.«

»Nein. Er bleibt«, sagte Gregory.

Judith und Cliff starrten ihn an.

»Wir müssen diese Sache vertuschen, sie als ein großes Mißverständnis hinstellen – jedenfalls soweit wir betroffen sind. Wir werden vor der Presse erklären, daß Robin niemals versucht habe, sich meiner Frau zu nähern, sondern daß sie ausgerutscht und die Treppe hinuntergefallen sei. Oder etwas in dieser Richtung.«

»Das werden wir nicht tun!« Judith stand auf. »Ich will nicht zum allgemeinen Gespött werden, und man soll Mr. Robin Stone nicht zum Helden abstempeln. Er hat sich mir zu nähern versucht, und dabei bleibt es!« Wütend rannte sie aus dem Zimmer.

»Ihre Frau hat recht«, sagte Cliff. »Ein Dementi würde den Gerüchten nur neue Nahrung geben. Werfen Sie Stone hinaus, und in ein paar Tagen hat der Sturm sich wieder gelegt.«

»Er bleibt! Melden Sie ein Gespräch mit Danton Miller an und bieten Sie ihm seine alte Stellung an. Sagen Sie ihm, er werde mit Robin zusammenarbeiten, beide haben die gleichen Machtbefugnisse, und keiner entscheidet ohne meine Zustimmung. Von jetzt an nehme ich das Steuer wieder in die Hand.«

»Ich glaube, Sie machen einen großen Fehler«, sagte Cliff. »Sie haben nach einer Möglichkeit gesucht, Stone loszuwerden. Hier haben Sie sie!«

»Ich wollte meinen Sender wiederhaben; und den habe ich wieder. Außerdem hat Robin meine Frau auf meinen ausdrücklichen Wunsch hin zu diesem Fest begleitet. Sie wollte es ja nicht anders; künftig wird sie sich wenigstens mehr auf unsere eigenen Kreise beschränken. Ich bin jedenfalls nicht bereit, Robin Stone den Wölfen zum Fraß vorzuwerfen.«

»Ich glaube, Sie machen einen großen Fehler«, sagte Cliff. »Kein anderer Sender würde ihn jetzt nehmen. Er ist untragbar.«

»Ich bezahle Sie nicht für Ihre unmaßgebliche Meinungen«, fauchte Gregory, »sondern für Ihre Rechtsberatung! Die IBC verdankt Robin Stone viel zuviel, als daß wir ihn wegen einer durchzechten Nacht einfach vor die Tür setzen können. Die Gemüter werden sich schon wieder beruhigen. Die Aufsichtsratssitzung verlegen wir um einen Tag. Bis dahin habe ich mich durch die Berichte durchgearbeitet. Ich referiere selbst. Lassen Sie Miller herfliegen. Er und Stone werden als meine engsten Mitarbeiter hinter mir sitzen, während ich spreche.«

Robin erwachte durch lautes Klopfen an der Tür. Er sah sich um, er lag noch immer quer über dem Bett. Auf unsicheren Beinen schwankte er zur Tür. Cliff Dorne kam geschäftig herein und warf einen Packen Zeitungen auf den Tisch.

Robin nahm sie zur Hand. Es war schlimmer, als er befürchtet hatte.

»Ich komme eben aus Austins Bungalow«, sagte Cliff.

Robin nickte. »Ich nehme an, er wünschte meine Kündigung.«

»Was denn sonst! Aber er hat noch Mitleid mit Ihnen. Danton Miller soll Ihren Posten wieder übernehmen, aber Sie können bleiben, bis Sie etwas anderes gefunden haben. So wahren Sie zumindest das Gesicht.«

Robin ging zum Schreibtisch und schrieb ein paar Zeilen auf ein Blatt Papier. »Ich denke, damit ist die Sache erledigt«, sagte er. »Mein Vertrag ist sowieso vor einiger Zeit abgelaufen ... hier ist meine Kündigung. Sie können als Zeuge unterschreiben.«

Cliff lächelte. »Ich darf wohl sagen, daß ich lange auf diesen Augenblick gewartet habe.«

»Ich fliege mit der ersten Maschine, die ich erreichen kann, nach New York und mache dort mein Büro frei. Ja – und hier in der Aktentasche sind sämtliche Unterlagen für das Frühjahrsprogramm, statistisches Material, Pläne für die Zukunft und auch mein Bericht für den Aufsichtsrat.« Er übergab ihm die Aktenmappe.

»Ich schicke Ihnen die Tasche in New York zurück«, sagte Cliff.

»Nicht nötig. Sie haben sie mir letztes Jahr zu Weihnachten geschenkt und können sie behalten.« Damit ging er zur Tür und öffnete sie für seinen Besucher.

Gregory Austin starrte kopfschüttelnd auf Robins Kündigung. »Haben Sie ihm gesagt, daß ich ihn behalten will?« fragte er Cliff.

»Er hatte seine Kündigung schon geschrieben, als ich kam«, erwiderte Cliff.

Gregory zuckte die Achseln. »Er hat die Tür zur amerikanischen Fernsehbranche mutwillig hinter sich zugeschlagen. Zum Teufel mit seinem Stolz! Wäre er geblieben und hätte mit Miller weitergemacht, wäre Gras über die Geschichte gewachsen ... Vielleicht sollte ich noch einmal mit ihm reden.«

»Wenn du das tust, bist du mich los«, erklärte Judith plötzlich.

Die beiden Männer sahen sie überrascht an.

»Ich möchte, daß er aus unserem Leben verschwindet, Gregory. Damit ist es mir sehr ernst.«

Gregory nickte. »Also schön. Cliff, machen Sie die Sache mit Miller perfekt. Ich möchte Sammy Tebet auf Robins Stuhl setzen. Sammy ist ein guter Mann ... allerdings nicht mit Robin Stone zu vergleichen. So was wie ihn dürfte es wohl nur einmal geben.«

»Warum nimmst du ihn dann überhaupt? Begnüg dich doch mit Miller«, meinte Judith.

Gregory lächelte. »Ich will zwei Männer im Sender haben, die sich gegenseitig im Nacken sitzen.«

Cliff nickte und verließ den Bungalow.

Robin hatte fertig gepackt, ging aber noch einmal ans Telefon und nahm den Hörer ab. Das Mädchen von der Hotelvermittlung erklärte aufgeregt: »Oh, Mr. Stone! Ich hatte tausend Anrufe für Sie. Beinah' jede Zeitung wollte Sie sprechen, und in der Hotelhalle sitzt ein Journalist von *Time* mit einem Fotoreporter. Wenn Sie ihm aus dem Weg gehen wollen – das Hotel hat einen Ausgang zum Crescent Boulevard, wie Sie sicher wissen.«

»Vielen Dank, Sie sind ein Engel. Würden Sie mich jetzt bitte mit dem Apartmenthaus Melton Towers verbinden? Das ist eine Sammelnummer.«

»Ja, die Nummer ist mir bekannt. Ich wollte Ihnen nur noch sagen, Mr. Stone, daß ich Sie großartig finde – egal, was die Zeitungen schreiben! Man hört heutzutage selten, daß ein Mann gegen zwei andere Männer um eine Frau kämpft. Ich finde das toll romantisch.« Sie kicherte und stellte dann die Verbindung her.

Maggie meldete sich mit schlaftrunkener Stimme. Robin schloß daraus, daß sie von den Ereignissen der vergangenen Nacht noch nichts gehört hatte. »Wach auf, Schlafmütze, ich denke, du wirst im Studio für die Quizsendung erwartet!«

»Erst um eins . . . *Robin*!« Sie war plötzlich hellwach. »Du rufst mich an? Bedeutet das . . .«

»Das bedeutet, ich fliege heute mittag nach New York zurück.«

Es entstand ein langes Schweigen, dann fragte Maggie: »Ist das der Grund für deinen Anruf?«

»Ja. Und dann wollte ich dir sagen, daß . . .«, er hielt inne.

Plötzlich schien es ihm nicht mehr wichtig, ihr zu erklären, daß die Darstellung in der Presse falsch war. Irgendwie wußte er, daß Maggie es richtig verstehen würde. Er wollte nur nicht einfach ohne ein Abschiedswort abfliegen. »Weißt du, Maggie, ich . . .«

Aber die Leitung war tot. Maggie hatte aufgelegt.

30

Mit der neuesten *Variety*-Nummer unter dem Arm eilte Dip Nelson zum Lunch bei Sardi. Als er das Lokal betrat, durchpulste ihn ein Gefühl der Macht. Er war der Broadway-Produzent Dip Nelson, und Robin Stone war nur noch ein Name aus einer dunklen Vergangenheit; Robin Stone war von der Bühne abgetreten, während der Big Dipper immer noch im Gespräch blieb. Er war wieder da. Wenn auch nicht als Schauspieler, so doch als Spitzenproduzent am Broadway. Dip ging von Tisch zu Tisch und zeigte seinen Bekannten den großaufgemachten Beitrag in *Variety*. Alle hörten ihm zu. Alle hatten die Geschichte in *Variety* gelesen, alle wußten, daß Pauli der Topstar war ... alle wußten auch, daß sie mit ihrem Partner ein Verhältnis hatte.

Christie Lane las die *Variety* im Flugzeug. Sein Gesicht zerfloß zu einem breiten Grinsen. Dann riß er eine Seite heraus. »Was hast du denn da?« fragte Ethel.

Er zeigte es ihr. »Von Los Angeles nach New York: Christie Lane, Ethel Lane, Christie Lane jr.«

Er faltete den Ausschnitt zusammen und steckte ihn in seine Brieftasche. »Seine erste Pressemeldung in *Variety*!«

Ethel beugte sich lächelnd über das Baby in ihrem Arm. »Unsere Premiere wird eine schicke Sache«, meinte sie. »Alfie und Sergio fliegen auch 'rüber. Halb Hollywood kommt.«

Christie nickte. Er lehnte sich zurück und versuchte ein Nickerchen zu machen. Er fand es großartig, in einem Broadway-Musical aufzutreten. Es machte ihm auch nichts aus, daß Ike Ryan der Produzent war. Bis jetzt hatte Ike noch keine Pleite erlebt. Als Dip Nelson versucht hatte, sich als Ko-Produzent aufzudrängen, hatte er ihn kurzerhand abblitzen lassen. Dip hatte dann ja Paulis Show produziert, und das war ein großer Hit geworden. Man mußte es dem Burschen lassen: Er hatte allerhand von Robin Stone gelernt. Komisch, Robin war der größte von allen gewesen und wie mit einem Schlag vom Erdboden verschwunden. Plötzlich mußte Christie an Amanda denken – heute konnte er das ohne Bitterkeit; sie war für ihn nur noch eine ferne Erinnerung. Ethel hatte ihm das einzige geschenkt, was er sich wirklich gewünscht hatte: einen Sohn. Er lächelte zufrieden.

Ethel drückte das Baby an sich und küßte es auf die Stirn. Wenn sie daran dachte, daß sie am Anfang das Kind nur gewollt hatte, um Christie zu angeln! Heute war das Baby das Wichtigste in ihrem Leben, das einzige, was ihr wirklich etwas bedeutete. All die enttäuschte Liebe, die sie an die vielen Männer ihres Lebens verschwendet hatte, schenkte sie nun ihrem Kind. Trotzdem würde sie kein Muttersöhnchen aus ihm machen ... sie würde ihm schon seine Freiheit lassen. Es war ihr Kind und würde einmal ein herrliches Leben führen. Sie freute sich auf Christies Broadway-Premiere. – Alfie und Sergio hatte sie als Seelenfreundin unter ihre

Fittiche genommen. Sie galt als *die* Gastgeberin von Hollywood. Im Grunde genommen war der Traum der kleinen Ethel Evanski in Erfüllung gegangen.

Auch Danton Miller las in *Variety,* insbesondere die Kritik über seine neue Sendung; sie war vernichtend. Die einzigen Sendungen, die sich gut hielten, waren die alten, verdammt noch mal! Die von Robin Stone. Na schön, er war eine Rakete gewesen. Aber wie alle Raketen war er in der Luft explodiert. Sooft Sammy Tebet versuchte, sich etwas herauszunehmen, hämmerte Dan ihm das ein. Sammy war intelligent, Dan würde ihn im Auge behalten müssen, denn einen zweiten Robin Stone konnte er sich nicht leisten. Aber Gregory würde schon aufpassen. Gregory war wieder da – in vollem Einsatz. Gregory würde die neue Unterhaltungssendung, die Dan im September gestartet hatte, absetzen, und zwar gleich morgen bei der Wochenbesprechung – das spürte Dan in allen Knochen. Er zündete sich eine Zigarette an. Sein Magengeschwür peinigte ihn wieder. Mit einem beschwörenden Blick an die Decke gelobte er sich, nie mehr eine Zigarette anzurühren, wenn er morgen ungeschoren durch die Sitzung kam. Ob Gregory die *Variety* schon gelesen hatte?

Gregory *hatte* die *Variety* gelesen. Doch im Augenblick schaute er sich *Women's Wear* an. Judith prangte auf der Titelseite. Gerührt betrachtete er ihr Bild. Wenn er sich an die Fotos auf den Titelseiten der Zeitungen in Los Angeles erinnerte, schauderte ihn jetzt noch! Merkwürdigerweise hatten sie ihren ehemaligen Ruhm in Gesellschaftskreisen wieder aufleben lassen. Daß sie Objekt einer unbeherrschten Leidenschaft, dazu noch von Robin Stone, gewesen war, verlieh ihr bei ihren New Yorker Freunden neues Ansehen. Kenne sich einer bei den Frauen aus! Judith schwamm wieder obenauf. Diese Woche waren sie jeden Abend auf einer Party oder bei einer Premiere. Plötzlich fiel Gregory ein, daß er um fünf Anprobe bei seinem Schneider hatte. Auf Judiths ausdrücklichen Wunsch mußte er sich für den Neujahrsempfang eine neue Smokingjacke aus Samt zulegen. Die Party sollte dieses Jahr prächtiger denn je werden. Lächelnd schaute er auf ihr Foto. Nie hatte sie besser ausgesehen, und nie schien sie glücklicher gewesen zu sein . . .

Sie alle lasen *Variety,* aber keiner schaute in den literarischen Teil, und keiner sah die kleine Meldung, in der es hieß: »Robin

Stone, der ehemalige Präsident des Senders IBC, hat ein Buch geschrieben, das im Spätherbst bei Knopf erscheint.«

Maggie Stewart bestieg die Maschine nach London. Auch sie trug eine *Variety* unter dem Arm. Die große Schlagzeile auf der Titelseite bezog sich auf einen Bericht im Innern des Heftes, der sich mit ihrem Vertragsbruch befaßte. Sie hatte die Rolle in Alfie Knights Film von einem Tag zum andern hingeworfen. Doch als die Maschine in der Luft war, las sie nicht in *Variety* . . . immer und immer wieder las sie ein Telegramm:

DORCHESTER HOTEL LONDON ENGLAND
MISS MAGGIE STEWART MELTON TOWERS
BEVERLY HILLS, CALIF.
ICH BRAUCHE DICH
ROBIN.

Knaur

Romane

Der meistgelesene Autor Deutschlands:

Simmel, Johannes Mario: Alle Menschen werden Brüder.
Roman. Band 0262.
608 Seiten.

Simmel, Johannes Mario: Bis zur bitteren Neige
Roman. Band 0118.
576 Seiten.

Simmel, Johannes Mario: Der Stoff, aus dem die Träume sind
Roman. Band 0437.
608 Seiten.

Simmel, Johannes Mario: Die Antwort kennt nur der Wind
Roman. Band 0481.
512 Seiten.

Simmel, Johannes Mario: Es muß nicht immer Kaviar sein
Die tolldreisten Abenteuer und auserlesenen Kochrezepte des Geheimagenten wider Willen Thomas Lieven. Roman. Band 0029.
560 Seiten.

Simmel, Johannes Mario: Gott schützt die Liebenden
Roman. Band 0234.
240 Seiten.

Simmel, Johannes Mario: Hurra – wir leben noch!
Roman. Band 0728.
672 Seiten.

Simmel, Johannes Mario: Ich gestehe alles
Roman. Band 0193.
304 Seiten.

Simmel, Johannes Mario: Lieb Vaterland magst ruhig sein
Roman. Band 0209.
608 Seiten.

Simmel, Johannes Mario: Liebe ist nur ein Wort
Roman. Band 0145.
544 Seiten.

Simmel, Johannes Mario: Niemand ist eine Insel
Roman. Band 0553.
624 Seiten.

Simmel, Johannes Mario: Zweiundzwanzig Zentimeter Zärtlichkeit
und andere Geschichten aus dreiunddreißig Jahren. Erzählungen. Band 0819.
256 Seiten.

Simmel, Johannes Mario: Und Jimmy ging zum Regenbogen
Roman. Band 0397.
640 Seiten.

Knaur®

Wissen aktuell

Themen, die jeden angehen

Hümmerich, Klaus und Peter Gola:
Der Mensch im Netz der Datenwelt
Band 4003. 128 Seiten.

Keudell, Theodor von:
Initiativgruppen –
in der Bundesrepublik, in Österreich und der Schweiz.
Band 7615. 208 Seiten.

Keudell, Theodor von (Hrsg.):
Süchtig – die gefährliche Illusion
Band 7616. 208 Seiten.

Kienzle, Ulrich (Hrsg.):
Südafrika
Weiße in der Wagenburg.
Band 4002. 208 Seiten.

Kronzucker, Dieter (Hrsg.):
Kuba in der Klemme
Band 3667. 160 Seiten.